Phébus *libretto*

FLAMAND DES VAGUES

JAN VAN DORP

FLAMAND DES VAGUES

roman

Phébus *libretto*

Illustration de couverture :
Jacob A. Bellevois
Paysage de rivière (détail)
Mauritshuis, La Haye

www.phebus-editions.com

A la mère de mes fils
sans qui ce livre
n'eût point été écrit.

J.V.D.

LE PARADOXE FLAMAND

Il est des livres qui doivent naviguer longtemps par vent contraire avant d'atteindre les eaux heureuses de la célébrité (ainsi Moby Dick *du vivant même de Melville). Il en est d'autres qui, de succès en oubli, sont d'abord condamnés aux sautes de l'air du temps avant de trouver l'allure favorable : tel est, veut-on croire, ce* Flamand des vagues, *publié pour la première fois en 1948 (chez Plon), salué d'emblée par des cris d'enthousiasme, honoré l'année même d'un « Grand Prix des Lecteurs », proclamé un peu plus tard « Meilleur livre du mois » aux États-Unis (ce qui n'arrive pas tous les jours à un roman de langue française), noyé ensuite dans les brumes indifférentes d'un vague purgatoire – et qu'une poignée de lecteurs enflammés mais trop isolés rêve depuis longtemps de revoir lancé dans la course, affronté aux meilleurs marcheurs. Jan Van Dorp lui-même, qui écrivit peu, soucieux plutôt de braver pour de vrai les humeurs de la grande salée, et point trop anxieux d'assurer par les voies mondaines ordinaires la bonne navigation de son œuvre, eut peut-être sa part de responsabilité en l'affaire. Mais il était marin, et n'ignorait pas que les choses viennent à leur heure. Sans doute n'avait-il pas tort. Un vaisseau de la race de son* Flamand *ne saurait rester éternellement confiné dans la morne quiétude des arrière-ports. Vient par force un jour où une brise opportune nous rappelle que sa voilure est faite pour claquer au vent et son étrave pour déchirer bellement l'écume. Et commence alors une autre aventure...*

Bachelard aurait aimé ce livre né des épousailles de la vague et de la dune, tout pétri de la précieuse matière des songes, et malgré cela – ou pour cela même – ancré au plus près de la rive familière où s'offrent les robustes substances dont se nourrit la vie des hommes. Roman conçu par un poète instinctif, gourmand de ces simples trésors que dispense à qui sait voir et sentir la généreuse besace du quotidien : un poète qui refuse de faire l'ange, pour se donner quelque chance de capter une parcelle de la merveille du monde – laquelle, depuis toujours, s'ingénie à loger là où on ne l'attend pas, désertant comme par exprès les trop belles avenues pour s'aller perdre au fond des sentiers réputés les plus raboteux.

C'est que les habitants du Plat pays n'ont pas eu à lire Aristote pour se convaincre que les idées qui soulèvent le monde ont besoin de ce monde même pour prendre leur essor. Nés en une contrée point trop assurée de ses fondements, où la terre elle-même paraît toujours sur le point de faire défaut, où un ciel que rien ne menace vient envahir tout le paysage, où la mer trop proche, mal contenue dans ses limites, déferle pour un oui pour un non à travers l'étroit jardin de l'humanité industrieuse, ces gens savent le prix de ce qui est solide et sûr et professent un respect têtu pour les robustes valeurs où s'enracine un confort impatient de se rassurer. Sur un sol aussi incertain, le matérialisme peut s'étaler sans honte; il est la rançon d'une conquête que chacun sait précaire en son fond; le denier versé à un ciel trop présent et qui tire à lui les regards et les cœurs. Qu'on ne s'étonne donc pas si cette province a fourni à parts égales – et en honorable quantité – des mystiques et des banquiers. On y est drapier ou changeur, on y goûte les repues franches, on y brique les planchers jusqu'à les faire ressembler à des miroirs, on y fourbit étains, faïences et cuivres, on y compte avec grand soin des monnaies luisantes... Mais on y rêve aussi, à la suite de Bosch et de Brueghel, à des ciels et à des enfers totalement démarrés des pesants modèles de ce monde. Car cette terre sans autre perspective que celle d'un horizon désespérément bas, qui a pour seules montagnes des nuages, s'est façonné un imaginaire d'une redoutable ambivalence. Les choses de la table y revêtent une importance inconnue ailleurs; un waterzoi *de volaille y est considéré avec autant de déférence qu'une œuvre de l'art. Mais l'art justement, dans ses manifestations les plus hardies, les plus élevées, y a toujours trouvé son plus sûr terreau.*

Pareillement, et pour les mêmes raisons, cette région qu'on imagine peuplée de négociants prudents et de dames d'œuvres guindées par l'empois de la respectabilité bourgeoise aura fourni au vaste monde son lot copieux d'aventuriers, de têtes brûlées et d'avaleurs de chimères. Et l'on s'apercevra ici que les uns pouvaient fort bien tenir à l'occasion le rôle des autres. On oublie trop qu'au XVIIe siècle, les corsaires d'Ostende, dont Jan Van Dorp reconstitue en ces pages la chronique mouvementée, écumaient la mer à l'égal des Anglais, des Hollandais et des Français de Dunkerque, leurs turbulents cousins. Les Espagnols qui occupaient leur pays depuis le début du siècle précédent avaient beau les empêcher d'entretenir une flotte nationale, ils se rattrapaient en pratiquant à titre privé la guerre de course – plus discrète mais non moins aventureuse... et surtout plus profitable. Bourgeois en peine d'investissements à haut rendement et flibustiers vaguement déguisés en corsaires se retrouvaient dans les mêmes tavernes et les uns commanditaient les rêves des autres, la mer se chargeant de rassembler en une bizarre fraternité ces gens que tout, sans elle, aurait dû opposer. Le jeu était dangereux pour tous; les premiers, propriétaires de navires aussi coûteux à armer qu'à entretenir, pouvaient perdre réputation et fortune à la faveur d'un combat mal engagé; les seconds risquaient simplement leur vie. Mais le danger mieux encore que la foi ou que le profit cimente une communauté. L'enfance sait cela, qui poursuit dans sa quête d'aventure l'image dorée d'un monde où l'action et la rêverie se trouveraient magiquement réconciliées.

Peu de livres, d'ailleurs, avouent avec cette ferveur leur fidélité aux racines « enfantines » de l'Aventure. En quoi réside sans doute l'étonnante charge d'émotion et de poésie qui se dégage de ce récit lors même qu'il refuse toute exaltation et prend bien soin de déjouer les uns après les autres tous les pièges du discours « noble ». Un ton d'humour partagé entre rudesse et tendresse, et qui évoque là encore Brueghel – mais aussi bien l'« ironie romantique » chère à Jean Paul et Hoffmann –, désamorce d'emblée toute grandiloquence et confère au moindre épisode, à la moindre image, cette saveur d'intimité vécue qui les rend proprement inoubliables.

Défilent alors, devant nos yeux émerveillés, scènes de rue et batailles livrées en plein vent, mers fouettées par le noroît et grands vaisseaux retrouvant les eaux rassurantes du port, intérieurs éclairés à la chandelle de blanc de baleine et personnages de haute couleur – ces derniers, surtout, riches d'épaisseur charnelle, animés par une force d'empathie des plus singulières, et que l'on ne quitte pas, l'heure de la mort venue, sans un drôle de serrement de gorge... Ainsi l'énigmatique Raf Spierings, corsaire au vaste cœur qui cache son jeu sous des airs de comptable circonspect; ou le tonitruant Cabiljauw, bon géant expert en l'art délicat de faire sauter les crêpes et en celui de manier le sabre d'abordage; et puis le nègre Jésus Boudin, exilé en cette terre de froidure et qui conjure la vilaine brume de décembre à grands roulements d'instruments barbares; et encore le R.P. Hiéronymus, singulier homme d'Église s'il en fut, buveur intrépide et fameux pipeur de dés devant l'Éternel – et tant d'autres silhouettes enfin, qui, à la suite de Marinus De Boer et de ses fils, nous entraînent dans leurs folles équipées à la poursuite des « flûtes » hollandaises et des « culs-carrés » anglais, et jusque sur la route des Indes où les attire comme un aimant le mirage de l'or...

Se dégage de leurs aventures, par un processus qui s'apparenterait presque à celui de l'alchimie, une matière tout ensemble romanesque et poétique de la plus belle eau. L'écriture de Jan Van Dorp, laquelle n'est pas sans rappeler, par ses flamboiements, celle d'un Ghelderode ou d'un Jean Ray (car depuis Verhaeren, les écrivains belges d'expression française mais de souche flamande ont décidément une langue bien à eux), n'est certes pas pour rien dans cette façon de miracle. Encore que le style, si admirable soit-il en ces pages, compte moins à nos yeux que telle qualité de rêverie, constamment à l'œuvre ici, qui relèverait presque d'une « poétique du toucher ». Le rêve de partance qui sert de toile de fond à toute l'œuvre, loin de se former en quelque espace chimérique, naît en effet dans les menus plis de la réalité la plus tangible, caressée, pétrie, palpée avec douceur et patience, avec amour – de la même façon qu'aux heures de l'enfance la soif d'immensité, le goût du voyage et de l'Ailleurs s'éveillent volontiers au contact poudreux des vieux livres, dans l'ombre amie de quelque grenier. Ainsi procède Van Dorp. Son héros se meut dans un sage décor de meubles en vieux noyer patinés par les ans, où s'allume ici et là l'or pâle d'une chope de bière, le doux brasillement d'une dinanderie astiquée... et c'est tout un ciel d'orage, tout un océan, tout un horizon de forêts écrasées par le soleil des tropiques qui apparaît insensiblement à ses yeux – et bientôt aux nôtres. Comme si le but de l'auteur était moins de nous dépayser que de nous rappeler cette simple vérité : il n'est pas d'Ailleurs digne de ce nom qui ne s'enracine dans le jardin de nos rêveries familières. Mais n'est-ce pas là, au total, que gît le secret du génie flamand, lequel suit dans l'écriture et dans la peinture les mêmes chemins exactement : lors même qu'il scrute, avec une minutie finement appliquée, les visages et les décors qui constituent le modeste théâtre du quotidien, c'est d'un « autre monde » qu'il nous parle.

J.P.S.

PREMIÈRE PARTIE

Marinus De Boer

I

Par-delà Nieuport les nuages s'entrouvraient et des coulées de soleil, brèves comme des coups d'épée, tombaient sur la mer jaunâtre. Aplati sur le sommet des remparts, Marinus De Boer ne quittait pas des yeux cet espace où, l'heure d'auparavant, étaient apparues les premières voiles. Contre son épaule, il sentait l'épaule de Frans Van Maestricht, et ce contact amical réconfortait les deux enfants.

– Tu les vois? murmura Rinus.

– Oui. C'est le *Justice* qui est derrière.

– Tu crois qu'ils s'en tireront?

– Sais pas.

Ils parlaient bas, avec de lentes paroles. Sous la broussaille de ses cheveux aux ondulations serrées, Rinus De Boer [1], à onze ans, frappait le regard par la maturité de ses traits. Son front court et bombé, l'arête vigoureuse d'un nez déjà puissant, ses pommettes hautes et dures, et jusqu'à l'angle brutal d'une mâchoire de carnassier offraient l'aspect d'un visage d'adulte. Seules sa taille et la souplesse de son attitude révélaient encore l'enfance de son corps, qu'un même mûrissement précoce avait façonné. Mais sous la grâce de ses gestes, déjà prête à disparaître, se devinait la nature occupée de manière secrète, mais sûre, à terminer définitivement cette réduction d'homme fait, maintenant couché à plat ventre sur les pierres grises. Sans effort on parvenait à se l'imaginer

1. Prononcer De Bour.

vingt ou quarante ans plus tard, plus grand, sans doute, mais avec les mêmes épaules carrées, un pareil visage à l'ossature massive. Et un regard semblable, aussi, qui est celui d'enfants qui ont perdu le souvenir de leur mère et n'en ont jamais connu les caresses.

Le ciel se déchira plus profondément et une grande nappe de soleil glissa sur la mer. Sur l'horizon, découvert un bref instant, luirent quelques voiles. Elles disparurent presque aussitôt, effacées sous un lambeau de brume qui ternit les flots, confondit en une même teinte blafarde, incertaine, l'écume ourlant les lames et les voiles qui couraient au loin. On put voir que les corsaires dunkerquois s'étaient encore rapprochés.

– Cinquante! y sont bien cinquante! trembla Balthazar Nackaert, à côté des deux enfants.

Le vieux pêcheur salivait.

Le petit Frans Van Maestricht haussa les épaules.

– Mais, disons quatorze ou quinze, pas plus, rectifia Rinus, à mi-voix.

A travers la brumaille de mars, les grains opaques qui balayaient le large, il fallait le regard d'un marin, fils, petit-fils et arrière-petit-fils d'hommes de mer, pour ne point se laisser leurrer par la tromperie de cette mer blanchâtre parcourue de vapeurs glissantes, et tout entière encore secouée par le coup de noroît de la nuit. De ceux qui se pressaient sur les remparts, pétrifiés par l'attention, il en était certes encore qui descendaient des *Fir-Bolgs*. Fameux marins que ceux-là! Près de deux mille ans auparavant, bien avant Notre Seigneur Jésus, ils partaient de ces mêmes côtes pour s'en aller piller Syracuse, ou tenter un coup de force contre Carthage. Il devait y avoir plus d'une goutte du sang de ces sauvages ancêtres dans les veines du jeune Marinus.

– N'arriveront pas, gémit le vieux Balthazar, vont se faire enganter.

Sa voix larmoyait.

– Ta gueule! fit une voix rude.

Nackaert se tut, et espéra. Chacun de ceux réunis à cette heure au sommet de l'enceinte ne quittait point des yeux la mer. Le convoi de Cadix! Sa venue apportait la promesse d'une prospérité prochaine, de semaines durant lesquelles les *schiphandelaars* [1] ne sauraient où donner de la tête, de jours pendant lesquels les magasins se videraient et se rempliraient sans cesse. L'animation s'emparerait de toute la ville et ferait de la rue des Cordiers une joyeuse volière d'hommes sifflant tout en tressant leur chanvre. Au long du canal, pesant sur leurs traits, il faudrait deux et même trois chevaux pour traîner la barge de Bruges, chargée au ras des écoutilles. Il y aurait dans toutes les rues le grondement des chariots de débarquement, les fers sonnants et les joyeux claquements de fouet de la poste de Bruxelles et de Gand. Au soir, dans ces mêmes rues devenues subitement trop étroites pour eux, des groupes de marins chanteraient au sortir des tavernes. Il y en aurait comme cela pour des jours et des jours. Après quoi, vidés jusqu'à fond de cale, les bâtiments seraient culbutés en carène, flambés comme poulets au bouchon de paille, grattés, raclés, goudronnés, regréés, tout pimpants remis à neuf pour le prochain voyage d'Espagne. Et tout cela dans la belle rumeur de fête d'un port au travail, les coups de maillet des calfats, les chansons des charpentiers, le grincement des poulies et des palans gémissants, les jurons bien ronflants que l'on dit pour se donner du cœur à l'ouvrage, et les cris assourdissants des mouettes affolées, tournoyantes, au-dessus des bassins. Et maintenant...

Les nuages s'ouvrirent encore en une lueur rasante, qui persista cette fois. Distinctement, l'éclat des voiles se perçut. Le convoi de Cadix fuyait, serré de près maintenant. Derrière le bateau de pointe, il attaquait son changement de bord. Quand la manœuvre fut terminée, les toiles frappées de soleil parurent plus proches. A contre-bord, n'ayant pas changé d'amures encore, quelques sihouettes effilées, aiguës, se percevaient. Elles glissaient, serrées, telle une meute, et dans

1. Négociants en fournitures maritimes.

l'ombre encore. Les Dunkerquois couraient maintenant à moins d'une demi-bordée du convoi.

– S'il y avait le vent sud-ouest, s'énerva Frans Van Maestricht, s'ils couraient au largue!...

Mais en cette veille de printemps, le vent éternel de la Flandre n'était point là pour aider ses fils et, à chaque bordée, les frégates dunkerquoises gagnaient sur le convoi. Arriveraient-ils à temps au port?

Sur les remparts, l'attention durcit tous les visages. La ville entière avait flué au sommet de l'enceinte, comme aux jours de siège. Aussi loin que portait le regard, de la plate-forme de la Demi-Lune au moulin de Martin Claeys, et jusqu'au bastion de la Bouche d'Enfer, le chemin de ronde était couvert d'une foule immobile. Elle parlait encore, tout à l'heure, mais insensiblement le ton des conversations baissa, s'atténua, disparut et l'on n'entendit plus que le vent claquant dans les robes et les blouses. Dans le silence lentement formé s'amoncela comme une inquiétude. L'angoisse était née, là-bas, dans ce groupe de femmes dès le premier instant séparé des hommes, ainsi qu'à l'église, et comme il se doit. Pour le terrien, le silence des femmes est un phénomène qui échappe à son analyse, mais le marin sait, lui, que si leur regard est moins perçant, la nature leur a donné une autre vue, infiniment plus profonde. Jan Yoens, malheureux en ménage, dit que c'est calamité sur terre quand elles parlent, mais malheur sur les flots quand elles se taisent sur les môles, face aux vagues. Jan Yoens, pour une fois, n'a pas tort. Le malaise, indéfinissable, gagna les rangs des hommes.

Depuis longtemps, midi était passé. Aux fumées de plus en plus diaphanes qui traînaient sur les toits usés de la ville, on devinait les feux abandonnés s'éteignant lentement dans l'âtre. Plus tard, dans le souvenir de tous ces Ostendais, pour l'heure serrés sur les remparts, cette journée du 20 mars 1676 se marquerait comme celle d'un désastre maritime sans précédent et du plus exécrable dîner qu'ils eussent jamais mangé.

Dans les instants qui suivirent, jusqu'au moment où parla Raf Spierings, seuls s'entendirent les claquements du vent dans les jupes noires, la rumeur déferlante de la mer attaquant en contrebas la défense du Bek-Af et l'aigre cri d'une mouette qu'emportait l'approche d'un grain. Il faisait presque froid. Annonciateur d'augures, un calme inconcevable planait sur cette foule pétrifiée. Spierings le rompit. Bien que ses paroles eussent été prononcées à mi-voix, et pour ainsi dire pour lui-même, il n'en est aucun qui ne les entendît.

– Maintenant, c'est à la grâce de Dieu.

Assis sur la pierre, les jambes battant nonchalamment le vide, le petit homme pâle se retourna. Au milieu de ces marins lourds, aux hanches aussi larges que les épaules, sa silhouette eût paru insignifiante, n'eût été le regard plat, verdâtre, qu'il promena sur ses voisins. Ses yeux étaient sans éclat aucun, et pourtant s'y percevait autre chose que leur impassibilité quasi minérale, un je-ne-sais-quoi d'indiscernable où il y avait de la hardiesse, du dédain, un rien de ruse et de cruauté, bref quelque chose d'impitoyable en eux, qui frappait. Avec la même indifférence l'homme qui possédait ce regard-là devait voir la foudre tomber sur sa table ou s'entendre nommé roi sans que s'arrêtât ou battît plus vite son cœur. Ses traits s'éclairèrent pourtant d'une étonnante bonté quand, baissant les yeux, il vit le petit De Boer à ses côtés. Dans son visage glacé, le sourire qui naquit fut aussi inattendu que l'apparition d'un ange dans une bagarre de matelots saouls.

– Ah! Rinus. Ton papa va avoir chaud, tout à l'heure. Et le tien aussi, Frans. Toujours ensemble à préparer vos mauvais coups?

Rinus De Boer leva vers l'homme un regard calme, très clair, mais sans joie. Il sourit et ne répondit point, tendu vers le drame qui maintenant commençait sous ses yeux. La meute des poursuivants avait viré de bord en une manœuvre précise qui la dévoila, en pleine lumière. Spierings jugea la situation d'un coup d'œil.

– Peu de chances que les nôtres en réchappent.

Le petit homme pâle n'avait aux lèvres que des paroles pessimistes et pourtant, chose étrange, Rinus ne pouvait l'entendre sans se sentir étonnamment réconforté. Tel est le pouvoir des hommes qui regardent en face la vérité, si dure soit-elle, et ne lui faillissent point.

Dans les heures qui allaient suivre tout le sort d'Ostende, pour plusieurs mois, allait se décider. La richesse pour quelques-uns, la ruine pour certains, la prospérité ou le malheur pour beaucoup, le pain pour presque tous, tout cela se jouait dans ce ballet gracieux et point encore mortel qui avait maintenant la mer pour théâtre. Mais à l'instant même où allait être mise en cause une part de leur destin, il n'était aucun des hommes massés là, sur les pierres, qui fût sensible à autre chose qu'aux mouvements ailés de ces voiles ployantes, à la subtilité des manœuvres qui s'amorçaient, aux ruses qu'ils essayaient de percevoir dans les évolutions des deux flottilles.

Aux côtés de Frans, Rinus s'aplatit plus encore sur le parapet. Au moment de la bataille imminente les sentiments des deux enfants étaient bien moins ceux qui auraient dû les étreindre en pensant à la part qu'allaient y prendre leurs pères, que l'émotion tant de fois ressentie avant un combat de coqs, alors que les deux bêtes, griffant le sable de l'arène, tournent et s'observent avant l'envol. Les femmes commencèrent à prier, sans voix, de leurs seules lèvres, les premières à penser qu'avec la ruine, la mort approchante prenait le visage gracieux de cette pavane qui s'entamait, au large, sous un ciel soudain devenu d'une pureté sereine.

Au loin, le premier canon tonna.

II

Rinus tressaillit. Le menton dans les mains, couché au sommet de la muraille, tout le visage crispé d'une attention qui le vieillissait soudain au-delà de son âge, le petit De Boer sentit son cœur cogner la pierre. Soixante ans plus tard il devait se souvenir encore de ces instants, du spasme qui le souleva quand les deux premiers Dunkerquois percèrent la ligne du convoi ostendais.

Longtemps on parla de la manière dont Pasquier De Moor se rétablit à l'instant où il paraissait irrémédiablement pris à contre-bord. Avec un ensemble admirable, toutes les écoutes du *Justice* filèrent et la frégate volta, rasant l'onde. Si prompt fut son changement de bord que le capitaine ostendais réussit ce qui eût paru irréalisable la minute précédente encore. Ce fut merveille de le voir pivoter, courir, lâcher sa bordée et venir immédiatement en contact avec le premier corsaire dunkerquois. Des clameurs tombèrent de l'enceinte de la ville.

– Hardi, Pasquier! Tu le tiens!

Aux côtés de Rinus, le jeune Van Maestricht s'était dressé, tout pâle. Aux yeux des enfants rien d'autre n'existait plus au monde que le *Justice*, là-bas, coiffé d'un Dunkerquois, puis d'un autre encore venu se coller à ses flancs. Rien d'autre que ces vaisseaux aux agrès emmêlés parmi lesquels couraient des ombres, scintillaient des éclats de fers luisants, dans le soleil. Rien d'autre que cette masse coagulée, mouvante, fumante encore de l'explosion des pièces, dans laquelle combattaient leurs pères.

Mais les autres Dunkerquois passaient, couraient. A les voir filer, effleurant la vague, on eût dit un vol de rapaces allant à la curée. Bientôt ils attaquèrent les lourds bâtiments de commerce ostendais qui bourraient la lame, pesamment. Débordés, le *Craenenborg* et le *San-Francisco* tentèrent de se rabattre. Mais les corsaires étaient trop; il fut tout de suite évident que les deux convoyeurs flamands ne pourraient sauver, seuls, que quelques bâtiments. Comme si le jeu eût perdu tout sel pour lui, Raf Spierings recommença, de ses jambes, à battre nonchalamment le vide.

– Fini : ils sont engantés.

Il s'en alla, sans hâte.

Une demi-bordée avait suffi aux Français pour venir à hauteur du convoi. On vit ces drôles frôler à peine les lourdes bailles, leur équipage de prise sauter à l'abordage, se saisir des manœuvres, galoper à la barre. Devant les murs mêmes de la ville, sous les clameurs de rage impuissante, à moins d'un quart de lieue des remparts les navires captifs viraient de bord et fuyaient vers Dunkerque, vent arrière. Seul le *Justice* de Pasquier De Moor luttait encore. Soudées par les grappins, désormais incapables de manœuvrer, les trois frégates, poussées par le flux, dérivaient lentement vers la côte. De l'enceinte, des hommes dévalèrent vers le port.

– Tiens-les bon, Pasquier, on arrive!

Le soleil de mars brillait, très clair. Sous les remparts, débouchant du havre d'ouest, une horde d'embarcations, de *haringbuizen* [1], de barques à fond plat surgit du port, allant à la rescousse du *Justice.* Comme la petite armada doublait le Carré du Grand Chat, les encouragements roulèrent.

– Hardi, Mathieu! mords-leur les tripes!

– Dieu avec vous!

– Vite! ils essayent de se dégager!

– Spierings! Spierings! A toi, Raf, vas-y!

Les cris des femmes perçaient, aigus. La clameur s'enfla. A la barre d'un petit chasse-marée, dans la silhouette qui venait d'apparaître, la foule reconnaissait l'homme pâle qui, l'instant d'auparavant encore à leurs côtés, balançait les jambes avec tant d'indifférence : Spierings, l'homme qui eût fait le plus splendide des convoyeurs si son tempérament bizarre s'était accoutumé de la discipline des escortes de protection, Spierings, qui haïssait l'Espagnol et ne voulait le servir. Chasseur de large, il préférait écumer la mer pour son propre compte, courir sus à toutes les voiles étrangères prises dans l'objectif de sa lunette. Curieux bonhomme qui restait pourtant des mois sans prendre la mer, haussait les épaules quand on louait un de ses exploits, n'allait point à l'église et fuyait les tavernes où les hommes ne juraient que par lui. Son bonnet envoyé au diable, le vent hérissant ses cheveux ternes, avec son costume de bourgeois et ses souliers carrés à boucles d'argent, il filait à la bataille, droit vers le *Justice.*

Le chasse-marée sortit de la passe et piqua dans la plume, tout aussitôt inondé jusqu'à la barre de l'embrun qu'il avait soulevé. Ce n'est qu'au moment de filer l'écoute et de prendre

1. Barques légères utilisées pour la pêche au hareng.

le vent que le corsaire vit les deux enfants accroupis au pied du mât. Il jura.

– Crédiable! qu'est-ce que vous venez foutre ici?

Ils ne répondirent point, leurs yeux fixés dans les yeux de l'homme. Quand Spierings avait dévalé vers le port, les deux enfants, sans se concerter, l'avaient suivi. Maintenant ils étaient là. Et à moins qu'on ne les jetât à l'eau, ils seraient tout à l'heure à flanc du *Justice*. Raf Spierings les regarda tous deux, debout, parés à lui répondre, bien en équilibre sur leurs petites jambes écartées, étalant le tangage d'un mouvement inné, tous deux ayant ce front légèrement baissé, le regard têtu de ceux qui se sachant en tort n'en veulent pourtant point démordre. Fugitif, le regret poignit le cœur de l'homme de n'avoir point, lui aussi, de fils de son sang. Un attendrissement lui vint.

– Bons chiens chassent de race! Allez, garçons : passe pour cette fois. Mais c'est vingt coups de garcette aux fesses si vous montez à bord de la frégate.

Le chasse-marée approchait rapidement. De l'instant où la flottille de secours était sortie du port, les Dunkerquois s'étaient précipités aux amarres. Ils les tranchaient, hâtivement. Spierings était à moins de cent toises quand les Français se dégagèrent. Une huée s'éleva des bateaux flamands, reprise et amplifiée par les insultes qui tombèrent des remparts. Dans les poings qui se tendirent, les imprécations qui coururent sur les flots, il n'y avait point seulement le dépit de rivaux momentanément vaincus, mais également un défi, la certitude d'une revanche que le temps, le hasard des vagues et, par Dieu! la volonté du Seigneur leur apporteraient tôt ou tard. La mer du Nord n'était point si grande qu'on ne pût s'y retrouver.

Le squelette de sa mâture vide de toiles, le *Justice* dérivait vers les hauts-fonds. En tête de la flottille qui accourait, la petite embarcation de Spierings pénétra dans l'ombre du vaisseau. La mer, houleuse encore, en découvrait les flancs raclés par l'abordage et – dans le creux des lames – ses œuvres vives, luisantes d'algues. Dans les garants écrasés, la chevelure des amarres tranchées et pendantes, les grappins dunkerquois qui mordaient encore le bordé, l'affaissement d'un foc écroulé qui fouettait l'eau à chaque roulis, tout disait l'ardeur et l'intensité de la lutte, chaude encore. Une fumée âcre s'échappait des sabords béants. Elle saisissait à la gorge et faisait curieusement battre le sang des deux enfants. Ainsi, frappé pour la première fois de l'odeur du gibier et de celle de la poudre, le chiot de chasse s'agite et gronde, ainsi, reniflant l'odeur de la bataille, Rinus et Frans sentaient murmurer en eux des puissances inconnues. A l'âme plastique de l'enfant il faut parfois peu de chose pour décider de tout son destin d'homme : une parole, un geste à d'autres yeux banal, un simple sourire. Parfois même une odeur. Celle que flairait le jeune De Boer, les narines dilatées, les traits un peu sauvages, devait marquer toute sa destinée.

Voiles dégonflées, le chasse-marée glissa sur son erre. En une manœuvre précise Spierings l'amenait à la hanche tribord du vaisseau, là où des filins rompus, à chaque roulis, venaient en fouetter la coque. Penchés à la lisse de la frégate, des visages apparaissaient, hirsutes, suants, marqués par l'ardeur de la lutte. Leurs torses dépoitraillés apparaissaient sous leurs chemises en loques. La joie des hommes éclata en interpellations grossières.

– Ohé, Raf, grand fainéant! Dis donc, tu ne pouvais pas venir plus tôt?

– Pas possible, ton sabot a un cul de plomb?

– Tu l'as fait exprès d'arriver en retard au bal?

Flegmatique, l'œil fixé sur une écoute volante, Spierings attendait l'occasion favorable. Quand la vague suivante souleva son embarcation, on le vit saisir au vol le cordage sifflant, planer dans l'espace une fraction de seconde et – plaqué sur la coque – l'escalader tout aussitôt avec une agilité prodigieuse. Avant de disparaître par-dessus le bordage, il jeta, sans tourner la tête :

– Vous, les gosses, tranquilles là-dedans, hein?

Jamais les enfants ne l'avaient entendu parler d'une voix aussi coupante. Il avait deux voix, Spierings. Celle, traînante et basse, presque fluette, qu'il employait à terre. Et cette autre, qui venait de retentir, en laquelle ses hommes reconnaissaient celle du corsaire. Tellement le ton en était impératif que Rinus, prêt à l'escalade, en resta cloué au pont. Frans Van Maestricht, lui, trépigna.

– Viens. Viens! allons-y...

Rinus secoua la tête. Bien que l'envie le tenaillât de monter, de courir sur le pont, il sentait confusément que lui, fils de maître d'équipage, ne pouvait désobéir à l'ordre, donné en mer, d'un M. Spierings. Pourtant, jamais comme en ces instants il n'avait éprouvé pareil désir de revoir son père, semblable besoin de ses caresses maladroites, des baisers rudes que le marin lui donnait gauchement, lors de ses retours. C'étaient, avec ceux qui précédaient ses départs, les seuls moments d'épanchement de Sébastien De Boer. Naturellement peu expansif, le caractère du maître d'équipage s'était encore renfermé quand était morte la mère du petit Rinus. On l'aurait cru presque indifférent sans la tendresse, vite cachée, qui adoucissait son regard quand il le posait sur son fils; sans les petits jouets marins, en bois sculpté, qu'il lui offrait, après chaque absence. Sébastien De Boer les sortait de son sac, un à un, comme à regret, parfois à plusieurs jours d'intervalle, et toujours presque furtivement, quand la tante de l'enfant n'était point là. Bourru, il s'en cachait comme d'une faiblesse.

Son papa! Rinus évoqua le moment où il le verrait apparaître, souriant doucement. Il pensa au geste qu'aurait l'homme pour, de ses lèvres, écarter la broussaille de sa barbe; aux quelques baisers piquants, à odeur de chique, qui se poseraient sur ses joues – un, deux, trois –, à la large main calleuse qui lui secouerait un peu la tête avant de se poser un instant sur sa nuque. Et ce serait tout jusqu'au prochain embarquement. Ces caresses, si brèves fussent-elles, étaient le seul bonheur auquel, debout dans la barque, aspirait maintenant l'enfant.

– Oh p'pa!

– Frans, garnement, veux-tu...

Lieutenant à bord du *Justice*, Philippe Van Maestricht venait de surgir au bastingage. Son sourire disparut à la seconde même où le gamin, impétueusement, bondissait du chasse-marée pour empoigner une saisine errante. Cramponné au filin, Frans décrivit dans l'espace un arc de cercle parfait et – avant qu'il eût réussi à entamer son escalade – disparut jusqu'au cou dans la vague. Mouillé comme une loutre, la vélocité avec laquelle il atteignit le pont fut proprement pharamineuse. Et plus étonnante encore la manière dont il s'éleva ensuite dans les airs, soulevé par la ceinture.

– Tu t'es bien dépêché pour recevoir une raclée!

Cette fois, Rinus n'y tient plus. La saisine est là, trop tentante, battant à chaque roulis le franc bord de la barque. Il va sauter sur le pont quand retentit la voix furieuse de Raf Spierings.

– Rinus! Tonnerre...

Trop tard. Sous les yeux de l'enfant soudain cloué, dans un désordre furieux de cordages emmêlés et tranchés, de manœuvres battantes, de voiles en lambeaux, d'espars fracassés, réduit par l'immensité du gréement et l'étendue du gaillard à des proportions dérisoires, un corps est étendu, face contre la planche. Il y a dans ses membres affaissés la lassitude infinie de toute une vie sans grandes joies. Frappé au cou, il a dû mourir d'une belle mort d'homme, l'arme à la main, sans terminer son souffle. Dans le sable, largement répandue sur le pont, une tache sombre s'élargissait doucement.

Immobile, les yeux dessillés, Rinus reconnaissait en ce corps étendu ce qui avait été son père.

III

La cheminée de guingois, et sa façade ventrue fêlée d'une respectable lézarde, la demeure de Raf Spierings était la dernière d'une double rangée de maisons aux toits inégaux. Elles étaient vingt-deux, de chaque côté, à se regarder d'un air soucieux par-dessus la voie de terre qui les séparait. C'était un obstacle malaisément franchissable. Creusé de deux ornières parallèles soigneusement entretenues, dont la moindre ne mesurait guère moins d'un bon pied de profondeur, le vent le plus léger y soulevait une poussière du diable. En compensation la pluie d'un seul nuage rendait son sol aussi traître que les sables mouvants du Zwyn. Dans l'un comme dans l'autre cas, tout chrétien pas très vif sur jambes et d'œil peu prompt y trouvait, en quatre-vingts toises, dix bonnes occasions de s'y rompre les os. Le tout : la boue, la poussière, les ornières et les quarante-quatre maisons, y compris celle du corsaire, se nommait la rue du Bout-du-Monde. Ce qui réalisait ce miracle d'accoupler, en cinq mots tout juste, un impudent mensonge à une honnête vérité : après avoir sur toute sa longueur usurpé sa bourgeoise qualité de rue, cette venelle se justifiait d'une manière éclatante en se perdant soudain dans un néant de terrains vagues.

Avec la demeure du corsaire et son toit de tuiles finissait la respectabilité de la cité. Au-delà, et jusqu'aux remparts derrière lesquels battait la mer, se dispersaient quelques masures chaulées à vif sous leur coiffe de paille brune, un aimable désordre de filets étendus, de paniers d'osier, de rames, et tout cet ensemble de flotteurs de liège à plumets, d'ancres de fortune et de voiles étalées qui disait bien que c'était là le domaine des pêcheurs. Et que la pêche n'enrichissait pas son homme. De toute la ville, il était peu de lieux aussi pauvres. Il n'en existait point pourtant, sauf le port bien entendu, qui eût plus plaisante apparence.

– C'est là, disait plus tard Spierings à Rinus, un des miracles du pittoresque.

Cela tenait peut-être aux deux moulins qui jamais ne cessaient de brasser le vent au-dessus du cri des enfants, au gai pavois de poissons séchant toujours entre leurs perches et, sans doute, aux petites fleurs que chaque printemps faisait éclore au hasard sur le chaume des toits. On ne l'expliquait pas, mais il se dégageait de cette zone un petit air de fête perpétuelle qui amusait l'œil et mettait le cœur en gaieté. A la vue de ce Bout-du-Monde-là, l'envie vous prenait de saisir aussitôt n'importe quoi et de vous mettre à travailler avec une bonne chanson aux lèvres.

C'est de là qu'un matin Sébastien De Boer partit à jamais. Entre les dernières brises du nord et la venue prochaine des grands vents d'équinoxe, l'air immobile avait cette limpidité qui est celle des derniers jours de mars quand, au fond de la fraîcheur de l'hiver finissant, se perçoivent les premières chaleurs qui montent de terre. L'épaule haut levée sous le cercueil de planches, tanguant dans les fondrières, huit hommes du *Justice* s'en allaient, à pas prudents et lourds. Dans le calme silence de ce début de journée s'entendait seul le bruit de leurs sabots sur la terre encore dure, et au loin, parfois, le cri d'un hoche-queue jaillissant d'un buisson d'aubépines.

En noire file, le cortège suivait, entre les ornières. Rinus d'abord, tenant entre ses mains serrées son bonnet du dimanche. Puis, l'encadrant, ses parrains de mer, bien en ligne, le chapeau au poing. Ils étaient quatre, silencieux et pesants, gênés dans leurs vêtements inhabituels : les deux De Moor, père et fils; Philippe Van Maestricht, qui avait perdu son sourire de toujours; le gros Petrus Loncq enfin, roulant sur ses courtes jambes. Belle coutume que celle-là : derrière le corps d'un matelot défunt, les capitaines occupent de droit le rang de la famille.

Au retour du cimetière, ils se séparaient quand Raf Spierings se glissa près d'eux. Aux côtés des quatre hommes massifs, avec son vêtement correct porté avec aisance, ses souliers à boucle d'argent et sa petite taille, Spierings paraissait timide et insignifiant. Seule la voix nonchalante, et cependant métallique, avec laquelle il les arrêta laissait entendre qu'il était leur égal.

– Qui de vous, maintenant, va se charger de l'enfant?

– Le Bon Dieu, grogna le gros Loncq en crachant sa chique.

– Bien entendu, mais encore?

Spierings insistait, cherchant le regard des hommes. Philippe Van Maestricht haussa les épaules.

– Mais encore personne. Le Bon Dieu, tout seul, avec le secours de la sœur de Sébastien : tout à l'heure, tante Palma a dit qu'elle voulait faire entrer Rinus au séminaire...

– Vingt dieux! murmura Spierings, consterné.

– Oui, tu l'as dit, vingt dieux!

Il n'y a rien de spécialement tragique à voir un enfant se préparer à entrer dans les ordres. C'est une profession honorable, presque autant que celle de marin, et certes plus reposante. Un fait plaide même en sa faveur : les rides, chacun a pu le constater, viennent aux moines bien moins vite qu'à tout autre, et ils vivent généralement plus vieux. Que telle fût la destinée paisible promise à Rinus De Boer échappait à l'entendement de Raf Spierings. Pensif, le corsaire se caressa longuement le nez.

– Il a la vocation, au moins?

– La vocation? Irrésistible! dit Van Maestricht. Avec le garnement que voici – il saisit son fils par une oreille –, il est toujours fourré chez les Capucins. Mais de préférence dans leur verger, et généralement à l'époque des cerises. La dernière fois, le moine qui interrompit leurs oraisons reçut d'eux un si méchant coup de pied dans les jambes qu'il m'en coûta un bon cierge pour calmer ses douleurs et racheter l'âme perdue de mes deux marmotteurs de patenôtres. Oui, ils ont la vocation : ce sont des jeunes gens très pieux, quoique un peu vifs.

– Vingt dieux! répéta Spierings. Il se frotta furieusement le nez. Il faudra donc que je parle à sa tante...

– J'en ai peur. Que Dieu t'ait en sa sainte garde.

Cette perspective fit hésiter Spierings quinze jours durant. On peut être corsaire, franc au combat, savoir proprement, d'un solide coup de sabre d'abordage, fendre un adversaire jusqu'aux épaules, dire qu'on ne craint pas le diable, le prouver à l'occasion et pourtant retarder la bataille avec une femme armée de sa seule langue et d'un regard à vous geler les os. Telle était tante Palma, noire et sèche, dotée d'une paire d'yeux en vrille et d'une voix grinçante qui mettait mal à l'aise l'homme le mieux aguerri. Dans les plis de sa cape traînaient des odeurs d'encens, de cire et de pierre froide qui, tout autant que l'attitude de la vieille fille, disaient que l'unique but de sa vie était de s'assurer une mort très chrétienne et une place enviable à la droite du Seigneur. Aux jours de kermesse, on ne voyait jamais tante Palma monter sur les carrousels.

Sa demeure était celle d'une pénitente. Quand on l'allait voir, on ne manquait pas d'être frappé par le grand crucifix d'ébène écartelé sur le mur blanc, au-dessus de la cheminée. Il venait d'Espagne, où les Christ sont fort différents de ceux de Flandre, et bien plus impressionnants. Ainsi, à Cadix, il en est un qui fut jadis sur la galère de don Juan d'Autriche, à la bataille de Lépante. Au plus chaud de l'affaire il se tailla une gloire durable en baissant la tête pour éviter un boulet turc. C'est dire combien son geste dut être diantrement vif. On en parle encore, ce qui est compréhensible. Bien que ne bénéficiant pas d'une semblable notoriété, le Christ de tante Palma n'en était pas moins terriblement troublant. Spierings, homme pieux et observateur, ne manqua point de le remarquer. Avec un semblable appui, tante Palma devait être une adversaire redoutable.

Il pensa que la bataille serait rude.

Elle le fut. Dans la conversation de tante Palma, le Seigneur prenait une place considérable. Il revint souvent au premier plan de la discussion au cours des trois heures que passa le corsaire à convaincre la vieille fille. Elle se défendait pied à pied, raide et tendue sur sa chaise de paille, les mains sèches parfois crispées sur sa jupe noire. Prête à faiblir, elle levait le regard vers le Dieu crucifié planant sur la scène et y puisait à chaque coup un regain d'arguments. La lutte était inégale et paraissait sans espoir, mais le petit homme pâle était tenace. Son mérite, qui n'est pas mince, fut de la poursuivre jusqu'à la victoire. De temps à autre, furtif, rapide comme un coup de sonde, le regard de tante Palma se posait sur l'enfant muet, immobile sur son escabeau, et dans ses yeux passait un étonnement. Visiblement elle ne comprenait pas l'intérêt de l'homme pour ce gamin au front têtu, pour ce vagabond coureur de barques qui suivait avec une attention silencieuse le débat dont il était l'enjeu. Pour la convaincre, Spierings conta plus tard – en s'épongeant le front – qu'il avait déployé au cours de ces instants plus d'éloquence que n'en prodiguait en vingt prêches le Père Holombius, du haut de sa chaire. Il fut cru sans peine.

Et voilà pourquoi, ce même soir, Rinus De Boer avait suivi le corsaire. La nuit venait, précédée de rafales soudaines. Le front baissé, avec cette apparence de volonté et de réflexion têtue qui fut toujours sienne, l'enfant allait, attentif à franchir les fondrières du Bout-du-Monde. Le premier instant de joie passé, il avait été la proie de sentiments confus où flottait comme le vague regret d'une époque perdue qu'il ne retrouverait jamais. Il avait encore aux joues le contact des deux baisers, rapides et aigus comme des coups de bec, que lui avait frappés la vieille fille, au moment de franchir la porte. Si sèches furent ces dures caresses, elles lui parurent être les dernières de son enfance. Ce soir-là, sous la pluie errante dans le lit du vent, près de l'homme qui à l'instant de franchir une ornière lui posait parfois la main sur l'épaule, Rinus n'était sensible qu'à l'angoisse imprécise qu'éveille l'ombre tombante dans le cœur d'un enfant solitaire.

Et la maison du corsaire fut là, trapue, tassée dans l'obscurité naissante. La nuit arrivait qui en voilait les humains contours, la familiarité de ses murs gonflés, la balafre de vieillesse béante dans sa façade. Nulle heure mieux que celle du jour finissant ne rendait plus mystérieuse cette basse demeure que frappait la levée de la tourmente. Aux fenêtres closes dansaient les lueurs d'un âtre encore invisible. Spierings poussa la porte et pénétra dans la pièce.

Que des épaves abandonnées eussent jadis servi à la construction de la bâtisse, voilà ce que pensa Rinus dès l'instant où il y entra. Sans doute ne se trompa-t-il guère. Tel était le galbe des murs, l'entrelacs de la charpente, des énormes poutres noircies qui diminuaient d'un bon pied la hauteur du plafond, qu'on eût dit la vieille demeure taillée dans la carène d'un navire. Rien ne paraissait conduire à l'étage si ce n'était, flanqué d'une bonne corde de chanvre luisante et noire d'usage, un escalier de cale, abrupt. Il montait roidement au mur pour se perdre dans le plafond béant, entre deux solives largement équarries à la hache. Tout : la chaleur et la densité de l'atmosphère, l'odeur marine d'une pièce de bois goudronné brûlant dans l'âtre, l'orbe brillant d'un astrolabe posé sur une étagère, des rouleaux de cartes marines, et jusqu'à un gros fanal de cuivre, évoquait plus la chambre d'un capitaine, à bord d'une frégate, que l'intérieur d'une habitation destinée à rester bien paisiblement accrochée à la terre. Eût-on, sous ses pieds, senti le plancher osciller au roulis du grand large que l'on n'en eût pas été étonné. Même par gros temps, prise par le travers, la maison de Raf Spierings devait tenir la mer splendidement.

La porte franchie, surgissant de l'ombre, un chat accourut se frôler aux jambes du corsaire. Bête étrange, telle que Rinus n'en avait encore vu, couleur de fumée blonde, mais noire – curieusement – de toutes ses extrémités. Chaque fois que, grondant, il levait sa minuscule tête de fauve vers la lumière, son regard avait d'étonnantes luisances bleuâtres. Il miaulait rauquement, mêlé aux pas de l'homme qui avançait. Se penchant, Spierings lui gratta le crâne.

– Oui, Belzébuth, oui, nous savons que vous êtes sage.

Il se tourna.

– Te voilà maintenant chez toi, Rinus. Cela te plaît?

La question resta sans réponse. Avec une rapidité foudroyante, une masse glissa du mur et, comme un ange, se posa légèrement en face de l'enfant. Un oiseau n'eût pas fait moins de bruit.

– Te voilà enfin, garnement!

Une minute avait suffi au petit De Boer pour franchir les frontières du possible et pénétrer dans le domaine du rêve. Eût-il à cet instant vu le chat sauter sur la table et s'étirer en bâillant : « As-tu faim, Rinus? » qu'il eût considéré l'événement naturel et bien digne du lieu. Aussi est-ce sans émoi qu'il regarda l'apparition immobile devant lui, le poing serré encore sur la main courante de chanvre. Avec ses six pieds de haut, ses membres interminables et une poitrine de batardeau sur laquelle coulait une barbe torrentielle, Cornélius Cabiljauw – à la belle clarté du soleil – était déjà un spécimen d'humanité assez remarquable. Tombant du ciel dans l'obscurité montante de cette pièce, les tremblantes lueurs de l'âtre dansant sur son énorme carcasse et le front perdu dans l'entrelacs des solives, il prenait des apparences quelque peu surnaturelles. Tout homme bien né et de bon courage le voyant ainsi surgir à ses pieds, en de semblables circonstances, n'eût point manqué de faire un très vif signe de croix avant d'empoigner, pour s'en défendre, n'importe quel solide objet à portée de sa main : « En garde, suppôt du diable! » Et puis il se fût arrêté, le bras en l'air, envoûté par la musique profonde de la voix du charmeur.

– Montre-toi un peu ici...

Rinus se sentit transporté dans l'espace. Il se trouva devant une barbe terrifiante au milieu de laquelle éclatait la bonté d'un immense sourire. Le Bon Dieu, sur les belles images, devait sourire comme Cornélius Cabiljauw. Le cœur de l'enfant flamba. A bras tendu le géant l'emmenait vers la lumière.

– Montre-toi, gamin, que l'on voie ton nez...

Il fronça le sourcil, et ce fut comme si le tonnerre allait éclater dans la pièce.

– Le même satané regard que son père : aussi têtu, mais pardieu! aussi franc. On fera quelque chose de toi.

L'enfant se sentit déposé à terre.

– Et maintenant viens manger, et dis-moi si l'oncle Cornélius fait aussi bien les crêpes que ta tante Palma.

– Les crêpes? interrompit Spierings.

– Oui, les crêpes : je savais bien que vous nous ramèneriez cet oiseau-là et je les ai déjà préparées pour fêter un peu son arrivée. Ce ne serait pas la peine de se nommer Raf Spierings et d'être plongé toute la sainte journée dans vos sacrés bouquins pour n'avoir pas réussi à convaincre cette vieille chouette.

– Cabiljauw!

– Quoi? Elle n'est pas vieille, sans doute?

Tout en parlant il dressait la table, prenait les chaises, posait entre les assiettes de faïence une poêle chargée d'une pile dorée. Ses gestes avaient l'économe précision du marin habitué à saisir, dans le noir le plus total d'une tempête, l'exact filin nécessaire à la manœuvre. Sous la lampe accrochée aux poutres, sa grande ombre se mouvait sur les murs en un ballet hypnotisant. Rinus l'écoutait, émerveillé. La tendre rudesse de sa langue, la désinvolture narquoise avec laquelle il parlait de tante Palma le plongeaient dans le ravissement.

– Et maintenant, silence! dit-il en le servant. C'est une chose sérieuse de manger les crêpes de l'oncle Cornélius.

L'enfant mangea. Il regarda mieux les détails de la pièce étonnante, les rayons couverts de livres, les cartes aux contours inconnus pendues aux murs, le chat couleur de fumée assis sur le coin de la table, immobile comme une idole, qui le considérait d'un regard énigmatique. Un parfum secret se dégageait des parchemins, de l'huile se consumant dans la lampe, d'un grand carré d'étoffe aux couleurs et dessins fascinants qui brillait dans l'ombre envahissante d'un recoin : un parfum qui était peut-être bien celui de l'Inconnu et des Lointains Espaces.

Rinus alla se coucher. Sa chambre était petite et basse sous la forêt de la charpente. Et nue, aussi. Un lit, un coffre de matelot posé le long de la muraille et cerclé de cuivre. Et dans un angle, touchant du front les cintres, une pièce de bois énorme, tendue, rongée à la base par le feu, galbée comme un arc. Tête d'étrave, figure de proue imprécise qui jadis avait dû broyer les flots à l'avant d'un navire disparu. Dans les contours de ce que n'avaient point dévoré les flammes se devinait le torse musculeux et barbu d'un être mi-homme mi-poisson. Dans le visage de tempête, intact, s'ouvrait une bouche menaçante par laquelle avait dû jaillir le dernier cri de cette divinité foudroyée.

– Un *meerman* [1]! murmura l'enfant, étourdi de merveilles.

1. Personnage mythologique, mari de la sirène, ou *meermine*.

L'engourdissement le prenait. Quelque chose tomba souplement sur la couverture, s'aplatit près de son épaule dans un ronronnement voluptueux, et il perçut l'éclat voilé de prunelles de jade. Les yeux mi-clos fixés sur la sculpture mythologique, Rinus rêvait vaguement. Dans son cerveau assoupi revenaient, de plus en plus lentement, quelques paroles du géant aux crêpes : « ... Comme son père... On en fera quelque chose... oncle Cornélius... » « Oncle Cornélius... » Le petit De Boer répétait ces deux mots auxquels il trouvait une douceur particulière.

– Un *meerman*, soupira l'enfant en caressant Belzébuth. Un *meerman*...

En bas, de chaque côté de la cheminée, aux dernières lumières du foyer expirant, les deux hommes devisaient en phrases courtes, coupées de longs silences.

– Cela a été difficile?

– Assez, répondit Spierings.

– De l'argent?

– Oh! deux fois rien : le salaire d'un mousse de onze ans...

L'homme pâle s'interrompit. Sans paraître touché par la brûlure, le corsaire saisit entre ses doigts un charbon ardent, ralluma lentement sa pipe. Il hésita un peu, soufflant la fumée entre ses lèvres minces.

– Mais ce n'est pas tout...

– Qu'a-t-elle encore voulu, la sorcière?

Les bras légèrement posés sur les accoudoirs de son fauteuil au grand dossier de paille, Spierings fit attendre sa réponse. Quelque chose comme un éclair d'amusement passa dans ses yeux froids. Il aspira une bouffée, longuement.

– Oh! pas grand-chose non plus... Pour s'assurer que son neveu est en de pieuses mains, tante Palma passera le voir ici.

Il prit un temps.

– Régulièrement...

Lâchant sa pipe, le géant barbu s'effara.

– Miséricorde!

IV

La nuit de tante Palma fut mauvaise. Dès la porte fermée, elle s'était glissée à sa fenêtre. Derrière les rideaux raides d'empois, le corps un peu en retrait, elle avait suivi des yeux le départ de Rinus. Aux côtés du corsaire, son petit baluchon dansant au bout du bras, l'enfant sautillait de flaque en flaque dans une secrète allégresse de gestes dont lui-même ne se rendait sans doute nul compte. Deux ou trois fois, sous la pluie hésitante, il avait, de son front, secoué une mèche humide, d'un vif mouvement de tête qui dans le cœur de la vieille fille éveillait le souvenir d'un autre départ, qu'elle croyait avoir oublié. Pour la première fois, avec une crispation qui s'amplifiait de seconde en seconde jusqu'à la douleur, elle découvrait en l'enfant certains gestes du vieil Adrian De Boer, de ce père qu'elle avait chéri et qui, un jour semblable à celui-ci, avait définitivement disparu de sa vie. Dans la silhouette de Rinus, son image ressuscitait avec une netteté, une intensité étonnantes. Impression si poignante qu'il lui sembla encore entendre, à quarante ans de distance, dans cette même pièce, les paroles qu'il avait prononcées à l'instant de son départ.

– Quand je reviendrai, je t'offrirai les plus beaux jouets du monde; tu auras un beau collier de pièces d'or, de jolies robes et plus tard, quand tu seras une grande jeune fille, je ferai de toi la petite reine de la ville...

C'était l'époque des *Flotas del Oro.* Le mirage de ces caravelles espagnoles, chargées de lingots à en couler, avait attiré vers les rives d'Amérique des bandes d'aventuriers hardis. Le seul prix de la fortune était l'audace et le courage. Avec beaucoup d'autres, Adrian De Boer n'avait point résisté à cette chimère. Comme tant d'hommes, même les plus froids, il cachait sous l'apparente placidité de son caractère toutes les puissances du rêve. Leur cédant enfin, il était parti, brusquement, au seuil de l'âge mur, sans que rien auparavant eût pu, dans ses paroles ni ses actes, laisser deviner le feu qui le dévorait depuis son adolescence.

Il ne revint jamais.

La jeunesse de tante Palma avait passé, monotone, aux côtés de sa mère aux yeux usés. Des saisons et des saisons, puis d'autres saisons encore s'étaient écoulées, et les vents d'équinoxe n'avaient pas ramené l'absent. Sébastien avait grandi, était devenu mousse, très tôt, puis marin, maître d'équipage enfin, pour aider les deux femmes solitaires. De temps à autre, déformées par le temps, l'espace, de lointaines rumeurs venaient mourir sous le toit de chaume. Il existait, paraît-il, un De Boer dans l'équipage du Hollandais Corneille Joll, dit *Pié-de-Palo* (Jambe-de-Bois), lequel, dans les Antilles, guettait vainement les galions de Philippe IV. Plus tard, revenus du Mexique, des matelots avaient chuchoté dans les tavernes du port d'un Flamand taciturne – lieutenant de l'Olonnois – mêlé à une légende de coups de main d'une audace inouïe, d'actes de férocité incroyables, de palais d'or et de ripailles prodigieuses. Cela jusqu'au jour où l'on apprit la fin du pirate et de ses hommes, capturés, rôtis et mangés par les Indiens.

La petite Palma n'avait pas eu son collier d'or. Sa mère s'était éteinte, gardant jusqu'au dernier moment, cachée secrète en son cœur, l'espérance jamais abandonnée de voir l'aventurier vieilli pousser la porte, un soir, prendre enfin d'un air las son repos dans le grand fauteuil où personne ne s'était plus jamais assis. Sébastien s'était marié. Sa femme n'avait fait qu'apparaître et s'était évanouie pour ne laisser d'elle que le petit Rinus. Silencieusement, la vie, et la mort, et les ans étaient passés dans ces murs, aux côtés de Palma. Elle n'avait jamais été la petite reine de la ville.

Quelque chose comme l'approche d'un sanglot lui serra la gorge.

Et maintenant elle se trouvait seule. Loin par-delà les rideaux bien tirés, Rinus disparaissait à l'angle d'une maison. Il n'y eut plus, dans le cadre de la fenêtre aux vitres nettes, que la solitude d'un terrain morne, de chaumières faiblement éclairées sur lesquelles tombaient, mêlées au crépuscule livide, les rafales de la pluie croissante.

Tante Palma ne vivait plus que dans l'amère dilection de ses anciens espoirs, de sa vie manquée. Quand bien même l'eût-elle oublié, chose fort improbable, une enluminure placée à son chevet le lui eût constamment rappelé. C'était, sommé d'une couronne d'épines, un cœur sanglant sous lequel des lettres froides proclamaient :

Ma douleur est toujours présente devant mes yeux.
(Ps. XXXVI, 18.)

Jusqu'à l'instant où le sommeil la prit, elle ne la quitta point du regard. Rigide, les mains posées bien à plat sur les couvertures, l'épaule collée à la cloison derrière laquelle ne s'entendait plus le souffle régulier de l'enfant endormi, elle se rendit alors compte combien elle s'était attachée au petit Rinus. Et combien elle l'avait mal aimé. Le sort, maintenant, en était jeté. La mer le lui avait pris comme elle avait enlevé tous ses espoirs de jeune fille, puis de femme. Fugitive et violente, brève comme un coup de lame, une haine la prit contre ces flots que l'on percevait derrière les remparts, battant la nuit du rivage, dans les rumeurs d'un grain fuyant.

Le lendemain, à pas pointus, elle s'engagea dans la rue du Bout-du-Monde. Rien ne restait de son émotion de la veille, trop éphémère pour avoir atteint profondément sa sensibilité à travers la dure écorce de son cœur de vieille fille. Seule, longtemps retenue, l'habitait une curiosité frémissante. Elle allait enfin connaître cette maison étrange que deux hommes seuls, disait-on, habitaient. Cent fois, se rendant à la messe, elle en avait frôlé les murs ventrus, glissant à la dérobée, sans tourner la tête, un regard vers ses fenêtres perpétuellement closes. Une maison sans femmes ! Quel était ce Cabiljauw qui, paraît-il, en tenait le ménage, que l'on voyait parfois – flegmatique – en laver le seuil d'un faubert ruisselant ? Pas un balai : un faubert, comme sur les bateaux ! Cet homme qui faisait ses emplettes, le cabas au coude, nonchalant, paraissant jouir de l'étonnement des femmes, de leur regard aussitôt détourné quand se posait sur elles son œil soudain sarcastique. Un matin, au pas de la porte, tante Palma avait aperçu un panier dans le fond duquel s'enroulaient des épluchures, si fines qu'elle-même, pourtant économe, n'en eût point fait de semblables. Qu'un homme puisse ainsi peler les pommes de terre lui paraissait invraisemblable, pour ne point dire suspect. Que se cachait-il derrière ces fenêtres toujours closes? Était-il vrai qu'on y avait vu, parfois, le soir, y glisser une ombre qui n'était point celle du corsaire, ni de Cabiljauw? Tante Palma lécha ses lèvres, d'un coup de langue aigu, et pressa inconsciemment le pas. Elle pressentait le mystère qu'obscurément elle recherchait depuis son adolescence. Et s'il était exact que deux hommes seuls vivaient en ces murs, quel capharnaüm cela devait-il être, quel antre de saleté et de désordre! Les critiques, déjà, lui venaient à l'esprit.

Ce qu'elle vit de prime abord fut pour l'épouvanter. Quand elle apparut, Cornélius Cabiljauw, au coin de l'âtre, aiguisait minutieusement un sabre d'abordage. La manière dont, se levant, le géant barbu en balaya l'espace, garnit la lame d'une plume royale.

– Entrez donc, mademoiselle, entrez donc!

Pétrifiée, tante Palma suivit l'éclair de l'acier qui retomba noblement. Sur le bord de la table, à côté d'un bol de faïence, un pistolet s'offrait, posé négligemment et de façon aussi naturelle qu'une tartine à la confiture. Suivant son regard, Cabiljauw sourit. Tante Palma se sentit transpercée par les accents d'une voix mélodieuse et cependant teintée d'une raillerie imperceptible.

– Ne faites pas attention à ces babioles : je montrais à notre petit Rinus comment il fallait entretenir les armes. Cela lui sera un jour nécessaire. L'éducation de cet enfant me paraît avoir été assez négligée à ce sujet...

La vieille fille ne releva pas l'ironie du propos. La présence de Rinus, qui maintenant l'embrassait, lui rappelait le but avoué de sa visite. Elle se raidit. Elle n'allait pas s'en laisser imposer par ce grand diable au sabre de matamore. Ses yeux furetèrent, glissant des livres au râtelier d'armes, de la cheminée à la pile d'assiettes étincelantes qui se percevait par la porte entrouverte du bahut. Un frisson la parcourut quand elle distingua le grand carré d'étoffe bariolé pendu sous les poutres. Seule une femme pouvait avoir placé là cet objet trop futile pour des marins. Ses narines frémirent, imperceptiblement.

– Je peux voir la chambre du petit?

Le sourire de Cabiljauw devint immense.

– Si vous le désirez, mais je vous avertis que c'est sacrément difficile pour y arriver, tante Palma!

Tante Palma! La vieille fille faillit en avoir un haut-le-corps. Exception faite de son frère, jamais un homme autre que son père ne l'avait appelée par son prénom. Cabiljauw, en deux paroles, avait le génie de s'installer de plain-pied dans l'intimité de ses interlocuteurs, et cela de manière si naturelle qu'elle en était irrésistible. Sauf pour la vieille fille qui leva le menton, choquée. Cornélius eut une lueur de gaieté dans le regard en lui désignant l'escalier de cale, vertical, et la corde mouvante qui lui servait de rampe.

– C'est là-haut, par là...

Contre toute logique, tante Palma s'éleva vers les cintres et, serrant sa jupe, disparut avec majesté dans le plafond. Critique, elle regarda le lit mince, la figure de proue que la lumière révélait maintenant sans mystère, la nudité des murs blanchis.

– C'est bien ce que je pensais...

Que pensait-elle? Rinus et Cabiljauw ne le surent que le lendemain quand la vieille fille revint, tira de sa cape des clous et un marteau et – avec l'habileté d'un vieux charpentier – fixa au chevet du lit un petit crucifix. Pour l'heure, l'homme et l'enfant la suivaient, trottinante, flairant comme un chien en quête, poussant l'unique porte de la pièce et s'effarant soudain.

– Oh! pardon, je croyais que c'était un placard!

Mais un coup d'œil avait suffi pour lui montrer une cellule, aussi dépouillée que celle du jeune De Boer, un sabre – encore! – appuyé dans une encoignure, une paire de sabots – énormes – au pied du lit de bois. Cela sentait l'homme, les vêtements quittés après le labeur d'une journée de pluie, le soulier de gros cuir et le tabac. Secrètement dépitée, la vieille fille redescendit. Rien ne lui échappait. Furtivement elle glissait son doigt sur les meubles, ne croyant point ses yeux de la propreté des bois luisants. Des hommes, tenir un ménage ainsi! Non, cela n'était pas possible. Immobile, les yeux glauques, le chat la suivait de son regard de sphinx.

Dans l'intervalle Spierings était rentré, indifférent et poli. La procession des deux marins et de l'enfant se déroulait derrière la vieille fille. Bien que son inspection fût terminée depuis longtemps, elle ne se décidait pas à partir. Elle hésitait. Son regard sautait d'un objet à l'autre pour revenir toujours, invinciblement attiré, vers une porte close entre la hotte de la cheminée et le grand carré d'étoffe flamboyante. L'œil amusé de Cabiljauw devint irrésistible.

– Vous voulez voir, *aussi*, la chambre de M. Spierings?

Engageant, il poussa la porte. Dans la pénombre des volets tirés, on ne distinguait que la crudité des murs, un quinquet de cuivre – goutte d'or pendue à la noirceur des solives – et, juste en face, dans la lumière diffuse, une large table encombrée de livres. Tante Palma tomba en arrêt, le doigt tendu.

– Qu'est-ce que c'est que ça?

Immédiatement au-dessus de l'écritoire, dans une sorte de niche, veillait une statuette insolite. Elle était assise, jambes croisées, les mains doucement posées sur le galbe arrondi des genoux. Coulant sur le globe uni des joues, se devinait le regard de paupières baissées vers un ventre nu, rutilant, énorme. Elle était parfaitement impassible et sereine. De ses lèvres, du coin imperceptiblement relevé de ses yeux, ruisselait pourtant une sorte de jubilation intérieure, ambiguë. On l'eût dite surprise et, soudain frappée par la clarté de la porte large ouverte, jouissant avec une ironie indéfinissable de l'étonnement de la vieille fille.

– Qu'est-ce que c'est que ça ?
– Euh... un Bouddha.
– Qu'est-ce que c'est que ça, un Bouddha ?

Cabiljauw jeta un coup d'œil éperdu à Spierings.

– Un dieu... un dieu chinois, s'empressa d'ajouter le corsaire.

Mais il était trop tard. Rigide, la tête dressée, son petit œil de poule en colère, aigu, jetant un éclair d'indignation, tante Palma ramassait ses jupes, marchait nerveusement vers la porte.

– Chinois... chinois ! il n'y a qu'un Dieu au monde. C'est blasphémer que de donner ce nom à cette, à cette... (elle sifflait, entre ses lèvres serrées) ...à cette chose lubrique...

Elle disparut lançant l'anathème, son ombre passant, rapide, derrière la fenêtre. Méditatif, Cornélius Cabiljauw resta un instant à fourrager la jungle de sa barbe.

– Rinus, mon fils, c'est une bien sainte femme que ta tante : elle ira certainement tout droit au paradis...

Comme personne ne s'insurgeait, il compléta sa pensée, l'œil pétillant.

– Au paradis, certainement : seuls les anges pourraient la supporter.

Il tonna.

– Mais, par Dieu, je ne suis pas un ange et, la prochaine fois qu'elle vient ici, je lui tords le cou !

Spierings et Rinus regardaient le géant. On ne peut dire qu'ils souriaient vraiment. Mais au pli léger de leurs paupières, dans l'imperceptible frémissement qui retroussait à peine le coin de leurs lèvres, tante Palma, horrifiée, eût retrouvé un peu de l'ironie impassible de l'idole.

V

Bien avant que la conscience lui fût revenue, des bruits légers, encore jamais entendus, dissipèrent le dernier sommeil de Rinus. On eût dit des murmures chantants, les pas pressés d'un petit monde en fête courant sur la pointe des pieds, des frôlements d'air produits par des courses furtives, des applaudissements de mains minuscules et même – parfois – des rires étouffés fuyant au-dessus de sa tête. Surpris, l'enfant ouvrit les yeux. Un gai soleil glissait par la fenêtre basse, traversant de part en part la mansarde d'une épaisse barre d'or dans laquelle dansait la poussière. Un bref instant, face au *meerman* somptueusement vêtu de lumière, Rinus pensa aux génies qui peuplent les mers, à ceux d'entre eux qui, les nuits d'été, illuminent les flots et tissent aux voiliers un sillage de lumière. De la bouche toujours ouverte du dieu marin était prêt à jaillir le cri qui allait les faire s'enfuir et dissiper le rêve que Rinus, les yeux grands ouverts, poursuivait encore. Mais les rumeurs persistaient dans la charpente. Planant, un oiseau passa dans le soleil et son ombre raya le mur clair. Tout aussitôt ses ailes claquèrent et on l'entendit se poser, ses pattes légères griffant les planches. Des roucoulements roulèrent sur les tuiles.

Séparé des chambres par quelques voliges, le pigeonnier occupait le sommet de la demeure du corsaire. Sa minuscule fenêtre s'ouvrait à l'extrême pointe du pignon à redans, car si modeste fût-elle, la maison de Spierings n'en était pas moins coiffée comme une bourgeoise. Cabiljauw avait sur cet ornement architectural une opinion bien personnelle; ces pignons en escalier, disait-il, servaient chaque nuit aux anges pour descendre sans se rompre les os sur la bonne terre de Flandre. Le jour, il n'était pas d'heure où, sur chacune de leurs marches célestes, ne se posât quelque pigeon aux ailes gris-bleu, couleur du ciel à l'approche de l'orage.

Encore engourdi, Rinus s'abandonna à la tiédeur des draps de toile. D'en bas, par la trappe largement ouverte, lui parvenaient les tintements des bols de faïence saisis dans le bahut et un à un posés sur la table, le craquement du bois sec brisé et jeté dans l'âtre, le choc de la grosse marmite de cuivre que Cabiljauw déplaçait avant de faire jaillir l'étincelle de sa pierre à feu. Les crépitements de la flamme naissante montèrent et bientôt, contre son flanc, Rinus sentit se tiédir le corps de la cheminée. Une imperceptible et délicieuse odeur de bois flambé glissa dans la pièce.

C'est ce matin-là que Rinus fit connaissance du *Morgensterre*. Tout au long du chemin qui de la rue du Bout-du-Monde conduisait au port, il savoura la joie d'être vu avec un monsieur aussi important que l'était Raf Spierings. Le corsaire s'en allait, au pas tranquille de ses souliers à larges boucles d'argent, la canne légèrement posée entre les pavés. De temps à autre et ma foi assez souvent, sa main quittait l'épaule de l'enfant et saluait, d'un beau coup de tricorne, des personnages très importants dans l'esprit de Rinus : M. Schoonvriendt qui tenait commerce de drap rue de la Chapelle, le mareyeur, l'armateur Wolbrants dont on disait qu'il gagnait bien plus sur les cargaisons qu'il achetait aux corsaires que sur le fret de ses bâtiments qui faisaient la ligne d'Espagne, le *schiphandelaar* Hondschoot, et jusqu'au Sergent du port. Rinus, en son for intérieur, estima ce dernier coup de tricorne superflu, M. le Sergent du port s'étant assez fâcheusement mêlé à certaines histoires où Rinus, directement intéressé, avait trouvé son intervention inopportune. Entre autres, certaine histoire de barque... Mais passons! Il croisa l'homme, jouissant de l'étonnement qu'il lut dans son regard.

Le port approchait. On y aboutissait par un dédale de ruelles où régnait la plus jolie animation du monde. Rien ne laissait d'abord prévoir la proximité des bassins si ce n'était l'air plus affairé et joyeux des passants, leur voix plus haute, la manière familière dont certains hommes saluaient le corsaire.

– Bonjour, monsieur Spierings! Bon vent ce matin...

– Bon vent, Karel, bon vent.

– Rien de nouveau?

– Pas encore, Jan...

– Vous penserez à moi?

– J'y pense, Joris, j'y pense!

Ceux qui s'adressaient ainsi à Spierings avaient l'œil perçant et dur, les traits rudes. Au milieu de l'activité croissante, presque tous, parfaitement indifférents à l'agitation qui les entourait, paraissaient désœuvrés, au seuil des tavernes à cette heure désertes. Ils enlevaient leur bonnet d'un geste hardi, un peu comme ils auraient donné un coup de sabre, ou, avec une désinvolture qui choquait Rinus, interpellaient le corsaire sans même se lever du banc de pierre où ils devisaient. Chose curieuse et rare, une apparence de sourire détendait les traits de Raf Spierings, qui semblait avoir pour ces gens infiniment plus de considération que pour un M. Hondschoot ou pour M. le Sergent du port. Il redressa sa petite taille et sa démarche devenant plus vive, sa canne sonna allégrement sur les pavés.

Puis le port fut là, surgissant à un détour. C'était d'abord, dressé au-dessus des maisons, le bel alignement des mâts, une forêt de fûts élancés jetant dans le ciel les rameaux de leurs vergues, l'enchevêtrement des gréements en lequel le vent sifflait avec entrain. D'un pas à l'autre, l'air était devenu plus vif, plus frais, tout neuf de sa longue course sur la mer. Enfin se découvraient les quais où cent hommes bruyants et forts s'affairaient autour des rescapés de la flottille de Cadix. Une équipe de charpentiers avait déjà envahi le *Justice* et menait vacarme, sciant, cognant, laissant tomber les planches à grand bruit. Enjambant les aussières raidies, un espar fracassé et des cordages répandus en désordre sur le quai, Spierings dépassa les frégates meurtries des De Moor. Au-delà, au bout d'un appontement désert, était le *Morgensterre*.

Solitaire, la frégate se trouvait au fond des bassins, immobile sur l'eau plate que n'atteignait pas le vent. L'approchant, Rinus sentit son cœur bondir. Il la connaissait bien, cette coque noire autour de laquelle il avait si souvent rôdé, sa silhouette élancée, son château arrière un peu trop plat, la manière aisée dont elle attaquait la vague au large, quand les cris couraient la ville.

– Le *Morgensterre* est en vue!

Rinus galopait aux remparts. La frégate approchait, sous voilure réduite, traînant toujours en son sillage quelque bateau enlevé de haute lutte : gros cul-carré anglais ou fond-plat de Hollande, ventru, cueilli par surprise autour de l'Ile de Walcheren. De très loin pouvait se voir sur le pont l'équipage de prise agitant ses bonnets, puis criant à l'instant où, toutes vergues soudain abattues, les navires pénétraient dans le havre d'est. Avec la frégate de Spierings, les falaises luisantes d'embruns de sa haute coque sombre, l'étoile d'or qui en marquait la proue pénétrait dans la ville comme un vent d'aventures. La fièvre faisait parler plus fort les hommes, les jetait dans des discussions interminables, dans des récits cent fois repris et toujours passionnants :

– ... Et au moment même où nous l'avons à vue – crac ! – le voilà qui vire lof pour lof et lance toute sa toile comme s'il avait vu le diable. Je crois qu'à son bord tout le monde, et même le capitaine, avait hissé sa chemise au vent pour aller plus vite. Crois-tu que Raf a fait la même chose ? Pas du tout, mon fils ! Au contraire il nous fait prendre un ris et...

– Pas possible !

– Si que je te dis ! Il était là, calme comme le pape, à regarder de son petit œil froid un grain qui arrivait sur nous, au galop. Quand ça a dégringolé on n'a plus rien vu à un quart de mille à la ronde, pendant cinq bonnes minutes. Après quoi, quand il fut dissipé, on aperçut l'anglais proprement démâté avec toute sa grand-voile étalée sur le pont et trente-six hommes qui se débattaient dessous en jurant comme des damnés. Ils ont eu de la chance qu'on arrive juste à temps pour les aider à sortir de ce pétrin en leur donnant un petit coup de main. Pour mon compte j'ai aidé le capitaine à se sortir d'un sacré mauvais pas : il était coincé comme un rat entre un bras de vergue et le pavois, avec une épaule brisée et sa perruque tout de travers : « Je vous en prie, Milord », que je lui ai dit en le dégageant. Et savez-vous ce qu'il m'a répondu ?

– Merci ?

– Non ! « Le diable vous emporte ! » qu'il m'a dit, « le diable vous emporte ! ».

Rallumant sa pipe, le narrateur soupirait, hochant la tête.

– Ces Anglais ne sont décidément pas polis, sacredieu non! Tenez, c'est comme cet autre...

La discussion repartait. Rinus en avait pour des jours et des jours de rêves sans fin qu'il poursuivait, assis sur l'appontement, à regarder sans se lasser le *Morgensterre* qu'il animait en pensée de batailles épiques. Jamais pourtant la frégate ne lui était apparue plus fascinante qu'en ce matin d'avril, quand le petit homme pâle, sautant sur le pont, lui en livra les mystères.

– Te voilà à ton bord, amuse-toi, dit le corsaire, en disparaissant dans la cabine.

Rinus resta seul. A l'instant d'en prendre possession, la frégate lui paraissait immense et pourtant accueillante, soudainement familière comme un être à qui l'on a longtemps rêvé sans le connaître et auquel on sourit à la première rencontre.

A pas ravis le petit De Boer, lentement, pénétra dans les profondeurs de la batterie.

VI

– Non mais, quand va-t-il partir, celui-là?

Sombre, Frans Van Maestricht rageait à froid. Ce soir-là, plus que d'autres soirs, l'impatience le rongeait. En aurait-elle eu besoin, la colère qui lui durcissait le visage eût trouvé un aliment supplémentaire dans le seul spectacle du port. Les dernières marchandises disparaissant dans les écoutilles béantes du convoi de Cadix, les ultimes coups de maillets que les charpentiers faisaient retentir à bord du *Justice* et du *San-Francisco* aujourd'hui presque réparés, le contraste de cette animation avec la silencieuse immobilité du *Morgensterre* emplissaient l'enfant de dépit.

Elle était lointaine, effacée, presque disparue, la bruyante allégresse qui l'avait saisi quand, à son tour, il avait été versé à l'équipage de la frégate. Il s'y était vu, avec Rinus, aussitôt embarqué et vivant déjà la guerre de course. Enivrante espérance!

En cette fin de jour il n'en restait que la déception grandissante de trois semaines de stérile attente. Sentiment entretenu, aiguisé par le spectacle du convoi d'Espagne prêt à lever l'ancre. Et poussé à son paroxysme par la réponse sibylline, presque résignée, que venait de faire Raf Spierings aux deux enfants, Frans frappa du pied et pour la seconde fois grogna.

– Dis, sais-tu ce qu'il a voulu dire, toi?

Sans tourner la tête Rinus leva les épaules, d'un geste d'ignorance. Moins apparente, son humeur, pour des raisons identiques à celles de son compagnon, n'en était pas moins sombre. Il cracha machinalement dans l'espace et, sans répondre, se pencha un peu plus sur le garde-corps.

En dessous des enfants, la masse sombre du *Morgensterre* se reflétait sur l'eau plate du bassin. Du perchoir de hune où ils s'étaient juchés s'offraient aux deux garçons l'étendue déserte du pont de la frégate, le grand rectangle des quais pris dans l'entrelacs des ruelles étroites et, par-delà les toits, la ceinture des remparts cernée par une campagne d'avril verte et grasse, toute quiète à l'approche du crépuscule.

La marée approchait. A travers le vallonnement des dunes, elle s'infiltrait lentement dans les polders, glissant sur les terres, lançant ses tentacules liquides par de petits canaux invisibles. Montant du havre d'est, le flot se gonflait dans la Creque Sainte-Catherine, cernait la ville, l'investissant d'un flux insensible. Mille fois et plus déjà ces fils de marins avaient assisté à cet éternel retour de la mer, aux mouvements tranquilles de cette étreinte tenace et parfois – lors des grandes marées d'équinoxe – à ses furieux essais de reconquête des terres qui lui avaient été ravies. Alors, en quelques heures, elle rompait les digues érigées par des mois du patient labeur des hommes, roulait dans la ville, battait les portes, forçant le peuple aux étages. Après il arrivait qu'on retrouvât une barque, ses amarres rompues, bien tranquillement posée en plein milieu de la rue Longue; des algues gluantes sur le seuil des maisons et jusqu'à des poissons qui sautillaient, avant de mourir, entre les pavés du Marché-aux-Bœufs. Méchante pêche que celle-là! Dédaignant ses filets, le Flamand, têtu, chaussait ses sabots et reprenait la pelle. Et la mer reculait, grondante. « Je reviendrai! » semblait-elle dire en léchant les remparts.

Aux deux garçons muets, perdus au sommet d'un mât dans le réseau des cordages murmurants, jamais pourtant son envahissement silencieux n'était apparu plus chargé de significations mystérieuses. Ils croyaient encore entendre la voix de Cabiljauw quand, le matin même, face à la figure de proue dressée dans la chambre de Rinus, le marin leur en avait raconté l'histoire. Légende vieille comme les siècles où la mer, sans marées, jamais n'avançait ni ne reculait. Ils revoyaient les images qu'avait fait renaître la voix du conteur; le *meerman* surgissant dans le port d'Ostende et réclamant aux pêcheurs sa *meerminne* capturée en leurs filets; la réponse insolente des hommes devenus fous à la vue de la sirène; la malédiction lancée par le dieu avant de redisparaître dans les flots...

C'était la veille de la Saint-Vincent. Pendant la nuit, inattendue, vint la tempête qui engloutit la ville, mais trop tard pour reprendre la belle captive déjà morte. Depuis, deux fois chaque jour, le *meerman* inconsolable reparaît avec les vagues montantes, et par grand vent on l'entend gémir et pleurer dans les dunes.

Sous le ressac qui maintenant commençait à battre les murailles, les enfants imaginaient un port, une église, toute une ville engloutie à jamais. Les jours de brume s'entendaient les plaintes des disparus maudits, errant dans le brouillard. Et parfois, les nuits d'été, se distinguaient sous les flots les lumières de leur cité ensevelie. Les esprits forts disaient que ce n'étaient là que murmures de vent, reflets d'étoiles ou phosphorescence de la mer, mais les esprits forts avaient tort.

Ressuscitée, la légende planait autour des deux enfants.

L'heure vint, rapide, où les flots se refermèrent autour de l'enceinte. Ostende, cernée, ne fut plus qu'une cité fabuleuse, irréelle, coupée du monde, planant dans le ciel entre la lente dérive des nuages et leurs reflets glissants sur l'eau paisible. Seul lien liquide qui la reliait aux terres de l'intérieur, le canal de Bruges flambait dans le couchant. D'en bas monta le long coup de sifflet annonçant la fin du travail dans le port et tout de suite, lointain, mêlé à l'écho fuyant des derniers coups de maillets, le cri d'un coq chantant dans la campagne. Hors vue, des cloches se mirent à battre, à sons ouatés. Une mouette passa, si près que Rinus sentit à sa joue le vent de l'aile.

Dressé sur la pointe des pieds, Frans, par-dessus le garde-corps, laissa tomber un regard furieux sur le *Morgensterre*, ses cordages trop bien lovés, la nudité du pont briqué au sable et poli comme un os soigneusement rongé. Il répéta, frappant du pied encore.

– Quand va-t-il se décider à partir?

Mais nulle réponse ne venait du château arrière, derrière les vitres duquel une ombre fluette passait et repassait.

Entouré de pigeons, Cabiljauw était sur le seuil. De la plaisante demeure aux murs rebondis, le marin avait fait son domaine. Il régnait sur un royaume de cuivres étincelants, de meubles polis, de faïences luisantes, fief d'une propreté éblouissante tenu avec cet ordre minutieux, presque maniaque, qui est celui du marin. Parfois, quand après des jours le vent d'est persistant avait séché les fondrières du Bout-du-Monde et chassé sa poussière jusqu'aux plus infimes recoins des pièces, il s'échappait de la maison lézardée un énorme remue-ménage. Le passant s'arrêtait, interdit. Quelle effroyable bataille se déroulait derrière cette façade qui paraissait soudain gonflée par la puissance d'une force intérieure? Brusquement, la porte claquait. Dans les nuages qui s'en échappaient, Cornélius Cabiljauw surgissait, le crâne ceint d'un grand foulard rouge, la barbe quasi fumante, chassant l'ennemie d'un balai vigoureux. C'était là une besogne ardue, une lutte incessante dont il sortait perpétuellement victorieux, une lueur de satisfaction dans ses yeux clairs.

– Ah ! maintenant, on respire !

Sauf lors de ses brefs passages à bord de la frégate, l'oncle Cornélius ne quittait guère la vieille demeure, sans cesse occupé à d'interminables besognes ménagères, frottant, époussetant, astiquant chaudrons et coquemars, rangeant la vaisselle, et même – spectacle qui confondait comme celui d'un dieu occupé à cirer ses chaussures – pelant soigneusement des pommes de terre. Cabiljauw pelait les pommes de terre comme nul autre au monde, et tirait de sa cuisine un orgueil sans doute exagéré, mais sincère. Le plus grand affront de sa carrière lui était venu de tante Palma, s'approchant un matin de la grande marmite fumante et par l'entrebâillement du couvercle y jetant un regard soupçonneux. Il y bouillonnait à grand feu un *waterzoï* peu orthodoxe, mais sensationnel. Au fumet, la vieille fille avait froncé le nez comme à l'odeur d'une chose innommable.

– On dirait une pâtée pour les chiens !

– Mais, c'est pour les chiens... avait répondu Cabiljauw, très suave.

La vieille fille disparut. Immédiatement, dans le beau velours de suie de la marmite, les doigts agiles de Cornélius avaient fait surgir un masque fantastique, un nez, des yeux terrifiants, une bouche grimaçante de cuivre rouge. Le lendemain, pétrifiée, tante Palma désigna d'un doigt tremblant ce monstre ventru, velu, au crâne fumant, accroupi sur son trépied et comme prêt à bondir du milieu des flammes.

– Qu'est-ce que c'est que cela ?

– Un fétiche pour chasser les démons, répondit le marin.

Puis, saisissant un très beau sabre d'abordage, il le posa délicatement contre le jambage de l'âtre.

– Et ceci, si Dieu le veut, est pour aider à leur extermination.

Après quoi ses yeux clairs, très fixement, se posèrent sur la vieille fille. Tante Palma, depuis, n'avait jamais plus approché de la cheminée.

Miraculeusement – hommes, bêtes et choses – tout semblait en ce lieu obéir à Cornélius Cabiljauw. Il n'avait qu'à paraître au pas de la porte, qu'à siffler doucement entre ses dents pour aussitôt être enveloppé d'un vol battant de pigeons. C'est ainsi que Rinus et Frans le surprirent, assis sur le banc de pierre et entouré d'oiseaux comme un saint François d'Assise. Son éternel sourire brillait dans sa barbe.

– Bonsoir, garnements.

– 'soir, oncle Cornélius.

Ils s'assirent à ses côtés, boudeurs. Confiants, les pigeons se posaient sur les gros sabots de frêne du géant, tombaient en bruissant sur ses genoux, venaient d'un bec vorace chercher les graines jusque dans les paumes de vieux cuir du marin. Il se passa un assez long temps avant qu'il eût, un à un, distribué ses grains de maïs. Du coin de l'œil il observait Rinus et Frans, renfrognés, le front bas, balançant leurs jambes sans quitter le sol du regard. Et à chaque seconde, malgré ses efforts, plus large devenait le sourire de l'homme. Vint le moment où toute sa barbe ne put le cacher.

– Eh bien, vous avez perdu votre langue? Qu'est-ce qui ne va pas? On vous a empêchés de mettre le feu à la soute aux poudres?... Tante Palma a dit qu'elle vous emmènerait dimanche en promenade?

Rinus secoua la tête.

– Quoi? c'est encore plus terrible que cela?

C'était plus terrible. C'était le convoi de Cadix qui allait bientôt repartir, le port qui allait être vide avec le *Morgensterre* toujours à quai, toujours, toujours...

– Et l'oncle Raf n'a rien dit?

– Que si! Nous partirons quand le ciel nous l'apprendra, qu'il a dit...

Frans, le doigt levé, imitait le geste du corsaire, sa voix sans éclat et jusqu'à l'impassibilité de son visage sur lequel n'apparaissait jamais le reflet d'un sentiment.

– Diable! le ciel, dit pensivement Cabiljauw, le ciel... Eh bien! on va faire en sorte que le ciel se dépêche de le dire...

Les deux enfants le regardèrent, émerveillés, pleins d'espoir : oncle Cornélius était un homme si magnifique qu'il était capable – pour sûr – de commander aux éléments et même de faire parler les nuages.

Quand la lassitude les prenait de vagabonder, de flâner sans objet autour du port, irrésistiblement Rinus et Frans étaient attirés vers le marin. Il avait toujours, Cabiljauw, quelque histoire merveilleuse ou fantastique à raconter. A la seconde même où ils se déroulaient, il connaissait tous les événements de la ville.

– ...Et alors, juste au moment où Yoens saute à quai, voilà Mathieu qui donne un petit coup de rame, comme ça. Yoens en a été si surpris qu'il est resté deux secondes en l'air avant de tomber – baouf! – en plein milieu de l'eau. Mathieu a juste eu le temps de le repêcher par le bout de sa moustache avant qu'il se noyât. Yoens est sorti de là mouillé comme un rat et crachant de l'eau comme un éléphant : « Sacré diable! qu'il hurla en sautant à la gorge de Mathieu, je vais... »

Les yeux des enfants s'arrondissaient.

– Un éléphant?

– Quoi? vous ne savez pas ce que c'est, un éléphant?

Adieu Yoens, sa noyade, l'épouvantable bagarre qui allait suivre! Figé en plein élan, on le laissait cramponné à la gorge de Mathieu. A plus tard, Yoens! En quelques traits charbonnés à la braise sur les pierres de l'âtre, Cabiljauw faisait surgir la bête monumentale, aux oreilles écartées, dotée d'une trompe interminable qui pendait du mur jusqu'au sol. L'histoire suivait toute seule, entraînant les enfants dans le merveilleux.

– ... C'était il y a bien longtemps. Un éléphant très vieux, aux poils tout blancs comme les cheveux de Balthazar, vivait dans une grande forêt sombre...

Quel obscur appel faisait alors accourir tante Palma? Elle surgissait, ombre furtive, soudain figée près de la porte. Les enfants ne la voyaient point, haletants, empoignés par le récit fabuleux qui lançait l'animal préhistorique dans une suite d'aventures étonnantes.

– ...Mon éléphant, tout essoufflé, arrive alors devant un torrent qui, entre les rochers, courait aussi vite qu'un cheval au galop. « Diable, se dit-il en se grattant la tête, comment vais-je faire pour passer ? »

La voix aigre de la vieille fille brisait subitement le charme. Longtemps envoûtée, elle reprenait soudain pied dans le réel.

– Balivernes ! Depuis quand un animal se gratte-t-il la tête quand il réfléchit ?

– Un animal ? Mais un chien, un chat, une poule, une femme même... mais c'est plus rare, car elle réfléchit moins souvent... Et puis l'éléphant, avec sa trompe !

Le regard de Cabiljauw jetait des éclairs. D'indignation il en bégayait presque, sa voix grondant comme un lointain tonnerre.

– Où en suis-je ? Ah ! oui... alors l'éléphant, se grattant le crâne, demanda à un singe qui se trouvait là : « Toi qui... »

– Mais l'éléphant ne parle pas ! triomphait tante Palma.

– Si madame ! L'éléphant parle... Le mien disait même : « Nom de Dieu ! »

La vieille fille étouffait un cri et s'enfuyait, épouvantée, en se signant.

Rinus estimait à part lui que c'était là manière fort saine de traiter tante Palma.

Les jours passaient. Aux soirs de leurs randonnées errantes, leurs pas recrus, toujours, conduisaient les enfants vers le port. Et, toujours, le *Morgensterre* était là, immobile. Dans le crépuscule tombant, le brouillard que les premières chaleurs faisaient naître sur l'eau calme à l'approche de la nuit, la frégate stagnait, lentement envahie par les nuées montantes. Vaisseau fantomatique dont les enfants se demandaient si la haute étrave noire, l'étoile d'or pâlissante de la proue seraient jamais encore animées par les mouvements de la mer.

Au retour d'un de ces vagabondages ils accoururent à la rue du Bout-du-Monde, haletants.

– Oncle Cornélius... oncle Cornélius ! cria Frans, papa vient de me dire que le convoi de Cadix serait parti dans dix jours au plus tard.

– Ah ! bah...

Pour la première fois indifférent à l'animation des enfants, le marin ne leva pas la tête. Accroupi près de la cheminée, avec une douceur extrême, il déployait un pigeon couleur d'orage. L'oiseau étendit ses ailes, qu'il avait musclées et profondes comme des voiles. Paisible, son œil rond brillant d'intelligence, il laissait les doigts de Cornélius errer précautionneusement le long de ses pennes. Surpris, Rinus s'exclama :

– Le grand bleu est revenu?

– Heu...

Dans la main du marin venait d'apparaître le tube léger d'une plume minuscule. Lâchant l'oiseau qui s'envola vers la porte ouverte, Cabiljauw s'approcha de la lumière. Tous ses gestes, pendant qu'il maniait l'épingle, avaient une douceur surprenante. Enfin surgit de son étui un mince rouleau que le géant déroula, le lissant, l'étalant bien à plat sur l'appui de la fenêtre. Progressivement apparut un petit carré de parchemin sur lequel l'homme se pencha. Alors, en une lueur, Rinus se souvint de cet après-midi où, rentrant à l'improviste, chassé par la pluie, il avait trouvé Spierings en conversation avec un visiteur inconnu au regard brutal, au parler rocailleux, qui s'était brusquement tu en l'apercevant. L'homme était parti peu après, tenant à bout de bras un panier d'osier duquel s'échappaient de légers bruissements. C'est le lendemain que Rinus avait constaté la disparition du grand bleu.

– Il est parti, avait dit Cabiljauw avec un grand geste vague.

Et maintenant voici que l'oiseau familier, après un envol, s'était reposé sur le seuil de la porte, attendant le grain, la mie de pain que jamais le marin ne manquait de lui jeter. Rinus crut comprendre.

– Oncle Cornélius, souffla-t-il.

Oncle Cornélius ne répondait pas. Le front presque collé aux vitres, les lèvres murmurantes, il déchiffrait les lignes imperceptibles du message. Derrière la fenêtre, au fond du Bout-du-Monde, les grandes ailes du moulin de Cornjuin tournoyaient au vent d'ouest. Le regard tendu, une longue minute, Cabiljauw parut suivre la marche des nuages, peser la force du vent qui là-bas faisait flotter follement les longs chapelets de poissons saisis entre leurs perches. Enfin il tourna la tête. Le sourire avait refleuri dans sa barbe.

– Alors, clampins, qu'est-ce que vous me racontiez tout à l'heure à propos de ce sacré convoi de Cadix?

– Qu'il part dans une dizaine de jours, oncle Cornélius...

Une fois encore Cabiljauw leva la tête vers le ciel. Il se frottait longuement les mains et son sourire était devenu immense.

– Dans dix jours seulement? M'est avis que ces traînards-là devront fameusement se dépêcher pour nous devancer : le *Morgensterre* partira à marée haute, à la première saute de vent. Trottez dire à oncle Raf que les nouvelles sont arrivées...

VII

Dans les jours qui suivirent, une agitation inhabituelle bouleversa le rythme tranquille de la rue du Bout-du-Monde. A toute heure, des hommes se présentaient à la porte de la vieille demeure. Ils avaient le mollet nu sous la culotte bouffante serrée aux genoux, et la carrure élargie par leur vaste chemise de grosse toile. Ils restaient sur le seuil, intimidés, le bonnet au poing, risquaient un œil à l'intérieur, fixaient d'un air étonné la marmite perpétuellement fumante et attendaient patiemment, en se dandinant d'une jambe sur l'autre. Vers le soir venaient le charpentier ou le second maître; quelquefois le voilier. La porte bien close, on discutait alors à longueur de soirée dans la fumée à chaque minute épaissie. Toutes ces voix habituées à dominer le vent grondaient sous les poutres, éclataient parfois en soudains accents qui faisaient se lever l'œil de jade du chat endormi. Si fort parlaient-ils pourtant qu'aucun ne se faisait plus parfaitement entendre que Raf Spierings. Non point parce qu'il était le chef, mais par le seul pouvoir de sa voix fluette que, pour mieux entendre, chacun écoutait en retenant son souffle. Par contraste, dans le calme soudain tombé, chacun de ses mots aux syllabes frappées prenait une force incroyable.

Malgré l'intérêt qui le tenait éveillé, venait l'heure où Rinus sentait se clore ses yeux. Harassé par une journée d'incessantes galopades, il montait sans bruit dans sa chambre. Mais là le sommeil s'enfuyait. Des heures, Rinus rêvait d'affûts en mer, de chasses, de poursuites. Dans la lune qui lentement creusait l'ombre surgissait le *meerman*, dieu sculpté du feu d'un seul éclair et dont le cri muet montait vers les ténèbres de la charpente. La lune glissait. De la figure de proue ne restait bientôt qu'une masse de plus en plus opaque qui bientôt se fondait, s'évanouissait dans l'épaisseur du mur. Rinus rêvait toujours, immobile sous les couvertures, mais brandissant en pensée un sabre imaginaire. Ses plus grands exploits, que jamais la réalité n'atteindrait, il les accomplit ces nuits-là, dans le silence de sa chambre d'enfant.

Tard dans la nuit la porte se refermait, les pas des visiteurs s'estompaient progressivement dans la venelle déserte. Furtif, annoncé par sa grande ombre flottante, Cabiljauw surgissait peu après de la trappe, traversait la pièce et disparaissait jusqu'à l'aube dans son réduit. Seule une petite lumière veillait alors dans la cuisine, et longtemps encore parvenait à Rinus le grincement d'une plume inlassable courant sur le parchemin, sautant les colonnes de chiffres, grignotant sans cesse, seul bruit perceptible dans le silence de la maison endormie.

Jamais l'enfant n'entendit se clore la porte de la chambre du corsaire.

Treize jours, avec le convoi de Cadix désormais paré, ils attendirent le vent. L'impatience gagnait les hommes. Le temps est long, à terre, au marin dont la poche est vide, et la gorge sèche. Ils tournaient sur les quais, bâillant aux nuages, l'œil mauvais. Il y eut au sortir des tavernes quelques explications mémorables. Rinus et Frans y assistèrent de loin, puis de plus près, jusqu'à risquer de recevoir quelque horion dans ces rixes brutales où les coups roulaient comme pluie d'orage. Spectacle instructif qui les plongeait dans une excitation sans pareille. La voix rauque, Frans hurlait autour des corps enlacés. Rinus, lui, restait muet. N'eût été le frémissement des muscles naissants qui saillaient dans son visage, rien n'eût trahi l'instinct qui l'aurait poussé à se lancer dans les coups si ne l'avait retenu sa raison. Ils étaient là, les deux garçons, un peu à la façon de chiots grondants autour d'une mêlée de dogues et que seule leur petite taille empêche de se ruer. Non encore embarqués, ils se sentaient déjà de l'équipage, et nulle correction paternelle ne les mortifia plus que le jour où ils virent deux matelots du *Morgensterre*, succombant sous le nombre, recevoir une punition qui les laissa sur le sol, tout étourdis.

Comme l'un d'eux se relevait lentement, il vit surgir à ses côtés le jeune De Boer, le front bombé et dur comme une pierre.

– Pourquoi ne les avez-vous pas rossés ?

– Doux Jésus ! Ce n'est pas l'envie qui m'en a manqué !

– Il faudra les retrouver demain.

– Pardi !

Encore hébété et sanglant, l'homme se remit debout. Dans son crâne, à toute volée, les cloches de Saint-Martin sonnaient *wacharm* [1]. Vacillant un peu, il considéra l'enfant.

– Je t'ai déjà vu, clampin. Comment te nommes-tu ?

– De Boer, Marinus De Boer, du *Morgensterre*.

– Eh bien ! moi je suis le Breton. Pardieu, fiston, serre-moi la main, tu es un homme ! A nous deux nous en ferons des crêpes, oui, des crêpes, pour sûr...

Par après les deux garçons revirent le marin bon enfant, sa carrure large, tassée à la façon d'une barrique. Il balançait en marchant des bras musculeux et interminables. Campé sur ses jambes arquées, pliant légèrement le genou pour étaler un roulis imaginaire, le Breton, du plus loin qu'il les apercevait, criait :

1. Branle bas, alerte

– Les crêpes, fistons, n'oubliez pas les crêpes!

– Vous les avez revus?

Le Breton se grattait les cheveux en grimaçant.

– Diable non! Ils m'ont donné de tels coups sur la tête que je serais incapable de les reconnaître.

Ils le quittaient, déçus. Tout n'était que déception dans ces jours d'attente. Cloué à l'horizon, le vent du sud-ouest ne faiblissait pas. Interminables, en masse compacte, jour après jour les nuages surgissaient du large, défilaient sur les navires bloqués au port, disparaissaient vers l'intérieur des terres. Parfois, annoncées par une tache plus noire dans le ciel, plus sombre sur les flots, des averses accouraient, précédées d'une poussée de vent. Elles passaient, rinçant les toits immédiatement resséchés. Avec la parfaite sérénité du marin, Cabiljauw acceptait les volontés du ciel.

Le douzième jour pourtant, au repas de midi, il s'arrêta brusquement.

– Écoutez.

Soudain attentif, cessant de poursuivre ses pensées intérieures, Spierings posa sa cuiller. Rien ne s'entendait si ce n'est les vagues de la pluie roulant sur les tuiles, les hoquets du tuyau de décharge gargouillant près du seuil et le ronflement du vent dans la cheminée. Il s'écoula une minute d'un silence total, que Rinus ne comprit point. Seul le rompit enfin un craquement léger qui retentit dans le haut de la charpente. Cabiljauw lâcha son souffle, épanoui.

– Le temps va changer. Avant deux jours, nous serons en mer...

Dans la nuit, la vieille demeure se peupla de bruits étranges et de présences invisibles. Le plancher grinçait. Des frémissements secouaient les poutres, en dessous des tuiles. Un hôte mystérieux s'avançait en faisant craquer un à un les échelons de l'escalier de soute. Du coin obscur où gisait le *meerman,* un bois gémit si fort que Rinus en sursauta. A la lointaine venue du vent s'avançant cette nuit-là sur la Basse-Hollande, la vieille maison s'animait de toute sa carcasse, comme un être vivant. « Demain, nous serons en mer », songea Rinus.

Mais cette pensée qui la veille encore l'eût transporté, cette nuit, étrangement, n'éveillait en lui qu'indifférence. Plus tard, à tous les détours de sa vie, il allait retrouver cette torpeur des sentiments, cette mélancolie, chaque fois que serait atteint un but à la conquête duquel il aurait apporté toute sa volonté. Plus que le succès et la réussite – fins en soi –, il ne savait encore, l'enfant, que seul compte le désir, et la lutte menée pour le satisfaire. Demain sans doute son rêve de toujours allait se réaliser, et Rinus songeait, vaguement, presque triste. Il ne pouvait encore percevoir l'origine du malaise confus sourdant en lui, lequel, simplement, ne révélait qu'un vide, l'absence d'une ambition nouvelle.

Au soir, à marée étale, le *Morgensterre* largua sa dernière aussière. Dans le soleil rasant qui frappait les murailles, la frégate émergea de l'ombre des remparts. Il y eut une minute durant laquelle Cabiljauw, son sifflet aux lèvres, emplit de ses trilles l'espace découvert. En haut, claudiquant sur les vergues, les gabiers libéraient les voiles. Par explosions successives, dont chacune faisait geindre les mâts, elles fleurirent et se gonflèrent. Les haubans commencèrent à chanter doucement. De la foule massée sur la Plate-Forme parvint une confuse clameur, très brève. A l'image des autres, Rinus répondit au cri, et renvoya le salut des marins de Flandre :

Vliegt den Blauwvoet, storm op zee [1] *!*

Le soleil, plus bas encore, affleurait l'horizon. Poussée par les derniers souffles du vent d'ouest, la frégate s'éloignait avec lenteur. La houle commença à la bercer. Sous la brise qui refusait progressivement, les voiles faseyèrent. Dans le gréement, des ombres agiles couraient. Rinus les regarda qui assuraient mieux le portage de la toile. C'est alors qu'il aperçut à la corne du grand mât, claquant dans les derniers rayons, l'étendard des corsaires de Flandre : lion noir sur champ d'or.

Pris d'un étourdissement, De Boer baissa les yeux. Des

1. « Quand vole la mouette, tempête sur mer... »

flammes dansaient sous ses paupières, et au mouvement du tangage grandissant il sentit son estomac se serrer. Liquide, subit, un flot de salive lui envahit la bouche. C'est seulement alors qu'il y pensa : il n'avait plus mangé depuis le matin.

VIII

Une minute ou trois heures s'étaient écoulées quand Rinus, dégringolant de son hamac, se retrouva sur ses pieds. Par l'écoutille ouverte, une colonne de soleil tombait au profond de la batterie. Vingt hommes se bousculaient au bas de l'échelle et grimpaient vers le pont. Si prompt avait été son réveil que Rinus entendit s'éteindre les dernières stridulations du sifflet de Cabiljauw et la voix affaiblie du veilleur descendre du perchoir de hune.

– *Katschip* [1] par la joue tribord!

De Boer fit irruption sur le pont. Sous le vent tourné franchement au nord-est, et maintenant bien établi, la mer allongeait ses creux. Toute terre avait disparu de l'horizon. D'un gris profond, les vagues avaient perdu cette teinte jaunâtre que leur donne le sable remué, à l'approche des hauts-fonds. Les paupières mi-closes, Rinus fouilla les grands sillons des lames. A la limite du regard, là-bas, très loin vers l'avant, il perçut une tache plus claire, imprécise, que tour à tour masquait ou révélait le mouvement de la mer. A cette distance, dans ce point blanchâtre qui se confondait à l'écume déferlante, il fallait un fameux coup d'œil pour découvrir la silhouette d'un *chat* tirant grand-largue, en droiture vers l'Angleterre. Il suivait cette route de sécurité qu'imposaient au commerce hollandais les entreprises toujours plus hardies d'Ostende et de Dunkerque : l'abri des côtes anglaises permettait de doubler, hors vue des corsaires, le dangereux passage du goulet de la Manche. Le cœur de Rinus battit. Frans passa à ses côtés en courant :

1. Bateau de commerce plat, arrondi en proue et en poupe. Il portait jadis des mâts à pible à voiles carrées mobiles.

– Tu l'as vu ?

Sous les trilles de Cabiljauw, les voiles du *Morgensterre* se déployaient. Un grand gémissement monta de sa membrure et la frégate, prenant la chasse, s'inclina un peu plus sur la vague. Simultanément, au loin, le *katschip* modifia sa voilure et évolua d'un quart dans le haut du vent. Tout, dans la manière subite dont il corrigea sa ligne de croisière, dans la promptitude avec laquelle les toiles s'épanouirent dans le gréement, disait l'inquiétude qui avait saisi son bord à la vue de la frégate de Spierings.

– Il cherche à nous filer dans les pattes, murmura Cabiljauw, presque scandalisé.

Le *chat* avait pris son vent, et tirait vers le nord. A bord du *Morgensterre* on devina ses desseins : gagner du temps, faire durer la chasse, attendre l'obscurité, puis laisser porter et filer grand-largue en reprenant sa route. Mais le soleil était bas encore et lointaine la nuit qui pouvait lui apporter son salut.

C'était un bon marcheur et, vers le milieu du jour, il parut à bord du *Morgensterre* que la chasse serait longue. Depuis six heures bientôt, avec deux seuls changements de bord, l'écart entre les deux navires n'avait pas diminué de moitié. Tout avait été fait à bord de la frégate, et un mouchoir de poche n'eût point trouvé place dans la mâture du *Morgensterre,* couvert de voiles comme une mariée au sortir de l'église. Rien ne restait à faire qu'attendre, donner un coup aux écoutes de foc, retendre un bras et espérer. Le regard fixé sur le *katschip,* à s'en faire sauter l'œil de l'orbite, les hommes, gagnés par la nervosité, s'étaient dispersés. Depuis le dernier quart, Spierings, accoudé au balcon du château, n'avait pas bougé. Il avait pris son visage de pierre. A ses côtés Cabiljauw murmura :

– Il n'y aura pas de lune. Si nous ne l'avons pas avant la nuit, il nous glissera entre les doigts.

– Nous l'aurons, répondit le petit homme pâle, sans bouger les lèvres.

A l'approche du soir, avec une force croissante, le vent tourna progressivement au nord, contraignant les deux navires à serrer au plus près. Sous cette allure, avançant en crabe, sa proue renflée bourrant la lame, le fond-plat perdit à vue d'œil. Cabiljauw passa sur le pont en jubilant. Il frôla Rinus.

– On va l'avoir, petit!

Le marin disparut vers l'arrière, ses jambes bien fléchies pour étaler la bande. Le vent arrachait de sa pipe des étincelles. Il la mit paisiblement en poche, tout allumée, moins de dix secondes avant que les deux navires viennent en contact. L'oncle Nélius était étonnamment serein, presque rieur. A l'heure où l'abordage approchait, Rinus eût aimé avoir près de lui le bon géant, sa carrure tutélaire, sa grosse barbe toute hérissée de vent, et entendre sa bonne voix de bronze dont les accents eussent calmé l'inquiétude que l'enfant sentait naître en lui. Mais l'oncle Nélius ne reparut point. Il avait été prendre son poste à l'avant. Il n'y avait autour de Rinus que des hommes en attente, armés et muets. Aucun n'avait un regard, une parole pour le jeune De Boer. Il leva les yeux, cherchant Spierings. Le petit homme pâle avait disparu. Rinus le vit revenir, armé d'un sabre léger que tenait à son poignet un gros lacet de cuir. Il reprit sa pose, immobile, sur la dunette. Son bras, la main pendante, était légèrement posé sur le balcon du château. A chaque roulis, la lame frappait le bois, et c'était le seul bruit entendu dans le grand silence du vent passant dans la mâture. Spierings ne tourna pas les yeux vers l'enfant.

La lumière du jour baissa. Quelques gouttes d'une pluie légère glissèrent sur le flanc de la brise, piquetant le pont clair de petites taches, aussitôt séchées. Entre deux nuages étirés au-dessus de l'horizon, le soleil frappait la mer en oblique. Le fond-plat, sur la vague, n'était plus aux yeux de Rinus qu'une ombre chinoise, à chaque seconde plus grande et plus proche. Il faisait un calme infini : celui d'un crépuscule d'été, sur la campagne, alors que s'endorment les bêtes, dans les étables. Rinus sentit Frans se glisser à ses côtés. Van Maestricht souffla.

– Tiens! j'en ai deux.

Sans le voir, De Boer sentit la poignée d'un sabre se glisser dans sa paume. Il eût voulu sourire à son ami, mais son regard ne pouvait se détacher de la silhouette du *katschip*, maintenant presque atteint. Les moindres détails du vaisseau pourchassé lui entraient dans les yeux. Il était fasciné.

Bientôt la proue du *Morgensterre* entra dans le sillage du hollandais. Puis le soleil rasant disparut, et une grande ombre passa sur le pont de la frégate : celle des voiles du fond-plat. Rinus eut froid. Il se sentait la gorge serrée, les genoux un peu mous. Il avala sa salive.

– On reste ensemble, Frans?

– Pour sûr.

La voix de Van Maestricht était méconnaissable. Les deux mousses regardèrent les marins rangés sur le pont adverse. On aurait presque pu voir la couleur de leurs yeux. Lequel de ceux-là combattraient-ils, tout à l'heure? Aux côtés de Frans, le Breton, lentement, commença à faire tournoyer un grappin. Un coup de feu claqua, venu du *katschip*. Un maigre coup de sifflet fusa, tout aussitôt suivi de la pluie des grappins.

– Allez! cria Frans.

Le bois craqua, et gémit. L'abordage fut si doux que Rinus n'en prit conscience qu'en voyant les hommes du *Morgensterre* s'élancer en criant. Il y eut quelques coups de feu, des bruits de fer entrechoqués. Rinus cria : « Attends-moi! » mais déjà Frans disparaissait et derrière lui, presque sans s'en rendre compte, dans un état second, De Boer se retrouva courant sur le pont du *katschip*. Près de la cuisine, au pied du grand mât, un homme apparut, hésitant, armé d'une seule barre de cabestan. Il était gras, ventru, dépeigné, et paraissait ne savoir de quel côté se porter. Rinus arriva sur lui comme la foudre et, aveuglément, lança son sabre.

– Eh bien! fit l'homme, en parant.

Il paraissait extrêmement surpris. Pendant un instant il écarta les coups de l'enfant avec une sorte d'ennui agacé. Mais soudain, à l'épaule, sa chemise s'ouvrit et se teinta de sang. Le gros homme blêmit.

– Nom de Dieu! lâcha-t-il.

Et il s'échauffa. Maintenant il luttait, non pour écarter le gamin, mais pour le mettre hors de combat. Les jambes ramassées, Rinus tournait autour de lui. Il faisait, de son arme, un nombre considérable de moulinets, dont beaucoup étaient inutiles. Il essayait d'atteindre l'homme, mais chaque fois ses coups rencontraient le bois de l'adversaire. De Boer s'enrageait, ivre de la grande colère des calmes. L'homme jura : « Veux-tu me foutre la paix! » et rompit en abattant sa masse. Le coup heurta Rinus à l'épaule, mais il ne le sentit point. Il était hypnotisé par le visage gras, mal rasé, de son adversaire; par ses yeux dans lesquels il croyait avoir surpris une crainte. Il attaqua plus fort. Le Hollandais s'empourpra.

– Si jamais je t'attrape, je vais te foutre mon pied au cul! Attends un peu...

Il refit un pas en avant et avec un : « Han! » porta son coup. Rinus sentit la barre lui frôler les cheveux. Contracté par la nervosité, il respirait mal et commençait à s'essouffler. Il recula un peu. Pour la première et la seule fois, la peur surgit. Elle le traversa, fulgurante, et s'évanouit. Surgi d'on ne sait où, Frans arrivait, dans une clameur :

– Tiens-le, Rinus!

Et immédiatement, admiratif et essoufflé :

– Bon Dieu! Tu en as un gros...

– Laisse-le-moi, haleta Rinus, rageur.

Frans ne l'entendait pas. Il attaquait comme un forcené.

– Rendez-vous!... râla-t-il, écumant.

– Va te faire torcher, morveux!

Mais le Hollandais recula. Maintenant, harcelé de deux côtés à la fois, il se défendait en rompant pas à pas. Bientôt il fut acculé à la lisse. Derrière son dos, le vide de la mer s'ouvrait.

– Saute! commanda Rinus, qui trouvait son deuxième souffle.

– Je ne sais pas nager, fit le Hollandais.

Il haletait. Son visage était violacé et ses ripostes devenaient moins promptes. Dégoulinant de son front, la sueur beurrait ses joues gélatineuses. Il respirait péniblement, la bouche grande ouverte.

– Damnés morpions! siffla-t-il. Puis : J'ai de l'asthme...

C'est alors qu'arriva l'imprévisible. Rinus se sentit soulevé d'un énorme coup de pied, et roula au sol. En même temps Frans vint culbuter contre lui. Ils se relevèrent du même mouvement, tremblants de colère et d'humiliation. Sans les voir, Cabiljauw, scandalisé, tonnait :

– Vous n'avez pas honte de vous attaquer à des gosses, non?

Dans sa poigne terrifiante il avait saisi l'arme du Hollandais et l'envoyait par-dessus bord. La barre de cabestan fit un grand cercle dans l'air avant de s'abîmer, en tournoyant, dans un rejaillissement d'écume. L'oncle Nélius, hors de lui, tenait le Hollandais au col et le secouait avec une fureur croissante.

– Vous ne pouvez pas vous attaquer à des hommes, non? Vous avez de la veine que j'aie jeté votre bout de bois : je vous l'aurais usé sur les fesses, pour vous apprendre. Non mais!...

– Vous en avez de bonnes, vous.

Le gros homme reprenait souffle, péniblement. Les mots lui sortaient de la bouche en sifflant.

– Je suis le cuisinier. En voilà des manières... Tenez vos enragés, ils sont encore capables de me sauter dessus.

Délibérément, il tourna le dos et s'accouda à la lisse pour reprendre sa respiration. Ses yeux lui sortaient de la tête. Cabiljauw saisit Frans à l'épaule et repoussa Rinus.

– Voulez-vous foutre le camp? Vous n'avez pas vu que tout était terminé depuis un quart d'heure, non?

Rinus jeta sur le pont un regard étonné. Désarmés, les hommes du *katschip* se tenaient autour du mât. L'un d'eux, déjà, avait allumé sa pipe et attendait philosophiquement, assis sur une glène de filin. Sans desserrer les dents, il nargua :

– Eh bien! Arie, j'ai l'impression que tu as pris un peu d'exercice. Une chique que tu as perdu au moins six livres!

– Le diable t'emporte! grogna le cuisinier, toujours plié en deux.

Les Hollandais du *katschip* et les matelots du *Morgensterre* rirent ensemble. Rien, dans leur attitude, n'eût révélé qu'ils se battaient encore l'instant d'auparavant. Rinus chercha le sang, un corps étendu, une blessure, mais ne vit que des visages détendus. Face aux huit canons et aux cinquante hommes du *Morgensterre*, le bateau hollandais avait autant de chances qu'un séminariste dans une bagarre de pilleurs d'épaves. La lutte commencée avait cessé presque aussitôt. Son dénouement était accepté par les vaincus comme une infortune affligeante, mais inévitable. Déjà la philosophie des marins reprenait le dessus.

De Boer vit le capitaine Loos traverser le pont et monter à bord de la frégate. Avant de disparaître dans la cabine de Spierings, le coup d'œil froidement ironique jeté par le Hollandais sur les deux enfants et leurs sabres inutiles prouva que dans l'infortune, cet homme gardait un sens assez aigu de l'humour. Rouge jusqu'aux cheveux, Van Maestricht considéra sa lardoire et s'en fut en proférant des jurons épouvantables. Rinus le suivit, peu fier. Ils se sentaient l'un et l'autre misérables, et passablement ridicules. Plus que de son épaule, qui devenait de minute en minute plus douloureuse, le jeune De Boer souffrait dans son amour-propre, songeant à la manière peu glorieuse dont s'était terminée sa première bataille. Moralement, son séant lui faisait terriblement mal.

– Si je t'ai botté, mon fils, c'est pour ton bien, plaida doctement Cabiljauw. Cela t'apprendra à ne pas te battre en laissant tes arrières découverts. Si mon pied avait été le sabre d'un adversaire, tu aurais bonne mine, maintenant. Si tu recommences, tu auras double portion.

– Double portion de quoi?

– De coups de pied au cul, pardi!

Rinus lui lança un regard noir. Il retrouva sa sérénité quand le chirurgien-barbier du bord l'eut pansé. Avec son bras en écharpe, seul blessé de l'échauffourée, il se sentit l'âme d'un héros. Frans l'envia :

– T'as de la chance!

Deux jours de plus que son mal ne l'imposait, De Boer promena glorieusement son bandage dans toutes les rues d'Ostende. Sa popularité devint énorme parmi les gamins du port.

Le *Vergulde Sonne* était un solide bâtiment de cette belle construction hollandaise qui ne ménage point le bois et taille en plein cœur de chêne des étraves à en briser les lames les plus dures. Quand il fut traîné au port, au lieu des trésors attendus, Rinus ne découvrit dans le ventre de ses cales qu'une matière blanchâtre, pailletée de cristaux, qui ressemblait furieusement à un plein chargement de sel brut. Comparées à la pauvreté apparente de cette prise, la joie des hommes, la satisfaction de Spierings – que seule décelait sa marche un peu plus vive –, la liesse de la foule enfin, apparurent incompréhensibles au jeune De Boer. Et c'est d'un regard où flottait un peu d'étonnement qu'il répondit à l'exclamation de Cabiljauw qui lui ébouriffa les cheveux de sa grosse main.

– Eh bien! garçon, satisfait? Tu auras bientôt droit à quelques jolis florins pour ta part de prise!

Quoi? Cette chasse d'une journée à peine, ce bâtiment que l'on ramène plus facilement qu'un poisson au bout d'une ligne, ce chargement banal d'une matière dont on pouvait acheter tous les jours pour dix patards au marchand d'épices du coin, c'était là tout le métier de corsaire? Rinus s'était attendu à un abordage furieux, au fracas des canons, à un bâtiment enlevé de haute lutte en lequel auraient été découverts de la vaisselle d'or, des tentures, des bibelots précieux. Il évoquait l'image, fraîche encore, de la bataille qui s'était déroulée moins de deux mois auparavant sous les murs de la ville, de l'écho tonnant des caronades, de la fumée jaune qui traînait sur les vagues, d'un homme tombant du pavois de hune, le sabre encore à la main. Déçu, il la comparait aux faits médiocres de sa récente aventure, à la vulgarité de la cargaison conquise dont les hommes disaient pourtant : « C'est une belle prise! » Dans le *haringbuis* de Mathieu, certains jours d'automne, par grosse mer, Rinus avait éprouvé des émotions plus fortes en attendant l'apparition du filet lourdement chargé. Et des joies plus intenses en chapardant des cerises dans le verger des Capucins.

Il eût aimé parler à Cabiljauw mais le soir, pour la première fois, il se trouva seul dans la maison de la rue du Bout-du-Monde. Il n'entendit le géant rentrer qu'à la fin de la nuit. L'oncle Cornélius titubait. Dans la lueur indécise qui pâlissait la fenêtre, Rinus le vit traverser la pièce, hésitant, la bouche à moitié ouverte et le regard noyé d'alcool. Toute expression avait disparu du visage hébété de Cabiljauw. Il se cogna le front au chambranle de la porte et se coucha en jurant. Bien des fois par après, à chaque retour de course, Rinus l'allait voir encore, aux premières lueurs de l'aube, la barbe en désordre, se hisser péniblement par la trappe avant de s'effondrer bruyamment sur son lit. Jamais pourtant De Boer ne fut comme cette fois-là douloureusement frappé par la déchéance de l'homme. En lui quelque chose disparut de l'admiration qu'il avait pour Cabiljauw, mais que remplaça un peu plus de tendresse.

Vers midi, il le vit redescendre. Cornélius avait retrouvé son agilité, la manière aérienne dont son corps immense glissait de l'échelle et son sourire auquel, irrésistiblement, Rinus ne put s'empêcher de répondre. S'affairant autour de l'âtre, Cabiljauw parlait et, dans sa volubilité peu coutumière, il y avait peut-être un peu de gêne.

– Sale nuit ! Tu as bien fait de rentrer, garçon. Ces choses-là, tu sais... Tu en faisais une drôle de tête, hier ! Et Frans, donc ! Cela ne vous a pas plu ? Vous n'êtes pas contents ? Non ? Vous pensiez que cela se passerait autrement ?

– N...on, mentit Rinus. Ce n'est jamais plus dur ?

– Jamais ? Oh ! diable non, ce serait vraiment trop beau et trop facile. Si c'était vrai, tu verrais tout le monde – et même tante Palma – fréter un rafiau et s'en aller chatouiller les bâtiments au large. Bougre non, ce n'est pas toujours la même chose ! Vois-tu, garçon, il ne faut pas appeler le diable : il arrive assez vite comme cela. Le temps viendra bien trop tôt où nous aurons affaire à un hurluberlu qui préférera se faire hacher que de nous donner sa cargaison. Cette fois-là tu prierais peut-être pour avoir une prise aussi facile que le *katschip* d'avant-hier... Tu as vu la tête de son capitaine? On aurait dit qu'il venait de prendre double médecine et dans la cabine j'ai cru qu'il allait sauter aux yeux d'oncle Raf. Il a juré d'une manière très remarquable pour un Hollandais... Se battre, cela fait du dégât : on peut y perdre la vie, ce qui est relativement peu de chose et n'est jamais, somme toute, qu'un mauvais moment à passer; ou bien son bateau, ce qui est plus embêtant. Ou alors un bras ou une jambe, ce qui est tout à fait terrible. Aussi, de temps en temps, quand on peut ramener une prise sans grands risques, surtout en début de saison, il n'en faut pas manquer l'occasion... Tu pourras dire à Frans qu'il me passe son joujou : je le lui aiguiserai. Il m'a fait pitié : avec sa broche, il eût été incapable de couper une tranche de saucisson... Tu viens?

Tout en parlant, les assiettes avaient jonglé dans ses mains de prestidigitateur. Il n'y avait que deux couverts sur la table. Rinus s'étonna.

– Nous n'attendons pas oncle Raf?

– Non, ne t'inquiète pas...

Le corsaire n'était pas rentré de la nuit. Il ne reparut que trois jours plus tard, posant soigneusement sa canne derrière la porte.

– Nous repartons après-demain...

IX

Pour la quatrième fois en moins d'une heure, le Breton fit lâcher un peu d'écoute et laissa légèrement porter dans le lit du vent. Il tâtonnait dans la brume qui collait à la houle grise. Sans être inquiet le moins du monde, il éprouvait le désir de trouver un repère autre que celui, assez vague, que lui indiquait son instinct depuis le jour où des rafales croissantes les avaient surpris au large de la Vlies. Confusément, mais de manière presque certaine, il pressentait que la dérive qui les avait entraînés les plaçait maintenant quelque part entre le Doggerbank et le Fife Ness, et bien plus près des côtes que du grand banc. Mais voilà qui demandait à être vérifié plus sérieusement. Dans le faible soleil – à moins que ce ne fût son pâle reflet – qui par intermittence perçait les humides nuées, il eût pu faire une observation approximative. Mais outre qu'il n'y avait point d'octant à bord et qu'il en ignorait le maniement, le Breton considérait cet instrument comme infiniment moins utile à la navigation que le bout de fil de caret dont il serrait sa culotte. Et, de toute évidence, certainement moins précieux que la fumée de sa pipe, qui lui servait à déceler les moindres souffles errants dans la grisaille.

A l'estime, se penchant parfois pour glisser un regard sous la voile basse et fouiller la brumaille, il naviguait vers ce qu'il « sentait » être la terre. A des indices imperceptibles qu'il eût été d'ailleurs fort incapable de définir, mais qu'il tenait personnellement pour aussi évidents que l'apparition d'une falaise, le Breton devinait l'approche des côtes. Mais à quelle distance? Et comment s'en rendre compte au milieu de ces bancs de brume jaunâtre qui dérivaient au ras des vagues, dans le crépuscule tombant? Derrière les nuées traînantes pouvait soudain apparaître la terre, ou l'écume bouillonnante du flot battant une barre de récifs. Cette incertitude aiguisait l'attention du Breton qui vainement tendait l'oreille pour percevoir le bruit d'un ressac. Ankylosé, il coinça la barre sous son genou et s'étira en grimaçant.

– Sacrée brouillasse! fit-il.

D'un seul coup il avala le biscuit que lui tendait Rinus et se mit à mâcher méditativement.

A ces instants le Breton était tout instinct, flairant le vent, écoutant, regardant le mouvement des vagues, tous ses sens naturels – plus un autre sens que n'expliquent point les livres et qui est aussi mystérieux que celui des oiseaux migrateurs – projetés comme autant d'antennes autour du petit bâtiment. De tout l'équipage du *Morgensterre*, nul comme lui ne savait interpréter les signes du ciel, les reflets, la densité et la couleur des eaux, les formes des nuages et les caprices du vent.

C'est tout cela qui en avait fait le patron de cette barque d'avis [1] que Spierings lançait, chargée de quatre hommes et d'un mousse, sur tous ses terrains de chasse; lesquels allaient de la pointe des Cornouailles aux côtes de Norvège. Rapide, pinçant bien le vent, grimpant dans le fil de la brise avec la facilité du saumon qui remonte un torrent, le chasse-marée du *Morgensterre* patrouillait des jours durant, loin hors vue de la frégate mais prompt à la retrouver dès qu'il avait découvert une proie possible. Chaque fois Rinus s'émerveillait de la sûreté avec laquelle le Breton, dans une mer sans repères, piquait droit vers ce point vide de l'horizon où bientôt surgissait la voilure du bateau corsaire.

– Que font les autres?

– Ils dorment, je dois les réveiller? dit Rinus.

– Non, laisse, fit le Breton.

Après un jour sans lueurs, la nuit d'automne venait lentement sur la mer. Le Breton songea qu'avant l'obscurité faite, il faudrait découvrir la terre ou virer de cap et passer douze heures encore au large, hors du danger des côtes. Malgré la brise fléchissante, ces douze heures-là seraient peut-être les plus dures de ces trois derniers jours. Un peu de pitié lui vint pour l'adolescent trempé, aux paupières rougies de sel, que la fatigue écrasait au pied du mât.

– Ça ira, maintenant; si tu veux, tu peux aller te reposer un instant, je t'appellerai...

Rinus secoua la tête avec cette expression obstinée, ce mouvement têtu du front qui frappait le Breton chaque fois qu'il tentait de faire écourter son quart à l'enfant. Deux saisons de course, de campagnes, d'abordages dont certains n'avaient pas été faciles, deux saisons de mer, de vent et d'aventures avaient encore accentué le caractère de volonté du visage de Rinus. Ses traits avaient définitivement perdu toute puérile mollesse de contours. Entre le désordre de ses cheveux clairs aux ondulations brèves et la largeur des maxillaires puissants,

1. Petit voilier très rapide chargé, jadis, de signaler aux corsaires les mouvements des bâtiments de commerce. Généralement la barque d'avis était détachée, en estafette, du bord du bateau corsaire.

son visage s'offrait, aussi solide et menaçant qu'un poing fermé. Il eût paru d'une virilité presque sauvage sans l'étonnante douceur d'un regard de jeune fille que voilaient des cils d'une longueur incroyable.

– Allons, tu ne voudrais pas aller te reposer? insista le Breton.

Non, il ne voulait pas. La blouse collée aux épaules, les yeux cuisants de sommeil, parfois traversé d'une onde de froid sous laquelle il raidissait tous ses muscles – pour ne point trembler –, Rinus ne prétendait pas avouer sa fatigue. Dans l'être trapu, hirsute et sale, aux bras interminables, qui tenait la barre, il admirait l'homme qui depuis près de soixante heures – entrecoupées de brefs repos pris dans l'atmosphère épaisse du poste – avait lutté pouce à pouce contre le vent et la dérive. « Mais Dieu qu'il commande mal! » songeait-il. En trois mots Spierings ou Cabiljauw l'eussent envoyé à son cadre. Il en voulait au Breton de ses ordres sans force qui semblaient toujours quêter une approbation. « Si tu veux aller te reposer... » Oh! bien sûr, il en avait envie! Tout son corps aspirait au sommeil, mais de l'instant où – en dernier ressort – la décision devait être prise par soi-même, Rinus sentait son orgueil se cabrer devant l'aveu qu'il y aurait à se lever, à glisser dans la tiédeur du poste, à dormir, dormir... Et il voulut tenir, imiter le Breton, n'être point comme Schoonbrodt qui somnolait, tassé plus qu'assis sur le pont, la tête roulant sur les épaules au gré du tangage. Il se prit à murmurer : « Mon Dieu, pourvu que cela finisse! » serra les lèvres sur cette prière qui allait lui échapper et grimaça un sourire.

– Non, ça va encore très bien...

Le pont était ruisselant, marbré de sel et de plaques d'écume jaunâtre. A l'exception du pavillon et peut-être du gosier du Breton, qui n'avait point bu depuis plusieurs heures, on n'eût point trouvé à bord un seul coin de sec. En bas, les deux matelots du second quart dormaient, effondrés sur leurs paillasses gonflées d'eau : deux jours auparavant, à l'instant précis où Schoonbrodt soulevait le panneau, une vague avait roulé, dégringolant en cataracte dans le poste, noyant le feu, transformant en une seconde le réduit en une citerne obscure où les hommes se débattaient en jurant sourdement. Il avait fallu manœuvrer la pompe, repêcher les objets vagabonds qui flottaient en s'entrechoquant d'un bord à l'autre. L'eau chassée, il était resté de son passage des couvertures à tordre, des matelas spongieux, un pain humide qui fondait sous la dent en laissant à la bouche un goût de saumure. Il y avait maintenant de cela plus de quarante heures, quarante heures sans feu pendant lesquelles les vêtements séchaient – à peine – à la seule chaleur du corps, en fumant. Une exclamation brève s'échappa des lèvres du Breton :

– Debout, là-dedans !

– Quoi ? fit Schoonbrodt en ouvrant un œil hébété.

Un peu sur l'avant, le brouillard se déchirait. Dans l'avenue de clarté un instant ouverte entre deux bancs de brume se dévoila l'épaulement d'une falaise basse, brunâtre, battue par l'écume et qu'interrompait un affaissement au fond duquel se découvrait une petite baie enchâssée entre les rochers. Vision rapide, presque aussitôt masquée par un rideau de nuées qui, à nouveau, ne laissa à l'horizon du regard que les ondulations grises de la houle. Sans hésiter désormais, le Breton laissa aller la barre et porta droit vers la côte.

La crique était courte, pleine de galets et des rumeurs du flot. Quand ils accostèrent, pieds nus, d'un élan le Breton sauta à terre. Sur un bon huitième de pouce d'un cal plus résistant qu'une semelle en cuir de buffle, il évoluait parmi les rochers tranchants avec une superbe indifférence. Dès qu'il eut assuré l'amarre, il suggéra :

– Je crois que l'on pourrait se permettre un petit feu : il est bigrement temps de se sécher.

Des débris, des amas de bois flottés, les restes de ce qu'avait dû être l'épave d'une barque parsemaient, au milieu du varech, les galets de la grève. Bientôt la flamme ronfla, jaillit. Avec les matelots, Rinus s'était mis nu et avait étalé ses vêtements près du brasier. Assis sur les pierres, le ventre au feu, il se laissa envahir par la chaleur croissante. Il avait soudain perdu toute sensibilité. Entre l'humide brouillard qui lui léchait les épaules et la flamme qui lui brûlait le regard, il connaissait la béatitude du repos pris au moment même où l'on a touché le fond de ses forces. Dans l'orbe du foyer, infatigable, le Breton repassait, les bras chargés de bois. Au regard de l'adolescent engourdi, il y avait quelque chose d'hallucinant dans la nudité du marin, sa tête recuite, ses membres tentaculaires bronzés jusqu'aux coudes et aux genoux par le hâle de vingt campagnes, et la prodigieuse blancheur de son buste court qui le faisait ressembler à quelque énorme insecte, une araignée monstrueuse transportant on ne savait quelle proie. L'araignée parla.

– Grimpe là-haut, Rinus, et va voir si on peut être tranquille et continuer la flambée.

Précaution nécessaire. Parfois des hommes armés de faux dévalaient des rochers vers les marins chassés par la tempête. Il y avait des cris rauques, des batailles haletantes après lesquelles les rivages retrouvaient leur silence, autour d'une épave pillée. Au sommet de la brève falaise, à dix toises à peine au-dessus de la grève, Rinus émergea du brouillard. Sur une lande solitaire parsemée de genêts sifflants, de rocs épars, de maigres touffes de bruyère qu'agitait faiblement le vent du soir, le crépuscule tombait d'un ciel immense chargé de nuages immobiles. Presque à l'à-pic des rochers s'effritait une maison aux murs noircis, délabrée sous l'effondrement squelettique de sa charpente, mangée d'herbes folles qui poussaient dans l'encadrement de ses fenêtres vides. De sa masse affaissée se dégageait la poignante tristesse des choses abandonnées. Rien ne vivait à l'horizon de cette terre aride que noyaient les ombres du soir. Tout au loin, seule tache de lumière, la lame tendue d'un unique rayon de soleil transperçait le ciel, disparaissait en oblique derrière un morne. Elle s'atténua et s'évanouit dans l'instant où Rinus s'assit.

Durant les moments qui suivirent, éternels et cependant brefs comme la chute d'un météore dans l'espace, Rinus ne pensa à rien, ne s'attacha à rien. A rien si ce n'est à des impressions confuses, des sentiments informulés, de vagues désirs, d'indéfinissables regrets dont la levée le remplissait d'une nostalgie imprécise. Il se sentit triste, près des larmes et pourtant, tout au fond de soi-même, complètement, profondément, sereinement heureux. Ce fut une des rares fois de sa vie où il ne désira rien d'autre que d'être là, nu, assis sur une pierre, à écouter le cri lointain d'un oiseau nocturne, le glissement d'une brise épuisée passant dans les bruyères, le froufroutement d'un hoche-queue volant au ras de la terre. A contempler sans fin la sauvage mélancolie de cette lande.

Il ne s'aperçut point que la nuit était venue.

L'appel répété du Breton le tira de sa torpeur. La voix de l'homme lui parvenait, étouffée. Dans le matelas de brume qui stagnait au fond de la crique, le feu rougeoyait au centre d'un halo de brouillard. Rinus revint se pelotonner près des flammes, grelottant. Le Breton était inquiet.

– Qu'est-ce que tu faisais là-haut? Tu as vu quelque chose? On peut laisser le feu? Il n'y a personne?

– Non, rien, il n'y a pas une âme à dix lieues à la ronde. On peut carrément se chauffer toute la nuit. Si quelqu'un est attiré par le feu ce ne sera qu'un lapin ou une vieille chouette. On mange?

Rinus mentait. Rien? Si, il y avait quelque chose : une terre désolée, une maison morte que seules habitaient les herbes, un âtre noirci dont le vent avait depuis des lustres dispersé les cendres et, planant sur ce désert, une présence invisible et cependant aussi évidente que celle de l'équipage accroupi autour des flammes. Il eût voulu leur dire ce qu'il avait ressenti, assis sur sa pierre, ouvrit la bouche et constata qu'aucun des mots de son vocabulaire n'aurait pu l'expliquer. Aussi se contenta-t-il de grogner : « Bon Dieu que j'ai faim! » et se rhabilla-t-il en silence.

Au centre des braises, le Breton creusait soigneusement un trou. Jusqu'à l'endroit du genou où s'arrêtait sa culotte, le patron du petit chasse-marée avait des jambes de vieux cuir, craquelées, luisantes, patinées d'une crasse si admirable que la pluie y glissait sans traces, comme sur une empeigne bien suiffée. Bottes si parfaites qu'à leurs extrémités, la mobile présence des orteils y avait quelque chose d'incongru. Avec des gestes d'officiant, le Breton posa sur les brandons, pattes en l'air, un crabe aux pinces menaçantes. Tout d'abord, croyant à la chaleur de quelque soleil, le crustacé ne bougea point. Mais bientôt il commença à s'agiter, remua vite, puis frénétiquement, essaya de se redresser, n'y parvint pas, pinça désespérément le vide et se détendit lentement, après un dernier spasme. On entendit nettement sa carapace, devenue rouge, craquer. Il y eut tout un temps durant lequel retentit seul le bruit des galets brisant les pinces, celui de Schoonbrodt mangeant bruyamment, se léchant soigneusement les doigts et s'endormant dans un soupir :

– Fameux!

Longtemps, toute lassitude disparue, Rinus resta éveillé. Souvent, avec la nuit, le silence, l'abandonnait progressivement le sommeil contre lequel il avait auparavant lutté des heures entières. Son esprit fonctionnait alors avec une agilité singulière; les pensées affluaient, au milieu desquelles – patiemment – Rinus se mouvait. Il comprenait alors des choses, des faits, remuait des questions dont les solutions s'inscrivaient en lui comme autant d'évidences. En somme pourquoi, avec toutes ses qualités, le Breton n'était-il que second maître à bord du *Morgensterre?* Le Breton commande mal, là est peut-être l'explication. Lui, Rinus, quand il aura son bateau, il donnera ses ordres une seule fois, et nettement, et non deux fois : c'est signe d'indécision. Frans, lui, ce serait un capitaine! Il n'avait que quinze ans, mais fichtre plus d'autorité que le Breton. Pourquoi diable ce dernier ne sait-il pas commander? Est-ce parce qu'il se saoule? Non. Le grand Roerik s'enivre à ne pas distinguer la fenêtre de la porte du *Strooijen Haantje* et cependant, tonnerre de Dieu! c'est un bougre et fameux capitaine de corsaire! Et l'oncle Cornélius...

Ainsi Rinus, dans son insomnie, apprenait à juger les hommes, cherchait en chacun d'eux la qualité dont il se faisait un modèle pour le jour où, à son tour, il commanderait un *kapper* [1]. Car il commanderait, et alors... Nerveux, il se retourna sur son matelas de varech.

Le feu mourait. Au-dessus des planches consumées et craquantes, les flammes flottaient dans l'air humide. A la subite flambée d'un brandon, dans l'orbe soudain élargi de la lumière, un rocher parcouru d'ombres mouvantes se révéla, accroupi et tassé comme une bête en attente. La marée descendait, roulant les galets, emplissant la crique d'une rumeur tellement continue, éternelle, qu'elle faisait partie intégrante du silence. Né de ses projets d'avenir, de la solitude, de la nuit, du vent léger qui chassait le brouillard, des premières étoiles découvertes dans le ciel, de l'immobilité des hommes étendus près d'un feu sur une plage inconnue, et de bien d'autres choses encore, vint à Rinus un sentiment indéfinissable et joyeux qui était peut-être bien celui de sa jeunesse conquérante, de la liberté reçue comme une fortune, sous un ciel immense.

X

Avec novembre venaient les mois noirs. La nuit arrivait très tôt, annoncée par la patrouille du guet que l'on voyait, place de l'Hôtel-de-Ville, sortir frileusement du corps de garde et s'en aller de taverne en taverne annoncer le couvre-feu. Besogne quotidienne et ardue; ce n'était pas mince affaire de contraindre les hommes à abandonner la chaleur des cabarets. Chassés de leurs tables, ils sortaient en maugréant, hésitaient un peu sur le seuil et, le dos voûté, disparaissaient sous la pluie. Qu'ensuite ils revinssent par la porte de derrière et poursuivissent leurs beuveries monotones, voilà qui importait peu au Sergent. Précédé d'une bande de gamins jouant bruyamment du *rommel-pot* [2], traînant son épée et flanqué de

1. *Kapper* ou capre : vaisseau corsaire. Par extension : marin servant à bord d'un vaisseau corsaire.
2. Tambour de fortune fabriqué par les enfants des rues.

six hommes casqués faisant sonner leur hallebarde sur les pavés, il poursuivait imperturbablement sa tournée qui se terminait à la *Ville de Douvres*, presque à nuit faite. Tout tombait alors en léthargie. Les moulins s'arrêtaient dans le gémissement de leurs engrenages de bois, il y avait de grands bruits de chaînes tendues d'une borne à l'autre, entre les rues, et les hautes portes cloutées des remparts se fermaient en grinçant sur la campagne. Jusqu'à l'aurore lointaine la ville – battue des marées, enveloppée des vents, fouettée d'embruns – s'assoupissait dans un silence que seul troublait d'heure en heure le battement étouffé des cloches, le cri des sentinelles se répondant au sommet des remparts et l'appel mélancolique du *nachtwaker* [1] errant avec son falot dans les rues désertes :

– Il est une heure... vent sud-sud-ouest... la mer est mauvaise... Tout est calme... Pêcheurs, dormez en paix...

Rinus dormait.

Sous la tempête, l'eau affolée battait le port, au pied des écluses. Désarmés jusqu'à la saison prochaine, les bateaux gémissaient au bout de leurs aussières grinçantes. Les pêcheurs sortaient peu et il se passait des jours entiers sans qu'une voile mît sa vie dans l'horizon furieux des vagues qui couraient inlassablement à la côte. Parfois, pourtant, un corsaire levait l'ancre. Il revenait, traînant une maigre prise, mais le plus souvent bredouille et débarquait son équipage transi. Quelquefois aussi, il ne revenait point.

La ville s'agrandissait. De l'endroit où hier encore n'existaient que des fondrières, une maison s'éleva à côté de la demeure du corsaire. Avant que les dernières tuiles fussent posées, le propriétaire apparut, surveillant le débarquement de meubles cossus, en sévère noyer. Deux jours plus tard ils se trouvèrent rangés dans les pièces fraîches encore, en un ordre si parfait qu'il semblait remonter à vingt ans et plus. Derrière les rideaux, astiquant un sabre éternel, Cabiljauw jugea le nouvel arrivant d'un coup d'œil.

1. Veilleur de nuit chargé, jadis, de chanter les heures.

– Un *signorke* [1]. Quand les Anversois arrivent, Rinus, mon fils, c'est que les affaires d'une ville sont en bonne voie. Qu'est-ce qu'il peut bien avoir dans le ventre, ce coco-là?

M. De Knop avait beaucoup de choses dans son ventre, qu'il avait gros et barré d'une aveuglante chaîne d'or. Il en avait encore bien plus dans sa tête, au grand dam des habitants de la vieille demeure.

L'Anversois était solennel, magnifique, et imposant comme la parole de Dieu en chaire. Il avait un habit aux basques fastueuses, une voix de prédicateur, un ravissant gilet jaune vif et un certain nombre d'idées bien arrêtées qu'il administrait comme des sentences : Anvers était la ville la plus étonnante et possédait le port le plus merveilleux du monde; Ostende n'était qu'un vulgaire petit port de pêche, ses corsaires ignoraient les ressources du commerce bien compris, et Rinus De Boer n'était qu'un gamin; le Traité de Munster était la spoliation la plus inique dans l'histoire des temps; rien ne dépassait en succulence le hochepot gantois, et les Hollandais étaient de fieffés drôles. Voilà quel était son évangile. M. De Knop s'échauffait quand il parlait des citoyens du Royaume-Uni, ce qui ne lui arrivait jamais plus d'une fois par soirée. Subsidiairement M. De Knop faisait commerce de vins d'Espagne, draps de Flandre, boîtes d'endaubage, épices diverses, toile de Courtrai et chandelles de blanc de baleine. Enfin, il mettait volontiers son expérience à la disposition de M. Spierings.

Rinus le tint d'abord pour un raseur sonore, spectaculaire et encombrant.

Il le découvrit paré des qualités d'esprit les plus vives et doué d'une rare intelligence le jour où l'Anversois, s'échauffant, promena sur l'auditoire un regard de prophète.

– Oui, monsieur Spierings, c'est comme je vous le dis. Les corsaires, en tout bien tout honneur, ne sont en quelque sorte que des tire-laine de la mer. Vous gaspillez vos merveilleux

1. Littéralement « petit seigneur ». Surnom péjoratif donné aux Anversois.

talents à des besognes indignes de vous et pas assez lucratives. Avec vos bateaux, vos capitaines, vos marins, pensez aux perspectives merveilleuses que vous ouvrirait un négoce bien compris avec les Indes. Ah! les Indes...

– Mais... tentait de dire Cabiljauw.

– Taisez-vous, monsieur Cabiljauw, taisez-vous!

L'Anversois partait dans la nuit, tout chaud, les basques de son habit volant dans le noir, et certainement avec deux bonnes heures d'insomnie en perspective. Raf Spierings restait songeur.

– C'est un phraseur sonore, et il dit parfois sur les Indes des choses assez stupides. Cependant, dans le fond – le corsaire s'arrêtait et se caressait le nez –, je me demande s'il n'a pas un peu raison.

Cabiljauw haussait les épaules. Rinus resta longtemps avant de comprendre l'intonation des paroles du géant, bâillant en mugissant.

– Les Indes, monsieur Spierings, vous avez entendu? A quoi bon aller si loin quand on peut prendre ici, au passage, un de ces hollandais revenant de Surate, Calcapour, Negapatnam, Teganapatnam ou d'un de ces fichus ports aux noms biscornus! Les Indes? Bah! ne pensons plus à cela.

Ne plus y penser? Facile à dire! Rinus trouvait au contraire le sujet terriblement excitant, et se perdait en songes dont la hardiesse eût fort étonné l'oncle Nélius et le corsaire lui-même. Aller aux Indes? Oui. Mais comment? A moins que... Cette nuit-là Rinus se dressa sur son lit et envoya un coup de poing décisif à sa paillasse.

– Non. Il faut d'abord prendre un vaisseau de la Compagnie des Indes néerlandaises; et voir ce qu'il a dans le ventre.

Malheureusement, les mois passèrent sans que jamais le *Morgensterre* arraisonnât un de ces bâtiments merveilleux. Et Rinus rêvait aux noms étranges qu'avait prononcés le géant.

Rinus choisit fort mal le moment de confier ses pensées à Frans Van Maestricht. Ils revenaient de Bruges, et la fatigue commençait à se faire sentir. La glace avait la dureté du métal et une bise aiguë, tranchante, balayait la surface du canal. Soudés par le tronc d'un petit bouleau qu'ils portaient sous le bras, trois garçons avançaient à larges coups de patins balancés. Derrière eux, leurs traces s'étendaient à perte de vue. Frans Van Maestricht jura abondamment.

– Quoi ? C'est tout ce que cela t'inspire, les sermons du père De Knop ? A te transformer en marchand, à échanger je ne sais quoi contre de petits sacs de poivre et une pièce de tissu, à faire de beaux saluts à des sauvages. A ouvrir une boutique...

– Ah non, pas ouvrir de boutique !

– Si !

– Mais non : aller aux Indes et en ramener de la marchandise, ce n'est pas être boutiquier, cela !

– Si.

Frans n'en démordait pas. Il en fumait presque, au sens précis du mot, en soufflant furieusement son haleine dans l'air glacé de ce matin de février. Il n'avait point neigé, mais un gel mordant avait poudré la campagne et bloqué depuis des jours le canal de Bruges. Sous un ciel d'étain sa surface glacée s'allongeait, rectiligne, vers un horizon sans fin de berges à l'herbe crissante, d'arbres noirs et tordus, de polders aux roseaux pétrifiés. S'il était une chose au monde que Frans méprisât, c'était bien les marchands, leurs vêtements de gros draps, leur démarche respectable, leurs paroles qui ne l'étaient guère moins et la componction hypocrite avec laquelle ils se rendaient régulièrement à la messe. A seize ans, tapageur, beau garçon, rêvant plaies et bosses, guignant outrageusement les filles, Frans était considéré par toutes les personnes mariées ou au-dessus de trente ans comme un mauvais sujet déplorable. Et par tous les autres comme le plus joyeux et le plus franc compagnon qui se pût rêver. Jurant avec faste, le regard effronté, il prenait un plaisir pervers à scandaliser ceux qu'il nommait dédaigneusement les boutiquiers. C'est-à-dire tous ceux qui n'osaient dire : « Allez au diable ! » quand ils pensaient : « Cet homme m'ennuie », qui ne passaient pas la moitié de leur vie sur l'eau et l'autre moitié à raconter ce qu'ils y avaient fait. Bref, tous ceux qui ne considéraient pas le fait de manier le sabre d'abordage, de battre les cartes, de jeter les dés et de jurer d'une manière héroïque comme une fin en soi, et la vie la plus agréable du monde. Et voilà que Rinus, son meilleur ami... Frans, en tête à cet instant, accéléra l'allure.

– Si tu continues, dit placidement Jeanfroid, tu vas nous faire casser la gueule.

Ce qui arriva, car ils se retrouvèrent tous trois à plat ventre sur la glace. Ils se relevèrent sans mot dire et reprirent leur route.

Placide comme un bœuf, et aussi puissant, Robert Jeanfroid avait de la mer une sainte horreur. Qu'il fût devenu l'inséparable de ces deux becs salés, voilà ce qu'aucun d'entre eux ne cherchait à comprendre. Mais le fait était là, indiscutable. Arrivé depuis deux ans à peine dans la ville, le père de Jeanfroid était un de ces Wallons habiles à battre le fer, toujours prodigieusement sale et enfumé, le ventre bardé d'un large tablier de cuir et laissant échapper d'une barbe hirsute et courte, parsemée de limaille, un flamand invraisemblable. Il avait une démarche d'ours, une virtuosité manuelle ahurissante – et pour le minuscule poirier grimpant qu'il avait planté dans la cour de sa forge, des soins de dentellière. Bourru et complaisant, Robert Jeanfroid l'aidait. Dès le premier hiver il s'était acquis une notoriété considérable parmi les garnements de la ville en tirant, d'un seul bout de fer, des patins purement admirables. Pour l'heure, en soufflant, il suivait le train enragé que Frans imprimait à leur petit groupe. Un long moment se passa sans qu'ils ouvrissent la bouche.

– A propos, dit Frans, à l'instant où il cédait le relais, comment se nomme ce port des Indes dont tu parlais tout à l'heure? Sadrapam? Sapardam? Sapradam? Sapredieu! Quelles idées as-tu été me fourrer en tête!

– Teganapatnam, répondit Rinus en prenant placidement son relais.

Près des portes de la ville, ils dépassèrent la patache de

Bruges. Dans le grincement des moyeux et la dense vapeur qui s'élevait de la croupe des chevaux, la diligence tanguait sur les ornières durcies. Le temps de déchausser leurs patins, de traîner leurs jambes engourdies jusqu'à la place de l'Hôtel-de-Ville, et le postillon dételait au seuil de l'Auberge du Relais. Près des harnais défaits, à prudente distance des chevaux fumants, un groupe transi se tenait serré à côté de ballots informes. L'homme était sombre, petit, engoncé dans une invraisemblable lévite d'un noir verdâtre. Entre son bonnet à la bordure luisante de graisse et le col d'une fourrure usée s'offrait, encadré d'une barbe d'ébène, un visage d'une pâleur cireuse. Quoique jeune encore, il se tenait voûté. Hors de ses mitaines apparaissaient des doigts minces, effilés, d'une blancheur stupéfiante. Son regard glissant, mou et cependant aigu, frappait. Mais pour en saisir l'expression, adieu! Ses yeux fuyaient comme un poisson dans la main.

A l'avancée d'un Veurne-Ambacht qui sortait des brancards, l'étranger recula et tenta d'écarter l'un de ses lourds ballots. Il n'y parvint point et s'effaça contre la muraille, l'air effrayé. A ses côtés se serrèrent sa femme et deux enfants aux yeux immenses. Ainsi plaqué au mur, grelottant sous la bise et la neige tombante qui tourbillonnait au coin de la place, le groupe offrait l'image parfaite du dépaysement, de l'exil sous un œil inconnu. Pourtant, sous son humilité inquiète, transparaissait une volonté saisissante. Le vent pourrait hurler, la neige ensevelir leurs ballots, un cheval effrayant déraper à leurs côtés en faisant du pavé jaillir des étincelles, on sentait que rien ne pourrait le rebuter, le faire renoncer à ce pays qui les accueillait de son froid, de son ciel sauvage, de ses hommes aux paroles franches et brutales, de son obscurité hostile qui s'épanchait des murs glacés, à l'approche de cette nuit d'hiver.

– Tiens, encore des juifs, dit Frans sans s'arrêter.

Pour les garçons, le spectacle n'était plus nouveau. Depuis quatre ans bientôt, à intervalles irréguliers, les bateaux ou la diligence de Bruges débarquaient à Ostende d'étranges équipages : Français bavards de Picardie ou de Bourgogne, de

Provence même, Irlandais batailleurs, Allemands bruyants, Espagnols hautains ou Bataves arrogants, Belges de tous les coins du pays, Norvégiens nostalgiques aux colères terribles ou – comme ceux qui se trouvaient ce soir grelottants au seuil de l'Auberge du Relais – juifs en lévite flanqués d'une matrone roulant dans sa graisse et d'enfants racés aux yeux admirables. Petit à petit des maisons nouvelles s'érigeaient, le Bout-du-Monde se rétrécissait chaque saison un peu plus. Viendrait le jour où il disparaîtrait complètement. Aux potences se balançaient des enseignes grinçantes écrites en bas-flamand, en plat-deutsch, en espagnol, en anglais. Par-delà la rue du Moulin de l'Est, dans une venelle où les Ostendais ne se sentaient plus tout à fait chez eux, il en était même qui étaient rédigées en yiddish. L'argent roulait. Jusqu'au pignon, parfois même au-dessus du pigeonnier, les négociants enrichissaient la face de leurs maisons de lourdes dorures à la feuille. Pas un mois ne se passait sans qu'un nouveau magasin s'ouvrît.

Toute cette prospérité, la ville la devait aux convois d'Espagne mais, bien plus encore, aux corsaires dont les bateaux et les prises encombraient le port. Chaque fois, y pensant, Rinus se sentait envahi d'orgueil et, avec dix patards en poche, plus riche et plus puissant que le *shiphandelaar* Hondschoote lui-même. Épicier? Diable non! Frans avait raison de croire que le métier de corsaire était le plus merveilleux du monde.

Le lendemain, tout riant, le meunier Cornjuin passa devant la vieille demeure. Dans sa main sautaient joyeusement deux pièces d'or qui rutilaient au soleil.

– Hé! Cabiljauw! encore deux nouveaux arrivants. Les juifs d'hier m'ont loué ma baraque. Il est près de ses sous, mon nouveau locataire! L'animal a marchandé pendant deux heures en gémissant comme si je lui arrachais la peau. Il avait l'air si malheureux que j'ai cédé. Alors, tu ne sais pas ce qu'il a fait?

– Vas-y toujours : je vais le savoir.

– Eh bien! marché conclu, il s'est tourné vers le mur pour

que je ne le voie pas et m'a puisé ces deux pièces d'un cuiret tout crasseux mais, bon Dieu! plus rebondi que je n'en ai jamais possédé. Il m'a eu au sentiment pour un florin, mais je vais m'amuser pour mon argent. Viens, il m'a donné soif!

Les deux florins devinrent la propriété du tenancier de *Het Strooijen Haantje*.

Au soir, la voix digne de M. De Knop résonna sous les poutres de la vieille maison.

– Comment se nomment-ils, les nouveaux arrivants? Goldstein? Silverberg? Pierre d'Or ou Montagne d'Argent?

– Non, quelque chose comme Rosenroth ou Rosenpot, à ce qu'a dit Cornjuin.

– Rosenpot!... Ah oui pardieu, le pot aux roses! Vous ne le flairez pas vous, non? Les juifs travaillent comme des enragés, pour quatre sous. Ils vont prendre tout le commerce de la ville, fricoter avec Dieu sait quoi : les peaux, le grain, le vin, les harengs, la toile, tout, je vous dis.

– En somme, faire exactement ce que vous faites, sourit Cabiljauw, très suave.

– Moi? Moi?

Cloué, M. De Knop ne répondit point. Rinus rit intérieurement de l'air offensé de l'Anversois, outré de se voir comparé aux juifs. De Boer, benoîtement, poussa l'avantage qu'avait pris le géant barbu.

– Pourquoi êtes-vous si fâché? Cornjuin a dit que les juifs étaient un porte-bonheur. Partout où ils viennent, l'or les suit...

– Va-t'en un peu, gamin, demander à ton imbécile de meunier enfariné s'il a déjà vu des rats venir dans une grange vide, et les sacs de froment y accourir derrière eux...

Rinus ne voyait aucun rapport entre l'or, une grange, Ostende, les rats, un sac de froment et les juifs. Il constatait simplement, pour la première fois, que la superbe impassibilité de M. De Knop s'altérait sous le coup de l'humeur. Et il s'en réjouissait. Rinus détestait être nommé gamin. C'est pourquoi sans doute, quelques jours plus tard, il s'arrangea pour rencontrer M. Rosenroth et mieux connaître ces gens que l'Anversois, malgré son assurance, paraissait redouter plus encore que les Hollandais.

XI

Sur la rue du Moulin de l'Est prenait jour une étroite venelle. Un observateur sourcilleux aurait constaté que les maisons en étaient un peu sales, et généralement dans un désordre épique, mais non sans pittoresque. Des portes entrouvertes s'épandaient les odeurs d'une étrange cuisine parmi lesquelles Rinus eût vainement cherché le parfum familier de la soupe à la bière, des tartes au fromage, des hochepots ou des crêpes succulentes vertigineusement confectionnées par l'oncle Cornélius. Tout au plus aurait-il pu saisir, envahissant, le tenace fumet d'un chou vigoureux. Quant au reste, n'ayant jamais été convié à s'asseoir à la table des Rosenroth, De Boer en était réduit aux suppositions les plus extravagantes sur les plats extraordinaires que devaient confectionner les habitants de la rue Perdue. On disait d'eux qu'ils ne mangeaient pas la viande de tout le monde et l'on allait jusqu'à se désigner l'un d'eux – personnage doux aux mains onctueuses – auquel on amenait les bêtes et qui les tuait selon le rite. Quel rite? Rinus, quand ces pensées lui venaient, trouvait que la rue Perdue sentait furieusement le chaudron du sorcier.

Samuel Rosenroth était un petit homme triste et faible, à la voix menue, qui trébuchait en portant quatre bûches. Sa politesse était inimaginable. Il donna immédiatement du « monsieur » à Rinus la première fois que celui-ci le déchargea de son fardeau. La voix de Mme Rosenroth le faisait sursauter et quand, d'aventure, Rinus jurait – sans penser à mal et aussi simplement qu'il eût dit bonjour –, les yeux de M. Rosenroth s'effaraient derrière ses lunettes. D'une seule poignée de main un peu appuyée, De Boer lui eût brisé les phalanges. Que cet être falot, courtois et maladif pût inquiéter l'imposant M. De Knop, voilà qui paraissait le comble de l'invraisemblable. Qu'ensuite Rosenroth – de la rue Perdue – fût devenu M. Samuel Rosenroth, possesseur d'une des plus belles maisons de la rue de la Chapelle et armateur puissant, voilà qui parut toujours à Rinus un phénomène incompréhensible (et cependant indiscutable), comme la venue de la marée, le retour du soleil, le nombre de pintes que pouvait boire le Breton, et la manière dont Frans séduisait les filles. C'était là une de ces choses mystérieuses que l'on constate sans jamais pouvoir les expliquer. Là-dessous aussi il devait y avoir un peu de sorcellerie.

Durant tout son séjour à Ostende, Samuel Rosenroth ne mit jamais les pieds à bord d'un bateau, fût-il même à l'ancre. Et il est probable qu'il ne s'y était jamais risqué précédemment. Comparativement à sa crainte, ou peut-être à son dégoût, l'aversion bruyamment manifestée par Jeanfroid aux choses de la mer paraissait héroïque. Néanmoins il écouta avec une attention soutenue quand Rinus lui narra, une heure durant, toutes ses aventures de mer, la manière dont on recherchait une proie, dont on l'abordait, les cargaisons et leurs valeurs, les frais d'une expédition, les bénéfices que pouvait laisser une campagne et quels étaient les meilleurs corsaires de la ville. C'est-à-dire, Rinus s'en rendit compte, non point ceux qui ramenaient les prises les plus somptueuses mais – pour M. Rosenroth – le capitaine prudent qui ne risquait qu'à coup sûr et ne rendait pas son bâtiment inutilisable en une campagne. De ces derniers, Raf Spierings fut cité tout d'abord.

Toujours plongé dans un milieu où chacun, sur ces sujets, en savait au moins autant que lui, jamais le jeune De Boer n'avait eu pour un récit aussi banal un auditoire aussi attentif. Sarah Rosenroth elle-même avait interrompu ses travaux ménagers et s'était affalée sur une chaise, les mains pendantes, sans quitter des yeux la bouche du jeune narrateur. Même les deux enfants étaient étrangement silencieux et immobiles, pour un gamin de cinq ans et une fille qui n'en avait guère plus de huit. Ce fut peut-être une des rares fois de sa vie où le calme Rinus parla autant, et aussi longtemps. Au retour il constata que, s'il avait tout raconté à Samuel

Rosenroth, ce dernier ne lui avait pas dit un mot de lui-même. Venu, curieux, pour connaître un peu les juifs, Rinus n'en savait pas plus qu'une heure auparavant. Peut-être même un peu moins. Cinquante ans plus tard, d'ailleurs, il n'en saurait guère plus. Mais sur le moment, il se gratta la tête.

– Diable! est-ce que je deviendrais bavard comme un Français? Et de quelle couleur sont ses yeux, à ce M. Rosenroth?

Rinus y pensait ce soir-là encore, quand – furetant dans les combles de la vieille demeure de la rue du Bout-du-Monde – il découvrit un rouleau de fort parchemin recouvert d'une vénérable poussière. Déployé, il présenta, au milieu de taches d'humidité jaunâtres, un dessin aux légers contours et de formes parfaitement inconnues. On eût dit une grappe de raisin; mais inscrit-on des noms sur une grappe de raisin?

– Ça? dit Cabiljauw après y avoir jeté un coup d'œil distrait. C'est la carte des Indes.

Juste ciel! Les Indes! Le lendemain, Cabiljauw, harcelé, fourrageait d'un air irrité le torrent de sa barbe.

– Au diable! Qui a laissé traîner cette fichue carte? Si j'ai été aux Indes? Sûr que j'y ai été, même que c'est un bien satané pays. Mais qu'est-ce qui vous prend, vous trois, à être excités ainsi? Cela n'en vaut fichtrement pas la peine, croyez-m'en.

Pas la peine? Ce n'était nullement l'opinion de Frans, et bien moins encore celle de Rinus. Quant à Jeanfroid, tout pataud et les yeux écarquillés de désir, il attendait. Comment était-ce, les Indes? Pourquoi n'en avez-vous jamais parlé, oncle Cornélius? Que voit-on, dans ce pays? Est-il vrai qu'il y existe des palais aux murs d'or? Et combien de temps faut-il pour s'y rendre?

– Bon, soupira Cabiljauw, vaincu; mais n'en parlez pas trop quand l'oncle Raf est là. Il n'aime guère ce pays. Ou plutôt, il l'aime trop. Oh! enfin, vous m'agacez, je n'en sais rien. Enfin, allons-y...

Si jamais être humain sembla créé pour habiter la vieille demeure, parut mieux fait que tout autre pour y vivre au milieu d'astrolabes brillants, d'un chat énigmatique et d'adolescents épris d'aventures, c'était bien Cornélius Cabiljauw, à la barbe d'algues et aux yeux d'enchanteur. Dans ce monde fantastique peuplé de l'effigie d'un dieu marin, de vieux livres, d'un Bouddha de porcelaine, de pigeons roucoulants, d'un chaudron à l'apparence humaine et de bibelots étranges, le marin évoluait comme dans un élément naturel. Le front baissé pour ne point le cogner aux poutres, il semblait quelque génie barbu tombé dans une maison de nains. Il y régnait majestueux, avec sa belle voix grave et son imagination pleine de légendes.

– Vous allez savoir...

Paroles magiques! Éclairé par les flammes de l'âtre, le buste légèrement penché en avant, il suffisait que le marin les prononçât pour qu'aussitôt parussent, aux yeux des adolescents, s'entrouvrir les portes du Mystère. Naissait alors dans la pièce le silence frémissant qui précède les grandes révélations. Le charmeur commençait.

– C'était il y a de cela pas mal d'années, du côté de Borompour. Borompour, vois-tu Rinus, c'est...

Les heures passaient comme un rêve.

Par Rinus, Samuel Rosenroth eut des échos de ces récits merveilleux. Quelque chose comme une faible rougeur montait alors à ses joues cireuses. Peut-être avec plus de précision encore qu'aux yeux de l'adolescent, le pays magique et ses richesses parlaient à l'imagination du juif.

– Oui, monsieur De Boer, il y a des fortunes à faire aux Indes. Regardez les Bataves, les Anglais, les Français, regardez tout ce qu'ils en rapportent. Pourquoi ne pourriez-vous faire la même chose ici, à Ostende? Bien entendu il faudrait de l'argent, beaucoup d'argent. Un seul homme ne pourrait entreprendre cela. Il faudrait former une société, trouver et armer des bateaux spéciaux, lancer des actions...

– Des actions?

Rinus aimait ces conversations. Rosenroth, en quelques phrases, donnait un tour matériel aux rêves que Cabiljauw laissait errer dans le domaine des chimères. Dans la bouche du juif immobile et chétif, ils prenaient forme et vie.

– C'est donc possible ! c'est donc réalisable ! frémissait Marinus.

Mais bientôt, soulevant ses maigres épaules, Rosenroth soupirait :

– Mais l'Espagne est finie, monsieur De Boer, elle n'a plus sa puissance. Elle ne peut vous aider à lancer de nouvelles expéditions alors qu'elle a déjà tant de peine à garder ce qu'elle possède. Qui sait même si un jour les Espagnols seront encore dans le pays de Flandre ? Et puis, même si l'on pouvait essayer, les autres nations ne le permettraient pas : il faudrait de longues années et de grands changements pour qu'un jour un bateau puisse partir d'Ostende vers les Indes... si jamais cela arrive.

« Voire ! pensa Rinus. Moi, j'irai aux Indes... »

Longtemps, plus tard, Rinus se souviendrait de cette conversation. Pour l'instant, sur les pavés caparaçonnés de verglas, il ne pensait qu'à rejoindre Jeanfroid à la forge, trouver Frans, courir questionner encore Cabiljauw.

Assis sur le coin de la table, mais le plus souvent au pied de l'âtre, astiquant machinalement un sabre, bourrant et débourrant un pistolet, le géant à barbe de druide se laissait emporter par ses souvenirs et son imagination. Qu'il n'ait point, un jour, assommé un adversaire avec une jambe de bois arrachée à un matelot ; que ce singe qui servait sous ses ordres « comme un parfait marin, fistons, et qui amenait les plats à table ! » eût été purement fictif ; qu'il fût invraisemblable qu'un requin géant, furieux, eût mordu dans une étrave et créé une voie d'eau où l'on aurait pu passer une pièce de 36, voilà qui n'avait que peu d'importance aux yeux des adolescents fascinés. Seuls importaient les mirages que faisait surgir la voix du géant, le souffle d'aventure qui passait dans la pièce, les rêves qui naissaient d'un simple mot – rutilant comme un soleil – au milieu d'une phrase banale.

– On arriva donc à Chandernagor...

Ou bien :

– ... Et alors voilà que le vent nous lâche brusquement

comme nous arrivons près de la Chine. Bon, que je me dis en regardant la côte : ça va chauffer et...

Comédien inconscient ou narrateur habile, il s'arrêtait toujours aux instants pathétiques, posait sabre ou pistolet, bourrait et allumait sa pipe avec des gestes d'une lenteur à faire hurler Frans.

– Et alors? trépignait Van Maestricht.

– Minute! Il faut vous dire que là-bas, lorsqu'on s'encalmine, c'est une sacrée sale aventure. Tout le long de la côte, il y a des bandes de pirates qui n'attendent que cette occasion pour piller votre bateau. Ils ont le visage aussi plat et aussi jaune qu'un vieux florin. Ces sauvages-là arrivent dans des petits vaisseaux plats et effilés que l'on nomme des jonques. Ils avancent à la rame ou avec de drôles de voiles, en paille tressée...

– En paille? s'ahurit Marinus.

– Oui, en paille : ils n'ont qu'à éternuer dedans pour que leur bateau avance. Ils arrivent donc et – couic! – ils coupent le cou à tout l'équipage. Chez nous, quand on fait des prisonniers, on les renvoie chez eux, avec une bonne pinte dans le ventre. Mais allez renvoyer des prisonniers de la mer de Chine! Où en suis-je? Frans, ne gesticule pas comme cela, tu me donnes le mal de mer. Ah oui! Eh bien donc notre *Voyageur de Nantes* s'encalmine. La nuit venait. Le capitaine – un imbécile tant qu'il ne pouvait pas se battre – fit tripler les hommes de veille et donner des armes à tout le monde. Tout alla bien jusqu'après minuit mais, à ce moment, j'entendis quelque chose, comme un bruit de rames grinçant sur des taquets. Il faisait noir comme dans la gueule du diable et, au bossoir bâbord avant, j'ouvrais les yeux si grands qu'ils manquaient m'en glisser de l'orbite. Et soudain, qu'est-ce que je vois...

– Quoi? hurla Frans.

Cabiljauw s'était arrêté. Dans la pièce, tante Palma s'était glissée et restait près de la porte, toute droite et noire sur le mur blanc. Un éclair passa dans le regard du géant. Il fouilla nerveusement le torrent de sa barbe.

– Quoi ? Je... ah oui ! je vois une jonque, deux, trois, dix qui s'avancent silencieusement. « Aux armes, compagnons ! » que je crie. Et tout aussitôt les feux s'allument et l'équipage se précipite sur le pont. Le bosseman, qui dormait, arrive tout nu en...

– Oh ! piailla tante Palma.

– Oui, tout nu, en brandissant un sabre. C'était un bel homme, et velu du ventre jusqu'aux épaules. En même temps les diables jaunes se mettent à pousser des cris à vous en faire tourner le sang en petit lait et, comme des singes, grimpent à l'abordage. Ah ! misère ! le premier qui passa la tête au ras du bastingage – raf ! – d'un seul coup je la lui fis sauter de mon sabre !

Jeanfroid, pris de panique, recula. Joignant le geste à la parole, Cabiljauw fendait l'air de sa lame, jonglait avec son pistolet. Sa voix tonnait, grondante, sous les poutres. D'une seconde à l'autre, sous les yeux de l'auditoire subjugué, il se transformait en vaisseau encalminé, imitait la tempête, un éléphant barrissant, un clair soleil se levant sur une mer calme, un bateau sous toutes ses voiles, se métamorphosait en Chinois grimaçant. Ses mains volaient dans l'espace en arabesques magnétiques. Il paraissait alors, tel un dieu hindou, avoir quatre paires de bras dont deux – au moins – brandissaient des armes menaçantes.

– Vous connaissez les Chinois ? Non ? Ils sont mi-homme, mi-femme, ne portent pas de pantalon comme de bons chrétiens, mais une jupe noire fendue sur le côté et – en guise de cheveux – un long cordage noir, deux fois long comme la queue d'un singe, qui leur pend jusque dans les reins. C'est d'ailleurs parce qu'ils sont à moitié femmes qu'ils sont aux trois quarts diables...

– Oh ! suffoqua tante Palma, scandalisée. Monsieur Cabiljauw, je ne permettrai pas...

– Et moi je m'autorise, mugit le géant... Plus on en tuait, plus il en venait. A un moment donné mon sabre me casse net dans les mains. J'étais perdu. Non ! Car j'empoigne un de ces sauvages par les cheveux, je le fais tournoyer et pan! et vlan! je tape de tous les côtés, en plein dans le tas...

– Oh! oh! ricana la vieille fille, entre haut et bas.

– Dans le tas! mugit Cabiljauw, devenu violet... Mais j'allais quand même succomber quand le bosseman – tout nu, oui mademoiselle! – arrive en courant : « Tiens bon, Cornélius! » que je l'entends crier. Il avait son pistolet à la main et...

Un bruit pharamineux retentit dans la pièce et la balle, en sifflant, alla faire éclater l'assiette qui ornait la muraille au-dessus de la porte. Derrière l'âcre nuage de fumée qui flottait au-dessus de la table on vit tante Palma s'évanouir et glisser au sol, en poussant un léger cri. Aussi vite que la balle, l'arme fumante au poing, Cabiljauw se précipita pour soutenir la vieille fille. Il la tenait d'un bras, l'air terriblement ennuyé, fourrant, en son désarroi, sa main armée dans le déluge de sa barbe.

« Qu'est-ce qu'on va en faire? » semblait dire toute son attitude.

On ne sut jamais la fin de l'aventure advenue à l'équipage du *Voyageur de Nantes*, au large des côtes chinoises. Considérant tour à tour les débris de l'assiette, la vieille fille évanouie et le géant confus, Rinus hocha flegmatiquement la tête.

– Dommage, oncle Cornélius, que vous ne tiriez pas plus juste : une si belle assiette...

XII

Quand Frans fut prêt à repartir pour Cadix, Rinus De Boer n'y tint plus. Culbuté en carène, le *Morgensterre* était la proie d'une équipe de charpentiers, de peintres et de calfats qui s'affairaient en brandissant leurs maillets, des brandons d'étoupe, et fouaillaient le ventre du vaisseau de leurs becs de corbins, patarasses et clarets; le tout dans un tapage phénoménal, une puissante odeur de goudron et un dégagement de fumée considérable. Les œuvres vives de la vieille coque grattée apparaissaient à nu. Vraisemblablement, avant que le flot la soulevât encore, deux bons mois s'écouleraient, durant lesquels la frégate resterait affalée sur le sable de la Creque Sainte-Catherine. Plus encore, peut-être. Sans raison apparente, deux fois déjà le travail s'était interrompu, et Raf Spierings avait erré, soucieux, mouillant ses bottes, pataugeant dans les flaques, le nez levé vers les murailles décapées de son bâtiment. Deux fois M. Hendrik De Knop d'abord puis Sam Rosenroth s'étaient attardés avec le corsaire en de longs conciliabules desquels le petit homme pâle sortait plus sombre encore que de coutume. Cabiljauw chantait plus rarement, souriait peu et fouillait parfois sa barbe avec furie. Du hangar de la vieille demeure, où jalousement Spierings gardait les parts les plus précieuses de ses prises, avaient mystérieusement disparu de vieux meubles, quelques bibelots, un immense tapis aux arabesques d'un rouge profond, un service en verre gravé face et revers – admirable travail d'art espagnol – et, enfin, le flambeau.

Les rares fois où Rinus avait pénétré dans l'obscure remise, il avait, face au chandelier, ressenti une émotion vague : la même qui le prenait parfois quand l'aurore chargée de nuages fabuleux se levait sur la terre de Flandre, devant un ciel d'été scintillant d'étoiles ou, encore, au passage lointain d'une haute frégate hollandaise s'en revenant des Indes, toutes ses voiles chargées de vent et si noble et belle sur la vague qu'elle éveillait, chez De Boer, moins de convoitise que d'admiration. On lui eût dit que l'émoi qui le prenait alors naissait du spectacle de la beauté, qu'il eût haussé les épaules. A gestes prudents, ses grandes mains vigoureuses caressaient le flambeau, la guirlande de roses qui s'enroulait au sommet du panache, ses palmettes ciselées, le pied, les bobèches où luisaient des agrafes d'or. Rinus l'imaginait scintillant sous l'éclat de sept chandelles de blanc de baleine, dans une pièce vaste et digne, meublée de lourds tapis, d'une table Renaissance, d'une grande cheminée flamande dans laquelle, sur des chenets sculptés, flamberaient de longues bûches de peuplier. Par la naissance ou la fortune, seuls quelques rares privilégiés pouvaient utiliser un objet aussi merveilleux. Quand il le retrouva dans l'intérieur sordide de Rosenroth, Rinus en éprouva un déchirement.

Et Frans allait repartir.

Ce n'est pas sans mélancolie que Rinus évoquait les mois écoulés et pensait à ceux qui allaient suivre : les courses auxquelles Frans ne prendrait plus part, leurs randonnées solitaires dans la campagne, entre deux croisières; leur rude compagnonnage, la joie bruyante de Van Maestricht, ses cris, ses fanfaronnades, son rire plein et ferme. Et même – voilà qui était extraordinaire! – ses chansons. Frans chantait comme un chien hurle à la lune mais avec un tel entrain, une conviction si vigoureuse qu'on ne pouvait lui en vouloir de vous écorcher les oreilles avec son éternel *Al die willen te kapren varen* :

Al die willen te kapren varen
Moeten mannen met baerden syn[1].

Le cheval du meunier en grinçait des dents. Rinus aussi parfois. Mais Frans était aussi le seul qui sût se taire. Comme tant de boute-en-train, c'était un mélancolique qui s'ignorait. Dès qu'ils se trouvaient seuls, Frans devenait silencieux et des heures passaient sans qu'il ouvrît la bouche pour rien autre que des choses insignifiantes murmurées d'une voix où l'on eût vainement cherché un accent de gaieté. Ces instants étaient les meilleurs dans l'amitié des deux garçons.

A le voir marcher à ses côtés, le front bas, faisant de ses pieds machinalement rouler une pierre, Rinus eut un élan.

– Alors, vieux brigand, tu m'abandonnes encore?

– Faut bien... le père dit que mon apprentissage n'a que trop duré. Et puis, tu sais, il se fait vieux et je crois qu'il serait heureux que je prenne sa succession.

Le père Van Maestricht était Convoyeur du Roi. Évidemment le titre était beau et les revenus souvent plus importants

1. « Tous ceux qui veulent être corsaires/Doivent d'abord barbe porter... »

que ceux d'un simple corsaire. Rinus, sans trop se tromper, pensait cependant que Frans n'était pas insensible au prestige de commander un jour une frégate de trois cents tonneaux, aux honneurs qui seraient siens après les traversées heureuses, quand il aurait ramené les convois à bon port. Mais tout de même...

– Cadix et Ostende, l'Angleterre et Ostende, toujours faire le chien de garde, surveiller ton troupeau de bélandres : tu aimes ça, toi?

– Peuh! Il n'y a pas que cela, heureusement, tu le sais comme moi. Nous avons ramené trois prises la dernière fois, et cinq au précédent voyage duquel je n'étais pas. Je te jure que les Malouins qui nous ont attaqués au large du Finistère ne s'y frotteront plus. Enfin cela me plaît, et certainement plus que de continuer à tripoter à bord du *Morgensterre*. Mais tu ne m'en veux pas de te dire ça?

Il avait levé la tête, vivement, son regard clair interrogeant Rinus :

– Je ne dis pas cela pour toi.

Bien sûr! Rinus eût voulu passer le bras sur l'épaule de son compagnon, le secouer avec une rude tendresse. Il ne le fit point. Sa pudeur reculait devant les démonstrations d'amitié « à l'espagnole », disait-il. Entre eux ils n'allaient jamais au-delà d'une bourrade affectueuse, de quelques jurons, d'une poignée de main et d'un regard où l'un et l'autre devinaient ce qu'ils pensaient et n'osaient se dire.

– Sacré fou, va!

Il comprenait Frans d'autant mieux que lui pesait aussi la prudence de Spierings, ses incompréhensibles accès de tristesse, ses lassitudes, son dégoût qui le faisait parfois rester des semaines entières à quai, en pleine saison, alors que des voiles passaient constamment au large. Une fois aussi, alors qu'on se préparait à l'abordage, le corsaire avait fait rompre la chasse après la première bordée d'une galéasse danoise fortement armée. « Il a peur! » avait pensé Rinus en un éclair. Qu'ensuite Spierings eût montré son courage au cours d'autres entreprises n'avait pu effacer chez

De Boer le souvenir de cette trouble lueur de crainte surprise alors dans les yeux froids du corsaire. Il avait tenté de l'excuser :

– Il devient vieux.

Mais il n'était point sûr, Rinus, qu'en ce jugement ne se glissât pas un peu de mépris.

Au détour de la rue les accueillirent les bruits de l'enclume. Passé l'arc du porche toujours large ouvert, la forge du père Jeanfroid s'offrait sous son auvent, au fond d'une cour carrée tapissée de pavés arrondis et d'herbes folles. Il s'y trouvait toujours l'un ou l'autre de ces chevaux de Veurne-Ambacht, jamais le même mais toujours pareil, avec son dos vaste et plat comme une table de noce, ses pattes semblables à des colonnes et si largement plantées que sous son ventre une famille de quatre personnes eût trouvé abri. La patte ficelée au chevalet de bois, la bête attendait, paisible, soufflant doucement entre les pierres. Quand elle repartait, ferrée, le sol tremblait sous sa masse. Traînaient là des maillons de chaîne d'ancre, des roues cerclées de fer, un essieu tordu, une herse mangée de rouille qui, dans un coin, disparaissait dans l'herbe envahissante. Et bien d'autres choses encore : des potences d'enseigne, les montures de ces grosses lanternes qui s'allument, le soir, au coin des ruelles, des crocs de boucher, un chaudron et – poussant miraculeusement au milieu de ce désordre – un arbre grimpant dont les premières fleurs mettaient leur ombre sur la blancheur du mur. Jeanfroid jurait qu'il donnerait un jour des poires grosses comme deux poings et juteuses comme des pêches. Il vivait dans cet espoir que n'arrivait pas à ébranler, chaque saison, l'apparition timide de fruits décevants qui, dans le simple volume d'une noix, réunissaient l'âpreté du coing et l'onctuosité d'une pomme de terre crue.

Dans ce décor, au milieu du fracas de sa masse rebondissante et d'un éparpillement d'étincelles, le père Jeanfroid faisait surgir d'un simple morceau de fer les choses les plus étonnantes : bec de grappin, fer à cheval, pinces de chirurgien-barbier et jusqu'à des lettres, de grands chiffres de deux pieds de haut que les architectes rivaient dans les façades neuves « ANNO 1682 ».

Robert les salua.

– Minute! cet engin à finir et j'arrive.

Noir jusqu'aux yeux, congestionné par la chaleur de la forge, il maintenait de ses mains musculeuses un énorme grappin de hune, de ceux-là que les gabiers, à l'instant de l'abordage, laissent tomber de toute leur masse sur le pont de l'ennemi. A chaque coup assené par son père, le corps de Jeanfroid tressaillait de la nuque aux talons. Dans le fracas il hurla :

– C'est pour ton *Dolfijn* Frans! Je te souhaite de t'en servir le premier. Ce qu'il mordra, il ne le lâchera pas.

Soudain Rinus vit le *Morgensterre* couché sur son matelas de sable, le *Dolfijn* filant grande erre sur la vague, Spierings muet dans son fauteuil de paille, Frans – cramponné au pavois de hune – tranchant l'amarre du grappin, un ciel gris et une terre plate, un soleil qui flambait sur une ville blanche, Cadix, la terre et la mer, l'aventure de tous les jours et celle qui l'appelait. Cabiljauw? Oh! tant pis pour Cabiljauw. D'un bloc, il tourna les épaules.

– A tout à l'heure, Bert, nous revenons. Viens, Frans, je vais dire à Raf que je pars avec toi.

Pas une seconde, dans les quatre mois qui suivirent, il ne regretta son départ. Avec ses trois cent cinquante hommes, ses *bootsmannen* [1] sifflant à tue-tête, l'immensité de ses voiles, la charge d'une équipe de cent cinquante gabiers galopant sur le pont ou volant dans la mâture, le tonnerre grisant de ses trente-deux canons crachant par les sabords – lorsqu'ils repoussèrent les Dunkerquois –, le *Dolfijn* combla tous ses désirs. Le Breton, qu'il retrouva à bord, lui apprit à connaître les noms de poissons nouveaux : le « lieu » poli comme l'acier avec son museau pointu de brochet; la sarthe, cruelle avec ses dents aiguës, ses yeux de chat, ses nageoires

1. De *boot :* bateau, et *mannen :* hommes. Quartiers-maîtres.

orangées, sa tête rouge brique d'Anglais en colère; le pironneau, qui a sur le dos une aile de dragon; la vieille, la coquette, d'autres encore. Il vit les longues barques portugaises aux voiles triangulaires, une mer d'un bleu tel qu'il n'en imaginait point, avec des marées inexistantes. Il acheta à Cadix un anneau d'or qu'il se mit gravement à l'oreille gauche, vit des oranges sur les arbres, des filles brunes au regard hardi, étouffa de chaleur, regretta la *dobbelbier* [1], but du xérès, en fut étourdi, participa âprement à une rixe pour une raison dont il ne se souvint jamais, faillit recevoir un coup de lame, fit une bordée mémorable avec Frans, apprit onze jurons espagnols, et, à dix-sept ans révolus, redébarqua à Ostende avec vingt-deux florins en poche et la certitude – confirmée par l'expérience fraîchement acquise – qu'il était homme. Dieu! la belle vie!

Spierings l'attendait à quai, menu dans son habit noir. Rinus fut surpris par la chaleur de son étreinte, la vigueur des doigts d'acier qui lui serrèrent les épaules. C'était la première fois que le corsaire l'embrassait, la première fois qu'il le voyait sourire sans contrainte. Vers le petit homme qui trottinait à ses côtés, Rinus eut un accès de tendresse : pourquoi, oui pourquoi Raf ne l'avait-il pas embrassé plus tôt, pourquoi n'avait-il jamais souri comme aujourd'hui? Il aurait pu, alors, l'aimer tellement mieux. Par exemple comme...

– Où est l'oncle Cornélius? Pas malade au moins?

– Dieu garde! Il n'a jamais été si terrible! Je n'ose pas l'approcher depuis que nous avons aperçu vos voiles, ce matin. Il a tordu le cou à deux poulets, a manqué dix fois de coller ses crêpes au plafond et a failli mettre le feu à sa barbe en voulant de trop près flairer la marmite. Il a tellement juré que Belzébuth s'est enfui dans ta chambre et n'en veut pas descendre. Tu as faim?

Du plus loin qu'il les vit tourner le coin de la rue du Bout-du-Monde, le géant jura en brandissant une lardoire terrifiante.

1. Bière double.

– Rinus!... sacré garnement... fichu garçon, je... Tonnerre! viens ici!

Dans les embrassades, alors qu'ils franchissaient le seuil de la vieille demeure, Cabiljauw glissa à travers la broussaille de sa barbe :

– Il est temps que tu reviennes, mon fils : le *Morgensterre* n'est pas encore sorti. Raf n'était plus à prendre avec la pelle à feu : il t'attendait.

Alors, devant la table mise, le chat qui ronronnait à ses jambes, le chaudron grimaçant, le petit homme pâle qui lui souriait et lui paraissait soudain si vieux, Cabiljauw qui présentait en rugissant les volailles dorées, Rinus comprit soudain combien il appartenait à ces choses et à ces êtres, et qu'il ne pourrait reprendre le chemin de Cadix.

Il dut faire effort pour répondre d'un ton joyeux quand Spierings, reculant son fauteuil, lui sourit encore.

– Alors, don Juan, raconte-nous maintenant tes aventures...

XIII

La porte doucement refermée, Rinus De Boer se retrouva dans la rue. Une pluie légère tombait qui donnait aux pierres bombées des luisances de métal noir. Au fond du Marché-aux-Bœufs, sombre dans un ciel de grisaille, le moulin de Martin Claeys brassait lentement de ses ailes l'air humide. Il faisait doux. Avec les nuages amoncelés le crépuscule s'était formé dès les premières heures de l'après-midi et se prolongeait indéfiniment dans cette longue journée d'été. Un soleil invisible festonnait de reflets l'arête du chemin de ronde, au sommet des remparts. Les bras ballants, Rinus hésita un instant. Où diable pouvait bien se trouver Frans? Au *Roi d'Espagne?* A la *Ville de Douvres?* ou bien... Mais non : à cette heure il devait avoir déjà quitté le port et n'être encore point rentré chez lui. D'un geste machinal Rinus rejeta une mèche rebelle et, baissant la tête sous la pluie, s'achemina vers le port.

Spierings s'était assoupi dans son fauteuil de paille. Tout en continuant son récit, Rinus avait noté que le corsaire s'était doucement abandonné à la somnolence. Ses mains détendues reposaient légèrement sur les accoudoirs. Toute sa mince personne s'était affaissée. Et là, engourdi par la bonne chère, était apparu un homme au seuil de la vieillesse, et que sa digestion avait entraîné dans le sommeil, tel un enfant. Inconsciemment De Boer avait baissé la voix avant de se taire tout à fait. Dehors la pluie tombait et, dans la pièce basse, seuls se percevaient les bruits atténués de la vaisselle précautionneusement rangée par Cabiljauw, le craquement d'une bûche s'affaissant dans l'âtre et – par instants – un tel silence que s'entendait ronronner Belzébuth dormant sur les pierres chaudes. Dans cette atmosphère trop lourde, trop quiète, Rinus soudain s'était senti étouffer.

– Je sors, avait-il dit en prenant son bonnet.

Cabiljauw avait cligné de l'œil en inclinant la tête, sans cesser de polir la lame dont il s'était machinalement emparé. Dans la rue, la pluie était fraîche et bonne. Rinus s'ébroua, fourra son bonnet en poche et respira profondément. Il lui semblait qu'il n'aurait pu rester plus longtemps dans l'air épaissi de la vieille demeure. Il s'en alla, à larges pas calmes, heureux de sentir sur son visage couler la pluie du large. Où donc pouvait s'être fourré Frans?

Il se heurta au Breton à l'entrée de la *Ville de Douvres*. L'homme avait déjà son regard vague et triste des heures d'ivresse. C'était l'une de ces épaves que l'édit de Louis XIV tenait depuis 1670 hors de leur patrie.

– Les galères, Rinus, les galères parce que j'ai servi sur un navire étranger et que j'ai laissé passer la date de mon retour. Mais j'étais en mer, à ce moment!

Il larmoyait alors, saoul de nostalgie, et n'avait qu'un ricanement amer en pensant aux mesures inefficaces et lointaines qui le frappaient.

– ... Et une amende de trois mille livres à charge de ma famille! Bon Dieu, si elle en a trois...

Et il haussait les épaules.

– D'ailleurs, je n'ai plus de famille...

Un silence.

– ... Tout au moins je l'espère...

Le moment viendrait bientôt où sous l'influence du vin il geindrait et commencerait à parler de son pays, interminablement. Rinus ne lui laissa point le temps d'ouvrir la bouche.

– Tu n'as pas vu Van Maestricht?

– Philippe ou Frans?

– Frans, bien sûr.

– Là-bas, derrière le pilier, il joue avec ceux du *Blommersdijk*. Dis, Rinus, tu veux...

De Boer ne l'écoutait déjà plus. Descendant les trois marches de granit, il pénétra dans la taverne. La salle de la *Ville de Douvres* était profonde et basse, faite de pierres massives et de quatre piliers trapus dont les arcs prolongés se rejoignaient en voûte. Tout au fond, rangés contre la muraille brute, des tonneaux fraîchement mis en perce s'alignaient sur leur chantier de bois. Il y avait celui de la *dobbel knollaert* [1] de Courtrai, de la *kuyt* [1], de la *bruinbier* [1], de la *dobbelkuyt* [1] et cet autre, plus petit, rempli de ce vin rouge et clairet de Louvain qui rendait la tête légère et faisait monter les chansons aux lèvres. Sous chacun d'eux, au milieu d'une mare qui poissait les dalles, le robinet s'égouttait dans un pichet de bois cerclé de cuivre. Les poings fleuris de pintes mousseuses et ruisselantes, les filles de taverne rieuses, suantes et dépeignées se déhanchaient entre les tables. A mi-hauteur de la voûte stagnait un brouillard de fumée âcre percé du halo des quinquets.

Au premier soir de l'arrivée du convoi d'Espagne, la *Ville de Douvres* offrait à chacune de ses tables un remarquable échantillonnage d'hommes boucanés par le vent du large, aux barbes drues, au regard hardi où la chaleur de l'alcool allumait des lueurs batailleuses. Ils criaient, commandaient à grands éclats de voix, hurlaient à six en voyant l'un d'eux pénétrer dans la salle.

– Rinus! une pinte! Encore une que le diable n'aura pas!

1. Bières de différentes couleurs et de différentes densités.

Ils étaient rudes et bruyants, braillards et joyeux. Convoyeurs ou corsaires, calfats ou charpentiers, matelots barbus et rugissants, une même allégresse brutale les animait. Leur solde à peine écornée en poche, réunis autour d'une table et au milieu de francs compagnons, une pinte devant eux, ils considéraient ce soir-là leur destin de marin pour le plus enviable du monde. Rinus sourit. Une fierté lui venait d'être déjà considéré par ces hommes comme un des leurs, de pouvoir leur répondre sur le même ton, d'égal à égal, de sentir le regard des filles qui le suivait, de pouvoir élargir encore les épaules et sentir, se balançant à son oreille, le bel anneau d'or. Et Spierings qui n'allait jamais au cabaret!

Frans jouait à une table, nonchalamment adossé à un pilier et la bouche pleine de sarcasmes. Jonglant avec les dés, il tenait tête à quatre hommes du *Blommersdijk.*

– Alors Potterbuick, toujours décidé à continuer? Dangereux cela! Que pensez-vous que dirait Mme Potterbuick si elle vous voyait rentrer à la maison sans vos chaussures? Oh Rinus! viens voir comment ces honorables gentilshommes dépouillent le pauvre débutant que je suis. A vous!

Sans doute parce qu'il n'attachait au jeu nulle importance, Frans possédait une veine injurieuse. Il en était ainsi de tout. Il se moquait des filles et elles accouraient à lui; il raillait les hommes, persiflait les vieux bat-la-houle, faisait des réflexions déplorables à des matelots ayant deux fois son âge et pourtant nul autre n'était entouré de plus d'amis. Mais lui-même n'en avait qu'un seul et, pour Rinus, il faisait taire son ironie. A travers la fumée qui épaississait l'atmosphère de la salle, il lui cligna de l'œil.

– Tu vas voir avec quelle grâce charmante ces jeunes gens vont me donner leurs patards.

Et quand le tour fut fini, tout naturellement, il lança la main et ramassa les pièces.

– Ne reste pas debout comme cela, assieds-toi ici. Regarde comme mon Potterbuick a l'air gracieux quand il a déjà perdu dix florins.

Se reculant pour faire place, le capitaine du *Blommersdijk* jeta à Rinus un regard rouge.

– Tes deux nourrices t'ont laissé sortir, oui? grogna-t-il.

– Il paraît. Celle qui a une barbe m'a même dit de venir vous donner un petit coup de main pour vous aider à rentrer chez vous sans que Mme Potterbuick vous voie.

De Boer avait la voix lente, mais la langue prompte. Potterbuick murmura quelque chose qui devait être un assez beau juron et rempoigna les dés. Corsaire irréfléchi et heureux, nommant expérience sa chance, son audace lui tenant lieu de tactique; abattant à l'abordage le travail de six hommes, beuglant comme douze, nourrissant un pesant mépris pour la finesse et la prudence de Spierings, Potterbuick avait le visage rouge, l'œil injecté et, sous un nez turgescent, une furieuse moustache hérissée qui lui donnait l'apparence assez réussie d'un chat qui a reniflé du poivre. Si un cyclone eût balayé la mer du Nord, il n'eût point hésité à le prendre par la queue et trois hommes magnifiquement musclés ne l'eussent point fait hésiter. Mais toute cette belle ardeur fondait devant les foudres ménagères de Mme Potterbuick. Ce n'était pas sans raison qu'il choisissait toujours sa table à l'abri d'un pilier et hors du regard de la porte où, à chaque minute, pouvait apparaître une silhouette enjuponnée et terrifiante.

Rinus posa calmement ses coudes sur la table et s'absorba au spectacle du jeu. Intérieurement, il bouillait. Ce Potterbuick n'était qu'un rustre et un incapable. L'avoir traité, lui, comme un gosse! A travers la suffisance et les rodomontades de l'homme, il avait depuis longtemps percé son inexpérience. Potterbuick ignorait tout du jeu subtil qui prépare la conquête d'une prise, les boulets rares et bien placés qui n'abîment point la cargaison et couchent simplement les mâts, les grenades lancées au point précis – choisi à l'avance – où se fera le contact. Il enlevait ses bateaux comme une place forte sur la terre ferme, parlait de *sauter* à l'abordage et – par Dieu! – le faisait. Misère! On ne saute pas à l'abordage, on y *marche*, pas à pas, n'avançant le pied que lorsque l'autre est bien posé et en donnant – toujours – l'impression de se défendre et non d'attaquer. Quant à lui, Potterbuick... Tonnerre, fumée, hurlements, massacre du bois et des hommes. A quoi sert de revenir victorieux au port, mais avec le drapeau en berne et en traînant une prise percée comme une écumoire? Rinus sursauta.

– Tu es dans la lune? Tu ne veux pas prendre sa place?

Un homme se levait, maussade, les poches nettoyées. De Boer secoua la tête.

– Merci, pas l'envie.

– Oua! c'est bien ce que je pensais, ricana Potterbuick. Ce n'est pas un jeu pour les enfants. Et puis, tu n'as peut-être pas d'argent?

– Si, mais il n'est sans doute pas assez bête pour le perdre, railla Frans qui avait déjà raflé quatorze florins au corsaire.

– ... Ou bien il est trop prudent pour le risquer. On est prudent, à bord du *Morgensterre.*

– Hé là, tu oublies, Potterbuick, que j'en ai fait partie pendant quatre saisons.

– Oui, mais tu en es parti.

Pendant ces quelques secondes dix pensées, à la vitesse de l'éclair, traversèrent le cerveau de Rinus. Hausser les épaules et dédaigner le piège grossier que lui tendait le capitaine du *Blommersdijk.* Lui lancer une pinte à la tête et se battre. Sourire à son vieux Frans qui, le visage soudain fermé, avait pris sa défense avant qu'il eût le temps de répondre. Le poids qu'il sentait, brûlant, des vingt-deux florins serrés dans son cuiret le décida. Il avança lentement son tabouret.

– Mais si, pourquoi pas? J'ai justement reçu mon dimanche. Léna! un *dog-nose* [1].

Et il étala ses pièces d'or sur la table.

Elles s'évanouirent en moins d'une heure. Quand Potterbuick rafla la dernière, il prit un air outrageusement condescendant : « Un bel homme à tuer », songea Rinus sans que son visage le trahît. Pas un instant, alors que la malchance

1. Littéralement nez de chien : boisson forte, sorte de cocktail chaud et épicé.

s'acharnait, ses traits n'avaient bougé. Du même geste tranquille, il avait jeté les dés, poussé les pièces, suivi les enjeux qui s'étaient élevés, vertigineusement. Un cercle s'était formé autour de la table.

– Beau joueur, le De Boer! avait murmuré une voix.

Cette seule réflexion, pour Rinus, le payait des vingt-deux florins qu'il avait perdus. Il s'irritait moins de leur perte que du gros rire de Potterbuick, lorsqu'il se leva.

– Fini, je m'en vais.

– Mauvais début, garçon! Malepeste! vingt-deux florins. Il te faudra courir au moins deux saisons sur le *Morgensterre* pour rattraper cela.

– Deux saisons? Mettons notre revanche à mon prochain retour, ça va?

Et il partit, sans se retourner.

Dehors, la pluie avait cessé. Au coin des rues les premières lanternes s'allumaient. Leurs flammes clignotantes mettaient des reflets sur les niches de verre derrière lesquelles – entourées de bouquets fanés – se tenaient des Vierges de plâtre colorié. A l'angle de la rue du Chat, dans la pénombre naissante il distingua la silhouette du Breton qui tanguait, ses bras interminables flottant dans l'air. Son ombre gigantesque vacillait sur un mur. L'homme geignait, hoquetant :

– Foutu pays! tout plat, et du sable... pas de rochers... foutu pays!

Rinus passa à le frôler. Au loin, dans le calme du soir, résonnaient les pas de la patrouille du guet faisant la tournée des tavernes.

Les joues de Rinus brûlaient. Bière chaude, cassonade, gin et noix de muscade, le mélange des *dog-noses* lui fouettait le sang et rendait sa démarche plus brutale. Pour la seconde fois après sa bordée de Cadix avec Frans, Rinus constatait sa résistance à la boisson et s'en félicitait. Imbécile de Potterbuick qui avait cru l'enivrer! Et imbécile lui-même qui avait stupidement perdu sa solde de quatre mois. Il faudrait qu'il demandât à oncle Cornélius de lui prêter quelques florins. Rinus réfléchissait. L'argent ne lui était pas indifférent; il était agréable d'en avoir mais non pas au point d'en faire un drame quand on n'en possédait plus. Davantage que sa perte l'irritait d'avoir cédé au piège de Potterbuick. Que disait-il encore, ce chat enragé, au sujet du *Morgensterre?* Ah oui! un équipage de vieux...

– Un équipage de vieux?

Rinus s'arrêta à l'entrée de la rue du Bout-du-Monde. Là-bas une lueur brillait à la fenêtre de la vieille demeure. Des vieux? Ma foi oui. Il n'y avait généralement, il fallait l'avouer, que des matelots d'expérience à bord de la frégate noire, des gens comme le Breton. Fameux hommes sans doute, connaissant mieux leur métier que Potterbuick, ne rechignant pas à l'abordage, mais prudents. Pas de vrais jeunes, des endiablés comme Frans, ou des fous comme Potterbuick. Au diable Potterbuick! Cependant, ce soir-là, la boisson lui travaillant les muscles, la colère fouaillant son amour-propre, Rinus en vint à se demander si un excès d'audace ne valait pas mieux qu'une juste prudence. Et puis combien de temps le *Morgensterre* allait-il rester encore à quai? Rinus serra les mâchoires. Il ne faudrait tout de même pas que...

Il poussa la porte.

– Le vent est bon, oncle Raf, nous devrions partir. Quand partons-nous?

– Mais quand tu veux, mon fils.

Rinus s'était apprêté à lutter, à discuter. Mais le petit homme pâle s'inclinait à la première question. Il le regardait même, étonné par la rudesse de ton involontaire du jeune De Boer. Dans ce visage aux rides légères levé vers lui, Rinus ne retrouvait plus le regard froid, impitoyable qui l'avait frappé des années auparavant, et sous lequel tout semblait devoir plier. Il crut même y percevoir – mais non, c'était trop absurde! – une sorte de soumission. Cela lui fut intolérable. Pour ne plus voir il se pencha brusquement et embrassa les joues du corsaire. Ce fut le dernier baiser qu'il lui donna jamais. Soudain triste, De Boer ne savait si un peu de pitié ne s'était mêlé à son élan d'affection.

Ce matin-là, pour la deux cent dix-huitième fois depuis le départ de Tranquebar, Pétrus Vande Walle prit d'un geste las le livre de bord du *Damschutte* (d'Amsterdam) et d'un doigt machinal l'ouvrit à la page refermée la veille. C'était une liasse de feuilles épaisses, solidement reliées de carton brun et sur lesquelles descendaient régulièrement les lignes de colonnes bien droites – année, mois, jour, heure, observations, vent, route, lieues parcourues – toutes remplies d'une écriture large, bien moulée, de petits dessins côtiers et d'indications précises qui, jusqu'à ce matin, flattaient l'amour que Pétrus Vande Walle avait pour l'ordre et le travail minutieusement fait.

Jusqu'à ce matin seulement.

Mais ce jour-là, à l'instant de reprendre la plume, de la tremper dans son encrier bourbeux, le capitaine de la flûte *Damschutte* était enclin à douter de l'intérêt que les armateurs de la Compagnie des Indes orientales porteraient au fait que le 3 janvier 1682 le vent avait donné nord-nord-est dans une portion d'océan comprise entre le cap Comorin et l'Ilha de Cirne. Que le 18 mars, entre midi et six heures, le *Damschutte* n'avait couvert qu'une lieue et demie, que le surlendemain à dix heures, il avait traversé un pâturage d'algues et que la mer – le 3 avril avant l'aube – avait été phosphorescente à l'approche de l'Ile de Mayo, aperçue par le travers de la joue bâbord, derrière le voile d'un grain qui avait bien duré trente minutes. Tous ces détails notés scrupuleusement par Pétrus Vande Walle apparaîtraient vraisemblablement futiles au regard de MM. les armateurs, bien installés dans leur bureau d'Amsterdam. Il leur serait indifférent d'apprendre que le *Damschutte* avait failli manquer l'aiguade de Fernando de Noronha, et qu'après avoir découvert l'île, l'équipage mourant de soif avait dû attendre deux jours au large que s'apaisât la mer, afin de franchir la barre de la rade. Liraient-ils même les cinq lignes que Pétrus Vande Walle avait consacrées à cet incident? Vraisemblablement non. Leur première question serait : « La cargaison est-elle intéressante? » La seconde : « N'a-t-elle pas souffert? » Et la troisième, à laquelle seul tout le livre de bord pourrait donner réponse : « Pourquoi revenez-vous si tard quand les principales ventes sont déjà faites? » A quoi bon écrire? Pourquoi noter que neuf hommes étaient morts de la fièvre putride, qu'à l'heure présente encore un calfat devait râler dans la batterie basse, que l'équipage était à bout et aussi – juste ciel! – son capitaine, enfin que... Pfuuu! Il suffirait simplement d'écrire, sur toute la largeur d'une page : « Neuf hommes sont morts, le mât de beaupré a été enlevé, puis réparé, mais – avec l'aide de Dieu – toutes les marchandises sont en bon état et le *Damschutte* a fait son entrée au port d'Amsterdam ce jour de grâce... », laisser la date en blanc et ne la remplir qu'une fois la dernière aussière tendue à quai. Sachant bien que jamais il ne ferait pareille chose, Pétrus Vande Walle prit cependant plaisir à caresser cette pensée sacrilège et, d'une écriture lente, moula :

« 21 ditto : s'morgens ten 8 uren de wint want nnw [1]*... »*
... Et resta la plume en l'air.

21 ditto. En remontant des yeux les colonnes du livre de bord, on pouvait voir que ce *ditto* spécifiait le mois de juillet 1682. Le mois de juillet! A l'épaisseur des feuilles noircies, usées et cornées aux angles sur lesquelles il posait le bras gauche, le capitaine Vande Walle eut la soudaine conscience de la fuite vertigineuse du temps depuis cette veille de Noël où, sous la poussée de la mousson, le *Damschutte* s'était éloigné des côtes de Coromandel. Bientôt sept mois. Sept mois durant lesquels, jour après jour, presque d'heure en heure, Pétrus Vande Walle avait noté, de la même écriture minutieuse, les incidents du bord. Les bons et les mauvais, et les autres, monotones, insipides, plus nombreux encore. La queue de cette tornade qui, moins de deux semaines après le départ,

1. « Ce matin à 8 heures, par vent N. N. E. »

brisa l'arc-boutant de martingale, arracha le beaupré et les poussa vers l'Ile-de-France (Ilha de Cirne avait spécifié Vande Walle, entre parenthèses). L'ancre jetée dans cette petite anse entre le Trou Fanfaron et le Trou des Blagueurs. La réparation faite dans cette île édénique, sous le déploiement des ravenalas, au milieu des cris des singes, des perruches, sous le vol bruyant de pigeons bleus. Les soupers faits le soir, sur le tillac, face à une table chargée de cédrats, mangues, papayes et pamplemousses. L'humeur des hommes et leur semblant de mutinerie quand il avait fallu quitter cette terre. Une voile barbaresque aperçue après Bonne-Espérance et les quatre jours francs d'inquiétude qui suivirent, avant qu'elle eût disparu à l'horizon. Les calmes. L'aiguade de Fernando de Noronha. Une autre aux îles du Cap-Vert. Les treize jours de vent contraire à l'entrée du golfe de Gascogne alors qu'en latitude le *Damschutte* n'avançait pas d'une demi-lieue en vingt-quatre heures. L'Angleterre tournée pour éviter les nids à corsaires échelonnés de Saint-Malo à Ostende, les Orcades frôlées et, ce matin, la deuxième journée entamée à ranger les côtes d'Écosse avant de piquer – enfin! – vers Amsterdam.

Sept mois. Près de sept mois durant lesquels Pétrus Vande Walle surmonte ou évite tout : les tempêtes et les calmes plus terribles encore, la nervosité d'un équipage excédé, les vents contraires et les corsaires, les avaries, un début d'épidémie de scorbut combattue et vaincue. Tous ces efforts pour en arriver, à l'approche du port, à succomber devant un rat. Un simple rat.

Onze jours auparavant, alors que trois hommes déjà étaient morts, le *bootsman* avait découvert la bête, crevée dans la dernière citerne d'eau douce. Conflée, flasque, verdâtre, puante à soulever le cœur. Comment était-elle venue se noyer dans le baril, voilà ce qui ne fut jamais expliqué. Mais six hommes étaient encore morts depuis, et plus de la moitié de l'équipage, vidé par la dysenterie, suait dans les hamacs, livré à l'odeur putride des batteries.

Pétrus Vande Walle pensait au rapport spécial qu'il aurait à établir sur ce cas, aux explications à fournir, à l'énumération des précautions prises, aux soins donnés, aux responsabilités à établir (lesquelles? celles du rat?) et...

L'homme haussa les épaules. Née de plus de deux cents jours de mer, une brève lassitude empoigna le capitaine du *Damschutte*. Il se réfugia dans la pensée de ce village de Frise où – voyons... – dans trois semaines au plus tard, toutes les formalités enfin terminées, il prendrait définitivement sa retraite. Mais maintenant, le rat...

On parlait longuement du rat, dans le livre de bord du *Damschutte*.

Dans la cabine, suspendues aux barrots, deux grosses lampes oscillaient au roulis. Leur grincement régulier, presque imperceptible, vrillait le silence fait des mille bruits de la flûte courant sur la mer : glissement de l'eau sur la coque, battement d'une poulie de pantoire frappant le mât, cri d'un palan tendant la drisse de grand-voile, ronflement léger du vent dans les manœuvres, clapotement nonchalant de pieds nus traversant la largeur du pont. Silence...

Quel était ce silence?

D'un geste un peu moins lent que de coutume, Pétrus Vande Walle répandit le sable sur les lignes qu'il venait de tracer et se dressa. Il était maigre, solennel comme un tuyau d'orgue, et aussi rigide. Sans même le connaître, on aurait pu jurer que les deux profondes rides qui lui creusaient les joues ne s'étaient point formées de trop rire. Et dans son visage tanné par le soleil des tropiques son regard morne n'avait rien de particulièrement communicatif. Silhouette austère, déplaisante à voir à une tablée de noce, mais qui avait dû pleinement rassurer ces messieurs de la Compagnie des Indes quant à la compétence et la conscience de l'homme. Avant l'affaire du rat, l'équipage du *Damschutte* disait de lui qu'une souris n'aurait pu attaquer un bout de lard dans la soute aux vivres sans qu'il en eût le pressentiment à la même seconde. Ses nerfs et leur sensibilité, par ailleurs imperméables, semblaient se prolonger d'un bout à l'autre de la flûte, de la pointe du grand mât à la dernière arapède collée à la quille. Et une voile déchirée le faisait souffrir au même titre qu'un fer porté dans sa chair. Maintenant il *sentait* quelque chose. Un pas plus rapide sur le pont, la barre qui, l'espace d'une seconde, bouge d'un quart de pouce sous la main du timonier distrait avaient suffi à le faire se lever et paraître sur le tillac.

Sous l'ombrage des voiles déployées le pont s'offrait, presque désert. A tribord les lointains rivages d'Écosse lentement défilaient derrière le voile de la brume matinale. C'était un de ces clairs matins d'été, dans le Nord, où sur les vagues lasses la brise apporte au large les odeurs de la terre. Quelques mouettes immobiles planaient dans le sillage d'air que laissait traîner la mâture du *Damschutte*. Côte à côte, serrés près du bossman attentif, tous les hommes de la bordée étaient accoudés à la lisse au vent et à voix basse échangeaient des phrases brèves. Pétrus Vande Walle suivit la direction de leur regard.

L'horizon était nu, poudré d'une poussière de soleil qui allumait d'aveuglantes étincelles sur les vagues. Vapeur mêlée aux vapeurs que la chaleur montante élevait des lames paresseuses, ce point clair, là-bas, pouvait n'être qu'un reflet, la blancheur de l'écume roulant sur un haut-fond. Pourtant...

– Appelez la bordée de quart en bas, dit Pétrus Vande Walle. Tout le monde aux manœuvres. Les malades à parer aux sabords...

Moins de quarante-huit heures après que Rinus eut perdu ses florins au tripot de la *Ville de Douvres*, le *Morgensterre* prit la mer. A suivre De Boer, pendant ses deux dernières journées passées à terre, à le voir adossé au seuil des tavernes, à l'entendre discuter à voix lente avec des hommes d'équipage, personne n'eût deviné l'impatience nouvelle qui le tenaillait. A six ans de distance il retrouvait – mais maîtrisée cette fois – la même fièvre qui l'avait saisi à la veille de sa première campagne à bord de la frégate. Après six saisons passées à guetter les flottes du Groenland entre les Shetland et le cap de Stade, à errer de la fosse de Mardick à Maelstrand, des balises de l'île Schelling à la pointe des Cornouailles et dans les intervalles – sous l'égide de Cabiljauw – à faire d'incontestables progrès dans l'art d'éplucher les pommes de terre et d'astiquer les sabres, Rinus, à dix-sept ans, pensait avoir épuisé tous les émois qui précèdent les départs en course. Il considérait le fait d'aller à la recherche d'une prise comme aussi banal que de lancer un filet dans l'espoir d'une pêche fructueuse. Le cœur du *schiphandelaar* Hondschoot se rendant chaque matin à son magasin ne devait certes pas battre moins vite que celui du jeune De Boer s'embarquant pour une croisière de chasse. Et voilà qu'égratigné par les sarcasmes de Potterbuick, son amour-propre lui jouait le tour de l'énerver comme un novice.

– Prudents! sifflait Rinus, prudents! Pourquoi pas peureux? Oh, Dieu du ciel! lui montrer que le *Morgensterre* sait livrer au moins une attaque aussi stupide, mais plus fructueuse, que ces fous imbéciles du *Blommersdijk!*

Seul à percevoir sa nervosité, à recevoir ses confidences, Frans Van Maestricht le regardait, le sourire au coin des lèvres.

– Ton titre tout neuf te monte à la tête, fiston! Qu'est-ce que tu espères? Ce n'est tout de même pas toi qui vas commander la manœuvre quand vous aurez un gibier en vue, non?

Rinus n'en était point certain. Plus que le pouvoir tout frais que venait de lui donner Spierings en le nommant second maître, Rinus avait deviné l'autorité grandissante qui devenait sienne quand, sans opposition, le corsaire avait accepté de reprendre la mer à la première proposition qu'il avait faite. Commander les manœuvres? Non. Mais peut-être...

Dès le départ le vent d'abord favorable avait tourné, entraînant la frégate vers le Nord. Devant le Texel ils avaient, de peu, manqué la prise d'un baleinier. Plus haut, alors qu'ils cherchaient à découvrir un danois, le gros temps les avait pris et, sans désemparer, poussé du Cattegat aux côtes d'Écosse, en frôlant les hauts-fonds de l'*Outer Silver Pit.* Pendant près d'une semaine, sur une mer tapageuse et grise, ils n'avaient vu au loin que quelques voiles fuyantes de pêcheurs, balayées par les grains. Et voilà que ce matin...

– Qu'est-ce que c'est, oncle Cornélius?

Cabiljauw ne répondit point. Depuis tout un temps, les coudes plantés sur la lisse, il restait vissé à l'oculaire de la lunette. Une paupière fermée, l'autre œil invisible, seule sur son visage bougeait la nappe de sa barbe en laquelle jouait le vent. Rinus dut attendre. Spierings, venu à l'observation, décréta :

– Une flûte. Assez grosse : certainement douze canons et de quatre-vingts à cent hommes. Hollandaise, je crois, si on en juge à son étrave.

A son tour Rinus prit la lunette. Dans le cercle de la lentille, après avoir parcouru la ligne des flots, il saisit la silhouette du *Damschutte*. C'était au moment même où, à plus de deux lieues de distance, Pétrus Vande Walle venait de lancer ses premiers ordres. Un long temps De Boer apprécia l'allure du bâtiment, s'attarda à considérer les marbrures de sa coque rongée de sel, la teinte grise de ses parois, ses voiles dont l'une – au phare de beaupré – offrait le rectangle plus clair d'une réparation de fortune, et tous ces indices auxquels se reconnaît un voilier au terme d'une longue course. Bien que la flûte fût loin hors des lignes de croisière habituelles, la vérité le saisit en un éclair.

– Bon Dieu!... on dirait un bâtiment qui revient des Indes!

– Crois-tu, clampin? siffiota Cabiljauw, narquois.

Cornélius souriait, dominant de toute la tête et de toute la hauteur de sa barbe le petit homme pâle qui restait impassible. Le regard de Rinus alla de l'un à l'autre. Ils ne bougèrent point mais le sourire disparut du visage de Cabiljauw. De Boer devina leurs pensées de les avoir vingt fois connues en semblables circonstances, quand, l'aventure paraissant trop inégale, Spierings retournait s'enfermer dans sa cabine, sans un mot. Calcul après calcul, Rinus pouvait suivre le raisonnement silencieux du corsaire. Quarante hommes ici. Cent et plus peut-être là-bas. L'avantage du vent, mais point celui de la surprise. L'étendue, vide d'un compagnon ostendais avec lequel ils pourraient mener l'attaque et partager le butin. Rinus, avec la même clairvoyance que le vieil homme, percevait les dangers d'une entreprise aux chances limitées à la seule fortune de mer, au hasard propice né d'une improbable erreur adverse. Mais avec une intensité égale, il imaginait la lourde ironie de Potterbuick, ses sarcasmes blessants quand il apprendrait la nouvelle dérobade, sa condescendance fanfaronne. Il en serra les mâchoires de rage.

– Oncle Raf, souffla-t-il.

Spierings parut ne point l'entendre. Guetté de loin par les hommes apparus un à un sur le pont, il soliloquait à voix basse.

– Il a dû quitter les Indes avec la mousson, au plus tard en janvier, et nous sommes fin juillet. Il a dû avoir des avaries, prendre un retard qui lui a fait manquer le grand convoi du mois passé. Seul, il a préféré doubler l'Angleterre pour éviter nos côtes? Normal... Voyage trop long : il doit y avoir des malades à bord. Scorbut peut-être?

L'hiver suivant, dans la demeure du Bout-du-Monde, alors que, penché sous la chandelle, il se rassasiait à la lecture du livre de bord du *Damschutte*, Rinus devait s'étonner de la précision des hypothèses que Spierings avait murmurées, pensif, à l'instant où s'échafaudait en son esprit l'attaque de la flûte hollandaise. Rinus implora encore :

– Oncle Raf, est-ce que nous...

L'interrompant, le premier commandement le souleva.

– Armez tribord et chargez pièces à mitraille. Grappins aux pavois tribord.

Il courut, partagé entre son soudain enthousiasme et l'étonnement. Ordre déconcertant que celui-ci, lancé par la voix martelée du corsaire. Pourquoi tribord, alors que tout indiquait que le *Morgensterre*, au vent du hollandais, attaquerait par bâbord? Et pourquoi, avant l'établissement des voilures, avant les manœuvres initiales de la chasse, ces préparatifs d'ordre ultime généralement donnés dans les minutes qui précèdent l'abordage? Et pourquoi charger à mitraille plutôt qu'à boulets, ou à boulets ramés? Joint aux gabiers qui glissaient sur les vergues et arrimaient les lourds grappins de hune, De Boer – l'esprit agile – cherchait à percevoir les intentions du corsaire, et n'y parvenait point.

– Que veut-il faire?

Théoriquement, à bord, aucun ordre n'est inutile. Mais les raisons de celui-ci, le but à atteindre, semblaient à Rinus impénétrables.

Sous les commandements qui suivirent, les trilles de Cabiljauw, les détonations de la voilure s'éployant dans le vent, le *Morgensterre* commença à courir vers le plus près. A cette allure la frégate mangeait la vague et, passé le milieu du jour, éperonnée par la brise fraîchissante, elle vint à l'approche de la flûte hollandaise. Le *Damschutte*, couché par le vent, découvrait parfois dans le creux des lames ses œuvres vives, luisantes d'algues flottantes. Sept mois de mer et la chaleur des eaux tropicales avaient fait pousser sur sa coque cette chevelure marine qui freinait sa marche. A vue, la flûte paraissait menaçante, tous les sabords démasqués dans sa muraille au vent, ses canonniers aux pièces, prête à cracher ses boulets sur le *Morgensterre*. La frégate, soulevée par ses voiles, arrivait comme la foudre. A cent toises, dans le silence, la voix de Spierings tomba, effroyablement neutre.

– Parez les grappins aux pavois bâbord...

Sous l'œil du capitaine du *Damschutte*, dont la silhouette dressée se distinguait sur le tillac adverse, l'équipe de hune de la frégate para à la manœuvre. Le corsaire semblait avoir oublié l'ordre donné plus de quatre heures auparavant – et exécuté – d'armer tribord. Maintenant, aidant à armer bâbord, Rinus prenait conscience du danger mortel vers lequel, de toute sa puissance aveugle, se précipitait la frégate. Le soleil tout à l'heure au zénith n'avait pas apporté sa trêve au vent, qui avait encore monté et huchait dans les cordages. Ses sabords noyés du côté où se préparait l'attaque, ses pièces bâbord rendues inutilisables par la bande qui inclinait la frégate sur la lame, le *Morgensterre*, en arrivant à hauteur de la flûte, allait présenter le flanc de son pont nu et désarmé aux canons hollandais. Avant que les grappins fussent tombés, la première bordée adverse percerait la frégate de part en part. Et là-bas les hommes de hune, massés sur les pavois du *Damschutte,* préparaient déjà la pluie de grenades qui ravagerait la première ligne d'assaut. De Boer eut une pensée vers Frans, très brève. Pourquoi ? Il n'aurait pu le dire ; mais à cet instant il sentait qu'allaient lui manquer la frénésie de son compagnon, ses hurlements qui l'enivraient – lui, Rinus – et parvenaient à chasser le trop grand calme qui restait sien, cette lucidité désagréable que lui donnait une conscience trop précise du danger. Un peu de peur ? Mais oui, pourquoi pas ? Son cœur toutefois battait régulièrement, sans une accélération. Mais il le sentait.

A l'instant de l'attaque imminente, quand sous la pression de ses voiles musclées le *Morgensterre* allait enganter le *Damschutte,* Spierings, paraissant hésiter, fit diminuer la voilure. Un temps qui sembla interminable, la frégate piaffa, bondissante, dans l'écume du sillage hollandais. Désormais sans penser échapper à l'abordage devenu inévitable, l'équipage de la flûte avait abandonné la manœuvre des voiles et laissait courir le bâtiment qui fonçait, cheval dont on avait laissé flotter les rênes. Les Hollandais s'étaient massés, immobiles, près de la lisse au vent, là où devait venir le choc. Dans le soleil qui lentement avait tourné et maintenant déclinait, leurs armes lançaient des lueurs. A moins de cinquante toises se distinguaient les gestes d'un homme répandant sur le pont, à larges pelletées, le sable qui tout à l'heure boirait le sang et empêcherait les combattants de glisser. Il s'écoula de longues minutes, crispantes, sans une rumeur, durant lesquelles, mangeant son mors, le *Morgensterre* se rapprocha encore. Le vent criait dans les manœuvres tendues et parfois un bref cliquetis de métal s'élevait de la masse confuse des *zeekappers* [1] qui attendaient, muets. Rinus leur jeta un regard, vit le Breton – songeur – adossé au grand mât ; Simon Danser – le matelot aux jambes agiles – caressant sans sourire le fil de sa lame. Cabiljauw, d'une main machinale, lissait le tor-

1. Corsaires.

rent de sa barbe au milieu de laquelle, au bout de son ruban, le sifflet de manœuvres luisait comme un petit poisson d'argent. Spierings, neutre, nonchalant, le regard impénétrable, et aussi froid qu'à une entrée au port. De Boer eut la soudaine conscience de l'infériorité de leurs forces. Il se surprit à bâiller (tiens! était-il énervé?) et à emplir d'une unique et profonde inspiration ses poumons vides. Ses pensées restées claires, ordonnées, se perdaient soudain dans le vide de cette question : « Que va faire Spierings? » et n'en trouvaient point la réponse.

Et le corsaire parle, sans élever le ton, mais d'une voix bienfaisante, posée, qui brise le silence et chasse la nervosité montante :

– Ranger à border les basses voiles... à border, hisser les perroquets.

Les matelots courent. La voix profonde de Cabiljauw :

– Paré...

Spierings attend encore, et l'écart diminue. Les mains aux manœuvres, parés, les hommes attendent l'ordre qui tarde à venir. Et la voix cassante du petit homme s'élève, si nette que doivent clairement l'entendre les hommes du *Damschutte*.

– Attention... Bor-deeez... – un silence – ...les perroquets!

– Allumez les mèches! répond, par-dessus l'eau, la voix du capitaine Vande Walle.

Bondissant sous l'éperon des voiles, le *Morgensterre* vole, monte au vent, d'un élan avale son retard, déborde le sillage du *Damschutte* et arrive presque à sa hauteur. On peut voir maintenant jusqu'aux traits des Hollandais qui soufflent la mèche et l'approchent des pièces. Encore cinq secondes peut-être et...

– Aux bras tribord arrière! commande la voix de métal du corsaire.

Et, tout aussitôt, les ordres se précipitent :

– La barre au vent, toute! En ralingue, brassez! A parer, tous à tribord! Allumez mèches!

Oh! magie d'une manœuvre inoubliable! Éclair soudain qui déchire le voile de l'incertitude en laquelle Rinus s'embourbait depuis des heures! Éclat aveuglant de la ruse brusquement démasquée! Fuyant le vent, le *Morgensterre* passe en quelques secondes sous toutes les allures, franchit même celle du grand largue, borde à raser l'arrière de la flûte où les Hollandais hésitent, déconcertés. La voix de Spierings, désormais tranchante, ne surprend pas Rinus ni les hommes qui ont compris l'ordre avant même qu'il résonne à leurs oreilles.

– Barre dessous! Carguez à courir les basses voiles!

Sur l'élan de sa course le *Morgensterre* se redresse et, sous-venté par les voiles hollandaises, presque en panne, aborde le *Damschutte* par bâbord, fait feu à mitraille sur le pont offert, laisse tomber ses grappins. Dans l'âcre fumée qui s'élève, Rinus, enjambant le bord adverse, voit les Hollandais fauchés, le Breton courir sur ses jambes torses et, d'un tranchant de lame, couper la drisse de grand-voile qui s'affaisse. Comme une bête que le chien prend au col, la flûte essaie de virer vent devant, tressaille mais, crochée à mort, succombe. Il y a les détonations brèves de pistolets déchargés et jetés, inutiles. Des hurlements, des ordres mêlés aux chocs d'armes bruyantes, le tonnerre rassurant de la voix de Cabiljauw, invisible et rugissant dans un nuage de poudre. La joie sauvage de Rinus portant sa lame dans la chair d'un être au visage plombé, dont il ne connaîtra jamais que les yeux soudain démesurément agrandis.

Le calme qui renaît...

Au crépuscule tombant, des flaques visqueuses marbraient le sable, sur le pont du *Damschutte*. Des corps étendus, il en était un, interminable et maigre, solennel comme un tuyau d'orgue, et aussi raide, couché face au ciel, le regard ouvert fixé à jamais vers la mâture. A moins que ce ne fût – qui sait? – sur l'ultime vision d'un petit village de la Frise. Et cet autre, qui avait été le Breton, la moitié du visage enlevée par une décharge de pistolet lâchée à bout portant... Faits des hamacs enlevés dans la batterie, quelques sacs cousus, lestés d'un boulet, glissaient le long d'une planche par-dessus bord, et à chacun d'eux les larges signes de croix des hommes semblaient bénir l'immensité de la mer.

En un seul assaut, le *Morgensterre* avait perdu plus d'hommes, répandu plus de sang qu'au long des six campagnes précédentes. Retiré dans sa cabine, loin des cris des hommes jurant et saouls encore de poudre, Spierings, tout en bandant l'épaule de Marinus De Boer, murmurait :

– Belle prise, Rinus, je crois que les hommes seront contents. Les vivants tout au moins, mais les autres ? Maintenant, crois-tu que tout ce qu'il peut y avoir dans cette flûte vaille la mort du Breton, le chagrin des trois gosses et de la femme de Simon Danser ? Hein ? Chut ! tais-toi, et ne gesticule pas comme cela, je sais ce que tu vas dire. Un demi-pouce plus bas, et cette damnée balle te faisait éclater la clavicule. Vois-tu, il y a dix ans, et même sept, je n'aurais pas beaucoup pensé à cela, mais depuis j'ai un peu changé, je suis peut-être devenu un peu vieux aussi et enfin – c'est sans doute idiot ce que je vais te dire là – (ici l'homme pâle hésita à peine) mais je tiens à toi et ne veux pas risquer de me maudire s'il t'arrivait un jour quelque chose. On m'a répété ce que t'a dit Potterbuick, le soir où tu as perdu tes florins... quoi ? cela t'étonne que je le sache ? Enfant... S'il avait son fils à bord, Potterbuick ne serait pas aussi fou. Tu pourras maintenant lui répondre, oui, et même lui dire que c'est la dernière fois que – toi et moi à bord du *Morgensterre* – je tenterai encore un coup semblable. Il dira ce qu'il voudra sur ma prudence : je m'en moque. Lève le bras. Tu t'es engagé trop vite tout à l'heure : je t'avais pourtant déjà dit de ne jamais t'avancer sans t'assurer d'avoir toujours un de nos hommes à tes côtés afin qu'on ne puisse te surprendre par derrière. Cela dans ton intérêt comme dans celui des compagnons avec lesquels tu auras à combattre, plus tard, quand je t'aurai débarrassé de ma vieille carcasse et que tu pourras faire le fou à ton aise, ce que je ne crois pas. Souviens-toi : aucun trou dans une ligne d'assaut à l'abordage. Oh ! et puis tout ce que je dis et rien... rabâchages de vieil homme. Allez, file, garçon, c'est fini. Cornélius ! fais distribuer la double de rhum, mais pas plus. Oui, même aux Hollandais, et vois s'il n'y en a pas une dizaine d'entre eux qui voudraient nous aider pour rentrer à Ostende. Et maintenant laissez-moi seul, voulez-vous?

Les heures de songerie mélancolique qui suivirent la mort du Breton – mentor fidèle, indécis et doux de tant de randonnées errantes à bord du petit chasse-marée – durèrent peu chez Rinus. La vie sollicitait trop ces hommes, et la mort au combat était chose trop courante pour qu'un souvenir durât bien longtemps dans l'esprit d'un adolescent étourdi par la popularité qui – après la prise du *Damschutte* – engloba dans une même admiration tout l'équipage du *Morgensterre.*

Comme toujours au retour d'une croisière, Spierings avait mystérieusement disparu. Cabiljauw, bourru contre toute logique, ne sortait qu'au soir de la maison du Bout-du-Monde et revint deux fois, vers l'aube, titubant d'une manière effroyable. Descendant tard de sa chambre, ses yeux, gênés, fuyaient ceux de Rinus.

– Sale exemple, garçon, il ne faut pas le suivre...

Il alla même, la seconde fois, jusqu'à s'excuser, tournant le dos et fourrageant avec fureur dans la marmite.

– Tais-toi! grogna Rinus, ému, cela ne me regarde pas.

Il embrassa violemment la joue rude du géant surpris, et s'en fut vers le port. Il eût voulu n'avoir jamais connu les faiblesses de Cabiljauw, de ses poings s'écraser les yeux pour ne point voir s'avilir l'homme qu'il chérissait le plus au monde, avec Frans. Reparti pour l'Espagne avant le retour du *Morgensterre,* Van Maestricht lui manquait, et ne pouvait le remplacer l'amitié bourrue du grand Jeanfroid. Admiratif, le fils du forgeron le suivait. A deux ils baguenaudaient dans la ville, sans but. Ils se trouvèrent un soir, à marée basse, sur les bords de la Creque Gouweloos. Cernée d'un mince filet d'eau, abandonnée, une petite barque gisait sur le flanc, à moitié ensablée. De Boer, arrêté, revit le banc usé sur lequel ramait le Breton quand ensemble ils partaient pour la pêche, et ses yeux lui piquèrent.

– Hein? Tu pleures? s'interloqua Jeanfroid.

– Pleurer? Tu es fou!

Il haussa ses larges épaules et rentra à la vieille demeure en proie à une mélancolie que seul put vaincre le sommeil. Le lendemain il n'y pensait plus, mais il évita désormais la Creque Gouweloos.

Une quinzaine, patiemment, il attendit le retour de Potterbuick, et dès le premier soir le défia. Il eut plaisir à voir tourner au violet le visage congestionné du corsaire, lui rafla honnêtement quarante florins à la bassette et, cette nuit-là, pour la première fois de sa vie, rentra proprement ivre rue du Bout-du-Monde. Quand bruyamment il eut poussé la porte de la vieille demeure il aperçut Spierings, revenu, qui l'attendait, debout dans la lueur vacillante de la chandelle. Le petit homme pâle ne parut point voir l'ivresse de son protégé. Tout en se déshabillant lourdement, Rinus fit un effort pour se souvenir de ce que lui avait dit le corsaire au moment du bonsoir. Ah oui! « Le jeu, Rinus, méfie-toi du jeu. » Au diable les sermons! Le jeu? Lequel ignorait encore, à Ostende, que Spierings perdait toutes ses parts de prise au cabaret *In de Gouden Gans* [1], à Bruges? Qui... Oh! mais que lui, Rinus, était stupide d'avoir bu ainsi, et méprisable d'avoir voulu là également – mais sans succès cette fois – battre Potterbuick. Il s'effondra sur son lit.

– Je me dégoûte...

Tout tournoyait dans la pièce. Aux lueurs de la chandelle que Rinus, ronflant déjà, avait oublié d'éteindre, l'effigie du *meerman* semblait ricaner sous les poutres.

XV

Un matin de décembre qui suivit la prise du *Damschutte*, après une nuit illuminée d'une lune intense, Rinus, refermant sur lui la porte de la vieille demeure s'arrêta, pétrifié par le

1. A l'Oie d'or.

froid. Jamais, si loin que remontassent ses souvenirs d'enfance, de batailles à coups de boules de neige, de longues randonnées glissantes sur le canal de Bruges, des nuits de Noël grelottantes où, sous une bise coupante, tante Palma l'emmenait, transi, à la messe de minuit, jamais De Boer n'avait connu température semblable ni aussi quiète atmosphère. Dans cette ville offerte nue face à l'étendue des vagues, accrochée au seuil de l'immense plaine flamande, perpétuellement battue par les vents qui couraient sauvagement d'un bout à l'autre de l'horizon sans obstacle, balayée sans trêve par les brises folles, les tempêtes et les grains, l'immobilité de l'air avait en ce jour quelque chose de surnaturel. La chaleur de l'haleine, en nuage dense, montait verticalement vers le ciel d'une limpidité absolue.

Rinus alla au port pour y voir les glaçons miraculeusement formés dans la nuit. Des mouettes hérissées et frileuses, subitement privées de pattes et de cou, se tenaient immobiles sur la glace. Son approche ne parvint pas à les faire sortir de la sorte de stupeur qui les tenait pétrifiées. Hors des remparts, aussi loin que pouvait porter le regard, la mer était immobile, sans un pli, sans un frisson sur sa grise étendue liquide. Quand elle se retira vers le midi, silencieuse, elle laissa derrière elle, sur le sable, une infinité de cristaux aveuglants. En l'espace de quatre marées ils refermèrent autour de la ville une gangue solide sur laquelle des mois durant les gamins se mirent à courir, étonnés. Avant Noël toutes les eaux furent prises, et jusqu'en mars plus un bateau ne put entrer ou sortir d'Ostende, coupée du monde.

Ce fut le fameux hiver de 1683 lors duquel les mouettes disparurent, émigrèrent. Du nord accouraient des bandes immenses de canards qui s'abattaient sur les polders au crépuscule et repartaient avant l'aurore, piquant droit vers la France. Dans les dunes, au sable compact comme la pierre, Rinus trouva des lapins raidis, dont les oreilles cassaient sous la main. Des deux cents hommes de la garnison espagnole, plusieurs moururent. Les autres passaient, rarement, d'un pas plus rapide que de coutume, engoncés dans leurs uniformes aux brillantes couleurs, semblables à des perroquets perdus sur une banquise. Seuls les Écossais montèrent la garde aux tours de guet, sur les remparts. C'étaient des hommes durs, aux mollets musculeux, que l'on relevait à chaque heure et qui luttaient contre le froid en entonnant des pintes d'alcool pur avec une avidité terrible. Enfin, par les nuits claires, de grands vols d'oies sauvages traversèrent le ciel, sans s'arrêter, laissant traîner sous la lune leur appel mélancolique.

Puis ce fut le silence.

La ville parut morte. Son port paralysé, atteinte dans sa source vitale, toute activité disparut dans ses ruelles désertes. Corsaires ou pêcheurs, les Ostendais ne quittaient la chaleur de l'âtre familial que pour le bref trajet qui les conduisait au *tafelhorns* [1], aux *kaberdoesjes* [2], cabarets et tavernes où – derrière les portes closes – régnait une fumée suffocante. Les vieux, interrogés, se grattaient la tête : non, ils n'avaient jamais connu cela.

De Boer, poussé à la lecture par le désœuvrement, s'attaqua à la bibliothèque du corsaire, parcourut des livres qui l'intéressèrent, d'autres qu'il abandonna dans un bâillement et, inlassablement, en revint au livre de bord du *Damschutte*. Prodigieux grimoire! De ces feuilles nettes aux colonnes bien alignées, aussi froides d'apparence qu'une pièce comptable, utilisant sans recherche un vocabulaire restreint limité à l'emploi de cinquante mots toujours semblables, se dégageait une poésie envoûtante bien faite pour séduire l'adolescent tout à la fois positif et rêveur qu'était le jeune De Boer. En imagination, mais de manière aussi évidente que s'il y avait personnellement assisté, il participait aux manœuvres qu'y avait décrites le capitaine Vande Walle, sentait la tornade secouer le *Damschutte*, craquer l'arc-boutant de martingale, partageait l'inquiétude de l'équipage desséché par la soif, cherchait avec lui l'aiguade de Fernando de Noronha perdue dans l'immensité océane, voyait flamber le soleil des tro-

1. Brasseries.
2. Estaminets.

piques, s'estomper les côtes de Coromandel, souffler la mousson, et se balancer la flûte dans la moiteur torpide des calmes équatoriaux. Parfois, minutieusement dessiné, le capitaine hollandais avait porté en bas de page le croquis d'une côte lointaine, un récif, le profil caractéristique d'une falaise qui, par après, devait servir de repère aux navigateurs de la ligne des Indes.

Même Frans, quand s'ouvraient les premiers feuillets, cessait de gesticuler et son visage mobile, soudain attentif, sombrait dans le silence. Le Jeanfroid, après dix minutes passées (vainement) à tenter de s'intéresser également à la lecture, bâillait prudemment et restait des heures entières, jouant silencieusement avec Belzébuth, somnolant ou rêvassant à des choses infiniment plus intéressantes et dignes d'attention : la trempe meilleure qu'il pourrait un jour donner au mordant d'un grappin, le beau corset de paille chaude qu'il avait tressé pour protéger du gel le poirier paternel, et le dessin de marguerite qu'il comptait brûler au fer – coquettement – sur sa dernière paire de sabots. Quelquefois pourtant sa patience l'abandonnait et sa grosse voix de basse, bourrue, grommelait.

– Oh, vous deux, vous me rendrez fou! Fermez-moi cela et allons patiner...

Secoués, Rinus et Frans se ruaient alors en de furieuses randonnées desquelles ils revenaient écarlates, le sang remué et bouillant, ivres de vitalité.

– Tonnerre! on recommence demain...

Mais le lendemain ils jetaient un regard peu courageux à travers les vitres encroûtées de gel, évoquaient en frissonnant l'herbe craquante sur la berge du canal... et, sans hésiter, se replongeaient dans leur lecture favorite. Les journées passaient dans la tiédeur de la vieille demeure, près de l'âtre aux bûches ronflantes, entre le halètement féroce de la marmite au masque démoniaque et les silences ronronnants de Cabiljauw, sous le regard tendre (mais jamais surpris par les adolescents) que Spierings jetait parfois, au-dessus de son livre, vers les deux fronts penchés sur le parchemin.

Quand les garçons pensèrent avoir épuisé les ressources de

rêve du livre de bord, Spierings remit à Rinus un mince opuscule, à peine grand comme les deux mains étendues, sur la couverture duquel De Boer lut : *Trésor des cartes géographiques des Principaux Estatz de l'Univers*, puis, en dessous, en petits caractères : *A Paris chez Lou Boisseuin, à la rue Saint-Jacques, à l'Image de sainte Geneviève, avec privilège du Roy*, 1653. Et De Boer, au galop, de repartir pour des voyages sans fin.

Dans les quarante-cinq feuilles de l'ouvrage se trouvaient réunies les cartes minuscules de pays fantastiques – Tartarie, Moscovie, Abyssinie intérieure, Royaume de Fez –, une carte des constellations et jusqu'à un orbe céleste qui précipita Rinus dans les vertiges quand il y apprit que Saturne faisait son cours en vingt-neuf ans cent cinquante-cinq jours et huit heures, qu'on tenait cette étoile *éloignée de la terre de onze millions et nonante quatre mille lieues d'Allemagne* et que le cercle ultime de ce prodigieux orbe céleste se nommait *Mobile, ou deux ciels cristallins en trois mille quatre cent trente-quatre ans.*

– Oncle Cornélius !

– Hein ? quoi ? sursautait le géant, éveillé en sursaut.

– Comment a-t-on pu compter que le ciel cristallin revenait tous les trois mille quatre cent trente-quatre ans ?

– Bougre ! je croyais qu'il y avait le feu à la maison. Rinus, mon fils, comme je n'ai pas vécu assez longtemps pour l'apprendre, je me f... de ton ciel cristallin. Bonsoir...

Sur quoi l'oncle Cornélius, fermant doucement son œil l'instant d'avant effaré, enfonçait les mains sous le beau tapis de sa barbe et retombait dans sa léthargie de gros loir bourru.

Rinus sautait les pages qui, de la Hollande, lui montraient des lieux qu'il ne connaissait que trop : Texel, Exerlant, Schelling, Scholbalfs, Rottum, et se plongeait dans les feuillets consacrés à l'Asie, aux Indes orientales : les Iles Cebelu, do Gramo, Baixo, dos Chagos traversées par la ligne équinoxiale, et ce banc qui – entre la Cochinchine et Manille – avait la forme d'un couteau de manœuvre. Il était marqué des croix serrées de vingt-huit naufrages. Dieu ! Vingt-huit naufrages !

– Oncle Cornélius!

– Hein? Quoi?

– Rien...

– Oh! sainte Marie, bonté divine, que Dieu bénisse à tour de bras jusqu'à la consommation des siècles! Spierings? pourquoi ne leur avez-vous pas donné une boîte de pétards au lieu de ce maudit bouquin?

La nuit, la terre craquait. Sous le gel implacable qui avait fait s'entrouvrir plus encore sa lézarde, la vieille demeure ventrue geignait. A chaque marée, et la nuit avec les échos d'une chevauchée monstrueuse, la banquise formée sur la plage explosait. Rinus n'entendait rien. Il sortait de ses lectures le regard perdu, renvoyé à pas lents d'un mur à l'autre par les désirs précis que ces images faisaient naître. A le voir le front bas, tournant inlassablement avec la démarche d'un fauve en cage, tante Palma eût crié d'inquiétude en reconnaissant en lui les gestes du vieil Adrian De Boer dans les mois qui avaient précédé son départ aux Antilles.

Il y eut un jour, sur la glace, une kermesse qui se poursuivit jusqu'aux ombres, à la lueur des torches. Rinus en revint après avoir fait glisser, à toute allure, des jeunes filles criantes. Mais au retour, redevenu tout aussitôt silencieux, il s'approcha de Spierings.

– Oncle Raf, j'y ai pensé toute l'après-midi : pourriez-vous m'apprendre à faire le point?

Étonné, Spierings dut quitter son grand fauteuil de paille, monter sur les remparts, lui enseigner la manœuvre de l'arbalète, la manière d'utiliser – selon la hauteur du soleil – le jeu des trois marteaux coulissants; la manière de faire une observation en tournant le dos à l'astre, quand celui-ci est trop éblouissant. Il lui parla zénith et nadir, promena l'astrolabe dans l'espace, fit jouer l'alidade et constata que De Boer, en trois leçons, se servait plus que convenablement des pinnules pour faire ses visées. Confit dans sa chaleur, Cabiljauw, derrière les vitres, les voyait partir vers l'enceinte, leurs instruments sous le bras.

– Au fou! ces bouquins, décidément, lui ont tourné la tête...

Rinus avait oublié son métier de corsaire pour ne penser qu'aux lointaines expéditions, quand un souffle tiède vint du large, poussant devant lui un mur de nuages couleur d'ardoise. Au soir, pour la première fois depuis nonante jours, la pluie tomba, interminable, d'un ciel sans fissure. Puis un matin la marée entraîna au large les derniers glaçons pourrissants, et le *Morgensterre*, débarrassé de sa gangue, recommença à se balancer doucement au bout de ses amarres. En faisant craquer tous ses os, Cabiljauw s'étira, comme au sortir d'une longue léthargie.

– Rinus, mon fils, en voilà assez de manger du papier et de faire le savant. Pas nourrissant, cela. Tu es devenu aussi maigre et plat qu'une sole. Tu veux une crêpe, une crêpe du papa Cornélius ?

A deux poings, voluptueusement, il plongeait dans le fleuve profond de sa barbe. Il en avait assez, l'oncle Cornélius, d'avoir trois mois durant partagé l'intimité de grignoteurs de livres. Il respirait à pleins poumons l'air humide et chargé de sel que chassait vers la ville le vent du large.

C'est lui qui, le premier, proposa de reprendre la mer.

XVI

Vers la fin de cet hiver M. Jean Bart, de Dunkerque, fut mandé à Versailles. Dans les hautes et longues salles du château apparut un homme de taille moyenne, à la carrure épaisse, peigné à la diable et tétant sans repos une pipe d'âcre tabac dont l'odeur faisait chavirer les cœurs sensibles. Les courtisans le nommèrent l'*Ours* et, ma foi, il y ressemblait fort par la manière balancée dont il s'aventurait, en chaloupant, sur les parquets cirés. On disait de lui qu'il ne parlait que le flamand – langue horriblement barbare, mon bon ! – mais les rares qui l'approchèrent, en pinçant le nez, purent constater qu'il maniait également un français rocailleux aux expressions sans doute très classiques aux alentours d'un port, mais consternantes à la cour de Versailles. Seize personnes

– dont treize courtisans – purent même fort bien l'entendre quand il glissa sur une marche de marbre poli et faillit tomber au sol. Les trois mots qui lui échappèrent alors furent suivis d'un silence choqué duquel l'*Ours* parut ne pas se soucier le moins du monde. L'œil narquois derrière la fumée de sa pipe, il considéra chacun avec une extrême indifférence, parut visiblement vouloir cracher, ne trouva nul endroit propice à sa portée et se retira en grommelant encore quelques mots stupéfiants sur le manque de confort des locaux.

Il disparut dans le soulagement unanime.

Peu après on apprit que l'*Ours* faisait grand carnage dans le goulet de la Manche, et que rares étaient les bâtiments ostendais qui échappaient à ses coups.

C'était encore l'époque d'une certaine franchise courageuse et rude; et M. Colbert, à Versailles, avait dit sans détours et en termes propres que *l'un des buts du Roi était de ruiner le commerce d'Ostende*. L'écho de cette confidence parvint à Ostende quelques jours avant que le *Morgensterre* levât l'ancre.

Quand bien même on en eût douté, les mois qui suivirent levèrent toute incertitude. Les oreilles sans doute échauffées encore de son séjour à Versailles, et pouvant enfin donner libre cours à la richesse d'un tempérament refréné plus d'une semaine à la Cour, Jean Bart exécutait les ordres avec un entrain redoutable et une persévérance dans le bonheur où ses victimes soupçonnaient quelque sorcellerie. Or rien n'était diabolique là-dedans, si ce n'était l'ardeur que le corsaire apportait au combat. La constance de ses succès témoignait simplement d'une science consommée. Surgissant de la fosse de Mardick, canonnant les Anglais dans la passe des Godwins et presque sous le feu du fort de Sherness, signalé le même jour au large des bancs de Furnes et dans la poussière des îles frisonnes, puant la poudre à deux lieues sous le vent, courant sus au moindre torchon étalé sur un mât dans un fracas d'armes bruyantes, il fit le vide dans tout l'espace compris entre l'île d'Ouessant et celle de Schiermonnikoog. De toutes ses batailles, les plus intenses étaient livrées par ces Flamands de Dunkerque aux Flamands d'Ostende. Mêlées homériques où, par-dessus les corps étendus et dominant de la voix le choc du fer, ces frères de race se reprochaient, en une langue commune, de servir qui le roi de France, et qui le roi d'Espagne.

Des deux voyages qu'il fit à Cadix, Frans revint écumant et farouche, après des batailles dont l'une se poursuivit dix-sept heures durant au large des bancs de Furnes. A chaque occasion, par son audace, l'enragé s'était taillé une réputation qui allait en grandissant. A dix-neuf ans, avec une superbe dont nul ne souriait, il affichait, avec son titre tout frais de lieutenant, une ambition sans retenue. S'arrêtant net au milieu de ses récits, il empoignait Rinus à l'épaule.

– Dans deux ans, Rinus, je serai capitaine, et alors je te jure bien qu'avec mon bateau je vais leur f... le feu aux tripes!

Puis il éclatait de rire, repris par son insouciance.

– Viens voir mon écumoire : ce stupide Dunkerquois nous a si bellement abordés qu'il nous a enlevé l'éperon jusqu'à l'étrave... et je ne suis pas sûr qu'il ne l'ait fait exprès, le bougre!

Inquiets, les deux Charles II – celui d'Espagne et celui d'Angleterre – avaient pour un temps oublié leurs querelles : tous les ports britanniques étaient ouverts aux Ostendais. Appréciable avantage qui leur permettait de trouver des refuges. Pour les corsaires, cet avantage n'allait point sans une contrepartie que Rinus trouvait affligeante : désormais sans piper et même en saluant du pavillon, le *Morgensterre* devait laisser filer à vue les gros culs-carrés britanniques, les bélandres de la Tamise ou de Newcastle sur lesquels, l'an passé encore, il fonçait avec un si bel entrain. Tel un chien étique à la vue d'un os à moelle, Cabiljauw en salivait de convoitise et, tout en hissant courtoisement le pavillon, l'équipage de la frégate jurait sans modération.

Avec Potterbuick et d'autres, Jacques Moralis, Thomas Becu et François Carpentier avaient formé des flottilles de corsaires qui mettaient leurs forces et leurs prises en commun, attaquaient en bande les Français, se battaient farouchement et revenaient au port sur des bâtiments fracassés en traînant des captures qui ne valaient guère mieux. Selon Cabiljauw, qui les suivait d'un œil critique, « ils paraissaient avoir perdu toute saine notion du commerce pour ne penser qu'à se taper sur la tête ». Ce qui était exact jusqu'à un certain point.

– Si c'est la guerre, qu'on nous le dise, ajoutait-il, et alors nous irons jouer avec eux...

Ce n'était pas la guerre. Mais l'imitation en était jolie.

Le géant glissait un coup d'œil vers Spierings, impénétrable. Farouchement indépendant, lié à nul armateur, étant son propre maître et voulant le rester, le petit homme pâle se tenait à l'écart de ces associations éphémères, de ces meutes hétéroclites où frégates et barques-longues, flibots et même simples *haringbuizen* se ruaient en désordre à la curée.

Solitaire, le *Morgensterre* remonta vers le nord.

De l'Escaut aux balises de l'île Schelling il rangea les côtes de Hollande sans trouver capture qui valût la peine de l'abordage. Si ce n'est, au large du Texel, un convoi trop imposant que la frégate élongea avec une attention respectueuse et distante. Ils s'acharnèrent, croisant au grand large par un temps d'une visibilité irritante qui enlevait toute possibilité de surprise, lançant jour après jour la barque d'avis qui, jour après jour, revenait bredouille.

– Rien en vue...

– Alors quoi? on ne navigue plus en Hollande? bougonnait Cabiljauw.

Pour la première fois Rinus vit le géant perdre son éternel sourire. Cornélius, des heures durant, se promenait furieusement sur le pont. La lunette paraissait faire corps avec son front et, quand par hasard il s'en séparait, lui laissait autour de l'orbite un cercle rouge au centre duquel étincelait un œil chargé d'orage. Mais c'était vainement que le cyclope grommelant fouillait l'étendue des vagues : à trois lieues de distance, malgré l'aguichant drapeau hollandais qu'il avait fait déployer à la poupe, les proies possibles s'enfuyaient comme volées de moineaux à l'approche de l'épervier. Spierings, calfeutré dans sa cabine, était invisible. Avec une fureur jupitérienne, l'oncle Cornélius frappait du talon le tillac, et l'on s'attendait à voir le pont s'entrouvrir sous les éclairs.

– Connus comme le serpent de mer!... depuis dix ans qu'on vient les tarabuster : ils commencent à connaître le *Morgensterre*, les couards! Qu'est-ce qu'on va faire?

Chargée de grains, de foudre et de tonnerre, la tempête de juillet leur apporta sa réponse. Quatre jours durant, sans presque quitter le pont, Rinus et l'équipage luttèrent pour ne point trop perdre de hauteur sur le vent qui les entraînait au nord, à un train du diable. Le *Morgensterre*, à sec de toile, fuyait sous la nudité squelettique de son seul gréement. Quand, éreinté par les quarts successifs, De Boer descendait à la batterie, il suffoquait à l'odeur de l'espace confiné, se jetait sur son hamac follement balancé et sombrait dans un sommeil sans rêve. Chaque fois il s'éveillait en serrant les dents : coûte que coûte il fallait faire une prise, ne point rentrer bredouille, terminer par un succès cette campagne qui s'annonçait onéreuse. Les Indes? Le livre de bord du *Damschutte?* Le *Trésor des cartes?* Tout cela était loin, enfui, dispersé par les rages soudaines du vent qui piaulait dans les manœuvres. Les rêves, c'était bon pour la terre. En mer, seul l'immédiat comptait. Trempé au premier embrun, les mains encroûtées de sel, Rinus attendait l'accalmie.

Elle vint au-delà de Bergen, là où s'élèvent les falaises des premiers grands fjords, au milieu d'une mer déserte où les seules taches blanches qui couraient étaient celles des lames lacérées par la tempête finissante. Ils changèrent de cap, croisèrent des Shetland au cap de Stade pour tenter de surprendre un bateau du Groenland, n'en trouvèrent point, dérivèrent sous les vents jusqu'au soixante-cinquième parallèle, se rabattirent et – en désespoir de cause – furetèrent dans le Cattegat, pénétrèrent dans la Baltique et, à l'instant où ils pensaient rebrousser chemin, tombèrent à l'improviste sur un senau de Lübeck, arraisonné en un tournemain. Après quarante jours de recherches infructueuses ils se trouvèrent enfin en possession de leur première prise de la saison. En inspectant la cargaison, entièrement faite de vin et de tabac, Cabiljauw grimaça :

– Au moins, nous aurons de quoi boire et fumer...

Ce dont aucun ne se priva.

A ce seul titre le *Wurtemberg* eût été déjà une capture réconfortante. Plus encore que par les perspectives de vente qu'elle offrait, les satisfactions immédiates qu'apporta cette cargaison aidèrent à rasséréner l'équipage. Cabiljauw perdit son visage d'ange exterminateur, passa une matinée complète à peigner sa barbe rutilante et retrouva par miracle son sourire. En même temps Spierings revint sur le pont, le drapeau jaune à lion noir claqua amicalement aux yeux des matelots plus joyeux et l'oncle Cornélius rugit, dans un bâillement.

– Maintenant le mauvais sort est conjuré, fiston. Au suivant !

Sous les apparences d'un gros *hoogaert* [1] ventru, le suivant se présenta sur le chemin du retour au large du Texel. Le temps était gris et bouché, chargé de nuages suintants. La pluie tombait sur une mer maussade, ourlée d'écume jaunâtre. Le fond-plat pataugeait dans la brise peu propice, bourrant du nez la plume, et tellement empêtré à gagner au vent pour atteindre la côte qu'il ne prit conscience du danger qu'à l'instant où le *Morgensterre* lui lâcha son boulet de semonce.

Et puis, quand il ne restait plus qu'à le cueillir, une ombre fantastique sortit de la brume et en l'espace de trente secondes le *Morgensterre* fut entouré d'une floraison de gerbes menaçantes.

– Barre au vent, toute !

La frégate volta sur place et fuit, éperonnée, suivie du *Wurtemberg* sur lequel l'équipage de prise s'affairait, saisi de panique. L'assaillant était un vaisseau de guerre hollandais à trois ponts, fumant de rage par ses quarante sabords d'attaque et en gardant tout autant en réserve sur son autre flanc. Déjà rapide sous sa voilure encore heureusement réduite, il

1. Bâtiment hollandais à fond plat et dérives, encore utilisé de nos jours.

commença à gagner dès que les toiles hautes tonnèrent à la pointe de ses mâts. Il ne s'évanouit qu'après sept heures de course, à la nuit, derrière un grain propice, mais après que Spierings eut fait jeter par-dessus bord, afin de l'alléger, les huit canons du *Morgensterre*. Du *Wurtemberg*, Rinus n'entendit parler que cinq mois plus tard, quand les premiers matelots de l'équipage de prise revinrent des geôles hollandaises.

Et la frégate de Spierings, rechassée au nord, privée de quinze matelots entama, désarmée et sans prise, son troisième mois de campagne.

Des semaines qui suivirent, De Boer garda un souvenir humilié qui, bien des années plus tard, le crispait encore de honte. Après avoir relâché à Conkalf, subi l'hostilité non déguisée des Danois, serré les poings au fond des poches sans pouvoir y répondre, l'équipage du *Morgensterre* erra, famélique, des côtes d'Écosse aux Schelling. Éternelle et fastidieuse croisière pendant laquelle il vécut d'expédients, rançonnant tour à tour des petits dogres, une flottille de *haringbuizen* hollandais – dont la moitié s'échappa à la faveur du brouillard – et une barque-longue dont le patron, terrifié par des menaces précises, leur remit un léger cuiret garni de florins, miraculeusement surgi d'un sac de sel. A aborder, sabre et pistolet au poing, ces pêcheurs effarés dont la seule arme était leur filet, Rinus s'était senti diminué et honteux. Il ricanait, pour lui seul, quand le *Morgensterre* relâchait ses victimes dépouillées.

– Des tire-laine, voilà ce que nous sommes. Il n'avait pas tort, le père De Knop...

C'est avec un soulagement véritable que Rinus remit pied à quai et apprit que la frégate ne pourrait reprendre la mer avant un mois; surprise par la brume à l'embouchure de l'Elbe, dérivant sans résistance devant la marée, le *Morgensterre* s'était échoué sur un banc de sable et avait durement talonné. Des clins avaient joué, entre lesquels Cabiljauw, hochant la tête, enfonçait jusqu'à la garde son couteau de manœuvre.

– Il y en aura bien pour un bon mois à le rafistoler, notre vieux sabot. Et encore, je me demande... Tiens, regarde ça...

Sous la pointe de la lame, sans effort, Rinus vit sauter un fragment de bois noir que le géant prit et écrasa entre ses mains avant de le renifler.

– Pourri... si on laissait tomber un boulet de la batterie, il passerait presque à travers...

Pied à pied, à la lueur du quinquet que brandissait De Boer, ils inspectèrent les cales. Aux reflets de la flamme, l'eau, sous les caillebotis, apparaissait trop claire et presque sans odeur. Indice qui ne mentait point et révélait aux yeux des deux marins – mieux que les rides sur le visage d'un homme – la vieillesse croissante du *Morgensterre*. Toujours fin de ligne, hardi sur l'eau et fier d'apparence quand il escaladait la lame, son affaiblissement se distinguait à mille petits signes dont aucun ne pouvait tromper un matelot : des craquements nouveaux quand il pinçait le vent au plus près, une certaine mollesse sous la barre, lors des manœuvres promptes, l'effort qu'il faisait parfois, en ahanant, pour se déhaler d'un creux et remonter à la lame... Un navire se fatigue comme un être : ébranlé par cent abordages, consumé par le feu de vingt campagnes, le *Morgensterre* geignait parfois, sourdement, quand bien même il se trouvait immobile dans le port au bout de ses amarres. Rinus, avec un serrement de cœur dont il s'étonna, pensa qu'un jour il devrait abandonner la bonne frégate qui faisait partie de sa vie au même titre que Cabiljauw, la vieille maison du Bout-du-Monde, Frans et le Jean-froid, Spierings, la mer et la terre de Flandre.

La séparation, soudaine, survint à l'aube de la saison suivante et précipita la fin du *Morgensterre*.

Dès février, Spierings, sans attendre les messages de ses pigeons, avait repris le large. Il comptait sur cette fin d'hiver, les grands vents, les horizons bouchés qui favorisent les surprises, pour faire quelques captures de bateaux solitaires. Il n'était point parti de deux jours que la nuit, à hauteur de Calais, une brume soudaine rabattit les nuages, au ras des flots. En quelques instants toute visibilité fut bouchée à moins de cent toises. Corps mort balancé sur la houle huileuse, la frégate roulait lourdement dans les creux. En haut, dans la mâture invisible, les voiles giflaient l'ombre. Spierings avait fait allumer les fanaux et de minute en minute, le jeune Caroen, à l'avant, s'époumonait dans la corne de brume. Son quart fini, à l'instant de descendre, De Boer s'attarda à considérer le pont luisant d'humidité sur lequel erraient des ombres, le halo laiteux qui noyait les lumières, les nuées traînantes qui glissaient, visqueuses, jusque dans la batterie. La terre, les maisons chaudes et quiètes n'étaient qu'à deux lieues, et pourtant le *Morgensterre*, beuglant son angoisse dans les ténèbres, semblait perdu dans un monde étrange de peurs et d'alarmes. Frissonnant dans le froid, Rinus pensa tout haut : « Sale nuit! » Le son même de sa voix, étouffée par le brouillard, lui parvint désagréablement aux oreilles. Bêtises! Il haussa les épaules et disparut dans la batterie.

Au milieu de son quart en bas, il fut précipité de son hamac par un craquement effrayant qui le jeta sur le pont, déshabillé et pieds nus, au milieu des appels et des cris. Cabiljauw, sifflant, tonnait des ordres dans la brouillasse. Au milieu de la confusion qui suivit, Rinus put distinguer la silhouette estompée d'un haut vaisseau, sa grand-voile dehors, qui rompait et s'évanouissait dans l'ombre. Le *Morgensterre* tremblait encore de toute sa membrure. Les hommes juraient nerveusement vers la nuit.

– Silence! Cabiljauw et De Boer aux ordres. Cinq hommes parés pour l'avarie!

La voix mate du corsaire, invisible, retentissait, arrêtant le désordre. Rinus courut à l'arrière, escalada le tillac où s'affairaient les hommes, à la lueur de brandons tendus. Le choc, en pleine paroi, avait rompu le bordage jusqu'au cintre, brisé la vergue d'artimon et emporté les deux fanaux de poupe. Dans la cabine de Spierings, à travers les vitres émiettées des « bouteilles », se distinguait – pendant et fracassé – le balcon de pavillon. Étalé sur le pont, l'oreille collée aux planches, Spierings écoutait. Souplement, Rinus l'imita.

Il n'entendit d'abord rien que l'afflux du sang qui lui battait les tempes. Puis lentement, au fil des secondes, la rumeur grandit. Au-delà de l'épaisseur du tillac, de la batterie, des soutes, elle lui était apportée par la voie d'eau ouverte dans les œuvres vives, murmure lointain fait des flots envahissants qui s'engouffraient dans la coque.

– Bon Dieu!

De Boer se releva, un peu pâle.

Le silence s'était abattu sur la frégate, qu'un frémissement léger parcourait. Muets, retenant leur souffle, les hommes attendaient, en cercle. Écrasé aux planches, le corps du petit homme, immobile, paraissait encore plus minuscule aux lueurs flottantes des torches. Il y eut quelques secondes interminables. Enfin Spierings se redressa; à deux mains d'abord, puis à genoux, péniblement, vieilli de dix ans, mais sa voix – inchangée – toujours aussi nette.

– Voie d'eau... De Boer, prenez le calfat, Vervloet et trois hommes. Allez vous rendre compte de l'avarie et tâchez de l'aveugler. Cabiljauw, prenez une équipe aux pompes. Avec la grâce de Dieu, nous pourrons peut-être revenir au port.

Ils y revinrent.

Quand la frégate, alourdie, culant de l'arrière, frappée à mort, glissa pour la dernière fois à l'ombre des remparts, Rinus pensa à tant de joyeux retours passés quand, pimpante sous tout son pavois, elle pénétrait dans le havre d'est. Et il comprit soudain qu'elle entamait ses ultimes manœuvres. Il eut des attentions qui lui semblèrent (après) ridicules, pour lui épargner un contact avec le gros duc d'Albe qui marquait le tournant du port, courut pour lancer les défenses entre sa vieille coque et les pierres menaçantes de l'écluse et faillit s'emporter quand il entendit Vervloet, un nouveau, annoncer, dédaigneux :

– Ouf! enfin arrivés... cette vieille baille n'est plus bonne que pour le cimetière.

Pendant tout le désarmement, il ne quitta pas d'une heure

le bord. Tout lui semblait bon qui lui rappellerait le *Morgensterre :* les fanaux de poupe tout cabossés par l'abordage et qu'il avait si souvent allumés; la pièce du fronteau de dunette où s'enroulaient des arabesques sculptées; l'échelle de batterie, polie par l'usage, au long de laquelle il se laissait la veille encore glisser d'un élan; ce bordé sur lequel il avait, un jour de calme, gravé son nom au couteau. Rinus aurait voulu tout emporter, mais n'en fit rien. Le temps pressait : dans un désordre énorme de toiles, de cordages, d'espars, de tonneaux de poudre et de boîtes d'endaubage, d'amas de boulets et de chaînes, le *Morgensterre,* pièce par pièce, fut vidé de toute chose utilisable. Bientôt il ne fut plus qu'un ponton rasé que Spierings remorqua loin au large.

C'est le corsaire lui-même qui voulut allumer la mèche. L'explosion fit tressaillir la vieille coque qui parut alors, fouaillée par la douleur, vouloir s'élever sur la vague. Elle sombra rapidement, dans un grand souffle d'air que l'eau envahissante chassait de ses entrailles. Et elle gémit – oui, elle gémit – quand il ne resta au-dessus des flots que l'étoile d'or pâli de son étrave. Longtemps l'emblème scintilla au milieu de l'écume et à chaque coup de roulis le soleil, très bas, le faisait luire sur le flanc des vagues.

De Boer, la gorge serrée, assistait à la disparition dernière de cette chose forte et calme, vivante et fidèle qu'est le bon bateau courageux et docile auquel s'attache le marin, comme à un être. Puis une vague arriva, après laquelle il n'y eut plus rien.

Sur le flibot qui les avait amenés avec Van Maestricht – à l'amitié toujours présente –, Cabiljauw renifla : « Eh bien! patron... » puis s'arrêta, ne sachant que dire. Ils se sentaient tous – et Spierings, et Rinus – désorientés, perdus, sans bateau où désormais poser le pied. Aussi pauvres et inquiets que des vagabonds sans logis ni toit à l'approche d'une nuit d'hiver.

Et là, pour la première fois, De Boer eut la soudaine conscience de la rapidité du temps envolé : sentiment déchirant, et avec l'âge toujours plus aigu, qu'il connaîtrait chaque fois que disparaîtrait de sa vie l'un de ses bateaux. C'était huit années d'enfance, d'adolescence, qui venaient de s'engloutir avec l'étoile d'or du *Morgensterre.* Spierings – ô chose ridicule et stupide, bêtement sentimentale et pourtant émouvante! – Spierings pleurait, deux larmes figées glissant sur son visage de pierre.

– Le vent fraîchit, dit Frans.

Sans attendre, Van Maestricht prit la barre et tourna de bord. Assis à son côté, Rinus, mentalement, entoura du bras le cou de son compagnon et pleura sur son épaule. Frans! vieux Frans! Sacré fou! Si tu savais combien je t'aime plus de n'avoir rien dit, d'avoir fait semblant de ne rien voir quand j'ai tourné la tête pour...

Car enfin, sacré diable! est-ce qu'un homme pleure, pour un bateau?

XVII

D'un geste prompt Frans tendit le bras. Son objectif fut atteint avec une précision exemplaire, et Van Maestricht ramena dans son assiette un appréciable pilon. Depuis une heure, maniant la fourchette avec une dextérité terrible, il s'expliquait farouchement avec un *waterzoi* de volaille. Rien ne laissait prévoir qu'il terminerait bientôt.

– Fameux! dit-il pour la troisième fois, entre deux bouchées.

– Heu, approuva Rinus sans lever la tête.

Cabiljauw, ravi, pensa que c'était là une paire de fiers convives qui méritaient la peine prise, une matinée entière, à cajoler Gertruda, la grosse marmite. Spierings, énigmatique comme le chat, souriait des yeux, dans son fauteuil de paille.

– Peut-être, garçons, consentirez-vous à m'écouter un peu quand vous aurez fini. Si vous en avez encore la force, ce dont je doute.

Par la fenêtre ouverte le soleil d'avril pénétrait joyeusement dans la vieille demeure, faisait briller tous les cuivres, ronronner le chat et danser les premières mouches dans ses rayons. Il y avait dans l'air, dans la façon dont crépitaient les bûches, dans la barbe de Cabiljauw, dans les roucoulements des pigeons, dans la secrète satisfaction du petit homme pâle et l'appétit pharamineux des deux garçons un courant d'allégresse que les vieux murs de la maison du Bout-du-Monde n'avaient plus connu depuis les deux dernières malheureuses saisons du *Morgensterre*. Et certainement point depuis la disparition de la frégate. Sans en être certain, Rinus percevait que tout cela devait avoir quelque rapport avec la dernière absence de Spierings et cachait une nouvelle qu'il apprendrait tôt ou tard. Pour l'heure, consciencieusement, il torchait d'un croûton son assiette et se sentait superbement indifférent à tout ce qui n'était point la béatitude de la minute présente. Il se renversa sur sa chaise.

– Enfin ! Maintenant que tu parais décidé à m'écouter, dit Spierings sans attendre, j'aimerais savoir – Frans ! arrête-toi, que diable ! – j'aimerais savoir ce que vous pensez de l'*Engel Bewaerder* [1].

– Bon Dieu, s'étonna Frans, la bouche ouverte, vous l'avez acheté !

De Boer se pencha en avant.

– L'*Engel Bewaerder* qui était à Nieuport ?

– Y en a-t-il un autre ?

– Vous l'avez acheté ?

– Ce n'est pas encore fait, mais c'est une chose qui pourrait se discuter... pour autant que Frans veuille bien cesser de faire tout ce tapage.

– Oh ! oncle Raf !

L'*Engel Bewaerder !*

Cinq années durant cette frégate avait convoyé les flottilles d'Espagne. Cinq années durant, régulièrement, Rinus l'avait vue pénétrer dans le port, venir se ranger aux côtés du *Morgensterre* qu'elle dominait de sa taille. Devenue, paraît-il, de trop petit tonnage et pas assez armée pour servir de convoyeur, elle avait disparu à Cadix, deux saisons auparavant, puis res-

1. L'Ange gardien.

surgi à Nieuport, à l'automne passé. Quatre-vingts tonneaux, quatorze canons. Bon Dieu!

– Oncle Raf, poursuivit Rinus, si vous le prenez, nous pourrions enfin nous attaquer à des prises plus importantes. Vous vous rendez compte?

– Figure-toi que oui. Mais quatre-vingts tonneaux, cela fait quatre-vingts hommes, au moins. Et, pour l'équipage, des parts réduites en proportion.

– Qu'est-ce que cela fait si nous arraisonnons plus, et de plus gros bâtiments?

– Évidemment. Je dirai même qu'en fin de saison, au bilan, cela doit être plus avantageux pour tout le monde. Mais avant de me décider, j'aimerais bien savoir quelque chose de plus sur cet ange-là, que je n'ai pu voir que désarmé, à Nieuport. Est-ce que Frans n'a pas fait un voyage avec lui, il y a quelques saisons? Qu'en pensez-vous, monsieur le Convoyeur du Roy?

M. le Convoyeur du Roy se curait les dents et marqua un temps avant de répondre. Dès que l'on parlait bateaux, Frans perdait son aimable pétulance pour s'oindre de gravité : c'était un de ces sujets – l'un des seuls même, pour Frans – que l'on ne devait pas traiter avec légèreté. Il réfléchissait.

– Rien à dire : c'est un honnête bateau. Peut-être un peu paresseux par brise légère, mais qui avale tout et tient superbement la mer debout par gros temps. Attendez que j'y pense... oui : il file l'enfer – par grand vent, toujours – sous toutes les allures du largue, et pour le battre alors, bernique! Seulement, quand on tire vers le plus près, il commence à devenir un peu fainéant et se fait tirer l'oreille. Vous voyez ce que je veux dire : il fuit le vent au lieu de le manger. Il vous paraîtra certainement moins ardent que le *Morgensterre;* mais une fois qu'on le connaît, qu'on lui tient la barre bien ferme sous le vent et ses chiffons bien étarqués, il se défend tout aussi bien qu'un autre.

Frans parlait comme on marche sur un terrain inconnu et dans la nuit, pas à pas, phrase par phrase. A ces instants son débit à l'habitude volubile s'apaisait jusqu'à atteindre parfois la cadence tranquille de Rinus. Il ajouta :

– Mais encore une fois, je le répète, il faut le connaître.

– En somme, si je comprends bien, conclut Cabiljauw, c'est un ange qui a des caprices. Eh bien! on le prendra en main et nous le dresserons à notre mode. Il n'est pas un peu volage au grand largue?

– A peine. C'est un bateau intéressant : il a ses idées...

Il y avait là quatre marins, autour d'une table défaite. D'un assemblement de bois, de toile et de cordes nommé bateau, ils parlaient comme d'un être humain, d'un futur compagnon de travail et de jeux dont il est passionnant de connaître le caractère, les humeurs, pour savoir si l'on s'accordera. Et c'était, en somme, aussi important qu'un mariage. En fait, c'en était même un dont les quatre hommes discutaient avec le sérieux que l'on accorde à des choses extrêmement importantes. L'*Engel Bewaerder* paraissait avoir ses fantaisies. Ce serait à Spierings, à Cabiljauw, à Rinus aussi de le comprendre, de le flatter, de deviner ses faiblesses. Dans le silence qui suivit chacun essaya de deviner la personnalité de la nouvelle frégate. Cabiljauw caressait sa barbe.

– Il doit y avoir des raisons à son caractère. Son grand mât n'est-il pas trop sur l'avant? Non? Qu'en penses-tu, Frans?

– Peut-être.

– Il faudra examiner cela.

C'était un grave problème auquel le *bootsman* pensait encore, en lavant la vaisselle, alors que depuis longtemps déjà Rinus et Frans avaient quitté la vieille demeure et baguenaudaient, insouciants, dans la campagne.

Le printemps était venu, tiède et capricieux, fait d'ondées brèves, d'éclairs de soleil, de longs jours gris pendant lesquels, interminables, les nuages roulaient – très bas et très vite – vers l'intérieur des terres. Saison faite d'un vent de tempête – toujours le même – devant lequel fuyaient les boqueteaux maigres et serrés, la double file des peupliers bordant le canal de Bruges, les moignons noirs des saules. Tous inclinés vers l'Est, même par temps calme, et courbés tous jusqu'au fond de l'immense plaine flamande. Arbres dont la force de croissance s'était lancée dans les racines, pour rester cramponnés à la terre. Et tenaces. Tenaces comme le vent, tenaces comme la mer revenant chaque jour cerner les remparts de la ville, tenaces comme les hommes qui en repoussaient perpétuellement les assauts; et bien de cette terre, où ce qui n'est point volonté têtue ne résiste point.

Rinus avançait, alerte, à la pointe d'une euphorie parfaite et rare que n'expliquait point la seule pensée de la venue prochaine de l'*Engel Bewaerder*. D'ailleurs, De Boer ne pensait à rien. Peut-être était-ce bien pour cela qu'il était si sereinement heureux. Heureux comme peut l'être un animal qui jouit de ses muscles souples et solides, du vent vif et fort, d'une sauterelle qui s'élève et vole sous ses pas, de la plaine parcourue d'ombres tendres, d'une lame de soleil qui tombe entre deux nuages nonchalants, du démarrage d'un lapin surpris, des roseaux qui ondulent, d'une risée d'argent sur l'eau brune du canal, de... Oh vrai! il était même trop heureux pour siffloter, pour faire autre chose qu'avancer avec des ailes au talon – l'envie de se rouler dans l'herbe et de s'étirer, d'empoigner le tronc mince d'un bouleau et de le secouer joyeusement, comme un vieux camarade. De respirer à s'en faire craquer la poitrine. Sans préparatifs, après un long silence, il éclata :

– Dis... dis-moi que c'est un beau pays que le nôtre?

– Hein? oui. Ne te fâche pas : je le dis. Mais fais attention : tu deviens sentimental... Dangereux à la puberté et au retour d'âge.

– Idiot...

Frans le regarda, à moitié rieur, et quelque peu interloqué. Rinus, le calme, ne l'avait pas habitué à de semblables expansions. Car, pardieu! c'en était une, et étonnante pour ce garçon placide que la timidité – ou la pudeur – retenait toujours quand il était prêt à l'abandon. Belle, la Flandre? Frans regarda mieux la campagne et dut s'avouer que ma foi, oui... Oui, c'était beau. Beau non point dans le sens de joli, diable non! Beau dans le sens de grand, de calme, de fort. Beau dans le sens d'éternel.

Parfois, au fond de l'horizon marin de cette plaine, surgissait lentement du canal la silhouette de la barge. Halée par un cheval musculeux incliné dans les traits, elle glissait doucement sur l'eau sans ride. Sous la tente ombrageant la poupe, quelques hommes – commerçants de Bruges – devisaient. Longtemps après leur passage, portées par le vent, leurs voix persistaient encore. Ou bien c'était tout au loin, le soir, vers les cinq heures, sur la route de Bruxelles, l'apparition du nuage de poussière qui annonçait l'arrivée de la poste. Elle passait dans le claquement des sabots, un tintement de sonnailles, les détonations – qui s'évanouissaient – du fouet manié par le postillon juché sur sa haute banquette. Des alouettes montaient, qui faisaient au ciel une voûte de gazouillis. Puis une ondée venait après laquelle l'air, lavé, révélait la terre à des distances inimaginables. Les pensées de Frans revinrent à son compagnon. Après tout, dans un certain sens, Rinus avait raison : la Flandre était belle.

Puis il pensa à autre chose...

Les battements lointains de la cloche annonçant la fermeture des portes les ramenèrent dans l'enceinte de la ville. En dehors de quelques mots sur le prochain départ de Frans, d'une appréciation portée sur le dernier exploit – absurde et heureux – de Potterbuick et de la subite explosion d'enthousiasme de De Boer, les deux garçons n'avaient pas échangé dix phrases. Leur amitié était tranquille et sûre, et tenait sa perfection du fait qu'ils ne se croyaient point obligés de bavarder sans raison quand ils n'avaient rien à se dire.

Van Maestricht quitta Rinus sur le seuil de la vieille demeure.

C'est alors que De Boer se demanda où Spierings avait trouvé l'argent pour acheter l'*Engel Bewaerder*.

XVIII

Ce fut une saison de grand vent, et heureuse pour l'équipage. Portant presque toujours toute sa toile, éperonné d'une brise sans faiblesse, l'*Engel Bewaerder* fonça avec un entrain qui gagnait jusqu'au dernier homme du bord. Rien ne met de plus joyeuse humeur le matelot que d'être emporté par un bateau allègre et courageux. Aux allures du largue, l'*Engel Bewaerder* effleurait à peine la lame, et non seulement il semblait, mais il apparut évident par la suite que nul ne pouvait alors lui tenir tête. En cinq mois, Spierings fit plus de prises, et plus importantes, qu'au cours des deux dernières campagnes du *Morgensterre*. Le corsaire paraissait avoir oublié sa nonchalance et chassé ses périodes de nostalgie qui, jadis, le faisaient parfois rester à terre des semaines entières. Il demeurait pourtant soucieux, aussi sombre que de coutume, et se trouvait toujours le premier à presser le départ dès qu'une prise était ramenée au port. Lui si pointilleux quant à l'équipage, n'aimant embarquer que des compagnons connus de longue date, embaucha en hâte une vingtaine de matelots quand des hommes abandonnèrent son bord, estimant avoir gagné assez d'argent pour passer agréablement l'hiver dans la tiédeur des tavernes. Cabiljauw rugissait.

– L'*Engel Bewaerder* a changé notre Spierings : ma parole, on croirait presque qu'il veut maintenant s'enrichir!

Il ajoutait même, derrière sa barbe.

– Ce n'est pas trop tôt...

Le corsaire ne désarma qu'aux approches de Noël quand, ayant une dernière fois sillonné la mer du Nord presque vide, l'*Engel Bewaerder* parut éprouver le besoin d'être culbuté en carène. Dans la joie des succès, Rinus ne pensa plus aux incompréhensibles mouvements d'humeur qu'avait eus un jour, au plus près, par brise légère, l'*Engel Bewaerder*. Il l'avait alors senti renâcler et mollir, quand il tenait la barre. Impression fugitive et troublante, immédiatement chassée par le cri brusquement tombé du perchoir de hune.

– Voile par le travers de la hanche tribord!

La frégate ayant volté sous la barre avait, tout aussitôt, retrouvé sa docilité et sa fougue. De Boer y songea encore deux ou trois fois. Puis il s'offrit quelques bordées mémorables avec Frans, faillit devenir amoureux, échappa au danger, constata sans y attacher d'importance que Sam Rosenroth avait ouvert un magasin rue des Bateliers et – comme l'hiver se prolongeait – retrouva avec tendresse ses cartes de l'Inde et l'éternel (et toujours aussi fascinant) livre de bord du capitaine Vande Walle.

A l'aube de la saison suivante, dès la première sortie, s'accumulèrent les présages. D'abord, alors qu'elle avait été certainement bien larguée, une amarre se coinça à l'instant du départ et, rompue, trancha en sifflant la gorge d'un matelot. Puis, à la sortie du port, le vent, qui adonnait régulièrement, « foira » – selon Cabiljauw – de manière incompréhensible. Pris dans les remous du jusant, l'*Engel Bewaerder* s'engagea en plein travers du havre d'est et faillit s'empaler sur les défenses du phare. Expulsé de la barre sous une tonnante avalanche d'injures, le timonier dégringola du tillac. Il était pâle encore du danger frôlé et des responsabilités qui avaient été siennes.

– Enfin, monsieur De Boer, j'étais peut-être saoul hier, mais plus ce matin tout de même! Je n'en peux rien, moi. Quand le vent a refusé, j'ai tenté de corriger, mais va te faire lanlaire! La barre a tourné à vide et l'*Engel Bewaerder* n'a pas plus changé de ligne que si j'avais joué un air de flageolet.

Rinus connaissait l'homme, à qui la passe était aussi familière que le fond de son verre; néanmoins il douta et se reprocha comme d'une faute de n'avoir pas été à la barre : « J'aurais dû être là, songea-t-il, cela ne serait pas arrivé car, par le ciel! à moi *il* aurait obéi... » Soucieux, il monta au château arrière. Écartant l'homme de barre, il tâta l'*Engel Bewaerder*. Sous la brise revenue, le bâtiment maniable répondait docilement aux moindres sollicitations. Alors?

Cabiljauw, le sifflet pendant aux lèvres, le regardait de loin.

– Alors Rinus, qu'est-ce qu'il y a? Tu sens quelque chose?

– Rien... et je n'y comprends rien non plus. Tout me paraît normal.

L'un et l'autre voulaient avoir l'air naturel et – en fait – en avaient l'apparence. Mais ils étaient trop marins pour ne point se sentir tourmentés par de vagues pressentiments. Deux accidents au départ d'une campagne paraissaient de sombre augure à leur esprit de matelot, prompt à interpréter les moindres événements comme des présages.

Tout fut oublié dans l'affairement d'un début de saison prometteur. Après une trêve qui n'avait point duré, les ports anglais étaient à nouveau interdits aux Ostendais. Occasion trop belle pour ne point reprendre – à outrance – la chasse aux bâtiments des sujets de Charles II. De Boer, passionné, coulait son temps à étudier l'*Engel Bewaerder* avec l'attention professionnelle d'un pédagogue cherchant à comprendre un élève difficile. Il y mettait son amour-propre, comme un cavalier se fait un point d'honneur de dresser un cheval capricieux. En dehors de ses quarts, il passait encore des heures, le nez levé vers la mâture, à penser à de nouveaux profils de voiles et à vouloir prendre et reprendre la barre – sous tous les vents – pour examiner cet énigmatique et intéressant personnage qu'était l'*Engel Bewaerder*. Sans jamais l'avouer, et vraisemblablement sans presque s'en rendre compte, il commença à s'y attacher sérieusement, et certainement beaucoup plus qu'au *Morgensterre* qui ne lui avait jamais apporté le dixième des soucis que lui donnait ce bâtiment fantasque. Il en vint petit à petit à acquérir cette certitude, frôlée par Cabiljauw avant même que le géant eût vu l'*Engel Bewaerder* :

« Il faudrait avancer le grand mât. Mais de combien de pouces? Et une fois que ce sera fait, mon bougre d'ange ne sera-t-il pas trop chargé à l'avant, au grand largue? Dans ce cas, il faudra alors diminuer un peu la voile haute pour éviter qu'il ne pique trop dans la plume... Oui, c'est à voir. Oh! toi, mon beau salopard, tu n'auras pas le dernier mot avec moi et je t'aurai. On se retrouvera en fin de saison. »

Rinus donnait un amical coup de pied dans le bastingage, crachait joyeusement par-dessus bord et, pour la première fois, attendait l'hiver avec impatience. Un fait était déjà certain : c'est que l'*Engel Bewaerder* n'obéissait à nul autre mieux qu'au second Marinus De Boer. Ce dernier n'en était pas peu fier.

Jusqu'au jour où, à court de matelots, ils virèrent de bord pour rentrer à Ostende, Spierings ne renvoya au port pas moins de quatre captures, chacune montée par un équipage de prise. L'allégresse de cette réussite tomba brusquement au retour quand ils apprirent que seules deux d'entre elles avaient rejoint les bassins, dont l'une avait la moitié de sa cargaison perdue par la faute d'un boulet hollandais.

Puis au départ suivant, sans raison, l'*Engel Bewaerder* embrocha le duc d'Albe marquant le virage du havre d'est, brisa son beaupré au ras de l'étrave, eut deux bordés défoncés à hauteur de la première préceinte et dut aller en chantier.

Pendant tout le temps des réparations Spierings ne desserra les lèvres que pour des paroles essentielles. Comme aux mauvais jours des dernières campagnes du *Morgensterre*, il attendait le crépuscule pour entreprendre de brèves promenades solitaires. Il s'en allait tête basse, aux petits pas de ses souliers à boucles d'argent, piquant machinalement sa canne entre les cailloux ronds. Toujours – étrange équipage! – le suivait le chat Belzébuth, aussi morne que son maître. Si sombre, et paraissant tellement hostile à toute question que jamais Rinus ni Cabiljauw n'osèrent lui demander les motifs de ses soucis. Et nerveux au point d'en perdre son contrôle quand Frans, revenant un jour d'un nouveau voyage en Espagne, lança étourdiment :

– Mais voyons, pourquoi ne devenez-vous pas convoyeur? Là, quand le beaupré se brise, et même tout le bateau, c'est le roi d'Espagne qui...

– Cessez, Frans, voulez-vous, et ne parlons plus de cela, l'interrompit sèchement le petit homme pâle.

– Mais... qu'est-ce qui lui a pris? demanda plus tard Frans, interloqué, quand ils eurent quitté la vieille demeure.

– Tu devrais le savoir : toujours la même chose.

– Quoi? Encore ça? mais bon Dieu je le croyais guéri. Au bout de cent ans...

Oui, songea Rinus : cent ans. Et même plus. Cela remontait à 1570 quand, des Flandres à la pointe nord de Hollande, les *Gueux de Mer* secouaient le joug espagnol et luttaient pour l'indépendance de leur pays. Tout au long des côtes, montant de piètres *hoogaerts*, des *boeiers* [1] de pêche, des barques non pontées, des flibots mal armés, les *Gueux* s'attaquaient aux lourdes caravelles hispaniques. Dans la passe de la Vlie, un jour d'automne, malgré le déséquilibre des forces, une de leurs meutes avait assailli la flotte de Gaspard Robles, gouverneur de la Frise. Au terme d'un combat sans espoir, à l'instant de tomber aux mains de l'ennemi, leur chef avait crié à l'un de ses hommes : « Tue-moi! qu'ils ne me prennent pas vivant! » et était tombé sous les coups de ses propres armes.

Ce fanatique se nommait Spierings.

Le petit homme pâle, il y a longtemps, un jour d'abandon, avait évoqué la sanglante aventure, les hommes décapités – encore vivants et blessés – et les survivants enchaînés défilant dans Rotterdam, portant sous le bras les têtes de leurs compagnons, salées à la turque.

Il aimait rappeler les épisodes de cette guerre de quatre-vingts ans, les supplices infligés aux rebelles enchaînés et courant, fouettés, dans des cercles de flammes. Les noms fameux des frères Boisot, de Vanderdoes, du Belge Adrian de Bergues, comte de Dolhain, premier amiral des *Gueux*. L'obstination acharnée de ces hommes qui, à l'issue de près d'un siècle de luttes, avaient acquis leur indépendance.

– Mais cela a encore cessé trop tôt, vois-tu, Rinus. Il y a eu des égoïsmes de province, des rivalités stupides, et nous, nous n'avons pas été délivrés. Maintenant, il est trop tard. Quelle nation n'aurions-nous point fait!...

Il lui avait montré, jauni, le dangereux *Geuzenliedenboek* [2], véritable chant de liberté et de haine contre l'Espagnol. Être convoyeur de Charles II d'Espagne, ce dégénéré, ce faible d'esprit? Non. Les autres avaient peut-être oublié; lui, non.

1. Bâtiment à fond plat, semblable aux *hoogaerts*, mais à l'étrave arrondie.

2. Recueil clandestin de chants et poésies patriotiques des Pays-Bas. Les occupants espagnols mettaient à mort quiconque était découvert l'ayant en sa possession.

Et il se repliait sur ses pensées, vieil homme découragé perdu dans des rêves chimériques.

De Boer ne le comprit jamais tout à fait, et le vit disparaître de sa vie de façon aussi mystérieuse qu'il l'avait traversée. Un mois plus tard, un peu avant l'aube, Cabiljauw vint le secouer dans son hamac. Dans la pénombre de la batterie, le visage du géant lui parut altéré par l'inquiétude.

– Rinus... Rinus... Tu n'as pas vu Raf?

C'était la première fois que, dans son émoi, Cabiljauw nommait le corsaire par son prénom. Bouleversé, il entraîna De Boer. Ensemble, aux lueurs de l'aurore naissante, ils fouillèrent l'*Engel Bewaerder* de fond en comble. Toute la nuit, la mer avait été tendre et sans passion. Quand enfin les deux hommes s'arrêtèrent, le soleil, levé sur un horizon sans limites, baignait d'une gloire toute neuve le pont de la frégate humide de rosée. Silencieusement, comme il avait vécu, le petit homme pâle avait disparu.

Il ne restait de lui que la solitude de sa cabine mélancolique, quelques livres et – sur la grande table du château arrière – la chevalière d'or que Raf Spierings n'avait jamais quittée.

XIX

Ce soir, comme chaque soir, une ombre pénètre dans la vieille demeure. Au-delà de l'orbe tremblant du quinquet à la lueur duquel veille et lit Rinus, au-delà de la zone de clarté qui étend un cercle de chaleur devant l'âtre, la présence invisible se forme des ténèbres qui s'épanchent des vieux murs. Depuis une semaine, quand s'approche la nuit, elle vient prendre place au foyer. Le chat qui erre, s'efflanque et parfois miaule sourdement, le chat s'est arrêté, glisse à la porte où on l'entend flairer l'Invisible, le mufle au chambranle. Il revient et, ronronnant soudain, saute sur le fauteuil. Le bruit qu'en grinçant fait le grand siège de paille est si familier que Rinus lève les yeux et s'étonne presque de n'y point voir le corsaire assoupi.

Les disparitions les plus sensibles ne sont pas toujours celles qui laissent derrière elles le vide de leur présence. Le petit homme pâle, mélancolique, presque toujours muet, qui ne prenait au coin du feu guère plus de place que le chat, et ne faisait pas plus de bruit, semble – depuis le retour de l'*Engel Bewaerder* – être plus présent que lorsqu'il était en vie. Spierings, c'était le silence même. Cette paix qui chaque soir glisse sur la maison du Bout-du-Monde l'évoque avec plus d'intensité que si s'élevait soudain la voix de l'homme disparu. Pages qui tournent... craquement d'un meuble dans la chambre désormais déserte... grincement du fauteuil de paille... tintement léger de la vaisselle que range Cabiljauw dans le grand buffet noir... vent qui doucement appuie sur la porte, jouant sur ses charnières... et voilà le corsaire présent près de la cheminée, engourdi, un livre tombé sur les genoux, la canne posée sur ses maigres jambes étendues et croisées, les boucles d'argent de ses souliers luisant à la clarté du feu.

– Oncle Cornélius...

A la limite de la lumière émergent de l'ombre le visage du géant, le fleuve tranquille de sa barbe où les premiers fils d'argent font comme la moire des remous. Sous les terribles sourcils s'épanche la claire lumière d'un regard limpide et confiant; désorienté, aussi. Les yeux tendres et perdus d'un bon gros chien bouvier de Flandre en quête d'un maître. Et lui, Rinus, adolescent de vingt ans à peine, songe : « Il a un regard d'enfant. Oui, un regard d'enfant. » A travers l'espace, sans que bouge un trait de son visage, sa tendresse va vers le vieux marin qui l'interroge :

– Qu'est-ce qu'il y a, mon fils?

L'heure est venue, et il faut que ce soit lui, Rinus, qui le premier parle. Et l'instant arrivé, voici qu'il hésite encore. Les paroles qu'il va prononcer seront un peu, déjà, celles de l'oubli; et il comptait qu'elles viendraient de Cabiljauw. Mais à le voir maintenant, attentif et vaguement inquiet, il pressent que jamais le géant n'eût ouvert la bouche, qu'il se fût contenté d'attendre son destin entre son feu, ses sabres, sa vaisselle bien rangée et les soins donnés à ses pigeons. Une semaine s'est déjà écoulée et l'on ne peut quand même pas... mais – ô Dieu! – que c'est difficile!

– Cornélius, voilà... je pensais (mais bien entendu on ne doit pas se décider tout de suite!) qu'il faudrait reprendre la mer. Tu sais, le début de l'année n'a pas été bon, et la saison est courte. Je croyais qu'oncle Raf – oh! je n'en attendais pas, tu sais! – avait laissé un peu d'argent. Pas pour nous, bien sûr : nous n'en avons pas besoin; mais pour l'*Engel Bewaerder*. Cet hiver nous devrions le remettre un peu en état, essayer de mieux équilibrer la voilure, de changer de place le mât pour le corriger un peu, et nous devrions y penser dès maintenant. Enfin, pas tout de suite, quand tu voudras. Il n'y a rien qui presse tellement, mais...

D'abord hésitante, indécise, sa parole s'affermissait. Contrairement à ses craintes Cabiljauw, aux premiers mots, ne l'avait pas arrêté d'un geste las : « On verra plus tard. » Les deux bras sur la table, grattant machinalement de l'ongle une tache de chandelle, le géant écoutait, les yeux baissés. Cette seule attitude, pourtant, eût suffi à troubler De Boer si, à chacun des arguments qu'il développait maintenant avec une fermeté croissante, Cabiljauw n'eût point hoché la tête, affirmativement. A la fin, le marin leva le front.

– Je crois que tu as raison, petit. Rien ne sert de pourrir ici, et le plus tôt que nous partirons sera le mieux. Mais qui va commander maintenant?

– Mais toi, évidemment! qui voudrais-tu que ce soit?

– Moi? – le géant eut un rire amer – moi? mais tu n'y penses pas, voyons, fiston! Pour commander, il faut l'habitude et moi, depuis que je navigue, je n'ai jamais dépassé le grade de *bootsman*. Oui, tais-toi, je sais ce que tu vas dire. Évidemment je commande. Je dirai même que je sais faire marcher un équipage, fût-il de cent hommes ou plus. Mais, vois-tu, ce n'est pas la même chose de faire exécuter des ordres – comme je le faisais – et d'en donner soi-même, comme Spierings. Il n'y en avait pas un comme lui, fiston, pas un, tu m'entends?

Et tu crois que je pourrais lui arriver à la cheville? Vous seriez beaux, avec moi.

– Mais enfin, ton expérience, je...

– Fous-moi la paix, avec ton expérience. L'expérience! l'expérience! Il n'y a que les benêts et les incapables qui ont ce mot à la bouche et je m'étonne, te connaissant, que tu oses t'en servir. C'est exactement comme si tu venais me dire qu'on joue mieux de la viole à soixante ans qu'à vingt, parce qu'on a raclé les cordes quarante ans de plus. La belle farce! Tu l'entends à chaque kermesse, l'expérience de Capiau qui a – bon Dieu, attends... – qui a cinquante ans bien sonnés et fait hurler les chiens jusqu'à Nieuport dès qu'il porte la main sur son instrument, alors que le petit Spoerds que j'ai vu naître après toi encore et que je fourrerais dans ma poche me fait pleurer comme une vieille bête dès qu'il joue *Wel Island, gy bedrofde kust* [1]. L'expérience? Foutre! C'est un argument de vieux qui veulent se cramponner à leur place ou en acquérir une meilleure sous le seul prétexte qu'ils sont nés vingt ou trente ans avant des gamins qui les valent dix fois. On naît marin ou on ne le sera jamais : les années ne font rien à l'affaire. *Idem* pour commander. L'expérience! tu es à tuer quand tu emploies ce mot-là, toi, un jeune. Je peux te dire une chose : c'est que ton ami Frans, qui a encore du jaune au bec et tousse comme un malheureux dès qu'il fume un tabac un peu dur, a plus de ta prétendue expérience dans son petit doigt de pied que beaucoup de nos capitaines qui vous disent, en prenant l'allure et le ton du Père Martin en chaire : « Moi qui vous parle, je me souviens qu'en 1657... » Au diable l'expérience!

Tout de bon fulminant, Cabiljauw s'était levé. Le front baissé pour ne point se cogner aux poutres, il allait d'un mur à l'autre en quatre enjambées. A chaque passage du marin devant la cheminée, la pièce se couvrait de son ombre immense et gesticulante. Prête à être saisie au cou et tordue par des mains puissantes, l'*expérience*, épouvantée, s'était enfuie au

1. *Islande, côte triste*... chanson des pêcheurs d'Islande ostendais.

diable Vauvert. Rinus, ravi, retrouvait son vieux Cornélius, la voix tonnante du géant, l'impétuosité avec laquelle il l'avait vu cent fois – au centre d'un auditoire choqué – pourfendre les vieilles lunes, dégonfler les baudruches, dépecer les idées toutes faites et tout ce que le *bootsman* barbu nommait en jurant « des sacrés boniments de nourrice ». De Boer saisit l'instant où Cabiljauw reprenait souffle pour placer un mot.

– Pitié! Si tu continues encore une minute comme cela, je monte me réfugier au sommet de l'armoire, à côté du chat. Bon, ça va pour l'expérience. D'accord. Mais y a-t-il un autre mot pour expliquer que quelqu'un connaît bien son affaire? Et pardon si je t'ai vexé : je n'ai jamais voulu dire – Dieu garde! – que tu es vieux. Il n'y a qu'à te voir courir autour de la table pour être persuadé du contraire : je ne pourrais pas te suivre, même avec un cheval. Fichtre, quelle foulée! Et ne tire pas sur ta barbe comme cela, je sais bien qu'elle n'est pas postiche. Et tout cela parce que je t'ai demandé de commander l'*Engel Bewaerder*. Je... – minute! laisse-moi parler – je crois que tu es tout de même assez qualifié pour faire un bon capitaine.

– Capitaine? Bon Dieu oui. Je crois que je pourrais me promener les yeux fermés dans la Manche et toute la mer du Nord, ça oui. Et toi qui es toujours à rêver des Indes, je veux même bien parier de t'y conduire tout droit. Et même en Chine s'il le faut. Je ferais très bien l'affaire pour commander un bon gros cul-carré qui s'en irait paisiblement de port en port : « Cabiljauw? pas de retards, pas d'avaries, bon capitaine! » diraient les armateurs. Pour cela, tu l'as dit tout à l'heure, j'ai l'expérience, mais, contrairement à ce que tu as ajouté – je t'en remercie fiston –, l'expérience du vieux... Ne proteste pas et laisse-moi finir, hein? L'expérience du vieux, c'est surtout fait de beaucoup de prudence, et tu sais ce que l'on disait de Spierings et de nous avant l'affaire du *Damschutte*, et même après, hein? Oui, de petits vieux prudents, voilà ce qu'on devenait, voilà ce que je suis devenu. Dans notre métier, dans ton métier maintenant, Rinus, l'expérience est parfois encombrante. Il faut surtout du courage, du cran, de l'audace. Il faut du cœur, savoir mordre sur sa chique et, quand le moment de se battre arrive, jurer un bon coup pour chasser sa frousse – oui, sa frousse! – après avoir jeté toute sa belle expérience par-dessus bord. Je crois que je n'en serai plus capable. Regarde-moi, sincèrement, ai-je encore l'allure à commander un corsaire?

Subitement arrêté près de l'âtre, les bras pendants, le géant s'offrait, tout droit, au regard de Rinus. Stature magnifique de Dieu tonnant, vigoureux, et d'apparence aussi formidable que le *meerman* invulnérable qui – en haut – lançait depuis plusieurs siècles sa malédiction muette vers le ciel. Mais, à des indices imperceptibles, déjà secrètement ravagée par l'âge.

Il y eut un silence au bout duquel les épaules de Cabiljauw s'affaissèrent.

– Là, tu vois...

Rinus cria.

– Mais non!

– Ne dis rien, fiston, cela vaut mieux. Ton regard ne sait pas encore mentir. Laisse-moi m'asseoir et ne me regarde plus. Je vais te faire un aveu et il va être bougrement dur à sortir. Tu te souviens, quand nous avons attaqué le *Damschutte?* Que nous ne savions pas ce qu'allait faire Spierings? Je te paraissais alors bien flambard et moi-même, à certains moments, je parvenais à me faire illusion en gueulant et en soufflant furieusement dans mon sifflet. Eh bien! pendant que nous approchions, quand je voyais tous les sabords ouverts, que je devinais près d'eux les hommes avec leur mèche allumée à la main, j'ai tremblé dans ma sale fichue carcasse. Oui, je sais. Après, je me suis battu comme jamais peut-être au temps de ma jeunesse, tu me l'as dit toi-même, et cela m'a fait du bien. Mais sais-tu que pendant tout ce temps où je tapais comme l'enfer, le vieillard tremblotait en moi : « Ma peau, ma bonne peau fidèle! » que je me disais. Et je me battais non pas pour attaquer, pour conquérir cette prise dont je me fichais à cet instant pardieu bien, mais uniquement pour défendre ma vie. Et puis aussi parce que nous étions à ce moment-là tous ensemble et que... enfin que tu pouvais me voir. Seul? Je me serais enfui en jetant mon sabre et en hurlant comme un gosse dans le noir. Depuis, je vais te le dire, Rinus, quoique cela m'en coûte, depuis... eh bien... j'ai peur...

Les deux derniers mots furent prononcés d'une voix si basse que De Boer les devina plus qu'il ne les entendit. Il n'osait pas lever les yeux vers le marin dont il devinait la masse écrasée, de l'autre côté de la table où il s'était à nouveau assis. L'eût-il fait qu'il en aurait rougi. Gêné, la gorge serrée, il laissa passer un temps que le géant rompit, avec un soupir.

– Là, tu comprends maintenant pourquoi je ne veux pas, pourquoi je ne *peux* pas commander l'*Engel Bewaerder*. Au bout d'une campagne, tu me mépriserais plus que maintenant, après ma... ma confession. Je tiens à ton estime, garçon, et cela je ne le veux pas. C'est peut-être bête, parce que je me suis toujours fichu de l'opinion du monde et qu'après tout, tu n'es encore qu'un gosse. Mais c'est comme ça. Crois-moi, je t'ai suivi, je te connais : s'il est un homme qui peut commander maintenant, c'est toi. Ton âge? Encore une fois, je me fous de ton âge : il y a des kilos de capitaines de vingt-deux ans qui se défendent bougrement, et qui ne te valent pas. Tu dis? Moi? Eh bien! moi je crois bien que cette maison peut me suffire. Naviguer? La mer? Fiche-moi aussi la paix avec ces fariboles. Si tu ne t'en es pas encore rendu compte, tu ne tarderas pas à apprendre qu'être marin est un métier comme un autre. Plus beau peut-être, pardieu oui, mais un métier tout de même avec ses routines, ses habitudes, ses manies qui – dans le fond – sont les mêmes que celles d'un bureaucrate de l'Amirauté s'installant tous les jours devant son livre. Tous ceux qui nous cassent les oreilles en disant que le marin ne peut vivre sans la mer n'ont jamais été, par une nuit d'hiver, étouffer une voile haute quand la vergue est glissante de verglas, que le vent hurle à la mort, que tes ongles sautent à vouloir maintenir la toile et que tu pries le bon Dieu de tout ton petit cœur pour ne pas te casser la figure et te retrouver vite bien au chaud dans le poste. Ceux qui disent ces boniments sont de sacrés menteurs. Tu peux le leur dire de la part de Cabiljauw Cornélius. Maintenant, avant que je te laisse tirer tes bordées tout seul, permets à mon expérience – comme tu dis – de te donner un dernier conseil. Quand tu formeras ton équipage, choisis bien tes hommes. Prends-les jeunes, courageux et – de préférence – célibataires. Trois sortes de gens, je l'ai remarqué, ont peur à l'abordage : les lâches, évidemment, mais ceux-là, tu n'en voudras point. Ensuite, la plupart des pères de famille. Enfin, les vieux... comme moi. Et maintenant, mon fils, je suis un peu fatigué et je m'en vais me coucher.

Le géant se leva. Rinus l'entendit monter d'un pas lourd l'échelle de cale, faire craquer les planches de sa masse et soudain – avec force – claquer la porte de sa chambre. Toute la vieille demeure en trembla. La flamme du quinquet vacilla puis se redressa, immobile.

XX

Rien qu'à l'entendre – timide et tenace – frapper à une porte, on eût deviné une partie du caractère de Samuel Rosenroth. Mais une partie seulement; celle où, dans cet homme, le désir d'arriver à ses fins l'emportait sur la crainte d'être rabroué. Il devait toujours par trois fois gratter le battant jusqu'au moment où, enhardissant ses coups, une réponse lui parvenait. Cette fois-ci pourtant il n'attendit point, et dès son second appel poussa la porte qui tourna en grinçant. Détendu par un sourire d'une politesse désarmante, son visage apparut dans l'entrebâillement. A le voir ainsi, on le devinait, le dos légèrement voûté, prêt à faire promptement retraite au moindre éclat de voix, mais restant la main cramponnée sur la clenche, et décidé à palabrer à travers l'huis jusqu'à épuisement et défaite de l'habitant.

– Je ne vous dérange pas?

Si, pardieu! il les dérangeait. Tout le disait dans l'attitude de Cabiljauw resté, le chiffon en l'air, au-dessus d'une casserole rutilante. Sur le visage du géant, les sentiments intérieurs couraient telle la brise sur l'étendue d'un lac, et rien qu'à voir l'arc de son sourcil levé, le pli de sa bouche entrouverte, Rinus eût deviné qu'il pensait :

« Qu'est-ce qu'il nous veut, cet Ostrogoth-là ? »

Rosenroth, faussement, interpréta ce silence comme un encouragement. Poussant franchement le battant, il apparut tout entier dans l'encadrement. Au-delà de cette silhouette noire, nettement découpée dans le rectangle de lumière, De Boer dut faire un effort pour retrouver le voyageur grelottant qu'il avait pour la première fois aperçu, un soir d'hiver, sous la neige tombante, écrasé contre le mur de l'auberge de la Grand-Place. Il y avait combien de temps de cela ? Quatre ans ? Cinq, peut-être ? C'était pourtant toujours le même homme, avec cette attitude déconcertante où se trouvait un mélange curieux d'humilité et d'assurance. Depuis... Eh bien ! depuis, Samuel Rosenroth était presque devenu citoyen d'Ostende, avec pignon sur rue, et un magasin semblable aux quais de Capharnaüm, dans lequel défilait un nombre de matelots infiniment plus important que ne le justifiait le mouvement mercantile de son commerce. On disait... Mais que ne dit-on pas d'un homme qui réussit ? Bref, Cabiljauw ne l'aimait pas. Rinus guère, non plus. Ni le chat qui s'était dressé, hautain, et dont les yeux d'azur étaient lourds d'un félin mépris.

Samuel Rosenroth arborait ce jour une belle rhingrave puce, et sous un justaucorps de même couleur légèrement entrouvert brillait une fine chaîne d'or. Il souriait, mi-gêné mi-confiant, de manière si courtoise que, sans raison aucune, De Boer se prit à détester ce sourire.

– Tiens, Rosenroth... quel bon vent vous amène ?

– Le vent du diable, murmura imperceptiblement Cabiljauw, qui reprit farouchement son astiquage en grognant : ... Seyez-vous. Quelles nouvelles ? Nous avons encore des comptes en retard chez vous ?

– Des comptes ? Non, pas précisément. Mais ne parlons pas affaires. Je venais vous dire combien j'avais été frappé, douloureusement frappé par la disparition de M. Spierings. J'aurais voulu vous présenter mes devoirs plus tôt mais vous savez, je ne voulais pas... Votre chagrin.

Il eut un geste vague et se tut. Les deux hommes le regardaient, sans répondre. Il n'était tout de même pas venu uniquement pour dire cela, Rosenroth? Ils attendaient la suite et l'étranger, gêné, toussa nerveusement. Dès qu'il s'était retrouvé assis, il avait pris son tic familier, ce souple et lent roulement des mains se frottant l'une à l'autre et qui – toujours – évoquait chez Rinus l'emmêlement d'un nœud de serpents. Confusément il sentait une menace dans l'attitude trop quiète de Rosenroth, dans les brefs regards – perçants – qu'il jetait entre ses paupières mi-closes sur chaque meuble de la pièce : « Ma parole, on dirait qu'il fait l'inventaire... » D'instinct il devina que le silence était la meilleure défense contre la menace qu'il pressentait, et attendit. Samuel toussa encore.

– Heu... j'ai tenu à venir vous voir avant que vous ne repreniez la mer. Car vous allez repartir, n'est-ce pas? J'ai appris – oh! c'est un ami auquel j'ai rendu service jadis qui me l'a rapporté – qu'un *katschip* allait ces prochains jours sortir d'Amsterdam, sans escorte. Il partira par la marée du soir et se rendra tout droit vers l'Angleterre dont il longera les côtes jusqu'au canal Saint-Georges, et j'ai pensé... Voyez-vous, j'avais beaucoup d'amitié pour M. Spierings, et j'en ai beaucoup pour vous, monsieur De Boer, alors j'ai pensé pouvoir peut-être vous rendre service, mais...

Les serpents se déroulèrent. D'un geste léger Rosenroth tira une petite tabatière en laquelle il puisa, longuement. Dans le bref moment où il renifla, son regard courut d'un homme à l'autre. Il connaissait la valeur des silences, la curiosité qui s'éveille, puis se tend chez les auditeurs, au milieu d'une phrase interrompue. L'amorce jetée, Rosenroth rangea soigneusement sa boîte et fit durer la pause. Déjà Cabiljauw s'était arrêté. Posant sa casserole, il planta les coudes sur la table. De celui-là, malgré sa taille et toute sa barbe, il n'y avait pas grand-chose à craindre. Il se mettrait en colère, et ceux qui s'abandonnent à la fureur... C'était l'autre qu'il faudrait convaincre. Mais le jeune De Boer restait impassible. Pourtant, si Samuel avait pu percer le masque impénétrable du jeune homme, il aurait eu un tressaillement de triomphe. Rinus, prêt à l'attendrissement, pensait : « Brave bougre! Quoi, ce n'était que cela? Il veut nous aider? » mais à l'instant de remercier, une voix secrète lui cria : « Attends! Attends! »

Il attendait.

A regret, son espoir déçu, Sam poursuivit :

– ... Mais, en toute honnêteté, j'ai tenu – oh! ce n'est pas grave – à vous faire part de certains accords intervenus voici deux ans entre M. Spierings, que Dieu ait son âme, et moi-même. Après la perte du *Morgensterre*, quand il me vint l'idée de lui recommander l'*Engel Bewaerder*, votre protecteur, monsieur De Boer, était, comment dirais-je... était momentanément gêné. Vous le savez comme moi; il était un peu joueur et il avait connu, quelque temps auparavant, une malchance assez persistante. Mais qui n'a pas son petit défaut en ce monde? Enfin... bref, il a bien voulu me faire l'amitié de me demander de l'aider et, ma foi...

Cette fois-ci Rinus ne laissa pas se prolonger le silence. Sa voix interrompit net le mouvement de Rosenroth, prêt à saisir sa tabatière.

– Et alors? fit-il, doucement.

Tout lui apparaissait soudain à la lumière des phrases prudentes de Rosenroth : l'activité incompréhensible de Spierings dès que l'*Engel Bewaerder* avait pris la mer, son impatience, ses inhabituels mouvements d'humeur, les soucis qui l'avaient accablé, étrangement, après la première saison, qui au bout du compte s'était révélée exceptionnelle. Tout. Et peut-être même sa disparition. Mais non! La situation ne pouvait être aussi grave. Et pourtant...

Pourtant, à mesure que parlait l'étranger, à mesure que Rosenroth – à petits coups prudents – poussait vers lui le contrat qu'il avait sorti de sa poche, Marinus s'effarait. Quoi! oncle Raf avait signé cela? Il avait cru, naïvement, pouvoir un jour acquitter ses engagements? Ô! rêveur imprudent. Les chiffres étaient là qui témoignaient des droits de Rosenroth.

Alors que rien, dans son visage, ne trahissait ses pensées, Rinus calculait, vertigineusement. La moitié, non, plus de la moitié de son bel *Engel Bewaerder* appartenait à cet homme inquiétant, à la voix trop douce, qui se penchait maintenant de plus en plus jusqu'à ce que, sur sa joue, l'adolescent sentît son haleine. Il se recula, presque nerveusement : « Par Dieu ! songea-t-il, qu'il cesse de se frotter les mains ou je deviens fou. » Il se sentait hypnotisé lentement par l'incessant mouvement de ces doigts pâles, de ces paumes fluettes qu'il voyait glisser et reglisser sous ses yeux, sans pouvoir en détacher son regard.

Cabiljauw, effondré, n'avait pas dit un mot.

– Et alors ? répéta Rinus, d'une voix plus basse.

Les mains s'arrêtèrent et s'écartèrent dans l'espace, où elles restèrent suspendues.

– Alors, c'est tout. Vous êtes maintenant au courant de la situation. J'ai cru qu'il était de mon devoir de vous en faire part. J'ai toujours été l'ami de M. Spierings et je sais que son vœu le plus cher – il me l'a dit, monsieur De Boer, quand nous avons signé – était de vous laisser un jour l'*Engel Bewaerder*. Quoi qu'il m'en coûte, je voudrais respecter ses volontés, et j'ai pensé... Voyez-vous, vous avez ici une maison bien située, mais elle est vieille, très vieille. Si je ne craignais pas de vous déplaire, je dirais qu'elle, comment dirais-je ?... qu'elle dépare maintenant un peu la rue du Bout-du-Monde à côté de la maison de M. De Knop, des autres qui ont été construites depuis. C'est maintenant devenu une rue, une rue... comment dirais-je ? plus respectable. Pourtant, si vous vouliez, je serais disposé à vous la reprendre en échange de la plus grande partie de mes droits sur l'*Engel Bewaerder*. Pour le peu qui resterait, eh bien ! nous nous arrangerions : ce bateau d'Amsterdam, dont je vous parlais, pourrait vous dégager entièrement en vous laissant peut-être encore une petite somme. Qu'en pensez-vous ? Voyez, monsieur De Boer, M. Spierings avait prévu le cas et spécifiait que, s'il décédait, vous auriez tous les pouvoirs pour prendre les arrangements que vous jugeriez les plus avantageux pour vous. Alors?

C'était au tour de Rosenroth de questionner. Un subit soulagement envahit Rinus. Quoi? Ce n'était que cela? L'*Engel Bewaerder*, à l'instant où il paraissait lui échapper, pouvait lui revenir tout entier? Il pourrait en être le capitaine, le seul maître à bord – le seul maître! – agir à sa guise, ne devoir rendre de comptes à personne. La vieille demeure? Bah : une saison, deux au plus et, en économisant serré, il pourrait acheter une maison bien plus belle encore. Après tout, Rosenroth n'était pas un mauvais diable.

Illuminé, presque souriant, il releva la tête...

... Et il rencontra les yeux de Cabiljauw. Sous ses sourcils broussailleux de bon gros chien fidèle, le géant avait un regard perdu, désespéré. Dans le torrent de sa barbe, ses lèvres entrouvertes tremblaient imperceptiblement, prêtes à une supplication qui ne venait point. Image si parfaite du désespoir muet que Rinus en fut bouleversé. En un éclair, il comprit que tout cela – les vieux murs, l'âtre familier, les pigeons, les cuivres astiqués avec amour, les armoires polies, la chambre spartiate du géant – était ce au monde à quoi Cabiljauw tenait le plus. Ce fut irréfléchi : le cri lui sortit des lèvres.

– Non!

– Mais pourtant, pensez à ce que...

– Non!

– Écoutez, je vais vous laisser réfléchir.

– C'est tout réfléchi : non.

– Alors – et Rosenroth, fébrile, croisait et décroisait les mains – alors, pour l'*Engel Bewaerder*, peut-être voudriez-vous reprendre les accords de M. Spierings. Vous travailleriez comme lui, avec moi, en assoc...

– Non!

Non. Jusqu'au bout : non. Aller maintenant au fond de son renoncement. Pas de partage. L'*Engel Bewaerder* à soi, à soi seul, ou alors, puisque c'était maintenant devenu impossible, l'arracher de ses pensées, de sa vie.

– Non!

Il se cramponne à ce refus, se bute. Il devine que, s'il laisse la discussion reprendre, il faiblira. Cabiljauw! mon vieux Cabiljauw, regarde-moi encore, comme tout à l'heure...

– Alors... il faudra le vendre?

– Ou...i.

De Boer baisse la tête. Il ne la redressera qu'une fois la porte fermée sur le départ de Rosenroth. Cabiljauw a retrouvé son regard d'enfant, exulte.

– Magnifique! Tu as été magnifique. Quand il a parlé de reprendre la maison, j'ai cru que j'allais lui donner un indescriptible coup de pied au derrière. Mais je n'ai pas osé : il serait resté collé au plafond, et cela aurait été toute une affaire pour le décrocher de là. Et puis, il m'aurait peut-être dit : « Merci » et cela m'aurait gêné. Oui, Rinus, tu as été magnifique!

Bousculé par le géant, secoué dans l'étreinte de ses mains puissantes, Rinus se demandait si, vraiment, il avait été si étonnant.

Écoutant la voix qui lui criait de courir derrière Rosenroth, de supplier à son tour, de lui arracher l'*Engel Bewaerder*, le jeune garçon n'en était nullement convaincu.

Ce dont l'homme a besoin, c'est d'action, ou de la pensée de l'action, qui est action elle-même. Celle qui vient de finir, celle qui se prépare, cette autre à laquelle on songe et qui n'aura jamais lieu. Chez les contemplatifs, les paresseux, même chez ceux-là que chaque jour la routine renvoie à une besogne casanière, elle bouillonne avec une force incroyable. Quel héros intérieur, quel génie, quel prodigieux conquérant ne cache point cette silhouette à parapluie qui chaque lundi, à neuf heures moins une, pénètre dans ce bureau à la grise lumière, où l'attend un livre aux colonnes de chiffres impitoyables? A ceux-là mêmes, plus encore qu'aux autres, la pensée de l'action leur est à l'esprit nécessaire plus que le pain au corps. A leur propre regard elle justifie les velléitaires, les faibles, les impuissants et les vaincus, les aide à franchir les platitudes d'une vie à laquelle les retiennent les seules forces de leurs rêves. Que deviendraient-ils sans le rêve, qui est action?

Rinus, depuis des jours, ne rêvait plus.

L'*Engel Bewaerder* lui ayant été brusquement arraché, il errait, âme et corps, dans un désert sans but. En près d'une décennie, vingt fois et plus, l'inaction du métier, l'humeur changeante de Spierings l'avaient cloué des semaines à terre; et parfois tout un hiver, durant lequel sa vie apparente était celle d'un désœuvré oscillant d'une taverne à la rue du Bout-du-Monde, et, de là, à une randonnée vers Bruges, en patins. Jamais cependant, comme alors, il n'avait éprouvé ce sentiment de vide, d'irrémédiable inutilité qui était sien depuis l'instant où Rosenroth avait quitté la vieille demeure. Des liens secrets le rattachaient alors à cette source d'action, de vie, qu'était d'abord le *Morgensterre* et, plus tard, l'*Engel Bewaerder*. Il n'avait qu'à les aller voir, au port, pour qu'aussitôt fût chassé l'engourdissement moral en lequel le faisait sombrer l'oisiveté. De Boer avait essayé de rétablir ce contact bénéfique, mais vainement. La frégate n'était plus qu'une chose morte, sans effluves, devenue aussi indifférente à ses sens qu'une bitte d'amarrage, moins évocatrice qu'un nuage dérivant sur la ville, aussi neutre et dénuée de sens profond que le signe de croix que tante Palma déclenchait avec automatisme à tous les coins de rues, là où – sans même la voir encore – elle savait trouver dans sa niche une effigie religieuse.

Pour la première fois, Rinus chercha dans l'amour le principal de son existence. Avec cette obstination, cette même tenace volonté qu'il mettait, la veille encore, à vouloir devenir « le » corsaire. En quelques jours, avec une facilité qui l'étonna d'abord, le lassa presque immédiatement après, il mena à sa conclusion une conquête qu'il poursuivait avec détachement (et insuccès) depuis des mois. Les femmes ont un instinct secret, une vocation qui les entraîne au rôle de consolatrices. Bien qu'il ne fût pas apparent, le désarroi de Marinus avait opéré son pouvoir sur celle-ci. Il crut un instant être heureux, mais après quelques étreintes, bâilla et se surprit à rêver d'autre chose dans les bras hier encore tant désirés.

– A quoi penses-tu?

– Hein?... A rien.

Elle ne pouvait comprendre. Ou, tout au moins, Rinus le supposa-t-il.

Il s'échappa sous un prétexte vague dont peu lui importait qu'il fût plausible et se lança dans des marches sans but, à travers la campagne. L'été était vif et rempli de la charge joyeuse des vents. Quand Rinus s'arrêtait, couché, l'oreille contre l'herbe, il entendait au loin la mer battre le sol, comme un appel. Là-bas, les voiles devaient courir sur les vagues. Il pensait confusément aux Indes, à Frans qui devait revenir de Cadix et tardait, songeait à s'engager à bord d'un convoyeur. Mais son esprit d'orgueil et d'indépendance lui fit repousser l'idée de se soumettre à une discipline, alors qu'il se sentait le pouvoir d'en imposer une, de commander.

– Alors, qu'est-ce que je vais foutre?

L'avenir lui parut hermétique, bouché, sans but. Les yeux vagues, il passa des heures devant la forge de Jeanfroid, à regarder le jeu des étincelles, le geste infatigable de son compagnon cognant sur l'enclume : « Il est devenu solide, le bougre! » Mais, inconsciemment, quand approchait l'heure où le jeune forgeron serait libre, De Boer fuyait. La rude bonne humeur du Wallon, ses réflexions qui jadis le faisaient sourire lui semblaient aujourd'hui trop loin de ses pensées pour être supportées sans ennui.

Irrésistiblement ses pas le ramenaient vers le port, et il montait à bord de la frégate. Il savait que Rosenroth cherchait à vendre l'*Engel Bewaerder*, que le temps viendrait vite où il n'aurait plus le droit de pénétrer comme maintenant dans la cabine de Spierings, de s'y asseoir et – les pensées ailleurs – de feuilleter un livre, une carte.

Et puis, un jour :

– Bon Dieu!

Il revint presque courant à la rue du Bout-du-Monde, un

large parchemin sous le bras. Mille fois lu et relu, devenu par l'habitude banal à ses yeux, il venait de lui apparaître soudain inappréciable. Devant Cabiljauw surpris, il passa la journée à le tourner en tous sens, à le couvrir de flèches, à se lever inconsciemment, à faire trois fois le tour de sa chaise avant de s'y reprécipiter pour voir si...

– Mais qu'est-ce que tu as ? Tu as découvert l'île au Trésor ?

– Non, rien...

Mais ses yeux brillants mentaient. Le lendemain il se réveilla en sifflant. Que Frans arrivât, vite !

Il débarqua un matin, bronzé, bruyant, plus impétueux que jamais, précédé de son grand rire sonore et franc qui ne s'éteignit qu'en apprenant la disparition de Spierings. Toutefois, même muet, il se dégageait de lui une vitalité, une confiance, une joie de vivre si communicative que Rinus s'en trouva comme transporté. Van Maestricht venait d'apprendre qu'à la saison prochaine il serait nommé capitaine. Il aurait alors le commandement du *Karel den II*. Ses vingt et un ans s'en enivraient.

– Il n'est pas trop tôt, vingt dieux ! Un bâtiment de quatre-vingts canons à moi tout seul. Avec cet outil-là, je te promets de faire un raffut de tous les diables qui s'en va aller casser les oreilles à tous les Dunkerquois. Tiens, je te nomme mon lieutenant et je leur f... ma démission s'ils ne t'acceptent pas. Qu'est-ce qu'on ne va pas faire, à nous deux... Hein ? Tu ne veux pas ? Au fou ! La chance de sa vie, qu'il refuse !

De Boer dut attendre quatre jours – et c'était peu ! – que Frans en eût presque fini avec une bordée mémorable. Encore ne dut-il qu'à l'affection de pouvoir, un soir, entraîner dans la vieille demeure l'impétueux personnage. Arraché du seuil d'une taverne où il s'apprêtait à faire une entrée tumultueuse, Van Maestricht renâclait en marchant.

– Bon Dieu, c'est bien parce que c'est toi !... Je ne le ferais pas pour la plus belle fille du monde. Quand je pense qu'ils m'attendent, là-bas... Mais pas plus d'une heure, hein ?

Minuit sonnait qu'il était encore attablé rue du Bout-du-Monde, une bouteille vide à son côté, l'œil déjà noyé d'ivresse, mais écarquillé, plein de flammes. Il trépignait.

– Ciel! quand les calmes s'y mettent, ils sont plus fous que tous les fous de la terre réunis. Magnifique! Et moi qui te croyais un type sérieux. Fais-moi voir cela encore.

Il se courba sur le parchemin, jubilant, son visage de bel aventurier tout illuminé. D'enthousiasme, il jurait à mi-voix. Cabiljauw, lui, se caressait la barbe, effaré.

– Et bien alors, ça!

Et, de l'œil d'une poule qui constate avoir pondu un canon de trente-six, le marin regardait Rinus, qui souriait. Non! Ce n'était pas possible. Un fracas le fit sursauter et, d'une détente, envoya le chat se réfugier au sommet de l'armoire. Le poing cognant sur la table, Frans explosait.

– Ce que tu vas faire là est totalement idiot. Idiot, mais intéressant. Il faut absolument que je te voie te dépêtrer de cette affaire, quand ce ne serait que pour ramener tes os à la maison. Tu as de belles chances d'y laisser ta peau, mais je sens que mon devoir est de t'accompagner pour t'empêcher de faire des folies. Si tu as besoin d'un homme, j'en suis. Fêtons cela! Une autre bouteille!

Il alla vers la fenêtre ouverte et, d'un geste, lança le flacon vide dans le noir. On entendit le verre se fracasser quelque part, sur les pierres, et tout aussitôt une voix furieuse, apeurée, crier des injures dans les ténèbres. Le rire plein de Van Maestricht retentit dans la nuit.

– Plaignez-vous! Si elle avait été pleine et que vous l'ayez reçue en bouche, vous ne crieriez pas si fort. Puis, soudain furieux : Et maintenant, assez! Autrement j'accours vous botter ce que je pense!

Les cris se turent aussitôt.

Van Maestricht partit plus tard, son enthousiasme encore monté d'un cran. Sur le seuil, Rinus l'arrêta.

– Mais surtout, motus, hein? Tiens ta langue!

– Pardieu! dit Frans, offensé.

Le lendemain, comme De Boer passait au coin du Marché-aux-Bœufs, il fut interpellé par Jan Yoens, l'homme le plus bavard de la ville.

– Hé! Rinus. Il paraît que tu prépares quelque chose de fameux de l'autre côté de l'eau. Pense à moi s'il te faut un homme.

Mentalement De Boer maudit Frans et jura avec une déplorable abondance.

XXI

– Parfaitement! dit Jan Yoens : nous étions vingt dans la cale à poissons, et encaqués comme harengs séchés. Et sur ces vingt-là, il y en avait au moins dix-neuf, dont j'étais, Seigneur! qui crevaient de male soif. Le vingtième, c'était Cabiljauw qui n'ouvrait la bouche que pour menacer de nous casser la tête si nous ne finissions pas de rabattre les oreilles au petit en lui réclamant un tonneau de *dobbelkuyt* [1]. Comme je le connais, il devait en avoir envie tout autant que les dix-neuf autres ensemble, mais il était si furieux de ne pouvoir aller sur le pont qu'il en oubliait sa soif et que – ma parole! – si on lui avait passé la main dans la barbe, il en aurait jailli des étincelles. Pensez donc! Quand Cornélius avait mis le pied sur le pont, au moment de l'embarquement, le petit l'avait regardé comme si Cabiljauw lui était tombé de la lune.

» – Eh bien, je te croyais trop vieux! qu'il lui avait dit.

» – Le diable t'emporte, Rinus, le diable t'emporte!

» – Cela ne lui serait pas facile... Mais tu sais, oncle Cornélius, il faudra aller dans la cale, comme les autres.

» – Hein? moi?

» – Oui, à moins que tu ne te rases.

» Bon Dieu, il aurait fallu voir le Cabiljauw! Il est devenu écarlate, sa barbe s'est dressée toute hérissée, comme la queue d'un chat en colère, et sans ajouter un mot, il a plongé dans la cale comme s'il voulait y tuer son plus mortel ennemi. Et

1. Bière de forte densité.

pendant qu'on tirait nos bordées, il est resté là deux jours et deux nuits, presque sans bouger, en nous bouffant du regard avec des yeux qui jetaient des étincelles de six pouces au moins – parole d'honneur!

» Comme cela, sans y penser, vous direz peut-être que ce n'était pas très chic de Rinus d'envoyer le vieux marinier dans la soute à poissons. Mais, tout bien examiné, le petit avait raison. Depuis trente ans qu'il bourlingue et fait le poil à tous les bateaux qui lui tombent sous la patte, Cabiljauw est connu comme le serpent de mer. Il aurait suffi qu'un Anglais voie sa barbe sur le pont, à quatre lieues des côtes, pour qu'aussitôt l'alarme soit donnée dans tout le pays jusqu'à une heure de galop à l'intérieur des terres. Autant valait tout de suite faire son entrée dans la Tamise avec l'étendard jaune au lion noir bien étarqué à la corne. Or, comme je vous l'ai dit à tous avant le départ, il fallait tenir sa langue et ne pas se faire remarquer.

» Voilà donc mon Cabiljauw dans sa cale, hargneux comme un chien à la chaîne. Pas à prendre avec une pelle à feu. De temps en temps, toutes les demi-heures environ, les remords prenaient le petit, et il passait sa tête par l'écoutille.

» – Ça va, oncle Cornélius? qu'il disait d'une voix de maman.

» – Nom de foutre je te dis que ça va, et que le diable t'emporte, Rinus!

» Et le petit s'en allait, tout penaud.

» Il mentait furieusement, Cabiljauw, en disant cela. Je ne suis pas de ceux qui demandent un lit à colonnes avec des rideaux de brocart quand ils naviguent mais, tout de même, ce vieux rafiau dépassait l'imaginable. Vous l'avez vu, et vous savez ce qu'il vaut. De ma vie je n'ai connu un *haringbuis* qui saute aussi furieusement sur la lame et dont le vaigrage est – sauf votre respect – aussi dur aux fesses. Chaque fois qu'il piquait ou roulait, nous étions jetés les uns sur les autres comme des dés dans un cornet. C'est alors seulement que j'ai compris pourquoi les poissons mettent une aussi mauvaise grâce à se laisser prendre : la perspective d'être précipités dans un réduit semblable et d'y souffrir du mal de mer doit leur donner des ailes. Enfin, vous me comprenez!

» Et avec ça, l'odeur! Maintenant, cela fait deux jours que nous sommes revenus, et j'ai toujours l'impression que je pue le hareng. Quand je suis rentré chez moi, le premier soir, une douzaine de chats, au moins, me suivaient en miaulant. Mais comme ils n'avaient jamais vu de poisson aussi grand, ils n'ont pas osé me manger. Je l'ai échappé belle. Maintenant, j'en ris, mais sur le moment j'aurais bien maudit De Boer qui nous avait fourré dans cette caque. Mais là, je l'avoue, je n'avais rien à dire : il ne m'avait pas pris en traître.

» – Si tu veux venir avec moi, Yoens, qu'il m'avait dit, tu le peux. Mais je t'avertis que ce sera dur. Il est possible que cela rate et, dans ce cas, tu peux y laisser ta peau, moisir quelques mois en prison ou alors – au mieux – revenir bredouille. Qu'est-ce que tu décides?

» Il m'avait dit cela de sa voix bien tranquille, comme s'il n'avait été question que d'aller pêcher la crevette dans la crique Gouweloos, et sans avoir l'air d'y toucher, mais en me regardant dans les yeux jusqu'au fond de la tête. Qu'est-ce que vous auriez répondu à ma place? Il ne devait pas croire que j'avais peur, non? Tout de même, il a une drôle de manière de vous mettre en confiance, le petit...

» Enfin...

» Me voilà donc qui tombe dans la cale, et je m'y retrouve grand-père. Non : le grand-père, c'était Cabiljauw. Moi, avec mes trente et un ans, je me croyais le père. Il y avait là une bande de galopins dont le plus âgé devait bien avoir dans les vingt-deux ans, y compris le petit Caroen – qui nage comme un maquereau – et dont les dix-sept ans étaient tout juste sortis de layette pour venir jouer au corsaire. Il y avait aussi Sinistre, le plus rusé garnement de toute la ville, qui le plus sérieusement du monde parlait de mettre les tripes au soleil à tout l'équipage du premier bateau abordé. Et tous, excités, gueulants, riants et s'embarquant comme pour aller à la kermesse. Bon Dieu! que je pense, dans quelle galère me suis-je fourré! Et je sors la tête.

» – Y a pas erreur ? Je n'ai pas pris le bateau qui emmène les pensionnaires en excursion ?

» Vent du ciel ! Le Frans Van Maestricht m'a jeté un de ces regards que j'ai alors cru que la tête m'en sautait des épaules.

» – Il est encore temps pour débarquer, qu'il me répond, comme s'il voulait me tuer.

» Plus souvent ! Je voulais voir comment cela tournerait, cette promenade. Je m'escamote donc et voilà que je commence à avoir soif.

» Clara ! une pinte...

» Vous ne savez pas comment se nommait le rafiau ? Non ? *Op hoop van Zege*, tout simplement. Le petit n'a pas peint son nom de baptême sur la coque, parce que, tout de même, cela aurait été un peu trop voyant pour le travail qu'il voulait faire ; et c'est pour cela que vous ne l'avez pas vu. Mais quand même, appeler cette vieille caisse *A la Grâce de Dieu*, c'était tout un programme. Et, ma foi, c'était bien entre les mains du Seigneur que l'on se remettait : essayer un coup semblable avec un bateau de pêche tout juste bon à transporter cinq hommes et un *last* [1] de harengs, c'était quasiment tenter le diable.

» Jusqu'au moment où nous avons pu réellement mettre le nez dehors, on n'a jamais bien su où on se trouvait, nous, dans la cale. On ne pouvait monter sur le pont que la nuit mais, dès qu'il commençait à faire un peu clair, hop mes pigeons ! rentrez dans le colombier. On en était réduit à se faire des tas d'idées, car si le Van Maestricht m'avait bien dit qu'on allait tenter un coup en Angleterre, il n'y avait pas eu moyen de lui faire dire où.

» – Cela ne te regarde pas ! qu'il m'aboya quand j'essayai de savoir.

» J'ai repiqué dans la cale en me tâtant le nez. Ouf ! Il était toujours là. Je croyais qu'il me l'avait mangé. J'avais juste eu le temps de voir le petit, à la barre, qui avait pris l'air

1. Ancienne mesure flamande équivalant à deux mille kilos environ.

innocent et les vêtements bien culottés d'un pauvre pêcheur. Quant à Van Maestricht et aux deux autres qui se trouvaient là-haut, savez-vous ce qu'ils faisaient? Eh bien! ils dépliaient les filets, tout simplement. Si c'était uniquement pour pêcher qu'on nous avait embarqués dans cette aventure, j'aurais bien voulu sortir de mon trou.

» Ce qui me mettait en rage, c'est que les deux matelots de pont n'étaient même pas des nôtres. Il y avait là Henri Legg, cet Écossais de quelque part du côté de Galloway; et Thomas Meade, un Gallois de je ne sais quel trou. Tous les deux, sérieux comme des papes en chaire, ricanaient quand je passais la tête pour voir où on en était. Il paraît que De Boer avait ses raisons, mais tout de même...

» Enfin...

» Bref, à l'aube du deuxième jour, voilà que je sens le rafiau qui se relève. Par le panneau d'écoutille – ils l'avaient enlevé, heureusement, on aurait crevé là-dedans –, je ne vois plus une toile dans le mât. J'allais demander ce qui se passait quand Frans Van Maestricht arrive et nous dit à tous, le plus gentiment du monde :

» – Maintenant, le premier qui passe sa tête, je lui applique cela sur le crâne. Tu as bien compris, Yoens?

» Si j'avais compris!

» Il tenait à la main, très négligemment, une énorme, bonne, grosse et solide rame. Si on avait compris? Bon Dieu oui! C'est qu'il aurait été capable de faire comme il avait dit, le bougre.

» Y en a donc qui continuent à bâiller, puis à ronfler. Le petit Caroen tire des dés de sa poche et, avec Sinistre, commence à les faire rouler sur un cul de caisse. A essayer de distinguer les points, dans la pénombre, les yeux leur sortaient de la tête. Moi, je pensais à ce qu'ils pouvaient bien faire là-haut. Eh bien, indiscutablement, ils pêchaient. On entendait le « floc! » des filets qui tombent à l'eau et, plus tard, leur raclement sur la coque quand ils les remontaient pleins. Car ils étaient pleins, vingt dieux! le rafiau en penchait presque. Mais, chose curieuse, ils relâchaient tous les poissons, à chaque coup. Enfin, c'était leur affaire. Si cela les amusait...

» Mais moi, je ne m'amusais pas. Il faisait un soleil du tonnerre de Dieu, et les journées d'août sont longues. J'avais furieusement soif, mais figurez-vous que De Boer n'avait pas prétendu charger à bord autre chose que de l'eau. De l'eau! vous vous rendez compte? Et dans cette cale, avec le soleil qui tapait, le bois qui chauffait, l'odeur était à vous faire dresser les cheveux sur la tête. Elle vous sautait au nez comme un chat enragé. Je me croyais dans le ventre d'une baleine malade d'indigestion. Vexé, je m'endors à moitié. Là-haut, ils pêchaient toujours. Grand bien leur fasse!

» Et puis soudain des gouttes me tombent sur le nez et je me réveille. Et qu'est-ce que je vois, là-haut, juste au-dessus de ma tête? Le filet. Le filet plein à en faire péter ses mailles, gonflé comme une outre, tout rempli de petits frétillements d'argent qui scintillaient sous le soleil. Je n'ai pas le temps de crier : « A l'aide! » que – crac! – un torrent de harengs nous déferle sur le crâne.

» Vingt dieux! Il paraît qu'à ce moment-là un bateau de guerre anglais nous élongeait à cinquante toises par le travers et que, là-haut, ils avaient dû jouer leur rôle jusqu'au bout. Je n'avais pas encore eu le temps de dire : « Pape! » que je vois le petit galoper et nous rabattre le panneau d'écoutille sur le nez. En même temps l'Écossais et le Gallois beuglèrent une chanson sur je ne sais quoi, dans leur fichue langue, histoire de donner le change et de couvrir le tapage que nous faisions. Car nous, en dessous, à vingt, dans le noir, on jurait comme des possédés. On trouvait des harengs qui vous sautaient jusque sous la chemise, et dès qu'on essayait de se mettre debout on glissait dessus pour se flanquer par terre. On gueula jusqu'à en avoir la langue toute noire et les yeux qui vous sortaient de la tête; et Cabiljauw plus fort et plus longtemps que tout le monde : il pêchait du poisson dans tous les poils de sa barbe. C'est heureux que la brise donnait ferme et que l'Anglais était au vent, sinon Rinus aurait eu un mal du diable à les persuader que des harengs pouvaient dire *Godferdom!* et jurer en flamand aussi fort que vingt hommes réunis. Quelle histoire!

» Clara! un *dog-nose.*

» L'affaire? Attendez, j'y arrive. Le De Boer nous délivra une heure plus tard, alors que je me sentais pousser des nageoires dans le dos. Et là, le panneau repoussé, les quatre du dessus se mettent à rire à s'en fêler la tête. Il y avait de quoi car nous, les vingt, nous avions bonne mine et – à leur place – j'en aurais fait autant. Mais tout de même, c'était vexant.

» – Tenez bon, il n'y en a plus que pour cinq ou six heures, dit Van Maestricht, qui étouffait.

» Menteur! Cinq ou six heures! Il s'en passa bien dix à l'horloge, et trois jours à mon idée, avant que l'on puisse enfin monter sur le pont. Et le soleil qui continuait à se casser la tête sur le rafiau. Il faisait là-dedans une odeur à en tomber raide mort... Je suis dégoûté du hareng jusqu'à la fin de mes jours. Dressés sur la pointe des pieds, nous étions tous le nez en l'air, la bouche ouverte, à respirer au ras de l'écoutille comme des poissons hors de l'eau.

» Tout de même la nuit vint.

» Bon Dieu, quelle nuit! Noire comme l'enfer et l'âme d'un hérétique réunis. Le *Op hoop van Zege* avançait sur les vagues, à quatre pattes, avec des hésitations, comme s'il allait se cogner le nez sur quelque chose de dur. Par le travers de la joue bâbord on voyait quelques petites lumières scintiller au diable vauvert. Elles semblaient aussi lointaines que les étoiles au fond d'un ciel d'été. Mais, Sainte Vierge! que l'air était bon. On n'en finissait pas de respirer en s'épluchant des écailles qui vous collaient la peau jusque dans les cheveux. La barbe de Cabiljauw en luisait dans l'ombre, toute nacrée, comme une coquille d'huître. Vous n'avez jamais vu un homme avec une coquille d'huître d'un pied carré qui lui pend au menton? Ça en vaut la peine. Mais moi, à ce moment, je ne pensais qu'à respirer.

» Et puis voilà que je me dresse, tout rétréci dans ma peau, et avec mon cœur devenu pas plus gros qu'une noisette. A côté, dans l'ombre – Dieu sait comment il s'y prenait pour y voir au fond de ce chaudron! – Cabiljauw avait dit :

» – Nous avons largement dépassé les Godwins. Dans deux heures, si le vent se maintient, nous y serons.

» Je jette un coup d'œil sur la direction. Les Godwins! Seigneur! On filait droit vers la Tamise.

» – Ça va, répondit le petit.

» Pour moi, cela n'allait pas du tout. En le regardant se frotter les mains jusqu'à en faire jaillir des étincelles, je me demandais s'il n'était pas fou, et nous tous avec lui. Quoi! aller pêcher une prise en pleine Tamise, au milieu de tout un saint tremblement de bateaux de guerre et une kyrielle d'Anglais enragés qui ne demandaient qu'à se faire de notre peau un beau sac de matelot? J'en suais. Heureusement il faisait un noir à ne pas y voir sa main, autrement il aurait eu une piètre opinion de Jan Yoens, le petit.

» Le terrible, c'est qu'il nous fit redescendre au fond un peu avant de doubler le fort de Scherness. Et là-dedans, les harengs avaient eu le temps de se mettre en train. Misère! Et cela durait... Au temps qui passait, je devinais qu'on devait approcher de Gravesend, puis de Sainte-Catherine. Puisque le sort en était désormais jeté – *Op hoop van Zege!* – j'en étais malade de rester là à ne rien faire. Qu'on se batte une bonne fois et que l'on voie ce qu'il en sortirait! Je crois que nous tous, les vingt du dessous, nous étions de cet avis.

» Plus tard, en passant la tête, on commença à voir les premiers bateaux à l'ancre. Il y en avait des quantités, à vous donner le vertige : des gros et des petits, et puis des moyens aussi dont l'un – un superbe cul-carré – était enfoncé dans l'eau jusqu'à la ligne de charge. Il était lourd et magnifique comme une femme enceinte et devait porter dans son ventre une cargaison du tonnerre de Dieu. Celui-là dut les tenter, en haut, car j'entendis Van Maestricht demander au petit :

» – Celui-là?

» – Non, pas assez rapide.

» Il n'y avait qu'à prendre, qu'à choisir. Ils étaient tous là, immobiles et tout noirs, énormes, la pointe de notre mât n'arrivant pas à hauteur du bastingage de certains. Je commençais à m'y intéresser sérieusement quand soudain une voix terrifiante tomba du ciel : quelque chose, en anglais, comme : « Qui vive ? » ou : « Qui va là ? » J'en ai si vite replongé dans mes harengs que je me suis cogné le menton au rebord d'écoutille. Là-haut Thomas Meade raconta je ne sais quelle sornette, puis on s'éloigna et l'Écossais se mit à chanter. Je compris alors pourquoi De Boer les avait embarqués. Il avait pensé à tout, le petit.

» Cela dura encore une partie de la nuit. Le *Op hoop van Zege* avait jeté l'ancre et restait immobile, le nez dans le fil du courant. Le De Boer, à l'instant où elle tombait, s'était glissé jusqu'à nous et avait chuchoté :

» – Nous y sommes, mais il faudra attendre le retour de la marée, vers l'aube...

» Ils avaient enfin trouvé. Nous étions à trente toises à peine en amont d'une superbe caisse. Elle était... d'ailleurs vous avez eu cent fois l'occasion de la voir au port, depuis deux jours. Avec cela, gracieuse dans l'ombre, bien qu'elle parût lourdement chargée et de toute évidence prête à prendre la mer. Tip-top, toutes ses voiles déchapeautées de leur prélart, le nez tourné vers l'aval et ne demandant qu'à s'envoler. Pendant que je l'examine, voilà le petit Caroen qui se met tout nu – absolument ! – et Rinus aussi, et les voilà qui glissent par-dessus bord et filent vers le *Saint-Georges* sans remuer plus d'eau que des ablettes.

» Bon Dieu, quelle attente ! Ça durait, ça durait... Pas un de nous ne dormit en bas et, au-dessus, Van Maestricht – au bout d'une heure – marchait comme une bête en cage. Quant à Cabiljauw il plumait sa barbe comme un chapon gras un jour de Noël. Van Maestricht avait déjà enlevé ses chausses quand on entendit De Boer et Caroen haleter dans l'eau. Enfin on vit leurs têtes apparaître. Ils avaient eu un peu dur pour revenir, contre-courant, et grelottaient comme des feuilles dans le vent d'automne : allez vous promener tout nus, la nuit, même en août, quand il traîne sur l'eau un sale petit brouillard et qu'un vent froid vous chatouille les reins ! C'est à ce moment-là, j'en suis sûr, que De Boer vit qu'il avait été bien bête de ne pas emporter un rien d'alcool : cela lui aurait fichtrement fait du bien.

» Il paraît que tout était clair à bord du *Saint-Georges.* Même pas un homme de garde. Autant qu'ils avaient pu en juger aux ronflements – sans aller y tâter –, il devait y avoir six ou sept types dans la batterie, le capitaine dans sa cabine et – au carré – trois lieutenants et *bootsmannen* qui jouaient aux dés, mais bâillaient et ne tarderaient pas à dormir comme Jésus en crèche. Tout était donc parfait, mais tout faillit rater car...

» Clara ! un autre *dog-nose...*

Sous les voûtes de la *Ville de Douvres* on entendit Yoens se racler la gorge, faire sauter la lame de son couteau de manœuvre et, délicatement, se couper une nouvelle chique dans sa corde de tabac. L'autre fut crachée sur le plancher, avec un grand naturel. Autour de la table, au milieu du bruit qui bourdonnait dans la taverne, s'était formée une zone de silence. Yoens, narrateur-né, laissa se prolonger l'attente.

– Et alors ? Qu'est-ce qu'il y a eu ?

– Minute. Là... Eh bien ! voilà qu'au moment où on commençait tout doucement à s'assoupir, De Boer se penche sur l'écoutille et crie, à voix basse. Jusqu'alors je ne savais pas qu'on pouvait crier à voix basse, mais maintenant, je le sais :

» – Vite là-dedans ! le moment est venu.

» Pas vrai ! Il faisait encore aussi noir qu'à la minuit et l'aube, comme la marée, était encore à deux petites heures de là. On se bouscule, on grimpe en silence et, à quatre pattes, le nez au ras des bastingages, on comprend. Des lumières s'étaient allumées dans quelques maisons, sur la berge. Juste en face, un tavernier ouvrait sa porte qui grinçait ; on voyait bien la salle, toute prête, à la lumière de la chandelle qu'il avait posée sur une table. Deux marins, parlant à voix haute, étaient arrivés sur le quai, avaient désarrimé une barque et s'avançaient en godillant vers le *Saint-Georges.* On entendait nettement le taquet qui grinçait à chaque coup de rame. Bon Dieu ! Le *Saint-Georges* était encore bien plus près du départ que De Boer ne l'avait supposé. Certainement, il devait lever l'ancre dans la journée. C'était une caisse à laquelle, pour la dorloter, il fallait bien soixante hommes – trente à chaque bordée –, et si l'on tardait encore, on les aurait tous sur le dos. J'en avais chaud, et le Van Maestricht en trépignait. De Boer ? après avoir lancé son alerte, il était redevenu tranquille comme une jarre d'huile et vaquait aux manœuvres sans se presser.

» Le temps de déraper l'ancre et l'on fut sous le tableau du *Saint-Georges.* Heureusement l'échelle de corde que De Boer et Caroen y avaient placée pendait à l'extérieur, côté du large, sans cela nos deux tôt-levés, godillant dans leur barque, s'y fussent cognés le nez droit dessus. Au fur et à mesure que l'on grimpait, Rinus nous soufflait les ordres.

» – Pas de pistolets, sabres et couteaux seulement. Ne frapper que si cela devient impossible de s'en tirer autrement. Dix hommes aux voiles avec Van Maestricht, les autres aux manœuvres : nous allons essayer de déraper rapidement. Pas faire de bruit avec les armes...

» Du bruit ? Une âme de saint montant au paradis eût fait un tapage scandaleux à côté du silence que l'on mit à escalader le bastingage. On aborde à la poupe. Les deux Anglais, discutant toujours, étaient à l'avant ; et me voilà diantrement ennuyé car De Boer m'avait dit :

» – Toi, Yoens, à la proue. Quand je sifflerai, tranche les amarres au sabre. Prends Caroen avec toi, il te doublera à dix toises au cas où il t'arriverait quelque chose.

» Le petit, voyez-vous, a toujours un mot aimable pour vous encourager ; il avait pensé à tout, même à ma mort. Il avait jeté son bonnet sur le pont du *Op hoop van Zege* avant de grimper à l'échelle et, sous sa tignasse bouclée, je voyais son visage aussi calme que le mien à cet instant, en buvant ce verre.

» A votre santé !

» Bon. Je m'en vais donc à l'avant, le plus naturellement

du monde, pendant que Van Maestricht et les autres disparaissaient en silence dans la mâture pour dénouer les jarretières. Et, le croyez-vous, je passe à frôler mes deux paroissiens, sans qu'ils s'en soucient. Même que j'étais bougrement embêté avec mon sabre que je m'étais collé sous l'aisselle et qui me gênait, tout le long du corps, jusqu'à la cuisse. Ils me disent quelque chose en passant et je dis : « Heu! » ce qui est d'une langue qui vaut pour tous les pays du monde. Après... eh bien! après... Cabiljauw vous dira que l'éveil fut donné parce que j'ai cogné mon sabre contre le cabestan, mais moi, Jan Yoens, je jure que c'est certainement à cause de l'odeur des harengs. De toute manière, hareng ou sabre, voilà un de mes phénomènes qui dresse l'oreille, pince le nez d'un air dégoûté et me crie quelque chose que je fais semblant de ne pas entendre. Je ne marche pas plus vite, oh! non, mais j'avais les poils du dos tout droit dressés en entendant le type, derrière moi, tourner les talons en baragouinant encore quelque chose.

» Comme je ne réponds toujours pas, le voilà qui arrive, me regarde sous le nez et tout à coup m'empoigne au col en braillant comme un âne. Je ne sais pas ce qu'il a dit, mais ce devait être quelque chose, en anglais, comme : « Qu'est-ce que tu f... ici? » Et il me secoue tellement que, ma foi, je dois empoigner mon sabre pour qu'il ne tombe pas par terre. En voyant le joujou, le type ouvre des yeux comme des sabords, puis la bouche... Il allait mettre la révolution dans le paysage! Qu'auriez-vous fait à ma place? Il est tombé sans avoir eu le temps de dire : « Amen! » Même que j'ai eu toutes les peines du monde à lui tirer mon sabre du ventre.

» Cela devait finir comme cela. Avant que l'autre, curieux comme tout, arrive au galop pour voir ce qui se passe, voilà mon Caroen qui jaillit de l'ombre et lui tombe grand-largue sur la carapace. Miséricorde! Ces jeunes ne savent pas y faire. Avant de tomber, l'Anglais a le temps de faire un tel tapage que toute la rive s'illumine en un clin d'œil. On entend dans la batterie de grands bruits de ferraille et une demi-douzaine de démons jaillissent sur le pont, quasiment tout nus, en brandissant férocement des tas d'objets tranchants. Adieu, belle quiétude!

» Maintenant, avec tout ce qui s'allumait de tous les côtés, la torche que le capitaine – en bonnet de nuit – brandissait sur le seuil de sa cabine, on y voyait comme en plein soleil de midi. Sur le rivage bordé de magasins, de chantiers, de maisons tristes, tout cela entassé derrière des amoncellements de goudron, de chanvre, de cordages et de bois flotté, des types se mettent à galoper vers les barques. Heureusement, Sinistre avait tranché toutes les échelles, mais il restait quand même ces fichues amarres qu'on ne pouvait larguer avant que les voiles soient établies, sous peine d'aller casser pas mal de bois dans la flotte d'aval; et les bougres commençaient à sauter dessus comme des singes, pour venir à la rescousse. Les premiers qui arrivèrent au ras du bastingage reçurent un très joli coup de plat de sabre sur la tête et tombèrent à l'eau avec un beau « floc! » tout rond. Pourquoi de plat de sabre? Pour moi, Sinistre avait peur d'abîmer le fil de sa lame sur ces têtes dures d'Anglais.

» Tout de même, il y en a quelques-uns qui arrivent à prendre pied, d'autant que l'un d'eux – plus malin – avait été dénicher un grappin qu'il nous lança du côté du large, pour nous prendre à revers. On peut dire tout ce qu'on veut des Anglais, mais, Sainte Mère! ils savent se battre sur un bateau. J'en avais plein les mains! Et les autres qui là-haut, dans la mâture, s'arrachaient les ongles à larguer les voiles. Vivement qu'ils descendent! on avait besoin d'eux pour y voir clair.

» Je commençais à m'exciter sérieusement quand De Boer se met à siffler comme on crie : « Au feu! » J'étais occupé à m'expliquer attentivement avec un de ces types tout nus qui paraissait m'en vouloir à mort. Il était roux et velu comme un singe et, tout compte fait, il aurait fait un très vilain cadavre. Mais moi, sur le coup, je n'y pense plus : consigne avant tout! Je vire lof pour lof et me mets à galoper grand-largue vers l'avant, avec l'autre imbécile qui me trottait aux fesses en hurlant, croyant que j'avais pris peur. Il paraît que

Thomas Meade l'a arrêté au vol et lui a demandé très courtoisement pourquoi il courait si vite – et avec tant de noires pensées – derrière un de ses amis. Je ne sais pas ce qu'ils ont pu se raconter, j'étais trop pressé. J'ai abordé les amarres en plein élan et crac! en deux coups, les ai tranchées jusqu'au dernier toron. Et même en mordant un peu dans le bastingage. J'ai toujours bien soigné mon sabre.

» En même temps que le bateau commence à bouger, ceux de la mâture dégringolent sur le pont comme poires blettes au vent d'orage. Il était temps. Juste ciel! comme Van Maestricht sait bien se battre! Cabiljauw n'est pas mal du tout non plus, et De Boer – avec ses airs placides – vous découd proprement son homme aussi rapidement qu'on déchire ses chausses à un clou, et cela sans piper, sans un mot, sans un cri, avec le même sérieux qu'il met à faire une belle épissure. Mais Van Maestricht... un ouragan! Il ne se bat pas avec un sabre contre des hommes, mais contre des mouches avec une serviette. Le temps de réciter un *Ave* et le pont était quasi vide. Ceux qui restaient, capitaine y compris, il les empoignait par la ceinture – ou par la peau du dos quand ils étaient nus – et les envoyait par-dessus bord. Certains y galopèrent d'eux-mêmes et sautèrent dans l'eau avec entrain, sans se faire aider. On aurait dit des grenouilles qui, de la berge, bondissent dans un étang à l'approche d'un chien.

» Le spectacle était joli et très pittoresque, mais je ne jurerais pas que tous ceux qui étaient sur la rive l'appréciaient à sa juste valeur. Ils sautaient sur place que c'en était comique à voir et nous jetaient à la tête des tas de choses abominables. Et ce fut bien pis quand Sinistre, afin que nul n'en ignore, leur déploya sous le nez notre pavillon jaune au lion noir. S'il y avait des apoplectiques parmi la population, ils durent en trépasser raides de saisissement. Je ne sais pas l'anglais, mais je parierais ma chique que ce qu'ils nous envoyaient n'étaient pas des bénédictions. Pendant ce temps-là, d'autres, plus malins, avaient galopé vers l'aval et, dans le petit jour qui commençait à poindre, on les voyait s'affairer sur des rafiaux dont les voiles commençaient à prendre l'air. Et plus bas, il y avait un *bootsman* sur un vaisseau de guerre, qui sifflait comme un merle au printemps. En plein guêpier! Il ne fallait pas perdre de temps.

» De Boer avait bien choisi. Le *Saint-Georges* est un brave et courageux bateau, plein de vivacité et de bon vouloir. Dès que l'on eut regrimpé pour hisser les hautes voiles, il commença à prendre le mors aux dents, et les berges de la Tamise défilèrent à grande allure. Tout au long du rivage les gens galopaient en nous montrant le poing, ce qui était insuffisant pour nous arrêter. Bientôt, tout essoufflés, ils cessèrent la poursuite. Ça, ce n'était pas dangereux. Ce qui l'était plus, c'est qu'en approchant du bateau de guerre, on entendit un grand tapage de coups d'anspects cognant les sabords, lesquels culbutaient les uns après les autres. Diable! s'il nous lâchait une bordée au passage, nous montions tout droit au ciel, dans un beau nuage de poudre. En fait, c'est ce qui faillit se produire, mais le *Saint-Georges* allait déjà trop vite; avant qu'ils aient eu le temps de charger et d'allumer les mèches, on leur défilait sous le nez. Toutefois le dernier canon de la bordée nous expédia un boulet qui passa en ronronnant à moins d'une toise du château arrière, où se trouvait De Boer. Je l'ai bien vu à ce moment-là, le petit: il n'a pas bougé un seul cil.

» C'était tout? ah ouiche! Un peu plus bas, une frégate, dérapant en vitesse sur ses ancres, nous prend en chasse. Celle-là n'avait pas pensé à débloquer ses sabords, ce qui fut heureux pour nous mais lui permit de gagner du temps et de nous mener la vie dure, à cinquante toises derrière nous. En même temps un cavalier sortit de la ville et se mit à galoper l'enfer sur le chemin de halage. Il avait l'uniforme bleu du roi et sa queue de rat tout horizontale derrière son tricorne, tellement il allait vite. Si celui-là arrivait avant nous au fort de Sherness, on nous servirait au passage un beau feu d'artifice. Et alors, ce serait kermesse. Tout le monde se grattait le crâne, sauf De Boer, qui avait disparu. Le cavalier gagnait sur nous, filant comme le vent. Bientôt il fut à notre hauteur et il allait nous dépasser quand le petit, qui s'était faufilé au bon endroit, lui lâcha en plein un coup de canon chargé à mitraille. Quand le nuage se dissipa, pas plus de cavalier que sur cette table!

» Dommage : le cheval était beau.

» Derrière le *Saint-Georges,* la vue était admirable : il y avait des voiles au vent jusqu'à deux coudes au-delà vers l'amont, toutes nous galopant aux chausses avec le plus bel entrain. On aurait dit un cortège de noce, le jour d'un grand mariage, à la sortie de l'église Saint-Martin. Le coup d'œil était superbe avec, en tête de la procession, la frégate de pointe qui ne voulait pas nous lâcher. Ces Anglais sont têtus, et tenaces comme des sangsues. Celui-là nous colla au sillage jusqu'à l'approche des Maplin Sands, sans perdre un pouce, mais sans en gagner un non plus : le vent ne serrait pas assez pour lui donner l'avantage. On croyait qu'il nous suivrait comme cela jusqu'à Ostende, et nous pensions faire deux prises au lieu d'une, quand – à la fin – il dut y avoir quelque chose : sa voile de flèche craqua et dégringola en désordre sur le pont. Ouf!

» Et les Anglais qui beuglaient! Qui a dit qu'ils sont flegmatiques?

» C'est alors que Sinistre eut un geste historique, oui messieurs. Savez-vous ce qu'il fit? Non? Eh bien! il monta sur le château arrière, baissa ses chausses et là, comme l'aurore se levait, s'assit sur le bastingage et – aux premiers feux du soleil – leur montra son derrière.

» Parfaitement.

» Clara! un autre *dog-nose;* et une paire de harengs fumés...

XXII

Ainsi naquirent les *Compagnons du Hareng* qui restèrent célèbres dans l'histoire d'Ostende plus d'un siècle après leur premier exploit. Car, bien entendu, ils ne s'en tinrent point là; après l'affaire de la Tamise, durant quatre saisons, avec un constant bonheur, ils écumèrent tous les ports et l'embouchure de tous les fleuves de la Manche et de la mer du Nord. Si habitué que fût ce peuple aux coups d'audace, les gens s'effaraient, et même Potterbuick, qui voyait pâlir son prestige de risque-tout. Quand De Boer, s'étant embossé à l'entrée de l'Elbe, eut ramené triomphalement un groenlandais chargé de onze baleines, ce fut une levée de bras :

– C'est de la folie pure!

Exclamations auxquelles Rinus répondit en ouvrant des yeux surpris.

– Mais non, c'est tout simple, et bien moins dangereux que vous ne le croyez.

Ne comprenant pas l'importance que l'on attachait à ses exploits, il s'étonnait, gêné de la popularité devenue sienne et haussait les épaules – presque rougissant – quand on louait son audace. Avec Frans, quand ils étaient seuls, il se grattait la tête.

– Non mais, qu'est-ce qu'ils s'imaginent? Que je tente ces coups-là pour le plaisir de me faire tuer? Plus souvent! Ils n'ont pas encore compris qu'avec mon système je cours beaucoup moins de risques qu'eux tous : ils ne se rendent pas compte que, dans le fond, je suis plus prudent qu'eux. Ne ris pas ainsi comme un imbécile! Oui, au-delà d'une certaine mesure, l'audace – comme ils disent – devient prudence. Qui se méfie de notre petit rafiau quand nous faisons semblant de pêcher bien sagement? Ils sont abordés et pris avant d'avoir eu le temps de prendre une arme, et encore moins d'ouvrir leurs sabords. Toi, avec ton *Karel den II* et tes quatre-vingts canons, tu te fais repérer à deux lieues de distance et quand tu arrives, tout est paré pour te recevoir et te saler les côtes à boulets rouges. Moi, cela ne m'arrive jamais. Donc, tu cours plus de risques que moi.

Van Maestricht n'était nullement convaincu par la subtilité du sophisme. Il y avait beaucoup de vérité, pourtant, dans la théorie que défendait Rinus. En fait, de tous les corsaires, les *Compagnons du Hareng* étaient ceux qui, avec le moins de pertes, remportaient les plus beaux succès. Avec l'expérience, De Boer avait amélioré sa tactique et maintenant n'hésitait point à attaquer en plein jour. Il était devenu maître dans l'art des fausses manœuvres simulées, des erreurs de commandement préméditées, des abordages intentionnels qui – sous le couvert d'une faute de navigation – écrasaient avec précision son rafiau sur le flanc d'une prise convoitée. Les abordés, furieux, en étaient encore à insulter les maladroits qui les avaient accostés qu'ils se trouvaient brusquement face à face avec vingt-cinq diables braillards et puant le poisson, jaillis tous par miracle des tréfonds d'une barque, l'instant d'avant encore inoffensive.

– Un jeu! souriait Rinus.

Une sensible amélioration fut apportée aux multiples *Op hoop van Zege* dont De Boer se servit durant quatre saisons : avant chaque départ, dans la cale à poissons s'engouffrait une tonne de paille sur laquelle, des jours durant, ronflait l'équipage de fond en attente. Leur confort y avait gagné, mais l'odeur du hareng était toujours aussi tenace et c'est sans regret qu'à chaque coup de main De Boer abandonnait aux vagues le rafiau empesté. Mais s'il dédaignait le bateau, il était fidèle au nom et, dans l'espace de quarante-cinq mois, pas moins de seize *Op hoop van Zege* de tous les formats furent trouvés flottant à la dérive, de la Tamise à l'entrée du Cattegat.

Tout cela n'allait point sans quelques mésaventures. Il advenait parfois qu'attiré par cette chétive proie, un corsaire famélique se précipitât pour se trouver soudain aux prises avec vingt gars au poil hirsute, à la chevelure emmêlée de paille, armés jusqu'aux dents et goguenards.

– Vous voulez des z'harengs?

L'assaillant, mortifié, dédaignait cette proie trop coriace et virait de bord pendant que les rires éclataient sur le pont du *haringbuis*.

Bande magnifique et superbe époque, dont De Boer, des années plus tard, ne pouvait se souvenir sans que lui naquissent au coin des yeux des plis de gaieté : Caroen, maigre comme une arête, plus à l'aise dans l'eau que sur la terre ferme; Thomas Meade, flegmatique, dont les vieux chants gallois faisaient le soir naître la mélancolie sur le pont ; Fons Boubereel, à l'agilité de singe, toujours le premier à monter à l'assaut, farceur épique qui un jour grimpa à l'abordage empêtré d'une jupe, d'un corsage rebondi de paille et d'une perruque en bataille plantée de guingois sur sa face hilare. Et Sinistre ! Sinistre, blague à froid impayable, pince-sans-rire sérieux comme un castor, dont la bouche, étroite et longue comme l'entrée du tronc de saint Pierre, s'ouvrait dans une ahurissante tête chevaline flanquée d'oreilles invraisemblables, en anses de pinte. Sinistre, mécréant convaincu que de soudaines inquiétudes envoyaient à la messe des trois jours à l'affilée, et qui grattait alors à la porte du confessionnal en se donnant de grands coups de poings dans le sternum. Il s'enveloppait toujours d'un énorme signe de croix avant chaque abordage.

– On ne sait jamais. Je n'y crois pas, mais je préfère prendre des garanties...

Piété édifiante qui lui valut, quarante ans plus tard, d'être l'un des seuls survivants de la bande et de terminer ses jours dans son lit, muni de l'assurance formelle de tous les sacrements.

Cabiljauw resté définitivement à terre après l'exploit de la Tamise (« Merci ! ce n'est plus de mon âge, j'attraperais des rhumatismes... »), la moyenne d'âge des compagnons ne dépassait pas vingt-deux ans. Et encore se vieillissaient-ils. Tous aimant les foulards hardis, les filles par curiosité, la boisson par goût, le jeu par inclination et, avec passion, la bataille. Brûlant tous l'argent avec prodigalité, menant grand tapage et, suivis de tous les chats miaulants du port, traînant avec fierté l'odeur à laquelle ils devaient leur titre. Par leur veine insolente et le nom de leur bateau méritant bien le titre de *Compagnons de la Grâce de Dieu*, mais préférant de loin celui de *Compagnons du Hareng*. Cela sonnait mieux et, comme disait Sinistre : « A vue de nez, cela ne se discute pas... »

Au cours de la troisième année, Rinus, s'enhardissant, fit une entrée titubante dans la fosse de Mardyck, esquissa une manœuvre déplorable au cours de laquelle la voile du *Op hoop van Zege* fit chapelle et – sur la dérive de la marée – aborda dans le plus grand affolement une flûte française prête à sortir du port. Et là, à moins d'une encablure des quais de Dunkerque, sous le nez des rivaux de toujours, enleva le bâtiment, arbora calmement le pavillon de Flandre sur la prise et s'en alla avec la plus belle insouciance. Après quoi, sa popularité ayant atteint un niveau considérable, De Boer essaya de laisser pousser sa barbe. On dit qu'il y parvint presque, mais trois ans plus tard seulement.

Pendant ce temps Van Maestricht écumait la mer, des côtes espagnoles à celles de Hollande. Moins d'un an après sa prise de commandement du *Karel den II*, il avait définitivement imposé ses conceptions particulières du métier de convoyeur.

– Défendre seulement le convoi? Pas du tout! Le meilleur moyen de se défendre c'est d'attaquer, et chaque bateau que je prends est un de moins qui nous turlupinera au prochain voyage.

Et d'en faire la démonstration explosive, avec un sens inné de la mer, une telle furia, un entrain si redoutable que rien ne lui résistait. Partout où il y avait des coups à donner et à recevoir, on le voyait accourir, bouillonnant, précédé de son rire magnifique, se battant avec une véhémence communicative. Quand leurs routes se croisaient, à Ostende, le convoyeur et le corsaire s'abordaient, faussement soucieux, se tâtaient les membres :

– Pas encore mort? Ça ne va pas durer... faisait Rinus.

– A ta place, je commencerais à laisser filer un peu d'écoute : cela va mal tourner pour ta belle petite peau. Tu ferais un cadavre affreux, rétorquait Frans.

C'était chose touchante, et un peu ridicule, de voir ces deux incorrigibles, le frénétique et le calme, se donner mutuellement des conseils de prudence avec des paroles rudes, des mots crus sous lesquels transparaissait une affectueuse sollicitude. Puis, ensemble, ils couraient aux filles.

Avec sa belle tête d'aventurier, son humeur inaltérable, sa faconde, son rire et toute la jeune réputation qu'il traînait derrière lui, Van Maestricht leur tournait la tête. Elles l'entouraient, rieuses, fascinées, dans une ignorance vexante de Marinus qui se tenait un peu à l'écart, l'œil amusé : « Un hareng ? fi donc ! » Le moment venait pourtant où, étourdies encore, elles se tournaient par hasard vers ce grand garçon silencieux, aux larges épaules, dont le front volontaire s'ombrageait de boucles en désordre, cendrées, presque féminines. Et Rinus souriait, d'un lent sourire qui persistait encore dans ses yeux bien longtemps après que son visage avait repris son sérieux. Ce sourire ! Elles détournaient la tête, troublées, puis revenaient, attirées vers cette carrure rassurante, le calme de cette voix apaisante; vers tout ce que révélaient de stable, de solide, les gestes lents, la bonté d'un regard paisible. Et, partagées, balançant entre le rire et la gravité, regardant tour à tour Frans et Rinus, divisées – choix éternel – entre l'Amant et le Mari.

L'Amant l'emportait souvent. Le Mari ne se laissait jamais prendre plus d'une semaine. Et tous deux, Van Maestricht et De Boer, riaient, délivrés, quand ils se retrouvaient seuls.

Un jour, à l'un de ses retours, De Boer pénétra dans un port curieusement désert. Aucune âme sur les remparts, du côté du large. Toute la ville avait flué sur les chemins de ronde, vers les terres. Jan Yoens trépignait sur l'appontement.

– Vite ! je vous guette depuis ce matin : il y a Van Maestricht qui canonne les Français.

– Vingt dieux ! Dépêchez, là-dedans ! cria Rinus, alerté.

A intervalles réguliers, poussés par le vent au-dessus du silence du port, parvenaient de lointains grondements. C'était l'époque où les armées de Louis XIV marchaient sur la Flandre. A peine la dernière amarre placée, sans prendre la peine de changer de vêtements, De Boer sauta sur le quai, suivi au galop par tous les *Compagnons du Hareng*. Raflant au vol une carriole démantibulée, montant des rosses épiques, harponnant au passage un Jeanfroid subjugué, ils forcèrent à grands cris les portes de l'enceinte et disparurent dans un nuage de poussière. Les rênes en main, cahoté, Rinus fouettait sans ménagement les bêtes.

– Combien de temps que cela dure?

– Avant-hier.

– Pas de casse?

– Sais pas.

Puis, après un silence, le Jeanfroid, timidement :

– Crois-tu que vous aurez besoin de moi?

– Va-t'en au diable, et saute en bas si tu n'as pas envie de venir.

Avec le léger vent d'est leur parvenait, plus précise à chaque tour de roue, l'odeur familière de la poudre. Enfin, à un coude du canal de Bruges, ils découvrirent le *Karel den II* embossé, vomissant de tous ses sabords, merveilleusement entouré de fumée. Et, là-haut, sur le château arrière Frans Van Maestricht, intact, hilare, dépoitraillé et gueulant.

– Qu'est-ce que vous venez foutre ici?

Ce qu'ils venaient foutre? De Boer n'en savait pardieu rien. Jetés à l'eau au milieu des balles sifflantes, repêchés gigotants au bout de filins lancés à la hâte, les *Harengs* restèrent tout un jour sur le pont, injuriant l'espace de façon homérique, parfaitement inutiles et parfaitement heureux jusqu'au moment où – les habits bleus ayant disparu dans la plaine – Van Maestricht s'inquiéta.

– Où est le Jeanfroid?

Lequel fut découvert dans la soute aux vivres, assez joliment ivre, bien tassé à l'abri derrière un rempart de boîtes d'endaubage et serrant sur son sein endormi un jambon dévoré plus qu'à moitié. La crainte, chez lui, ne tuait jamais l'appétit.

Frans Van Maestricht, à la suite de cet exploit, reçut l'année suivante – de Charles II – le droit de porter épée, et une médaille d'or au verso de laquelle flambait cette devise : *Altijd overwinnaer en noyt overwonnen*, ce qui le plongea dans des abîmes de réflexion.

– « Toujours vainqueur et jamais vaincu... » Qu'est-ce qu'il veut dire, avec cela? Il s'agit de s'entendre : si je suis toujours vainqueur, je ne suis évidemment jamais vaincu, cela coule de source, clair comme jus de chique. C'est un pléonasme.

Même quand ils sont rois, ces bougres d'Espagnols ne savent décidément pas manier la langue flamande.

Sur quoi, sa médaille fourrée en poche et l'épée d'honneur lui battant le mollet, il célébra l'événement avec une pompe grandiose jusqu'au soir du troisième jour où – manquant chuter au sortir d'une taverne – il se mit en rage (« Je vais me casser la figure avec cette satanée lardoire ! ») et courut l'accrocher chez lui, entre une bassinoire de cuivre à long manche et une image pieuse. Elle s'y trouvait encore, trente ans plus tard, flanquée d'une prosaïque casserole achetée dans l'intervalle.

Ce fut la dernière année des *Compagnons du Hareng.* La ruse avait fait son temps. Désormais alertés, les bateaux ennemis gardaient méfiance à l'entrée même de leurs ports, prêts à ouvrir le feu sur la moindre barque suspecte. Quelques mois encore, Rinus battit les côtes, jetant l'ancre au hasard, laissant se prolonger cette période qui, il le sentait, serait la plus heureuse de sa vie. Il était son maître, totalement, comme jamais il ne le serait plus quand, propriétaire d'un bateau auquel il s'attacherait, il en serait toujours un peu l'esclave. Jamais, même à bord du plus beau navire, il ne retrouverait cette impression de liberté absolue que connaît l'homme à bord d'une coque minuscule balancée sur l'immensité des vagues.

Sans raison, à bord de son rafiau démuni de canon, il renouvela l'exploit de ses ancêtres *Fir-Bolgs,* poussa jusqu'au Groenland, rançonna quelques baleiniers et revint en élongeant les côtes écossaises. Et là, sur le retour, il redécouvrit cette petite crique du Fife Ness où, quatorze ans plus tôt, il avait abordé avec le Breton, après deux jours de tempête.

Elle était restée semblable à ce qu'elle était jadis, avec sa courte falaise brune, la rumeur éternelle des vagues roulant sur les galets, ses bois flottés, le rocher à tête de phoque sur lequel Rinus se souvint de l'endroit exact où, jadis, il avait posé le pied.

Il monta vers la crête.

Enveloppée de vents sifflants, la chaumière en ruine était toujours là, solitaire, à l'entrée de la lande déserte. Rien n'y avait changé. Depuis le temps, elle devait avoir atteint ce degré de décrépitude au-delà duquel ni les vents ni les tempêtes ne pouvaient la meurtrir plus encore. Seules les herbes folles avaient grandi – pas trop – dans l'embrasure de ses fenêtres vides. Un oiseau, le même peut-être? vivait toujours au sommet de sa cheminée branlante. En bas, sur la grève, Sinistre allumait un feu, à la place même où le Breton, jadis, avait battu le silex. Il y faisait cuire un crabe, comme alors. Et, comme alors, la nuit tombait.

La nuit. Le vent. Un feu qui s'allume. Le chant de Thomas Meade, invisible, qui monte et s'évanouit sur la lande. Les bruyères qui murmurent et bruissent, un bruit d'aile, le cri d'un pétrel se hâtant dans l'ombre montante. Tout autour, le silence. Avec une acuité fulgurante, qui s'émoussa l'instant d'après, Rinus toucha à l'impénétrable essence de la destinée. Il s'ébroua :

– Plus jamais je ne reviendrai ici.

A Ostende, Van Maestricht l'attendait. Il se pavanait, orgueilleux, et l'entraîna vers un berceau où dormait, ses deux poings serrés, le plus rouge de tous les nouveau-nés du monde.

– Tu sais comment il se nomme?

– Van Maestricht... j'espère.

– C'est malin! Je te présente Philippe, comme mon père, François, comme moi et...

– Et quoi encore?

– Et Marinus, comme toi. Tu es parrain, mon vieux! Va te décrasser de ton odeur de hareng ou Gréta va s'évanouir. Et viens à la cérémonie.

Pendant que le prêtre ondoyait l'enfant vagissant, De Boer pensa aux paroles qu'un soir Cabiljauw lui avait dites. Le mariage, tout neuf encore, n'avait point calmé Frans. Père de famille maintenant, son compagnon s'assagirait-il? Deviendrait-il prudent, réfléchi?

– Eh bien, à quoi penses-tu?

L'esprit ailleurs, Rinus passa au cou de l'enfant une petite chaînette d'or à laquelle pendait une médaille sainte.

– Que Dieu le protège. Qu'il soit franc et courageux comme son père.

– Courageux? Tu verras cela. Je te le ferai trotter à l'abordage à coups de pied au derrière. Absolument!

Il n'eut jamais l'occasion de le faire. A l'aube de la saison suivante, assailli par sept dunkerquois sur lesquels il s'était rué, François Van Maestricht succomba. Au retour d'une croisière creuse pendant laquelle les pressentiments l'avaient assailli, De Boer apprit qu'il avait été jeté, blessé et vivant encore, par-dessus bord de son *Karel den II.* La dernière fois qu'il revint en surface, ce fut pour crier, faiblement, un ultime défi.

– On se retrouvera...

XXIII

Vers la fin de l'après-midi, la kermesse redoublant de vigueur, Marinus De Boer s'écarta dans une ruelle voisine et sans façon aucune s'assit à l'ombre, sur la troisième et dernière marche d'un étroit perron. Il commença par s'éponger le front, puis le cou, dégrafa le col de sa chemise et enfin, après un coup d'œil circulaire, se déchaussa. Tout aussitôt s'effaça le pli soucieux qui, l'instant d'avant, barrait encore son front.

– Sacrés brodequins!

Il leur jeta un regard haineux. C'était une superbe paire de chaussures à semelles épaisses, aux bouts presque carrés, cirées à ravir sous leur large boucle d'argent, d'apparence résolument confortable mais – tout aussi visiblement – neuves comme il n'est presque pas permis de l'être à une paire d'honnêtes souliers. Posées de guinguois sur les pavés ronds, elles offraient, délaissées, l'aspect vexé des choses trop luxueuses dédaignées par un propriétaire ignorant.

Rinus se sentit un peu coupable à leur endroit.

Les bruits de l'orchestre lui parvenaient, atténués, mêlés aux cris des bateleurs, aux appels des forains, aux farces des histrions que suivaient chaque fois des rafales de rires. A quelques toises du Marché-aux-Bœufs, de la liesse bruyante de toute une ville en fête, du soleil d'août qui s'écrasait sur la place, il faisait ombreux et calme dans la petite rue silencieuse. Un vent léger glissait, dont la fraîcheur était une félicité pour les pieds endoloris du capitaine Marinus De Boer. Celui-ci soupira d'aise, allongea les jambes et jura sourdement, indigné.

– Crénom ! ça, c'est le comble.

A l'extrémité du bas bien tiré, dont le fil lui moulait parfaitement le mollet, son orteil gauche surgissait d'une façon choquante, et tout à fait inattendue. Par la fenêtre des mailles usées, il passait, curieux, bronzé, noirci par le soleil, impudent mais – tout compte fait – l'air très peu à son aise. Sans conteste, c'était là un orteil peu habitué au voisinage d'un aussi noble bas. Il s'agita, inquiet. Rinus le considéra d'un air réprobateur, mais sans efficacité aucune : malgré l'indignation du regard, les mailles ne se refermèrent point sur le drôle. L'orteil resta là, sidéré, immobile, mais triomphant dans sa totale impudeur. Après quoi, joyeux, il se remit à folâtrer dans le vent et il n'est pas exclu de penser que Rinus, conquis, ne prît un certain plaisir à le voir s'agiter pour élargir l'ouverture de sa prison.

Deux Espagnols de la garnison passèrent, se tenant par le bras, à pas nonchalants. Et, passant, ils sourirent. Rinus leur jeta un regard furieux. Ils s'éloignèrent sans tourner la tête, et Rinus en revint à sa préoccupation.

Voilà qui était ennuyeux. Raisonnablement, avec son beau costume tout neuf, il ne pouvait penser rejoindre le bal en marchant sur ses bas. Quant à remettre ses brodequins, Dieu garde ! Ses yeux, avec une réprobation égale, allèrent des chaussures à son orteil. La complexité du problème le fatiguait. Un nouveau souci vint le lanciner : pourvu qu'on ne le voie pas ! Physiquement, avec un seul doigt de pied à l'air, il avait le sentiment de se trouver tout nu.

C'est alors, confusément, qu'il se sentit observé. Inquiet, il leva les yeux et du premier coup tomba sur *le* regard.

Juste en face, à une fenêtre, un visage inconnu le considérait avec la plus grave attention. Autant qu'il était possible d'en juger dans l'ombre qui estompait les vitres, c'était celui d'une jeune fille et, ma foi, d'une jeune fille assez quelconque. Sous les tresses d'un blond pâle qui formaient couronne, les traits apparaissaient assez fins, des yeux aimables encadraient un nez minuscule et passablement insignifiant, et les lèvres... Eh bien! les lèvres, sa vie en eût-elle dépendu, Rinus n'aurait pu les décrire encore une minute plus tard. En somme, rien qui justifiât chez un homme le réflexe inconscient de tirer sur son justaucorps et de bomber légèrement le torse tout en se présentant sous son profil avantageux.

Néanmoins, surpris, l'orteil de Rinus s'immobilisa.

Il se passa ainsi dix bonnes secondes pendant lesquelles le garçon et la jeune fille s'entre-regardèrent, également surpris, tels un chien et un chat folâtrant sans penser à mal et tombant soudain nez à nez au détour d'une ruelle. De Boer, que cette situation insolite commençait à rendre furieux, grommela :

– Qu'est-ce qu'elle me veut, celle-là?

Et soudain, elle sourit. Un sourire preste, rapide comme la fuite d'une souris, d'une rapidité prodigieuse. Une fraction de seconde le visage maigre se creusa de fossettes, les pointes des sourcils se levèrent vers les tempes avec une mobilité stupéfiante et Rinus, éberlué, resta sur la vision d'une double rangée de dents saines, d'une blancheur éclatante. Puis tout disparut derrière le rideau de basin brusquement rabattu.

L'orteil de Rinus s'agita furieusement.

– Hé mais... elle n'est pas mal du tout, cette fille-là!

Intéressé, il guetta (vainement) le rideau de basin.

... Jusqu'au moment où il se dressa, empoigna ses brodequins, mit le pied droit dans le gauche, s'empêtra, jura avec une mâle ardeur et courut d'une haleine jusqu'au coin de la rue; juste à temps pour voir celle qu'il nommait maintenant « l'apparition » entamer une danse.

Elle ne dansait ni plus mal ni mieux que beaucoup de filles qu'entraînait alors le vieux Capiau, aux accents de sa vielle. Avec un sérieux que démentait parfois la mobilité de son regard, elle tournait aux bras du fils de l'armateur Wolbrantz. Rinus, déçu, retrouva son impression première, avant le sourire : l'apparition était assez insignifiante. Tout au plus les cheveux qui lui avaient semblé pâles dans l'ombre de la fenêtre apparaissaient maintenant, sous le soleil, d'une couleur plus chaude. Mais des chevelures semblables, il en existait dix au moins qui tournaient sur le pavé du Marché-aux-Bœufs. De Boer se gratta la tête, cherchant à mettre un nom sur cette silhouette inconnue.

– Je n'ai jamais vu ce numéro-là. Pourtant, Ostende n'est pas si grande.

Il se mit à la recherche de Yoens qu'il trouva attablé, près de l'orchestre. Le bavard leva à peine les yeux pour répondre.

– Ça? (Rinus l'eût giflé pour ce « ça ») c'est la petite Maria Skykele, de Lisseweghe. Elle est venue chez sa tante pour les fêtes de la mer. Elle t'intéresse?

– Non, pas du tout. Ou, enfin, pas tellement. Ou plutôt... au diable Jan Yoens!

Comme la danse finissait, De Boer s'approcha de la jeune fille. Trois minutes plus tard il évoluait, la tenant dans ses bras. Rinus n'avait jamais été un faiseur de ronds de jambe; il fut surpris de l'aisance avec laquelle il évoluait soudain : « Tiens, je fais des progrès », et s'en attribua tout le mérite. Un temps passa ainsi durant lequel il apprécia pour la première fois le simple fait de ne pas poser ses pieds à contretemps, à côté des notes. A grand fracas, il fut précipité du piédestal qu'il venait de s'ériger.

– Tiens, mais c'est curieux : vous ne sentez pas le hareng!

– Hein?

– Oui, on m'avait dit que vous empestiez le poisson, et même que vous en étiez fier.

Et comme il se raidissait.

– C'est bien vous Marinus De Boer, le capitaine des *Compagnons du Hareng*, n'est-ce pas ? Oui ? Eh bien ! mais on dirait que vous sentez (elle renifla en plissant le nez, et ce fut délicieux)... que vous sentez plutôt la pipe.

– Qui vous a dit que je sentais le hareng ?

– Jan Wolbrantz, tout à l'heure.

Wolbrantz ! ce coquebin. Rinus se sent devenir furieux et attaque les pas suivants avec une vélocité que n'impose nullement la mesure. Lui, De Boer, sentir le hareng ? Depuis quatre ans bientôt il a *son* bateau, le *Op hoop van Zege*, vingt-deuxième du nom, frégate de quatre-vingts tonneaux et seize canons, et qui ne sent fichtre pas le hareng. Finie, cette époque. Non mais, que croyait-elle ? Il était un vrai corsaire maintenant, aussi riche et possédant un aussi beau bateau que bien d'autres. Tonnerre !

– Attention, vous bousculez tout le monde. Si vous continuez à galoper comme cela, avant un quart d'heure nous serons à Nieuport. Alors, vous ne m'avez pas répondu : vous ne pêchez plus le hareng ?

Éperonné, Rinus trotta. Il avait tout à fait oublié ses brodequins neufs. Au diable les brodequins ! Ma parole, elle se moquait de lui. Jamais une fille ne lui avait parlé avec une telle insolence. A la dérobée, il la regardait. Elle avait la pointe des sourcils et les coins de la bouche curieusement relevés, une lèvre supérieure un peu trop courte qui laissait toujours découvert le bout de deux petites dents et – enfin – un diable de nez qui était le moins sérieux du monde. Parfois, aux ailes, il se plissait comme le museau d'un jeune épagneul joyeux et... Certes ! elle devait se gausser de lui. Les pieds de Rinus recommençaient à lui faire mal, et ce sacré orchestre qui ne s'arrêtait pas ! Jusqu'à la fin il resta muet, renfrogné ; c'était, bien sûr, la première et la dernière danse qu'il ferait avec elle.

Puis, comme ils se séparaient.

– Merci, dit-elle, vous dansez vraiment bien.

Ce qui était un affreux mensonge, mais accompagné d'un sourire foudroyant, éteint aussitôt qu'allumé, fugitif et profond, qui laissa De Boer pantois. Tout aussitôt il en oublia ses pieds.

– La prochaine?

– Non, je l'ai promise à Jan Wolbrantz. La suivante, si vous voulez?

Rinus se retira, maussade. Dix minutes plus tard il dansait à nouveau, joyeux, et se tourmentait pour trouver quelque chose à dire : « Si je parvenais à la faire sourire encore! » Donc, quelque chose d'amusant, de spirituel.

– Vous savez, je ne pêche plus le hareng, c'est trop fatigant.

– Ah! Et qu'est-ce que vous faites? Du tricot?

– Non : je chasse la baleine.

– La baleine, juste ciel! Et comment cela?

– Avec du sel sur la queue, naturellement. C'est facile : le sel la démange, elle se retourne et, à ce moment-là, on lui donne un grand coup de rame sur la tête. Et voilà!

Un cri lui monta du ventre et s'arrêta sur ses lèvres : « Dieu que je suis idiot! Idiot comme un ours qui ferait le beau... » Il ne savait pas, De Boer, qu'aux yeux de certaines gens, un ours qui fait le beau n'a pas l'air stupide; qu'il est même parfois attendrissant. Par trois fois, à des plaisanteries dont, plus tard, le souvenir devait le hérisser par leur bêtise, il reçut sa récompense : un sourire prompt, d'une vivacité stupéfiante mais dont (il le constata) la trace persistait longtemps, imperceptible, sous la lèvre trop courte et dans les plis du petit nez. Les cheveux de Maria lui arrivaient presque à hauteur des yeux et plusieurs fois il se surprit à les renifler, d'un air innocent. Ils sentaient le vent et la campagne. Une image lui vint : « Elle est fraîche comme l'herbe au matin. »

Jusqu'à la nuit close, il dansa plus qu'il ne l'avait fait au cours des vingt-sept années précédentes. Quand Maria eut disparu, il ne trouva vraiment plus aucun intérêt à la kermesse. Il quitta le Marché-aux-Bœufs et, au détour de la première ruelle, enleva ses brodequins. La fraîcheur des pierres sur ses pieds douloureux l'emplit de béatitude. Balançant une chaussure à chaque main, il revint rue du Bout-du-Monde, sifflotant, rêvassant.

– Bon Dieu! elle a un sourire comme un feu d'artifice...

Il est heureux comme un canard sous la pluie et, boitillant, marche tout comme, jusqu'au moment où – sous le coup d'un souvenir – il rentre la tête dans les épaules en grinçant des dents.

– Hou!... cette histoire de baleine, que c'était bête!

– Quelle baleine? interroge Cabiljauw, qui fume sa pipe dans l'ombre du seuil.

Le lendemain, rêveur, De Boer passa un temps considérable devant son miroir. Il avait les gestes onctueux, précis, d'un arboriculteur cherchant à donner l'apparence d'un coq de girouette à un buis. Cette barbe, décidément, était trop chaude pour la saison. Le rasoir en main, à touches légères, il se dégagea les joues, ne fut pas satisfait, fit disparaître ses favoris, garda un seul collier, se coupa, jura et se retrouva soudain devant la glace, méconnaissable.

– Bon Dieu! qu'est-ce que j'ai fait?

Son collier, lui aussi, avait disparu. Son miroir lui renvoyait l'image d'une tête ensavonnée et un peu sanglante, veuve de tout poil; un visage abrupt d'homme aux pommettes saillantes sous des yeux profonds, à la mâchoire volontaire et terriblement virile.

– Eh bien, me voilà tout nu!

Impression gênante qui devint tout à fait insupportable quand, débouchant de la rue du Bout-du-Monde, il se heurta à Maria Skykele. Elle ouvrit des yeux immenses.

– Seigneur! qu'est-ce que vous avez fait? Vous vous êtes battu?

– Quoi? fit Rinus sur le ton de : « Qu'est-ce qu'il va m'arriver? »

– Votre barbe?

Instinctivement la main de De Boer remonta vers ses joues et caressa désespérément le vide.

– Heu... ma barbe?

– C'est bien ce qu'il me semblait : on a dû vous l'arracher. Je savais qu'elle était postiche...

– Postiche ?

Un silence.

– Vous êtes bien mieux ainsi. Au revoir !

Et elle disparut, preste, après un merveilleux sourire.

Rinus repartit du pied gauche, traînant à ses chausses une queue de paon virtuelle de cinq toises au moins.

Ils se revirent cinq fois dans les quatre jours suivants ; Ostende était décidément une ville bien petite ! La dernière, ils furent surpris par un grain qui fouetta les murailles alors qu'ils se promenaient sur les remparts. En attendant qu'il cessât, ils se réfugièrent sous une poterne. Maria restait silencieuse et Rinus savourait comme une chose rare la présence de cette jeune fille auprès de laquelle il ne s'estimait pas tenu de parler, de poursuivre une conversation sans objet ni but. Alors que sous leurs yeux la pluie fuyante battait les toits de la ville, il n'éprouvait nul autre désir que celui de sentir, à chaque rafale, la longue jupe noire de Maria lui frôler la jambe. Par un cheminement secret de ses pensées, il en vint à se souvenir de certaines promenades lointaines, faites jadis en compagnie de Frans ; à leurs longues heures passées alors côte à côte, sans un mot. Maria se taisait, comme Frans. Et, comme avec Frans, ne pesaient point à Rinus ces longues périodes muettes qui avec d'autres – les femmes surtout – lui apportaient une gêne oppressante.

La pluie cessa. Sans y penser, d'un geste naturel, inconscient, mais jamais osé jusqu'alors, il saisit Maria par la main.

– Allons.

Elle parut ne pas se rendre compte du mouvement de Rinus et le suivit jusqu'au moment où, précédé d'un long éclair, le ciel se fêla. La pluie redoubla, soudaine, violente. Il voulut courir, l'entraîner.

– Non, j'adore la pluie.

Les échos du tonnerre, grondants, fuyaient sur la mer assombrie. Elle n'avait pas tressailli et s'avançait à pas lents, la robe plaquée et claquante autour de son corps nerveux, le visage ruisselant, les narines ouvertes semblables à celles d'un jeune animal sauvage : « Une mouette! » songea Rinus. Puis :

– Vous allez être trempée.

Petit mouvement du front bombé.

– Ça m'est égal, tante dira ce qu'elle voudra.

La semaine suivante, sans préméditation aucune, mais avec sa plus belle culotte et ses brodequins abhorrés, De Boer se retrouva à la kermesse. C'était la pleine saison de course et, les premiers jours de fête passés, presque tous les corsaires avaient à nouveau repris la mer. Mais lui, De Boer, ne pouvait repartir ainsi. Il n'était point de ceux qui négligent et forcent leur bateau, et le *Op hoop van Zege* avait besoin de... il fallait... au fait quelles réparations exigeait sa frégate? Enfin, elle ne pouvait repartir ainsi; Sinistre l'avait dit, à moins que ce ne fût lui, Rinus, et que Sinistre eût affirmé le contraire. Mais qui commandait, à bord?

Il découvrit presque aussitôt Maria à qui il fit un joyeux salut. Elle y répondit d'une manière discrète, souriante et un peu étonnée, ce qui le rendit très misérable. Et puis il attendit.

Il attendit longtemps. Certainement deux ou trois cents danses, au moins; lesquelles, à l'horloge dorée de l'Hôtel de Ville, ne durèrent cependant pas plus de vingt minutes. Mais De Boer ne regardait point l'horloge, eût-elle été en or pur. Indifférent d'apparence, crachant à intervalles réguliers avec une précision négligente, il ne quittait pas des yeux Maria et, par le fait même, Jan Wolbrantz. Le fils de l'armateur ne l'abandonnait pas un instant, tournait avec ardeur pour ne cesser jamais – entre deux danses – de parler avec une animation singulière. Il devait nécessairement lui dire des plaisanteries tout à fait stupides. De plus, il dansait fort mal et se trouvait proprement ridicule dans son habit vert foncé dont les larges basques lui pendaient aux reins comme une queue. Avec cela, sous la redingote, un gilet rayé, vert et jaune. Vert et jaune, Seigneur! Sans compter ses cheveux frisés au petit fer et coiffés à la comète. Quand le couple tournait un peu vite, les basques de l'habit se dressaient à l'horizontale et Wolbrantz paraissait quelque oiseau bizarre faisant la roue.

Rinus glissa un œil vers le miroir d'une fenêtre proche et contempla sa propre image avec irritation : comment serait-il, avec des cheveux à la comète? Tout à fait idiot. Comme l'autre. On doit imaginer que la seule pensée de se trouver ainsi affublé lui fut éminemment désagréable et fut pour quelque chose dans la colère qui le poussa à quelques actes déraisonnables.

Le premier, comme la danse reprenait, fut d'arrêter Wolbrantz au vol.

– Pardon, dit-il.

Comme l'épaule de Wolbrantz paraît frêle sous sa main! Écarté sans effort, à deux toises, le fils de l'armateur reste une seconde sans voix. Le temps, pour Rinus, de préciser son avantage.

– Excusez-moi, mais mademoiselle m'avait promis cette danse.

– Vous auriez pu, ce me semble – dit l'autre qui se reprend – attendre que nous ayons fini.

– J'y pensais.

– Votre manière de faire, avec Mlle Skykele, est tout à fait incorrecte.

– J'en ai peur.

– Elle n'est pas digne d'un gentilhomme.

– Hélas!

– Enfin, ajoute Wolbrantz s'échauffant et faisant un pas, je m'y oppose!

– Pas possible?

Et sans plus attendre, négligemment, Rinus enlace Maria et attaque la danse. Pas un trait de son visage n'a bougé, mais ses mains, qu'il pose légèrement sur la taille de la jeune fille, tremblent de colère.

La minute qui suit est pénible. Pendant les répliques, Maria est restée immobile, pétrifiée par la surprise. Elle n'oppose aucune résistance quand il l'entraîne. Mais elle reste muette, hostilement muette, et les coups d'œil que lui jette De Boer, à la dérobée, lui montrent son petit front bombé qui se charge d'orage; une ligne creusée et durcie entre ses deux sourcils. Au garçon dont les lèvres sont blanches encore de colère, la vue de ce petit front sous les nattes proprettes fait se dissoudre son irritation, la transforme en une gêne croissante qui glisse, tout doucement, vers l'inquiétude. Il se sent devenir comme l'enfant coupable surpris le doigt dans un pot de confiture. De plus, il danse mal et la conscience qu'il en a éteint définitivement toute sa belle assurance et... aïe!

– Je n'ai rien voulu vous dire tout à l'heure pour ne pas vous froisser devant Jan Wolbrantz, prononce la voix flexible, mais vous venez d'agir comme...

Comme qui? Comme quoi? Rinus ne le saura jamais. Maria s'est arrêtée au moment où, sans doute, elle allait prononcer un qualificatif irréparable. Le mot reste en suspens sur les lèvres où toute apparence de sourire a disparu. Il reste à De Boer, qui se réfugierait bien dans un trou de souris, à imaginer de quelle manière on estime qu'il a agi. Comme un sauveur, un héros, un chevalier sans peur et sans reproche? Ou bien, plus certainement – une voix intérieure le lui crie –, comme un fieffé maladroit? Il courbe la tête, écoute :

– Vous auriez pu tout au moins me demander mon avis. N'est-ce pas?

– Je pensais... se défend Rinus.

Et il s'arrête. Il pense surtout qu'il voudrait être au diable vauvert, dans une bonne tempête, une solide bagarre de taverne. Ou encore, plus simplement, à la pêche à la ligne. Oh! qu'il ferait bon pêcher à la ligne! Mais cela, il ne tient pas à le dire. Il écoute encore :

– Vous pensez sans doute qu'on peut prendre une jeune fille à l'abordage, en plein bal, comme on arraisonne en mer un *haringbuis?* Eh bien, monsieur De Boer, ce n'est pas la même chose. Parfaitement. Et enfin, qui vous a permis de croire que je ne tenais pas à danser avec Jan Wolbrantz?

C'en est trop. Il y a tout dans ces mots : le *monsieur* dont il se voit affublé, une allusion cruelle aux harengs maudits, le nom d'un être hier indifférent et maintenant abhorré. C'est une phrase toute hérissée, piquante, agressive qui agit sur Rinus comme un coup d'éperon. Il répond comme s'il appelait : « A la Garde! »

– Quoi? Vous n'allez tout de même pas me dire cela. Vous vous amusez tellement à faire des grâces avec ce carnaval? Regardez-le-moi avec son gilet, sa crête sur le crâne et les basques de son habit vert. Plaisant perroquet avec lequel vous dansiez là! Il ne vous a pas demandé : « As-tu bien déjeuné Coco? » Nom de...

Il étoufferait. Dans la rage qui l'emporte, il enlève Maria de ses mains puissantes, l'envoie tourner, la broie presque. Elle s'abandonne, un peu effrayée par cette fureur, peut-être séduite, peut-être aussi... on ne sait pas. Mais, d'abord imperceptible, son sourire s'agrandit, persiste et soudain Rinus, dans ses bras, la voit agitée d'un rire qui ne se calme point. Elle lève vers lui ses yeux, desquels a disparu tout ressentiment et où brillent deux perles de gaieté.

– C'est vrai qu'il a l'air d'un perroquet!

Le suivant tour de place que fait Rinus est abattu à une allure invraisemblable. Invisibles, mais cependant réelles, des étincelles, des flammes doivent jaillir de ses deux brodequins neufs. Mais les regards des simples mortels ne peuvent les distinguer, pas plus que – subitement poussées à ses chevilles – les ailes brillantes du petit dieu au carquois qui transportent ses pas, devenus incroyablement légers.

XXIV

La nuit qui suivit fut mauvaise pour Rinus. Tombé vers le soir, un nouvel orage d'été persistait, planant sur la ville. Il y avait sur les tuiles, au-dessus de sa tête, les galopades furieuses de l'eau errant dans les ténèbres. Elle se rabattait et fouettait les vitres, enflammée parfois d'un éclair qui illuminait jusqu'aux tréfonds de la chambre et révélait la silhouette du *meerman* éternellement dressé sous l'arc de la charpente. Une pause suivait, après laquelle venait le tonnerre, et toute la vieille maison tremblait. Mains à la nuque, les yeux grands ouverts, De Boer avançait à tâtons dans le désordre de ses pensées.

Huit ans bientôt s'étaient écoulés depuis la disparition de Spierings et Rinus, en une succession d'images défilant à une vitesse prodigieuse, revivait toutes les saisons passées : les débuts des *Compagnons du Hareng*, leurs succès – ses succès –, l'argent amassé pièce à pièce. Les luttes terribles avec soi-même les soirs où le jeu le tentait, quand il fuyait les tavernes, les mains serrées au fond des poches : « Non! pas encore... » Et cela jusqu'au jour où, enfin! il avait pu devenir propriétaire de *son* bateau.

– Quatre-vingts hommes? avait questionné Maria. Vous commandez à quatre-vingts hommes?

Quand il avait répondu oui, quelque chose comme un peu d'admiration avait passé dans le regard de la jeune fille. Elle avait des yeux couleur de la fleur de lin. Que préférait-il? Ses yeux ou son sourire?

De Boer se revit, délivré des exigences d'une obsédante économie. Il détestait compter, compter encore. Bon Dieu! la fois où, à la bassette, après trente et une heures de table, il avait raflé à Potterbuick plus de la moitié de la cargaison d'une prise toute fraîche! Ça, c'était vivre! Si cette fortune lui arrivait à nouveau, il offrirait un collier d'or à Maria. Oui, mais à quel titre? D'ailleurs il ne jouait plus. Ce n'était pas jouer que d'avancer des pièces en calculant cent fois au long d'une nuit : « Encore vingt qui rentrent... encore cinquante de parties... » et, atteinte la limite qu'il s'était fixée, toujours – toujours, ciel! – se redresser et mentir en bâillant :

– J'en ai assez pour aujourd'hui. Bonsoir.

Non, il n'en avait jamais assez. Il en venait, parfois, à haïr cet argent dont il ne voulait pas disposer, qu'il amassait patiemment pour la réalisation d'une ambition nouvelle. Nouvelle, mais point neuve. Depuis combien de temps voulait-il aller aux Indes? Dix ans peut-être? Dans un an, il pourrait partir. Partir, même à bord d'un bateau hollandais, comme simple matelot. Il laisserait la frégate à la garde de Cabiljauw et de Sinistre pendant deux ans, trois peut-être, avec la certitude de retrouver, en débarquant, son bateau et son métier. Mais que dirait Maria de son départ? Qu'en avait-elle dit, l'après-midi encore, quand il lui avait parlé de ses projets? Car c'était là l'extraordinaire dont De Boer, se retournant dans ses draps, s'étonnait : lui qui avait gardé jusqu'alors caché cet espoir, qui n'en avait même pas parlé à Cabiljauw, s'était tout à l'heure abandonné à la jeune fille. Jamais, à nul autre qu'à Frans, il n'aurait confié ses désirs. Qu'avait-elle dit?

– Alors, vous voulez aller aux Indes?

Rinus ne parvenait pas à se souvenir du son de la voix de Maria à ce moment-là. Seul lui revenait la longueur du silence qui avait suivi, pendant lequel il pensait bien qu'elle avait gardé le visage obstinément tourné vers la mer.

Plus tard, bien sûr, il reviendrait. Il ramènerait de belles étoffes, des châles aux dessins baroques, des tapis peut-être. Il achèterait alors la maison de Bertuyls, au coin de la rue des Bateliers et, à eux deux...

A eux deux?

Hein?

« Bon Dieu, mais... est-ce que je l'aime? »

Pensée fulgurante qui jette Rinus au bas de son lit, bouleversé. En une seconde, il est précipité des sommets du rêve et tombe avec fracas dans la réalité. Dieu juste! quelle aventure! Dans l'appareil peu romantique d'une ample chemise de nuit, le nouvel amoureux arpente sa chambre, agité. Dehors la pluie s'est établie et tombe, régulière. Le vent a tourné et s'infiltre, très frais, par les joints de la fenêtre. De Boer a froid, et son lit... Au diable le lit! La surprise le renvoie d'un mur à l'autre.

– Bon Dieu de bon Dieu!

Ce sont les seuls mots qui lui viennent aux lèvres. Ils ne sont pas tout à fait ceux que l'on imagine jaillir de la bouche d'un homme qui vient d'être frappé par la révélation de l'amour. A les bien entendre, on dirait même qu'ils sonnent à peu près comme : « Quelle catastrophe ! » Il n'en trouve cependant point d'autres et sans cesse les répète.

– Bon Dieu de bon Dieu !

Il pense : « Tant pis ! Les Indes d'abord », se rejette sur son lit, en rejaillit, pris de panique à la vision, qui vient de lui apparaître, d'un perroquet ridicule.

– Ah ! mais... si on me la prenait ?

Il mène un tel tapage en faisant sonner le plancher de ses talons furieux (et nus) que la tête de Cornélius apparaît dans l'entrebâillement de la porte.

– Qu'est-ce qu'il y a, petit ? C'est l'orage qui t'énerve ?

– Non, rien, merci, oncle Cornélius, je vais me recoucher.

De Boer est furieux de s'être laissé surprendre : pourvu que Cabiljauw ne se doute de rien ?

Cabiljauw ne se doute absolument de rien du tout. Il est paisible, indifférent, visiblement dans l'ignorance totale des sentiments qui énervent Rinus. Cabiljauw ne fait que penser à des choses très banales. Par exemple, depuis trois ou quatre jours, il se promène simplement dans la vieille demeure, arpente les pièces, dérange quelques meubles qu'il remet en place, se gratte la tête d'un air soucieux, regarde l'échelle de cale qui monte à l'étage et grommelle des phrases sans aucun sens dans le genre de celle-ci : « On ne peut tout de même pas lui faire grimper ce truc-là », ou : « Ça va bien pour leur chambre et les deux premiers berceaux, mais, nom d'un petit bonhomme, où va-t-on donc fourrer le troisième ? » Bref, toutes attitudes et paroles qui révèlent que l'oncle Cornélius est devenu vraiment bien vieux.

L'aurore, livide, surprend De Boer dans son lit, n'ayant pas fermé l'œil, et face à une évidence qu'il ne cherche plus à nier. Il a son front buté, mauvais, ses deux muscles qui saillent et lui durcissent les maxillaires, donnant à son visage la « gueule de tempête » que connaissent bien les matelots du *Op hoop van Zege*, quand leur jeune capitaine a pris une résolution à laquelle il se cramponnera coûte que coûte, entêté.

– Tant pis, « elle » attendra trois ans.

Le point fait, rasséréné, Rinus bâille, se tourne et s'endort.

XXV

La campagne était toute fraîche encore de l'orage de la nuit. Pleine de soleil, de cris d'oiseaux pépiant dans les branches, de gouttes scintillantes en suspens dans les herbes et – pour tout dire – fin prête à servir de cadre à l'éclosion d'un nouvel amour. Mais Rinus s'en moquait pas mal. Sur le chemin de halage du canal de Bruges, il s'en allait le front bas, passablement irrité contre soi-même et distribuant autour de lui, au hasard, des coups de pied très spectaculaires. Image parfaite d'une mâle fureur, jusqu'au moment où, rencontrant une pierre, il jura d'une façon grandiose et fit bien dix toises à cloche-pied. Ensuite de quoi il repartit à très belle allure, écrasant de regards fulminants tous les cailloux de la route. Il eût certainement foncé ainsi jusqu'à Bruges si un subit instinct ne lui avait fait lever les yeux. Face à l'homme soudain arrêté, Maria Skykele, paisible, serrant de ses bras nus ses longues jambes, était assise sur la berge. Une lueur amusée brillait au fond de ses yeux. Elle sourit – un éclair! – et Rinus sentit se fondre presque son ire.

– Où allez-vous de ce train-là? Vous cherchez quelqu'un?

– Oui, le diable! aboya-t-il presque, encore sous l'élan de sa colère.

Les fleurs de lin devinrent immenses.

– Le diable? Est-ce qu'il n'est pas grand comme ça, tout blanc, avec une tache noire sur le cou?

– Ou... oui...

– Il a bien une grande queue qui lui pend dans le dos, et deux cornes sur la tête?

– Qui vous l'a dit?

– Et il fait : « Meeûh? »

– Ça, je... vous l'avez déjà entendu?

– Non, mais je l'ai vu. Il est là, derrière la haie.

– Non!

– Si, on est occupé à le traire.

– Tonnerre! Cette fois-ci il ne m'échappera pas. Allons-y!

Elle le prit par la main et l'entraîna. Il se laissait faire, amusé, toute son irritation évanouie. Elle n'avait qu'à paraître pour qu'aussitôt De Boer se retrouvât une âme d'enfant pleine de pensées joyeuses, de rires et de gambades.

Le diable était effectivement là. Non point se prêtant à la traite mais vautré sur la pâture, un filet de bave pendant aux lèvres, et visiblement perdu dans les pensées les plus vagues et les moins sataniques du monde. Un sang belliqueux bouillonna dans les veines de Rinus.

– Debout, Belzébuth! L'heure du châtiment a sonné. Je suis saint Michel!

Comme le diable, sidéré, ne bougeait pas, saint Michel sentit battre en lui la houle de l'héroïsme et souffler le vent des victoires prochaines. Il ne se contint plus.

– Debout! ou je vous fais un nœud dans la queue!

Ce qu'il tenta immédiatement.

Il y eut un cri. D'un lourd mouvement de croupe, faisant voler l'herbe grasse sous ses pieds fourchus, le diable s'était levé, perdant tout aussitôt son apparence débonnaire. Maria courait. D'un élan Rinus fut près d'elle, les bras écartés, clamant d'une voix de tempête :

– *Vade retro, Satanas!*

Miraculeux exorcisme. A cinq toises du couple, le diable, hésitant, s'arrêta. A ses yeux s'offrait l'image de bravoure d'un homme, le bras dressé, protégeant de son corps une jeune fille tremblante. Le diable balança, se fouetta les flancs de sa queue, considéra le futile obstacle, sourit peut-être intérieurement et s'éloigna, l'esprit déjà ailleurs. En marchant, il semblait hausser les épaules. La tête de Maria apparut derrière l'épaule de Rinus.

– Il est parti?

– Qu'auriez-vous espéré qu'il fît?

A cet instant cinq cent mille diables hurlants, brandissant leurs fourches, crachant des flammes et cinglant l'air de leurs queues sifflantes, cinq cent mille diables authentiques et tout chauds jaillis de l'enfer n'eussent point fait reculer De Boer d'un seul pouce. La poitrine bombée, armé de son seul amour et de la conscience de sa force, il se sentait un héros : Hercule, don Quichotte, Méléagre, Roland et Jeanne d'Arc tout à la fois. Le diable ? Où était le diable, le vrai, qu'il lui règle son compte!

– Vous avez été magnifique! Et vous parlez latin, aussi?

– Heu... c'est-à-dire... dans le temps j'avais une tante – tante Palma – qui, lorsque je...

Le latin, juste ciel! Voilà qu'elle lui demandait s'il savait le latin et...

– Vous m'étonnez chaque jour un peu plus. Ainsi tout à l'heure encore, quand vous donniez de si jolis coups de pied dans le paysage, vous dansiez comme jamais je ne vous l'avais vu faire jusqu'ici. Vous avez fait de grands progrès.

Dieu! qu'il était difficile de rester longtemps un héros de légende. Sous la lèvre trop courte se découvraient à nouveau les petites dents, naissait cette apparence de sourire teinté de malice dont Rinus ne savait s'il était sincère ou s'il se moquait de lui. Il eut envie de l'embrasser, ce sourire, pour le faire disparaître.

Mais non. Il ne le ferait pas. Il ne l'avait jamais embrassée, Maria, et ne le ferait pas encore aujourd'hui. Elle n'est qu'un camarade, un bon compagnon. Plus tard peut-être, dans trois ans. Trois ans, juste ciel!

Les muscles reparaissent dans son dur visage d'homme qui se ferme, tel un poing. Comme au matin, il prend un air de résolution implacable. Le sang du vieil Adrian De Boer, l'aventurier, parle en lui. Les Indes, d'abord. Il ne sera pas dit que pour un baiser... Après tout, il n'a que vingt-sept ans et elle, vingt à peine. Qu'est-ce, trois ans? L'instant est venu de tout lui faire comprendre. Il tousse pour raffermir sa voix et soudain s'effraye des paroles qu'il s'entend prononcer.

– Maria, il faudrait que... enfin, nous devrions nous marier. Avant l'hiver, si cela ne vous fait rien.

Elle reste clouée à son côté, brusquement très grave.

– Rinus! Enfin! Je croyais que vous ne m'aimeriez jamais.

Ils se connaissent depuis seize jours, très exactement.

DEUXIÈME PARTIE

MARIA DE LISSEWEGHE

I

Arrivé près du seuil, Cornélius Cabiljauw s'arrêta et racla longuement ses sabots au grattoir. Il obéissait à un réflexe aujourd'hui superflu, car le soleil brillait sur les pavés de la rue du Bon Vent. Néanmoins, comme si cette précaution eût été encore insuffisante, il se déchaussa et rangea ses sabots le long de la façade. Du même coup il révéla de grosses chaussettes de laine, d'un rouge très cruel.

Par la porte large ouverte, les clameurs des jeunes De Boer parvenaient au vieillard. Le visage de l'oncle Nélius s'adoucit, mais son sourire s'estompa à l'instant de pénétrer dans le vestibule.

C'était un vestibule terriblement imposant. Il mesurait deux toises tout juste dans le sens de la longueur, et cinq pieds à peine dans sa largeur, qui était exactement celle de la porte. Néanmoins, malgré ses proportions dérisoires, son étendue carrelée de briques rouges, ses luisances et sa nudité rutilante le rendaient aussi impressionnant que le chœur de l'église le jour du baptême de la mer. La première fois que Rinus De Boer y avait posé un sabot sacrilège (et boueux) avec la tranquille assurance du propriétaire assuré de l'impunité, il ne s'était point passé trois secondes avant qu'il en rejaillît, expulsé par un torchon et des cris également vengeurs. Après quoi il s'était retrouvé dans la rue du Bon Vent, où la stupeur l'avait laissé cloué une minute entière. Il feignait l'effroi le plus vif, mais avait grand-peine à ne point sourire en voyant Maria – par-dessus la serpillière furieusement maniée – lui jeter des regards qui simulaient le courroux d'une façon presque parfaite.

Depuis ce jour, toutefois, il prit ses précautions pour éviter le retour de semblables alertes. Johan d'abord, Pieter un an plus tard, Godelieve et Corneel, enfin, apprirent – dès leurs premiers pas – à avoir un respect quasi religieux de cet admirable vestibule maternel : ils n'y pénétraient que sur leurs chaussettes, ou pieds nus. Au nombre et à la grandeur des sabots indésirables qui attendaient sagement le long de la façade, on pouvait dire, à cinquante toises de là, qui, de la famille De Boer, se trouvait à la maison. Ce saint respect gagna tous les familiers du lieu; ce qui, certains jours, festonnait l'entrée du royaume de Maria de manière aussi fastueuse que le porche de la Grande Mosquée à La Mecque.

Parmi les habitués, seul restait un incurable : Robert Jeanfroid. Par la voix la plus gracieuse du monde, le Wallon, quatre fois par mois en moyenne, était envoyé en enfer ou au diable. Les autres fois, tout parfumé de l'odeur de sa forge et les vêtements couverts de limaille, le Jeanfroid passait une bonne minute avant d'oser s'aventurer sur le carrelage improfané. Et il le regardait avec une crainte qui n'était point simulée.

Sur le mur de droite, juste à l'entrée de la salle commune, un petit crucifix s'offrait sur la nudité du mur chaulé à vif. Il surmontait un bénitier minuscule en travers duquel reposait en permanence une brindille de buis desséché. Comme chacun, le Jeanfroid ne passait jamais devant ce Christ sans se signer prestement. Depuis bientôt huit ans qu'il répétait quotidiennement ce geste, on ne pouvait savoir si cet exorcisme était inspiré par la ferveur de sa foi ou par le désir de s'attirer les bonnes grâces du ciel avant de comparaître devant Maria De Boer. Elle l'accueillait de son petit front sévère, mais la voix pleine de malice :

– Jeanfroid! Est-ce que vos grands pieds ont encore sali mon vestibule?

Et elle souriait.

C'est pour ce sourire que le Jeanfroid franchissait quotidiennement l'espace sacré et terrifiant du beau vestibule carrelé.

Cornélius Cabiljauw toussota légèrement dans sa barbe, enfla sa poitrine et mugit :

– Qui veut manger des crêpes ?

Sa voix aurait fait se cabrer un cheval. Pourtant, contre toute attente, les clameurs enfantines redoublèrent dans la maison de la rue du Bon Vent. Avant que le vieillard eût atteint la porte de la salle commune, le vestibule s'envahit soudain de la meute des jeunes De Boer.

– Oncle Nélius ! oncle Nélius !

C'est en titubant avec les grâces pataudes d'un saint-bernard au milieu d'une portée de chiots que le géant apparut dans la cuisine.

– Tiens ! dit Maria, feignant la surprise, c'est déjà vendredi ?

La première fois que Cornélius avait pénétré rue du Bon Vent, son œil de vieux garçon maniaque avait été séduit par la variété et la splendeur de ses instruments culinaires. De la grosse marmite au plus petit coquemar, ils s'offraient aux regards, bien en rang de taille, étincelants sur la blancheur du mur. C'est en vain que, sur leur cuivre, il avait cherché le moindre grain de poussière. Mais à l'intérieur, peut-être ? Les mains lui démangeaient. A l'instant où il tendait le bras, la voix de Maria l'avait pétrifié.

– Pas toucher !

Personne, même Rinus, ne pouvait y porter des doigts sacrilèges. Vexé, l'oncle Nélius s'était rassis. Il aurait même boudé, n'eût été le regard que lui jeta Maria. Plus tard, chaque fois qu'il s'apprêtait à grogner, un simple coup d'œil de Maria mettait le vieillard dix fois plus en colère ; dix fois plus en colère de voir qu'il ne pouvait se fâcher et devait – contre toute volonté – grimacer un sourire. Bienheureuse barbe, barbe bénie qui lui permettait parfois – bien rarement – de dissimuler ce signe de faiblesse !

Cabiljauw s'était donc assis, et cette première soirée avait été pour lui un supplice. Maria faisait des crêpes, et l'oncle Nélius tournait le dos à l'âtre. Chaque fois que, dans la poêle, le marin entendait grésiller la pâte, il imaginait les gestes de la jeune femme. Et chaque fois qu'il devinait la crêpe s'élevant vers le plafond, il rentrait instinctivement la tête dans les épaules. Si Maria allait la manquer? La situation devenait intolérable. Les mains de Cabiljauw lui sautaient toutes seules au bout des bras. Il se tortillait sur sa chaise avec une telle ardeur que Rinus s'en inquiéta :

– Il y a un clou qui te gêne? Attends, je vais chercher le marteau.

A la fin le vieil homme n'y tint plus et se retourna, plein de convoitise :

– Si vous le permettez, Maria, je vais...

– Si jamais vous approchez, je vous donne un tel coup de poêle à frire sur la tête que toute la rue appellera à la Garde!

Cabiljauw s'était rassis, définitivement subjugué. C'est que, ma foi, Maria était bien capable de faire ce qu'elle avait dit. Elle faisait même des choses bien plus incroyables et déconcertantes : rire et courir tout à la fois, chantonner en allant au marché et balancer son panier à bout de bras avec une désinvolture qui choquait les dames bien-pensantes. Cabiljauw l'avait même surprise un jour occupée à siffler comme un merle, tout en polissant un meuble. Même qu'elle avait terriblement rougi quand le géant avait croisé son regard : de ce talent, Maria se cachait bien.

Souffrant le martyre, l'oncle Cornélius avait dû lui voir répandre la pâte d'un geste rond, faire voler les crêpes et même – suprême injure – entendre Rinus murmurer, entre deux bouchées :

– Je n'en ai jamais mangé d'aussi bonnes.

Cabiljauw lui avait jeté un coup d'œil outragé et perplexe, auquel De Boer avait répondu d'un regard candide :

– N'est-ce pas, oncle Nélius?

La crêpe suivante passa très difficilement.

Ensuite de quoi, le repas fini, Cabiljauw resta près de vingt-quatre heures sans remettre les pieds rue du Bon Vent. Il boudait, remâchait sa bile et jurait tout haut que les femmes ne connaissent rien à la cuisine. Affirmation qu'il répéta avec plus de violence que de conviction jusqu'au jour où il acquit enfin le privilège auquel il aspirait.

A l'esprit de Rinus, qui jamais ne put approcher l'âtre pour autre chose qu'y apporter des bûches, le triomphe du vieillard resta un mystère. Il ne sut jamais les trésors de diplomatie, les habiletés, les ruses et même les bassesses que déploya Cabiljauw pour arriver à ses fins. Pourtant il n'y fût sans doute jamais parvenu sans le concours involontaire de Johan : quand l'enfant naquit, l'oncle Nélius, jugeant l'occasion favorable, envahit la cuisine déserte, fit sauter les crêpes avec une sombre ardeur et, le cœur battant, alla offrir son présent à Maria, alitée. Elle en avait croqué la moitié d'une, sans quitter de l'œil le géant inquiet. Puis elle feignit la surprise.

– Tiens, mais elles ne sont pas si mauvaises!

Ce qui, dans sa bouche, était un compliment énorme.

Depuis, farouchement, Cabiljauw se cramponnait à la queue de la poêle. Il y avait sept ans de cela, et rien ne laissait prévoir qu'il abandonnerait un jour son sceptre. Chez ce puissant vieillard à la barbe d'écume et aux yeux candides, il y avait un naïf orgueil à gravement officier devant l'âtre et son autel de flammes. Ce soir encore, pendant qu'il jonglait avec la pâte, les yeux écarquillés des petits De Boer ne le quittaient pas. Johan trépignait :

– J'ai faim, oncle Nélius!

– Moi aussi! moi aussi! clamèrent comme un seul homme Peter et Corneel.

– Minute, bande de jeunes loups!

A l'œil du marin, la tablée paraissait magnifique : Johan, la chevelure perpétuellement en désordre, le regard plein de feu, toujours prêt à se battre, et qui rappelait curieusement au vieillard l'enfant qu'avait été jadis Frans Van Maestricht; Pieter, timide, rêveur, un peu craintif, souvent près des larmes, et d'une tendresse de fille; Corneel, avec le terrible front de son père, ses gestes lents, la manière appliquée, consciencieuse dont il s'y prenait avant de rouler sa crêpe entre ses doigts malhabiles. Parfois Cabiljauw s'étonnait : comment était-il possible que trois êtres du même sang eussent des caractères si dissemblables? Et quel serait celui de la petite Godelieve, qui vagissait encore dans son berceau? Et de tous ceux qui viendraient ensuite? Le vieillard se vit un jour distribuer des crêpes à une dizaine de jeunes convives affamés. Cette pensée le fit sourire d'aise dans sa barbe de patriarche. Il posa la grande assiette sur la table :

– Allez-y, les enfants! Kss! Kss!

La mêlée fut effroyable. Le plus prompt, Johan, s'était emparé du plat mais Corneel s'en était saisi également et le front baissé, sans un cri, s'y cramponnait avec une sombre ardeur. La pile de crêpes oscillait dangereusement. Pieter, hors du conflit, criait dans la crainte d'être dépouillé, plaçant tous ses espoirs dans la force de ses protestations. Dans son berceau, effrayée par le tapage, Godelieve commença à pleurer. La voix de Johan, perçante, dominait le tumulte.

– Tais-toi! Et toi lâche ça!

– Lâche d'abord, grogna Corneel.

On ne s'entendit plus.

Sur les mains voraces, quelques claques vertigineuses et équitables rétablirent l'ordre. Maria fusilla Cabiljauw d'un regard courroucé.

– Voulez-vous que je vous le dise? Le plus enfant des quatre c'est vous, avec tous vos poils au menton. Ksss! Ksss! On n'a pas idée... Pourquoi pas : « Tue! Massacre! » Vous avez, Cornélius, une drôle de façon d'apprendre les bonnes manières aux enfants.

Mais le géant debout, le dos tourné aux flammes, riait : « Une vraie bande de jeunes loups, pensait-il, une vraie bande de jeunes loups! »

Si l'on peut dire d'un homme qu'il ressemble à un chat, Cabiljauw, ce soir, était un énorme matou ronronnant d'aise. Après une dernière bousculade qui avait précipité les garçons vers la porte, un bienfaisant silence baignait toute la pièce. D'en haut, atténués, parvenaient au vieillard les rires et les cris des enfants prêts à se coucher, la voix de Maria momentanément impuissante à rétablir l'ordre, un choc sourd qui devait être – certainement – Johan sautant d'un lit à l'autre. Enfin le calme s'établit progressivement, et le pas léger de Maria se fit entendre dans l'étroit escalier de bois.

Le marin, béat, pensait aux deux heures qui allaient suivre, jusqu'à la dernière tétée de Godelieve. Deux heures toutes simples, faites d'un silence dans lequel tinterait le seul bruit des aiguilles à tricoter, deux heures faites de riens, de petites phrases murmurées, d'une quiétude devenue précieuse au cœur du vieil homme. Au terme de sa vie errante livrée aux vagabondages marins, aux bruyantes beuveries dans les tavernes, au perpétuel contact avec des hommes à la voix rude et aux gestes brutaux, Cabiljauw s'étonnait parfois du plaisir pris aux paisibles soirées de la rue du Bon Vent. Il tiraillait sa barbe : « Je deviens vieux. » On l'eût fort étonné en lui apprenant qu'il était surtout sensible à la douceur d'une seule présence féminine. Parfois, et singulièrement les vendredis, sa tanière du Bout-du-Monde lui paraissait au retour bien solitaire et froide dans son ordre trop parfait, avec ses odeurs de pipe, de soude réchauffée et de vieil homme qui suintaient des murs.

Il soupira d'aise et comme Maria rentrait, étendit les jambes et alluma sa première pipe.

Il faisait chaud et bon aux lueurs de l'âtre et de la bougie finissante plantée sur le pique-chandelle. Le marin aimait ces moments durant lesquels, les yeux mi-clos et envahi de bien-être, il suivait les gestes vifs de Maria, la façon qu'elle avait de froncer légèrement les sourcils en inspectant le fond d'une casserole reluisante, et le tic de sa langue lentement poussée entre ses lèvres, quand elle nouait un point difficile. Comme maintenant, par exemple.

– Attention, le chat va l'attraper !

Retraite précipitée de la langue, suivie d'un bref regard boudeur. Malgré ses vingt-huit ans et sa taille à nouveau alourdie, Maria à cet instant semblait être une petite fille. Et...

– Cornélius! Pourquoi souriez-vous comme un chat qui a avalé un poisson rouge?

– Hein? Moi? Sourire?

S'il avait souri, c'était tout à fait inconsciemment. Ce devait être un sourire qui venait du fond de lui-même, de sa béatitude présente, de la bienheureuse douceur qui l'engourdissait. Il ferma les yeux et, tout doucement, se laissa aller à la somnolence. Dehors la pluie tombait, très longue, venue du fond d'un ciel invisible.

Quelque chose l'éveilla, qui n'était point la première chevauchée d'une tempête naissante. Le bruit familier des aiguilles à tricoter avait cessé. Autour du feu mourant les ombres venues du dehors s'étaient rapprochées dans la pièce. Et là, à la flamme vacillante de la chandelle, Cabiljauw vit un petit visage pétrifié, deux yeux immobiles desquels descendaient des larmes silencieuses. Tout à fait réveillé, le vieil homme se leva, bouleversé.

– Eh bien, Maria, qu'est-ce qu'il y a?

Elle s'abandonna sur la poitrine du géant, secouée par les pleurs. Empêtré de ses bras, de sa pipe éteinte, de ce jeune corps qu'il sentait tressaillir contre lui, Cabiljauw ne savait quelle contenance prendre. Son vieux cœur était en émoi. Quelle affaire! Il tendit l'oreille, qu'il avait un peu dure, pour saisir les mots qui lui parvenaient entre deux hoquets.

– Hein? ce n'est que cela? C'est parce que Rinus n'est pas rentré depuis vingt jours...

– Vingt-deux...

– Si vous voulez. Et c'est pour ces malheureux vingt-deux jours que vous vous mettez dans cet état et que vous me laissez éteindre ma pipe? Seigneur!

Rassuré, le géant la rudoyait à mots bourrus, ses grosses pattes calleuses secouant les épaules de la jeune femme.

– Est-ce que cela n'est pas déjà arrivé dix fois, non?

Et, soudain inquiet:

– Vous n'avez pas pleuré chaque fois, hein?

– Non, mentit-elle.

– Ah! bon.

Tout à fait rasséréné, Cabiljauw chercha sa blague à tabac. Quel drame, bon Dieu, pour une petite absence de trois semaines! Il gratta la pierre à feu et rejeta quelques furieuses bouffées.

– C'est à cause du gros temps de la semaine passée et du vent de ce soir, sans doute? Mais, pauvre enfant, il y a à peine de quoi mouiller le pont du *Op hoop van Zege.*

– Vous croyez?

– Si je crois? Comme au bon Dieu, Maria, comme au bon Dieu.

Il mentait un peu, mais de bonne foi et avec la plus grande sincérité du monde. En fait, le dernier gros temps avait été dur et un grand *hoogaert,* pris par le travers avait été poussé sur le Stroombank et dépiauté en une marée. Des remparts, Maria avait assisté à la bataille des hommes, et à leur sauvetage par les marins ostendais alertés. Deux jours après, elle avait vu aussi un corps que chaque vague jetait et déchirait sur les pieux de défense du Bek-Af. Et ce soir le vent qui huchait aux fenêtres laissait prévoir la venue d'une tempête prochaine. Pourtant le bruit que fit Maria en se mouchant fut très peu tragique.

– Oncle Nélius, cela fait tout de même vingt-deux jours...

– Je sais pardieu bien! mais cela fait aussi vingt-trois jours que le vent arrive sud-ouest. Pour peu que la fantaisie lui ait pris de laisser filer l'écoute, Rinus doit maintenant arraisonner les phoques dans la mer Arctique. A moins qu'il ne chasse la baleine : il est capable de tout, le bougre. Mais maintenant... tenez, écoutez-moi ça.

Une rafale passait, sous laquelle gémirent les fenêtres. Ils l'entendirent ronfler dans la cheminée, où les dernières flammes vacillèrent.

– Vous avez entendu, hein? Le vent a tourné. Donnez-lui quatre jours de cette petite brise-là et votre Rinus vient se jeter dans vos bras à un train d'enfer. Même que, s'il n'est pas sérieux à la manœuvre, son *Op hoop van Zege,* sur son élan, sautera tout seul au milieu de la place de l'Hôtel-de-

Ville. Et c'est pour quand cette tétée? Il y a Godelieve qui va vous faire une scène. Là-dessus, bonsoir...

Maria reniflait encore un peu quand elle pénétra dans sa chambre. La pièce lui parut vide, immense, et désert le haut lit dans lequel, pelotonnée, elle n'occupait qu'une toute petite place. L'absence de Rinus, de sa chaleur, de son épaule durement musclée et nue sur laquelle elle grognait un peu avant de s'endormir, lui apparut terrifiante. Elle se sentait horriblement seule et abandonnée. Elle aurait voulu s'endormir, mais le sommeil ne venait pas. Cette nuit, avec ses soupirs, ses galopades forcenées, le vent haletant qui flairait aux fenêtres lui rappelait trop d'autres nuits connues naguère, à Lisseweghe, quand m'man Behuchet veillait sur son berceau.

Jeanne Behuchet avait vu le jour au bocage normand, dans une vaste ferme chaumée qu'ombrageaient de grands hêtres. Dans le cadre des fenêtres, au-delà d'un large verger en pente que mai illuminait de fleurs, se distinguait la Sélune. C'était une petite rivière, immobile comme un lac, dont on ne pouvait croire qu'elle se jetait quelques lieues plus loin dans la mer. Jeanne Behuchet avait grandi entre ses pommiers et l'étable sans jamais voir cette immensité liquide dont elle ne devinait l'existence qu'aux équinoxes, quand les grands hêtres gémissants craquaient sous un vent qui donnait à l'air un goût de sel. A dix-huit ans pourtant elle avait accompagné son père à Avranches. Encore aujourd'hui, perdue dans ses souvenirs, elle se rappelait l'effort du cheval gravissant la longue côte menant à la ville, les heurts de la carriole roulant dans les ornières boueuses, la pluie furieuse qui cinglait la grande capote de cuir et soudain, au sommet de la montée, le vent énorme, semblable à un mur, qui parut les arrêter en face de la mer. Serrée dans son caban, Jeanne Behuchet avait été saisie par cette étendue tumultueuse et grondante, la charge des vagues livides qui couraient dans la baie du Mont-Saint-Michel à l'allure d'un cheval au galop, l'éclatement du flot qui faisait trembler les défenses du petit havre quand elle alla, curieusement, y voir les bateaux.

Pieter Skykele lui était apparu avec son regard clair, dépoitraillé, plus que nu sous la chemise collée par les embruns à ses membres musculeux, et dans le vent qui le dépeignait, semblable au Maître des Éléments. Il lui avait jeté un regard tranquille sous lequel la jeune fille, troublée, avait baissé les yeux. Comme ce Flamand hardi, ce corsaire qu'avait chassé la tempête lui avait semblé supérieur à tous les hommes qu'elle avait vus jusqu'alors! Le mariage fut presque un enlèvement. En fait, Jeanne Behuchet avait été ravie, littéralement emportée d'Avranches par le beau corsaire de Lisseweghe. Le voyage sur mer, le seul qu'elle fit jamais, avait été quelque chose de fabuleux. Avant que son étourdissement l'eût quittée, elle se retrouva au milieu d'un peuple à la langue inconnue, dans un pays sombre, plat, froid et gris, qu'avait dépouillé l'automne. Elle pénétra comme en un rêve dans une petite maison basse perdue au fond d'une ruelle étroite, au pied d'une tour massive. La nuit, seule éclairait les fenêtres la sauvage lueur d'un bûcher flambant au sommet de cette énorme masse de pierre.

Et Maria naquit.

Ce soir, alors que dehors courent les rafales, Maria se souvient des longs jours, des interminables heures d'attente à l'ombre du colosse de granit. Lui apparaissent nettement les pleurs silencieux de la transplantée, ses joies soudaines qui la transfiguraient quand un pas familier faisait retentir les échos de la ruelle silencieuse. Elle se souvient, Maria, des absences et des retours de l'homme aux yeux clairs, de la rude tendresse avec laquelle il la prenait sur ses genoux et la caressait de ses mains râpeuses; de la vie et de la soudaine chaleur que mettait sa voix d'homme entre les murs tristes, du rire plein du corsaire quand il passait doucement un doigt sur les joues de sa femme.

– Encore pleuré, Jeannot? Décidément vous ne serez jamais qu'une terrienne, une Behuchet!

Et puis, l'homme n'était plus revenu.

Maria, tout en boule dans son grand lit, se demande si elle n'est point, elle aussi, une Behuchet incurable. La moitié de son sang normand, terrien, qui court dans ses veines fait ce soir battre son cœur d'inquiétude. Affreux vent! Elle écoute la charge nocturne des rafales qui se roulent dans l'espace, pleines de rages soudaines, de remous et de halètements, et brusquement – malgré les quatre enfants dont elle sent la chaude présence dans la pièce voisine, malgré la vie nouvelle qui tressaille en elle –, Maria se sent infiniment seule et délaissée. Elle souffle la bougie, se plonge le nez dans l'oreiller qu'elle étreint d'un geste sauvage et couvre de baisers gonflés d'une inquiète tendresse.

– Riqui, mon gros Riqui, reviens-moi vite.

II

Si devant quiconque Marinus De Boer s'était une seule fois entendu nommer Riqui et – qui plus est – mon gros Riqui, il serait devenu écarlate et aurait sombré dans une confusion indescriptible. Dans cette bande de corsaires qui, à cette aube du dix-huitième siècle, avaient envahi Ostende, le sobriquet tenait lieu de nom et avait la valeur d'un brevet de popularité. Si vous demandiez où pouvait se trouver Louis Le Mel, les gens écarquillaient les yeux jusqu'au moment où leur visage s'éclairait.

– Ah! Zot-Louitje? Si vous ne le voyez pas attablé à la *Ville de Douvres*, c'est qu'il doit être bien malade.

De même Johan Lindersen était Jan De Zwakke; Martin Maes, *Scheele* Martin [1], et Pierre Censier, Piet à la Jambe de Bois. Pareillement Michel Cannoen, Pieter De Ry, Guillaume Steenkyste ou Jan Vincke possédaient chacun un état civil officieux qui – en un maximum de trois syllabes – disait parfaitement leur particularité physique ou morale avec infiniment plus de précision que leur patronyme officiel soigneusement répertorié sur les registres des Capucins. Marinus De Boer, lui, était *Haring* De Boer et imaginait avec un sentiment assez proche de la terreur le jour où ce surnom ferait

1. Martin-le-Louche.

place à celui – passablement moins glorieux – de *Dikke Riqui*[1]. Avec une irritation parfaitement simulée, il grognait de fureur quand Maria le nommait ainsi, mais eût été tout bonnement malheureux si trois jours s'étaient écoulés sans qu'elle lui eût dit en lui tirant les oreilles, pour l'agacer :

– Allez, Gros Riqui, mettez-vous en colère!

Le Gros Riqui faisait des efforts surhumains sans parvenir à émettre autre chose qu'un grognement vigoureux, mais nullement terrifiant.

A cette époque de la guerre de Succession d'Espagne qui faisait de la mer du Nord un terrain de chasse admirable, toute une génération de corsaires était née spontanément à Ostende. C'étaient presque tous des hommes de la côte; mais il s'y mêlait parfois des Wallons venus à la curée. Ceux-là se battaient d'une manière terrible, et rachetaient leur manque d'expérience par une frénésie redoutable. C'étaient des hommes rudes, bruyants, aux appétits brutaux, buvant d'une manière effroyable, se signant avec componction et jurant avec une sombre ardeur. De leurs *kappers* éclopés par les abordages surgissaient des équipages hétéroclites s'interpellant en un sabir indescriptible où se mêlaient l'anglais, le français, le flamand, le gallois quelquefois, l'espagnol moins souvent, rarement l'italien, et le yiddish, jamais. Cela, bien que les Israélites fussent devenus nombreux dans leurs boutiques, aux alentours du port. Les corsaires étaient tous mauvais garçons, têtes brûlées, prompts au poing et à la lame, trousseurs de filles, vivant bien et dru, et mourant de même. Ils étaient plus proches de la vie et de la mort que quiconque, et n'hésitaient pas à flamber en une nuit leurs parts de prise de toute une campagne. Bref, menant une vie tumultueuse et hardie, peu banale, n'ayant point changé depuis les temps d'Ulysse et bien semblables à ce que seront toujours les marins tant qu'il y aura des voiles sur les mers de Dieu.

La première fois qu'elle les vit envahir la rue du Bon Vent,

1. Gros Riqui.

Maria fut effarée. Même en ses rêves les plus sombres, elle ne les avait jamais imaginés semblables à ce Michel Cannoen qu'elle vit se remplir à ras bord un immense bol de genièvre, l'avaler d'un coup et le reposer sur la table en soufflant bruyamment.

– Ciel! Il va éclater, songea-t-elle.

Elle le regarda, s'attendant à lui voir jaillir des flammes de la bouche. L'homme fit la grimace, eut un claquement de langue désapprobateur et susurra :

– Un peu faiblard... Vous n'auriez pas quelque chose d'un peu plus sec?

Ils venaient, à cinq, de disperser tout un convoi hollandais et fêtaient leur succès avec éclat. Toute la soirée, Rinus parla fort et aussi longtemps que les autres, parfois secoué d'un rire puissant que la jeune femme ne lui connaissait point. Après deux années de mariage, alors que dans sa naïveté elle s'imaginait avoir pénétré entièrement le caractère de son mari, elle avait la révélation soudaine d'un inconnu franc à la lampée, buvant aussi dru que le Cannoen au palais de fer, aux hardiesses de langage qui l'effaraient et dont le regard avait un éclat qui lui faisait peur. Pour la première fois elle perçut confusément que le principal de la vie de son homme n'était pas enclos dans les seuls murs de la rue du Bon Vent, mais se situait au large, bien loin, sous le ciel et le grand vent, au milieu d'un fracas de jurons, d'armes brandies et de coups de canon, dans un domaine à l'odeur de poudre peuplé de rudes compagnons menant une existence brutale dont les femmes étaient exclues. Elle en éprouva une pointe de jalousie mêlée d'inquiétude qui jamais ne s'effaça totalement.

Ils revinrent encore par la suite, à intervalles irréguliers. Maria commença insensiblement à aimer – pas trop! – leur joie vigoureuse et bruyante, la vie qu'ils apportaient dans la maison, leur naïveté d'hommes. Elle s'effaçait dans un angle de la pièce et bientôt ils oubliaient sa présence. Elle les découvrit alors semblables à des enfants tapageurs, pleins de sang, mal élevés et dans le fond – Maria en était persuadée

– guère plus raisonnables que des gamins de douze ans. Rinus n'était qu'un gamin un peu plus âgé que son Johan, voilà tout. Si, au moins, il ne buvait pas tellement!

Ils racontaient des histoires terrifiantes auxquelles elle se laissait prendre, fascinée, les aiguilles à tricoter suspendues au-dessus de son ouvrage et prête à crier : « Bravo Riqui! » quand son homme narrait un de ses exploits. Oui, c'était quelquefois passionnant... jusqu'au jour où – Johan ayant eu sept ans – elle le surprit sur le seuil de la porte, tout droit dans sa longue chemise de nuit et rouge d'excitation. Quand elle voulut l'entraîner dans sa chambre, il se débattit comme un démon, laissant s'échapper de sa bouche candide d'effroyables jurons. Il se rendormit au milieu de son lit ravagé par ses ruades. Et elle le contempla étendu, les membres en désordre, la poitrine découverte et la tête enfoncée dans l'oreiller avec un air de farouche détermination; si curieusement homme déjà, dans l'attitude de son sommeil, qu'elle en resta saisie :

– Dieu, qu'il est devenu grand!

Elle resta là, surprise, ayant peine à croire que ce petit corps musclé, cet être dont l'esprit d'indépendance s'affirmait chaque jour davantage, était la chair de son sang. C'était hier encore que, dans la pièce voisine, elle allaitait cette petite boule chaude, tendre et vagissante, et la voilà qui s'était transformée en un gamin hardi et volontaire qui – juste ciel! – jurait déjà comme papa Rinus lui-même. Dans la chambre silencieuse où seule se percevait la quiète respiration des enfants, le temps parut soudain fuir à une vitesse inimaginable. Il y avait sept ans de cela! Encore une période aussi brève et Johan aurait... oui, il aurait quatorze ans; l'âge auquel la plupart des enfants de corsaires étaient déjà en mer. Maria se sentit prise de panique.

– Jamais, non jamais il ne sera marin!

Les murs acceptèrent son affirmation, d'un air de doute. Elle se la répéta obstinément, mais sans parvenir à se convaincre. A la fin, elle n'y tint plus.

– Riqui, que vont faire les enfants?

– Les enfants ? Qu'est-ce que tu veux que j'en sache ? Ils vont jouer, pardi !

– Non, je ne te parle pas de maintenant, mais de plus tard ; quand ils seront grands.

– Bon Dieu ! Johan n'a pas huit ans et tu t'en préoccupes déjà. Mais je n'en sais rien, moi ! Ils feront ce qu'ils voudront. Je pense que d'ici cinq ou six ans Johan pourrait déjà sortir avec moi, et Pieter aussi.

– Non, pas Pieter !

Le cri lui jaillit des lèvres. Elle ne pouvait s'imaginer son petit Pieter si tendre, si caressant et si timide, participant aux abordages dont elle ne savait que trop que certains étaient sanglants. Ni Johan non plus, d'ailleurs. Cette pensée lui était intolérable. Elle se glissa vers Rinus et s'assit sur ses genoux.

– Riqui...

– Quoi ?

– Je ne voudrais pas qu'ils deviennent marins.

– Hein ? mais que voudrais-tu qu'ils fassent ?

– Je ne sais pas, moi.

Au fond, elle le savait très bien. A l'instant de revenir sur un projet qu'elle caressait depuis des années, son instinct féminin lui commandait de feindre l'innocence. Du bout du doigt, l'air absent, elle tourna dans le collier de barbe de Rinus qui se laissait faire, faussement bougon. Il savait que ces caresses étaient souvent le prélude à la demande d'une petite faveur qu'infailliblement il finissait par accorder, après avoir grogné pour la forme. Pour la forme, mais aussi pour le plaisir de faire durer ces moments pendant lesquels Maria, ronronnante, fourrageait si délicieusement dans sa barbe ; aussitôt qu'elle avait obtenu ce qu'elle désirait, elle s'échappait de ses genoux, rieuse et preste comme un oiseau, après lui avoir plaqué un baiser sur le nez (bienheureux encore quand elle ne le mordait pas !) : « Tu es un amour ! » Rinus, ce jour-là, était bien décidé à se laisser tripatouiller et à faire attendre son consentement.

– Allez, madame De Boer, dites-moi ce que vous cachez derrière ce front-là ?

– Rien...

En fait, depuis un instant, elle ne pensait effectivement plus à rien. Elle était tout abandon, la tête sur l'épaule de son homme et le nez enfoui dans la chaleur de son cou. A moitié engourdie et résolument heureuse dans le bras dont elle sentait la dureté envelopper son épaule. Elle eût sans doute fini par oublier sa demande dans un baiser si un appel venu du fond de son être ne l'avait fait soudain se dresser, radieuse.

– Riqui, sens-le : il bouge!

– Dieu non! s'effara Rinus, en retirant promptement la main qu'elle avait saisie.

C'était une chose qui le remplissait d'étonnement et de crainte. Bientôt père pour la cinquième fois, il ne parvenait pas encore à comprendre comment un enfant pouvait gesticuler avant même d'être né. Cela lui semblait invraisemblable et quelque peu diabolique. Une fois – une seule fois – il avait senti bouger sous sa main précautionneuse le futur petit Johan, et il avait retiré ses doigts comme s'il les avait portés sur un fer rouge. Un bref instant, rempli du sentiment d'un mystère indéfinissable, il considéra la taille de Maria qui tressaillit sous l'étoffe. « On dirait tout à fait qu'il s'attend à ce qu'*il* lui saute au nez », pensa la jeune femme, amusée.

– Riqui...

– Quoi?

– Tu as déjà pensé à ce que nous deviendrions – les enfants et moi – s'il t'arrivait quelque chose?

– Non. La pensée de ma mort m'est très désagréable.

– Ne ris pas. Tu as pensé à nous?

– Heu... je... mais tonnerre! cela fait bientôt vingt-cinq ans que je navigue et je n'ai pas encore reçu la moindre petite égratignure. Il n'y a pas de raisons pour que cela ne continue pas. En voilà des idées macabres quand je t'ai sur mes genoux! Je te vois encore venir, toi...

– Riqui...

– Quoi encore?

– Dis, pourquoi ne veux-tu pas faire ce magasin?

– Ça y est... *Schiphandelaar! Schiphandelaar!* Je n'entends que cela depuis cinq ans bientôt. On dirait que tu considères ce métier comme le plus magnifique du monde. Mais bon Dieu, pourquoi veux-tu que je devienne commerçant et – sans doute – que j'aie un gros ventre, comme Hondschoot? Acheter, vendre, être fourré du matin au soir dans un réduit qui sent la corde neuve; mais ce n'est pas une vie, cela! C'est bon pour les vieux et – Dieu me damne – je n'ai encore que trente-cinq ans... à peine. Sacré diable si...

– Ne jure pas comme cela et cesse de gesticuler, tu vas me faire tomber.

Il s'immobilisa brusquement, le visage fermé. L'irritation grondait en lui. *Schiphandelaar*, juste ciel! Quand donc cette sotte idée sortirait-elle de la tête de Maria?

– Tu n'es pas heureuse comme cela, non?

– Non. Je pense aux enfants.

Rinus ouvrit la bouche pour répondre, mais d'un mouvement preste Maria s'était dressée. Des sabots claquaient sur le seuil. Le nez en bec d'aigle, la bouche en coup de sabre et les oreilles immenses de Sinistre apparurent dans l'encadrement de la porte.

– Bonjour Maria. Salut, patron. Je ne vous dérange pas, non? Vous ne pourriez pas venir : c'est pour ce fichu Waterkeyn qui mène à bord un tapage d'enfer parce qu'on lui a un peu écorné son rafiau au dernier accostage. Il prétend ne pas quitter le pont et jure qu'il ne se tirera pas des réparations à moins de vingt florins.

– Attends, j'arrive. Vingt florins! Vingt coups de pied dans le derrière, oui. Et vite encore. Si tu pars devant tu peux lui dire qu'il se prépare.

– Je crains qu'il ne soit pas d'accord, grimaça Sinistre.

Tout en enfilant sa vareuse Rinus bénit son second. Son apparition coupait court à la discussion. Il se sentait perdre pied dès que Maria parlait des enfants. Les enfants! Les enfants! Toujours les enfants! Il posa un vif baiser sur les joues de la jeune femme.

– Tu sais, Johan n'a que sept ans, nous avons le temps d'en reparler.

Le temps ? Maria n'en était point si sûre. Les années passaient si vite !

Du seuil, elle vit s'éloigner Rinus. A l'autre extrémité de la rue, Johan déboucha fougueusement.

– Papa !

Hirsute, un nouveau sabre de bois à la main, l'enfant passa devant elle en galopant sans lui jeter un regard. Elle le suivit des yeux, gambadant aux côtés de son père. Elle eut un petit pincement au cœur. Comme ils allaient disparaître, la jeune femme cria.

– Renvoie-le-moi vite, et ne rentre pas trop tard pour dîner.

– Dieu garde ! clama De Boer.

Il marchait, léger. Il se sentait infiniment plus souple et fort qu'à ses vingt ans, gonflé d'une force qui ne demandait qu'à s'employer. *Schiphandelaar ?* Bon Dieu non. Il passait dans le ciel un vent joyeux, plein de vivacité, que Rinus respirait avec allégresse. De temps en temps il glissait un coup d'œil prompt sur le gamin qui trottait devant lui : « Beau bougre, pensait-il. Et ça ne deviendrait pas marin ? Il l'est déjà autant qu'il est possible de l'être à sept ans. Il me fait un peu penser à Frans... » A la vue du port, de son bateau, De Boer eut une poussée de fierté : il avait sa maison, un beau bâtiment, des enfants... eh bien ! oui, là, des enfants superbes, et une femme... Ses pensées allèrent vers Maria avec tendresse. Tout cela c'étaient la mer et son métier qui le lui avaient donné. Oui, même Maria et Johan, et Pieter, et Corneel, et la petite Godelieve, et tous les autres qui viendraient encore. Si ce n'était son métier, à lui, Rinus, qui aurait pu nourrir, qui nourrissait ces petites bouches ? Et Maria voulait le lui faire abandonner pour le voir vendre des ficelles, des bouts de fer et de la saumure, comme un épicier ? *Schiphandelaar ?* Au diable !

– Qu'est-ce que vous dites, patron ?

– Moi ? Rien.

Il regarda le soleil qui déclinait au-dessus des remparts et brillait sur l'eau plate des bassins. Ses reflets et sa lumière, qui tournaient au rouge du crépuscule, lui rappelèrent la dernière recommandation de Maria : « Bigre, il faudra que je me dépêche si je ne veux pas arriver en retard. » Il bouscula son second.

– Eh bien, Sinistre, tu rêves? Où est ton Waterkeyn que je lui règle son affaire? J'ai les pieds qui me démangent.

Arriver à l'heure – ou à peu près à l'heure – du repas du soir était l'un des soucis majeurs de Rinus De Boer. Sans cette légère contrainte, il se fût senti tout à fait libre, et indépendant comme une mouette dans le vent. Mais avec le respect de son beau vestibule, celui de la ponctualité aux repas était un chapitre sur lequel Maria ne badinait pas. Après quelques mois de mariage, tout naturellement, Rinus avait insensiblement repris les habitudes de vieux célibataire qui étaient de règle rue du Bout-du-Monde où, si la cuisine y était fameuse, elle était honorée aux heures les plus résolument fantaisistes. L'horaire n'en était point commandé par l'horloge dorée de Saint-Martin et moins encore par les estomacs, mais uniquement par le bon plaisir et les circonstances les plus diverses : l'agrément d'une discussion qui se prolonge, entre hommes, sur l'appontement, les passionnantes péripéties d'une partie de bassette à la *Ville de Douvres,* ou le récit palpitant – mais interminable – d'un Jan Yoens narrant sa dernière aventure à l'estaminet du *Witte Konijn* [1]. Pourquoi, marié, De Boer eût-il changé ces habitudes si pratiques alors qu'à la maison les femmes – c'était connu – attendaient toujours le retour du maître? Oui pourquoi, je vous le demande? Rentrant rue du Bon Vent à l'heure où la nuit complète engloutissait la cité, Marinus n'avait nullement conscience d'être un mari fâcheux et considérait comme extrêmement normal d'y trouver table mise, auprès de Maria endormie au coin du feu mourant.

1. Le Lapin Blanc.

Oui, tout à fait naturel... jusqu'au jour où s'étant attardé jusqu'à la fermeture des tavernes, il se trouva devant sa maison silencieuse et sans lumière. Dire qu'il en fut surpris est peu de chose. Interloqué, il resta un instant figé devant la façade muette et sans lueur. Dans la pénombre elle lui paraissait pleine de reproches informulés, bougonnante et froide, et pour tout dire parfaitement étrangère. A l'évidence, elle ne reconnaissait pas Rinus. Lui non plus d'ailleurs, et il fit quelques pas pour s'assurer qu'il ne s'était point trompé. Quand il fut évident que les quelques *dobbelkuyt* qu'il avait bues n'avaient point troublé son esprit, il se sentit envahi d'une légère inquiétude. C'était à quelques semaines de la naissance de Johan et Maria, les jours précédents, lui était apparue assez fatiguée. Avec les remords, De Boer eut la soudaine conscience de l'heure tardive, s'injuria copieusement et – ses sabots à la main – poussa doucement la porte. Il avait une faim terrible.

Il s'enfonça en tâtonnant dans l'obscurité rébarbative. Dans l'ombre il devinait les meubles familiers, cette nuit invisibles : personnages boudeurs, tout raidis par une muette réprobation. Au passage, traîtreusement, une chaise lui décocha un lâche coup de pied et s'enfuit en dansant de joie sur les dalles. Rinus jura tout bas et se frotta le tibia avec rage. Où diable pouvait bien être la pierre à feu? Il faisait noir comme dans l'âme d'un hérétique. Vainement il promena ses mains prudentes pour essayer de la découvrir. A la place habituelle du silex il ne sentit que la rugosité des pierres froides de la cheminée. Le pique-chandelle, qu'il heurta, tomba bruyamment au sol avec des ricanements de cuivre. Seigneur, qu'il avait faim!

Il s'agenouilla au sol et tenta de ranimer le feu. Un instant il espéra, mais le ver luisant qui sommeillait sur une bûche refroidie – après lui avoir soufflé toutes les cendres au visage – cligna malicieusement son petit œil rouge et s'évanouit. Rinus se sentit abandonné des dieux, et les maudit avec ferveur.

Sur ses chaussettes, à pas circonspects, en jetant vers les

meubles ennemis des regards défiants, De Boer se mit à fureter à tâtons. Misère d'un homme que la faim tenaille et dont les mains errantes ne rencontrent que le vide! La table était nue, et désert le placard où il ne rencontra que des piles d'assiettes narquoises. Son odorat, pourtant, ne le trahissait pas : là, quelque part dans cette pièce, devait être un morceau de lard dont le fumet le rendait à moitié fou de faim. Il étouffa un cri de victoire en heurtant le bahut. Damnation! Il était fermé à clef.

Alors, vaincu, Marinus De Boer, maître après Dieu à bord du *Op hoop van Zege*, renonça. Les entrailles dévorées et tout en se maudissant, il monta dans sa chambre. A la lumière de la lune qui tombait au travers des vitres closes, le spectacle qu'il y vit emplit son cœur de tendresse. Maria dormait, tout en boule, collée au mur. A côté du lit, sur la petite table, se révélait le pique-chandelle mélancolique, pleurant de magnifiques stalactites de cire blanche et pétrifiée. « Le cher ange, songea Rinus, attendri, elle s'est endormie en m'attendant... »

Avec des précautions infinies il se déshabilla et, stoïque, se coucha à jeun. Le lit craqua d'une manière triomphante. A la même seconde Maria se trouva sur son séant.

– C'est toi, Riqui?

– Tu attendais quelqu'un d'autre?

Un baiser.

– Je te croyais parti en mer.

Rinus considéra l'ombre d'un œil méfiant. Il y avait dans la voix de Maria un frémissement, une vibration moqueuse qui éveilla en lui un doute très bref. Une seconde, à voir la jeune femme dressée et son regard pétillant de malice brillant dans l'obscurité, De Boer eut le sentiment indéfinissable d'avoir été la victime d'un complot. Maria, vraiment, paraissait beaucoup trop vive pour sortir à l'instant même du sommeil. Lentement ses soupçons s'affermirent. Il balança entre l'orgueil et la faim. Se tourner noblement et dormir, ou bien... Un délicieux flot de salive lui envahit la bouche. Il quémanda, penaud.

– Où as-tu mis la clef du bahut?

Ah! le rire joyeux, cristallin, interminable! Dix lutins facétieux s'esclaffaient dans tous les coins de la pièce, délirants. Lugubre, Rinus les écoutait, horriblement vexé.

Par après, quand il s'attardait, il dépêchait un gamin à la rue du Bon Vent.

– Va dire à ma femme que j'arrive dans une demi-heure.

Au troisième messager le remords le prenait et sur un bout de papier il griffonnait deux phrases lapidaires : « Je t'aime » et en dessous, en caractères plus gros : « J'ai faim! » – proclamation doublement sincère qu'il signait d'un cœur transpercé d'une flèche (absolument!) ... A trente-cinq ans bien sonnés, Rinus jouait encore les adolescents amoureux avec beaucoup de naturel.

Manège charmant qui dura jusqu'au jour où, rentrant sur les pas de sa cinquième estafette, Rinus trouva sur son assiette – et brillamment illuminé par la chandelle – un énorme cœur de veau festonné de ravissantes guirlandes de persil. Il considéra le monument d'un œil parfaitement dessillé.

– Qu'est-ce que c'est que ça?

– Ça? mais c'est ce que tu me demandes depuis des mois. J'ai enfin compris que tu voulais du cœur.

Et de rire... Oui, c'étaient des moments délicieux. Jamais, la chose était évidente, une femme flamande n'avait eu aussi peu de respect et ne s'était moquée de son mari avec une telle impudence.

A cette pensée qui le visita soudain dans la taverne du *Witte Konijn*, Rinus De Boer constata que la nuit était tombée. Waterkeyn, un peu rouge, avait baissé le taux de ses revendications à quinze florins. C'était encore cinq de trop pour Rinus, qui ne prétendait point en démordre. Il considéra le front buté de son interlocuteur mais se sentit de taille à être plus têtu encore. Ce n'était pas une question d'argent, mais de prestige. « Il ne m'aura pas, songea-t-il, mais cela va être long. »

– Tiens, Sinistre, va me porter ce petit mot à la maison.

Hâtivement il écrivit les quatre mots, toujours les mêmes. Mais maintenant – avec un espoir d'ailleurs perpétuellement déçu – il les ponctuait du croquis d'une énorme et suggestive poularde. Depuis quatre ans Rinus devait en être à la deux centième évocation manuscrite de ce volatile. Mais Maria, chose curieuse, paraissait n'avoir pas encore compris.

Rinus était persévérant. Il persistait. Cette fois-ci encore c'est d'une main ferme qu'il agrémenta son gallinacé des arabesques d'une fumée appétissante, mélancolique, et sans espoir...

III

Après avoir tiré une dernière salve meurtrière, les trois fils De Boer débarquèrent de la vieille caisse qui naviguait impétueusement sur les pavés de la rue du Singe. L'ennemi était en fuite, et les trois De Boer se sentaient l'âme gonflée d'héroïsme. Ils étaient hirsutes, trempés jusqu'aux chausses et tout pleins encore d'une grande ardeur guerrière. Et puis, ils avaient faim.

Ce n'est qu'en approchant de la rue du Bon Vent que l'inquiétude les gagna. Il était tard, et les premières ombres de la nuit obscurcissaient le ciel. Ils se sentirent coupables. Depuis le matin ils erraient par les plages et les champs, et il ne leur restait rien des tartines qu'au matin l'oncle Nélius leur avait jetées, très nerveusement.

– Et ne revenez qu'à la fin de l'après-midi, hein?

Johan, malgré son air martial, pensait avec appréhension à l'énorme accroc qui lacérait sa culotte. Bon Dieu! cela avait été un terrible coup de sabre. Le dos au mur, timidement, il pénétra dans la salle commune. La table était déjà mise. Dans la pénombre, avant que l'on allumât les chandelles, Cabiljauw était assis aux côtés de la tante de maman Maria et de l'énorme Mme Zonnekeyn. Tous trois paraissaient soucieux et mangeaient en silence. Johan, à la longue pipe absente au râtelier, vit que papa Rinus n'était pas encore rentré de croisière. Maman Maria, non plus, n'était point là. Pensant à l'accroc de sa culotte, il en éprouva un grand soulagement.

Sans que l'oncle Nélius parût les voir, les trois frères gagnèrent furtivement leur place. Ils s'attendaient à l'orage, mais rien ne vint. Chose stupéfiante, Cabiljauw les servit sans leur faire un reproche. Le regard du marin, qu'ils rencontrèrent avec appréhension, était même plus doux qu'à l'habitude. Un calme miraculeux régnait dans la maison. Les enfants se regardèrent, étonnés et ravis. Décidément, quand m'ma et papa Rinus n'étaient pas là, la vie était débarrassée de bien des soucis.

S'enhardissant, Johan glissa un coup de pied à Pieter, qui répondit timidement d'abord, puis avec ardeur. Il y eut, sous la table, une mêlée de silencieuses ruades auxquelles Corneel – vainement – tentait de prendre part. Il s'irritait. Attendez un peu qu'il ait les jambes plus longues et ils verraient, ses frères, s'il n'était pas capable de leur rendre leurs coups! Une minute encore, sans lâcher sa cuiller, il s'obstina, faillit réussir mais, manquant glisser sous la table, se rétablit sur sa chaise et renonça, dépité. « Il rage! » pensa Johan, jubilant à la vue du front baissé de Corneel. La voix claire de Pieter s'éleva :

– Est-ce que le petit frère est déjà arrivé, oncle Nélius?

– Tais-toi et mange. Il n'y aura pas de petit frère. La cigogne a oublié de l'apporter.

Un peu plus tard, dans leur chambre, les De Boer commentèrent l'étonnante nouvelle. Pieter triomphait.

– Là, tu vois ce que je t'ai dit? On ne fabrique pas des petits frères : on les achète.

Johan haussa les épaules.

– Les acheter? Où ça?

– A l'église, chez le petit Jésus.

– Qu'est-ce qui t'a raconté ça?

– Le Père Brand.

– Oh! toi, avec tes curés...

– Papa Rinus n'avait peut-être pas laissé assez d'argent à m'ma pour acheter un petit frère? intervint Corneel, qui s'endormait.

Une fois encore Johan haussa les épaules. Mais il était

ébranlé. Deux fois déjà un petit frère, annoncé en grand mystère, n'était pas venu. Et une autre fois c'est Godelieve qui avait inopinément pris la place du garçon prévu. Il y avait quelque chose de louche dans tout cela. Et maintenant Piet racontait que c'était le petit Jésus qui vendait les bébés! Lui, Johan, n'avait jamais vu un commerce semblable, à l'église. Et Dieu sait pourtant s'il levait le regard plus souvent qu'à son tour, et même au moment de l'Élévation. Enfin, qu'avait à voir dans cette affaire cette cigogne qui arrivait brusquement d'on ne savait où, et dont l'oncle Nélius avait parlé tout à l'heure? Il s'agirait tout de même de s'entendre. Était-ce une cigogne, papa Rinus, ou le petit Jésus? De qui se moquait-on? Johan se sentait mortifié.

– Hé Piet... Piet? C'est bien le Père Brand qui te l'a dit?... Piet!

Il lança son oreiller dans l'ombre, mais rien ne lui répondit. Piet dormait.

Troublé et furieux, Johan rua dans ses couvertures, se roula en boule et égrena à mi-voix tous les beaux jurons de sa connaissance. Au quatrième – il n'en savait que six – il sombra dans un sommeil sans rêves.

De Boer revint moins de six jours plus tard. Bien avant qu'il embouquât le havre d'est, Cabiljauw, tout essoufflé, gravit l'étage. Dans l'entrebâillement de la porte, sa barbe passa tout entière, illuminée d'un magnifique sourire.

– Il est là, Maria. Vingt dieux! il traîne une prise d'au moins deux cents lasts, mais il a du mal avec ce sacré vent. On ne doit pas l'attendre ici avant la fin de la matinée. Je file. Avant qu'il ait sauté à terre je le saisis par une oreille et vous l'amène tout chaud ici. A tout à l'heure.

Il descendit si vite qu'il en trébucha sur les marches.

Trois heures bientôt s'étaient passées et la maison n'était que silence. Maria entendit Saint-Martin sonner midi et pensa que ses trois garçons étaient partis sans manger. Ils devaient être actuellement au sommet de la plate-forme, rouges d'excitation et fiers comme de jeunes coqs.

– C'est papa Rinus qui revient!

Maria eut l'envie soudaine, irrésistible, de courir aux remparts pour assister au retour de son homme. Debout à l'arrière du *Op hoop van Zege*, il agitait si joyeusement son bonnet, du plus loin qu'il apercevait la foule massée sur la plate-forme! Et les murmures qui couraient parmi les spectateurs, à chacun de ses heureux retours.

– Crédiable! il en a encore une, et une grosse. Il n'y a pas à dire : « Haring », tout de même, ça c'est un marin!

Que lui importait alors qu'on nommât « Haring » son Riqui! Entre ses trois garçons Maria était gonflée d'orgueil, et, perdue dans la foule, se croyait néanmoins la cible de tous les regards. Fiévreuse et debout, le visage creusé de soudaines fossettes, il lui semblait vraiment revivre, après tant de jours... La silhouette de la frégate, apparaissant au large de la ville, chassait d'un coup toutes ses appréhensions de semaines interminables et de nuits sans sommeil. Rinus lui revenait, et au-dessus de l'étendard d'or au lion noir, Maria cherchait l'étamine blanche qu'elle lui avait remise et qu'il arborait toujours à ses retours : « Tout va bien! » disait l'étoffe claire, du plus loin qu'on pouvait l'apercevoir à la corne du mât.

Et la voix de Rinus, virile et chaude, lorsque leur bateau abattait ses voiles, à l'instant de pénétrer dans le port! Ses ordres couraient, portés par le vent. Ils étaient comme une première caresse qui faisait tressaillir Maria et l'attirait, courante et toute rose, vers le débarcadère. Maria adorait la voix de son homme.

Elle s'agita dans son lit. Pour la première fois depuis huit ans elle allait manquer l'un de ses retours. A l'heure présente, la croyant sans doute aux remparts, il devait agiter son bonnet vers la foule anonyme. Que penserait-il en ne la voyant pas sur l'appontement, la première à le recevoir? Il serait sans doute inquiet. Il ne fallait pas qu'il fût inquiet. Peut-être était-il temps encore, et serait-elle assez forte pour aller jusqu'au port?

Doucement elle glissa du lit et posa le pied sur les planches. A toute volée des cloches battirent dans la pièce. Elles étaient énormes, terrifiantes et ébranlaient Maria jusqu'au fond de l'être. Prise d'un étourdissement, elle se cramponna. Elle fermait les yeux. Le bruit ne cessait pas. Non, ce n'étaient pas des cloches, mais plutôt un *rommelpot* immense sur lequel Johan devait taper avec une rame. Après chaque coup, il riait. Maria l'entendait rire.

Insensiblement, la rumeur s'atténua. Pourtant les bruits persistaient, qui allaient en se rapprochant : des cris, des rires, le roulement d'un *rommelpot* qui n'était plus qu'un jouet d'enfant, et surtout – surtout! – un pas rapide qui franchissait le seuil, courait fermement sur le carrelage, gravissait l'escalier en larges enjambées. Son pas!

Rien, désormais, ne comptait plus. Rien que le contact de cette étoffe rude, toute fraîche, à l'odeur de sel et de vent, dans laquelle Maria enfouissait son visage. Rien que les muscles durs qu'elle sentait bouger contre son corps, à travers la vareuse. Rien que cette voix profonde, très basse, qu'elle entendait gronder tendrement dans la poitrine de Rinus.

– Ma grande bête chérie... ma grande bête chérie...

Il ne trouvait pas d'autres mots, et Maria les trouvait les plus merveilleux du monde. Il la souleva dans ses bras pour la recoucher et elle s'abandonna comme une enfant, épuisée, à cette tendre et mâle étreinte. Elle reniflait contre une large épaule, à la solidité de roc.

A vingt-huit ans, soudain, elle se sentait terriblement vieille. Jamais, plus jamais, elle ne pourrait avoir d'enfants. Mais Rinus était là et Maria, dans les bras qui la berçaient, se sentait invulnérable et prête à défier le temps.

IV

Malgré les échecs, Maria ne renonçait pas à l'espoir de se voir un jour la femme du *Schiphandelaar* Marinus De Boer. Les années passaient, dont chacune raffermissait cette ambition née en elle, comme son Johan, et peu de temps après la venue au monde de celui-ci. Depuis, deux lustres s'étaient écoulés, durant lesquels son goût bien féminin de la sécurité ne s'était pas encore accoutumé à l'instabilité du métier de Rinus. Aux saisons fastes, après une campagne heureuse, succédait soudain une période difficile : la mer semblait vide de proies, une voile se déchirait qu'il fallait remplacer, une malchance s'abattait sur le *Op hoop van Zege* qui restait des semaines entières à sillonner vainement le grand large. Rinus ne faisait alors que de rares apparitions à terre, étreignait Maria, embrassait les enfants et repartait, enragé. D'un abordage malheureux, la frégate revenait blessée, son pavois ou un mât fracassé, immobilisée pour des jours quand justement se signalait un convoi hollandais faisant route vers l'Angleterre. Puis le vent se levait, qui bloquait Rinus au port. L'argent, lentement amassé, fuyait avec une rapidité inimaginable.

De Boer, ces fois-là, était d'humeur sombre. Il partait dès l'aurore, n'apparaissant rue du Bon Vent que pour manger hâtivement, et repartait pour le port sans avoir desserré les lèvres. Parfois Maria, lasse d'attendre, devait elle-même aller lui porter ses repas à bord du *Op hoop van Zege* qu'il prétendait ne point quitter et veillait avec une sollicitude inquiète. Elle le trouvait les manches troussées, aidant les charpentiers qui réparaient un bordé, ou les mains noires du goudron dont il voulait lui-même enduire la coque. Il mangeait assis sur une glène de filin, à bouchées lentes, et sans quitter du regard sa frégate.

– La pauvre vieille, elle en a encore vu de dures...

Un attendrissement passait dans sa voix.

Maria pensait qu'il avait dans les yeux la même tendresse soucieuse que lorsque Pieter, malade, avait échappé à la mort. Et elle en venait à douter que Rinus l'aimât autant que ce bateau sur lequel il se penchait, tâtant les bois avec des gestes semblables à des caresses. Une pointe de jalousie la traversait, qu'elle chassait aussitôt mais qui continuait à veiller en elle, sourdement. C'étaient des jours où elle sentait son homme lui échapper. Elle le surprenait parfois rêvant des minutes entières, exactement comme au début de leur mariage, avant qu'ils eussent leur maison, quand, rue du Bout-du-Monde, elle le trouvait pensif au-dessus du livre de bord du *Damschutte :* « Un jour, j'irai aux Indes... » Il ne l'avait plus rouvert depuis la naissance de Pieter, voici douze ans déjà... Tout au moins le croyait-elle. Mais une inquiétude aiguë transperçait Maria.

– Riqui !

Il baissait sur elle un regard absent qui lentement s'éclairait :

– Mais non, grande bête chérie, n'aie pas peur. Je suis trop vieux maintenant.

Elle n'en était pas sûre, et restait tourmentée des jours entiers par le souvenir du vieil Adrian De Boer parti pour les Antilles, aux approches de l'âge mûr. Qui pouvait savoir quels désirs fermentaient dans les pensées de son homme ? Maria en venait à haïr la frégate et farouchement se cramponnait à l'espoir que viendrait le jour où Rinus ne penserait plus aux aventures. Elle était de ces femmes qui épousent des héros et les veulent ensuite retenir au foyer. Mais allez demander au pétrel d'abandonner l'air mouvant des tempêtes !

Quand Maria, prudemment, revenait au sujet qui lui tenait au cœur, Rinus devenait comme un mur. Impénétrable. A travers les phrases d'apparence insignifiante il flairait le piège de loin, et de crainte d'y tomber se dérobait, s'enfermait dans un mutisme têtu qui lentement lui durcissait le visage. C'était l'époque de ses colères silencieuses, plus terribles que des éclats de voix qui sont preuve de faiblesse. Pour un rien, une porte mal fermée, le sel qui manquait sur la table, un bruit qui l'agaçait, il se levait, fermait l'huis ou s'en allait vers l'armoire avant de se rasseoir, sans un mot. Ou alors son regard se posait sur l'importun, des secondes entières, avec une fixité terrible. Chacun dans la maison se tenait coi sous ce muet orage. Maria, pas plus que Pieter, n'était rassurée, mais pourtant un éclair amusé passait dans son regard. Chaque fois, de l'avoir vu, Rinus se sentait ridicule et misérable comme un chat sous la pluie. Il n'en rageait, le front baissé, qu'avec plus d'obstination.

Un jour cependant, il éclata; et sa voix, très basse, avait des tremblements de colère :

– Je resterai corsaire et jamais, jamais entends-tu? je ne deviendrai *Schiphandelaar*. Qui commande, ici?

– Mais toi, bien sûr! avait-elle répondu, de sa voix flexible.

Rinus n'en était point certain.

Maria se taisait, laissait passer le grain. Elle avait cette volonté des femmes, qui est la patience, et attendait à nouveau son heure. La seule fois où, elle aussi, perdit son sang-froid, ce fut lorsque, en recousant la vareuse de Rinus, elle trouva dans l'une des poches une boucle de cheveux blonds, précieusement serrée dans un parchemin huilé. Les heures d'attente qui suivirent furent parmi les plus terribles de sa vie. Quand Rinus revint du port, il se trouva face à une furie au regard chargé d'éclairs, à la voix déchirée. Nerveuse, elle brandissait la mèche qu'elle jeta sur la table, accusatrice.

– Qu'est-ce que c'est que cela?

Il éclata d'un rire puissant, interminable, irrésistible, qui lui fit venir les larmes aux yeux et sous lequel Maria sentit s'écrouler sa fureur.

– Mais, grande bête, ce sont tes cheveux, que tu m'as donnés quand nous étions fiancés!

Elle en fut effrayée plus que d'apprendre qu'il l'avait trompée. Quoi, avait-elle tellement vieilli que ses cheveux même lui étaient méconnaissables? Elle cacha sa confusion sur les genoux de Rinus, dans ce tendre abri à la bonne odeur de tabac et de chaleur d'homme qui émanait de toute sa personne.

– Eh bien! maintenant, comme cela, tu le sais. Si jamais tu me trompes, je lui arrache les yeux.

– A qui?

– Je ne sais pas. Mais je t'arracherai les yeux d'abord. Essaye un peu.

Elle le taquinait. Elle lui tirait la barbe, lui enfonçait

ses doigts dans les oreilles, le chatouillait : « Mon gros ours ! » – et Rinus grognait, en apparence fâché, mais heureux comme un dieu. Ces époux étaient comme des enfants. Rinus ne savait si les autres femmes jouaient à la fillette sur les genoux de leur mari, et l'eût-il su qu'il l'eût trouvé ridicule. Il s'imaginait être seul au monde à connaître cette faveur. Ainsi, entre eux, s'était formée une entente faite d'affection, de camaraderie, de brefs nuages, de tendresse moqueuse et de désirs qui faisait de leur amour le plus merveilleux du monde.

Les enfants grandissaient, et lentement s'endormait chez Maria la crainte de les voir un jour devenir marins. Elle s'endormait dans la confiance qu'ayant couvé des œufs de ramiers, il en sortirait des pigeons domestiques. Déjà Pieter lui avait dit, à elle seule, ses projets d'avenir. La maladie l'avait mûri d'une gravité précoce et c'est le plus sérieusement du monde qu'à onze ans, il avait avoué vouloir devenir prêtre. Il passait des heures entières avec le Père Brand, fréquentait assidûment la bibliothèque des Capucins, convoitait une place d'enfant de chœur et son teint de fille rosissait quand Johan se permettait un juron. De Corneel, le plus jeune, Maria ne savait encore ce qu'il deviendrait. C'était un garçon curieux, impénétrable et froid, foncé de tignasse et brun de regard, dont la présence au milieu de cette famille de blonds aux yeux clairs étonnait comme celle d'un merle dans un pigeonnier. Voici plus d'un siècle, au lendemain de la débâcle de l'Armada, une galéasse espagnole pourchassée par Drake et Seymour s'était échouée devant Nieuport. Dans la tempête qui battait la côte, quelques soldats avaient pu joindre le rivage, et l'un de ceux qui avaient échappé à la noyade était Alonzo Florès. Peu après, il avait épousé une Martha Groeningen. Ils en avaient eu un fils, Juan, dont à son tour la fille Ascension avait épousé Sébastian De Boer, père du vieil Adrian, le flibustier des Antilles. De cette lointaine ascendance, une fois par génération, le sang espagnol flambait soudain chez les De Boer et donnait naissance à un enfant au teint plus chaud qui rappelait les ancêtres du Castillan

Alonzo Florès. Corneel était un produit de ces mystères de l'hérédité dont la venue avait stupéfié Maria, mais avait laissé Rinus sans émoi : tante Palma, elle aussi, n'avait-elle pas eu jadis le cheveu plus noir encore et un sombre regard de Méridionale ?

A neuf ans Corneel, attiré, fréquentait les Espagnols de la garnison et conversait avec leurs enfants dont inconsciemment il avait fait ses compagnons de jeu. Il n'avait qu'un juron : « Dios ! » qu'il prononçait avec un accent où l'âpreté et la douceur sifflante se mêlaient de façon étrange. Il avait une facilité prodigieuse pour les langues, parlait français avec Maria, flamand avec son père et ne paraissait nullement attiré par la mer. C'était là son seul don, avec une capacité de travail étonnante : il étudiait lourdement, mais avec la ténacité d'une fourmi gravissant cent fois un talus de sable avant de le franchir. En cela bien flamand, par son obstination, sa volonté jamais rebutée par les obstacles. Et par son calme aussi, auprès duquel celui de Rinus semblait pétulance. Non, celui-là ne serait pas marin non plus : son regard était trop positif, et trop froid.

Godelieve, elle, suivrait son destin, qui est celui de toutes les femmes.

Restait Johan, qui avec ses subits enthousiasmes, ses rêveries, sa nonchalance, ses joies soudaines et les jeunes colères qui l'empourpraient, était peut-être, quoique l'aîné, le plus jeune des trois frères. De celui-là, Maria n'était point sûre. Qui pouvait savoir ce qu'il pensait quand, dans un coin de la pièce, il sifflotait pensivement des heures entières, avant de se lancer impétueusement au-dehors ? Intriguée, Maria avait tenté de l'interroger.

– Et toi, que feras-tu plus tard ?

– Moi ? J'achèterai un chien. Je déteste les chats.

C'est tout ce qu'elle en avait tiré. Il était parti, les mains dans les poches, après un bref sourire, fulgurant, évanoui aussitôt que né. On ne savait jamais avec lui s'il riait ou parlait sérieusement.

Il aimait les jeux et la solitude. Après s'être battu des

heures durant avec Philippe Van Maestricht et des gamins du port, il les quittait brusquement et partait flâner dans la campagne. Il s'en allait à pas museurs, les mains enfoncées dans les poches et sifflotant d'un air absent de vagues mélodies. Il savait imiter le merle, l'alouette et le loriot, le cri du râle et le chant du coq; et on l'aurait pu voir, parfois, le visage levé vers les branches d'un saule, avoir avec un bouvreuil des conversations interminables. Rinus lui-même s'en inquiétait.

– Ma parole, on dirait qu'il est né paresseux! Il faudrait secouer cela.

– Laissez-le tranquille, bougonnait Cabiljauw. Il n'est pas plus paresseux que tu ne l'étais à son âge. Si tu avais vu ta tête quand Spierings voulait te faire étudier!

Entre le vieillard et le gamin s'était formée une curieuse amitié qui les attachait l'un à l'autre par des liens insoupçonnés. Le pouvoir d'enfance de Cabiljauw avait opéré sur Johan qui jamais ne se sentait plus en confiance et mieux compris que par le marin. Oncle Nélius était le seul à le traiter comme un homme, à lui parler d'égal à égal. C'était une chose qui étonnait toujours un peu Maria de les voir, côte à côte, marcher en discutant gravement, pendant des matinées complètes. Que pouvaient-ils bien avoir à se dire? Elle le percevait confusément.

– Cornélius doit certainement être occupé à lui farcir la tête avec ses histoires de voyage.

– Et alors, quel mal à cela? disait Rinus.

Elle ne répondait point, gardant ses soucis pour elle. N'était-ce point le *Trésor des Cartes* qu'elle avait un jour vu sur la table de la rue du Bout-du-Monde, quand elle avait été y chercher son Johan?

Maria ne se trompait point, mais ce n'était pas là le sujet essentiel des entretiens des deux compagnons. Ce n'en était même qu'un côté très accessoire. Ils aimaient à errer, à rester des heures sur les berges du canal de Bruges à regarder les petites poules d'eau qui fuyaient dans les roseaux, à faire débouler d'un sillon – en poussant des cris épouvantables –

un lièvre aux yeux exorbités de terreur, et à discuter sérieusement de choses sans importance.

L'un des beaux souvenirs de leurs vagabondages avait été la visite du phare. Cabiljauw connaissait le vieux Martin Liesveldt qui les avait accueillis en clopinant au seuil de sa tour. La nuit venait, et des hommes étaient en mer, attendant le retour de la marée tardive. Le gnome barbichu les avait fait pénétrer dans une pièce ronde, étrange, aux poutres de laquelle pendaient comme de flasques cadavres noirs. Ils l'avaient vu grimper une échelle aux barreaux festonnés de toiles d'araignées vénérables, tisonner les braises, et, sans un geste, redescendre lentement au sol, cramponné à une chaîne cliquetante qui grinçait.

– Vous allez voir...

L'un après l'autre, le gnome avait levé les contrepoids, et un souffle énorme avait commencé à ronfler au-dessus de leurs têtes. Des fantômes ventrus s'étaient gonflés dans la pénombre et une lueur rougeâtre avait jailli, qui teintait de reflets sanglants les flancs patinés des outres rebondies. Elles étaient là, à huit, toutes mafflues, et de dimensions différentes, ayant chacune sa voix sous la pierre qui les écrasait. Le vieux Liesveldt les nommait comme des démons familiers, en claquant la main sur leurs formes sonores. Il y avait là Sudouet, bedonnant et grondant d'un souffle inépuisable; Nordet, aigre et sifflant, et d'autres encore qui haletaient, grognaient, râlaient, gémissaient d'une vie mystérieuse entre les chaînes pendantes, pour attiser la flamme du phare. Quatre fois la nuit, le gnome les regonflait, oignait d'huile de pied-de-bœuf leurs panses de cuir luisantes. Cette vision avait fortement impressionné Johan qui depuis lors ne put jamais évoquer le dieu du vent que sous l'aspect d'un petit vieillard contrefait, barbichu, boitillant, veillant dans une grosse tour ronde sur ses vents enchaînés. Des années plus tard, quand la mousson le chasserait sur la houle de l'océan Indien, Johan-le-Siffleur penserait toujours au vieux Liesveldt : « Il doit y avoir une sacrée fuite dans le gros Sudouet! »

Là-dessus, le *Op hoop van Zege* revint, flanqué d'une flûte anglaise et de son très mélancolique capitaine. Rinus l'avait arraisonnée du côté des Sorlingues au large desquelles l'Anglais – peu méfiant – s'était laissé surprendre. Dans un coin de cale, De Boer avait découvert quelques petits tonnelets bien cachetés qui, ouverts, avaient laissé apparaître la solde complète d'un régiment d'Essex, qui tenait garnison aux Barbades.

Cela fit soudain beaucoup d'écus dans la maison de la rue du Bon Vent, laquelle fut repeinte et vit sa façade Renaissance se garnir de rondes-bosses et d'ornements floraux dorés à la feuille. On donna un beau plancher ciré au sol carrelé de la salle commune et le vestibule fut désormais défendu d'une massive porte de chêne. Un dauphin de cuivre sculpté lui servit de heurtoir.

Maria, ravie, pensait qu'avec une belle enseigne de fer forgé, ce ferait là une maison magnifique pour un *Schiphandelaar*.

V

Le sol grondait. Parfois, au passage d'un canon roulant sur les pavés ronds, un tremblement parcourait les murs. Les verres tintaient dans l'armoire. Des hommes en armes, mal rasés, aux habits d'un bleu roi déteint, tournèrent la rue des Bateliers. Un cliquetis d'acier les accompagnait. A travers les croisillons de la fenêtre à meneaux, Maria les vit s'arrêter au pied du Bastion, palabrer à grands gestes, et après avoir accoté leurs mousquets au rempart, commencer à décharger la charrette qui les avait précédés. Échelonnés de marche en marche, leur fresque mouvante s'élevait sur l'escalier de pierres grises et disparaissait, plus haut, derrière l'immobile écran d'une aile du moulin d'Espagne. Un à un les boulets passaient entre leurs mains à la façon des grains d'un énorme chapelet de fonte. L'évocation était si précise que Maria se mit à prier à voix basse, *Ave Maria Sanctissima;* mais si rapides étaient les gestes des soldats que jamais elle ne parvenait à la fin de sa prière.

– Riqui, que crois-tu qu'ils vont faire?

– Se battre, parbleu.

L'aurore les avait vus apparaître au fond de la plaine de Flandre. Ils avançaient dans un nuage de poussière, duquel s'échappaient des claquements de fouets, des cris et la lueur brève des armes. Dans ce matin de mai, entre les prairies grasses et les polders humides de rosée, ils surgissaient à l'horizon de l'aube, tel un énorme serpent aux écailles de couleurs et de fer. Depuis deux jours déjà, de Ramillies, était parvenu dans la ville l'écho de leur défaite. La veille au soir, de leurs chevaux fumants, six cavaliers avaient sauté au sol et réquisitionné l'Auberge du Relais. C'était l'avant-garde des Français du général de La Motte que pourchassait Malborough et, se rabattant du nord, les Hollandais d'Ouwerkerke. Ils étaient restés une partie de la nuit affalés derrière les tables de l'auberge, dans leurs uniformes salis qui puaient la défaite. Autour d'eux les soldats de la garnison espagnole pépiaient, peu flambards, l'inquiétude au fond de leurs yeux sombres.

Rinus les avait regardés, indifférent. Il ne connaissait que trop cette ambiance de veille de bataille. Avec l'accoutumance, les années avaient étouffé en lui cette fièvre qui le prenait jadis quand il avait assisté d'abord, participé ensuite, aux innombrables coups de main dont son pays avait été le théâtre. En avait-il connu, de ces alertes, depuis le jour où, sautant de son bateau, il avait galopé à la tête des *Compagnons du Hareng* jusqu'au *Karel den II* où Frans Van Maestricht canonnait les habits bleus! Toujours, depuis des décennies, les Français avaient été les ennemis désignés. Année après année, chaque printemps – ou presque – les voyait franchir la frontière et se répandre dans les campagnes. Il y avait trois ans à peine, De Boer avait encore fait partie de cette expédition commandée par la *Reine d'Espagne*, au cours de laquelle dix navires avaient été ravis à une flotte marchande protégée par cinq bâtiments de guerre battant pavillon à la fleur de lys. Maintenant Ostende les accueillait en amis, et s'apprêtait à se défendre contre les Anglais de Malborough que, huit ans auparavant, la ville saluait en alliés. Et Ouwerkerke accourait à nouveau vers les remparts de la cité qui l'avait repoussé moins de douze mois auparavant! Foutaise que tout cela! Rinus, pour lui seul, haussa les épaules, et laissa son regard se perdre dans la fumée de sa pipe.

Pour la quatrième fois depuis l'aurore la grosse cloche *borgstorm* [1] recommença à battre sourdement. Son bourdon planait sur les toits, se répandait hors des murs, lançait son appel inquiet dans les campagnes. Partout les cloches de guerre résonnaient à nouveau sur la terre de Flandre. Au galop un cheval passa, dont les fers crachaient des étincelles. Maria se recula un peu, d'instinct.

Un pli léger, presque imperceptible, marquait maintenant ses lèvres pourtant toujours rieuses, et une ombre voilait ce matin son regard à l'habitude empli de gaieté. A trente-trois ans, elle restait svelte comme aux premiers jours de son mariage et parfois, quand la joie la prenait, elle avait encore des élans de jeune fille. Son sourire l'illuminait alors, mais avec les ans il était devenu plus lent, et plus grave. Il n'avait plus cette promptitude, cet éclair fulgurant qui les premiers temps saisissait Rinus quand leurs yeux se rencontraient. Deux petites rides lui étaient nées à la racine du nez. Maria, devant son miroir, les considérait en fronçant le sourcil. « Ce ne sont que de petits plis! » Mais c'étaient bien des rides, et qui se creusaient insensiblement. Elle s'effrayait, soudain prise de panique. Elle l'appelait comme on crie au secours.

– Riqui! tu m'aimeras encore quand je serai vieille?

– Certainement non. Je déteste les vieilles dames : elles sont toujours fourrées à l'église, empestent l'encens, tourmentent leurs maris et n'ont plus de dents. J'adore tes dents.

1. De *borg :* bourg, et *storm :* tempête. Littéralement : tempête sur le bourg, tocsin.

– Ne ris pas et réponds-moi : tu m'aimeras toujours?

– Heu... je ne sais pas. Je crois bien que oui, mais ce sera par habitude.

– De Boer, vous êtes un monstre! boudait-elle, furieuse.

Il souriait et son visage à lui n'était alors qu'une ride. Sillons profonds, volontaires, qui burinaient ses joues sous les pommettes saillantes; traits horizontaux, rectilignes, qui barraient son front massif et entre lesquels, sous la chair, Maria croyait voir les muscles. A la quarantaine passée, ses cheveux drus avaient toujours les mêmes ondulations brèves, serrées, cette plantation fougueuse et pleine de vitalité dans laquelle elle aimait passer les doigts, pour l'ébouriffer. Il gardait les flancs plats, et sous des épaules peut-être un peu plus lourdes, un magnifique roulement de muscles, qui lui faisait comme une cuirasse. Quand il cessait de sourire apparaissait, au coin de ses yeux clairs de marin, un éventail de petits plis que le soleil du large n'avait pas atteints. Il se leva en s'étirant de tous ses membres.

– J'ai une faim de loup. Je vais aller chercher nos garnements. Si je ne les ramène pas par les oreilles, ils ne seront pas ici avant le soir.

Déjà la ville avait pris son visage de guerre, presque aussi familier que l'autre. On avait levé les ponts-levis; et des remparts, les guetteurs en armes veillaient du côté des terres. Rinus allait à pas lents, cherchant à découvrir la tignasse fauve de Johan dans les groupes qui s'affairaient. Son Jan devait être terriblement à son affaire dans toute cette animation et, sous une apparence indifférente, fasciné par les armes et les uniformes. De Boer pensa à l'indignation de Maria revenant toute rouge, voici deux mois à peine, de la rue du Bout-du-Monde.

– Rinus! tu ne sais pas ce qui est arrivé? Je viens de surprendre Cornélius qui donnait une leçon de sabre à Jan!

– Ah diable! Et qui l'emportait?

– Jan, bien sûr. Cornélius était coincé contre le mur et soufflait comme un veau marin. Je crois qu'il a été bien content de me voir arriver. Il est incorrigible. Tu devrais lui dire que ce ne sont pas des manières à apprendre à un enfant.

– Rien à faire de ce côté-là. Cabiljauw est têtu comme une mule andalouse. Il dira oui, et recommencera. Je parlerai plutôt à Johan.

– Qu'est-ce que tu vas lui dire ?

– Qu'au prochain assaut, il essaye de trancher la barbe de Cornélius : ça le calmera.

– Rinus !

Les yeux de Maria avaient jeté des éclairs.

Au détour de la rue de la Chapelle, Rinus se heurta à son second. Sinistre avançait, le front bas et la lippe pendante. De chaque côté de son crâne dolichocéphale, ses oreilles avaient une apparence lugubre. Bousculé, il leva en grognant un regard soucieux qui s'éclaira aussitôt lorsqu'il reconnut De Boer.

– Ah patron ! je vous cherchais justement. Vous savez la nouvelle ?

– Non. Vas-y toujours. On a voulu te mobiliser comme guetteur, pour mieux entendre l'arrivée des Anglais ?

– Il n'y a pas de quoi rire : les Anglais sont déjà là. Leurs avant-gardes ont surpris les Espagnols au moment où ils s'apprêtaient à ouvrir les écluses et à faire sauter les digues. Tu sais ce que cela veut dire ?

– Vingt dieux ! Arrive.

Il avança rapidement. En chemin ils croisèrent un groupe d'Espagnols qui parlaient à grands gestes autour d'un des leurs qu'ils emportaient, sanglant. Sous le vert foncé de la tunique apparaissait le jaune vif de la culotte collante, taché de sang. Rinus les couvrit d'un regard furieux et siffla : « Incapables ! » Par leur faute, la situation, qu'il envisageait encore l'instant d'avant avec insouciance, lui paraissait soudain inquiétante. Sinistre sur ses talons, c'est presque en courant qu'il gravit les remparts.

Une foule serrée, muette, contemplait la campagne. Déserts au matin, les polders s'étaient transformés en quelques heures en un camp animé piqueté de tentes rayées, de parcs à chevaux et de feux allumés dont les premières fumées montaient dans le calme de cette fin de jour. Des rumeurs confuses, menaçantes, venaient de la plaine et, par intervalles, des odeurs de harnais gras, de fatigue et de sueur. La marée était haute, et pourtant nul autre flot que celui de la Creque Sainte-Catherine et celui – dérisoire – des fossés n'enserrait la ville. Rinus jura sourdement.

L'absence de l'eau recouvrant les terres emplissait ce marin d'un malaise indéfinissable. De tout temps, aux jours de siège, il avait connu sa ville s'enveloppant de sa protection liquide. Plus qu'une tactique, c'était un instinct séculaire, un réflexe qui faisait alors courir les hommes vers les digues et les écluses, et lâcher la force du flot dans les prairies basses, vers l'assiégeant qui reculait. En l'espace d'une marée, Ostende s'isolait au large, revenait à la mer, et, tous ses ponts levés, se refermait derrière ses remparts battus par les vagues. Semblable alors à un bateau d'armes, à une île silencieuse hérissée de défense. Hors de portée des canons. Invulnérable.

Mais en cette fin d'après-midi, De Boer ne voyait hors de l'enceinte que les prairies nues et leurs herbes sur lesquelles glissaient les seules vagues du vent du soir. Sinistre marmotta :

– Et même pas moyen de gagner Nieuport : regardez-moi ceux-là...

De Boer ne tourna pas la tête. Au premier regard il avait aperçu au large une ligne de voiles que silhouettaient, à contre-jour, les feux du couchant. Elles paraissaient immobiles, mais chaque heure les révélait plus proches. De son œil de corsaire prompt à juger l'ennemi, il en avait évalué les forces : c'était une flotte de vaisseaux de haut-bord, anglais, bien sûr, et sans doute commandés par Fairnburn. De solides bateaux et un bon marin. Seul, Rinus n'eût pas hésité à forcer le blocus qui lentement se resserrait autour de la ville. Mais pouvait-il en courir les risques, avec Maria et les enfants ? Il rageait à froid, furieux comme une bête prise au piège.

– Cette fois-ci, j'ai l'impression qu'on va se faire saler, murmura Sinistre. Pour sûr, on va se faire saler...

– Tais-toi et viens.

Le bruit courait déjà la ville. Rinus aperçut la haute taille de Cabiljauw qui paraissait fulminer au milieu d'un groupe de marins puis, plus loin, Jan Yoens. Ce dernier pérorait sur le banc de pierre, au seuil de la taverne *Het Strooijen Haantje*. Devant l'Hôtel de Ville, De Boer put à peine avancer. De minute en minute un flot ininterrompu d'estafettes entrait et sortait de l'Auberge du Relais. Ils escaladaient ou dévalaient le perron, sautant en selle d'une souple détente, la main collée à la hanche sur le fourreau de leur épée. Toute la place n'était qu'un désordre d'hommes, de chevaux grattant du sabot les pavés, de gourmettes cliquetantes et d'appels clamés d'un coin de rue à l'autre.

De Boer aperçut Johan. Il était assis sur le timon d'un chariot dételé, les jambes ballantes, considérant l'animation avec un air de souverain détachement que démentait la vivacité de son regard. De profil, avec son nez bref, le pli moqueur de ses lèvres et le hérissement de ses cheveux clairs, il ressemblait à Maria d'une manière étonnante. Mais de face, l'angle dur de sa mâchoire, son regard perçant lancé sous un front têtu toujours un peu porté en avant, étaient bien d'un De Boer. Comme à l'habitude, évidemment, il sifflotait. De loin il vit son père qui s'approchait, et sans bouger lui grimaça un sourire.

– Hé là, Siffleur! où sont les autres?

D'un mouvement souple, Johan se glissa au sol. A douze ans, mince et élancé, il avançait, les mains dans les poches, avec une hardiesse nonchalante. Pas une fois, dans la foule, il ne dévia d'une ligne jusqu'à ce qu'il eût atteint Rinus. Il allait tout droit, de sa démarche balancée, sans céder passage aux gens affairés, qui s'écartaient.

– Ne te presse pas, fils, tu as ton temps. Ma parole, tu marches comme un capitaine de mousquetaires! Eh bien, où sont Godelieve et tes frères?

– Sais pas. Ils sont partis tout à l'heure. Je crois que Corneel et Godelieve sont rentrés à la maison, à moins qu'ils ne soient occupés à jouer avec oncle Nélius. Quant à Piet, il a été pris d'une peur bleue en voyant un cheval se cabrer. J'ai vu passer le Père Brand dans les environs. Ou ça m'étonnerait fort, ou Piet a dû aller se consoler dans ses jupes.

– Allez, file et ramène-les à la maison. Il va être l'heure de souper.

– Ça va, dit Johan.

Il s'en alla en sifflotant, d'un pas tout aussi paisible. Mais dès qu'il crut ne plus être vu de son père, il galopa. Il y avait quelque chose d'animal dans la souplesse de sa course et la manière dont – en courant – il lançait la tête de droite et de gauche pour découvrir ses frères. Il alla droit vers le couvent des Capucins. Comme il l'avait prévu, il y trouva Pieter en conversation avec le Père Brand. Avant qu'ils l'aperçussent, Johan reprit sa démarche nonchalante. C'est à peine essoufflé qu'il salua l'ecclésiastique.

– Excusez-moi, mon Père, mais nous devons rentrer à la maison. Vous n'avez pas vu Corneel et ma sœur ?

Sa voix avait les mêmes inflexions que Maria et, malgré sa politesse, une pointe d'impertinence qui ne l'abandonnait pas, même quand il s'adressait à son père. Mais il tenait de lui ce regard droit, qui jamais ne se dérobait, et faisait excuser ses façons : « Il est insolent comme un moineau, mais franc comme l'or », disait de lui Maria, à la fois irritée et fière.

– Allez, Piet, galopons, cela te remuera le sang. Tu dois être léger comme une plume après t'être soulagé de tous tes péchés. Tu lui as dit que tu faisais la cour à la petite Jeanfroid ?

Pieter s'empourpra.

– C'est toi qui devrais te confesser, mécréant.

– Diable non ! Une fois par an suffit, à Pâques. Maintenant, tu dois m'aider à trouver les petits. Tu as de la chance de n'être pas l'aîné : c'est une corvée à laquelle tu as échappé.

Silencieusement, le rire de Piet s'éleva. Bien qu'une seule année les séparât, il paraissait gracile à côté de la souplesse nerveuse de son frère. Sans répondre, il courut. Visiblement Johan essayait de lui faire perdre souffle, pour le narguer ensuite. Sur toute la longueur de la rue, Piet s'accrocha, avant de renoncer.

– Ça va, tu es le plus fort. Tu es content, maintenant?

Il souriait, hors d'haleine. Il avait un tendre regard de fille. Johan pensa qu'avant deux ans Corneel lui-même le battrait à la course. Et bientôt Godelieve, pour sûr. Mais il n'y eut aucun dédain dans sa voix, et seulement une tendresse bourrue quand il le rabroua.

– Mauviette! Tu veux que je te dise? Même Corneel te rosserait.

– Je voudrais bien voir cela!

– C'est tout vu.

Pour cette fois encore, pourtant, Pieter triompha. Le soir dans leur chambre, à l'issue d'une bataille silencieuse, il parvint à terrasser son cadet sous l'édredon. Ce ne fut pas sans mal : Corneel, malgré ses neuf ans, se battait avec la force et l'obstination d'un taurillon.

– C'est bon, dit Johan, tu n'es pas encore aussi mou que tu en as l'air.

Le compliment flatta Pieter, mais il n'aimait pas ces batailles auxquelles ses frères se complaisaient. Longtemps, essoufflé, il sentit son cœur lui cogner la poitrine. Depuis qu'il avait échappé au typhus, le moindre effort lui faisait battre les tempes. Furtivement il joignit les mains sous la couverture, et pour lui seul recommença ses prières. Il les acheva par un dernier souhait :

– Faites, mon Dieu, que je devienne aussi fort que Johan et que je puisse le rosser.

Dans la pièce voisine, Rinus et Maria, couchés, devisaient dans l'ombre. De rouges lueurs, lancées d'un lointain brasier, flottaient sur les vitres. De loin en loin s'entendait un appel, le roulement sourd d'un tambour dont l'écho fuyait le long des remparts, une rumeur confuse, incessante, d'hommes en marche dans la nuit. Machinalement, d'un geste qui lui était devenu familier et nécessaire, De Boer caressait le front de sa femme. Elle se laissait faire, les yeux clos, engourdie sous l'étreinte de cette large main qui maintenant s'enfonçait dans ses cheveux. Elle en oubliait presque les soucis que lui apportaient les menaces de cette nouvelle guerre qui grondait dans l'ombre, à l'extérieur des murailles. Aux frontières du sommeil et prête à l'anéantissement, elle murmura :

– Alors, qu'allons-nous faire ?

– Je ne sais pas encore, mais si cela se passe comme je le crains, nous devrons aller à bord du *Op hoop van Zege*. Prépare demain tout ce qu'il faut.

Une patrouille passait, dont les pas sonnèrent sous les fenêtres avant de s'évanouir, progressivement. Mais Maria ne les entendait déjà plus. Les yeux grands ouverts, Rinus attendait en vain son bon sommeil de marin, qui pour la première fois ne venait pas.

Doucement il retira son bras engourdi et le glissa sous les couvertures. Ses doigts rencontrèrent la main de Maria et ne la lâchèrent point. Inconsciemment elle grogna dans son sommeil et répondit à leur pression.

Alors Rinus, apaisé, s'endormit.

VI

Ce furent des vacances merveilleuses. Le *Op hoop van Zege* s'était en quelques heures transformé en une immense habitation pleine de vie, d'aperçus nouveaux, de recoins obscurs soudain dévoilés et d'escaliers plongeant dans des lieux jusqu'alors interdits. Johan les explorait avec délices. Un brandon d'étoupe à la main, il s'enfonçait jusque dans les œuvres vives de la frégate, là où derrière les couples resserrées s'entendait battre l'eau du port. Dans la clarté fumeuse de la torche, la membrure se peuplait de présences fantastiques et mouvantes qui fuyaient devant les pas, se faufilaient, affolées, le long de la coque, pour se refermer d'un coup, menaçantes, sur le dos du groupe. Émerveillés et craintifs, les enfants, le souffle court, se serraient autour de l'aîné. Ils n'osaient point dire un mot, sinon à voix basse, et se suivaient épaule contre épaule, mêlant leurs jambes nues pour n'être point dernier dans l'ombre qui se reformait sur leur passage. Ils découvrirent, sous le plancher mobile du faux pont, la soute aux cordages avec ses tonneaux de câbles bien lovés, les draperies des voiles de rechange prêtes à être hissées, des grappes de poulies luisantes, des filins qui glissaient, rampaient, coulaient, se tordaient comme des serpents au moindre vacillement de la flamme. Puis plus bas encore, sous la flottaison, un tunnel bas, étranglé, où sous le caillebotis clapotait une eau noire et pourrissante. Là ne s'entendait plus le son du canon. Il régnait un silence moite et chaud, lourd, d'une épaisseur oppressante, peuplé de glissements furtifs et du frôlement de la mer que l'on sentait bouger en appuyant sa main sur la coque. De savoir que derrière celle-ci, à un mètre au-dessus de leurs têtes, des poissons nageaient dans l'eau des bassins paraissait étrange aux jeunes aventuriers.

Ils ne s'y rendirent qu'une fois. A l'instant où ils reprenaient leur marche, un rat aveuglé surgit de l'ombre d'une couple, se cogna à leurs jambes et s'enfuit avec un cri aigu. Pieter, révulsé, étouffa une exclamation.

– Tu as peur? sourit Johan, dont le cœur sautait dans la poitrine.

Il n'eut pas le temps de réagir. Pieter lui arracha des mains le brandon et l'étouffa sous son pied. Les ténèbres se formèrent, écrasantes.

– Qui a peur, maintenant?

Mais sa voix défaillait. En remontant, Johan le sentit trembler à ses côtés. Jamais, désormais, Pieter ne les accompagna.

Ils mirent une éternité tâtonnante à retrouver la lumière.

La première batterie, par contre, était immense, claire, animée et joyeuse comme une salle de bal. Dès le deuxième jour, devant l'afflux des réfugiés, Rinus fit abattre les mantelets et le chaud soleil d'été coula par les sabords, découvrant le désordre des branles [1] pendants et gonflés par les corps, des paillasses étalées, des marmites, des paniers, et de choses

1. Hamacs. D'où la locution « branle-bas » : avant les combats, les hamacs étaient décrochés, mis à bas et roulés en boule sur le pavois où ils servaient de remparts de fortune.

aussi inattendues et ahurissantes à bord d'un vaisseau corsaire qu'un petit secrétaire en bois des îles, un miroir biseauté, un berceau à bascule ou un portrait peint à l'huile dans son cadre de bois sculpté, doré à la feuille. Il s'y trouvait également pas moins de onze crucifix et une quantité au moins égale d'images saintes, tous de format différent et tous – dès la première heure – cloués au vaigrage par les femmes apeurées. Dans ces pénombres, parmi les colonnes de lumière qui tombaient des sabords et les reflets de l'eau dansante sur les barrots de la voûte, on eût dit un transept aux murs chargés d'*ex-voto.* Dès l'aube il y régnait l'animation d'une place publique, des cris, des galopades d'enfants, des claquements de taloches, quelques pleurs, parfois des jurons qui ne s'éteignaient qu'à la nuit, quand Sinistre venait souffler les quinquets. Y habitaient également trois chiens qui aboyaient à l'occasion, mais passaient le plus clair de leur temps à se gratter majestueusement, à bâiller et à dormir dans les grands carrés que le soleil plongeant dessinait dans ce dortoir improvisé. Après quelques hésitations, des ménagères tendaient des langes sur les palans et les bragues des caronades. De l'extérieur, ce pavois inusité donna aux sabords du *Op hoop van Zege* une allure fort peu guerrière et l'apparence pittoresque d'une rue populeuse italienne, un jour de lessive. Ce spectacle emplissait Rinus de perplexité. Bougonnant, il s'en ouvrit à Maria.

– Pour les femmes et les enfants, passe encore. Mais il y a les chiens et les chats, sans compter les puces. Mais ce n'était pas suffisant : imagine-toi que la vieille Bonnecroy est tout à l'heure venue me demander si je ne pouvais pas lui trouver un coin sur le pont pour y placer ses cageots à volaille!

– Et que lui as-tu répondu?

– Oui, bien sûr! Mais si le siège dure encore un mois, je débaptise le *Op hoop van Zege* pour en faire une arche de Noé. Misère! cela fait un fameux nettoyage en perspective quand tout sera fini.

Qu'il souffrît des déprédations inévitables dont pâtissait sa frégate, voilà qui n'était pas niable. Sous ses grognements, Maria devinait cependant une secrète fierté d'être le protecteur de ces réfugiés provisoires qu'il dirigeait rondement, avec toute son autorité de capitaine. Comme en mer, il établit les quarts et les fit piquer à la cloche, avec une régularité inflexible. A l'heure de midi et le soir, quand il s'installait à la table dressée au balcon du château, Maria surprenait chez lui un regard d'orgueil.

– Bon appétit à tous! clamait-il en saisissant sa cuiller.

– Bon appétit, Haring! répondait tout le pont.

C'était le moment où cessait la canonnade. Ils mangeaient aussi, les Anglais, hors des remparts. A l'heure précise, comme sonnait l'angélus, le dernier boulet passait en ronronnant. Puis naissait le calme silence d'une chaude journée d'été. Même Fairnburn, au large, cessait son tir et il se passait deux heures durant lesquelles on pouvait croire la paix revenue. Mêlés aux habits bleus des dragons du général de La Motte, les Gardes Wallonnes et les Espagnols verts et jaunes – semblables à des perroquets – faisaient la relève aux remparts et s'en allaient manger dans les caves de la caserne. C'était une trêve tacite qui se prolongeait jusqu'au moment où le bombardement recommençait. Alors il y avait à nouveau des chocs, des ébranlements et l'enceinte se festonnait de blancs nuages. Une odeur de poudre passait, et la tension recrispait les visages.

Abrités du large par l'épaisseur des remparts, hors de l'objectif des assiégeants de terre qui ne visaient que la ville, les bassins étaient la seule zone qui échappât au bombardement. Encore y avait-il parfois des projectiles qui s'égaraient. Dès les premiers boulets, d'instinct, ce peuple de marins, délaissant ses maisons, avait flué vers le port pour s'installer à bord des bateaux. Sur les flibots, les boeiers, les frégates, les haringbuizen, les hutses, les simples barques de pêche non pontées même, il menait une existence lacustre dont, malgré l'inconfort, la joie n'était pas exclue. Mais d'autres étaient restés à terre qui mouraient et que l'on retrouvait sous les décombres. Déjà la ville était méconnaissable. Il s'en élevait une impalpable poussière de gravats qui planait dans le ciel et poudrait les toits encore intacts.

L'un des premiers, Sinistre était accouru, flanqué de toute sa famille. Il l'avait installée dans le poste bâbord du château. Pris d'une crise de piété, le mécréant priait avec ferveur. Il aimait se battre et en mer ne reculait jamais, venu l'instant de l'abordage. Mais ces boulets crachés de pièces invisibles, qui passaient en sifflant, l'emplissaient du sentiment de son impuissance. A chaque passage, même lointain, d'un projectile, il se signait à tour de bras, avec une édifiante ferveur religieuse. La fin du jour le trouvait épuisé de ses exercices, et assoiffé de ses perpétuelles patenôtres.

– Si un boulet me prend maintenant, je monte en chandelle au paradis, pour sûr! grimaçait-il.

Cornélius Cabiljauw fit son apparition l'un des derniers. Quand Rinus l'avait été voir pour lui offrir une place à bord, le vieillard s'était insurgé, haussant ses vastes épaules.

– Plus souvent! J'ai suffisamment bourlingué dans la vie pour en avoir mon soûl de l'ordinaire du bord. Bien merci! je préfère ma tambouille. Ne t'inquiète pas de moi : j'irai vous dire bonjour de temps en temps pour voir si vous ne maigrissez pas.

Farouchement, il se calfeutra dans la vieille demeure jusqu'au jour où il apparut un peu pâle et la barbe tout ébouriffée.

– Il y en a un qui est tombé juste à côté, en plein sur votre maison, monsieur De Knop. Votre beau bahut, vous savez? Eh bien! j'ai l'impression qu'on pourra en faire du fameux bois à brûler. J'abandonne. A septante-dix ans, tout de même, c'est encore un peu jeune pour mourir.

Néanmoins, chaque soir, inflexible, il quittait le bord pour aller dormir dans la vieille demeure et ne réapparaissait qu'au matin, chassé par les premiers coups de canon. Il n'avait emporté avec lui que ses trois sabres et le petit Bouddha de porcelaine qu'il avait placé dans la cabine de Rinus. La statuette païenne, impassible, veillait sur le clan des De Boer. Jamais son sourire n'avait paru plus énigmatique.

Il n'avait fallu que quelques heures à Maria pour agencer la cabine du château, et moins de deux jours avant qu'elle fût conquise par cette pièce basse et profonde, l'intime et rassurant confort de ses boiseries solides, des barrots massifs auxquels pendait la lampe. Elle en vint à comprendre l'attachement de Rinus pour son bateau et, tout en s'en défendant, l'aima bientôt comme un second foyer. Par les larges baies des « bouteilles », la ville se découvrait; magnifique et permanent tableau dont les teintes changeaient à chaque heure du jour. Elle s'y trouvait un matin quand un boulet sifflant tomba dans le bassin, soulevant un geyser d'écume. Des éclaboussures frappèrent les vitres.

– ... Verdomme ! jura Cabiljauw, sans quitter sa pipe. Qu'ils se tuent tous et qu'ils nous laissent digérer tranquilles.

Pas plus que les autres il ne comprenait le sens de ces guerres incohérentes qui, saison après saison, ravageaient le pays de Flandre. Sous les boulets qui saccageaient leur ville, les Ostendais envoyaient tous les étrangers au diable : assiégés et assiégeants.

Le soir, quand tout se taisait, le peuple sortait des bateaux et montait aux remparts. C'étaient de lourdes journées d'été, sans vent, chargées des épaisses senteurs de la terre transpirante. Au crépuscule, les brouillards malsains noyaient les polders. Les feux des assiégeants piquetaient les premières ténèbres. D'opaques nuées montaient et se stabilisaient, sans un remous, à quelques mètres de hauteur. Il en émergeait le sommet d'une tente, un pavillon mort qui pendait au bout de son mât, un arbre enfoui dans la masse laiteuse dont les flots livides rampaient jusqu'aux murailles. De cette brouée s'élevaient des hennissements, des appels, une rumeur de sourds grondements, de chocs d'armes, de piaffements; les roulements d'un tambour qui battait le rappel, la fricassée ou le couvre-feu. Les premiers temps, jusque tard dans la nuit, un soldat invisible y jouait du pipeau. Mais vint un soir où l'on n'entendit plus ses airs mélancoliques.

Chaque jour, aux heures de calme, les hommes partaient dans la cité presque déserte. Ils en revenaient porteurs de nouvelles que l'on écoutait en silence, à bord du *Op hoop van Zege*. L'Hôtel de Ville avait été atteint... Les deux filles de Veldeneer étaient mortes, écrasées par une poutre et l'homme pleurait, acharné à les dégager des décombres... La maison de Hondschoot avait été percée de part en part. Une mutinerie avait éclaté chez les Espagnols qui parlaient de se rendre, mais les Gardes Wallonnes les avaient maîtrisés et les Français continuaient la lutte.

Et puis, bêtement, le dernier jour, Jeanfroid se laissa prendre après la trêve de midi, alors qu'il s'était attardé à soigner son poirier. On le ramena exsangue, et c'est sur le pont même de la frégate que le chirurgien-barbier l'amputa. Quand le forgeron revint à lui, il tordit un sourire :

– Voilà, Maria... Maintenant je ne salirai plus votre vestibule qu'avec un seul pied...

Puis il s'évanouit de nouveau.

La fin arriva, que chacun pressentait. Privée de son rempart liquide, Ostende succomba. La reddition eut lieu un soir, avant l'heure où s'élèvent les brumes crépusculaires. Le lendemain, en bon ordre, entre la double haie des vainqueurs, les troupes assiégées quittèrent la ville par la porte de Nieuport. Le peuple les regarda partir, indifférent, sans un cri. Pour la première fois depuis plus d'un siècle, les Espagnols quittaient la cité. Quand la houle de leurs tuniques vertes, de leurs petits bonnets d'évêque bordés d'or, quand le mécanisme régulier de leurs jambes culottées de jaune eurent disparu vers l'ouest, il y eut un moment, dans le cours des siècles, pendant lequel Ostende se trouva libre. Mais déjà les Anglo-Bataves affluaient aux portes, et de nouveaux conquérants parcouraient les rues dévastées.

Les De Boer tournèrent le coin de la rue du Bon Vent. Jusqu'au milieu des pavés croulaient des décombres, des gravats, des vitres brisées, qu'il fallait contourner, ou escalader, avec des pas qui criaient. De la demeure si coquettement repeinte quelques mois auparavant ne restaient que des murs chancelants ravagés par un éventrement qui – dans la belle façade aux ornements dorés – béait sur l'âtre dévasté. Les orbites vides des fenêtres pulvérisées s'ouvraient sur les chambres nues. Avant de prendre la fuite, les pillards étaient passés. Leurs rapines se révélaient à la porte de l'armoire à linge fracturée, qui pendait hors de ses gonds.

Muette, Maria sentit les yeux lui piquer. Rinus, les mains basses, solidement campé sur ses jambes écartées, contemplait le désastre. Elle l'entendit murmurer, pensif :

– Maintenant, il s'agira de travailler. Et dur!

Devant l'œuvre qui les attendait, ils sentaient monter en eux une ardeur. Déjà l'abattement du malheur s'effaçait devant la perspective de l'effort qui allait leur être demandé. Ils étaient gonflés d'une volonté, d'un désir impatient d'empoigner cette besogne à pleins bras. C'était une tâche à leur mesure. Il en fallait plus pour ébranler ces Flamands muets dans la pensée desquels, déjà, s'offrait l'image de leur foyer reconstruit. Maria s'étonna de voir De Boer sourire.

– A quoi penses-tu?

– A ton magasin de *Schiphandelaar*. Il serait beau, aujourd'hui! Allez, allons-y...

Elle sourit aussi, les yeux embués de deux larmes qui jamais ne tombèrent.

VII

Chasser l'Espagnol était un sport tout nouveau, plein d'irrésistibles attraits et de séductions délectables. Quelque chose d'aussi inédit et passionnant que la poursuite d'un gibier rare et longtemps interdit; exceptionnel comme le sourire du *baes* [1] de la *Ville de Douvres* quand on venait lui dire ne pouvoir régler une dette de trois mois de beuveries. Les corsaires ostendais armèrent en course et partirent pleins d'entrain.

Trop d'années ils avaient dû saluer courtoisement les bâtiments de Leurs Majestés Très Catholiques pour résister bien fort à la tentation qui s'offrait maintenant. D'Ostende à Nieu-

1. Patron.

port, où s'étaient réfugiés les Espagnols, le seul effort demandé était de longer le Stroombank pour tomber au milieu des hidalgos. Arrivé là, restait à faire son choix puis à revenir au plus tôt en traînant sa capture, et en baissant la tête sous les boulets. La facilité du travail justifiait tous les appétits. Les gens pressés ne mettaient pas deux marées à faire cette navette. Ils ne s'en privaient guère.

Dans ces parages, soudain aussi animés que la surface de la mer au passage d'un banc de harengs, régna pendant quelques jours une extrême confusion. Il n'est pas dit que, dans la presse, les Ostendais ne perdirent pas un peu la tête et la juste notion des couleurs. Mais pouvait-on leur reprocher, je vous le demande, de se tromper dans le maniement des étendards de différentes nationalités qu'ils avaient dans leurs casiers à pavillons ? Ils avaient trop longtemps arboré la flamme espagnole pour que leurs erreurs ne fussent point excusables.

Au cours de leurs brefs coups de main, ils croisaient leurs confrères ostendais restés momentanément attachés à la Maison d'Espagne. Ou tel autre qui avait jugé plus lucratif de rejoindre la flotte française pour faire la chasse aux Anglo-Bataves. Qu'en se croisant au cours de leurs affaires ces Flamands des deux camps eussent échangé un clin d'œil, et à l'occasion un renseignement utile, voilà qui ne fut point prouvé, mais ce n'est nullement impossible. On les eût fort étonnés en les traitant de mercenaires ; ou même tout simplement de traîtres, comme le firent les premiers hidalgos gesticulants qui furent capturés. Farouchement indépendants, ne servant d'autres maîtres que leur caprice et leur humeur, les Ostendais éprouvaient une joie âcre et bonne à combattre leurs occupants d'hier. Tout comme, le lendemain, ils pourraient aborder en jubilant leur dominateur d'aujourd'hui.

– Le Seigneur me l'a retiré, le Seigneur me le rend : que le saint Nom du Seigneur soit béni ! paraphrasait pieusement Sinistre, en courant sus à la proie espagnole.

Le premier, Pieter De Ry ramena une prise hispanique. Puis Jan Lindersen. Et « Haring » De Boer enfin, qui à peine sorti du port tomba comme la foudre sur un *hutse*, l'arraisonna en un tournemain et le ramena tambour battant. Sans prendre la peine de toucher terre, il l'avait traîné jusque devant la ville et chassé vers le havre d'est :

– Va-t'en, minable!

C'était moins pour la prise, médiocre et peu grasse, que pour son « tableau » qu'il avait capturé ce gibier sans grande valeur. Deux jours plus tard il revint avec un cul-carré rebondi, tout gonflé d'importance bourgeoise, chargé jusqu'à la flottaison, et bouffi à en éclater d'huile d'olive, de sel, vin, laine et froment. L'Espagnol venait de Cadix, tout droit et innocent, pour ravitailler la garnison d'Ostende. On goûta fort l'humour de son aventure à la *Ville de Douvres,* à la taverne *Het Strooijen Haantje* et bien plus encore rue du Bon Vent où les maçons gâchaient le ciment et réclamaient leur paie avec une même ardeur.

De Boer repartit, acharné et de belle humeur. C'était la première fois que les réparations de son foyer de terrien absorbaient plus d'argent que l'entretien de sa frégate. Et, là comme ici, il ne voulait point de l'à-peu-près. La meilleure toile de Courtrai, le chanvre le plus résistant pour ses voiles et ses cordages. Les plus belles briques pour la maison de Maria. Rinus aimait les matières nobles et franches, les larges meubles solides. A terre comme à bord, il avait la fierté d'un intérieur cossu qui lui donnât conscience de son importance. « Haring » De Boer ne pouvait avoir la maison du premier venu.

Pour l'heure, dans le vent qui poussait, « Haring » De Boer louvoyait serré au grand large de Brocham. Après avoir élongé le Traepeger Broers, serré le petit Sandetté et le banc de Colbart, le *Op hoop van Zege* avait été surpris par une saute de brise soudaine, quelques heures après avoir doublé Beachy Head. Au crépuscule, devant les lueurs qui ensanglantaient le couchant, contemplant l'étirement des minces nuages ourlés de cuivre qui barraient l'horizon, De Boer n'avait pas hésité. Il ne savait que trop ce que signifiait cette versatilité de l'air, ce vent fantasque traversé d'humours brusques, d'indolences, de sursauts, de fatigues imprévues et de joyeux réveils; et tout ce qu'annonçait la limpidité inhabituelle de l'atmosphère, les débandades d'une houle tourmentée parcourue de frissons. Rinus lisait en elle mieux qu'en un être, et ce désordre des flots ne le trompa pas.

– Tirons au large, Sinistre. Je n'aimerais pas être cette nuit trop près des côtes...

Vint l'obscurité, sous un éboulement de nuages. Toutes les étoiles avaient disparu. Accompagné de grains cinglants qui roulaient dans les voiles, le vent donna à plein et le *Op hoop van Zege* commença à se battre dans l'ombre. Par intervalles, dans les brèves éclaircies d'un ciel déchiqueté, la clarté de la lune courait sur la lividité du flot. Elle se voilait presque aussitôt. On se croyait alors au fond d'un puits hurlant, si sombre que l'on n'osait allonger la main, de peur de la perdre, dans tout ce noir. Enfin le jour se leva sur une houle jaunâtre, marbrée d'écume, qui charriait du sable remué. Elle courait dans le lit du vent, avec une force accrue. Loin derrière, elle devait s'engouffrer droit dans le couloir du Pas-de-Calais, en bousculant les côtes comme si elle voulait plus encore écarter l'Angleterre du continent. Sinistre, titubant, grimpa jusqu'au tillac.

– Eh bien! patron, cela pourrait devenir une assez jolie tempête.

– La nuit prochaine, peut-être bien. Mais maintenant que la mer est faite, je crois que le plus dur est au nord à nous.

Le plus dur! La vague s'était formée, qui cognait régulièrement les flancs du *Op hoop van Zege* luttant pied à pied sous ses basses voiles. Aussi loin que portait le regard – et ce n'était pas terrible –, l'horizon n'était qu'un bouchon de brumailles, de grains séparés qui avançaient à trois ou quatre de front, en roulant sur les flots. Dans les manœuvres, les sifflements s'étaient stabilisés à l'aigu depuis la mi-nuit, mais ils montaient encore parfois sous des rafales plus rudes, que la frégate recevait en gémissant. Presque au ras des flots, très bas, dérivait le bloc d'un ciel hermétique, sans une fissure, semblable à un mur. Sous la main étendue, le vent avait la densité d'une chose vivante. Sinistre se permit un doute.

– Le plus dur ? hum...

Il leva le regard vers Rinus qui n'avait pas bougé et fixait un point de l'horizon. Depuis vingt heures, bientôt, il n'avait quitté sa dunette, mangeant debout, le poing fermé sur un quignon de pain, encaissant tous les grains sans prétendre abandonner les cent pieds carrés de son observation. Il ne bougeait que pour amortir des reins les élans du *Op hoop van Zege* qui se cabrait sur la lame. On pouvait alors deviner le jeu de tous ses muscles sous l'étoffe trempée qui lui collait aux épaules. Ses pieds nus, amollis par l'eau, paraissaient fixés par des tire-fond au pont de son bâtiment. Et, ma parole ! on aurait dit qu'il souriait.

Depuis bientôt vingt ans qu'il le connaissait, ce n'était pas la première fois que Sinistre surprenait Rinus à jouir du gros temps. « Y a le patron qu'est de bonne humeur », disait-il en haussant les épaules. Cette simple phrase, venant au moment où la frégate bourrait dans la houle, où les hommes sentaient la fatigue leur écraser les paupières, ragaillardissait tout l'équipage : « Y a le patron qu'est de bonne humeur... », se répétaient-ils en guignant la silhouette boulonnée sur le tillac. Et de parer au grain à venir avec des forces toutes neuves.

On eût fort étonné De Boer en lui apprenant qu'il souriait. Lui-même ne s'en rendait pas compte. En réalité ce sourire n'était peut-être que la crispation d'un rictus sous les embruns qui passaient en sifflant. La vérité pourtant, inconnue de lui-même, était que jamais il n'éprouvait pareil sentiment de totale maîtrise de son navire qu'au milieu du gros temps. La frégate révélait alors tout son tempérament combatif, toutes ses beautés et ses forces. Muettes par temps normal, ses manœuvres chantaient sous la tempête : soprano des drailles, bourdon vibrant des haubans goudronnés, sifflements des étais, dièses des drisses, tous ces sons formaient les ornements d'un hymne barbare que ponctuait le gong des lames heurtant la coque sonore. Avec ses plaintes, ses rages et ses cris, la fureur victorieuse avec laquelle elle s'ébrouait au sortir de la vague, sous le ruissellement de la chevelure d'écume qui habillait son étrave, la frégate – sous les pieds de Rinus – semblait un être vigoureux et docile, enivré de sa propre musique. Elle participait aux jeux de la mer, luttait, se cabrait, combattait avec une personnalité propre. Toute la belle puissance du flot montait de la vague au bois, et du bois aux jambes de Rinus, lui remplissant le corps de forces.

Une vague éclata sur la hanche au vent, se dressa en colonne et se rabattit en crépitant. Ses embruns traversèrent en diagonale toute la largeur du pont pour aller fouetter la mer, à vingt toises de là. Le *Op hoop van Zege* ahana et se releva, courageusement.

– Une bonne, celle-ci! lança De Boer. On ne perd pas de vue notre client?

– N'ayez crainte. L'est trop beau pour ne pas nous tirer l'œil.

Peu après l'aube, l'homme de veille, secoué dans le tonneau du perchoir de hune, avait signalé une voile qui fuyait sous le vent. Le bâtiment avait soudain changé d'amures et s'était empressé de monter au plus près dès que De Boer avait fait envoyer les couleurs. Heure après heure cependant, parfois voilée par un grain, sa silhouette se précisait. C'était un senau battant pavillon de France, bien membru et visiblement chargé. Il ferait certainement une bonne prise. Mais la chasse serait longue. Rinus leva le regard vers le gréement. La brise était si ferme qu'à la pomme du mât le pavillon au lion noir paraissait taillé dans une planche. « Haring » De Boer jugea le portage, la force du vent, et se convainquit que vouloir augmenter la voilure de la surface d'un simple mouchoir de poche eût été folie. Il n'y avait qu'à admettre, veiller, et ronger son impatience.

Les mains dans les poches, Rinus commença son va-et-vient sur le tillac qui fuyait sous ses pas. Depuis la fin du siège de la ville, jamais De Boer n'avait apporté autant d'âpreté à la guerre de course. Parce qu'il fallait reconstruire la maison du Bon Vent, refaire un capital écorné, il avait retrouvé l'ardeur de ses premières campagnes, quand il était – vraiment – « Haring » De Boer, le corsaire audacieux et infatigable qui forçait l'entrée des ports à bord de ses rafiaux puants. En soixante jours, il n'était pas resté à terre plus de quarante-huit heures d'affilée. Malgré les prises, l'équipage grognait. Déjà onze hommes avaient dû être remplacés, qui estimaient avoir gagné suffisamment pour passer l'hiver. Sinistre lui-même avait renaudé avant le dernier départ. Ce serait, presque certainement, la dernière sortie de la saison, et le senau qu'il chassait maintenant serait sans doute la prise finale de l'année.

Du côté au vent le ciel se noircit. Un grain arrivait, opaque, barrant la largeur de l'horizon. Il avala le bâtiment français, accourut, et passa comme un trait dans les demi-ténèbres d'une rafale épaisse qui fusilla les voiles de sa mitraille. Inclinée, la frégate gémit. Un torrent d'écume surgit des dalots et galopa comme l'éclair sur toute la longueur du pont, fauchant aux jambes Sinistre qui roula, glissa et se releva trempé, jurant de fureur. Du haut de son observatoire, De Boer le vit revenir à lui, dégoulinant. Les vergues ruisselaient.

Un cri tomba de la hune.

– Senau disparu au vent!

Quelques belles injures montèrent vers la mâture. Le nez levé, les hommes insultaient Bril – le bien-nommé – qui là-haut, balancé dans son perchoir, écarquillait les yeux dans les dernières fouettées de pluie. De Boer se joignit au concert.

– Si tu ne l'as pas retrouvé dans une minute, je monte!

Un silence fait de sifflements, de vagues entrechoquées, d'écrasements de la frégate dans la lame s'ensuivit. Sans quitter la mâture, comme si leur regard eût été plus prompt que leurs oreilles à saisir les paroles du guetteur, l'équipage s'immobilisa. On voyait Bril, les mains cramponnées au pavois et penché hors de son tonneau comme si les quelques pouces qu'il gagnait ainsi lui eussent permis d'apercevoir plus tôt le bâtiment évanoui. Rinus compta cent, dévala le tillac et mit la main sur les haubans de hune.

– En vue! exulta Bril. Il est dématé!

Un hurrah s'éleva. Les hommes jubilaient, à grand renfort

de bourrades et de claques sur l'épaule. Voilà qui arrangeait les choses et allait écourter la chasse. Désormais sûr de la prise, De Boer remonta à la dunette. Bienheureuse tempête et sacré bon vieux courageux bateau que le *Op hoop van Zege* qui, lui, n'avait pas flanché! Longuement, pour lui seul, « Haring » se frotta les mains. L'équipage avait mis bas les branles et en festonnait hâtivement les bastingages. Les grappins, puis les armes, surgirent sur le pont. La pelle à la main, le troisième mousse répandit le sable.

– Paré! cria Sinistre.

La frégate ne gagnait plus beaucoup au vent, sous lequel le senau dérivait rapidement. Bientôt il apparut, roulant dans le creux des lames, puissant de carène et assailli en plein travers par la lame. Moins de septante heures plus tard, bien au chaud dans la taverne *Het Strooijen Haantje* et sa tête dolichocéphale enflammée jusqu'aux oreilles, Sinistre narrait la rencontre.

– ... Bril, quand il avait à nouveau repéré le senau, ne devait pas avoir les yeux en face des trous. Ça non! Ce français-là n'était pas démâté le moins du monde. Il avait juste une avarie de rien du tout, et c'était encore pardieu bien sa faute : dans sa hâte à nous échapper, il avait un petit peu forcé sur la toile et le grain qui nous avait pris le quart d'heure d'avant lui avait fort proprement brisé sa grande vergue de misaine. L'un de ses bouts s'était planté tout droit dans le gaillard et l'autre, ma foi, était passé par-dessus bord, du côté au vent. C'est sur ce morceau-là qu'ils s'acharnaient, les Français, et on comprenait pourquoi : à chaque lame, rappelé par ses bras, les drisses et tout le tonnerre de Dieu de ses manœuvres, cet espar prenait de la vitesse sur la vague et vlan! cognait en pleine caisse avec la force d'un bélier. Cela ne faisait pas longtemps que ça durait, mais il y avait déjà sous la flottaison une assez jolie petite voie d'eau. Encore une heure de ce manège et on aurait pu y passer un canon de trente-six, plus le cheval qui l'aurait tiré. Tous les poissons de l'océan auraient pu alors batifoler à l'aise dans les cales de notre *Saint-Martin;* c'est *Saint-Martin* qu'il se nommait, le senau. Il y avait de quoi rendre un homme actif, aussi je vous jure que l'équipage maniait le sabre et la hache sans prendre le temps de cracher dans ses mains. Mais allez donc trancher des cordages d'un pouce qui se tortillent comme des serpents à chaque coup de roulis! Ils n'arrivaient jamais à frapper deux fois au même endroit, et encore quand ils attrapaient quelque chose! car la plupart du temps c'est le bois qui prenait. C'en était une vraie misère. Il était juste temps qu'on arrivât pour leur donner un petit coup de main : on allait tout de même pas leur laisser abîmer notre prise comme ça, pas vrai? Nous voilà donc tout pimpants et pleins de bonnes intentions. Mais dès qu'on montre le bout de notre nez, vous ne savez pas ce que ces bougres-là ont fait? Eh bien ils ont abandonné leur bout de vergue et se sont mis à faire de notre côté des tas de gesticulations pleines de menaces. Ils avaient presque le derrière dans l'eau et pensaient à se défendre! Aux fous! que je me suis dit...

A ce point du récit, Sinistre reprenait souffle, encore éberlué de ce fait et des événements qui suivirent. Il revoyait le désordre de catastrophe qui ravageait le senau français, son pont que mangeait la mer, les sifflements de l'écoute du hunier qui à chaque roulis passait en cinglant l'air au-dessus des têtes de l'équipage. En danger de perdition, sous l'assaut des vagues dont chacune traversait le bâtiment dans toute sa largeur, les Français, les pieds dans l'écume, massés, faisaient front à la menace du *Op hoop van Zege*. Comme toujours avant chaque assaut, furtivement, Sinistre s'était signé. Il se mettait en règle. On ne pouvait pas savoir, avec de tels enragés...

– Te fatigue pas, dit De Boer : je n'attaque pas un bâtiment en perdition.

– Hein?

– J'ai dit. Amène le pavillon et dis aux hommes qu'ils soient parés au sauvetage. Ils recevront part double à la prochaine prise.

Éberlué, Sinistre dégringola le tillac. Il revint une minute plus tard, maussade, jetant hargneusement :

– Ils disent que vous pouvez garder vos patards, et je vous le dis aussi. Et puisque vous êtes dans votre jour de bonté, ils demandent si ce ne serait pas un effet de votre charité de leur donner la double de rhum?

– Ils l'auront triple, mais plus tard. Maintenant, demande à ces Français s'ils ont besoin de secours, et au trot.

Dans le vent qui huchait parmi les manœuvres et les embruns qui montaient jusqu'à la dunette, De Boer, cramponné, regardait le senau, approché maintenant à moins de cinquante toises. Quand la flamme au lion noir fut amenée, une hésitation courut parmi son équipage. Mais il ne désarmait point, et, sauf trois hommes, personne à bord ne retournait parer à l'avarie. Au-dessus des rumeurs de la vague et du vent, on entendait à chaque roulis la vergue avariée qui cognait la coque, sourdement.

– Bougres d'entêtés! jura Rinus.

Dans le fond, il admirait ces marins qui, avec la mort accrochée et cognante au flanc de leur bâtiment, restaient là, prêts à répondre à l'assaut. A l'arrière du senau était un petit homme noir, furieux, qui n'avait pas vingt-cinq ans. Il gesticulait du sabre en criant des paroles que Rinus n'entendait point parfaitement. A Sinistre, qui le hélait dans son braillard de bronze, De Boer le vit répondre d'un geste menaçant de son arme. Rinus crut avoir mal entendu.

– Hein? Qu'est-ce qu'il a dit?

– Que nous allions nous faire foutre, patron! Absolument. En voilà un mal embouché!

– Désarme l'équipage, et vite. Cela mettra notre hurluberlu en confiance. L'idiot est capable de se laisser couler sans lâcher sa lardoire.

– Mais...

– Au trot, je dis.

Si jamais « Haring » De Boer fut maudit dans sa vie, ce fut bien par Sinistre, pendant que le second dévalait sur le pont glissant. Il ne comprenait plus, Sinistre. Il ne cherchait plus à comprendre. Il aboyait, et son sifflet d'argent avait des stridulations furieuses. Désarmer! Et si tout à l'heure l'autre, avec tout son arsenal, leur tombait dessus ? De colère, il en avait chaud aux oreilles, lesquelles, aurait dit Rinus, faisaient une damnée surface pour une si petite colère. Le *Op hoop van Zege* monta au vent et, sous ses voiles claquantes, commença à dériver à hauteur du senau. Un instant, pendant que les Flamands amenaient les grappins et rentraient les armes, le petit homme noir hésita encore. Puis on le vit courir vers l'avant où son équipage recommença à trancher les manœuvres emmêlées. Rinus pensa à part soi que c'était un homme terriblement remuant, pour un capitaine. En dévalant son tillac, le noiraud avait crié un mot.

– Qu'est-ce qu'il a dit ?

– Merci.

– Ce n'est pas trop tôt.

Ce furent les seuls mots que prononça « Haring » De Boer. Il était pris par le spectacle du drame qui se déroulait maintenant devant lui. Le senau, mal engagé, prenait lourdement de la bande sous le vent qui pesait. Son écoute de misaine fouettait l'air. Bientôt elle frappa le hunier de grand-mât qui se déchira, claqua avec un bruit de tonnerre et s'éparpilla dans le ciel. Cela soulagea le bâtiment qui se releva un peu mais continua à rouler bas dans la houle grise. A chaque lame, toute sa guilbre disparaissait sous l'écume. Sous la bande qui le couchait alors, chaque fois la coque se relevait plus péniblement. La voie d'eau avait dû s'agrandir. De Boer pensa qu'ils ne s'en tireraient pas seuls.

– Sinistre ! dis-lui qu'il soit paré à recevoir une amarre, nous allons le haler sous le vent. Parez au grappin, je le lancerai moi-même.

Dans cette mer démontée, « Haring » De Boer allait tenter la difficile manœuvre du remorquage. Ses hommes coururent à la dunette, traînant une aussière. Excités comme à un combat de coqs, ils avaient oublié la perte de la prise. Empoignés par la lutte que menait l'équipage du senau, ils criaient des encouragements ; et ils jurèrent comme pour l'un des leurs quand une vague balaya le pont du français, entraînant un homme dans son écume. A la poupe Rinus, les jambes arquées, attendait, le grappin léger balancé à bout de bras.

– Barre au vent, toute !...

Ayant pris de la hauteur, la frégate volta et courut à plein.

Sinistre, à ce souvenir, s'épongeait le front.

– Bon Dieu ! on est passé à moins de cinq toises de la proue du *Saint-Martin*. De la dunette j'aurais pu, sans me mouiller, sauter dans sa poulaine. « Haring » était là et au passage – hop ! – il a lancé son grappin si joliment que les autres n'ont eu qu'à tendre la main, tirer vingt toises de filin et sauter sur l'amarre. Ils l'avaient à peine fixée qu'elle se tendait comme une corde de vielle. J'ai fermé les yeux : si elle claquait, elle nous sautait au nez comme un chat furieux. Mais elle a tenu et nous avons pu dégager notre senau pour lui présenter, enfin ! les fesses à la vague. Et on s'est mis à galoper en traînant ce gros poisson. Sous voiles basses, le vent aux reins, on filait le tonnerre. Si c'est pas misère, que je me disais, quand je pense qu'avec un petit effort supplémentaire nous aurions pu le traîner ainsi jusqu'à Ostende ! Mais va te faire fiche : quand « Haring » se met à faire du sentiment et à jouer l'ange gardien, il rendrait deux cents points de bassette à une sœur de charité. Et de s'exciter, et de crier ! En pure perte d'ailleurs, car nos Ostrogoths ne l'entendaient pas : ils s'agitaient comme de beaux diables et, en fin de compte, réussirent à se dépêtrer de cette satanée vergue qui leur tapait dans le ventre, comme une épée. Et, ma parole, De Boer échangeait des politesses avec le petit noiraud d'en face, devenu tout sourire.

» – Ici « Haring » De Boer, d'Ostende, qu'il criait, qui êtes-vous ?

» – Brachot, Jean Brachot, de Boulogne, que répondit l'autre.

» On se serait cru dans un salon. Et cela sans cesser de remorquer, et pendant que les autres commençaient à remettre leur caisse en état. Quand même, c'était assez excitant. Cela fait un drôle d'effet de jouer aux bons Samaritains. Je me sentais un cœur comme une maison, et prêt à baiser sur le front mon ennemi mortel, et même à lui offrir un verre par-dessus le marché. On ne le quittait pas des yeux, notre protégé; même qu'on a sursauté comme des coupables quand le Bril s'est égosillé.

» – Frégate par la hanche tribord, qu'il gueula. Frégate par la hanche tribord!

» Cré vingt dieux! c'était vrai. Elle sortait d'un grain tout noir, à moins d'un petit quart de lieue de là, et nous fonçait droit dessus, bien courageusement. C'était un joli petit bâtiment de deuxième rang, tout farci de sabords à tous les étages, avec un superbe pavillon fleur de lys à la corne : « Attendez un peu, j'arrive! » qu'elle semblait dire. Et de nous galoper aux chausses en crachant de l'écume comme une baleine. En la voyant, mon cœur a fait demi-tour sur place : exactement la même chose que voici vingt-cinq ans lorsque, occupé à chaparder les cerises chez les Capucins, je me suis fait surprendre assis sur une branche par un Père qui n'avait pas l'air commode du tout. Adieu le *Saint-Martin!* Un bon coup de hache sur l'amarre – une belle aussière toute neuve sacrédieu! – et nous voilà fichant le camp à en perdre haleine. Avec, histoire de nous stimuler, un boulet qui vint fouetter notre sillage, à trente toises de la dunette. Elle nous aurait bouffés, pour sûr, si elle n'avait pas dû mettre en panne pour secourir nos protégés. Que cela vous serve de leçon, mes fils : la charité, cela ne paie jamais. Et voulez-vous que je vous dise? Eh bien « Haring » est un sacré gâche-métier.

L'ire de Sinistre se justifiait. Elle se tempérait pourtant du fait qu'au retour, le *Op hoop van Zege* avait quand même arraisonné un *hutse*, capturé sans grande résistance. De Boer n'avait même pas dû participer à l'affaire. Il était resté placidement sur sa dunette, à surveiller les opérations. C'est de cet observatoire qu'il avait interpellé Sinistre à l'instant où le second venait de terminer l'inventaire et apparaissait sur le pont de la prise. Le mécréant avait la tête fendue jusqu'aux oreilles, ce qui faisait un fameux sourire.

– Alors, dites-moi, quelle est la cargaison? avait crié « Haring » De Boer.

– Du hareng, patron, rien que du hareng!

Comme une traînée de poudre, la nouvelle fit le tour de la ville. De Boer n'avait pas fait cent pas sur le quai que Jan Yoens l'interpellait, hilare :

– Tu reviens à tes premières amours? Toujours dans le hareng?

Même Maria l'accueillit avec un sourire de coin qui sembla cruel à Rinus.

– J'en ai appris de belles! Ainsi, c'est quand nous avons besoin d'argent que vous en profitez pour lâcher une belle prise et me ramener deux cents barils de harengs? Est-ce que vous n'êtes pas un tout petit peu bête, Riqui?

– J'en ai peur, répondit-il, penaud, en se grattant la tête.

Pourtant, son homme lui eût-il ramené la Toison d'Or, Maria n'eût pas été plus fière. L'aventure, dans la ville, fit plus pour la popularité de Rinus que ses plus beaux exploits de jadis, à la tête des *Compagnons du Hareng.* On raconta que Sinistre, après avoir juré ne plus remettre les pieds à bord du *Op hoop van Zege*, avait eu une bagarre mémorable au *Witte Konijn*, avec le second de Lindersen, lequel avait mis en doute le bon équilibre moral de « Haring » De Boer.

Ce dernier, pourtant, voulut terminer la saison en beauté. Il reprit la mer au début de novembre, par un matin lumineux et chaud qui évoquait la naissance d'une journée de printemps. Il ne se passa pas quatre jours avant que le *Op hoop van Zege* émergeât de l'horizon, sa grande flamme blanche : « Tout va bien » hissée au mât. Il traînait dans son sillage une flûte française, mais culait bas dans la lame paresseuse. Un trou béait dans la deuxième préceinte de la frégate, disant combien la lutte – qui avait duré six heures – avait été sévère.

Marinus De Boer, exsangue, fut débarqué, le bras gauche emporté d'un boulet.

VIII

La renommée des tavernes d'Ostende n'était point négligeable. Elles étaient légendaires dans tout le pays de Flandre et même bien au-delà, par-dessus l'étendue des vagues. Cabiljauw affirmait gravement qu'il n'en était pas de comparables dans tous les ports de la mer du Nord. Quant à celles des autres pays, mers et océans, mieux valait – pour leur honneur – n'en point parler. Épaule contre épaule et pour ainsi dire bras dessus bras dessous, trapues et solidement alignées le long du quai, elles faisaient front au bassin à la façon de robustes compères en bordée. Accueillantes, faisant mille grâces et toutes leurs fenêtres rutilantes clignant de l'œil d'un air complice, le moindre vent agitait leurs enseignes dorées d'une manière irrésistible. Dès la nuit faite, alors que tout sombrait dans le silence d'une obscurité décourageante, elles brillaient, les tavernes, attirantes comme autant de miroirs. Il y avait sur leurs seuils de larges flaques de lumière, répandues sur les pavés noirs comme de somptueux tapis tissés de fils d'or. Perpétuellement s'en échappaient une rumeur de verres entrechoqués, d'appels, de chaises repoussées, le grondement d'un tonneau roulé vers son chantier, les coups de maillet du robinet qu'on y enfonce, et un ensemble de rires et de cris qui formaient la musique la plus fascinante du monde. Les sirènes d'Ulysse ne devaient pas avoir chants plus irrésistibles.

D'instinct, après onze semaines de lit et de fièvre, de sombres impatiences et de muets désespoirs, Rinus De Boer y alla droit, au premier jour de sa convalescence. Dans l'aigre vent d'hiver qui ce matin-là balayait les rues et le faisait frissonner, il se rendait aux tavernes comme en un lieu où il recouvrerait des forces neuves, et un nouvel enthousiasme. Dans ces salles bruyantes et enfumées on trouvait des raisons de vivre, de croire, d'espérer. Des illusions aussi, qui payaient de bien des réalités moins séduisantes. Franchies leurs portes, tous étaient égaux; et tel qui y pénétrait aujourd'hui misérable y jetterait peut-être ses écus à la fin de la même saison. L'exemple de « Haring » De Boer, parti de rien dans un rafiau puant et devenu propriétaire du *Op hoop van Zege*, n'était point l'unique d'une fortune acquise par les vertus de la seule persévérance et du courage. Il en était bien d'autres, et de ceux-ci Jean Davidt, le dernier en date, que les jeunes se montraient en espérant une même réussite. Arrivé il y a sept mois à peine, pieds nus dans ses sabots, devenu riche en trois captures, Jean Davidt mourrait d'ailleurs à l'aube du prochain été, le crâne éclaté d'un coup de pistolet, en abordant sa huitième prise.

Pénétrant sous les voûtes de la *Ville de Douvres*, Rinus De Boer retrouva son climat. L'atmosphère était dense et chaude, vibrante d'appels et d'éclats de voix. Dans les clameurs qui le saluèrent, De Boer respira l'air alourdi de la salle, aussi vivifiant pour ces hommes que le vent du large. Ils y étaient tous, au cabaret : jeunes et vieux, matelots et capitaines, Espagnols qui avaient jadis fait la traversée des Antilles, Hollandais et Anglais transfuges des vaisseaux des Compagnies indiennes, Français hâbleurs, Nordiques aux gestes lents et à l'ivresse brutale. Et d'autres encore – plus rares – qui portaient parfois aux chevilles le cal des fers qu'ils disaient barbaresques; mais on ne les questionnait pas sur leur passé.

Ceux-là étaient les plus terribles.

Après quelques verres, échauffés, ils racontaient des histoires prodigieuses, décrivaient des pays inconnus, des aventures étonnantes, quelquefois absurdes, souvent peu vraisemblables; mais tous les acceptaient, à l'égal de légendes épiques. En une seule soirée, on y faisait le tour du monde. Et pour peu qu'on ouvrît les oreilles, on y trouvait, en deux heures, de quoi rêver un hiver entier.

Chez les Flamands, d'imagination lente mais sensibles à la magie du verbe et des images, d'apparence sceptiques quoique volontiers crédules au merveilleux, ces récits fermentaient et prenaient, avec le temps, une force incroyable. C'est pour les avoir trop longtemps écoutés qu'un jour, abandonnant sa famille, le vieil Adrian De Boer s'était laissé entraîner par leurs chimères et était parti à la conquête des *Flotas de Oro*. Bien souvent Rinus, depuis quinze ans, avait songé non sans nostalgie – et parfois avec désespoir – à ses anciens rêves de voyage aux Indes. Il restait pensif alors, pendant des jours, et même le sourire de Maria, les mines de la petite Godelieve et son gazouillis ne parvenaient point à dissiper les regrets qu'il sentait vivre en lui. Et toujours plus forts à mesure que s'écoulaient les années et qu'approchait la vieillesse... Ces regrets ne se dissipaient qu'en mer, chassés par les premières excitations qui naissaient à l'amorce d'une poursuite.

Merveilleux récits des cabarets! A leur audition les pusillanimes faisaient provision de courage, les malchanceux retrouvaient espoir, les vaincus songeaient à de belles revanches et les audacieux trouvaient de nouvelles raisons de croire à leur invulnérabilité. Au couvre-feu ils s'enfonçaient dans le gros noir des rues endormies avec des épaules plus larges, la taille plus droite, de grands rires pleins et forts, et des bras puissants à en étreindre d'un coup toute la vie de la terre.

Cette fois encore ils opérèrent leurs sortilèges. Dans les premiers temps de sa convalescence, ils réussirent à convaincre « Haring » De Boer qu'il avait retrouvé toute sa vitalité. Il en oubliait même, parfois, son infirmité, en dépit des douleurs étranges qui s'élançaient de son épaule et couraient le long de son membre disparu. Il s'étonnait alors, regardant sa manche vide : comment une main absente pouvait-elle encore le faire tellement souffrir, aux changements de temps?

Dès le second jour il retourna au port. Pas un instant, durant septante-cinq jours de fièvre, pendant ses délires comme lors de ses périodes d'apaisement, il n'avait cessé de demander que l'on ne touchât point à son bateau avant qu'il fût relevé. Il le voulait voir tel qu'il l'avait ramené, et le trouva dans un matin gris et froid, sous un ciel de pierre duquel tombait des ondées maussades. Le *Op hoop van Zege* était au bout de l'appontement, un peu à l'écart, avec cette apparence triste qu'ont les choses abandonnées. Tout son bordé tribord était à vif, raboté jusqu'au fil du bois par la violence du dernier abordage dont le point d'impact se révélait aux préceintes défoncées, à hauteur de la joue. Rompus par un boulet, quelques haubans de misaine pendaient au long du mât, auquel les attachaient des liens hâtifs. Plus bas, entre la troisième et la quatrième préceinte, vers l'arrière, se devinait le trou béant du projectile. Sinistre l'avait masqué d'un prélart cloué dans la coque. Sous la pression et les appels d'on ne sait quels courants intérieurs, la bâche se gonflait et se creusait, régulièrement, avec le bruit d'un énorme cœur mou qui battrait. En voyant cette toile humide et brune qui pantelait au flanc de son bateau, Rinus pensa au vieux phare de l'estacade tel qu'il lui était apparu, bombardé, au lendemain du siège. Derrière sa muraille écroulée, le soir, dans l'ombre intérieure de sa tour, se voyaient vivre, gonfler et se dégonfler les outres, à la façon d'organes, de poumons à vif.

Les jambes écartées, De Boer, au bout de l'appontement, se tint longtemps immobile. La bruine glissait dans l'air froid, recouvrant de perles humides l'étoffe de sa vareuse. Il attendait que montât en lui ce sursaut qui l'avait soulevé, quelques mois auparavant, devant sa demeure ravagée par le bombardement, cette saine ardeur qui le pousserait au travail s'offrant à lui. Mais tous ses sens semblaient morts, si ce n'est celui – négatif – de la pitié qui le saisissait en retrouvant son bâtiment mutilé, comme lui. C'est avec inquiétude qu'il retrouvait devant le désastre cette mélancolie poignante qui l'avait pris deux fois déjà dans sa vie, quelque part, là-bas, au sommet de cette petite baie d'Écosse, devant une ferme ruinée, au bord d'une lande déserte.

Il se secoua et traversa la volige flexible jetée de l'appontement sur le pont de la frégate. Il passa à bord l'après-midi entière, caressant les bois, errant dans les batteries, pourchassé – toujours – par les pulsations de la bâche qui remplissaient tout le navire de leurs échos. Parfois elles s'arrêtaient et Rinus, dans les ténèbres des soutes, tendait l'oreille jusqu'à ce qu'elles eussent repris. Il lui semblait alors que son cœur, aussi, avait cessé de battre. On eût dit les palpitations d'une vie hésitante, prête à s'éteindre. Rinus quitta la frégate au soir, poursuivi par le bruit de ses pas qui résonnaient dans le bâtiment vide. Après la froide solitude du *Op hoop van Zege*, le cabaret lui apparut vivant, plein de chaleur et de réconfort.

Il rentra, un peu gris, et tard, ayant pour la première fois depuis des années oublié d'envoyer à Maria ses habituels messages.

Les travaux, pourtant, avançaient. Lentement, car presque tous les charpentiers étaient retenus à bord des autres bateaux par l'approche de la saison nouvelle. Comme l'an dernier encore, De Boer voulut participer au travail. Mais après un essai pénible, il renonça, convaincu de son inutilité. Dix fois par jour cependant, sa silhouette apparaissait sur le pont. Il passait, faussement affairé, jetait un coup d'œil aux travaux et fuyait aussitôt, prenant prétexte d'occupations urgentes qui ne trompaient personne. Dès qu'il avait tourné le quai, son pas ralentissait, et il restait à rôder dans les ruelles avoisinantes jusqu'à ce que, attiré par une force invincible, il revînt à bord du *Op hoop van Zege*. Robert Jeanfroid prit l'habitude de le voir venir, s'asseoir sur le soc rouillé d'une vieille charrue et rester tout un moment dans la cour de la forge, muet, ses yeux vides fixés sur l'enclume. Il repartait comme il était venu, sans raison, grognant un « au revoir » qui se perdait dans le fracas des fers. Le Jeanfroid le regardait partir, en hochant la tête : il était bizarre, Rinus. Depuis son accident, il paraissait n'être nulle part à son aise, errant d'un endroit à l'autre, telle une âme en peine.

Durant ces semaines, aucun lieu cependant ne le vit plus souvent que la *Ville de Douvres*. Il avait fait sa place du recoin le plus reculé, celui-là même où jadis Potterbuick se cachait pour échapper aux regards de sa femme. Là, adossé au pilier de pierre, il s'abîmait des heures entières dans des pensées vagues, des projets sans consistance qui ne commençaient à prendre forme qu'avec les vapeurs de l'ivresse, le soir, quand les premières ombres investissaient les voûtes de la taverne. A l'heure où il allumait les quinquets, le *baes* surprenait Rinus tassé derrière sa table, clignant aux lumières des yeux un peu troubles. Et le gros Joris, son large tablier bien tendu sur le ventre, s'en allait répétant :

– Il a l'air un peu drôle, Haring...

La saison de la course approchait. Depuis plus d'un mois, poussés par les vents d'est de janvier, les gros vaisseaux hollandais qui cinglaient vers les Indes passaient au large. Leurs hautes silhouettes, glissant sur un horizon limpide purifié par la brise glacée, annonçaient la fin de la trêve hivernale. Dans les tavernes, les corsaires commencèrent à discuter, à préparer leur campagne, à tirer des plans entre deux pintes, à boire dru et à former leurs associations.

Les années étaient passées où, seuls, ils pouvaient espérer conquérir une prise sans partage. Dans cette période trouble des guerres de Succession d'Espagne, les bateaux marchands ne se risquaient plus qu'en convois sévèrement protégés. Les corsaires tentaient bien encore leur chance en solitaires, vers la fin de l'automne, quand des bâtiments attardés se lançaient parfois sans escorte dans la mer du Nord; mais au printemps, c'étaient des convois entiers qu'il fallait assaillir, et les coureurs ostendais ne s'y risquaient alors qu'en groupe. Selon leurs affinités, leurs goûts, leurs sympathies, leurs méthodes, ils formaient des équipes qui se partageaient la besogne; risques et profits. Il était ainsi quelques « paires » fameuses dont la plus redoutable était celle de Pieter De Ry et de Joan Lindersen, les inséparables. Et d'autres qui les valaient presque : Tanghe et Baeteman-le-Borgne dont l'œil unique valait toutes les longues-vues du monde. « Witte » Beernaert, le colérique, et De Rudder, qui avait une mâchoire et les canines d'un chien de Brabant, dit « mangeur-d'oreilles ». « Haring » De Boer et Passchier Gooduin, aussi. A deux le plus souvent, mais parfois à quatre ou six quand la proie était grosse, ils se ruaient sur les convois signalés. Associés d'un jour, compagnons d'une bataille, prompts à reprendre leur indépendance dès que le succès était acquis, mais fermes dans leurs contrats éphémères; et sans faiblesse aux heures de l'engagement.

Les premiers renseignements arrivaient. Chasse-marée rapides, complices au-delà des frontières, pigeons lâchés d'innocentes barques de pêche ou du colombier d'un agent, tous les fils d'un réseau d'espionnage primitif apportaient à Ostende les informations qui affluaient aussitôt aux tavernes, où elles étaient débattues. Le dernier message avait signalé un convoi qui, dans la première quinzaine de mars, quitterait Amsterdam pour joindre l'Angleterre. Depuis deux jours, « Witte » Beernaert et De Rudder discutaient quel serait le troisième compagnon qui leur serait nécessaire dans leur expédition. Ce soir-là, à une nouvelle sollicitation de son associé, le « Witte » éclata.

– « Haring »? Il est fini! Tiens, même Caroen veut le quitter et m'a demandé si je ne voulais pas l'embarquer. Ce n'est p...

Les dernières paroles moururent sur ses lèvres. De l'ombre du pilier derrière lequel il se tenait depuis la fin de l'après-midi, De Boer émergeait dans la lumière. Il vacillait, l'œil injecté.

– « Haring » n'a besoin ni de toi ni de personne, et avant la fin de la saison il te montrera qu'il n'est pas fini. Quant à Caroen, tu peux le prendre à ton bord : jamais plus il n'y aura de place pour lui sur le *Op hoop van Zege.*

Il tomba un silence de pierre. On put entendre De Boer jeter à la volée son florin sur la table et, sans attendre, s'en aller vers la porte, en heurtant les chaises. Le *baes*, qui s'était rapproché, craignant la bagarre, se pencha pour essuyer d'un geste rond la table du « Witte ».

– Il ne te le pardonnera pas. Tu aurais pu faire attention.

– M'en f... Maintenant, il le sait.

Mais, dans le fond, il ne s'en moquait point.

De Boer allait dans la nuit. Giflé par l'affront, une colère sauvage le soulevait. Tout s'éclairait. Il comprenait maintenant pourquoi, depuis des jours, aucun de ses compagnons ne l'avait sollicité de participer à une expédition. Pourquoi Passchier Gooduin, gêné, avait répondu négativement la semaine précédente, quand il lui avait demandé s'il avait des projets pour la saison à venir. Jusqu'à ce soir, il avait pensé que seules les réparations du *Op hoop van Zege* – qui traînaient – l'avaient tenu à l'écart des courses en préparation. La vérité venait de lui être jetée en pleine face. Il en éprouvait une brûlure au visage. Une fureur lui vint qui le fit jurer tout haut.

La pluie noyait l'ombre. A l'angle des rues dans lesquelles

il fonçait à l'aveugle, sa silhouette gesticulante apparaissait dans le bref halo de lumière s'épanchant des lanternes. Ceux qui l'auraient rencontré cette nuit-là l'auraient pris pour un fou. Mais hors du quai, rien ne vivait dans la ville déserte. La vareuse ouverte sur sa chemise de toile, insensible au froid qui mordait, et suant de rage, Rinus allait droit devant lui, son poing unique serré dans le vide. Eût-il rencontré Caroen qu'il l'eût saisi à la gorge – et il lui aurait proprement frappé la tête contre les pierres. Plus peut-être que l'insolence de « Witte » Beernaert, le déchirait l'abandon du vieux compagnon. Née une nuit dans l'eau de la Tamise, où ils avaient nagé côte à côte, c'était une camaraderie de vingt-deux ans qui venait de s'évanouir. Dans la colère qui l'étouffait, De Boer se sentit seul, effroyablement.

Il marcha.

L'heure était profonde quand il rentra rue du Bon Vent, trempé. Inquiète, Maria veillait près de l'âtre mourant, à côté de la table encore mise. Effrayée, elle le regarda se servir, grelottant. La cuiller de bois tremblait entre les doigts de Rinus. Elle murmura :

– Tu es encore fatigué, Riqui. Tu ne devrais pas rentrer si tard.

Repoussant son assiette, il se dressa, mauvais.

– Hein ? Toi aussi ! toi aussi tu vas dire que je suis un homme fini ? Mais dis-le, dis-le !

Tremblant, il la regardait par-delà la largeur de la table. Toute la rancœur qu'il traînait avec lui depuis son départ de la *Ville de Douvres,* il la jeta à l'instant de quitter la pièce.

– Tu en serais heureuse, hein, que je ne reprenne pas la mer ? C'est ce que tu souhaites, pas vrai ? Mais tu peux le savoir : jamais – il hurla ces derniers mots –, jamais, entends-tu, je ne deviendrai *Schiphandelaar.*

La porte claqua si rudement que la maison en trembla.

A la lueur de la flamme encore vacillante dans le bougeoir, Maria était restée sur place, pétrifiée. Elle entendait Rinus qui, là-haut, jetait à la volée ses chaussures à travers la pièce.

IX

Chaque matin maintenant, la main de Rinus tremble. Avant que le feu soit allumé, il va droit au grand buffet de chêne. Maria, à la dérobée, le voit se saisir du flacon de genièvre. Elle détourne les yeux, mais ne peut pas ne pas entendre le grelottement du gobelet qui, entre les doigts mal assurés, frémit sur le goulot de la bouteille. Rinus boit d'un trait. Quand il repose son verre, un peu de couleur lui est venu aux joues. Il respire profondément, délivré de la nervosité qui, depuis deux heures, le faisait se retourner dans son lit. Maria le sent alors qui se détend avant de s'asseoir devant la table. C'est son meilleur moment de la journée; celui pendant lequel De Boer sent, avec l'alcool, un peu de sa volonté enfuie lui chauffer les veines.

L'an passé encore, après une expédition heureuse, il sortait des tavernes, la jambe ferme et le regard droit. Jamais, même après les beuveries les plus violentes, Maria ne l'avait connu ivre. L'alcool le plus dur semblait n'avoir aucune prise sur cet organisme magnifique d'homme de grand air. Une profonde inspiration de l'air humide et vivifiant et, n'eût été son regard plus brillant et son rire, rien n'eût trahi les excès auxquels il s'était parfois abandonné une nuit entière. Mais maintenant, miné par la maladie, affaibli par la fièvre, son corps s'ébranlait, atteint dans les sources profondes de sa vitalité. Au soir, il ne rentrait que pour s'effondrer aussitôt dans un sommeil lourd et bruyant de bête harassée.

Bien des années auparavant, quelques jours après qu'ils eussent emménagé rue du Bon Vent, un léger grillottement s'était élevé de la profondeur de l'âtre. D'abord incertain, timide, il avait peu à peu pris de l'assurance et bientôt avait envahi toute la pièce de son frémissement joyeux. A ses premières vibrations, Rinus et Maria s'étaient tus, étonnés. Leurs yeux s'étaient rencontrés et Maria avait eu son sourire rapide, merveilleux, qui s'était prolongé dans le ravissement. Ses yeux pétillaient.

– Un grillon, Riqui! le bonheur sera toujours dans cette maison.

– Tu en avais douté?

Il l'avait prise dans ses bras et serrée contre lui. Ames simples, ils croyaient aux présages et aux légendes. L'une de celles-ci faisait du grillon, rare en Flandre, un messager mystérieux qui jamais n'habitait que les maisons heureuses. Émerveillés, ils avaient écouté l'insecte invisible chantant sous la hotte, comme s'il leur eût apporté une raison nouvelle de croire à leur amour.

Johan était né la même nuit.

En sortant de son évanouissement, les premiers bruits entendus par Maria avaient été les vagissements de l'enfant mêlés à la musique triomphante de la petite bête. Elle avait, les yeux clos, murmuré: « Le grillon de Johan! » Depuis, Maria n'avait cessé dans son esprit d'associer l'insecte à l'enfant. N'était-il pas étrange, Riqui, que le grillon ait cessé de chanter quand Johan avait été si malade et près de la mort? Et étonnant que depuis treize ans, seul de la famille, Johan disait avoir vu la petite bête de bonheur? Rinus riait.

– Tu te fais des idées.

Car jamais De Boer, « Haring » De Boer, le corsaire, n'eût avoué qu'il partageait la folle superstition de sa femme. Il avait été pourtant impressionné quand Johan, surexcité, le jour de ses sept ans, lui avait dit avoir vu le grillon.

– Tout noir, papa! Il a un petit œil rond et brillant. Quand il m'a vu, il a cessé de chanter. Il m'a regardé bien tranquillement avant de disparaître entre deux pierres. Il n'avait pas l'air d'avoir peur du tout!

– Allons, tu as rêvé. C'était un bout de braise qu'a chassé le vent.

– Non! trépigna l'enfant, c'était le grillon!

Il avait bien fallu le croire. Encore maintenant, certains soirs, très sérieux, il disait :

– Je vais appeler le grillon.

De ses lèvres serrées sortait un grillottement imperceptible. Johan le reprenait trois fois, dix fois, inlassablement, jusqu'au moment où de l'âtre lui parvenait une tremblante réponse. Il exultait : « Vous voyez ! » puis, accroupi près du foyer, se mettait à siffler doucement. Devant la petite Godelieve qui suivait le manège, le doigt en bouche et l'œil écarquillé, l'insecte et Johan se tenaient ainsi des conversations interminables. Seul de la famille, Corneel haussait les épaules, irrité.

– Des bêtises. Cesse de siffler ainsi, tu nous perces les oreilles.

Ce qui mettait Maria de très vive humeur.

Temps très proches encore, douceurs vivaces au cœur – mais qui s'estompent –, de ces soirées où le petit compagnon chantant semblait tisser entre De Boer et Maria la trame d'un quiet bonheur. Maintenant, quant à la lueur de la chandelle Maria lève le regard, elle ne rencontre plus celui de Rinus. Dans cet homme sombre, amaigri, dans ce visage réduit par la maladie aux formes élémentaires de l'ossature massive, elle a peine à reconnaître le mari, le camarade et l'amant dont le regard, naguère encore, la baignait d'une tendresse amusée. Sous les boucles drues de sa chevelure puissante, il reste le front bas, les yeux perdus sur on ne sait quelle vision. L'anneau d'or qui pend toujours à son oreille reste immobile dans le collier de sa barbe. Elle le sent tendu, crispé, prêt à un mouvement d'humeur qui le fera se lever et monter dans sa chambre, sans un mot. On fait moins de bruit dans la maison de la rue du Bon Vent, et les enfants se taisent instinctivement, quand apparaît leur père.

Depuis deux semaines, les travaux sont terminés. En d'autres temps le *Op hoop van Zege* aurait repris la mer avec les autres corsaires dont certains – déjà – ont ramené leurs premières prises. « Haring », pourtant, ne se décide pas. Il erre d'un bord à l'autre, indécis, remettant chaque fois, vers le soir, le départ auquel il s'était décidé au matin. Dans ce milieu de coureurs de mer qui ne craignent pas le diable mais respectent Dieu, qui font bon marché de leur vie et redoutent moins la mort qu'une infirmité, existe cette superstition non avouée qu'un sort frappe le bateau qui n'est point rentré au port sous les ordres de son capitaine. Or Rinus, quand le *Op hoop van Zege* avait doublé l'estacade, était étendu dans sa cabine, évanoui, son bras sanglant ligaturé d'un fil de caret.

De Boer n'a jamais rien dit; mais, au ton plus froid qu'il prend parfois pour lui parler, Sinistre devine que Rinus ne lui pardonne point son initiative. Il hausse les épaules, Sinistre.

– Depuis deux heures il était sans connaissance et saignait comme un porc. Si j'avais attendu, c'est en enfer qu'il aurait commandé sa manœuvre, Haring...

D'autres pensées retiennent aussi De Boer. Elles surgissent avec une précision insoutenable, d'un passé qu'il croyait oublié. Seul dans son bateau, il se souvient de cet entretien d'un soir, voici plus de vingt ans, quand il avait proposé le commandement de l'*Engel Bewaerder* à Cabiljauw, et la réponse que lui avait faite le vieux marin :

– Trois sortes de gens ont peur à l'abordage : les lâches, les vieux, et la plupart des pères de famille. Ça défranchit un homme, tu sais, une femme et des gosses...

Jusqu'alors Rinus ne s'était pas aperçu que Maria et les enfants lui eussent fait perdre de son audace. A quarante ans passés, il attaquait toujours avec la même résolution tranquille que jadis, lors de la capture du *Saint-Georges*. Aujourd'hui pourtant, quand il n'a qu'une parole à dire pour reprendre la mer, De Boer perçoit toute la vérité incluse dans les paroles désabusées du vieil homme. C'est moins à lui-même qu'il pense qu'à Johan, lequel, cette saison même, devait pour la première fois prendre rang dans l'équipage du *Op hoop van Zege*. La croyance dans le sort qu'il pense jeté sur son bateau fait redouter à Rinus d'y entraîner son fils préféré. Ni lâche ni vieux, « Haring » De Boer n'était qu'un père tourmenté, que la maladie faisait la proie d'une superstition. Il hésitait.

Voici près de deux mois déjà, Johan, parcourant le pont de la frégate, lui avait demandé, l'air indifférent :

– La voilà presque réparée. Quand partons-nous, père?

– Bientôt. Je te le dirai.

Un peu plus tard, De Boer avait risqué :

– Il vaudrait peut-être mieux que tu fasses ton apprentissage avec un autre. A bord du *Zeepaard* [1], par exemple ?

Démasquant la ruse du père, la réponse était venue, nonchalante mais inflexible.

– Non, j'ai le temps. Si je suis encore trop jeune, j'attendrai. Je suis ton fils. C'est avec toi que je veux naviguer.

Depuis, tacitement, ils n'en parlaient plus. Mais à chacun de ses retours à la maison, Rinus trouvait levé sur lui le regard interrogateur de son fils. Et c'était le père qui, le premier, détournait les yeux. Au bout de quelques instants Johan s'en allait, sifflotant aux nuages.

Après ses craintes premières, Maria se réjouissait secrètement de l'apparente insouciance de son aîné aux choses de la mer. Elle s'en ouvrit à Cabiljauw qui fit : « Heu ! », sourit, et la considéra en lissant sa barbe avec componction.

– Quoi ? ce n'est pas vrai, sans doute ? Johan ne pense qu'à baguenauder en sifflant tous les airs qui lui passent par la tête. A propos, quel est ce vagabond avec lequel vous êtes toujours fourrés, maintenant ?

Cabiljauw s'offusqua.

– Jésus Boudin n'est pas un vagabond. C'est un nègre, répondit-il avec un illogisme péremptoire.

Puis :

– Et si Johan ne pense qu'à siffloter, c'est votre faute.

– Comment ?

– Est-ce que je ne vous ai pas surprise plusieurs fois à siffloter, alors que vous étiez enceinte ? C'est même curieux que vous n'ayez pas une nichée de merles dans votre maison.

– Cabiljauw !

– Ne faites pas semblant d'être scandalisée : c'est très mal imité. Il y a le coin de vos lèvres qui vous trahit. Là, vous voyez, vous souriez ! Pour le sifflet, ça oui, il tient de vous. Mais il tient de son père aussi, et fameusement. C'est pour cela que je dis : « Hum ! » quand vous prétendez que Johan ne pense pas à naviguer. Ce sera un marin siffleur, voilà tout !

1. Cheval-marin.

Cela s'est déjà vu. J'en ai même connu plusieurs qui jouaient du flageolet. C'étaient des jeunes gens très bien.

– Oncle Nélius, vous n'y connaissez rien du tout.

Il souriait dans sa barbe de patriarche, Cabiljauw, sans répondre. Mieux peut-être que ses parents il connaissait Johan et savait tout ce que cachait d'impatience l'indifférence affectée de l'enfant. Impulsif et têtu, rieur et d'une fierté ombrageuse, espiègle comme un chiot, tour à tour léger et terriblement volontaire, Johan n'aurait jamais voulu avouer combien pesait à ses treize ans l'inactivité dans laquelle il semblait se complaire. Il en sifflait d'énervement.

– Tout de même, poursuivit Cabiljauw, j'aimerais savoir quand Rinus se décidera à larguer les amarres. A moins – ici il glissa un coup d'œil à Maria – à moins qu'il ne se décide à prendre sa retraite et ne s'installe *Schiphandelaar.*

– Il vous en a parlé?

– Bon Dieu oui! C'est même depuis ce jour-là que mon chat saute sur l'armoire chaque fois qu'il le voit arriver.

– Oncle Nélius, je vais vous dire une chose. Un moment j'ai pensé qu'après... sa blessure, il abandonnerait la chasse. C'est peut-être même bien cette idée qui m'a aidée – un peu – à accepter notre malheur...

– Oh! notre malheur...

– Si, oncle Nélius, notre malheur. Mais maintenant je donnerais n'importe quoi pour qu'il reprenne la mer, pour qu'il redevienne comme avant. Vous ne pouvez pas savoir ce que...

Elle se mordit les lèvres. Elle haïssait les plaintes, les confidences larmoyantes. Fière, elle regrettait déjà les paroles qui lui avaient échappé et laissaient tout deviner. Les retours de Rinus à la maison. Son baiser froid, distrait. L'étreinte vague de son bras mou, jadis si merveilleusement dur et musclé. Dans ses vêtements qui sentaient naguère le vent et le bois, le sel des embruns et quelquefois la poudre, traînaient des odeurs aigres de fièvre, de fumée refroidie, des odeurs de taverne. Même leurs silences, que creuse chaque soir plus profondément le chant du grillon, ne sont plus les mêmes. Une fêlure imperceptible s'est faite entre eux, chaque jour agrandie, et que les efforts de Maria ne peuvent combler.

Et il y a la nuit, aussi, avec ce grand vide du membre disparu qui les sépare, les mains qui ne peuvent plus se chercher et s'étreindre, sous les couvertures.

Le vieux marin la regarda. Une fois de plus, il fut surpris par l'altération que les soucis de ces derniers mois avaient gravée dans ce visage jeune encore. Les coins de la bouche toujours rieuse de Maria s'étaient affaissés d'une manière imperceptible, et à la racine du nez, deux plis légers, verticaux, barraient ce front, hier pur encore. Quoiqu'il pût advenir plus tard, et même si le bonheur devait revenir un jour dans cette maison, jamais ces rides ne s'effaceraient. Jamais. Intérieurement l'oncle Cornélius maudit De Boer : « Satané idiot ! » D'un geste gauche il tendit la main et la posa sur l'épaule de Maria.

– Si, je sais. Je comprends.

Il tourna la tête. S'il l'avait regardée plus longtemps, Maria peut-être aurait reniflé. Et Cabiljauw, bon gros chien fidèle, se sentait pataud et désarmé devant les larmes d'une femme. Pensif, il fourragea dans le torrent de sa barbe.

– J'ai l'impression qu'en restant célibataire, j'ai passé à côté de tous les principaux embêtements de la vie...

– ... De ses plus grandes joies aussi, poursuivit-il, rêveur. Car enfin la famille, les gosses, je n'en ai pas, moi. Je suis un vieil ours solitaire qui crèvera tout seul dans son coin. Rien que pour n'être pas seul à l'instant de passer, cela vaut bien de... des...

Il bafouilla, ne trouvant pas ses mots.

– Heureusement, se ressaisit-il, qu'une famille, j'en ai tout de même une. Un petit peu... c'est vous.

Maria leva les yeux, surprise. Jamais le vieux marin ne l'avait habituée à de pareils épanchements. Elle s'oublia et une poussée d'affection lui vint pour le vieil homme qui se levait de son fauteuil, lourdement.

– Eh bien, oncle Nélius, il me semble que c'est une déclaration que vous me faites là !

– Prenez-le comme vous le voudrez, dit l'autre, bourru. Mais c'est vrai.

Gêné, il se sentait un peu bête. C'était idiot tout ce qu'il venait de dire là. C'étaient des choses qui n'arrivaient jamais quand on parlait à des enfants. Au-delà d'un certain âge, on ne devrait parler qu'à des enfants. Oui.

Maria l'embrassa.

– Allez, au revoir, vieil ours solitaire. Votre barbe pique! Un de ces jours, j'y mettrai le feu. J'y ai souvent pensé.

– Essayez donc, bougonna-t-il, en prenant la porte.

C'est le lendemain matin que Johan, inopinément, apparut rue du Bon Vent. En le voyant Maria poussa un cri.

– Qu'est-ce qu'il t'est arrivé?

– Rien, mais rien!

Son arcade sourcilière béait, ouverte jusqu'à l'os. Le sang ruisselait sur son visage, s'égouttant jusque sur le carrelage. Il se défendait, maussade, guettant son père à travers le voile rouge qui lui poissait la vue. Rinus se dressa.

– Allez, réponds. Qu'est-ce qu'il t'est arrivé?

– Rien, je dis!

– Ne mens pas. Avec qui t'es-tu battu?

– Avec personne. Je suis tombé sur une borne, en courant.

– Et c'est la borne, sans doute, qui t'a dépeigné et a déchiré ta chemise, hein? C'est une borne?

Il hurle.

– Pourquoi t'es-tu battu? Le diras-tu, enfin?

Par un bras il secoue le gamin qui reste sans répondre, buté. Pour la première fois, devant cette obstination, Rinus irait jusqu'à le gifler si Maria, nerveuse, ne le repoussait.

– Mais laisse-le, voyons! Tu vois bien qu'il a mal.

Rinus s'arrête, interdit. Jamais Maria ne lui avait parlé en y mettant cet accent de haine. Elle l'a écarté avec une telle rudesse qu'il en reste un instant surpris. Un flot de colère lui vient auquel il sent qu'il ne pourra résister. Il ricane, amer :

– Vous êtes tous contre moi, ici, maintenant. Belle famille!

La porte qu'il referme, en claquant, ne fait point tourner

la tête de Maria. Seul compte son Johan qui serre les dents et pâlit quand, entre ses doigts serrés, elle lui applique sur le front un emplâtre de poix chaude. De son inquiétude naît pourtant, pendant qu'elle lui lave le visage, une sorte de bonheur : celui qui jamais n'abandonne la mère quand elle retrouve en ses fils – même grandis – l'enfant malheureux qui a besoin de son amour. Elle le peigne, l'embrasse, et sa voix a de rauques accents de tendresse.

– Voyons, pourquoi n'as-tu pas dit à ton père pourquoi tu t'étais battu ? Il n'aurait pas été fâché.

– Tu crois ? Je n'allais tout de même pas lui avouer que c'était parce que le « Paling » avait dit de lui qu'il était un vieil ivrogne...

Doucement, il écarte les bras qui l'étreignent. Et il s'en va, à nouveau sifflotant, déjà redevenu homme.

X

Jésus Boudin, soucieux, se dandinait sur de grands pieds plats. De temps en temps ses bons gros yeux mobiles se fixaient sur Cabiljauw.

– Tu c'ois que ce n'est pas g'ave, toi ?

– Mais non, ce n'est pas grave.

– Pou su ?

– Mais oui, pour sûr. Cesse de danser comme cela, tu me donnes le mal de mer.

Jésus Boudin, subjugué, s'immobilisa un instant puis recommença à s'agiter, l'inquiétude peinte sur sa face luisante. Les blessures le terrifiaient et tout à l'heure, à la vue du sang qui inondait le visage de Johan, il avait jacassé comme un singe effrayé. N'eût été la couleur de sa peau, on l'aurait vu pâlir.

D'ailleurs, un nègre, ça pâlit. Les incrédules, pour s'en convaincre, n'avaient qu'à écouter le récit de Kieboom. Ce maigre *bootsman*, tout en os et peau tannée, était impayable par la manière de raconter comment il avait un jour découvert Jésus Boudin : au fond d'un tonneau de mélasse, vide, déniché dans la cambuse d'une flûte française que Lindersen venait de capturer.

– Le tonneau tremblait si fort, mes fils, que tout le bateau en bougeait. Je risque un œil dedans et j'y vois mon paroissien tapi dans le fond, la tête entre ses genoux, et les bras par-dessus la tignasse. Ça vous rend courageux, un spectacle comme cela. Couic ! Je l'attrape donc par la nuque et du même coup le voilà qui se met à gueuler comme un rat pris au piège. Il aurait fallu voir la manière dont il a sauté hors de son trou ! Vingt dieux ! j'ai failli tomber à la renverse : à le voir, tout noir, j'ai cru qu'il y avait erreur et que j'avais empoigné le diable par la peau du cou : « Excusez », que j'allais dire, en enlevant mon bonnet, et pas plus rassuré que ça. Mais voilà mon diable qui, de noir, devient tout gris et manque me flanquer par terre en m'embrassant les genoux : « Pas m'ouvri' le vent'e, qu'il gueulait, pas m'ouvri' le vent'e ! » Il paraît que c'est la mode, dans son pays. Même qu'on y met des pierres et qu'on recoud le tout après, à ce qu'il m'a dit.

Depuis deux ans bientôt, Kieboom avait un succès incomparable, avec son récit.

Le captif avait bientôt repris sa couleur, luisante et grasse, semblable à celle d'un beau boudin de kermesse. D'où le surnom qui ne l'avait plus quitté. Comme le disait sentencieusement Cabiljauw : « C'est un beau nègre noir », cela pour le différencier des autres – de teinte moins franche – qu'on avait déjà vus à Ostende. Car il en était déjà passé, des colorés, entre les hautes murailles grises de cette cité du nord : mulâtres des Antilles venus en Europe à bord des vaisseaux espagnols, esclaves délivrés des brigantins barbaresques après un abordage, matelots misérables arrivés Dieu sait comment à bord des bâtiments que les Ostendais ramenaient au port. Tous plus ou moins épaves de ces convois de « bois d'ébène » que les négriers hollandais chargeaient de Guinée pour la Louisiane, ils ne faisaient généralement qu'un bref séjour sous ces cieux gris et pluvieux. Bientôt ils repartaient sur les bâtiments espagnols, vers ce soleil qui les attirait invinciblement.

– Missié Cabiljauw, tu c'ois qu'il va veni?

– Jésus Boudin, fous-moi la paix.

Étrangement, celui-ci était resté. Pusillanime, paresseux comme un chat de sacristain, Jésus Boudin n'avait plus bougé, fixé au sol par une sainte terreur de la mer. Il habitait hors des murs, au bord de la Creque Sainte-Catherine, une sorte de masure coiffée de chaume à laquelle il avait réussi à donner l'apparence exotique d'une paillote tropicale. L'été, il y restait des jours entiers accroupi sur le seuil, en tête à tête perpétuel avec un poisson enfilé sur une baguette qui grillait à la flamme. Le brouillard l'emplissait de crainte. Quand les nuées montaient des polders, une sorte de bruit rythmé montait de sa cabane. C'est un jour semblable que Johan et Cabiljauw l'y avaient trouvé, les yeux perdus sur l'horizon brouillé, tapotant une caisse de ses longs doigts simiesques tout en psalmodiant des mots incompréhensibles. L'oncle Cornélius, sans penser à mal, lui avait raconté la légende du *meerman* et de la ville engloutie. Depuis lors, aux jours de brume, Jésus Boudin grelottait de terreur à la pensée des âmes errantes autour de sa paillote et martelait son tam-tam improvisé avec une frénésie redoublée.

– Missié Colnélius...

– Mon pied à ton derrière tout noir, Jésus Boudin.

Dès le premier contact, Jésus Boudin s'était accroché à Cabiljauw. Dans ce vieillard impressionnant dont l'abord l'avait primitivement terrifié, le nègre, avec son instinct animal, avait rapidement découvert l'homme simple et bon. Il trottinait à ses côtés, ses grands pieds plats et nus clapotant sur les pavés avec un bruit de linge humide. L'immense barbe blanche du marin l'émerveillait. Elle évoquait pour lui le personnage divin que lui avait un jour décrit Pieter De Boer.

– Il lessemble au Bon Dieu, missié Colnélius.

– Cornélius, Jésus Boudin, pas Colle-Nélius. Répète un peu : Cor-né-lius...

– Oui : Colnélius, missié Piet, répétait Jésus Boudin, extasié.

Il craignait Cabiljauw – un peu – vouait une admiration sans mélange à Pieter qui lui racontait les merveilleuses aventures de l'Histoire Sainte, mais eût couru au feu pour Johan. Il lui était fidèle comme un gros chien encombrant. Transi, il pouvait l'attendre des heures entières sous la pluie, jusqu'à ce que son Dieu sortît de la maison du Bon Vent.

– Toi tu siffles bien, tu sais! Tout à fait comme un oiseau, glougloutait-il, admiratif.

Maria estimait très choquante cette fréquentation où se complaisaient ses deux fils.

– Missié Colnélius...

– Jésus Boudin, cette fois-ci, tu n'y coupes pas. Allez, ouste, présente-moi ton...

– Voilà missié Johan!

Le front garni de son emplâtre, le Siffleur apparaissait au détour de la rue. Jésus Boudin l'entourait de ses gambades inquiètes.

– Toi pas mal?

– Mais non, Jésus, ce n'est rien.

Cabiljauw grogna.

– Rien. Misère! Encore trois coups comme celui-là et tu avais la tête cabossée comme ma vieille marmite. Si au moins tu m'avais laissé te donner un petit coup de main...

– Il fallait essayer, oncle Nélius. Je t'aurais donné un tel coup de pied dans les tibias que tu en aurais dansé sur place pendant une heure, au moins.

– C'est bien cela qui m'a retenu, bougonna le vieillard fâché. Et ton père, qu'est-ce qu'il a dit?

– Rien.

– Ça m'étonne. Je l'ai vu passer tout à l'heure : le feu lui sortait du nez. Ce grand pendard de Jésus n'était plus à tenir. Il croyait qu'on t'avait consigné à la maison pour la journée.

Il allait, le haut vieillard, flanqué d'un enfant et du nègre trottinant. Trio absurde et touchant, résolument ridicule, dont personne ne s'étonnait plus. Côte à côte, ils débouchèrent sur le quai. Une houle de dos barrait l'approche de l'appontement.

– Ça va, dit Cabiljauw, un peu essoufflé, nous n'arrivons pas trop tard.

De ses larges épaules il fendit les groupes épars, hésita un instant puis, avisant une pile de caisses, y alla en quatre pas et l'ébranla d'un bon coup de sabot. La grappe d'enfants qui y était juchée sursauta : « Allez, clampins, poussez-vous pour faire une place à grand-père », et il se hissa, ahanant : « Sacrés rhumatismes ! » – soudain furieux parce que Jésus Boudin, derrière, l'aidait en le poussant aux reins.

– Veux-tu me fiche la paix, toi ! Je suis encore assez grand pour faire le singe tout seul.

Il émergea, soufflant, et se laissa choir au sommet de la pyramide. Tout en haut de sa pile de caisses, trônant avec sa belle barbe de druide au milieu des enfants entassés, et son nègre aux pieds, il était heureux comme un pape, Cornélius Cabiljauw. Une fois de plus, Jésus Boudin le trouva semblable au Bon Dieu des belles images. Il était tout réjoui, le Bon Dieu. Il tira de sa poche une longue pipe en terre, l'alluma soigneusement et jeta autour de lui un regard pétillant.

– La plus belle vue de tout le quai. Vous aviez bien choisi, clampins.

En dessous de lui, et jusqu'à l'appontement dont elle épousait l'angle, la foule s'entassait sur le quai. Tous les regards étaient dirigés vers une sorte d'estrade, également faite de caisses, sur laquelle était juché un homme. Son justaucorps bleu vif tranchait sur la matité des planches. Il était rougeaud, hilare et massif. Le bras tendu il interpellait les hommes, qui riaient. Une confuse rumeur faite d'appels, des murmures de voix rauques, de soudains éclats, de cris jetés, s'élevait de cette masse dense, immobile, à travers laquelle un marin se frayait parfois passage. Par intervalles, dans les portions de silence qui naissaient, s'entendait l'homme au pourpoint bleu.

– Allez, encore huit *oploopers* [1]... dix florins de solde et une avance de cinq pour boire à ma santé. Hein ? *'t is goed, jong* [2] *!* arrive et signe. Plus que sept, garçons. On mange bien à bord du *t' Serpent*. Allez, décidez-vous ! je commence à avoir soif.

1. Aides.
2. C'est bon, gamin.

Vous serez choyés comme coqs en pâte. Le Père Goeleven vient avec nous : il n'y en a pas un comme lui pour vous administrer une bonne extrême-onction. Avec son sauf-conduit, s'il vous arrive quelque chose, vous filerez au paradis, tout droit et le vent dans les fesses...

A septante-sept ans, malgré son âge – et peut-être à cause de celui-ci –, Cabiljauw était resté badaud. Il ne se lassait pas de ce spectacle auquel il avait tant de fois assisté dans sa vie. A l'heure choisie de la marée basse, l'enrôlement de l'équipage d'un convoyeur attirait au port une foule animée, bruyante, dans laquelle se mêlaient aux Ostendais des marins de tous les lieux : pêcheurs de baleine de la Compagnie de Bruges, reconnaissables à leurs demi-bottes de cuir graissé, Flamands de Nieuport, de Lisseweghe et même de Dunkerque, et jusqu'à des Wallons du pays de Liège, attirés par la légende de cette ville étonnante, devenue si riche que ses maisons en rutilaient de dorures jusqu'aux frontons. Pas une femme dans ces groupes. Au capitaine du *t' Serpent*, les hommes répondaient du même ton, par des lazzis grossiers qui soulevaient les rires. Nulle finesse parmi eux, mais une vitalité intense, brutale, se dégageait de leur foule violemment colorée. Cabiljauw, heureux, sa longue pipe de terre rouge pendante dans sa barbe, baignait dans cette atmosphère vivifiante comme dans un élément familier qui eût rajeuni ses vieux muscles. Son bleu regard d'enfant ne perdait pas un détail de la scène. Il se pencha vers Johan.

– Tiens-toi bien, mon fils, et tâche de n'avoir pas un nœud dans ta langue. Je connais mon paroissien, le prochain coup sera pour nous. Je l'ai déjà vu guigner de notre côté.

Mais déjà, du haut de son estrade, par-dessus les têtes, Dien van De Rook les bombardait.

– Hé là-bas, la petite classe! Encore trois places d'*oploopers* à distribuer. Tu ne te décides pas, Jésus Boudin? Si tu t'engages, je te ferai un lit dans un beau tonneau de mélasse!

Un rire souleva l'auditoire. Sous tous les regards qui s'étaient tournés, Jésus Boudin roulait des yeux effarés. Tel un chien peureux à l'approche du bâton, il s'était réfugié dans les jambes de Cabiljauw. Dien van De Rook tonna, hilare :

– ... Et pour tous tes protégés qui s'engageront, Père Neptune, il y aura le double de biberon à chaque repas.

– Le Père Neptune, il t'enfonce son trident là où je pense! beugla l'oncle Cornélius, jubilant.

Joie énorme. A tous ces hommes qui aimaient les plaisanteries crues, la riposte du vieillard – pas très fine mais expressive – apportait la conclusion attendue à l'intermède. Ils se retournèrent. Entre les marins qui se pressaient au pied de l'estrade se devinait l'écrivain du bord, assis derrière la petite planchette de son baquet. Il écrivait le nom des enrôlés.

Johan était pourpre.

– C'est le biberon qui ne passe pas? souffla Cabiljauw, malicieux.

L'enfant haussa les épaules.

– Dis, oncle Nélius, tu ne sais pas quand le père va reprendre la course?

– Qu'est-ce que cela a à voir, maintenant?

– Rien. Tu ne sais pas quand, dis?

Le vieillard se gratta le menton du tuyau de sa pipe.

– Délicat, ça. Je ne suis pas dans sa peau. A sa place j'attendrais jusqu'à la saison prochaine. Dans une semaine il ne trouvera plus dans la ville de quoi mettre sur pied un équipage convenable. Il ne lui restera plus que des résidus...

Un coup de vent passa, lentement, qui fit s'épanouir les oriflammes sur les vaisseaux du convoi. Au-delà des bâtiments pimpants et bientôt prêts à lâcher les amarres, apparaissait le gréement dénudé du *Op hoop van Zege*, encastré dans l'eau grise du bassin. Il sembla à Johan distinguer sur son pont une silhouette familière accoudée au bastingage. Des nuages plats glissaient, de plus en plus serrés, annonciateurs de la pluie prochaine. Enlevés par la brise naissante qui froissait l'étendue liquide du port, les paroles de Dien van De Rook parvenaient plus nettement.

– Fini pour les *oplopers*. Aux mousses maintenant. Il m'en

faut dix, avec du poil aux dents, s'ils n'en ont pas encore au menton. Sept florins, dont trois à l'engagement. A toi, petit!...

Midi sonnait. Déjà les hommes enrôlés commençaient à se désintéresser du spectacle. Un courant se dessinait qui les entraînait, par groupes, vers les tavernes. Entre eux, Johan vit passer Corneel et Pieter qui baguenaudaient, le nez en l'air. Il dégringola de sa caisse.

– A tout à l'heure. Je reviendrai.

Cabiljauw le vit disparaître, nonchalant, les mains enfoncées dans les poches. Il ne le revit point.

Johan n'arriva rue du Bon Vent qu'à l'heure où le repas tirait à sa fin. Quand il apparut, Rinus posa sa cuiller.

– D'où viens-tu?

Alors éclata le coup de tonnerre. Dans le silence qui suivit la question posée par le père, Maria entendit Johan répondre, de sa voix tranquille.

– Du port. Je me suis engagé à bord du *t' Serpent*.

– De quoi?

De Boer repoussa sa chaise...

XI

A pas lents, De Boer tournait dans sa cabine. Depuis le début de l'après-midi, cent fois et plus ses pensées le renvoyaient d'un bord à l'autre, sans relâche. Maintenant, un crépuscule maussade, tout chargé d'ombres, envahissait la pièce. En cette saison pluvieuse, la fin de la journée s'annonçait par des torchées d'averse qui roulaient sur le pont et s'évanouissaient, après avoir fouetté les carreaux à croisillons. Du fond du bâtiment monta le gémissement d'un bois. Le craquement se prolongea dans le silence. Rinus s'immobilisa près des baies ruisselantes. Derrière les carreaux s'offrait l'étendue du bassin piqueté de bulles, et les quais luisants sur lesquels rebondissait la pluie. Il resta un long moment figé, luttant contre le désir qui depuis des heures l'attirait. Une première lumière scintillait aux fenêtres de la *Ville de*

Douvres. De Boer fut encore prêt à céder mais une silhouette le fit se reculer, comme s'il craignait d'être vu. Là-bas, Sinistre venait d'apparaître et courait en rasant les murs, le dos rond sous les rafales qui crépitaient. Sa seule ombre arrêtée au seuil de la taverne, puis y disparaissant après s'être ébrouée, suffit à rejeter Rinus dans le va-et-vient de sa promenade silencieuse. Non, il ne pourrait pas. Que répondrait-il si Sinistre l'interpellait, devant tout le monde?

Il s'arrêta et regarda devant lui sa main unique, étendue et tremblante. Il la considéra un instant comme une chose étrangère qui résistait à toute sa volonté, vainement durcie pour l'immobiliser. Le frémissement lui gagna l'épaule. Vaincu, il laissa retomber son bras et ricana, amer :

– Oui, la main d'un vieil ivrogne... et dire que c'est elle qui a frappé Johan.

Depuis des heures, perpétuellement chassé mais revenant sans cesse, ce souvenir assaillait De Boer. Il entendait encore Cabiljauw gravir lourdement l'échelle du château et lui dire, en mots crus, pour quelle raison Johan s'était battu, au matin. Encore sous le coup de la nouvelle, la voix du vieillard frémissait.

– ... Et tu peux le savoir, quand ce ne serait que pour te faire regretter la gifle que tu lui as donnée. Tiens, je ne te reconnais plus...

A cette pensée Rinus se crispa et gémit sourdement. Il le revoyait, son fils, dressé près de sa chaise; sa pâleur quand il avait répondu :

– Il y a toujours eu un De Boer en mer...

Il avait dit ces mots sans insolence ni crainte, car tel était Johan De Boer. Et le premier, sous son regard, le père avait baissé les yeux. Mais sa main s'était levée.

A peine son geste était-il entamé qu'il eût voulu le retenir. Mais il était trop tard. La gifle avait claqué, lourde, unique, faisant reculer l'enfant. Avait suivi un silence pendant lequel De Boer avait pris la porte, sans attendre.

Les châtiments sont souvent plus pénibles aux parents qui les donnent qu'aux enfants qui les reçoivent. Seul dans sa cabine, Rinus s'avouait qu'il eût tout donné pour ne pas s'être laissé emporter alors par sa colère.

Mais maintenant c'était fait. Il y avait eu dans son geste quelque chose dont l'irrémédiable le déchirait. Après Caroen, après d'autres, c'est son fils préféré qui l'abandonnait. Évidemment, lui, Rinus, l'avait poussé à s'engager à un autre bord, mais – il s'en rendait compte aujourd'hui – avec le secret espoir qu'il ne le ferait pas. Confuse, une poussée d'orgueil l'avait envahi quand Johan lui avait répondu :

– Je suis ton fils, c'est avec toi que je ferai mon apprentissage.

C'est pourquoi, sans doute, son irritation avait été si grande en apprenant que Johan, sans l'avertir, s'était enrôlé à bord du *t' Serpent.*

De Boer aurait pu faire résilier l'engagement de son fils. Ce fut même sa première pensée, quand soulevé par la colère il avait presque couru au port. A cette heure et jusqu'à la nuit, Dien van De Rook – selon la coutume – devait boire à la *Ville de Douvres,* en compagnie de son nouvel équipage. Ce n'est qu'en débouchant sur le quai qu'il songea aux paroles si souvent redites à ses enfants : « On doit n'avoir qu'une parole... ». Johan avait donné la sienne, avec sa signature. Ce n'était à personne, même au père, de le faire faillir à son premier engagement. Lui, Rinus, ne demanderait rien.

Il était passé devant la taverne et avait continué droit vers le *Op hoop van Zege* où il se tenait enfermé, depuis des heures.

Il s'assit. Le regard absent il considéra les murs de sa cabine, la grosse lanterne de cuivre qui pendait aux barrots, les quelques livres sur lesquels il avait laborieusement décrit, puis dessiné, les repères de quelques côtes lointaines. La vieille arbalète avec laquelle, jadis, Spierings lui avait appris à faire le point. Un petit tableau qui représentait le port avec, au premier plan, le *Op hoop van Zege* tout pavoisé d'oriflammes, avant un départ. Le cadre étroit, recouvert d'une couverture brune, sur lequel Rinus s'étendait. Tous ces objets familiers, l'atmosphère même de cette pièce en laquelle il avait passé tant d'heures de veille, au large, lui paraissaient soudain étrangers. Son bateau, il l'avait aimé, entretenu, presque choyé en ne pensant qu'au jour où il reviendrait à Johan. Peut-être n'était-il pas trop tard encore?

Il haussa les épaules, repoussant pour la première fois le mensonge qu'il portait en lui et dont il se leurrait, depuis des semaines. Recommencer à courir la mer? Il s'avouait maintenant qu'il n'en éprouvait plus l'envie, ni la nécessité. La nécessité, surtout. Il faut être pauvre, pour continuer à vouloir. Pour le contenter, il faut peu au Flamand, simple de goûts. Une maison dont il se sentait le propriétaire, une petite aisance acquise durant plus de vingt années passées à battre les flots : De Boer sentait bien que c'était ce modeste confort qui – au premier revers – avait tué son ambition. Il eût fallu, pour l'entretenir, d'autres désirs. Les Indes, peut-être? Mais même cette chimère longtemps caressée n'avait sur lui plus de pouvoir. Rinus soupira :

– Je suis devenu vieux...

Il tentait de se convaincre, renâclant devant la perspective des jours paisibles – trop paisibles – qui se présentaient à lui. Son amputation, il le devinait, n'avait fait que précipiter ce désir de repos qu'il sentait croître en lui, depuis des mois. Pourtant, peut-être n'y aurait-il pas succombé si, à l'instant où il faiblissait, ne lui avait manqué ce que rien ne remplace pour un homme : un ami, qui lui aurait rendu sa foi.

Une grande frottée de pluie courut la ville. Rinus l'entendit s'enfler, galoper sur le pont et se stabiliser, longuement. Une rumeur engloutit le silence de la cabine dans laquelle la clarté tomba de quelques degrés. Rinus sourit tristement à une ombre et pensa à Frans Van Maestricht, l'enthousiaste. A la manière dont il l'eût secoué et, de son grand rire franc, renvoyé au large. Il haussa les épaules, encore. Tout cela était loin.

Dehors, la pluie avait cessé. Dans la nuit faite, les lumières des tavernes et leurs reflets brillaient sur les pavés gras. Un vent régulier s'était établi, ridant la surface noire des bassins.

De Boer ferma sa cabine et descendit sur l'appontement sonore. Des aussières se tendaient dans l'ombre, en grinçant. Il les enjamba lentement, retardant l'instant où il devrait rentrer rue du Bon Vent. Après ce qu'il avait appris, après la gifle, il lui eût été pénible de revoir ce soir encore Johan, et de subir son regard.

Il traîna. Immobile dans l'ombre du quai, il jeta un coup d'œil à travers les fenêtres de la *Ville de Douvres*. Johan pouvait s'y trouver encore, fêtant avec le nouvel équipage du *t' Serpent* son premier engagement, sa venue parmi les hommes, la fin de son enfance. Mais derrière les vitres chaudes, dans la lumière des quinquets qui brillaient au-dessus des tables jaunes, Rinus ne distingua que les matelots autour de Dien van De Rook, son visage de brique, son pourpoint bleu et la pinte d'étain mat qu'il tenait au poing, au-dessus d'une platée de fèves au lard. Irrésistiblement l'envie saisit De Boer d'entrer, de se mêler à ces hommes qui discutaient, insouciants. « Après tout... » Mais il resta cloué au sol, soudain empourpré : s'ils allaient savoir pourquoi son fils, le matin même, s'était battu ?

D'un geste brusque il courba les épaules et s'enfonça dans la nuit.

Pour la première fois depuis des mois il rentra à jeun, rue du Bon Vent. Maria rangeait la table et leva les yeux, surprise de le voir rentrer si tôt. En s'asseyant Rinus grommela, gêné :

– Il est couché ?

Puis tout de suite, en regardant ailleurs.

– Comment va sa blessure ?

Il hocha la tête à la réponse que lui fit Maria. Il n'osait point la regarder. Savait-elle, elle aussi, pourquoi Johan s'était battu ? Il fut sur le point de le lui demander mais recula, redoutant la réponse qui l'eût écrasé. D'un geste lent, il torcha soigneusement son assiette.

– Il faudra préparer le sac du petit, Dien van De Rook ne tardera sans doute pas à partir.

– Je sais. Je l'ai déjà commencé.

– Ah ?

Ainsi, tout était décidé. Même Maria paraissait en avoir pris son parti. Le silence, creusé par le chant du grillon, lui parut insoutenable. Rinus toussota, cherchant ses mots.

– Tu sais, tu pourrais peut-être lui donner mon foulard rouge... le beau, celui avec des ancres blanches.

C'en était trop. A l'idée du départ désormais inéluctable de son fils, De Boer sentit sa gorge se serrer. Il dit, la voix rauque :

– Je monte me coucher.

– Attends un instant, j'ai fini. Je t'accompagne.

Ils montèrent ensemble, dans le halo de la chandelle tenue par Maria. L'ombre énorme de Rinus vacillait sur le mur. La porte de la chambre ouverte, il ouvrit les yeux, étonné.

– Qu'est-ce que tu as fait?

– Tu vois, je l'ai tourné.

Leur beau lit à colonnes, avec ses rideaux bien tirés, avait changé de place. Ce n'est qu'en se glissant dans les draps, la chandelle soufflée, que De Boer prit conscience des intentions de Maria. Là, sous les draps tièdes, pour la première fois depuis des mois, il sentit sous sa main valide les doigts de Maria. Il s'en saisit, d'un geste instinctif. Tout un temps, surpris par ce contact cher qu'il avait presque oublié, Rinus resta immobile et muet. Une grande douceur lui venait. Sa voix, changée, s'éleva dans l'ombre.

– Grande bête chérie, tu as dû en avoir du mal, à remuer ce lit.

Sans la voir, il la devina sourire.

– J'avais envie de retrouver ta main.

– Tant que ça?

Il fit monter ses doigts le long du bras, les laissa frôler l'épaule, et doucement caresser le cou, le front, les cheveux de sa femme. Ses petites pommettes saillantes, aussi.

– Mais... tu pleures?

– C'est de bonheur.

Elle le sentit venir près d'elle, et comme jadis poser sa lourde tête sur son épaule. A son tour elle caressa ses cheveux rudes, sa barbe dure qui lui piquait délicieusement la poitrine, à travers le tissu. Il se laissait faire, à moitié engourdi. Une grande paix émanait de cette paume fraîche qui passait sur ses tempes. Presque inconsciemment, il murmura :

– Tu sais, ce sacré magasin dont tu m'as parlé? Eh bien...

– Tais-toi.

Elle ne voulait rien connaître d'autre, à cette heure, que le bonheur qui lui venait, merveilleusement, d'avoir retrouvé le plus grand et le plus cher de ses enfants.

XII

Les dix années qui suivirent furent pour Maria celles où – sauf un seul – se réalisèrent tous ses anciens rêves de jeune épouse et de mère. Écoutant la vocation qui l'attirait depuis son plus jeune âge, Pieter, l'ancien enfant de chœur, se destinait aux Ordres. Conseillé par le Père Brand, il était entré au grand séminaire de Gand et, deux fois l'an – vers Noël et au cœur de l'été –, revenait passer de courtes vacances à Ostende. C'était alors pour Maria une grande fierté que lui apportait ce mince garçon grave et doux, aux mains de fille, qui portait si joliment l'uniforme de novice des récollets. A ces occasions, la rue du Bon Vent connaissait des jours fastes. Aidée de Godelieve, dont les treize ans laissaient déjà deviner une précoce beauté, Maria sortait de l'armoire sa plus fine nappe brodée et du bahut le beau service de Delft. De délicieuses odeurs de cuisine se répandaient dans la maison, et pendant qu'elle s'affairait autour des marmites, il semblait à Maria que le grillon chantait plus fort dans l'âtre. Son bonheur était sans mélange quand, avec la venue de son fils préféré, coïncidait un retour de Johan.

Précédé d'un sifflement joyeux et du bruit allègre de sa démarche légère, son grand vagabond apparaissait sur le seuil, tout ébouriffé et hâlé par le vent. Son grand sourire, ses façons affectueusement brutales de jeune chien emplissaient aussitôt d'une joie nouvelle la rue du Bon Vent. En trois enjambées, il était sur Maria, la faisait tournoyer dans ses bras et s'arrêtait net, considérant Pieter d'un air faussement surpris.

– Par Dieu, te voilà, frérot! Je comprends maintenant pourquoi les boudins sont à la poêle.

Le dominant de toute la tête, il saisissait Pieter aux épaules, le tenait à bout de bras, le secouait en grimaçant.

– Pas gras, fiston. Mais cette jupe te va fichtrement bien. Si j'étais fille, voilà une manière de petit abbé qui me plairait diablement.

– Johan! s'indignait Maria, scandalisée.

– Ce n'est pas vrai, peut-être?

Déjà il pivotait sur un talon, furetait, chipait au vol une *oliekoekje* [1] dorée, se faisait chasser d'un coup de cuiller de bois et s'abattait sur une chaise, ses longues jambes largement étendues.

– Je suis fameusement content de te voir, frérot. Au moins, quand tu es là, je suis certain de bien manger. C'est une chance que le hasard m'ait ramené juste à point pour me mettre à table.

Ce qu'il ne disait pas, c'est qu'à l'approche du 15 août, et vers la Noël, où qu'il fût, il poussait le vieil *Op hoop van Zege* pour se retrouver à Ostende. De la pointe des Cornouailles ou du nord de l'Écosse, il accourait, toute la toile au vent. Il se fût laissé assommer sur place plutôt que d'avouer la raison qui le poussait au retour, mais Pieter ni personne ne s'y trompait. Johan vouait à son plus jeune frère une affection rude voilée de sarcasmes et de plaisanteries osées qui faisaient parfois rougir le novice, mais ne l'attiraient pas moins vers ce grand garçon rieur et musclé qui personnifiait la joie de vivre. A deux, côte à côte, l'un sifflant, l'autre discourant, ils se lançaient dans des promenades sans but, à travers la campagne.

– Je vais te faire tirer la langue, porteur de soutane!

Mais Pieter tenait. Avec l'adolescence, ce corps frêle d'apparence avait enfin reçu de générations de coureurs de mer

1. Beignet frit dans l'huile.

une résistance qui lui faisait abattre des lieues dans les polders, sans faiblir. Les aciers les meilleurs ne sont point les plus lourds. Fin comme une lame, Pieter suivait les longues enjambées de son frère et revenait au soir, son pâle visage enluminé par l'ardeur de la course. Et, à la pêche, il était adroit au filet, le novice!

La soupière fumante venait sur la table. Ils attaquaient ferme leur assiette, les De Boer, et ne levaient le front de la table que pour dire : « Encore! » Maria, ces fois-là, éprouvait un secret orgueil à voir tous ses hommes réunis attaquer les plats avec ardeur, et se disputer les bons morceaux. Elle s'affairait autour d'eux, heureuse, en oubliant de manger.

Ils avaient un appétit terrible.

Le dernier à apparaître était Corneel. Il ne quittait le magasin qu'à la dernière minute. Toujours plongé dans ses inventaires et ses chiffres, calculant juste et discutant sans faiblesse, il tenait la boutique mieux sans doute que le papa De Boer, lequel ne savait jamais refuser un abattement ou un crédit à l'un ou l'autre de ses anciens compagnons. Il n'avait fait que trois saisons à bord du *Op hoop van Zege* et parfois encore, houspillé par son aîné, participait à une course, en rechignant. Il s'y montrait bon marin et quand venait l'heure de l'abordage, aussi courageux que tout autre. Mais aussitôt débarqué, il revenait à son cher magasin, à ses glènes de filin bien rangées, à ses filets, ses grappes de poulies, ses odeurs de chanvre frais, de saumure et de bois au milieu desquelles il se sentait dans son véritable élément. A entendre Corneel, méticuleux, parler toujours de la qualité du brai gras ou de l'augmentation probable de la toile de Courtrai, les oreilles de Johan s'échauffaient parfois.

– Quelle famille! L'un curé, et l'autre boutiquier. Me voilà bien loti. Tu ne pourrais pas parler d'autre chose?

– Estime-toi heureux, se renfrognait Corneel. Sans la boutique, ce n'est pas ton seul bateau qui nous donnerait de quoi vivre comme nous le faisons. La saison passée, déduction faite de tout ce qu'il nous a coûté, le *Op hoop van Zege* nous a rapporté...

– Au diable tes chiffres!

– Soit. Mais n'oublie pas que le père est aussi boutiquier... comme tu le dis.

– Le père, ce n'est pas la même chose. C'est « Haring » De Boer, un vrai marin.

– « Haring » ou pas, maintenant...

– En voilà assez, tranchait Johan. Demande-lui s'il tenait tellement à l'avoir, ton sacré magasin.

Corneel s'en allait, en haussant les épaules. Il ne savait que trop la répugnance que le père, à ses débuts, avait montrée à s'empresser auprès du chaland et les sursauts qui le prenaient encore, parfois, quand il avait à palabrer pour vendre une pelote de fil de caret. L'acheteur parti, Rinus jurait et prenait la porte : « J'étouffe ici! » Mais ces accès devenaient plus rares. A ce travail qui le rebutait, De Boer, en grommelant, s'était appliqué avec une bonne volonté méritoire. La persévérance conduit à tout, même à prendre un certain goût à un métier fastidieux, ce qui est peut-être le plus grand triomphe de la ténacité. Mais c'était plus à sa souplesse et à l'instinct commerçant de Corneel qu'à l'application studieuse de son père que le magasin à l'enseigne *In de meeman* était devenu le *schipwinkel* [1] le mieux achalandé d'Ostende.

Le choix de cette raison sociale n'avait pas été sans longs débats. Quand, rue des Bateliers, Rinus avait loué ce qui allait devenir son magasin, Maria était restée un long temps rêveuse devant la façade nue.

– Il faudrait là, juste au-dessus de la porte, dit-elle enfin, une belle enseigne...

– Et pourquoi faire?

– Mais pour que l'on sache que tu es établi là, et nulle part ailleurs.

– Tu crois que toute la ville ne l'apprendra pas avant même que j'aie ouvert ma porte?

Si, Maria le savait parfaitement. Elle savait aussi, et beaucoup mieux, que l'enseigne serait un brevet supplémentaire

1. Magasin de fournitures maritimes.

de respectabilité à ses propres yeux. Qu'elle lui apporterait une considération accrue du voisinage et, avec un peu de chance, pourrait donner une jaunisse à la femme du lieutenant du guet. Sans l'enseigne, le bonheur de Maria eût été incomplet. Sans l'enseigne, elle se fût sentie pareille à la femme d'un tenancier d'échoppe, sur la place de l'Hôtel de Ville, un jour de marché. Elle n'en démordit point, et Rinus finit par succomber.

– Soit. Va pour ton enseigne. Mais quel nom allons-nous choisir?

– *In den Gouden Haring!* répondit Maria, tout d'une traite.

– Juste ciel! Au Hareng d'or! Mais tu veux donc que toute la ville se gausse de moi. Tu as entendu, Cornélius? Au Hareng d'or! Elle veut que je sois un hareng d'or, gémit Rinus, consterné.

– Mais n'es-tu pas « Haring » De Boer? N'es-tu pas mon petit hareng d'or?

– Hélas!

Cette fois, la lutte fut chaude. Le petit hareng d'or, épouvanté à l'idée des conséquences possibles, renâclait.

– Mais je n'oserais plus me montrer à la *Ville de Douvres!*

– Tant mieux.

– Toute la ville en parlera!

– Cela te fera une excellente réclame.

– Enfin, se débattit Rinus, ils viendront se moquer de moi jusque dans mon magasin!

– Cela te fera autant de clients de plus à servir.

Maria avait réponse à tout.

Ce fut Cabiljauw qui sauva Rinus au moment où, avec effroi, il se voyait prêt à succomber. Jusque-là l'oncle Nélius avait suivi tous les débats d'un œil amusé. Après chaque argument, il s'était contenté de hocher gravement la tête. En cette mimique peu compromettante, chaque partie voyait une approbation silencieuse qui redonnait vigueur et entrain à la discussion. Ce vendredi, après les crêpes, le vieillard jugea le moment venu d'intervenir. Comme Rinus et Maria reprenaient souffle, Cabiljauw insinua :

– Si je peux me permettre de glisser un mot, j'avouerai que je partage l'opinion de Maria. Le Hareng d'or, c'est bien. C'est même excellent. On le voit positivement frétiller, ce hareng. C'est en somme la meilleure enseigne que l'on puisse trouver...

Maria lui jeta un regard humide de reconnaissance. Le vieux marin, au milieu de sa phrase, ralluma sa pipe, posément.

– ... Pour une auberge, poursuivit Cabiljauw, imperturbable. Mais pour un *schipwinkel*, que penseriez-vous de *In de meerman?*

– Mais je...

– Magnifique! clama Rinus, soulagé.

L'ultime résistance de Maria fut emportée comme un fétu. *In de meerman!* Voilà qui était marin, qui évoquait une vieille légende de la ville et – à De Boer – rappelait le Dieu tonnant qui avait protégé son sommeil d'enfant, plus de trente ans auparavant, dans sa petite chambre de la rue du Bout-du-Monde. Dès le lendemain, harcelé, Jeanfroid se mit à l'ouvrage, et deux semaines durant vint chaque jour se présenter rue du Bon Vent, ses dessins sous le bras.

Il arrivait, ventru, massif, énorme, ceint d'un tablier de cuir fait d'un ventre entier de cheval, sa barbe hirsute roussie par les étincelles de la forge. Vers l'heure du soir, où cesse le travail, on l'entendait tourner le coin de la rue et son pilon frapper irrégulièrement les pavés. Il surgissait à la porte, apportant avec lui des odeurs de flamme, de fer et de fumée.

– Vous sentez le diable, Jeanfroid!

Puis tout aussitôt, une clameur indignée :

– Votre pied!

Et Maria se précipitait, brandissant l'exorcisme d'une serpillière purificatrice. Elle effaçait les traces qu'avait laissées le visiteur dans le beau vestibule carrelé.

Tel un énorme oiseau noir, Jeanfroid se pétrifiait, le pilon en l'air. Sa bonne grosse face toute penaude, il se tenait une seconde immobile sur sa jambe valide, puis arrivait en sautillant jusqu'à la table, sur laquelle il étalait ses projets. Rinus se frottait les mains.

– Ce sera superbe! Et tout doré, hein, Robert?

L'inauguration de l'enseigne fut un événement considérable. La potence, à elle seule, était une véritable œuvre d'art faite de volutes, de spirales et de paradoxales feuilles de chêne forgées en pleine matière. Quant à l'enseigne proprement dite, elle était pharamineuse. Sur un horizon de vagues tempétueuses se profilait la silhouette d'une frégate filant petit largue, toutes voiles dehors. Un soleil naissant l'illuminait de ses rayons. Au premier plan, jaillissant des flots, se dressait un être fantastique, mi-homme mi-poisson, dont le bras levé et la bouche menaçante foudroyaient le spectateur d'une muette malédiction. Huit carnets de feuilles d'or avaient servi à donner à la composition une prestigieuse apparence.

– Qu'en penses-tu? jubila Rinus.

– Nom de Dieu! dit simplement Cabiljauw.

Une petite lanterne grinçante éclairait le tout.

L'ensemble était d'un effet phénoménal.

Le premier soir où elle fut placée, une bande de marins un peu ivres, débouchant dans la rue des Bateliers, recula en désordre, livrée à la panique. Les matelots revinrent le lendemain, à jeun et en plein jour, discuter de l'accident. Ils se tinrent sur les lieux, béants, le nez levé, sifflant doucement entre leurs dents. Derrière eux, toute la ville défila pour apprécier le travail de Jeanfroid.

– Et si c'était la même chose à l'intérieur?

– De la journée, le magasin ne désemplit pas.

Il y avait bientôt six ans de cela. Six années durant lesquelles Maria, radieuse, prit de l'importance et devint une dame considérée. Au marché on ne la voyait plus rire et courir tout à la fois, mais s'avancer posément en souriant avec une sérénité toute bourgeoise. Elle n'était plus la femme de « Haring » De Boer, mais bien de M. Marinus De Boer, membre de la confrérie de Sainte-Barbe et Saint-André, *Schiphandelaar*, propriétaire et armateur de son bâtiment le *Op hoop van Zege*, et *poorter* [1] honorable. Elle s'était un peu empâtée, Maria. Un peu. Juste assez cependant pour avoir fait perdre à ses mouvements la vivacité de la jeunesse. Année après année de petites rides lui venaient, dont chacune la rendait plus chère à Rinus, car il n'est beauté plus émouvante au cœur de l'homme que celle de la femme aimée qui vieillit.

Elles lui venaient peut-être, ces petites rides, du seul souci qui lui restait et que lui apportait Johan, son grand fils vagabond.

XIII

Quand Johan rejoignit le port, après sa première campagne à bord du *t' Serpent*, il y avait trouvé un *Op hoop van Zege* tout pimpant, luisant de fraîches couleurs, paré d'agrès neufs et prêt à reprendre la mer. Dans les premiers mois de son établissement, malgré les charges et les difficultés financières qu'il dut surmonter, Rinus n'avait pas prétendu se défaire de la frégate. Ce fut le seul point peut-être sur lequel il ne céda pas à Maria. Pris entre l'installation de son magasin et la remise en état de son bateau, De Boer avait traversé des jours et des semaines bourrés d'heures trop courtes, d'entretiens avec les fournisseurs, d'accords avec ses premiers clients, d'instructions données aux charpentiers et aux voiliers qui avaient envahi son bateau. Sur ses robustes épaules croulait le travail, auquel il s'attaquait avec une sorte de joyeuse ardeur. C'étaient des journées pleines, entamées à l'aurore, et qui ne se terminaient qu'au soir avec le regret que le temps fût si court. Harassé et heureux, il rentrait droit rue du Bon Vent, bouillonnant de projets et sans avoir eu le temps de s'attarder à la *Ville de Douvres* où ses compagnons le hélaient.

– Tu sais, Maria, je pense que ces nouveaux focs, ce sera une fameuse amélioration pour le maniement du bateau. Le mât a été abattu ce matin, et demain...

1. Bourgeois.

Rinus mangeait hâtivement et, son assiette repoussée, dessinait sur un bout de parchemin des profils de voiles. C'était la fin des perroquets de beaupré. Depuis des années on voyait de moins en moins de ces bateaux portant le gréement, devenu désuet, des vieilles caravelles espagnoles. Bientôt viendrait le moment où ils disparaîtraient tout à fait de la surface des mers. Longtemps De Boer avait reculé le moment de transformer le *Op hoop van Zege*. Il ne s'y était décidé qu'à l'heure de la retraite, en pensant à son fils aîné.

– Il faut, le garnement, qu'il ait une caisse tout à fait moderne!

Et il avait joui de l'émerveillement de Johan quand il lui avait présenté la frégate rajeunie.

– Avec cela, fils, tu dois enganter tous les meilleurs marcheurs de la mer du Nord car, pour Dieu, le *Op hoop van Zege* est taillé pour avaler le vent.

– Il est pour moi?

– Pas tout de suite. Quand ton âge sera venu d'être capitaine.

L'âge était venu, très vite. Trop vite, pensait Maria. Dès ses premières sorties sous les ordres de Sinistre, devenu pédagogue, Johan avait montré d'étonnantes dispositions. D'instinct il sentait le vent, devinait la manœuvre à faire, décidait promptement. Sa voix nonchalante avait un accent qui ne trompait point, celui des hommes qui ont reçu le don du commandement. Enfin, au combat, son courage tranquille et les leçons de sabre du vieux Cabiljauw faisaient merveille. Il eût sans doute fait des progrès plus rapides encore avec Caroen, qui, dès la fin de la saison, avait demandé à reprendre place à bord du *Op hoop van Zege* où il eût été un précieux mentor pour Johan. Mais Rinus s'était montré inflexible.

– Celui qui a trahi une fois l'amitié n'a plus place chez moi.

Puis, répétant inconsciemment les paroles du vieux Cornélius :

– ... Et il devient trop vieux, Johan. Quand tu seras capitaine, prends des jeunes.

Sinistre ayant pris sa retraite, Johan s'était trouvé à dix-neuf ans maître de ses actes et du *Op hoop van Zege*. Son tempérament s'était révélé : pour sa première sortie, sans crier gare, il poussa jusqu'aux Lofoten et aux côtes du Groenland. Pendant des semaines on n'entendit plus parler de lui. Les deux mois que dura cette campagne, Maria les vécut dans une angoisse croissante. Rinus lui-même, à la fin, ne parvenait plus à cacher l'inquiétude que lui causait cette longue absence.

Johan revint enfin, aussi naturellement que s'il avait été pêcher le hareng au large du Stroombank. Sans prise aucune, mais le coffre rempli de rançons imposées aux baleiniers danois. Il repartit aussitôt, contourna l'Irlande, disparut deux mois encore et arriva avec insouciance, traînant dans son sillage une grosse flûte anglaise, arraisonnée par le travers des *Armed Knights* [1]. Curieux corsaire, ce capitaine encore imberbe! Il semblait se désintéresser des prises pour ne penser qu'à pousser son bâtiment jusqu'aux côtes les plus lointaines. Il revenait, ses charniers à sec et la cambuse vide, flanqué des captures les plus inattendues : une galiote de Stettin, chargée de laine et de froment, ramenée Dieu sait comment du fond de la Baltique. Une barque française de l'Isle-Dieu bourrée de barriques de vin de Bordeaux, engantée à l'embouchure de la Gironde. Un dogre suédois chargé de poutres et de bois à brûler. Et une fois, triomphant, un fin brigantin portugais qu'il avait pourchassé deux jours entiers, au large du cap Finisterre. Cette fois-là, Corneel s'étouffa.

– ... Mais il n'a aucune cargaison! s'indigna le noiraud.

– Mais c'est un si joli bateau, s'excusa Johan. Si tu l'avais vu filer au plus près : une merveille! Il m'en a donné un mal, ce bougre, pour le prendre sans l'abîmer.

Ses yeux brillaient au souvenir de la chasse qu'il avait menée. Corneel secoua la tête, découragé.

D'autres fois Johan revenait bredouille. Alors le noiraud calculait, amer :

1. Les Chevaliers Armés. Banc de récifs sur la côte anglaise, à l'entrée de la Manche.

– Cela nous coûte cher, tes amusements...

Mais il riait, le grand siffleur, heureux comme l'air. Irrésistible. Rinus bougonnait.

– Tu verras : il est capable d'aller un jour se promener jusque dans la Méditerranée.

– Dieu juste! s'effarait Maria, pensant aux pirates barbaresques.

Elle avait retrouvé, aiguisées, toutes les inquiétudes de ses premières années de mariage, quand Rinus tardait au retour. Aux équinoxes, lorsque le vent secouait les bardeaux du toit, elle restait éveillée la nuit, des heures entières. Le grand fleuve d'air passait au galop dans l'ombre, faisant craquer les ailes du Moulin d'Espagne, au pied du bastion. Les enseignes grinçantes dansaient follement dans les rues endormies. Doucement, pour ne point réveiller Rinus, Maria glissait sa main hors des draps et la posait à plat sur le mur. Aux tressaillements qui ébranlaient les pierres, elle devinait la lame plus dure qui, là-bas, assaillait les remparts. La nuit lui paraissait chargée d'augures, d'inquiétantes menaces et de forces mauvaises déchaînées pour lui ravir son grand fils, perdu Dieu sait où, dans la mêlée des vagues. D'un geste inconscient, elle étreignait la main de Rinus endormi, luttait encore contre les images qui l'assaillaient, puis sombrait dans un sommeil harassé. A la racine du nez, ses deux plis de soucis, verticaux, avaient grandi.

Mais Johan revenait, insouciant, bronzé, sans cesse en action. L'hiver même ne lui apportait point de repos. Jésus Boudin aux chausses, Johan baguenaudait encore dans les campagnes et les rues, le nez en l'air et les mains dans les poches. Heureux, sifflotant. Il disparaissait parfois mystérieusement, une nuit entière. Souriant à moitié, De Boer disait, entre deux bouffées de pipe.

– Tu sais, la petite Veerle Hoogvorst, la fille de Hoogvorst de Mariakerke? Eh bien! je crois que Johan...

– Riqui! coupait Maria, choquée.

Mais, dans le fond, elle souriait, très fière de son grand garçon. Rinus ne s'y trompait pas.

Quelquefois, Johan se rendait au cimetière. Quelquefois. Mais bien plus souvent qu'il ne le disait. Cornélius Cabiljauw était mort, depuis des années. Il ne restait de lui qu'une tombe immense mangée d'herbes folles dans lesquelles sifflait le vent solitaire. Un vendredi, jour des crêpes, comme le vieillard tardait, Johan l'avait été chercher rue du Bout-du-Monde. Se reflétant sur la boue noire, une faible lueur brillait aux fenêtres de la vieille demeure. Johan en avait poussé la porte et s'était trouvé devant le corps étendu. La mort avait dû le prendre tout droit, et debout, le vieux marin. Foudroyé, il gisait près de l'âtre, tenant encore en main son sabre amoureusement poli, sur la lame duquel flottaient les reflets des flammes mourantes. Un grand désordre régnait dans la pièce. Dans les débris d'une assiette de faïence, la chaise du vieillard était renversée. La grosse marmite Gertruda avait roulé hors de la cheminée. Son ricanement de cuivre, ses yeux agrandis considéraient avec une sorte de stupeur figée le corps étendu. L'un des pieds de Cabiljauw était nu. Au lendemain de l'enterrement on devait retrouver son sabot à l'autre bout de la pièce, sous un meuble. La bataille dernière du géant, luttant contre la mort, avait dû être brève et terrible : le fil de son sabre, portant un dernier coup à l'Adversaire Invisible, avait profondément mordu le pied de la table. Couché sur les pierres, jamais l'oncle Cornélius n'avait paru aussi grand qu'en cette minute où Johan le découvrit, sa belle barbe blanche à moitié dévorée par le feu. Tel quel, dans son attitude dernière, armé, menaçant, la bouche ouverte et tordue dans son visage noirci, il était apparu à Johan étrangement semblable au *meerman* de la vieille figure de proue.

Johan lui avait fermé les yeux, restés candides et semblables à ceux d'un enfant. Quand Maria vint pour l'habiller, la mort avait déjà raidi le vieillard. Vainement, Maria avait tenté de desserrer ses doigts, crispés sur l'arme. La sueur au front, Rinus l'avait arrêtée.

– Laisse. Il a sans doute voulu l'emporter avec lui.

On l'avait enterré tel quel, Cabiljauw. Depuis, Johan s'imaginait le vieillard se présentant armé, gigantesque, aux portes du paradis. Plus tard, quand on lui en parlait encore (rarement), le Siffleur grimaçait un sourire.

– Il a dû avoir une sacrée frousse, saint Pierre...

Alors que Corneel lui-même sanglotait, Johan avait gardé les yeux secs. Maria le crut insensible jusqu'au soir où, trois jours après l'enterrement, il lui sembla, dans sa chambre, l'avoir entendu renifler.

– Tu as pleuré? lui demanda-t-elle, le lendemain.

– Non, répondit-il, sauvage.

Maria s'étonnait – au jour de la Toussaint – de trouver sur la tombe du vieil homme de maigres bouquets de fleurs desséchées. Et, aussi, de bizarres objets : anneaux de cuivre, plumes de mouettes plantées dans la terre humide, coquillages curieusement disposés dont l'étrangeté et la permanence la laissaient pensive.

Jésus Boudin, lui non plus, n'avait pas oublié le vieux maître.

Rue du Bout-du-Monde, la demeure ventrue était tombée dans le silence de l'abandon. Sa grosse façade lézardée dépassait l'alignement des maisons. Sous son toit tout de guingois, elle restait comme l'image narquoise du vieillard et de son non-conformisme opiniâtre.

Au surlendemain de l'enterrement de Cabiljauw, Rinus De Boer fut appelé par Samuel Rosenroth. Le temps était loin où le juif misérable avait loué rue du Chat la bicoque du meunier Cornjuin. Il habitait maintenant, rue de la Chapelle, une haute maison bourgeoise, au large perron fait de trois marches de pierre bleue. Comme l'avait dit jadis Cornélius, avec la venue des juifs avait coïncidé la prospérité croissante de la ville. L'avaient-ils pressentie ou créée? Rinus n'en savait rien et M. De Knop, l'Anversois, mort depuis longtemps, n'était plus là pour vitupérer les Israélites en phrases sentencieuses. Oui, le temps était loin où au-delà de la demeure de Spierings ne s'étendaient que des terrains vagues parsemés de cabanes de pêcheurs et de perches où tournoyaient au vent les poissons au séchage. Les années avaient transformé le Bout-du-Monde en un quartier où s'érigeaient des maisons toutes neuves. Le terrain y avait pris de la valeur et Rinus, l'année où il s'était installé *Schiphandelaar*, avait tiré un bon prix du lopin du père De Boer. Là même où jadis s'élevait la demeure branlante de tante Palma, un beau bâtiment de deux étages faisait front à une rue nouvelle, solidement pavée. Ostende s'était enrichie. Des meubles massifs et luisants, des porcelaines, des dinanderies rutilantes, parfois de lourdes tentures et même des tapis garnissaient les maisons aux murs jadis nus. Chez quelques-uns un beau parquet ciré remplaçait l'ancien carrelage et les briques rouges des chambres. On avait construit un nouvel hôtel de ville, affreux mais imposant, sans aucune des délicatesses du vieux style Renaissance, et flanqué d'une tour carrée où rutilait un cadran d'or. Plus loin le terrain naguère inculte de Cadsant avait été pavé et transformé en une *minque* [1] animée, au milieu de laquelle trônait l'édifice d'un puits récemment creusé. Sa margelle s'ornait de ferronneries ouvragées qui faisaient l'orgueil de Jeanfroid. Dans l'enceinte des remparts, devenue lentement trop étroite, le moindre carré de terre se disputait.

Rue de la Chapelle, après avoir gravi les trois marches du perron, De Boer, devinant pourquoi Samuel Rosenroth l'avait fait quérir, souleva le heurtoir de bronze. Ce ne serait pas encore aujourd'hui que le vieux juif réussirait à lui faire vendre la maison de la rue du Bout-du-Monde.

Ni aujourd'hui ni jamais.

Comme la porte s'ouvrait, Rinus De Boer se composa un visage.

XIV

Compte non tenu de Jésus Boudin, de quelques marins de passage et de trois naissances survenues pendant la durée des formalités, Jean-Baptiste Bauwens, maïeur d'Ostende, recensa

1. Marché au poisson, à la criée.

au 31 décembre 1712 trois mille six cent quatre-vingt-sept âmes dans l'enceinte de sa cité. Le port flamand en eût-il compté près de onze mille, ce qui advint moins de quinze ans plus tard, qu'il ne se fût pas écoulé une heure avant que la ville entière apprît l'arrivée tempétueuse de M. le chevalier Gollet de La Merveille.

L'événement s'annonça sous l'aspect dévastateur d'un énorme nuage de poussière. On le vit grandir rapidement à l'horizon de la route de Dunkerque. Sous le soleil d'août qui ardait, il s'échappait de cette tempête des claquements de fouet, les cris du postillon, un roulement sourd de sabots battant la terre et par intervalles – noyée dans la fumée que soulevait son passage – la forme de plus en plus précise d'une chaise de poste. Elle roulait durement dans les ornières, balancée sur ses larges soupentes de cuir rouge comme pomme mûre par vent d'orage. Le temps de compter cent et elle déboucha sous les remparts, passa en tonnerre sous les voûtes de la porte de Nieuport et pénétra comme un trait dans la ville. Derrière elle s'écartait le sillage caquetant d'un envol affolé de poules blanches. Quatre chevaux rouans la tiraient, couverts d'écume.

Du même élan infernal la chaise parcourut en trombe toute la longueur de la rue d'Ouest, vira court au tournant de la place de l'Hôtel-de-Ville et enfin, après un demi-cercle parfait durant lequel ses roues cerclées de fer firent jaillir du pavé des étincelles, s'arrêta net devant l'Auberge de la Poste. Les freins grincèrent affreusement.

A peine le véhicule se fut-il immobilisé qu'il en surgit une ombre. Son apparition fut celle d'un diable sautant d'une boîte à ressort. La portière claqua comme un coup d'arquebuse et un cri s'éleva, qui fit trembler les vitres.

– Holà, là-dedans! Tenancier!

Le « Dikke Suske » avoua plus tard que, de sa vie de tavernier, jamais il n'avait sursauté plus fort, ni couru plus vite. Surpris en pleine sieste à cette heure insolite, il se précipita en heurtant les tables, nouant fébrilement un tablier sur sa vaste bedaine. Au soleil, à ses yeux encore clignotants, s'offrit le plus admirable et le plus parfait des spectacles que, deux siècles plus tard, l'imagerie allait populariser sous le titre « L'arrivée de la malle-poste » : une chaise couverte de poussière, des chevaux soufflants, un postillon qui s'affairait et enfin, dressé au bas du perron, le plus étonnant gentilhomme qu'il fût donné de voir.

Son habit bleu de roi maculé par la route et le jabot tout de travers, il se tenait bien carré sur de courtes jambes, l'épée battant une paire de bottes sensationnelle ornée d'éperons pharamineux. Sa perruque et son feutre arrachés – qu'il tenait à la main – découvraient la plantation drue de cheveux en désordre. Son visage était du rouge brique le plus stupéfiant. Il secoua le bras. De ses coiffures s'échappa un nuage de poussière.

– Pas trop tôt! dit-il en voyant le « Dikke Suske ».

Puis, tout aussitôt :

– A boire! Pas de bière : du vin. Et vite!

Ce furent les seuls mots qu'il prononça de toute une heure, mais ils furent dits d'un tel ton qu'ils comptaient pour mille. Le « Dikke Suske » se sentit pousser des ailes aux chausses et vola.

Pendant qu'on dételait les chevaux fumants, les badauds s'amassèrent. Depuis des années ils étaient habitués à en voir, de ces étrangers. Ils arrivaient à Ostende au hasard des invasions ou pour les besoins du commerce. Soldats ou officiers de toute nationalité, seigneurs français coiffés en bichon ou à la comète et qui laissaient derrière eux une odeur de musc, commerçants anglais en longue redingote à revers, marchands hollandais tout de noir vêtus et sévères comme un sermon de puritain; toute l'Europe depuis cent ans défilait entre les vieux murs de la ville. Mais oncques n'avait-on vu l'un d'eux faire entrée si fracassante, ni prendre ses aises avec une telle impudence. Par les fenêtres ouvertes de l'auberge, dans la salle à cette heure déserte, on voyait l'homme renversé le dos au mur, en équilibre sur les deux pieds d'une chaise et les jambes largement étalées sur deux tabourets. Il avait posé son épée sur une table, en avait coiffé la garde de sa perruque et buvait, roidement. Devant lui les pichets disparaissaient avec une rapidité qui tenait du prodige. Peu après on le vit se déchausser sans façon, et envoyer en deux coups de pied ses bottes rouler au loin. Il traversa la salle, et tout naturellement, s'en alla sur ses bas s'accroupir près de l'âtre, afin d'allumer sa pipe. Quand il se retourna pour revenir à table, on constata qu'il avait largement déboutonné la veste de son justaucorps.

Enfin, il chiquait.

« Dikke Suske », sidéré, pensa que ce devait être là un fieffé drôle ou un bien grand seigneur pour prendre de telles licences avec l'étiquette. Même dans une auberge.

Le lendemain même de son arrivée l'étranger, suivi à distance par une bande de gamins intrigués, fit sa première apparition au port. Sans paraître les voir il passa nonchalamment devant un groupe de marins qui devisaient sur le seuil de la *Ville de Douvres* et s'engagea sur les quais, précédé du cliquetis menaçant de ses éperons. La saison de course battait son plein et il ne restait dans les bassins que de rares bâtiments revenus toucher terre, entre deux expéditions. La plume rouge de son feutre balançant noblement au rythme de ses pas, le voyageur flânait, intéressé. Parfois il s'arrêtait, levait gracieusement la jambe et, sans façons, s'asseyait sur une bitte d'amarrage. Il restait là des minutes entières, l'œil mi-clos, inclinant légèrement la tête pour juger d'un bateau, tout en marmottant pour lui seul des choses incompréhensibles. Quelquefois il haussait légèrement les épaules.

Fumant, chiquant et crachant avec une virtuosité choquante chez un gentilhomme, il arriva ainsi au bout de l'appontement et là, pour la première fois, parut séduit.

Saisie par des aussières toutes neuves, une frégate était à quai, immobile. Contrairement à la coutume de l'époque, nulle figure n'en ornait la guilbre. Seuls quelques motifs dorés à la feuille en garnissaient la proue qui se prolongeait dans les lignes pleines, fuyantes, d'une coque taillée pour la course. A l'arrière, les superstructures du château s'élevaient, peintes en bleu, en trois paliers bien équilibrés. Ses petits carreaux étincelants brillaient au soleil matinal. Posée légèrement sur l'eau grise et plate du port, et comme suspendue sur le fin brouillard qui traînait encore à la surface, c'était la plus élégante vision qui se pouvait trouver sur toute l'étendue des bassins.

L'étranger s'arrêta, visiblement pensif.

Il resta là longtemps, les jambes bien écartées plantées dans le quai de bois. Il avait tiré son feutre extravagant dont la longue plume, pendante à son poing, lui balayait les bottes. Au bout d'un moment, d'un seul coup de pouce, il rejeta sa perruque en arrière. Enfin il l'enleva le plus simplement du monde et la mit sous son bras comme une chose tout à fait encombrante et superflue.

De loin, à la porte de la *Ville de Douvres*, les matelots intrigués le virent flâner, lever le nez vers le gréement puis, avisant la passerelle, la franchir en trois enjambées décidées. Sans se parler, les hommes furent édifiés. Tourner autour d'un bateau en faisant le connaisseur, cela, le premier culterreux venu peut le faire pour autant qu'il n'ouvre pas la bouche. Mais l'homme de mer se révèle au moindre geste dès qu'il pose le premier orteil sur un bâtiment. La manière dont l'étranger avait traversé la volige branlante qui reliait la frégate à l'appontement, le naturel avec lequel il sauta sur le pont en s'appuyant légèrement de la main sur le bastingage disaient son métier mieux que s'il l'eût clamé aux matelots qui le virent disparaître. Dans le groupe, sans lâcher le tuyau de sa pipe, Sinistre murmura :

– C'est un marin. Mais marin ou pas, il va avoir une fameuse surprise. Une pinte qu'avant d'avoir compté dix, il se retrouve sur le quai. Et les jambes en avant encore.

Sinistre aurait pu compter jusqu'à mille : l'étranger ne reparut point.

Sur le pont désert chauffé par le soleil d'août, il s'en allait à longs pas flâneurs, sa perruque sous le bras, traînant ses éperons ridicules. Il fit ainsi tout le tour de la frégate, s'arrêtant parfois pour examiner un détail, tirant sur une drisse, vérifiant les nœuds, aussi désinvolte que s'il se fût trouvé à son propre bord. Avec le même sans-gêne, il gravit le premier escalier du gaillard, tourna, cracha roidement par-dessus la lisse. Il s'apprêtait à escalader la dunette quand il s'immobilisa, le pied sur la première marche.

– Si vous voulez visiter la cabine, ne vous gênez pas. Il y a du tabac dans le pot de grès bleu, sur la table. Vous n'aurez qu'à vous servir.

Le ton narquois de la voix fit se retourner le visiteur, d'un bloc. Au pied du mât d'artimon, étalé sur une glène de filin comme dans un branle, un matelot nonchalant le considérait, sans bouger. L'étranger fronça légèrement le sourcil. L'insolence des paroles de l'homme n'avait d'égale que l'impertinence de son attitude. Dépoitraillé, sa chemise s'ouvrait largement sur un torse triangulaire qu'avait brûlé le hâle marin. Il y avait dans sa façon d'étaler ses longues jambes, dans la pose abandonnée de son bras pendant, et jusque dans le pli naturel qui lui relevait légèrement le coin des lèvres, une ironie insouciante qu'il accentua encore d'une recommandation...

– ... Mais si vous entrez, faites attention aux grappins que vous portez aux talons. Ils pourraient se prendre dans le tapis, et il fait bien trop chaud pour que je puisse aller vous relever.

Cette fois un accent de menace, imperceptible, avait passé dans la voix du matelot.

D'un geste calme l'étranger se recouvrit de sa perruque, coiffa son feutre et en une seconde redevint le chevalier Gollet de La Merveille. Sans se presser, d'un pas qui écrasait les marches, il redescendit l'échelle du gaillard et alla droit à l'insolent. Rien dans son ton égal ne révéla la colère qui montait en lui.

– Allez l'homme, debout. Va me chercher ton capitaine.

– Pour quoi faire? dit l'autre, sans bouger un membre.

– Allez, vite! Je dois lui parler.

– Soyez content : vous ne faites que cela depuis deux minutes.

Désarçonné, le visiteur considéra l'homme qui le regardait entre ses cils mi-clos, et cette fois en souriant franchement. Un instant, à voir cet adolescent presque imberbe, au regard de fille mais aux mâchoires dures, Gollet de La Merveille douta encore.

– Vous voulez dire que le capitaine, c'est vous?

– A ma connaissance, oui, répondit Johan De Boer.

Par après on allait de reste apprendre à connaître le rire de celui que bientôt tout Ostende allait appeler, tout court, La Merveille. Mais jamais sans nul doute ce rire ne résonna avec plus d'éclat que ce matin-là, sur le pont du *Op hoop van Zege*. Stupéfait à son tour, Johan voyait se métamorphoser son interlocuteur sous l'accès d'une hilarité incoercible. D'un geste de la main, l'étranger avait à nouveau fait sauter feutre et perruque, les comprimait sous son bras. L'enveloppe du gentilhomme craquait. Il ne restait plus, devant le Siffleur, qu'un marin trapu, dilaté, rendu joyeux par une bonne plaisanterie, et qui jubilait. Johan sentit fondre son irritation. La Merveille souffla :

– Tudieu! vous m'avez berné. Bien, jeune homme!

– Français? interrogea Johan, fixé par le juron et l'accent.

– De Saint-Malo. On peut s'asseoir?

Sans attendre il s'installa aux côtés du Siffleur, écrasant sans soucis les broderies de son justaucorps sur les cordages. Hilare encore, il tira une tabatière.

– Prise?

– Merci.

– Une chique alors?

– Merci.

– Heu... Ni boisson ni femmes non plus, sans doute?

– Vous ne m'en avez pas proposé.

La Merveille sourit. Débarrassé de son feutre et de sa perruque sous lesquels tout à l'heure son teint violemment coloré jurait de manière peu aristocratique, son visage apparaissait boucané, recuit, tanné par le hâle des saisons. Sa peau avait la teinte même du mât verni et reverni sur lequel il appuyait la tête. Quand ses traits se détendaient tout à fait – ce qui était rare et n'arrivait jamais que pendant son sommeil ou à l'ombre et à l'abri du vent – se distinguait au fond de leurs rides burinées un mince fil de chair très blanche, que le soleil n'avait jamais atteinte. Le Malouin n'avait pas encore dit un mot qui révélât son métier mais, aussi bien que la manière dont il avait tout à l'heure franchi la passerelle du *Op hoop van Zege*, son visage disait l'homme habitué à fouiller du regard l'aveuglante lumière des horizons marins. Mais lesquels? Et sur quel bateau? Pour quel service? Johan attendait, intéressé malgré qu'il en eût par cet original qui chiquait en silence, détendu, le regard agile sautant d'un détail à l'autre de la frégate.

– Comment se nomme votre caisse?

– *Op hoop van Zege.*

– Ça veut dire?

– En français, quelque chose comme : A la Grâce de Dieu.

– Joli nom... et beau bâtiment.

– Pas mal, en effet.

– Il y a longtemps qu'on l'a amputé de son perroquet de beaupré?

– Six saisons bientôt, dit Johan, surpris.

– Beau travail. Qui l'a fait?

– Mon père : Marinus De Boer.

– Ah? « Haring »? M'étonne pas...

Le diable d'homme paraissait tout savoir et ne se surprendre de rien. Johan pensa que, la foudre tombant aux pieds de l'étranger, celui-ci se fût baissé pour y allumer sa pipe. L'instant d'avant, quand de son pas lourd il avait marché vers le Siffleur, il n'avait pas jeté un coup d'œil à Jésus Boudin, recroquevillé par la terreur. Un Noir à bord d'un bâtiment corsaire, ce dernier fût-il même à quai, n'était pourtant pas chose banale dans ces pays du Nord. Tapi au soleil derrière sa glène, Jésus Boudin croyait même n'avoir pas été vu quand la voix du Malouin le fit sursauter.

– C'est à vous, ce nègre?

– Ni à moi ni à personne : Jésus Boudin est libre.

– Jésus?... Magnifique! Peau-de-Boudin, montre-toi un peu ici, dit La Merveille, sans tourner la tête.

Le bon nègre se dressa, hypnotisé. L'étranger s'était levé

et le tâtait – bras et jambes – à la façon du maquignon qui palpe les boulets d'un cheval, au marché.

– Ouvre la bouche !

Jésus Boudin ouvrit sa gueule rose, énorme. La Merveille s'approcha, en pinçant le nez.

– Heu... Cours !

– Quoi missié ?

– Cours, je te dis, galope !

Subjugué, le protégé de Johan trotta.

– Plus vite !

Jésus fila, éperonné, ses grands pieds clapotant sur le pont brûlant. Après un circuit complet, de proue en poupe, il s'immobilisa, pétrifié par le commandement. Il suait moins de l'effort que d'appréhension. Qu'allait-on lui faire faire maintenant ? Mais déjà le Malouin se laissait retomber sur les cordages.

– Brou ! tu m'as donné chaud. Tiens, file à la taverne nous chercher à boire.

D'un coup de pouce il lança une pièce tourbillonnante que Jésus Boudin attrapa au vol, de justesse. A l'instant où il traversait la passerelle en trottant, la voix de La Merveille le rejoignit.

– Et pas de bière, hein ? Du vin. Et du rouge.

Irrité d'abord, puis curieux, Johan avait suivi tout le manège. Petit à petit il commençait à deviner la personnalité de l'homme qui fumait à ses côtés, à petits coups. La manière dont il avait palpé Jésus Boudin, le ton qu'il avait pris pour le commander découvraient un peu le passé du visiteur, et les mers qu'il avait parcourues. « C'est un ancien négrier », pensa Johan. En apparence indifférent, le Siffleur questionna :

– Pourquoi l'avez-vous fait galoper ainsi ?

– Pour rien. Il doit avoir ses quarante ans, votre Peau-de-Boudin. Il trotte encore assez bien, mais il n'a plus le geste très vif. Vous avez vu quand je lui ai jeté ma pistole ?

Puis, rompant les chiens :

– Ils sont tous aussi jeunes que vous, ici, les capitaines ?

– Pas tous...

– Quand partez-vous?

– Je reviens. C'est lundi le 15 août et la bénédiction de la mer.

– Cela commence à devenir dur, hein? la course?

– Comme ça...

Ce fut tout. Jusqu'au moment où il quitta le *Op hoop van Zege* en recoiffant sa perruque, le Malouin ne dit plus que des phrases banales. Après avoir vidé sa dernière gorgée, à même la pinte, il s'en alla de son long pas flâneur, indolent, sa silhouette débraillée et un peu ridicule suivie du cliquetis de ses éperons matamoresques. Au détour du quai, la plume rouge de son feutre s'évanouit dans l'ombre d'une ruelle.

– Eh bien, Jésus, drôle de paroissien, pas vrai?

Johan était intrigué. Séduit aussi. Quel était cet homme négligent et curieux? Un gentilhomme, peut-être. Un marin, bien plus certainement, et qui avait dû naviguer sous bien des étoiles. Mais, de toute évidence, pas un commerçant. On n'était pas à une époque où l'on voyageait sans raisons, pour son seul plaisir. Alors que diable venait-il faire à Ostende, et quelles étaient ses intentions?

Johan sifflotait, perplexe.

XV

Avec ses éclats de voix, ses largesses tapageuses, le débraillé de ses costumes rutilants et l'aveuglante plume écarlate de son feutre, il ne se passa point deux semaines avant que La Merveille devînt une personnalité ostendaise. Peu liants, longs à donner leur sympathie comme leur amitié, les Flamands étaient plongés par le comportement du gentilhomme français dans des ahurissements sans fin.

Ce fut bien autre chose, à quelque temps de là, quand l'étranger loua la plus belle demeure de la rue de la Chapelle. Pour le coup, on s'intrigua. Avait-il l'intention de s'installer dans la cité? On en discutait encore quand Jésus Boudin, transfiguré, surgit un matin de l'habitation du Malouin.

Il était prodigieux, Jésus Boudin. Merveilleux. Méconnaissable. Tout bonnement aveuglant, et prestigieux comme une apparition. A dix toises, sa livrée bouton-d'or à parements bleus éblouissait comme le soleil couchant. Stupéfaite, la population le vit passer et repasser dans les rues, tout gonflé de sa nouvelle importance. Elle mit une matinée entière à s'en remettre, mais, vers midi, un rire énorme secoua la ville : La Merveille avait désarmé les Ostendais.

Insoucieux des sourires qui s'effaçaient à son passage, le Malouin s'en allait, flanqué de son ahurissant valet. Musardant et actif tout à la fois, il furetait dans cette ville étrangère avec l'étourderie d'un lapin en garenne et la familiarité d'un natif. Quelques jours après l'exhibition première de son valet chatoyant, La Merveille amena son cheval à la forge de Jeanfroid.

– Ferrez-moi ce canard, brave homme. Léger et solide.

Le Jeanfroid s'appliqua. Il faillit laisser choir sa masse quand, à l'instant de poser le fer, La Merveille le lui prit des mains : « Faites voir » et, d'un effort qui lui fit saillir les veines du front, le tordit fort proprement.

– Pas fameux!

L'exploit fit plus pour la popularité de l'étranger que tous ses bavardages. Ça, au moins, c'était un acte.

C'en était un autre, et respectable, que sa prodigieuse capacité d'absorption. La Merveille arrivait à la taverne à l'heure où s'allumaient les premiers quinquets. Dans la fumée opaque, il passait, nonchalant, le visage tendu d'un sourire de mâchoires, lançait une gaillardise qui secouait la poitrine opulente de Clara et s'installait, le regard impudent. Il restait là des heures, le dos au mur, épanoui, sa perruque posée négligemment sur la table, vidant sans faiblir les pintes qui se succédaient devant lui avec une régularité mathématique. On le sentait dans cette atmosphère parfaitement à son aise et pleinement satisfait. Ce n'était point tout à fait la place d'un gentilhomme au feutre empanaché, mais il semblait n'en avoir cure. Un peu avant la fermeture il se levait, vidait roidement son dernier gobelet et s'en allait d'un pas égal non sans avoir – debout – coquettement rajusté sa perruque. Jamais il ne vacilla en se rendant vers la porte. On commença à avoir un peu de respect pour cet homme franc à la lampée, et de belle résistance.

Avant septembre, sans que Corneel eût jamais pu l'expliquer, La Merveille fit un de ses quartiers du magasin *In de meerman.* A heure fixe il poussait la porte, faisait trois pas et s'installait sur le coin du comptoir, ses courtes jambes pendant dans le vide. Une curieuse sympathie semblait l'attirer vers Marinus De Boer. Des heures entières les deux hommes se perdaient dans des conversations interminables. Corneel les écoutait de loin, l'œil furieux. Berné la première fois, il dédaignait maintenant ce chaland qui jamais n'achetait et faisait perdre au père un temps précieux. Des mots étranges parvenaient au noiraud – Ophir, Golconde, Cachemire, Madagascar –, auxquels il s'efforçait de ne pas prêter attention. A ces moments le ton de l'étranger baissait. Il chuchotait presque, ses mains massives dessinant dans l'espace des signes mystérieux, des arabesques envoûtantes. De ces entretiens Rinus De Boer sortait un peu rêveur, posant sur les marchandises un regard que Corneel n'aimait pas.

– Qu'est-ce qu'il a encore raconté?

– Oh! rien. C'est un homme intéressant, répondait Rinus, se contredisant.

– Allons donc! c'est un phraseur.

Rinus ne répondait pas. Au fait, peut-être même n'avait-il pas entendu la réflexion de son fils. Il allongeait son crochet de fer, harponnait un tonneau de goudron : « Allons, il faut rattraper le temps perdu », et travaillait jusqu'au soir sans lever la tête. Mais Corneel voyait bien qu'alors les pensées du père étaient ailleurs.

Un jour, comme La Merveille venait de sortir du magasin, De Boer parla, sans tourner la tête.

– Je l'ai invité à dîner ce soir. Va dire à la mère qu'elle se mette en quête de trois chapons.

– Trois chapons! s'interloqua Corneel, pensant à la dépense.

– J'ai dit. Vas-y.

Vingt ans plus tard, Corneel devait encore se souvenir de cette soirée. Sur le coup de six heures La Merveille arriva, empanaché. Son geste pour s'incliner devant Maria transforma en une seconde la demeure de la rue du Bon Vent en un palais de roi. Pendant trois minutes entières, Maria ne sut où elle avait la tête. Elle se sentait tout à la fois effroyablement gênée et terriblement fière : si la femme du lieutenant du guet l'avait vue à ce moment! Jamais de sa vie on ne lui avait baisé la main. Jamais non plus elle n'avait hébergé un hôte aussi remarquable. Nul doute pourtant que, si Maria avait pu deviner l'avenir, elle eût laissé brûler les chapons qui doraient dans l'âtre, et chassé l'invité à coups de lardoire. Mais l'avenir qui se présentait à elle cette heure était brillant, peuplé de grandes dames en robes aux longues traînes, de céleste musique et de gentilshommes aux vêtements de pourpre inclinés sur ses mains baguées. Elle s'affaira, étourdie, radieuse d'émoi.

Il était loin le temps où son Riqui ramenait à la maison des compagnons qui sentaient le hareng, juraient, portaient des culottes déchirées et souillaient son beau vestibule carrelé. D'un pas qui, pourtant, écrasait le sol, le chevalier Gollet de La Merveille – chevalier, Seigneur! – avait à peine effleuré les dalles. Autant valait ne point parler des légères traînées de boue qu'il avait laissées sur son passage. Maintenant Rinus était devenu un gros commerçant, un homme considéré qui recevait chez lui des gentilshommes et les traitait d'égal à égal. A voix basse, Maria houspilla Godelieve, arrosa le chapon, essuya son vestibule d'un torchon furtif, puis tourbillonna des minutes entières. Elle changea dix fois la place des assiettes sur la belle nappe damassée.

Tout le repas, elle se tint avec sa fille derrière les hommes qui parlaient. Elle n'entendait rien. Elle ne pensait qu'à faire honneur à son hôte, s'émerveillait de le voir s'adresser avec une telle bonhomie à son Riqui, et rire avec Johan. Seul, bourru, Corneel restait sombre. Si elle n'eût point été retenue par les convenances, Maria lui eût reproché de ne pas prendre part à la conversation qui se poursuivit tout le dîner, et ensuite longtemps encore, autour du feu.

Des mots cependant passaient qui en d'autres temps eussent inquiété Maria. Les pieds étendus vers les chenets, La Merveille discourait, intarissable.

– Non, vous ne pouvez vous imaginer tout à fait ce que sont les Indes. Tenez : il y a quatre ans, je me trouvais à Anuradhapura. Ce n'est pas tout à fait les Indes, évidemment, mais c'en est bien proche. C'est une petite ville qui se trouve nichée dans l'île de Ceylan et là...

Suivit un récit prodigieux. Là, dans un temple dit de la Dent de Bouddha, des fêtes merveilleuses se déroulaient une fois l'an, pendant dix jours. Dix nuits, plutôt. A la lueur des torches, des processions d'hommes vêtus d'étoffes non pareilles cheminaient dans les rues de la ville. Ils s'en allaient dans la grande nuit, tour à tour prosternés ou chantants, adorant au son de gongs de cuivre leurs dieux étranges : Natha, le Bouddha à venir; Skanda, le dieu de la guerre aux colères terribles. Et Vichnou, protecteur de l'île. Des éléphants caparaçonnés de lourds tapis les précédaient, bénissant la foule de leurs trompes. C'étaient des bêtes prodigieuses, non point noirâtres comme de vulgaires éléphants, non messieurs! mais blanches comme une voile neuve et dont les défenses d'or pur, aux lueurs des feux, brillaient dans l'ombre tels des sabres.

– D'or pur! s'écria Maria, malgré elle.

– D'or pur, madame, parfaitement. Et dans ce pays volent la nuit des papillons lumineux dont le plus petit éclairerait cette pièce mieux que ces trois chandelles de blanc de baleine.

La Merveille revint encore rue du Bon Vent, de nombreux soirs. A cet instant du récit, cent fois conté, il se penchait vers l'âtre. Les flammes mettaient sur ses vêtements de dansants reflets de pourpre et de topaze. Ses broderies rutilaient, jetant des feux semblables à ceux de ces animaux fantastiques dont parlait le Malouin. Muette, assise dans un coin de la pièce, Maria, humiliée, considérait furtivement ses trois belles chandelles dont les flammes vacillaient aux gestes du narrateur. Elle eût voulu connaître ces papillons merveilleux – et si économiques! – dont les femmes se servaient, disait l'enchanteur, pour illuminer leur chevelure.

Comme autant de pierres précieuses les mots coulaient de la bouche de l'étranger. Souvent déjà les De Boer avaient entendu des marins parler de ces terres lointaines; mais jamais de manière aussi évocatrice. Johan en oubliait de siffler. Rinus, les coudes aux genoux et le menton dans les mains, n'interrompait le narrateur que pour saisir le pichet d'étain.

– Encore un gobelet?

– Volontiers.

Jamais La Merveille ne refusait. Avec les fumées du vin lui montaient à la tête des souvenirs plus précis. Sa voix se faisait plus profonde. Les chandelles mouraient et le feu s'éteignait dans l'âtre qu'il discourait encore, intarissable. Même le grillon paraissait se taire pour mieux l'entendre. Dans l'ombre envahissante qui s'épanchait des murs, gagnait lentement la table et s'arrêtait hésitante dans l'orbe du foyer, les évocations du Malouin prenaient une forme plus nette, presque palpable. Des poissons multicolores volaient sur une mer incendiée, des fantômes de singes à visage bleu couraient sur le parquet, sautaient silencieusement sur les chaises, se pressaient autour du conteur. Des présences invisibles, des princes fastueux aux vêtements tissés d'or et de pierreries venaient s'installer dans la demeure de la rue du Bon Vent. Parfois, levant le regard, Maria s'étonnait de ne point voir ses honnêtes casseroles faites d'or fin.

– ... Et des bêtes! murmurait La Merveille, des bêtes si intelligentes que vous n'en avez jamais vu de semblables. J'avais un perroquet qui parlait mieux qu'un prêtre en chaire et qui me racontait tout ce qui avait été fait dans la maison pendant mon absence. Et un singe à qui je pouvais dire : « Marcellin, apporte-moi mon épée! » et qui me la présentait aussitôt, messieurs, en faisant la révérence. Il cirait même mes bottes.

Le perroquet et le singe n'apparaissaient que très tard dans la conversation, à l'heure où le silence nocturne s'était depuis longtemps abattu sur la ville, quand Maria, étourdie de sommeil et de contes étranges, avait été par dix fois emplir le pichet. Les chandelles éteintes, on ne voyait plus du narrateur, dans la clarté du feu, que l'éclat fascinant de ses manchettes de dentelles et la blancheur de son jabot constellé de tabac à priser.

La Merveille se levait enfin. Du bout de sa botte il faisait sursauter Jésus Boudin endormi et partait dans la nuit, suivi du nègre trottinant. L'écho de ses grands éperons s'évanouissait progressivement sur les pavés sonores.

Les De Boer restaient un moment silencieux.

– Il ment, mais il ment bien, bâillait Corneel.

– C'est un Français, concluait Johan, oubliant le quart de sang normand qui coulait dans ses veines.

Ils voulaient rester sceptiques, se cramponnaient à la réalité qui fuyait sous leurs pieds habitués à se tenir bien accrochés à la terre. Mais ils ne pouvaient commander à leurs rêves.

Même Corneel, maintenant, se rapprochait du comptoir quand le Malouin pénétrait dans le magasin *In de meerman.*

XVI

D'abord vague, fuyante, incertaine comme le vent hésite avant de prendre force, née de suppositions bien plus que de données précises, la nouvelle éclata un beau matin et courut d'un trait dans la ville : l'étranger, la veille au soir, avait nettement proposé à Wolbrantz de former une société et d'armer un bâtiment pour commercer avec les Indes. L'ahurissant propos, colporté au marché par la servante de l'armateur ostendais, se répandit comme feu de poudre. Maria le rapporta tout chaud rue du Bon Vent. Pour la première fois, Rinus commenta les paroles de La Merveille avec scepticisme.

– Oui, je vois. Il a dû dire cela aux environs de minuit,

après sa dixième pinte. C'est un projet en l'air. Il parle trop pour agir bien.

De Boer se trompait. Cet étranger hâbleur, bruyant, trop beau parleur au goût de ces Flamands, cachait sous ses apparences superficielles un esprit bouillonnant et une volonté de fer. « C'est un Français », avait dit de lui Johan, après bien d'autres. Jugement qui, chez ces gens de Flandre, qualifiait – avec un ton où l'indulgence se mêlait à l'admiration – les esprits légers, brillants, prompts à l'enthousiasme et au découragement, se payant plus de paroles que d'action, et dont les initiatives restaient trop souvent sans lendemain, par manque de persévérance. La Merveille était Français, indiscutablement, des pieds à la tête, mais de la plus belle race : de ceux dont la vitalité et le goût de l'aventure, joints à un esprit d'entreprise à qui rien ne semble impossible, bâtirent au cours des siècles un empire.

Ce Malouin bavard, buveur, étourdissant, ce gentilhomme de sang qui portait sans élégance des habits somptueux sur une carrure de lutteur avait été un des lieutenants les plus fameux de la Compagnie française des Indes. Il l'avait quittée en claquant les portes, écœuré par la négligence qui laissait sombrer les factoreries les plus prospères du Coromandel et du Bengale. Après avoir parcouru les côtes de Chine et d'Arabie, de l'Afrique et des Indes, il était revenu à Paris, bousculant les bureaux, palabrant, discutant, cognant sur la table, exigeant presque le commandement d'une expédition pour prendre possession de Madagascar. Le refus poli de Pontchartrain, secrétaire d'État de Louis XIV, lui fit rompre les ponts; il s'en alla dans une tornade de jurons. Deux jours après, sans désemparer, il sautait en chaise et franchissait la frontière :

– Au diable! je vais leur montrer ce que je sais faire.

Ce passé tumultueux, les Ostendais ne devaient l'apprendre que peu à peu. Au fur et à mesure qu'il se dévoilait, l'estime, puis la confiance allaient grandir envers ce Malouin subtil qui, s'il pérorait beaucoup, ne disait jamais plus qu'il ne voulait bien laisser entendre. On se défie un peu, dans ce pays, des hommes qui parlent d'eux-mêmes, et de façon trop flatteuse. Le vrai mérite est silencieux. Buvez frais et tranquille si un paroissien clame qu'il va vous casser la tête; il n'en fera rien. Mais prenez garde à celui qui s'avance sans dire mot : l'heure de la bataille a sonné.

D'avoir retardé le moment où l'on connaîtrait ses exploits passés, de ne les avoir révélés que progressivement, sans paraître y accorder d'importance, de s'être attaché plus à dépeindre de lointains pays qu'à mettre en relief sa propre personne, fut le chef-d'œuvre de La Merveille. Déroutée, l'opinion qu'avaient de lui les Ostendais se trouva renversée. On commença à voir cet homme sous un autre aspect que celui d'un étranger fantasque et pérorant, vêtu de manière ahurissante et suivi d'un valet saugrenu. Sans l'avouer, on l'admira un peu d'avoir tant de jours caché ses aventures anciennes et ses projets d'avenir. Il n'était pas jusqu'à la façon dont il avait dévoilé ses plans qui ne révélât sa finesse. Exposés autour d'une table, à la *Ville de Douvres*, ils eussent été tenus pour divagations d'ivrogne après boire. Lancés de la demeure de Wolbrantz, ils prenaient toute l'autorité et le sérieux d'une affaire offerte et discutée par un haut bourgeois. Qui eût osé se moquer et conter balivernes à l'armateur Wolbrantz?

Marinus De Boer se prit à réfléchir : pas si bavard et étourdi qu'il le paraissait, La Merveille...

Pendant que couraient les langues, imperturbablement, l'étranger poursuivait son installation et prenait ses habitudes. Chaque matin, régulièrement, par pluie, soleil ou tempête, on le voyait couvrir à bride abattue toute la longueur de la rue de la Chapelle. Sur le coup de neuf heures il apparaissait au seuil de sa maison, son torse massif gainé d'un pourpoint de buffle, ses bottes sonnant au cliquetis d'éperons pharamineux. Trapu, coloré, solidement campé sur ses courtes jambes, il s'avançait en dandinant, serrant d'un geste brusque sa ceinture de cuir. On le voyait s'approcher lourdement de sa monture, et soudain, d'un déclic, il se trouvait en selle. Sa virtuosité tenait de l'illusion d'optique. Avant que l'on fût revenu de sa surprise, il avait traversé en trombe la porte de Bruges.

Derrière, à distance respectueuse, galopait Jésus Boudin. Ce que dut être l'initiation de Jésus à l'art équestre resta toujours un mystère. Quand on l'interrogeait, le laquais chamarré n'ouvrait la bouche que pour un gémissement :

– Ah! missié Johan!

C'était un quotidien et burlesque équipage, celui de ce nègre à livrée jaune, cramponné tel un singe au pommeau de sa selle et galopant dans le sillage du Malouin. L'un suivant l'autre, ils revenaient vers l'heure de midi, au pas cette fois. Dominant la foule qui revenait du marché, La Merveille avait alors, pour saluer, un coup de feutre magnifique. Il passait, le bras arrondi, sa plume rouge traçant dans l'espace un orbe fascinant.

– Bonjour, madame De Boer!

Au son de sa voix, les passants sursautaient.

D'abord flattée de ces démonstrations publiques, Maria répondait maintenant de son bref sourire et continuait, très vite, sans presque lever le regard. Depuis que La Merveille avait dévoilé ses intentions, elle n'était pas loin de le considérer comme une incarnation du diable. Pour la première fois, elle constatait que les bottes du gentilhomme, si belles fussent-elles, maculaient son beau vestibule aussi parfaitement qu'une paire de sabots. Elle remarquait que le vin diminuait bien vite dans la cave, et que ce seigneur n'était qu'un homme comme un autre, farci d'idées bizarres et de projets chimériques. Les Indes! Pourquoi l'étranger avait-il réveillé cette vieille folie?

Avec le temps, l'idée faisait son chemin. Les contes du Français, d'abord réservés à la rue du Bon Vent, couraient maintenant la ville. Il les narrait dans les tavernes, à l'heure du soir où – après le labeur quotidien – les hommes aspirent à un peu de merveilleux. Chaque semaine ils se pressaient plus nombreux et silencieux autour de la table du Malouin. Ils y restaient à l'écouter, désormais sans sourire. Ils y étaient attirés bien moins par les pichets dont La Merveille se montrait prodigue que par les étonnantes aventures par lui décrites. Sceptiques au début, ils en venaient à s'interroger entre eux, maintenant :

– Tu y crois, toi, à cette histoire de palais aux toits couverts de tuiles d'or ? Et ce singe, dis, qui lui apportait son épée ?

L'interpellé faisait : « Heu... » sans répondre.

Durant ces mois, les récits de La Merveille aidèrent plus à faire naître la grande aventure que mille discours sévères, bourrés de chiffres irréfutables démontrant les avantages qu'il y aurait à commercer avec les Indes. Ils s'adressaient directement à l'imagination de ces marins qui, après les avoir entendus, s'en allaient dans la pluie du soir en rêvant de rivages ensoleillés, de trésors et de bêtes fabuleuses. Le poison subtil se glissait dans leurs pensées. Il pénétrait partout, dans les masures de pêcheurs comme dans les demeures les plus fermées des hauts bourgeois où La Merveille, son titre de chevalier, ses baisemains, son chapeau à plume et ses éperons sonores s'introduisaient sans effort. En trois phrases il donnait forme et vie à tous les rêves latents qui travaillaient ces Flamands depuis le jour lointain où, pour la première fois, leurs corsaires avaient ramené au port un vaisseau hollandais de la Compagnie des Indes.

De tous, chose étonnante, Marinus De Boer fut celui qui lutta le mieux contre la vague naissante de l'enthousiasme. A Johan s'en revenant de la *Ville de Douvres*, tout chaud de nouvelles, Rinus répondait d'un haussement d'épaules.

– Projets en l'air, fils. Avant que ne parte le premier bateau pour les Indes, tu auras pas mal de poils au menton. Et tout blancs encore. Tu peux m'en croire. J'en ai déjà connu, un joli projet comme cela ; même qu'il n'a jamais abouti ! Tu peux aller voir ce qu'il en reste dans l'arrière-port.

Il pensait à la fièvre de 1698, quand tout un temps on avait cru l'Espagne disposée à permettre aux Ostendais de créer une Compagnie des Indes. Des armateurs avaient demandé des patentes, lesquelles avaient été accordées. Même, un jour, on avait vu dans le port le premier vaisseau flamand armé pour cingler vers le Bengale. Des mois entiers, ignorant l'inquiétude de Maria, Rinus s'était affairé, prêt à vendre son bateau pour participer à l'expédition. Puis un jour le vaisseau de haut-bord avait été remorqué dans l'arrière-port où, depuis quinze ans, il pourrissait, mangé d'algues et de coquillages. Tout était tombé à rien, s'était perdu en espoirs avortés, en nuées. Là où l'Espagne avait échoué, un Gollet de La Merveille pourrait-il réussir ? Et l'Autriche, nouvelle suzeraine de la Flandre, pourrait-elle surmonter les obstacles étrangers devant lesquels avait fléchi Charles-le-Fol ? A quinze années de distance le souvenir de cette déception était encore trop vivace au cœur de De Boer pour qu'il s'abandonnât sans résistance à un nouvel espoir.

– Laisse dire, fils. On verra après.

Mais ses yeux brillants démentaient ses paroles.

Vers Noël, quand Pieter revint, il trouva la ville transformée. Il y avait dans l'air comme une attente, et un énervement latent dans les propos des hommes.

– Qu'est-ce qu'on raconte ? Qu'y a-t-il de vrai dans cette histoire d'expédition aux Indes ?

– Rien du tout, riposta Maria, fâchée. C'est ce beau monsieur qui cherche à se rendre intéressant.

Mais Pieter vit La Merveille, et le novice aux mains de fille se laissa aussi envoûter. Et plus rapidement peut-être qu'aucun autre.

– Il n'y a rien d'extraordinaire dans son projet ! Pourquoi ne pourrions-nous faire la même chose que la Hollande, la France et l'Angleterre ?

– Oh ! toi ! suffoqua Maria.

Elle se mit à détester cordialement La Merveille.

Plus que leurs paroles, leurs discussions et le parti que ses hommes commençaient à prendre pour les plans du Malouin, l'inquiétaient les silences de Rinus et de ses fils. Le soir, après souper, ils restaient parfois de longs temps muets. Du fond de l'âtre le grillon avait beau timidement appeler, Johan ne se penchait plus pour siffler. Les femmes n'aiment point les rêves des hommes. A voir les siens perdus dans leurs pensées,

Maria les sentait lui échapper. A la fin, leur immobilité devenait insoutenable. Elle n'y tenait plus.

– A quoi pensez-vous tous les quatre?

Les De Boer levaient des yeux sans regard.

– Hein?

Si lointains et presque étrangers que Maria les considérait un instant comme des êtres nouveaux qu'eût transformés un coup de baguette magique. Pour la première fois elle remarquait le masque vieilli de Rinus, ses cheveux grisonnants, l'affaissement imperceptible de sa lourde carrure : « Ce n'est pas possible! » Elle croyait voir à ses côtés le petit Johan, ses genoux éraflés; Pieter, studieux, son front pâle penché sur un livre; Corneel se traînant sur le parquet en vagissant. Mais elle ne distinguait que de grands adolescents, presque des hommes, qui avaient leurs pensées et leur vie propres, où elle n'avait plus sa part de mère. Maria se sentait prise dans la chute vertigineuse des années enfuies.

– Rien, ce n'est rien, renonçait-elle, vaincue.

Trois jours après la nouvelle année, elle pâlit un peu quand Corneel rentra en lançant la nouvelle :

– Ça y est : Wolbrantz s'est décidé. Il va demander une patente pour envoyer un premier bateau aux Indes. La Merveille m'a dit qu'ils allaient monter une société pour réunir les capitaux. Rosenroth en serait déjà.

– Quoi, le juif? s'étonna Rinus.

Ce soir-là, les De Boer ne cessèrent point de causer. Le projet ayant pris corps, ils pouvaient désormais en parler à visage découvert et sans paraître chimériques. Ce que Maria entendit alors fit naître en elle ce tourment qui n'allait jamais plus la quitter. Johan s'en était allé chercher le livre de bord du *Damschutte*. Les trois frères discutaient, penchés sur les pages jaunies. Un peu à l'écart, avec un curieux pincement au cœur, Rinus les voyait s'affairer. Était-il déjà si vieux qu'ils le tenaient à l'écart de leurs discussions?

Il chercha le regard de sa femme.

Toute droite, Maria fixait d'un œil absent ce coin de la cheminée où Gollet de La Merveille s'était installé le premier soir, quand il avait pénétré rue du Bon Vent. Il lui semblait le voir tel qu'il était apparu alors avec ses phrases dorées, la grande plume rouge de son feutre, ses éperons scintillants et ses contes à faire tourner la tête aux hommes. Ne se sachant pas observée, elle avait dans les yeux une telle angoisse que Rinus en fut frappé : l'inquiétude de la mère voyant ses enfants lui échapper et à qui vient, soudain, la conscience déchirante du temps envolé sans retour. Ce soir, ombre fugitive – mais qui se graverait dans le visage chéri –, le poids de vingt années alourdissait les traits de Maria.

De Boer détourna la tête. Oui, ils commençaient à vieillir, tous les deux.

XVII

Soudain, après Wolbrantz, après Rosenroth, Thomas Ray annonça son intention d'armer un vaisseau pour les Indes. Ray était un Irlandais paradoxal en ce sens qu'il était riche, méprisait le jeu, dédaignait les combats de coqs et avait la prudence d'une loutre. Naturalisé ostendais depuis dix ans bientôt, il était déjà Flamand jusqu'aux moelles. Que cet homme positif, sans que rien eût laissé prévoir sa décision, se fût subitement lancé dans l'aventure indienne, dépouillait d'un coup les projets de La Merveille de leur apparence chimérique. Corneel apporta la nouvelle, chaude encore, à la rue du Bon Vent. La réaction de Maria fut immédiate.

– Encore un fou! dit-elle, sèchement.

Les De Boer se regardèrent, consternés.

Dix minutes durant, Maria, énervée, fit voler les crêpes à une hauteur invraisemblable. Elle avait, des femmes, l'imagination moins vive, mais bien accrochée au quotidien, et certainement plus réaliste que celle de beaucoup d'hommes. Comme toutes les mères, elle aimait la stabilité et se méfiait de l'inconnu. Ce projet d'expédition aux Indes lui paraissait absurde et quelque peu fumeux. Elle n'y voyait que le piège brillant où pourraient tomber ses fils, et peut-être Rinus :

« Au fond, il n'est pas plus raisonnable que Johan », songea-t-elle avec une irritation mêlée de tendresse.

– Tous les gens qui se lancent dans cette aventure sont des fous, confirma-t-elle, têtue.

Rinus la regarda, pris entre la déception et l'amusement. Boudeuse, une moue toujours charmante plissant ses lèvres encore rieuses, elle s'était mise en boule. « Un véritable petit hérisson de mer », pensa Rinus en la saisissant de sa main valide.

– Tiens, je t'adore!

– Pourquoi me dis-tu cela maintenant? fit-elle, soupçonneuse.

– Sais pas. Je me le demande. Une idée qui m'est venue, comme cela.

– Si toutes tes idées étaient aussi bonnes... dit Maria, sans désarmer.

– Mes idées? fit-il, candide.

Mais dans l'heure suivante, il jurait en arpentant la rue des Bateliers. Il ne fit que passer au magasin, poussa la porte, vit Corneel à son poste et jeta un regard hargneux sur la trop belle ordonnance des marchandises.

– Tu es là?

– Mais... oui.

– Très bien. Alors je peux m'en aller.

La porte claqua.

Rinus partit, le front bas, remâchant des désirs vagues, des projets informulés, secouant le malaise confus qui l'irritait : « Mais qu'est-ce que j'ai? » Puis tout de suite, se répondant à soi-même : « Damné drôle bavard de Français! » Secrètement il gardait rancune à La Merveille de l'avoir tenu à l'écart de ses plans. Sous son apparente indifférence, De Boer regrettait maintenant de ne s'être pas mêlé dès le premier jour à la fièvre qui gagnait aujourd'hui la ville. Comme plus tard, en Amérique, allait naître une noblesse des premiers immigrants du *Mayflower*, commençait à se créer à Ostende la caste de ceux qui, un jour, s'enorgueilliraient d'avoir été « les Premiers Indiens ». Aucun vaisseau n'avait encore quitté le port, pas un seul même n'y avait déjà pénétré, et l'on ne savait si tous ces projets ne s'évanouiraient pas en fumée; mais les gens qui s'y intéressaient parlaient des Indes comme s'ils y eussent déjà leur factorerie et affectaient quelque condescendance pour ceux qui n'étaient pas des leurs. De Boer souffrait un peu d'être tenu à l'écart de leurs conversations, des réunions qui les groupaient chaque semaine chez La Merveille. Il restait mêlé à la masse anonyme qui discutaillait dans les tavernes, mais là encore Rinus se sentait amoindri quand un de ses compagnons l'interpellait.

– Moi, bon Dieu, le premier bateau ne partira pas sans moi, même si je dois être chef-coq, gratter le pont au sable ou dérouiller les ancres au petit marteau. Et toi Haring?

De Boer agitait son crochet de fer.

– Vous me voyez encore manœuvrer avec cet outil-là?

Toutefois, si l'on eût fait appel à lui, il eût couru à en perdre ses sabots. Chaque jour, revenant rue du Bon Vent, il tâtait prudemment le terrain.

– Il y a encore Martin Leloutre et le petit Cannoen qui veulent aller aux Indes...

– Ils peuvent aller au diable si cela leur chante! coupait Maria.

A ces moments elle se retrouvait soudain fille, femme et mère de marins, qui savaient jurer.

Johan, impénétrable, suivait ces escarmouches en sifflotant. Il semblait y prendre un plaisir extrême. Mais les jours passaient. Rinus rêvait. Corneel calculait. Maria, voulant ignorer leurs désirs informulés, restait inébranlable. Cette situation pouvait durer jusqu'à la fin du monde.

Elle se dénoua le matin d'un dimanche, d'une façon tout à fait imprévisible.

Le destin prit ce jour l'apparence inattendue, résolument frivole et quelque peu acide de Mme Wolbrantz. La jeune : la femme du fils de l'armateur. De toute sa vie Maria De Boer n'eut dans son cœur ni haine ni envie; simplement deux antipathies. Mais deux bonnes, deux merveilleuses, deux stimulantes et magnifiques antipathies! De celles qui mettent un peu de sel dans l'existence, agitent le sang et maintiennent l'esprit dans un état de bienheureuse excitation. C'est un sentiment admirablement fécond chez qui a la fortune de le connaître. Il le pousse à des choses que jamais il n'aurait entreprises. Depuis vingt ans, c'est une antipathie d'un aussi bon aloi que Maria nourrissait au spectacle précieux, jacassant, minaudant, charmant pour les hommes mais irritant pour les femmes, de Mme Wolbrantz.

Cette saine rivalité était née à l'époque lointaine où le cœur hésitant du fils de l'armateur balançait entre deux jeunes filles également aimables. Elles avaient nom Maria Skykele et Catherine Hudsyn. Elle se fût terminée par le triomphe de Maria si un jour de kermesse, sur la place du Marché-aux-Bœufs, Rinus De Boer n'avait fait irruption dans sa vie, à la façon d'un gros chien bourru, jaloux et irritable. Elle s'était retrouvée mariée avant d'avoir récupéré toute sa tête et, disait-elle, « ayant encore mal au pied que Rinus lui avait écrasé lors de leur première danse ». L'an suivant, le fils Wolbrantz avait conduit Catherine Hudsyn à l'église.

Impénétrables détours de l'esprit féminin : sans jamais se l'avouer, ni peut-être le savoir, Maria, même après qu'elle eut abandonné le terrain, ne pardonnait pas à sa rivale de l'avoir emporté. Pas une seconde, depuis, elle n'avait regretté avoir épousé son Riqui. Mais depuis quatre lustres tous ses efforts inconscients l'avaient portée à lui faire atteindre le niveau social du fils Wolbrantz. Aux yeux du monde Maria ne voulait point qu'on pût penser d'elle qu'elle avait fait un mariage moins brillant que celle qu'elle nommait toujours la Catherine Hudsyn. Aux femmes, l'ambition. A l'homme, la volonté de la réaliser. La création du magasin *In de meerman*, l'élévation du corsaire « Haring » De Boer au rang de *Schiphandelaar*, puis de *poorter* devaient sans doute autant à Mme Wolbrantz qu'à la ténacité de Maria.

Et ce dimanche-là, à la sortie de la messe, les deux anciennes rivales se rencontrèrent sous le porche. A les voir parler ensemble, rien n'eût révélé leurs sentiments. Leur inimitié était courtoise, de bon ton, voilée de sourires et de gracieuses paroles. Elles mirent vingt bonnes minutes – toute une pipe – à descendre les six marches du péristyle. Après quoi Rinus vit Maria lui revenir. La rapidité avec laquelle son sourire avait disparu tenait du prodige. Elle avançait vite, son petit front buté sous le châle noir lui couvrant la tête, et toute cramponnée au bras de Rinus. A travers l'étoffe il sentait ses doigts se crisper sur son poignet. Dès qu'elle fut rentrée elle éclata.

– Pourquoi ne m'as-tu pas dit que Jan Wolbrantz avait repris la part de son père dans l'expédition de La Merveille?

– Hein? Mais tu le savais.

– Pas du tout. J'ai toujours cru que c'était le père Wolbrantz qui était intéressé à l'affaire.

– C'est la même chose, fit Rinus, ahuri.

– Ce n'est pas du tout la même chose. La Catherine Hudsyn me l'a bien fait comprendre. Elle parle déjà de « son » bateau, et de « son » magasin, de ses matelots, de ses robes et même du perroquet qui lui sera ramené dès le premier voyage.

– Et alors?

– Riqui, tu me désespères. Tu ne vois pas qu'elle cherche à m'humilier?

– Oh! n'exagère pas.

– Parfaitement, à m'humilier. Elle m'a demandé si nous ne comptions pas faire partie d'une société et comme je lui répondais « non » elle a fait : « Ah oui, évidemment, je comprends! » d'un air de dire que nous n'en avions pas les moyens. Je l'aurais giflée.

– Tu te fais des idées.

– Pas du tout. Et après il aurait fallu l'écouter! A l'entendre on aurait dit que le nabab d'Anaraputna allait lui apporter à dos d'éléphant tous les trésors de Golconde. Eh bien! qu'est-ce que tu as?

Rinus riait, secoué par la joie. Pour la première fois il venait d'entendre Maria prononcer les mots que le Malouin avait si souvent lancés, à la veillée. Elle le regardait, scandalisée.

– Tu te moques de moi?

– Dieu garde! Je pense aux éléphants. Ils devront être de fameux marcheurs. D'Anaraputna à Golconde, il y a la distance d'ici à Rome... ou à peu près, ajouta-t-il prudemment.

Maria se tut, vexée. Sous ses mains la table se dressait avec une rapidité inconcevable. Dehors, dans le clair soleil de mars, tournaient les ailes du moulin d'Espagne. Leurs ombres passaient lentement sur les faïences rutilantes, la blancheur de la nappe éteignait l'éclat de l'anneau d'or brillant à l'oreille de Rinus. Dans les intervalles de leur passage la pleine lumière du soleil tombait sur le visage de l'homme, qui espérait. Une rivalité de femmes mettait soudain à sa portée la possibilité de réaliser ce que toute sa volonté d'homme avait été impuissante à conquérir depuis des années. Il ne percevait pas l'ironie de la chose et attendait, n'osant croire à la réalité des minutes qui avaient précédé. « Bénie soit Catherine Hudsyn! » sourit-il intérieurement. Puis aussitôt, inquiet. « Pourvu que Maria ne l'oublie pas! »

Elle ne l'oubliait pas. Au contraire, avec le recul, les paroles de la belle-fille de l'armateur la pénétraient comme des coups d'éperons. Elle s'emballa.

– Quand même, ton chevalier de La Merveille – belle Merveille en vérité – aurait pu te parler avant d'aller proposer son affaire aux Wolbrantz. Nous étions aussi bien placés qu'eux pour en discuter, je pense? Mais encore une fois tu t'es laissé couper l'herbe sous le pied.

– Oh! Dieu juste qui êtes au ciel! mais depuis trois mois tu te bouches les oreilles dès qu'on veut en parler!

– Laisse le bon Dieu tranquille.

– Mais enfin, est-ce vrai ou non?

– Jamais! mentit-elle avec une superbe inconscience. Jamais tu ne m'as parlé de cette affaire.

– Et pour cause. J'aurais dû en avoir l'occasion.

– Tu l'as eue. Et j'aurais tout de suite dit oui.

De Boer s'effara, désarmé.

– Par exemple!

– Absolument. Je suis simplement opposée à ce que l'un de vous aille chez ces sauvages.

– Ah ! murmura Rinus, soudain refroidi.

Il sortit de la discussion, ébouriffé comme un coq ayant par miracle passé entre les roues d'un carrosse lancé au galop.

Le débat reprit quand les fils rentrèrent. Jusqu'au soir, et les deux jours qui suivirent, les Indes furent l'unique sujet de conversation des De Boer. Jamais, même au temps où La Merveille était l'hôte régulier de la maison du Bon Vent, on n'y parla tant de cette terre promise. Mais Maria menait maintenant l'affaire. Tout merveilleux avait cependant disparu de ces conversations qui jadis enchantaient Rinus. Corneel l'avait escamoté. Avec ses chiffres, ses exposés précis et sans passion, les rêves se dépouillaient de toute leur fantasmagorie, s'offraient dans la lumière crue de la réalité. Il n'était plus question d'éléphants aux défenses d'or, de vaches sacrées, de perles grosses comme des noix, de palais aux vitres taillées dans des émeraudes et de papillons lumineux. Corneel parlait poivre, cachemire, rotin, toutenague, et de matières sordides au milieu desquelles il évoluait avec la sûreté que lui apportaient ses connaissances toutes fraîches.

– ... Et les cent brasses de mousseline se paient de 30 à 35 florins au Bengale. Elle peut se vendre ici de 1 florin 5 sols à 1 florin 10 sols à la brasse... et je retiens deux... ce qui fait un bénéfice de 400 à 450 pour 100 à la pièce. Pour le poivre, à ce que j'ai appris, le bénéfice peut être plus grand encore. De ce côté-là, l'affaire m'apparaît assez intéressante. Mais il faut également penser que si nous étions participants dans une société, nous pourrions naturellement demander l'armement du ou des navires, ce qui nous laisserait un bénéfice supplémentaire au magasin. C'est ainsi, par exemple, que pour un seul vaisseau d'un tonnage moyen de...

Aux premiers mots de son frère, Johan s'enfuyait, épouvanté. A l'écart, il passait des moments fort agréables à taquiner le chat. Cette faconde bourrée de chiffres l'ennuyait prodigieusement. Jamais Corneel n'avait autant parlé de sa vie, ni de manière plus effroyablement docte. Rinus lui-même en était pétrifié. Il considérait son fils avec l'étonnement muet d'un albatros qui aurait couvé un canard domestique. Où diable avait-il été chercher tout cela, Corneel? Le père De Boer perdait pied. Sous ses yeux, cruellement, le noiraud ramenait l'affaire à ses proportions exactes, qui étaient celles d'une affaire commerciale. Maria, par contre, sentait croître son intérêt. Éblouie, elle regardait le rectangle de papier sur lequel, pour appuyer son raisonnement, Corneel entassait les chiffres. Devant elle s'ouvraient des perspectives insoupçonnées. Inconsciemment elle transformait poivre, toutenague, cannelle et chites en briques, en magasins, en lourds meubles sculptés, en vêtements cossus, en une solide respectabilité bourgeoise. Prise dans le tourbillon, elle quémandait une opinion.

– Et toi, qu'en penses-tu Johan?... Johan!

– Hein? Ah! oui, ce serait un fameux voyage. Mais bon Dieu je ne parviens pas à faire une simple clef de bitord dans la queue de ce sacré chat. Tu as déjà essayé?

Maria haussait les épaules.

C'est le mardi soir que les De Boer se décidèrent. A une question plus précise de Maria, Rinus se gratta pensivement la barbe du tuyau de sa pipe.

– Bon. On pourrait voir. Je m'arrangerai demain pour dire un mot à Thomas Ray. Je sais qu'il cherche encore quelques capitaux.

– Oui, mais les avons-nous? intervint Corneel, sentant le but tout proche.

– Quoi? De l'argent? dirent en même temps Maria et Rinus.

Suivirent deux journées déconcertantes. L'étonnante réalité se présenta à eux. Ils se croyaient riches et, en fait, ils l'étaient. Mais tous leurs biens se trouvaient investis en briques, en terre, en bateau ou en marchandises : la maison de la rue du Bon Vent, celle du Bout-du-Monde, le *Op hoop van Zege*, le magasin. Pas d'or. Quand il eut fait le relevé de ses avoirs liquides, Rinus, déconcerté, se gratta furieusement la tête.

– Trois mille deux cents florins! Thomas va me rire au nez. Qu'allons-nous faire?

Corneel les attendait là.

– Peut-être qu'en vendant le Bout-du-Monde on parviendr...

Il n'eut pas à finir sa phrase.

– On ne vendra pas la maison de l'oncle Nélius.

Surpris, les De Boer tournèrent la tête. Dans l'ombre de la pièce où depuis des jours il se tenait indifférent, Johan, rudement, venait d'interrompre son frère. Il se tenait assis, ses longues jambes paresseusement étendues. Sur ses genoux, la queue fouettant l'espace, le chat mordillait la main qu'il avait légèrement posée sur le ventre de la bête renversée. Il était immobile, nonchalant comme à l'habitude, mais son regard gris devenu d'une telle dureté que Corneel rompit.

– Peut-être pourrions-nous nous en tirer avec un simple prêt...

– Un prêt, soit. Mais pas plus.

Déjà, il sifflotait à nouveau.

Pour la première fois, l'aîné avait dit son mot. Rinus eut une pensée attendrie pour son grand fils. Quand Corneel avait parlé de la vieille demeure, De Boer avait eu une crispation. Ses pierres, sa grosse façade toute débraillée et ventrue lui tenaient au cœur plus que bien d'autres choses au monde. Pourtant, s'il avait fallu... Il soupira, soulagé.

– J'irai voir Rosenroth demain.

Il en revint, hargneux, jetant son bonnet sur le fauteuil dans un geste de dépit.

– Damné juif! L'achat ou rien d'autre, qu'il a dit. C'est bien la première fois que je le vois refuser de faire l'usurier, à ce vieil hibou.

– Mais enfin, il n'y a pas que lui.

– Les autres? Tu peux y aller, Corneel. Ils se foutent du Bout-du-Monde comme de leur première paire de bottes. Le Bout-du-Monde, pour eux, c'est les Indes. Va leur proposer du 15 pour 100 d'intérêt alors qu'ils croient en obtenir du 300 en participant à une expédition. Vas-y, je te dis!

Il ne décoléra pas de la soirée. Vers la fin il s'écrasa au fond de son fauteuil et se mit à tirer sur sa pipe avec une telle ardeur qu'il en disparut derrière la fumée. Mauvais signe. Godelieve, évoluant dans la pièce, ne faisait guère plus de bruit qu'une souris. Même le grillon s'était tu. Un silence naquit au milieu duquel, de temps à autre, Maria et Corneel jetaient un bref regard vers l'aîné. Après le père qui renonçait, c'était lui le maître. N'allait-il rien décider?

Ils le virent s'étirer avec lenteur et bâiller puissamment.

– Envoyez Rosenroth se faire encorner par le diable, et qu'on vende le *Op hoop van Zege.* Cela arrangera tout.

– Quoi? sursauta Rinus.

Mais Johan s'était levé et traversait la pièce. A l'instant de prendre la porte, il jeta, sans se retourner :

– ... Pour autant qu'on me trouve une place de petit mousse à bord du premier rafiau en partance pour votre sacré pays, bien sûr. Là-dessus, bonsoir. J'ai sommeil.

Il disparut. On entendit les marches de bois craquer et une porte se refermer lentement. Durant tout le temps qu'il avait mis à gagner sa chambre, Johan n'avait pas sifflé.

XVIII

Au terme de la lutte de vitesse engagée entre le groupe de La Merveille et celui de Thomas Ray, le Malouin arriva bon premier. Finies les palabres, les chevauchées matinales et spectaculaires, les après-midi entières passées à la *Ville de Douvres,* à conter des histoires résolument invraisemblables. Dans ce Français bavard se révélait l'homme d'action aux décisions promptes, à l'inlassable activité. Il fit quelques voyages mystérieux et foudroyants desquels il revint en trombe, se frottant les mains à en faire jaillir des étincelles, et possédé d'une fièvre qui jamais ne l'abandonna. Avant la fin du deuxième mois de printemps, sans crier gare, il ramena au port le *Griffon,* dont chacun parla dans la ville une semaine entière.

– Voici, messieurs, le premier des bateaux qui partira pour les Indes.

Toute la population défila sur le quai pour l'y voir. C'était un robuste bâtiment des chantiers hollandais du Texel, sévère de forme et bien membru, avec une étrave à en faire éclater les vagues, et sensiblement plus haut de proue que tous les navires vus jusqu'alors dans les bassins. De la guilbre, sous laquelle s'érigeait une figure de proue apocalyptique, le pont s'élevait en quatre étages bien réguliers jusqu'aux superstructures de la dunette. De là on dominait d'un seul coup d'œil toute l'étendue du vaisseau. A le voir, le plus petit mousse se serait rendu compte que c'était là « une sacrée fichue baille, faite pour bien autre chose que s'en aller à la pêche aux harengs ». Mme Wolbrantz triompha. Durant une quinzaine entière Maria De Boer pensa commettre un meurtre. Elle trépignait.

– Mais enfin, qu'est-ce que vous faites, vous? Vous dormez? Quand l'aurez-vous, ce fameux bateau dont vous parlez depuis bientôt dix ans?

– Vingt, répondait Rinus, placide. Depuis vingt ans. Laisse agir Thomas, il sait ce qu'il fait.

– Peut-être. Mais il ne le fait pas vite!

L'atmosphère de la rue du Bon Vent resta très tendue jusqu'au jour où, à son tour, le *Armed Knight* franchit noblement les portes de l'écluse bleue. Cette fois-là, le hochepot du dimanche brûla bel et bien dans la marmite des De Boer. Abandonnant son feu, Maria courut d'un trait jusqu'à l'appontement.

– Oh! fit-elle, simplement.

L'inspection dura trois heures entières, ce qui fut peu. Le *Armed Knight*, venu tout droit de la Tamise, était un produit légèrement bâtard de la construction anglaise. Visiblement il avait déjà bourlingué sous quelques latitudes. Du château à la poulaine, il mesurait à peu près ses vingt-deux toises, ce qui était majestueux pour l'époque, où l'on n'était guère habitué à voir un bâtiment de quatre cents tonneaux et de quarante jolis mètres de long. Tel quel, sous ses trois mâts robustes, il n'était guère séduisant aux regards non avertis. Mais avant même qu'il eût embouqué le havre d'est, Rinus, du haut des remparts, l'avait jugé. Il siffla doucement.

– Bigre! Il a l'air d'un terrible marcheur. Il doit bien tailler ses huit nœuds.

Ce qui, en ce premier quart du dix-huitième siècle, était une allure imposante.

Précédée de Thomas Ray brandissant une torche fumeuse, Maria s'en alla à travers batteries et soutes. Elle avançait, un peu déçue. Elle s'attendait à la vision d'une nef prestigieuse et bien à la mesure du pays où le bâtiment devait se rendre. Mais, ses proportions mises à part, Maria le trouvait assez semblable au *Op hoop van Zege,* et certainement bien moins coquet. Elle s'effara du nombre des canons dont les masses de bronze surgissaient à chaque pas, dans l'ombre. Il y en avait quarante-deux, dont dix, inutilisables, arrimés en lest à fond de cale.

– Comment se nomme-t-il? demanda-t-elle, pour dire quelque chose.

– Le *Armed Knight.*

– Qu'est-ce que cela veut dire?

– Le *Chevalier Armé.* C'est le nom d'un banc d'écueils qui se trouve un peu au large des Cornouailles. C'est l'un des premiers repères que trouvent les marins en revenant des Indes, à l'entrée de la Manche. Il mérite bien son nom, n'est-ce pas?

Des senteurs inconnues s'échappaient des panneaux et des portes brusquement ouvertes. Son petit nez plissé, Maria De Boer reniflait ces étranges effluves de santal, de poivre, d'essences et d'épices. Sa tête en tournait un peu.

– Qu'est-ce que c'est?

– Quoi donc?

– Ces odeurs...

– Ah oui! Ce sont celles de sa dernière cargaison. Tenez (Thomas Ray se baissa), voici encore un débris de feuille de ce thé qu'il a ramené de Chine.

– Il a déjà été en Chine!

Le *Armed Knight* lui apparut plus séduisant. Le *Griffon* de La Merveille et des Wolbrantz avait-il été en Chine? Certainement non. La Catherine Hudsyn l'aurait dit. C'est avec infiniment plus de respect que Maria De Boer poursuivit son inspection. Toutefois, un détail la chiffonnait.

– Pourquoi n'a-t-il pas une figure de proue dorée comme celle du *Griffon?*

– Pas nécessaire. Ce n'est pas cela qui le fera marcher plus vite, dit Rinus. Pour mon compte, je préfère à toutes les figures de proue du monde qu'il ait cinquante tonneaux de plus que le rafiau de La Merveille.

– Ah! Il est plus grand que le *Griffon?*

– En longueur, deux toises au moins, sourit De Boer.

Maria se retrouva sur le quai, armée à quarante-deux canons – comme le bateau –, et certainement grandie d'un pouce. « Après tout, il n'est pas si mal que cela, *notre* bâtiment. » Réflexion qui, en une phrase, et sans qu'elle s'en doutât, la fit s'élever à la caste des « Premiers Indiens ».

Johan avait suivi le groupe en sifflotant, sans dire mot. Pour la première fois depuis le soir où il avait décidé la vente du *Op hoop van Zege* il sentait renaître en lui une allégresse. Le jour où – pour rejoindre à Dunkerque le port de l'acheteur – sa frégate avait quitté les bassins, le Siffleur avait été invisible. De la crête d'une dune, vautré sur le sable, il avait regardé disparaître vers l'ouest son bon vieux bateau. Le vent poussait ferme dans les oyats sifflants. La mer n'était qu'un beau tumulte de vagues blanchies, bien régulières, sur lesquelles le *Op hoop van Zege* volait de toute sa toile. Jamais il n'était apparu à Johan plus beau qu'en ce matin d'avril où il le voyait, sous le soleil, s'épanouir voile après voile. Il lui paraissait étrange, à l'aîné des De Boer, qu'à cette heure un autre que lui-même puisse se trouver sur le gaillard, et donner des ordres. Et étonnant que la frégate parût si bien lui obéir. Il en eut au cœur un pincement, comme à une trahison de femme. Il se frotta les yeux.

– Sacré vent! Il est piquant, ce matin.

Mais déjà l'horizon était nu. Dans l'écume des vagues ne se distinguait plus la blancheur des voiles disparues.

Johan revint à la ville en mâchonnant un brin d'herbe. La brise passait sur la campagne, bien établie, s'enflant parfois de souffles soudains qui ébouriffaient les jeunes feuilles. Ils arrachaient des embruns de sable à la crête des dunes. De petites fleurs de Pâques parsemaient de leur blancheur le vert cru des prairies. Une poussière, que soulevait une charrette, traînait comme un voile clair sur la route. Johan faillit buter contre les brancards.

– Holà! vous voulez renverser mon cheval?

Les rênes en main, une jeune fille, presque une enfant encore, se tenait sur le siège du véhicule. Elle souriait à demi, prise entre la hardiesse de ses paroles et la timidité qui lui rosissait le visage. Elle avait le teint mat et chaud, et de grands yeux bleu sombre qu'accentuait ce cerne naturel si émouvant aux sens de l'homme. Il y avait un contraste miraculeux entre sa fragilité d'adolescente et la puissance énorme du Veurne-Ambacht qu'elle maintenait immobile dans les traits. « Charmant tableau », songea Johan, malgré lui.

– Vous regardiez partir le *Op hoop van Zege?* poursuivit-elle à mi-voix.

– Moi? Pas du tout, dit-il hargneusement. Et en même temps, il pensait : « Qu'est-ce que cela peut bien lui foutre? »

– Ah! je croyais... Il était beau, n'est-ce pas?

– Pas mal, se trahit Johan, bourru.

– Si vous retournez en ville, vous ne voulez pas monter?

– Merci. Au revoir.

Résolument mufle, il tourna le dos et s'en fut. Il se passa quelques secondes avant que le grincement des essieux lui apprît le départ de la charrette. Johan était irrité. De quoi se mêlait-elle, Neeltje Cornjuin, assise sur ses sacs de froment? Qu'elle s'occupe des voiles du moulin de son père, et laisse celles du *Op hoop van Zege* tranquilles. Il gravit une dune et machinalement se retourna. La poussière rampait à nouveau sur la route. L'étalon s'en allait à pas paisibles et lourds. Cahotée sur les ornières du chemin, la silhouette fragile de la fillette oscillait sur le siège. Bientôt elle s'évanouit derrière l'écran d'une haie vive.

Depuis ce jour jusqu'à l'arrivée du *Armed Knight* Johan erra au hasard de son humeur vagabonde; mais pas trois fois il ne se rendit au port. De Boer hochait la tête.

– Tu ne t'ennuies pas, fils?

– Pas le moins du monde. Je mange, je dors, je me promène, je n'ai rien à faire. La vie idéale, quoi!

– Le départ pour les Indes n'aura pas lieu avant huit ou dix mois. Tu ne veux pas naviguer un peu en attendant? Je sais que Mathieu...

– Rien à faire pour Mathieu. Je ne veux pas être matelot, ni même *bootsman* après avoir été capitaine.

– C'est pourtant ce qui t'attend si tu veux partir pour les Indes.

– Ça, c'est une autre affaire.

Il ne s'éveilla qu'à l'arrivée du *Armed Knight*, siffla à tue-tête une journée entière et dès le lendemain se replongea voluptueusement dans le groupe de ses compagnons de mer.

Même aux plus beaux jours de la guerre de course et des convois d'Espagne, jamais l'animation n'avait été aussi grande dans la ville qu'en ces semaines où les deux vaisseaux indiens furent couchés en carène. Ils étaient rangés côte à côte, vautrés sur la plage de la Creque Sainte-Catherine, posés de guingois sur le fond de sable que chaque flux recouvrait. Une volée de calfats et de charpentiers les avait envahis. Ils flambaient les coques au brandon, grattaient, juraient, ou riaient quand l'un d'eux tombait des radeaux glissants à bord desquels ils besognaient. A une lieue à la ronde traînaient les fumées des bouchons de paille, l'odeur puissante du goudron chaud et le roulement joyeux des coups de maillets enfonçant l'étoupe; ce qui, pour les marins, est la plus belle musique du monde car elle est celle du prélude aux grands départs. De la poix aux doigts et le bec-de-corbin bien serré au poing, Johan exultait. Ça, c'était du travail!

Les De Boer s'y étaient lancés, manches troussées. Rinus mesurait, tâtait les toiles, essayait la résistance du chanvre, grognait, jubilait, rembarrait Corneel.

– Pas de ça, fiston : c'est pour les clients. Va me chercher de la glène de huit, en chanvre italien.

– Pourtant, c'était l'occasion de...

– Tu l'as dit : c'est surtout l'occasion d'obéir. Allez, trotte!

Le noiraud retournait au magasin, harcelé, trimant dur,

pris entre les demandes de la pratique et les exigences de ce client paternel, entre tous intraitable. Même Pieter, en août, troussa sa soutane et passa ses vacances à peindre la cabine. Les fêtes de la bénédiction de la mer ne les interrompirent qu'une journée « ... et un mercredi, encore! Comme si le 15 août n'avait pu tomber un dimanche »! Les De Boer ne levaient la tête qu'à l'heure de midi, quand Godelieve ou Maria leur apportaient leur repas dans des gamelles. Ils mangeaient au beau milieu du chantier, assis n'importe où, à la diable, de la sciure plein les cheveux. Le goudron et la peinture de leurs doigts collaient au pain, qui avait un goût de bois frais. Il n'en était que meilleur, car c'était le pain du travail. A la dernière bouchée, Rinus vidait le fond de sa pinte de bière, essuyait du revers de son bras nu la mousse de sa moustache et agitait son crochet de fer.

– Allons-y, les fils!

Ils dormaient merveilleusement.

– On l'aura, le Malouin!

Autour du *Griffon*, rebaptisé depuis peu le *Concorde*, La Merveille menait un train infernal. Disparues les perruques de travers, les habits fastueux et l'admirable feutre à plume rouge! Le visage plus brique que jamais sous des cheveux drus plantés droit comme soldats de bataille, les manches troussées sur ses avant-bras musculeux et poilus, le Malouin arrivait à l'heure de la marée basse, pataugeant de ses lourdes bottes dans la vase. Des algues s'accrochaient à ses éperons, qu'il n'abandonnait pas. Il trébuchait et se dépêtrait de ces herbes, en ruant comme un âne rouge. Sur son torse velu, sa chemise dépoitraillée béait comme la toile d'un matelas crevé. Il mangeait comme deux, buvait comme quatre, travaillait comme le diable et parlait comme tout un gouvernement. C'était miracle qu'il pût tant faire et dire sans être essoufflé. C'est durant ces jours qu'il révéla – en onze langues, dialectes, idiomes et patois – la plus admirable collection de jurons, blasphèmes, imprécations, sacres, injures et malédictions qui se fût entendue en dix ans dans toutes les tavernes d'un seul port. Il parvint même à dire *Godferdoom!* avec six intonations et accents différents, dont l'un était presque juste. Cette débauche d'érudition valut au Français un surcroît de considération de la part des connaisseurs. Ceux-ci étaient nombreux à Ostende.

Éternellement flanqué du trottinant Jésus Boudin, La Merveille menait l'armement du *Concorde* comme une course dont son honneur et sa vie eussent dépendu. Son vaisseau fut culbuté en carène trois semaines franches avant l'*Armed Knight*, mais entre ce moment et celui où les bateaux roulèrent bord sur bord pour présenter leur autre flanc aux calfats, les De Boer gagnèrent six jours. On crut que la soute aux poudres explosait à bord de l'ancien *Griffon :* en forçant la prime et en maniant lui-même le pinceau, La Merveille regagna quarante-huit heures. Maria, piquée au jeu, devint amère.

– Mais sacredieu! dit Rinus en s'épongeant, notre rafiau mesure près de trois toises de plus!

– Peuh! trois toises. Qu'est-ce que c'est que trois petites toises, rétorqua Maria qui jaugeait les bateaux à l'aune de son vestibule.

Jamais elle n'avait mené une vie si agitée ni aussi enthousiasmante. Les heures filaient comme la foudre. M. Marinus De Boer prenait de la considération. Une fois la semaine, décrassé à l'huile douce et sentant encore le vernis, il retrouvait de graves et importants messieurs aux réunions des commanditaires. Bien que les deux groupes fussent plus ou moins concurrents, ils se réunissaient généralement chez La Merveille. Maria y fut un soir et resta éblouie toute une semaine de la profusion de chandelles qui y était dispersée, de la somptuosité des deux laquais en livrée et de la splendeur de la vaisselle d'argent. Comment ce Français était-il si riche?

– J'ai gagné tout cela aux Indes, dit La Merveille, comme s'il eût entendu la question de Maria De Boer.

Toute la nuit Maria rêva qu'elle roulait dans un carrosse aux panneaux armoriés conduit par un postillon en habit rouge et flanqué – sur le siège extérieur arrière – de deux petits nègres en livrée de valets de pied. Elle fit d'incontestables progrès dans l'esprit de caste des « Premiers Indiens » et commença à traiter Mme Wolbrantz-jeune avec assurance.

Là-dessus le *Concorde* se releva de son lit de sable et, avec seize jours d'avance, fut remorqué à marée haute dans les bassins. L'*Armed Knight* l'y suivit et s'amarra à l'appontement dans un grand concours de curiosité. Des lettres d'or toutes neuves flambaient à sa poupe : *Flandre Impériale*, y épelèrent les badauds, sidérés.

Impériale, sacré diable!

Du coup les Ostendais en devinrent aussi orgueilleux que des Anversois, et presque autant que des Hollandais. Ce qui n'était pas peu dire.

A la fin de l'automne arrivèrent les premiers matelots français enrôlés par le chevalier Gollet de La Merveille.

XIX

En ce début du dix-huitième siècle, le voyage aux Indes n'était point ce qu'il allait devenir quelques générations plus tard, avec l'invention du chronographe et du sextant. Pour joindre les ports d'Europe au Bengale ou à la Chine, relier Ostende au delta du Gange ou à la Rivière des Perles, les hommes d'alors devaient se fier tout autant à leur instinct et à leur connaissance de la mer qu'à leurs primitifs instruments de navigation. Le vol d'une mouette, un poisson ramené au bout d'une ligne, l'humeur et les mouvements du flot, la force, les caprices, les odeurs et jusqu'à la température du vent, leur étaient souvent des indications plus précieuses que celles qu'ils devaient à l'octant, à l'arbalète ou à l'anneau astronomique.

Certains employaient encore cet appareil ahurissant que l'on voyait se balancer au grand mât, son plomb de dix livres oscillant au milieu d'un cercle de cuivre gradué. Quand roulait le bateau, cet engin avait la particularité de prendre du ballant, ce qui rendait son voisinage néfaste aux têtes inattentives.

Il y avait souvent du roulis, sur les vaisseaux de la Compagnie des Indes.

Malgré cet inconvénient certains capitaines gardaient une tendresse inavouée pour l'anneau astronomique. Ils en confrontaient les renseignements avec l'arbalète et avec l'octant, appliquant la règle de prudence : trois précautions valent mieux qu'une; ce qui, quotidiennement, les plongeait dans une perplexité sans exemple, les trois témoins se contredisant avec une constance exemplaire. Quand tout s'accordait, les navigateurs ne connaissaient encore leur latitude qu'à quelques minutes près. Quant à la longitude, elle se déterminait par pur acquit de conscience, à l'aide d'une aiguille aimantée dont l'angle devait théoriquement varier sur chacun des méridiens. En fait, après avoir laissé les îles du Cap-Vert par le travers de la hanche bâbord, c'était le grand plongeon dans l'inconnu.

Seuls les marins qui avaient fait plusieurs fois la ligne parvenaient alors à trouver leur chemin sur ces mers ignorées, au milieu d'étoiles inconnues. L'unique capitaine n'y suffisait point. Il lui fallait le concours de matelots qui connussent l'autre hémisphère et pussent en interpréter tous les signes au cours d'une traversée de près de deux cents jours passés entre le ciel et les flots. Il en était toujours deux de ceux-là à cheval sur la première barre de hune, dont le seul rôle semblait être de bayer aux corneilles, de bien manger et de cracher de six toises de hauteur leur jus de chique sur la tête de l'équipage. Leur quart fini, ils regagnaient le pont avec la sublime supériorité de personnages qui se savent indispensables. Ces *lookout men* se tenaient en observation permanente sur leur perchoir. Rien n'échappait à leurs yeux avertis. Les clapotis de l'eau, ses changements de couleur, les plantes flottantes, la longueur des vagues et l'amplitude de leurs creux, les oiseaux et jusqu'au nombre et à la vigueur des sauts des dauphins batifolant autour de la coque, tout était par eux soigneusement noté. Car un dauphin n'a pas la même humeur ni une vivacité semblable au large de Gibraltar et à la hauteur du trentième parallèle : que chacun sache bien cela ! Le rapport des *lookout men* était pieusement consigné au livre de bord, sur lequel on pouvait lire des choses d'apparence extrêmement futiles dans le genre de celle-ci :

Ce jourd'hui 24 juin, à neuf heures du matin, ramené à la ligne un toad-fish au dos strié de noir. Son ventre blanc tacheté de jaune s'est gonflé comme une outre dès qu'il fut sorti de l'eau...

Ou bien :

A la relève du dernier quart de jour, une mouette grise à collerette noire s'est posée au tribord de la vergue de civardière. Elle avait la dimension d'un gros pigeon. Elle n'avait pas l'air fatiguée...

Ou encore :

Vu aujourd'hui le premier vol de poissons ailés...

Ce qui voulait dire que l'on approchait de Madagascar, ou qu'une mouette de si petite envergure annonçait la côte à moins de cinquante lieues, ou encore que les poissons volants étaient les premiers indices de la zone des grands calmes. Penché sur le livre de bord du *Damschutte*, Johan se pénétrait de ces détails, se les ancrait dans la tête, en avait chaud, et refermait les feuilles d'un geste rageur :

– Voilà que je deviens aussi bête là-dessus que Corneel sur son livre d'inventaire.

Connaissant la mer du Nord et la Manche mieux que le fond de leur pinte, les marins flamands étaient dans l'ignorance totale de cette navigation nouvelle pour eux. Seuls la connaissaient parfaitement les matelots des Compagnies des Indes hollandaises, françaises et anglaises. Il ne fallait point penser aux Hollandais; dès les premiers jours la nouvelle était parvenue qu'il leur était interdit, sous peine de bannissement, de s'enrôler à bord des vaisseaux ostendais. Mais restaient les Français que La Merveille, après un voyage foudroyant, avait ramenés de Brest, Dunkerque ou Saint-Malo. Et Thomas Ray, secrètement, avait fait ses enrôlements à Londres.

Les uns et les autres, par petits groupes, arrivèrent en octobre prendre leurs quartiers d'hiver à Ostende. En quelques semaines ils transformèrent le visage de la cité. Ils n'avaient nul besoin d'ouvrir la bouche pour que Maria les reconnût. Elle était étonnée par leur teint bronzé, boucané par mille soleils, d'apparence aussi coriace qu'une semelle de botte, au milieu duquel les yeux semblaient d'une pâleur stupéfiante. Certains même avaient la peau d'une teinte jaunâtre, maladive, qui était presque celle – disaient-ils en riant – d'un mandarin chinois. La bile travaillait ceux-là. Parfois de soudains accès de fièvre faisaient se choquer les verres à leurs dents. Ils ne s'en souciaient point : « Ça passera... » Effectivement, ça passait : après le dixième verre. Ils avaient en poche de petites boîtes, semblables à des tabatières, dont le couvercle offrait aux yeux des images obscènes. Ils y puisaient une pincée de poudre d'une couleur brun rouge, avalée d'un coup en renversant la tête. Y ayant goûté, Johan fit une effroyable grimace et cracha vigoureusement.

– Qu'est-ce que c'est ?

– Écorce de quinquina : pour la fièvre. Tu t'y habitueras.

Celui qui parlait ainsi était un jeune Hollandais, guère plus âgé que l'aîné des De Boer. Il était arrivé à Ostende de sa propre autorité. Il était rose, lourd de bras, têtu de caboche, protestant et sympathique. En souriant il découvrait l'alvéole d'une incisive absente. Johan avait été séduit par son remarquable mépris des contingences.

– Je me fous du bannissement. J'ai un petit peu tapé sur la tête de mon capitaine, à l'arrivée du dernier voyage. Ils ne veulent plus de moi, ni moi d'eux. Ils peuvent pleurer : ils ne reverront plus jamais Rik Hagoort.

Johan décida par-devers soi qu'il ne s'amateloterait avec nul autre que Rik Hagoort, à bord du *Flandre Impériale*.

Sur ce, décembre approchant, arriva à Ostende un nouvel étranger. Il avait de hautes manières, un joli maintien, d'irrésistibles moustaches en pointe et l'air extrêmement satisfait de sa personne. Quand il eut ouvert trois fois la bouche en parlant un français pincé, les Flamands le jugèrent.

– C'est, sauf votre respect, le genre de type qui s'écoute pisser sur les feuilles. Absolument.

Dès le premier jour, revenant du port à l'heure du soir, La Merveille faillit heurter le personnage au coin de la rue de la Chapelle. Les deux hommes s'évitèrent, échangèrent un bref regard et passèrent. Le Malouin resta les bottes soudées au pavé. Johan l'entendit siffler entre ses dents.

– Je crois que je connais cette tête-là. Est-ce que...

Pensif, il regarda l'étranger qui s'en allait à pas posés, d'une précieuse démarche. Le sourire avait disparu du visage de Gollet de La Merveille. Reprenant sa marche plus rapidement, il passa devant sa demeure et alla droit à l'auberge de la Poste.

– Attendez-moi un instant...

Il ressortit presque aussitôt, la mâchoire dure.

– C'est bien ce que je pensais. C'est Picon de Lézes. Qu'est-ce qu'il vient foutre ici ?

Toute insouciance disparut chez La Merveille. Dans les jours qui suivirent il eut, sur le pont du *Concorde*, quelques terribles accès de colère. On ne le reconnaissait plus.

La semaine suivante arrivèrent une dizaine de matelots français, que le Malouin n'avait jamais engagés. Ils se présentèrent à l'enrôlement du *Concorde*, furent durement rembarrés par La Merveille mais ne parurent pas se soucier le moins du monde de la froideur de l'accueil. On les vit rôder sans but aux alentours du port. Chose digne de mention chez des marins sans emploi et en pleine morte-saison, ils vivaient largement, buvaient bien, étaient francs de gueule et faciles à la tournée. Personne à Ostende ne comprit l'animosité de La Merveille pour ces compagnons aimables. Il grognait.

– La peste, voilà ce qu'ils sont. Plus vite ils seront partis, et mieux cela vaudra pour nous tous.

Mais ils ne partaient pas. Au contraire. On les trouvait à toute heure dans toutes les tavernes. Il commença à courir sur les Indes des versions infiniment moins séduisantes que les images évoquées quelques mois plus tôt par le lyrique Français.

– Foutu pays, oui messieurs. Des papillons lumineux ? Ça oui, il y en a. Mais beaucoup moins que d'autres bêtes, et les plus grosses ne sont pas les plus dangereuses. Vous y verrez des moustiques gros comme des alouettes : quand ils vous tournent autour de la viande, on croirait entendre des crécelles. S'ils vous piquent, Dieu vous garde ! Dans la minute qui suit vous attrapez une tête deux fois grosse comme nature et les paupières vous gonflent à ne pas distinguer à une toise une pièce d'un patard d'un canon de trente-six. Il n'y a qu'une piqûre plus terrible : celle des serpents. S'il y en a ? Dans tous les coins, et jusque dans votre lit ! Ces animaux-là aiment la chaleur ; et la nuit ils viennent si doucement se fourrer sous vos couvertures que vous ne les sentez pas. Mais si vous remuez, crac ! ils mordent. Alors vous pouvez recommander votre âme à Dieu et vous apprêter à aller tout droit en enfer, sans avoir eu le temps d'appeler le curé. Oui, messieurs. L'an passé, tenez, juste à cette même époque, j'ai eu un bon compagnon qui s'est laissé prendre : en deux minutes il est devenu tout noir et il est tombé raide par terre, sur le temps que je mets à vider cette pinte. A votre santé.

Les auditeurs avalèrent leur gobelet avec difficulté.

A leurs yeux se découvrait un pays étrange, hostile, ravagé d'épidémies foudroyantes. Une contrée où rôdaient des tigres : « ... Imaginez-vous un chat gros comme un jeune veau, et qui vous enlève dans sa gueule aussi facilement qu'une souris. » Bref, une région pleine d'embûches, de fièvres, de maux implacables. Quelques matelots du *Concorde* désertèrent, mystérieusement. Ils étaient là, au soir, et le lendemain on ne les voyait plus. L'étonnant c'est qu'ils étaient tous Français, et avaient fait auparavant plusieurs voyages aux Indes, qu'ils devaient bien connaître.

Des craintes anciennes assaillirent à nouveau Maria.

– Riqui, crois-tu que tout ce qu'ils racontent soit vrai ? Cela a l'air terrible. Laisserions-nous partir Johan ?

– Essaye de le retenir : il te donnera son opinion.

– Et puis, tu sais que M. de La Merveille a déjà été abandonné par le quart de ses Français ? Si cela nous arrivait aussi ?

– Est-ce qu'un de nos Anglais a déjà déserté, non ? Il sera

toujours temps de se désoler si cela arrive. Mais cela n'en prend pas le chemin : il est encore arrivé cette semaine cinq bougres, dont un Gallois comme un arbre. Sois contente, au contraire : le *Flandre Impériale* sera le premier à partir.

Rinus affectait la confiance. Au fond, une inquiétude lui venait. En ces jours de décembre, il retrouvait l'atmosphère trouble des mois de 98, quand le premier projet d'expédition aux Indes avait sombré, pour des raisons restées mystérieuses. Déjà le *veto* frappant l'enrôlement des marins hollandais avait éveillé ses doutes. Dans cette sorte de panique qui avait pris l'équipage français du *Concorde*, il pressentait confusément des manœuvres dont il ne percevait pas encore les intentions, ni l'origine. Resté seul, De Boer serrait le poing.

– Dieu! est-ce que ce sacré voyage aux Indes ne se fera jamais?

Un soir, vers la mi-nuit, un poing vigoureux secoua le heurtoir. La porte ouverte, La Merveille surgit dans la pièce. Il l'arpenta de long en large, nerveusement, sans accepter le verre qu'on lui offrait.

– Maintenant je sais tout. Je viens de quitter le bailli qui s'est déboutonné. Ce Picon de Lézes a été délégué par Pontchartrain, ce damné rat de papier que j'ai envoyé au diable quand il refusa une mission à Madagascar. Il a présenté ses lettres de créance de consul de France et, l'imbécile! a été jusqu'à montrer les instructions qu'il a reçues. Savez-vous quelles sont ces instructions, non? Eh bien! je vais vous les dire...

Nerveusement, il fouilla sa poche et en tira un papier :

– ... *Faire échouer l'armement du sieur Merveille* – c'est moi le sieur Merveille! – *et injonction particulière de le détourner ainsi que ses compagnons du dessein d'aller aux Indes* [1]. Voilà! Il a presque réussi, Picon de Lézes, mais par le ciel, je n'ai pas dit mon dernier mot! Je viens vous avertir. Si ça craque de mon côté, cela craquera du vôtre, même avec vos Anglais.

1. In : Archives du ministère des Affaires étrangères, Paris, Cartons commerciaux et consulaires (cartons du consulat d'Ostende).

Déjà les matelots que j'ai refusés commencent à travailler votre équipage...

– Tiens! tiens, murmura Johan.

La Merveille partit d'un trait, sans s'être assis.

Les bruits pessimistes continuèrent à courir. D'abord vagues, ils commençaient à devenir insistants. Après les Indes, c'étaient les dangers de la navigation qui donnaient maintenant un thème aux discours des derniers marins français arrivés.

– ...Et par là, du côté de l'équateur, on tombe dans la zone des calmes. Pas un fifrelin de vent pour gonfler la toile. Elle pend des vergues comme votre chemise de nuit sur les mollets. Alors il ne reste plus qu'à se croiser les bras et à attendre. Cela peut durer des semaines et des mois, oui messieurs. Pas un oiseau, pas un poisson. Le ciel et la mer, tout le temps. C'est dans ce coin-là qu'un type a perdu sa longitude. Je l'ai connu : Morlet qu'il s'appelait, Gustave Morlet. Il y est resté une éternité à y tourner en rond en maudissant son aiguille aimantée qui avait perdu la tête. Au quatre-vingt-deuxième jour, quand nous sommes arrivés en vue de l'*Isle-Dieu,* ils ont commencé à nous canonner comme des brutes. Tous fous, qu'ils étaient devenus. Fous de soif. Quand nous les avons accostés, ils étaient tous en prière sur le pont, sauf les morts, bien entendu. Dans les vapeurs que le soleil pompe de la mer, ils nous avaient pris pour le *Hollandais Volant.* Oui, messieurs. Vous savez ce que c'est que les mirages? Et encore, celui-là, on l'a retrouvé, l'*Isle-Dieu;* mais il en est qui n'ont pas eu cette chance et tourneront dans le pot au noir jusqu'au Jugement dernier.

L'homme qui parlait ainsi était un Breton trapu, aux yeux morts et aux joues flasques. Sous ses lourdes paupières, son regard bilieux était insaisissable. Il le promena rapidement à la ronde.

– Chienne de navigation, ah oui! De l'eau pourrie, des biscuits moisis et du lard où galopent les vers, voilà tout ce que l'on a à se mettre sous la dent pendant près de deux cents jours. Sans compter le scorbut. Quand il vous prend, chaque fois que vous toussez, vous crachez trois de vos dents sur le pont. A la dernière qui tombe, vous crevez, bien entendu.

– Le curieux, fit une voix calme, c'est que tu es venu de bien loin pour te faire enrôler à bord d'un de ces sacrés bateaux... et qu'on t'a poliment flanqué à la porte du *Concorde.*

– Flanqué à la porte! Je voudrais bien voir. C'est moi qui n'ai pas voulu. Un coup d'œil m'a suffi : ce n'est pas un bateau, c'est un cercueil flottant. Plus souvent que mon lard ira engraisser les poissons!

L'œil injecté, l'homme regardait l'interrupteur. Celui-ci se tenait renversé sur le dossier de sa chaise, les épaules au mur. Ses longues jambes balançaient doucement dans le vide, mais la nonchalance de leur mouvement était démentie par le regard clair, très dur, qu'il lança en baissant le front sous les boucles serrées de ses cheveux fauves. Il fit dans l'espace un geste de main indifférent.

– Alors, si tu ne trouves pas chaussure à ton pied pourquoi restes-tu ici?

– Ce sont mes affaires. Non mais, de quoi vient se mêler ce morveux?

– De ses affaires, aussi. Cela consiste quelquefois à faire cracher leurs dents aux menteurs. Et cela va plus vite qu'avec ton scorbut.

– Ça, je voudrais bien le voir!

D'un mouvement d'épaules paresseux, Johan se repoussa du mur.

– Vraiment?

Aussi vite que lui permettaient ses rhumatismes, Sinistre accourut rue du Bon Vent. Il était terriblement excité.

– Formidable, m'ame De Boer! Le petit lui a sauté à la gorge comme un dard. Jamais je n'aurais cru que l'on puisse donner un coup de poing aussi vite, et si précis. Mais cela devait arriver. Je le connais un peu, votre Johan. Il avait lancé au type un regard à lui en arracher la tête et, avant de se lever, il était devenu tout blanc. Ça, c'est mauvais. Tant qu'il garde sa couleur naturelle ou qu'il rougit, on peut être tranquille. Mais quand il devient brusquement livide comme une sole, alors c'est misère sur le monde : il n'y a plus moyen de le tenir. Par mon âme, je n'aurais pas voulu recevoir le coup qu'il a décoché. Une véritable ruade de mule, m'ame De Boer! La fraise du type en a éclaté et il est tombé cul par terre, sauf le respect que je vous dois...

– Mais qu'est-ce qu'il y a eu? pâlit Maria en dénouant son tablier.

– Ce qu'il y a eu? Une bagarre magnifique, m'ame De Boer. Une bagarre du tonnerre de Dieu. Pendant que mon Français se relevait et cherchait sa tête à quatre pattes, voilà trois de ses compagnons qui arrivent à la rescousse et tombent sur Johan...

– Sur Johan!

Ce nœud qui ne se défaisait pas! Maria écoutait, atterrée.

– Sur Johan, oui. Mais vous ne pensez pas qu'on allait les laisser faire comme cela? Le grand Klas est arrivé au trot, en beuglant comme un âne, et aussi Jeanfroid...

– Jeanjean? dit Godelieve, malgré elle.

– Oui, le jeune Jeanfroid. Et puis aussi cet autre que vous connaissez : Rik Hagoort qu'il se nomme, le Hollandais. Et voilà deux autres Français qui accourent de *Het Strooijen Haantje* et foncent dans le tas comme à la kermesse. Les coups tombaient si dru, m'ame De Boer, qu'on ne se serait pas entendu chanter messe. Cela faisait des étincelles qu'on y voyait clair dans tous les coins, comme si on avait mis le feu à la *Ville de Douvres*. Le *baes* faisait à lui seul plus de bruit que tout le monde. Pensez s'il avait peur pour son matériel! Les pintes volaient sur les murs où elles éclataient comme grenades d'abordage. Fameux! Un des Français dont je vous parle avait tiré son couteau, mais avec son sacré crochet de fer, Haring...

– Quoi?

Maria n'écoutait plus. Les jupes battantes elle courait vers le port.

– Ce n'est rien, c'est fini! cria Sinistre.

Elle n'entendait pas. Le cœur sautant dans la poitrine elle déboucha sur le quai. A l'entrée de la *Ville de Douvres*, la foule des marins s'était amassée autour d'un homme étendu sur les pierres. Il saignait en jurant. Il était rouge jusqu'aux cheveux. Maria ne lui jeta qu'un bref regard et fonça dans le groupe qu'elle écarta avec une force irrésistible.

– Johan ! Riqui !

Au milieu d'hommes débraillés par la lutte, d'éclats de porcelaine, d'étains cabossés, de tables et de chaises renversées que le *baes* relevait en grommelant des mots obscènes, Rinus la reçut dans ses bras, bouleversée. Elle l'étreignit et recula, l'œil agrandi.

– Ton bras !

– Pas de mal, il est là.

Du menton il lui désignait son crochet de fer qui pendait d'une table, ses attelles de cuir arrachées. De Boer, le poil hirsute, tremblait encore de la lutte. Maria sentait contre elle battre le cœur de l'homme, à grands chocs sourds. Rinus ricana.

– Celui qui l'a reçu dans la figure, tu as dû le voir dehors. Il n'y reviendra pas de si tôt, avec son couteau.

Il avait dans les yeux une lueur cruelle que jamais Maria ne lui avait connue, mais qui allait en s'éteignant. En un bref instant Maria découvrit Rinus tel qu'il devait être, jadis, aux moments d'abordage. Pour l'une des dernières fois de sa vie sans doute il était redevenu le vieil *Haring* De Boer, le combattant sauvage de l'époque des Compagnons du Hareng. Ce n'était plus M. Marinus De Boer, le *poorter* respectable, mais bien l'ancien corsaire qui la tenait serrée dans son bras valide. Au milieu de leurs compagnons se rajustant, et dont aucun cependant ne pensait à sourire, Johan et Rinus échangèrent un regard terriblement gêné. Une femme dans cette aventure, bon Dieu ! De Boer s'écarta en caressant gauchement l'épaule de Maria.

– Là, tu vois, ce n'était rien. C'est fini. Essuie-moi cet œil, voyons ! On nous regarde.

Ce fut le plus beau coup de la saison. Il déclencha entre matelots flamands et français une de ces superbes rivalités de marins qui sont calamité pour les taverniers et bénédiction du ciel pour les apothicaires et poseurs d'emplâtres. Dans les quarante-huit heures qui suivirent, tout le groupe des Bretons du *Concorde* déserta et vint se mêler à l'explication. Il y eut quelques retentissantes batailles, que les matelots anglais du *Flandre Impériale* suivaient d'un regard placide en saluant de brèves exclamations les plus jolis coups.

Les tavernes du port devinrent des lieux très animés.

Leur journée finie, immédiatement après le dîner du soir, Rinus et Johan serraient leur ceinture, le regard innocent :

– Nous allons faire un petit tour. Histoire de prendre l'air.

Ils le prenaient si bien que l'ancienne blessure à l'arcade de Johan se rouvrit comme une grenade mûre, qu'il eut la lèvre supérieure tuméfiée à ne pouvoir siffler d'une semaine entière et que le père De Boer arbora tout un temps un œil poché aux nuances admirables. Maria en avait pris son parti, s'échauffait. Le sang du père Skykele bouillait dans ses veines. Bien du plaisir pour ceux qui toucheraient à ses hommes. Elle les bénissait de sa poêle à frire, qu'elle brandissait d'une façon meurtrière.

– Allez prendre l'air, mais ne vous laissez pas faire, hein ?

– Pour sûr !

Jusqu'à leur retour, Maria se faisait un sang noir.

Ils s'en allaient, épaule contre épaule. Ce fut peut-être bien, pour Rinus, les plus beaux jours de sa vie de père. Avoir en Johan un vrai compagnon, un égal, un ami, trinquer avec lui, se battre à ses côtés, avoir un fils camarade, voilà qui était merveilleux. Jamais ils ne furent si près l'un de l'autre. Au retour, ils riaient ensemble, comme deux compères, se donnant de rudes bourrades.

– Bon Dieu p'a, quel coup ! Tu es fameux !

– Et tu n'as encore rien vu, fils ! Je commence seulement à me dérouiller. Tu verras cela dans une semaine, quand je serai bien en souffle.

Il avait rajeuni de vingt ans. Corneel le regardait d'un air désapprobateur. Quelles façons pour un *shiphandelaar*, un commerçant, presque un haut bourgeois ! Mais De Boer s'en moquait bien.

Malgré ces batailles, les bruits les plus fâcheux continuèrent à courir sur les Indes : les De Boer ne pouvaient être partout pour faire taire les provocateurs. Cependant, chose étonnante, les récits les plus sombres semblèrent au contraire ancrer les Flamands dans leur résolution. Jusqu'aux derniers temps, beaucoup se méfiaient encore : vraiment, c'était trop beau pour être vrai, ces histoires de La Merveille. Elles devaient cacher quelque chose. Ce quelque chose-là, ils le connaissaient maintenant. Ils percevaient nettement les aléas de l'affaire, ses dangers. Ils voyaient enfin des obstacles à vaincre et leur vieux tempérament de lutteur s'en réjouissait secrètement. Si l'expédition aux Indes n'était pas une partie de plaisir, s'il fallait trousser ses manches, suer au travail, se peler la peau des mains pour arriver à un résultat, eh bien tant mieux! Ils n'aimaient pas le travail facile : il y a trop de concurrence. Mais si c'était vraiment si dur, holà! ils avaient leur chance. Qui mieux qu'eux alors, je vous le demande, aurait pu réussir? Hein? Ils avaient une foi terrible dans leur persévérance et leur capacité au travail. Les plus indécis prirent feu.

– Laissez-les courir, les Français, et qu'ils aillent au diable! Qu'on nous prenne à leur place à bord du *Concorde* et on verra. Non mais!...

Ils se serraient les coudes. Même Maria eut un élan vers Mme Wolbrantz qui s'inquiétait.

– N'ayez pas de soucis. Ce ne sont pas les matelots qui manquent. Il partira, votre *Concorde*.

Et elle s'éloigna, la tête droite, fusillant du regard les matelots français qu'elle rencontrait, « Première Indienne » des pieds à la tête.

Seul peut-être La Merveille se rendait exactement compte de la gravité de la situation. Quinze jours avant Noël, il réunit chez lui tout son groupe et celui de Thomas Ray. Le discours qu'il prononça à cette occasion fut remarquable de brutalité et de concision.

– Voilà : Picon de Lézes a réussi. De mes quarante hommes, il m'en reste neuf, tout juste. Pas moyen de partir avec si peu de marins connaissant la ligne. Je vais faire comme vous,

Thomas, et filer à Londres pour enrôler un équipage anglais. Je ne vous cache pas que ce sera un peu dur car il est déjà tard dans la saison : les premiers départs de la *Vieille Dame de Londres* [1] sont annoncés pour la mi-février. Vous, Thomas, vous pourrez filer déjà sans attendre, et le plus tôt que partira le *Flandre Impériale* sera le mieux. Dites-vous bien que nous sommes dans la même galère et que si nous laissons faire le Picon, il essaiera de débaucher également votre équipage : le ministère des Affaires étrangères m'a l'air d'avoir été large, à Paris. Aussi, ouvrez l'œil et tannez ses hommes dès qu'ils ouvrent leurs sacrées gueules...

– N'ayez crainte, on s'en prive! fit Rinus en tâtant son œil.

Il ajouta aussi :

– Et s'il vous manque des hommes, n'hésitez pas : s'il le fallait, je m'embarquerais moi-même sur votre satané rafiau.

– Ce ne serait pas de refus, De Boer, car vous êtes un fameux homme. Ah! bon Dieu, que n'avez-vous vingt ans de moins! Je ne vous aurais pas fait répéter votre proposition deux fois.

Rinus encaissa le coup, grimaça : « Bien sûr! » et se tut, tout son bel enthousiasme des dernières semaines envolé. L'heure suivante, il se retrouva à la porte, toujours pensif :

– Trop vieux... il ne me l'a pas envoyé dire, La Merveille. Après ce coup-là, je crois bien que les Indes, c'est fini pour moi à jamais. Enfin...

Il haussa les épaules et partit, le pas lourd.

Dehors, c'était la nuit. Une nuit faite de pluie morne, d'aigre vent, d'enseignes grinçantes, du clapotis de l'eau dans les bassins, de lueurs rampantes sous les portes closes et de toute la désespérance du monde – bref, de quoi accabler proprement un vieil homme.

1. La Compagnie des Indes anglaises.

XX

Flandre qu'étreint le gel, sous des cieux sans lueurs. Fermes basses aux longs toits de chaume brun, desquelles s'exhale la tiédeur des étables et le doux bruit des bêtes bougeantes sur leur litière. Arbres tristes et noirs au bord des chemins sombres. Au loin, sur la neige qui pourrit, s'allonge la procession d'une maigre file de saules têtards, à l'humaine apparence. Noueux, tourmentés, rhumatisants, ils s'enfoncent courbés vers l'intérieur des terres, fuyant le vent de toujours, et semblables à de noirs pèlerins harassés. Canal de Bruges à l'eau morte, aux éclats d'étain, dont l'herbe gelée des berges crisse sous le pied avec un froissement de paille. Un merle ébouriffé sautille frileusement et disparaît dans le fusain d'une haie dépouillée.

Ce sont de ces jours d'hiver où les astres disparaissent dans le ciel du monde. Il n'y a point de nuages sur les campagnes, mais seulement une calotte unie, compacte, coulée d'une seule masse de terne grisaille. Et sans une fissure. De l'aube au crépuscule, les heures glissent, égales, dans une même clarté diffuse, incertaine, que ne vient rompre aucun rayon. Toute lumière s'est réfugiée au loin, s'épanchant de cette terre enneigée d'où s'élève, avec une lourde grâce, un vol de corbeaux.

Johan allait, ses pas sonnant sur le chemin dur. Il y avait, au fond des ornières, le froid métal de la glace. A l'écraser du talon, l'aîné des De Boer éprouvait une sorte de volupté née du sentiment de sa plénitude physique, d'une allégresse corporelle qui le faisait parfois franchir d'un bond un fossé et se lancer à travers champs à larges enjambées. Pieter devait alors courir un peu, à ses côtés, la soutane claquant autour de ses jambes maigres. A Noël, il était revenu, le jeune frère au sourire et aux mains de fille. Il avait trouvé l'atmosphère de la ville transformée et la maison du Bon Vent dans une sorte de calme fièvre, qui ne se manifestait que par de plus longs silences. Avec l'approche des derniers jours et l'attente des vents d'est, il n'était question que du départ du *Flandre Impériale,* désormais vainqueur certain de la course qui l'avait opposé huit mois durant au *Concorde.* Bien que ses premiers matelots anglais commençassent à arriver, jamais La Merveille ne serait prêt à temps.

La vue de ces vaisseaux parés avait fait naître en Pieter un curieux sentiment, qui était peut-être bien celui de la nostalgie. On peut avoir la nostalgie des pays que l'on n'a jamais visités, et le jeune prêtre était de ceux qui reçoivent avec le plus d'intensité les appels de l'aventure. Ils étaient loin, ce matin-là, les souvenirs des *Confessions* de saint Augustin et des *Méditations* de Bossuet dont, plus jeune, il faisait ses lectures favorites. Son esprit n'était qu'échos de cette *Description de la Louisiane* que ce descendant de coureurs de mers et d'aventuriers avait dévorée d'une traite. Et il pensait à l'auteur, ce Père Louis Hennepin, ce missionnaire sorti de son couvent d'Ath pour se lancer sur les pas de Cavelier de La Salle à la découverte du nouveau monde. C'était un récollet. Comme lui, Pieter. Cette seule similitude entre leurs destins si dissemblables excitait son imagination. Il y découvrait des perspectives qui le laissaient parfois étourdi. Derrière Johan, qu'un saut avait fait franchir une fondrière, il allongea le pas pour revenir à hauteur de son frère.

– Tu ne sais pas encore quel chapelain vous allez avoir, à bord du *Flandre Impériale?*

– Que si. Nous en aurons même deux. Pourquoi deux? Je n'en sais rien. Sans doute nous considère-t-on comme des ouailles un peu turbulentes pour un seul prêtre. Il doit en falloir un de rechange, quand le premier sera fatigué de prêcher.

– Tu les connais?

– Pas le moins du monde. Sont pas d'Ostende. Il y a un certain Père Saint-Sauveur, ou Saint-Bonheur, et un autre dont j'ai oublié le nom...

– Hieronymus de Saint-Sauveur, de Bruges?

– Hiero... quel sacré nom. Tu le connais?

– Un peu. C'est lui qui nous donnait cours de théologie à Gand, voici trois ans. Un énorme type avec une barbe comme un feu d'artifice et un ventre à en faire craquer sa bure. Quand il entonnait l'*Agnus Dei*, les vitraux de la chapelle en tremblaient. Il a disparu brusquement. Je crois qu'il a eu quelques histoires avant d'être envoyé à Bruges. On a dit qu'il s'était battu comme un chiffonnier dans une taverne où il avait fait scandale, et que...

– Eh bien, vas-y, continue! Il a l'air intéressant, ton curé.

– ... Enfin que ce jour-là il était, paraît-il, un petit peu ivre. Mais tu sais, ce n'est peut-être pas vrai.

– Dommage! Cela me le rendrait sympathique. Il n'y a rien de plus mortel qu'un prêtre buveur d'eau, et le voyage ne s'annonce déjà pas si gai. Tu as vu ces Anglais et le capitaine qu'ils ont amené avec eux? Misère de Dieu! ce ne sera pas kermesse tous les jours, à bord.

– Tu regrettes de partir?

– Fichtre non. Que voudrais-tu que je fiche ici? Compter des aunes de fil de caret avec Corneel? Mais tout de même, simple matelot, c'est dur quand on a été capitaine et... Hop! tu as vu ce lapin? Attends un peu.

Johan, arrêté net, ramassa une pierre et la lança à toute volée dans un buisson. Une petite boule fauve en surgit qui galopa, éperdue. Elle fila, l'œil exorbité, les oreilles basses. Quand elle eut disparu, resta de sa fuite, sur la neige, un semis de traces menues en forme d'étoiles.

– Bah! cela ne durera pas, poursuivit Pieter. Dis-toi surtout que tu as de la chance de partir.

Johan regarda son frère, en coin. Un indéfinissable accent d'envie avait passé dans ses dernières paroles. Pieter allait, élancé dans sa soutane, son fin visage enflammé par l'air vif. Il portait déjà au menton un soupçon de barbe, ridicule et touchant, qui ne parvenait qu'à accuser la douceur puérile de ses traits. Son nez était écarlate de froid. Un élan d'affection porta Johan vers son cadet. Bon Dieu! quelle idée d'aller se fourrer dans un couvent!

– Tu as choisi un drôle de métier, Piet. Sans lui, nous

aurions pu partir ensemble. J'avoue que cela m'aurait fait plaisir.

Un silence.

– Je te regretterai, frérot, à la prochaine fête de Noël. Comment cela peut-il se passer, dans ce fichu pays ? Et je me demande comment y sont les filles...

Ils continuèrent sans parler, poursuivant leurs pensées communes. Johan songeait aux fêtes qui venaient de passer. Comme toujours, Jésus Boudin y avait été magnifique ; prestigieux dans la peau du roi Balthazar. Mais depuis des années manquait à ses côtés l'immense stature de Melchior, sa barbe éblouissante et la majesté de ses gestes, que personnifiait si bien, jadis, le vieux Cabiljauw. Pas un n'avait jamais eu une barbe comme l'oncle Nélius. Le roi Melchior d'aujourd'hui n'arborait qu'un misérable collier de rien du tout, et en étoupe encore. Chaque fois qu'à l'église Johan assistait à la reconstitution de la Nativité, il revoyait le vieux marin débonnaire dont l'accoutrement somptueux avait émerveillé ses Noëls d'enfant. Y aurait-il une fête semblable, l'an prochain, aux Indes ?

En janvier, les événements se précipitèrent. On vit arriver Sarsfield, le capitaine anglais du *Flandre Impériale*. C'était un grand diable froid et raide comme un hareng fumé, pieux comme une messe, d'une politesse à glacer le sang et impénétrable comme un flacon sans étiquette. Il ne fit que traverser le quai et monta à bord pour n'en plus redescendre jusqu'au jour du départ.

Le 6 février, les panneaux de cale furent recouverts de prélarts, puis soigneusement fixés. Le 11, eut lieu à bord le grand banquet d'inauguration. Dans la batterie haute, décorée comme la salle des fêtes d'un palais, se dressa une table de quatre-vingt-deux couverts. On y mangea vingt et un services différents, et cela pendant neuf heures d'affilée. Des branches de pin festonnaient en guirlandes les parois du vaigrage, le sol était jonché de tapis et sur la table immense recouverte de nappes immaculées scintillaient les cristaux et les porcelaines les plus admirables. Il y brûlait une profusion de chandelles en pur blanc de baleine, dont les flammes faisaient luire, près des sabords, les vingt-quatre canons de bronze qui brillaient comme autant de soleils.

Durant tout le repas, Jésus Boudin – superbe – se tint derrière La Merveille, dans un costume d'un prestigieux exotisme. Sa tête noire coiffée d'un impressionnant turban à aigrettes laissa béants tous les convives. Sous une perruque poudrée à frimas, et sanglé dans un justaucorps bleu roi bouillonnant de fine dentelle au point d'Angleterre, le Malouin fit un discours à en tourner les têtes. Chacun parla du succès de l'entreprise et il fut porté dix-huit toasts, tous différents et pareillement acclamés. Le dernier fut l'œuvre du Père Hieronymus de Saint-Sauveur, qui se leva en chancelant un brin. Dans une improvisation tonnante, d'une grande élévation spirituelle, il rappela que le sort de tous était entre les mains de Dieu, que les considérations purement mercantiles n'étaient point les seules dont l'expédition dût s'inspirer, et que nul ne devait oublier que le *Flandre Impériale* s'en allait, par sa voix, porter la Sainte Parole chez les hérétiques hindous. L'orateur compara également le départ prochain à celui de la croisade de Godefroy de Bouillon. Après quoi il entonna un cantique que chacun reprit pieusement; puis, au milieu de l'émotion générale et des signes de croix répétés, le Père Hieronymus roula noblement sous la table. Il y resta deux heures durant à ronfler bruyamment, sa barbe toute hérissée comme la queue d'un chat en colère.

Ce fut la première manifestation de ces fastes flamands et de leur pompe prestigieuse qui, pendant quinze ans, allait faire d'Ostende une cité incomparable par sa réputation et ses richesses. Maria De Boer revint de la cérémonie éblouie et un peu grise, toute gonflée de naïve importance, et d'après Rinus – très tendre – plus belle qu'elle n'avait jamais été dans sa belle robe noire rehaussée d'un simple collier d'or.

A partir du 13 février, l'équipage fut tenu en état d'alerte. Le 16, la brise tourna, couvrit en quelques heures la moitié de la rose des vents et s'établit carrément à l'est-nord-est. Flanqués de tambours qui battaient le rappel, les *bootsmannen* galopèrent dans toutes les tavernes pour réunir les matelots. Mais avant que le dernier fût à bord, la brise foira, redégringola les degrés précédemment parcourus et, du large, monta une cavalerie compacte de nuages gris. La pluie tomba avant le soir et rinça la cité une semaine entière. Du ciel suintait une clarté jaunâtre, sans espoir.

Le 27, Johan devint enragé. Le 28, un *katschip* venant droit de la Tamise débarqua quatorze matelots anglais, et La Merveille reprit espoir de voir partir le *Concorde* par la même marée que le *Flandre*. Mais dans la nuit du 2 mars, peu après que le *nachtwachter* eut chanté une heure, Maria s'éveilla. Les tuiles du toit chuintaient et, de la rue, lui parvenait le grincement léger de l'enseigne de l'écrivain public, muette depuis des jours. Sur l'écran de la fenêtre, la nuit s'ouvrit doucement. Dans les déchirures des nuages, les premières étoiles apparurent.

« Le vent d'est, songea-t-elle, ce sera pour aujourd'hui. »

Et, pensant à son grand Johan qui là-haut dormait, son cœur commença à battre.

A cinq heures, des bruits de sabots roulèrent dans la rue. Le heurtoir de bronze fut frappé violemment :

– A bord! départ cet après-midi à la marée de trois heures!

Maria descendit allumer le feu.

La journée qui vint s'écoula comme un rêve. Maria ne garda qu'un souvenir confus de la dernière étreinte de Johan, des baisers qu'elle lui rendit. Ne pas pleurer, surtout, ne pas pleurer! Cette pensée, chez Maria, dominait tout. Avant midi le Siffleur, son sac à l'épaule, déboucha sur les quais noirs de monde. Dans la foule au milieu de laquelle il avançait lentement, une petite main se crispa sur sa manche. Il sentit qu'on lui glissait un objet dans les doigts.

– Pour vous. Que Dieu vous ait en Sa Sainte Garde.

Dans sa paume brunie, Johan trouva une petite chaînette d'or, à laquelle brillait une croix. De son bras libre il rattrapa la fillette qui s'enfuyait, et l'embrassa vivement sur les joues.

– Merci Neeltje !

Il la sentit se raidir contre lui. La dernière chose qu'il vit en montant sur le *Flandre Impériale* fut le visage tout pâle, aux yeux agrandis de leur cerne, de la petite Cornjuin. Il l'oublia aussitôt.

Au sommet des remparts le premier canon tonna.

Les portes de l'écluse s'ouvrirent à la renverse de la marée. Un grand silence tomba dans l'enceinte des bassins et des quais, cernés par les murailles. On entendit distinctement le grincement des réas, la galopade des hommes sur le pont, les ordres calmes de Sarsfield, ordres dont les échos couraient sur l'eau plate, immédiatement suivis des modulations aigres du sifflet du maître d'équipage. En haut, dans la mâture où ils commençaient à dénouer les jarretières des voiles, les gabiers chantaient comme merles au printemps dans un pommier en fleur. Le canon tonna pour la deuxième fois.

Le *Flandre Impériale* s'avança dans l'eau libre du havre d'est. Comme le vaisseau surgissait lentement sur le fond gris des bastions, le soleil, déjà bas, le frappa en oblique. Ce fut d'abord son beaupré et les ornements dorés de la proue qui émergèrent de l'ombre des remparts. Puis l'ocre chaud de sa coque, que surmontèrent un à un ses bas-mâts d'un blanc pur, cerclés de noir. Puis se démasquèrent les premières superstructures du château, peintes en bleu roi, et l'éclatant vermillon des rambardes.

Enfin, il apparut tout entier.

Ce n'était pas un bateau, mais une fleur. Toutes ses manœuvres dormantes flamboyaient de couleurs. Au grand mât flottait l'oriflamme de Flandre, blanche et jaune, frappée d'une croix de Bourgogne pourpre. En haut de la misaine battait le drapeau ostendais, rouge et jaune d'or ; et, à l'artimon, la flamme de Bourgogne : toute bleue avec sa croix dentelée de Saint-André teinte de rouge. Tout derrière, le dernier à apparaître, au-dessus du château, au-dessus de la sombre silhouette de Sarsfield et de l'éclat des lanternes de cuivre ouvragé, l'étendard des corsaires de Flandre : d'or au lion de sable.

Sous la double force du jusant et du vent qui l'entraînait, le vaisseau glissa dans le goulet du havre d'est. Une voile éclata, sous laquelle il réagit, éperonné. Et ce fut la première lame qui joyeusement accourut, se rompit sur l'étrave et s'éparpilla dans un éclaboussement de blancheur. Le *Flandre Impériale* s'éleva légèrement et retomba dans le creux d'un mouvement égal, en écrasant la vague suivante.

Une deuxième voile s'épanouit.

Du haut de la plate-forme, De Boer ne quittait point des yeux le navire qui s'enfuyait. Vainement, dans les silhouettes de plus en plus petites qui grouillaient sur le pont, il tentait de découvrir Johan. Un sentiment étrange lui venait, déchirant et cependant plein de douceur. C'était sa jeunesse et tout son cortège de rêves qui s'éloignaient maintenant, l'abandonnant au port. Et pourtant!... Pourtant le sang de son sang était à bord de ce navire sur lequel, depuis plus de trente ans, Rinus avait tant de fois navigué en pensée. L'homme se prolonge et vit encore en ses fils, qui donnent vie aux espérances et aux désirs que jamais ne purent réaliser leurs pères. C'était un peu comme si lui, De Boer, s'en allait ce soir sur cette mer grise, vers des pays inconnus.

Il n'eut pas besoin de tourner la tête pour sentir à ses côtés une présence vers laquelle, à cette heure, son cœur le portait plus irrésistiblement que jamais. Sans mot dire il écarta légèrement son bras valide et sentit aussitôt s'y nicher la main chérie.

– Maria, murmura-t-il. Maman...

Elle ne répondit pas. Là-bas, sous le soleil qui baissait encore, le *Flandre Impériale* s'amenuisait progressivement. Il flottait maintenant sur un chemin de flammes et d'étincelles qui blessait le regard. Son sillage blanchi s'était élargi, s'étalait sur les flots, à la façon d'une traîne de mariée. Le vent monta un peu. La manche vide de Rinus battit autour du crochet de fer. Pour atteindre sa pleine allure il ne manquait plus au vaisseau indien que la coiffe de ses voiles hautes. Elles explosèrent l'une après l'autre, à l'instant où le soleil se cachait derrière le long stratus qui barrait la ligne du couchant.

La silhouette du *Flandre Impériale* devint encore plus confuse.

Bientôt, on ne la vit plus...

TROISIÈME PARTIE

LES FILS DE BOER

I

Graissé de sueur, le visage placide du chef de la factorerie luisait dans l'ombre. Lieven De Boo ne bougeait point. Si son tempérament ne l'avait poussé naturellement au calme, six ans de colonie lui auraient appris l'inutilité des impatiences. Flegmatique, les yeux mi-clos, il regardait Johan De Boer tourner dans la pièce. Il commençait à les connaître, ces hommes fraîchement débarqués, encore vivants et pleins de feu. Tous les mêmes. Après six mois de mer ils sautaient à terre avec l'intention de tout bousculer et de faire tourner la planète plus vite. Cela durait jusqu'au premier coup de chaleur, c'est-à-dire – si tout allait mal – de deux à trois jours. Après cela, leur belle ardeur s'émoussait et ils faisaient la sieste, sans remords, comme tout le monde. Lieven De Boo leva à peine les paupières quand le Siffleur s'arrêta net devant lui.

– En résumé, aucun résultat positif?

– Si. Un résultat énorme : nous sommes toujours ici.

Johan De Boer haussa légèrement les épaules. L'orage approchait. Malgré l'épaisseur des murs et la pénombre reposante, l'oppressante moiteur de la plaine pénétrait dans la pièce où se tenaient les deux hommes. Au-delà de la fenêtre ouverte sur l'ombre d'un arbre invisible, un soleil voilé de vapeurs incendiait la perspective fuyante du chemin descendant vers le fleuve. Un coup de vent passa, unique, dans un grand froissement de feuilles. L'espace d'un instant, l'horizon se brouilla. Une poussière ocrée s'éleva en volutes, en spirales, en colonnes, brouillant les contours du paysage. Quand elle retomba, la lumière avait encore baissé de plusieurs degrés. Trompée par la fausse obscurité naissante, une chauve-souris voleta silencieusement devant la porte et disparut. Johan pivota sur un talon et se laissa tomber dans un fauteuil de rotin.

– En somme, qu'est-ce qu'il veut?

– Si je parvenais à le voir, je le saurais. Peut-être!... Mais ce nabab est invisible comme le bon Dieu. Et, comme le bon Dieu, il ne traite que par personne interposée.

– Bodhee?

– Non, ce n'est plus lui. Vous ne savez pas? Le chevalier de La Merveille ne vous a rien dit?

– La Merveille? Quand je suis parti d'Ostende, on ne l'avait plus vu depuis près de deux ans. On le croyait en Chine ou sur la côte de Coromandel, occupé à organiser les comptoirs. Il est venu ici?

– S'il est venu? Demandez plutôt où il n'a pas été! Il nous est tombé dessus un beau jour de juin, l'an passé. Il venait de Tranquebar, où il avait laissé le *Concorde* dans l'attente de la mousson d'hiver. Vous avez dû le croiser quelque part dans l'Atlantique. Il venait, disait-il, « faire un saut jusqu'ici ». Je vous demande un peu! un saut d'un mois de mer, et dans une barque-longue qui prenait l'eau comme une éponge. Quand il a su que le nabab se faisait tirer l'oreille pour nous accorder la concession, il a voulu commencer par aller lui envoyer quelques solides boulets dans la façade de son palais. J'ai eu un mal du diable à le pacifier. Heureusement, il a eu une bonne fièvre : ça l'a calmé. Après, il a voulu traiter avec Bodhee. Ce fut magnifique!

Un éclair d'amusement passa dans le regard du gros homme.

– Il a été le voir, Bodhee! Je ne sais pas comment il s'y est pris pour dégeler son homme, mais trois jours plus tard on les a vus tous deux, saouls comme des sacristains, se tapant sur l'épaule et s'embrassant comme seuls deux ivrognes peuvent le faire. Il avait même réussi à apprendre une chanson grivoise – et en flamand s'il vous plaît! – à notre Hindou. Cela a fait un scandale épouvantable. Le nabab a très mal pris la chose : Bodhee a disparu dans les oubliettes et La Merveille, qui n'avait plus de temps à perdre, est parti en me laissant tout sur les bras. Mais je ne lui en veux pas : un peu plus, et en six jours il aurait obtenu un résultat que nous cherchons à atteindre depuis six ans.

Lieven De Boo soupira :

– Maintenant, nous devons traiter avec un autre phénomène. Tout est à recommencer.

– Pas moyen de... le convaincre ?

– J'essaye, mais c'est dur. Je suis déjà monté jusqu'à soixante mille roupies pour le droit de concession, plus cinq mille pour les bons offices de mon vampire. Mais le bougre ne se décide pas.

– On se doute pourquoi : Chandernagor, Chensura, Calcutta...

– Il y a de cela, sans doute. Bien que je ne pense pas que mon homme obtienne grand-chose de Chandernagor. S'il n'y avait que les Français, l'accord serait déjà fait. Nous leur sommes indifférents, sympathiques même. Je n'en dirai pas autant des Hollandais et des Anglais. L'apathie de mon paroissien a dû jusqu'à présent leur coûter assez cher.

– C'est toujours Meadwood qui dirige Calcutta ?

– Non. Mort l'an passé. Fièvres, comme les autres. C'est le premier subrécargue qui l'a remplacé : Atchliff, l'Écossais. Dangereux bonhomme. Il n'était pas en fonctions depuis deux mois que trois cents drôles nous ont attaqués, comme par hasard. Ils décampèrent au bout d'une semaine, après avoir mis le feu au deuxième entrepôt : Willemsens a dû lever l'ancre avec quinze jours de retard. A l'heure actuelle, à Ostende, il doit informer votre père de tout cela...

Lieven De Boo s'épongea. Le souffle de la pluie prochaine n'avait remué qu'un air moite, aussitôt redevenu immobile. De la pente, distinct malgré l'éloignement, monta le grincement d'une poulie. Tordues de remous jaunâtres, les eaux du Gange roulaient sous un ciel qui tournait à l'étain. Au-dessus du feuillage de métal d'un banyan monstrueux s'apercevaient les seuls mâts du *Flandre Impériale.* Des profondeurs ombreuses de l'arbre émergeaient des hommes chargés de ballots. Ils gravissaient la butte, soulevant de leurs pieds nus des flocons de poussière. Avec un cri perçant un singe couleur de cendres traversa le chemin, aussitôt poursuivi par un autre – plus grand – qui courait farouchement. Ils disparurent en un éclair dans des bougainvillées dont la ramure s'agita un instant sous la houle d'une bataille invisible. Des branches chut mollement une pluie de pétales écarlates. Quelques gouttes tombèrent, très plates, immédiatement absorbées par la terre. Puis l'orage déferla, noyant la factorerie.

– Enfin ! soupira Lieven De Boo.

Un silence s'établit autour des deux hommes. Entre ses paupières mi-closes, Johan regardait le chef du comptoir. Les lèvres entrouvertes, De Boo respirait la fraîcheur montante. Affaissé, ses membres courts étalés sur son siège, il offrait l'apparence d'un gros chat bonasse préoccupé de sa seule digestion. Qu'il levât ses lourdes paupières et cette impression disparaissait au contact d'un regard d'une acuité pénétrante, surmonté d'une paire de terribles sourcils. C'étaient les yeux d'un homme ne s'encombrant point de vains scrupules. Aux Indes, ceux qui en avaient ne vivaient pas vieux. Après plus d'un lustre de séjour sur les bords du Gange, Lieven De Boo gardait le teint frais d'un poupon sevré de l'avant-veille et un embonpoint qui, sous ces latitudes, frisait le paradoxe. Peut-être les devait-il à son absence de nerfs, à son énorme patience et à une philosophie naturelle que rien n'ébranlait. Johan s'arrêta de siffloter.

– Il me faudra expliquer cela à Ostende, à mon retour. Je me demande si nos actionnaires vous comprendront.

– Certainement non. Mais quand ils auront bien tempêté, demandez-leur comment il se fait que, depuis tout aussi longtemps, ils n'ont pas encore réussi à faire reconnaître officiellement notre Compagnie des Indes.

– On n'a pas encore pris de décision à Vienne.

– Bien entendu ! Votre nabab de Saridabad, c'est Charles VI, et il ne se décide pas plus vite que le mien. Si demain mon potentat invisible peut nous faire décamper d'ici, à Ostende il suffit que nous soit refusée la licence pour que nos bateaux ne puissent plus quitter les quais. Bah! travaillons toujours en attendant. Il y a plus de six ans que cela dure, et il n'y a pas de raisons pour que cela ne continue pas.

Le raisonnement était d'une logique implacable. Johan ferma les yeux tout à fait. Détendu, les membres à l'abandon, il cédait au malaise qui l'envahissait. Après cent quatre-vingts jours de mer et l'interminable remontée du Gange, le prenait le vertige qui, toujours, saisit le marin à terre après une longue traversée. Sous son corps le sol immobile vacillait aux balancements d'une houle écœurante. Tout était étrange à ses sens, pendant six mois habitués aux planchers fuyants, aux horizons sans fin, aux seules odeurs d'embruns, de bois surchauffé, de sel et de brises marines. La pluie tombait, drue, épaisse, dans une rumeur égale qui se confondait, chez Johan, avec un bourdonnement d'oreilles croissant. Les senteurs d'humus, sucrées, lui chaviraient l'estomac. Il eut presque un haut-le-cœur. Une sueur subite lui mouilla les paumes.

– Cela ne va pas? interrogea De Boo, remarquant sa pâleur.

– Comme ça. Votre sacrée terre est beaucoup trop ferme. C'est toujours ainsi, le premier jour. Demain il n'y paraîtra plus.

Le silence retomba, fait de la chute immuable de l'averse glissante sur les flancs du crépuscule. Par contraste avec la pénombre extérieure grandissante, la pièce paraissait plus claire. De ses murs blanchis à la chaux s'épanchait une façon de lumière qui enlevait aux choses tout relief. Poisson fulgurant, un éclair nagea dans les ténèbres liquides. Des ombres surgirent et disparurent. Dans le ciel roula le carrosse du tonnerre. Une apparence de fraîcheur s'élevait de la terre brutalisée par l'orage. Johan respira profondément.

– Mon frère voudra certainement venir à mon prochain voyage.

Lieven De Boo devina ses pensées. Sous ses lourdes paupières son regard filtra, un peu ironique.

– Croyez-vous que M. Corneel réussirait mieux que nous?

– Diable non. Mais, comme je le connais, il n'hésiterait

pas à faire six mois de mer pour essayer d'arracher notre concession à votre sacré nabab. Nous ne pouvons tout de même rester ici comme des fakirs, sur une jambe, jusqu'à la consommation des siècles!

– D'accord. Mais en attendant je m'installe comme si nous devions y rester toute notre vie. Chaque brique que nous plaçons, chaque nouveau marchand avec lequel nous traitons, chaque nouveau comptoir que nous créons, c'est une racine de plus que nous enfonçons dans cette terre pourrie. A la fin nous y tiendrons tellement que l'on ne pourra plus nous en décrocher, n'en déplaise à ces messieurs de Chensura et de Calcutta. Enfin, si M. Corneel aime voyager, il peut toujours venir essayer. Avant qu'il soit ici, deux ans se seront passés, et dans l'intervalle j'aurai peut-être réussi.

– Peut-être?

– Oui. Peut-être. Je n'en suis pas certain. Encore un verre?

Johan but, pensif. Lieven De Boo parlait de deux années comme de deux jours. Il semblait avoir du temps cette indifférence purement hindoue qui parfois faisait répondre à un indigène interrogé sur son âge : « Cent quatre ans... » – alors qu'il en paraissait quarante à peine. Le marin envia la sérénité de cet homme bedonnant, sa tranquillité inébranlable. A travers tous les obstacles Lieven De Boo s'en allait son chemin avec la ténacité du bœuf tirant la charrue. Si dur soit le sol, il parviendrait bien au bout du sillon.

Il s'était remis à parler. La pluie déferlait, réglée pour l'éternité. Elle tombait, verticale, sans un pli, d'un mouvement égal rompu des seules lueurs de l'orage. Insensiblement le « mal de terre » abandonnait Johan. Les yeux clos, il se laissait pénétrer par la voix calme du chef de comptoir. Pendu au plafond dans son filet de chanvre, un alcarazas suintait. Par intervalles réguliers une goutte s'écrasait sur les dalles, avec un bruit mat. Dans le bercement des phrases, un nom éveilla l'attention de De Boer.

– Tiens, mais à propos, où est le Père Hieronymus?

– A Palampour.

– Palampour?

– Un nouveau comptoir, par là-bas...

Dans l'ombre, Johan devina le geste lui désignant la fenêtre ouverte, la nuit, un point vague perdu de l'autre côté du fleuve, au-delà de la jungle noyée par les lueurs verdâtres de l'orage.

– C'est loin ?

– Attendez, je vais vous montrer. Mais d'abord veillons à n'être pas mangés de moustiques.

Le rotin grinça. De Boo se levait en soufflant. Son pas lourd s'approcha des fenêtres. Les jalousies de bambou churent en cliquetant. La lumière d'un quinquet trembla puis s'épanouit, dévoilant une floraison de couleurs. Dans un désordre apparent, les objets les plus hétéroclites jonchaient une longue table basse : chites de pourpre et de safran, lunettes à montures de fer, pièces de coton écru, étoffes aux extravagants ramages, lanterne magique, cachemires. Il régnait dans la pièce une senteur composite, douce et épicée.

– Venez voir, monsieur Johan.

Il s'approcha. Sur la nudité des murs apparaissaient de grands parchemins, jaunis par places de points de moisissure. Ils se couvraient de traits tremblés, arrondis, hésitants et souples tout à la fois, semblables au dessin anatomique de quelque système nerveux compliqué. Le doigt gras du chef de comptoir se posa sur un point et s'avança sans hésiter dans le labyrinthe liquide du delta. Il s'immobilisa.

– Ici.

Quelques lettres, fraîchement calligraphiées, se nichaient dans le creux d'un méandre. Un point rouge, de la grosseur d'une lentille, les suivait. Il y en avait d'innombrables, et de toutes les couleurs, parsemées sur la carte. Les bleus, qui étaient français, les verts, anglais. Les jaunes signalant les comptoirs annexes de Chensura, la factorerie hollandaise. Un moment les deux hommes restèrent pensifs. Johan se retrouvait sept ans plus tôt dans cette même salle, abandonnée depuis des années par les Danois vaincus. Sur les murs moisis, Lieven De Boo avait cloué cette même carte, ou une autre, pourrie depuis par l'humidité. Il ne s'y trouvait alors qu'une seule lentille rouge. Depuis, le sang flamand avait coulé dans les veines du delta jusqu'aux limites au-delà desquelles la carte n'était que vide et blancheur. Mais les lentilles vertes restaient les plus nombreuses.

– Depuis l'an dernier nous avons devancé les Français, murmura Lieven De Boo.

Un imperceptible accent d'orgueil passa dans sa voix. Le gros homme était peut-être le seul à savoir ce qu'avait coûté d'efforts, d'intrigues et de luttes, de pouvoir ce soir prononcer cette simple phrase... De vies aussi; derrière la factorerie, dans le cimetière que dévorait l'exubérance végétale, des tombes s'allongeaient dont les croix portaient des noms étranges sous ces cieux : Baudwijn t'Serclaes, Pieter Van Hoorne, Johan Pieterzoon, Hendrick Vliebergh, Paulus Elleboudt. Chaque saison en ajoutait d'autres. Mais chaque vaisseau qui venait de la patrie lointaine débarquait des hommes blonds, au teint clair, au cœur tenace, qui prenaient la place des disparus. En arrivant, ils regardaient le pavois qui les saluait au mât de la factorerie, reconnaissaient sous le drapeau de la Maison d'Autriche l'étendard jaune au lion noir, et se sentaient chez eux. Leur premier geste était de s'éponger et leurs premières paroles : « Qu'est-ce qu'il faut faire? » Et ils retroussaient leurs manches sur des bras musculeux.

Tenté, Johan se balança sur ses talons.

– C'est loin, Palampour?

– Quatre jours de marche et de barque.

– Si vous avez un guide, j'ai bien envie d'aller retrouver le Père. Il a emmené Jésus Boudin avec lui?

– Bien entendu. Mais vous perdriez votre temps. Les nouvelles vont vite, ici. Le *Flandre Impériale* n'avait sans doute pas remonté le fleuve d'une journée que le Père devait être averti de votre arrivée. A l'heure actuelle il doit forcer les étapes sur le chemin du retour. Vous vous croiseriez.

Dehors, la pluie décroissait. Elle reprit, violente, après un éclair sous lequel tremblèrent les voûtes. La flamme chancela dans le quinquet. Immobiles, les deux hommes écoutèrent l'averse sauvage qui prenait possession de la nuit. A sa rumeur de tempête se mêlaient les bruits croissants d'un groupe en marche, qui pataugeait. On entendait clapoter des pieds nus dans les flaques. Un appel retentit, et soudain la porte s'ouvrit d'un bloc devant une silhouette poissonneuse, luisante, noire des pieds à la tête. Le flot d'anguilles d'une barbe ruisselante dégoulinait sur la soutane du visiteur.

– *Jemadar*[1] Johan Sahib, je vous apporte le salut d'un serviteur du Seigneur. Que la bénédiction du ciel soit sur votre tête pendant cette nuit du diable! *Amen.* Et maintenant, pour parler de choses sérieuses, quand se met-on à table?

II

Ils allaient, les membres baignant dans la fraîcheur de l'aurore. De l'orage de la nuit ne restaient dans le ciel d'un bleu tendre que les panaches légers de nuages en éventails, aux transparences de mousseline. C'était cette heure fugitive et précieuse, saisie en équilibre sur la barre de l'aube, avant que le soleil n'incendiât la plaine. Le sol avait sous les pas des douceurs élastiques. D'une rizière de couleur vert cru s'éleva le vol d'un flamant rose nageant lentement dans les vapeurs matinales. Il avait aux ailes des traînées de lumière.

Dans la marche du Père Hieronymus, il y avait une ardeur entraînante. Ce n'est point sans sourire à une lointaine image que Johan le voyait écraser à longs pas les branches jonchant le chemin. Tel quel, avançant comme s'il fût monté à l'assaut, il était encore curieusement semblable à ce missionnaire tonnant, à l'ample voix de bronze, qu'il avait vu pour la première fois sauter sur le pont du *Flandre Impériale*, sept ans plus tôt. Deux jours après le départ d'Ostende, le Père se mêlait à l'équipage : « Je m'ennuie à ne rien foutre! » Et de tirer sur les drisses, matelot incroyable dont le ventre puissant faisait se gonfler la soutane. Aux heures calmes il venait parfois rejoindre les hommes qui jouaient aux dés sous le fronteau

1. Capitaine.

de dunette. Il restait là, debout et réprobateur, jusqu'à l'instant où il s'accroupissait sur ses talons.

– Passez-moi vos outils.

Il jetait les dés avec une virtuosité insolite. La partie finie, il raflait les mises d'un geste d'une onctuosité tout ecclésiastique, et se relevait en geignant un peu. Sa main bénisseuse planait sur ses adversaires confondus.

– C'est un avertissement du Seigneur. Le jeu, mes fils, vous fera perdre votre salut.

Il s'en allait, les poches pleines. Son noble pas le conduisait tout droit à sa cabine. Il avait une veine scandaleuse, le Père Hieronymus. On la disait même quelque peu diabolique pour un saint homme.

Par une brise hésitante et molle, à la fin d'une nuit où le *Flandre Impériale* roulait pesamment sur la houle plate de l'océan Indien, le vaisseau avait été attaqué par des pirates madécasses. Depuis Bonne-Espérance l'horizon était nu, et cet assaut soudain avait surpris l'équipage hors vue de toute terre. Dans les premières clartés de l'aube avait surgi sur le pont une sorte de noir fantôme, un ange exterminateur dont la soutane troussée découvrait des mollets musclés et pharamineusement velus. Armé d'une seule barre de cabestan il ouvrit dans les rangs des pirates la trouée d'un boulet. On le retrouva plus tard affalé au pied du mât de misaine, congestionné, un souffle court s'échappant de ses lèvres violettes. Son front s'ornait d'une bosse sensationnelle. En l'aidant à se relever, Johan murmura, respectueux :

– Par Dieu, mon Père, vous cognez comme le diable !

– Comme le Seigneur, mon fils, comme le Seigneur. La droite du Seigneur est terrible. Remercions-le de nous avoir apporté son secours.

– C'est peut-être bien le Seigneur, mais vous lui avez quand même donné un sacré coup de main.

Se redressant lourdement, le Père Hieronymus avait entonné un cantique d'action de grâces. Tout l'équipage avait repris en chœur, subjugué. Même les matelots anglais lesquels pourtant, de l'avis du saint homme, étaient « de fieffés hérétiques ».

A la nuit suivante, pendant son quart, Johan vit le prêtre s'accouder au bastingage.

– Vous me rappelez un vieil ami, mon Père, lui dit De Boer, après un silence.

– Lequel ?

– Vous ne l'avez pas connu. Il se nommait Cabiljauw, Cornélius Cabiljauw. Il est mort. Il se battait un peu à votre façon. Mais lui, cela s'expliquait : il ne portait pas la soutane.

Et de poursuivre, malicieusement :

– Je croyais que le Christ avait dit : *Quand on vous frappe sur la joue droite, tendez la joue gauche*, ce qui n'a pas été tout à fait votre cas, ce matin...

Nullement démonté, le bonhomme répondit sans tourner la tête.

– Le Seigneur n'a parlé que de joues, donc de gifles. Dans Sa Sagesse, il ne s'est pas prononcé sur l'éventualité où l'un de Ses serviteurs serait attaqué au sabre.

– Mais n'est-il pas dit aussi que ces serviteurs ne peuvent se servir d'une arme ?

– On entend, mon fils, que vous avez un frère dans les Ordres, mais vous ignorez encore tout des subtilités de la théologie. Une barre de cabestan n'est pas une arme : c'est un instrument de la Justice Divine que la Providence plaça dans mes mains pour aider à la confusion des incroyants. Apprenez, mon fils, que les voies de Dieu sont impénétrables. Ce n'est pas moi, mais le ciel qui a voulu que j'agisse ainsi. Une lampée ?

Des plis de sa soutane, il avait sorti un flacon.

La popularité du Père Hieronymus était énorme parmi les marins plus prompts au juron qu'à la patenôtre. Le récollet était à l'époque un homme d'une vitalité prodigieuse; mais bien des saisons s'étaient écoulées depuis. Dans ce prêtre amaigri, aux joues creuses mangées d'une barbe sauvage, bien peu auraient reconnu le moine à l'embonpoint majestueux et jovial qui s'était embarqué à bord du *Flandre Impériale*, un matin de mars 1715. Sous la bile qui lui jaunissait le teint, l'ossature du visage apparaissait aujourd'hui. Ses épaules de géant s'étaient amincies et même sa voix, autrefois de bronze, se brisait parfois d'une imperceptible fêlure. D'un pas resté vigoureux, il franchit une fondrière.

– Votre frère fait-il encore la contrebande le long des côtes anglaises ?

Johan le regarda, étonné.

– Qui vous a appris cela ?

– Si je vous le disais, cela ne vous apprendrait rien : un vague marchand maure que j'ai rencontré, l'an passé, du côté de Nadragar. Il en avait entendu parler à Calcutta. Ces messieurs de la Vieille Dame de Londres [1] étaient terriblement excités. Leur faire concurrence ici, ça les chatouille déjà un peu, mais aller vendre au rabais dans leur île, ça, ils en suffoquent !

Le récollet prit un temps :

– C'est un peu plus tard que notre factorerie a été attaquée...

Sous le soleil maintenant levé, la plaine se marbrait jusqu'à l'horizon des flaques de la dernière averse, de canaux jaunes, du métal des rizières sur lequel glissait l'image renversée du ciel. Un vent errant passa au loin, sur la houle violette d'un champ de cannes à sucre. Il cheminait dans la campagne une population dense, incroyablement colorée et silencieuse : porteurs d'eau squelettiques, paysans, bonzes à robes de safran, femmes en sari, aux jambes longues et à la taille de palmier. Elles portaient sur la hanche des jarres ruisselantes. Un bœuf minuscule s'arracha de la boue d'une rizière et s'avança dans l'onde, repoussant du poitrail une nappe de rides concentriques. Un indigène le suivait, entouré d'un essaim de moustiques. Johan pensa à son père, à qui cent fois déjà il avait décrit ce décor : les champs où l'on pêche, les feuillages de plumes, les renards qui volent comme des mouettes, les oiseaux semblables à des fleurs et, celles-ci, comparables à de somptueuses étoffes. A l'approche de la soixantaine, Rinus en écoutant ces récits avait des yeux d'enfant.

1. La Compagnie des Indes anglaises.

– Et tu dis, petit, que des singes pénètrent jusque dans ta chambre?

Il en gardait au regard une rêverie, et des pensées qui lui faisaient dire, quand Maria n'était point là :

– Au prochain voyage, il faudra que je t'accompagne pour voir un peu toutes ces choses-là.

Le prochain voyage venait; mais quand se larguaient les amarres, la silhouette du père était toujours au sommet de la plate-forme. Longtemps, dans le vent, Johan voyait sa manche vide battre autour du crochet de fer. Un an et demi plus tard, il retrouvait Rinus à la même place, comme s'il n'eût point bougé en attendant son retour. Un peu vieilli chaque fois, mais toujours avec le même désir dans ses yeux clairs.

L'esprit absent, Johan sifflait. Il était bien loin de cette terre que séchait le soleil; dans un pays aux cieux gris et aux vents frais, près d'un âtre tiède où Maria faisait sauter les crêpes. Il sursauta.

– Pardon?

– Toujours rêveur, Johan. Je vous disais que j'étais bien indiscret, et curieux comme tous les vieux hommes. Je ne vous connaissais pas cette croix, il y a deux ans. Deviendriez-vous bigot, garçon?

Machinalement Johan porta sa main à son cou. Sous ses doigts glissa une mince chaînette d'or. Un sourire lui vint, qui adoucit étonnamment son visage tanné d'homme de mer et le restitua à l'enfance.

– Diable non! Pardonnez-moi, mon Père. Pas bigot : simplement un peu superstitieux. J'ai retrouvé cette croix au fond d'un coffre, en tripotant mes affaires. Je croyais l'avoir perdue depuis des années. Dieu sait pourquoi je l'ai mise, mais à peine l'avais-je au cou que le vent s'est levé et nous a fait sortir du pot au noir où nous marinions depuis une semaine. Depuis lors je l'ai gardée. Vous savez, tous les marins sont ainsi... Cela vous paraît idiot?

– Pas du tout, mon fils. On ne doit pas sourire des signes que vous envoie le ciel. Si nous rentrions? Il commence à faire diantrement chaud. Quelquefois, quand le soleil cogne comme maintenant, je me demande si l'enfer ne doit pas être quelque chose dans ce genre-là. Juillet est décidément un mois impossible. J'ai soif. Vous pas? Vous avez de la chance.

Il s'en allait à larges pas, le Père Hieronymus, ses pieds nus écrasant la poussière. Toute humidité avait subitement disparu des chemins, mais de l'horizon montait déjà la charge grise des nuages « à dos d'éléphant », annonciateurs de l'averse prochaine. Bien que le soleil continuât à briller, toutes les couleurs se fardèrent d'une teinte plus vive dans la pénombre avançante. Dans le vent naissant, la soutane du Père claquait vivement, tout effrangée. Déchirée par le bas dans les épines, reprise de points grossiers, elle disait les longues courses dans la jungle. Un éclair d'ambre cingla la pierre du sentier et disparut en fouettant les herbes. Un imperceptible temps d'arrêt brisa la marche de Johan.

– Je ne m'habituerai jamais à ces sales bêtes. Vous n'avez jamais peur d'être mordu?

– Au début oui, quelquefois. Je me demandais comment les indigènes d'ici parviennent à faire du naja un animal sacré – vous savez, les sept serpents qui ornent le diadème de Shiva. Ils le chassent respectueusement de leur demeure où l'orage l'a fait se réfugier et, pour s'en faire pardonner, vont lui présenter une jatte de lait sous la pierre où il s'est lové. Brrr! Mais maintenant je m'y suis fait. Jusqu'à présent le seul serpent qui m'ait fait tort est celui du Paradis Terrestre.

Il éclata d'un rire bref, aussitôt cassé.

– C'est une autre mort qui m'est sans doute dévolue. Je me demande parfois si... Votre frère Pieter n'a-t-il jamais pensé venir un jour prendre ma succession ici?

– Lui? Bon Dieu non. Je crois que rien ne l'attire moins que les voyages. Dans son genre il est comme Corneel : satisfait de son état et ne demandant pas à courir l'aventure.

– De votre frère Corneel, je ne dirai rien : je le connais trop peu. Mais j'ai vécu quatre ans avec Pieter, au séminaire de Gand...

Ils tournèrent l'angle d'un boqueteau de palmiers. Au bout d'un chemin en pente douce leur apparut le bâtiment central de la factorerie, celui que Lieven De Boo nommait ironiquement le « palais ». Ses murs blancs s'ombrageaient de bougainvillées écarlates. Les ramures de l'arbre retentissaient du cri des perruches bleues. Comme ils approchaient, une bande de singes jaillit du « palais » en une bousculade hurlante. Presque aussitôt surgit derrière eux la femme du chef de comptoir, armée d'un balai purificateur. Dans l'élan de son indignation, ses quatre jupes concentriques faisaient voler la poussière. Oubliant la dignité de leur descendance divine, les fils du dieu Hanouman refluaient en panique, jacassant de frayeur. Hors de portée, ils se retournèrent et, de loin, se livrèrent à des mimiques obscènes, Mme De Boo y répondit d'un signe de croix et du poing tendu.

– Sales singes!

Vingt poings roses, velus, se tendirent vers elle dans un geste d'identique menace. Les singes n'avaient encore pas réussi à imiter le signe de croix, mais le Père Hieronymus ne désespérait pas.

– La grâce me soit donnée de voir ce jour-là la tête de Mme De Boo, souffla le Prêtre.

Les deux hommes franchirent le seuil à l'instant où, derrière eux, la pluie s'effondrait, noyant la trace de leurs pas.

Les pièces étaient obscures et pâles. Dans leur transparente pénombre, derrière les jalousies closes, les servantes bengali glissaient sur les dalles. Elles allaient d'un balancement égal, leurs pieds nus munis de patins de velours : Mme De Boo aimait les carrelages immaculés. Ces femmes d'un pays qui ignorait la neige avaient la démarche de patineuses effleurant la glace du canal de Bruges. Johan ne pouvait entrer au « palais » sans penser à Maria, et à son beau vestibule de la rue du Bon Vent.

Ce soir-là, très tôt, Johan abandonna la table où Lieven De Boo avait réuni quelques hommes du *Flandre Impériale*. Dans le couloir dallé menant à sa chambre, Jésus Boudin le précédait, le quinquet à la main. Il patinait, lui aussi, sur les inévitables semelles de velours noir. Johan s'étala sur son lit en lançant les jambes.

– Mes bottes, Jésus.

Délivré, il s'étira. Le fidèle Jésus s'affairait, sa bonne face épanouie d'un sourire heureux. Au premier voyage du *Flandre*, sept ans plut tôt, Johan l'avait vu émerger d'une cale, tout penaud. Jésus Boudin, terrorisé, avait fui la domination du chevalier de La Merveille, ses chevaux, les claquements de fouet dont s'entourait le Malouin, et l'hypnotisante plume rouge de son feutre. Depuis, le nègre n'avait jamais voulu retourner à Ostende. Il craignait les représailles du Français, et n'avait jamais éprouvé plus grand effroi de sa vie que quand La Merveille, des années plus tôt, avait fait sa première apparition au comptoir. Naïvement, Jésus Boudin s'imaginait que le Malouin avait traversé tous les océans uniquement pour venir le reprendre. Pendant cinq jours, il disparut de la factorerie avant d'être découvert, à une demi-lieue de là, par l'effrayant Français.

– Peau-de-Boudin, je vais vous trancher les oreilles!

Jésus avait toujours ses oreilles, mais, à chaque arrivée d'un bateau, ne vivait plus avant d'avoir constaté que son ancien maître n'était pas à bord. Les trois séjours éclair qu'avait faits le Malouin à la factorerie restaient parmi les souvenirs les plus affreux du bon Noir.

Il mit la cruche et un gobelet sur la table, tira la mousseline recouvrant le lit du Siffleur et se balança sur ses jambes :

– C'est tout, missié Johan?

– Oui Jésus, c'est tout. Tu es un brave bougre. Laisse la lumière.

La porte se clôt doucement. Le glissement furtif des patins de velours s'estompe dans le couloir. Sur le mur, hypnotisé par la lumière, un petit lézard beige se tient immobile. On voit se gonfler et battre sa gorge. Il est si près qu'en tendant la main on le pourrait prendre. Mais Johan reste étendu, sans bouger. Il se passe des minutes pendant lesquelles bruissent au vent les bambous des persiennes. Il y a dans la pièce une odeur de cire d'abeille, typiquement flamande, qui s'exhale des meubles polis, du carrelage patiné; elle triomphe des effluves végétaux entêtants qui montent de la nuit. En fermant les yeux Johan pourrait se croire à Ostende. D'une main machinale et moite de chaleur il joue avec la croix d'or qui a glissé sur son épaule nue. Du fond vague de ses pensées monte l'image perdue d'une jeune fille au teint chaud, dont les yeux clairs luisent dans le puits de cernes immenses. Et un démon soudain se dresse, vainqueur, dans les sens de l'homme. Un bout de phrase lui revient qu'il flaire, méfiant, tourne et retourne avant de le rejeter, d'un haussement d'épaules.

– Qu'est-ce qu'il veut dire, le Père Hieronymus, avec son signe du ciel ?

Ce soir Johan, superstitieux, serait tenté plutôt de croire à un charme. Depuis qu'il a passé cette chaînette à son cou lui vient parfois la vision de Neeltje, toujours plus précise. Johan sent des racines s'approcher de son cœur. Mais peut-on faire un sortilège d'un objet saint ? D'une pichenette, il repousse la croix : « Demain, je la ferai bénir. » Puis, plus positif : « ... Et je dois me trouver une femme. »

Il souffle le quinquet. Dehors roule sur les feuilles la galopade de la pluie nocturne. Le sommeil ne vient pas.

III

La crise de Johan s'annonça dès la fin du mois d'août. Mme De Boo en connaissait tous les symptômes. Quand elle le vit pour la première fois pénétrer dans sa cuisine et s'installer à califourchon sur une chaise, elle pressentit de façon certaine qu'allait s'entamer une ère de difficultés et de perpétuelles alertes. Le menton posé sur ses bras croisés appuyés au dossier, il resta là une heure franche à siffloter vaguement, suivant d'un regard absent les gestes de la ménagère. Après quoi, il s'en alla sans avoir desserré les lèvres pour autre chose qu'un bâillement prodigieux. Mme De Boo s'en ouvrit le soir au chef de la factorerie.

– Tous les travaux de désarmement sont terminés à bord du *Flandre?*

– Ah? tu t'en es aperçue? Oui, terminés. Depuis près d'une semaine déjà, hélas! *Il* a déjà fait quelque chose?

– Pas encore, mais cela ne saurait tarder.

Elle se mit à surveiller son pensionnaire.

Les premiers jours, le désœuvrement de Johan se manifestait sous des apparences inoffensives. Le « palais » était une bâtisse profonde et solide, toute en longueur, construite dans ce style colonial que depuis plus d'un siècle déjà les conquérants portugais avaient dispersé des rivages du Mexique à ceux de la mer de Chine. Des murs épais percés d'étroites fenêtres cernaient un patio envahi d'herbes délirantes et d'une exposition de fougères géantes, dans laquelle pépiaient des oiseaux invisibles. Après un lever bruyant et tardif qui laissait inondé le carrelage de sa chambre, Johan baguenaudait dans le bâtiment, jusqu'à l'heure du repas. On l'entendait flâner dans les couloirs, son pas léger effleurant les dalles. Un sifflotement perpétuel s'échappait de ses lèvres moqueuses.

C'était la première phase de sa crise, celle des plaisanteries déplorables. On le trouvait embusqué derrière les jalousies, agitant au bout d'une corde une belle casserole de cuivre, et fusillant à bout portant les singes curieux avec une seringue à clystère. L'époque des pièces hantées, des grenouilles qui sautent dans les placards clos, des servantes bengali effrayées à grands hurlements au détour des couloirs; des soirs où tout hôte du « palais », avant de se coucher, passait entre les draps de son lit un manche à balai soupçonneux. La période des silences inquiétants durant lesquels, ses longues jambes lancées sur le rebord d'une fenêtre, Johan se balançait en équilibre sur les deux pieds d'une chaise. Il paraissait remuer alors toutes sortes de pensées diaboliques.

– Qu'est-ce que vous méditez encore?

– Moi, madame De Boo? Mais rien du tout voyons!

Il levait un regard trop ingénu qui ne la trompait point. Bien qu'elle s'en cachât, elle avait une indulgence maternelle pour ce grand garçon incompréhensible et fantasque, encombrant et sans-gêne. Ses facéties les plus déconcertantes la laissaient désarmée. Pas plus qu'à un enfant on ne pouvait en vouloir à ce grand diable que tourmentait le poids de la paresse. Elle l'excusait : « Il s'ennuie, cet homme. Il cherche à se distraire... »

Avec septembre les ultimes vagues de la mousson noyèrent le paysage. Ce furent des jours noirs. Le soleil, noyé, nageait dans le déferlement céleste d'une pluie inlassable. Le sourire disparut des yeux de Johan. Des heures entières il restait à se balancer sur son siège, et son visage devint sombre. Sous les torsades blêmes de l'averse, les gens et les choses s'en allaient à la dérive. Parfois de ce déluge émergeait la carcasse désemparée d'un chariot aux roues pleines. Aux coups de vent qui l'assaillaient, la voile verte de sa bâche en feuilles de bananier prenait l'air, dans un bizarre hérissement. Un animal cornu, mi-terrestre mi-marin, le tirait à pas résigné; bœuf minuscule dont, sous la pluie, le pelage était celui d'un phoque sortant de l'onde. On croyait lui voir des nageoires. Tanguant sur la houle grasse des ornières, l'étrange équipage disparaissait, avalé par la crue de l'averse. Longtemps encore on entendait grincer ses essieux invisibles. Johan bâillait, sans pudeur, en un rugissement de fauve.

Puis un jour sa chaise s'effondra sous lui.

Ce fut la deuxième phase. Après avoir un instant considéré le désastre, il partit d'un trait jusqu'au *Flandre Impériale* et revint trempé, les boucles ruisselantes de ses cheveux lui coulant sur le front. Jésus Boudin le suivait, vacillant sous le poids d'un coffre à outils. En moins d'une matinée le siège fut réparé. Mais le lit de Johan s'avéra alors trop haut. Il scia une partie des pieds, se trompa dans ses calculs, rendit le meuble boiteux et pour lui redonner son équilibre l'assit sur des cales qui le surélevèrent de deux bons pouces au-dessus de son altitude primitive. Stimulé par ce succès, De Boer transforma sa chambre en chantier, la meubla d'étagères superflues puis, plein d'une ardeur guerrière, se répandit dans tout le palais. Il agitait au poing une scie menaçante. On le vit tâter les pieds de table d'une main soupçonneuse et jeter aux chaises des regards où la haine se mariait à la convoitise. On le devinait prêt à ouvrir les meubles du haut en bas pour voir s'il ne s'y nichait point de tarets. Mme De Boo vécut sur pied d'alerte. Elle se gendarma quand elle surprit Johan auscultant un vieux bahut :

– Dans celui-ci, je crois qu'il y en a...

– Ah non ! Maintenant, laissez vos outils et mes meubles tranquilles.

La scie disparut et Johan retomba dans son mutisme boudeur.

Entre-temps le soleil s'était levé sur un horizon de naufrage, de palmes, de branches et de mangues arrachées dont les débris jonchaient la campagne. Les eaux baissaient. Du miroitement des rizières fumantes montaient, avec des nuages de moustiques, les pestilences de la fièvre du Bengale. Le premier, le Père Hieronymus s'alita et se releva au bout d'une semaine, jauni, le regard brillant dans un visage ravagé : « Ce n'est pas encore pour cette fois... » D'autres furent atteints, que la maladie laissait sans ressort, et remâchant des pensées moroses. Au soir, de la jungle proche, une brise moite poussait vers le palais de lourds effluves d'humus. Johan pensa que plus de trois mois le séparaient du départ et, de lassitude, soupira. D'énervement il lâchait parfois un coup de sifflet suraigu qui faisait tressaillir Mme De Boo.

Attente. Écœurement de l'attente. Deux mois encore il faudrait patienter avant d'entreprendre la remise en état du *Flandre Impériale*, les premiers embarquements de la cargaison, l'animation croissante qui précède le départ. Aujourd'hui sans travail, les marins bâillaient, dormaient et, quand leurs nerfs n'en pouvaient plus, se dressaient les uns contre les autres en d'incompréhensibles accès de colère. Passé les premières semaines où, dans l'allégresse de retrouver la terre, ils avaient couru les *punch-houses*, l'épuisement de leurs ressources les laissait désemparés. Entre eux, des clans s'étaient formés. Séparés des Flamands, les matelots hollandais se tenaient à l'écart, mornes, le regard souvent tourné vers l'amont, vers Chensura. Certains partirent en fugue. Johan les voyait revenir au matin suivant, crottés, la boue de quatre lieues de terre grasse leur collant aux bottes. Il devinait qu'ils avaient poussé jusqu'à la factorerie rivale, là où – au milieu de compatriotes – ils pouvaient se donner l'illusion de leur patrie lointaine. C'était tout ce qu'ils en retrouveraient jamais, ces marins bannis pour avoir apporté leurs bras aux vaisseaux ostendais. Johan les comprenait. Pour leur occuper l'esprit, il leur donnait des besognes futiles qu'ils exécutaient sans desserrer les lèvres. Mais on ne peut, chaque jour, faire prendre l'air aux voiles pourrissantes dans le tréfonds des soutes. A force de leur faire gratter le pont, ils finiraient par passer au travers des planches. Aussitôt le travail fini, les Hollandais retournaient à leur mélancolie.

– Je ne peux tout de même pas leur faire démonter le *Flandre* pour leur donner une distraction! jurait Johan.

– Laisse faire, intervenait Rik Hagoort, cela leur passera.

– Ça te passe, à toi?

Rik haussait les épaules, mollement, sans répondre.

Bien sûr, cela leur passerait. Mais plus tard. Quand, avec les vents favorables de la mousson d'hiver, approcherait l'heure espérée du retour. D'ici là s'étendaient des semaines interminables, une immensité de jours écrasés de chaleur, de nuits peuplées de la vibration ténue des moustiques. Les bottes quittées la veille que l'on retrouve au matin couvertes de moisissure, au pied du lit. Le linge perpétuellement humide, le chant nocturne des grenouilles, persistant à hurler. Et tout ce qui grinçait aux nerfs et faisait que les hommes se regardaient avec de l'irritation dans les yeux. Oui, tout. Jusqu'à l'équilibre et la bonne santé décourageante de Lieven De Boo. Johan en avait des nausées. Comme ses hommes, ses sens appelaient les vents frais, les maisons grises sous des cieux ternes, les arbres petits et maigres, la vision d'une vache, d'une simple vache blanche et rousse tondant de sa langue l'herbe courte d'un polder, sous une pluie douce. Une vache flamande, ça c'est un animal! Autre chose que ces bœufs qu'un coup de pied dans la culasse enverrait s'agenouiller dans la boue, sur les boulets. Johan aurait donné beaucoup pour voir une vraie vache.

– Qu'est-ce que tu en penses, Rik?

– ... Que l'an passé à Ostende tu aurais pleuré pour voir un cocotier et un éléphant sur la place de l'Hôtel-de-Ville.

– Le diable t'emporte!

Johan regarda Rik Hagoort, qui s'assoupissait. Une langueur lui amollit les membres. C'était l'heure de la sieste. Dormir, après tout, c'était aussi tuer le temps, franchir quelques heures, fuir cet irritant malaise qui... Il fut prêt à céder, mais ses pas le firent passer près du lit et se diriger vers la porte. Jésus Boudin arrondit les yeux en agitant le bruissement tentateur de sa feuille de palmier.

– Pas sieste, missié Johan?

– Non, mon vieux Jésus. Occupe-toi de M. Hagoort. Je m'en vais faire un tour.

Dès le seuil la chaleur lui sauta au visage, comme une bête. La vanité de son projet lui apparut. Faire un tour? Où ça? Il n'était pas un coin de cette campagne brûlée qu'il ne connût à des lieues à la ronde. Il hésita. A cette heure, sous le soleil d'aplomb coulant sur les feuilles immobiles, toute la factorerie était en léthargie. D'une fenêtre proche s'élevait dans le silence le ronflement placide de Lieven De Boo. Johan fut tenté de rebrousser chemin. Déjà la sueur lui poissait les reins. Mais le pas qu'il fit pour se retourner le lança dans l'étourdissante lumière. D'autres suivirent. Tant pis. Tout plutôt que sombrer dans un sommeil stupide. Une allée de palmiers enfonçait dans la pente. Son tunnel d'ombre se transperçait de lames de feu. Johan s'y engagea. Au bout, on verrait bien.

Entre les arbres somnolaient les cabanes indigènes aux parois de claies et de briques séchées. Jonchées de corps étendus, elles étaient ouvertes aux quatre points de l'horizon. Des feuilles glissantes, poussées du chemin, en traversaient l'unique pièce. Un chien étique regarda passer Johan, battit de sa queue la poussière et se rendormit en grognant.

Et puis au bas du chemin, au dernier détour, ce fut l'apparition familière et cependant toujours surprenante d'une maison à un étage, aux fenêtres Renaissance, et dont le pignon à redans se perdait sous la ramure des bougainvillées. Flamande plus que nature, elle se tenait là, vision saugrenue et touchante, bien en vue de l'appontement de bois pourri, à l'emplacement exact où doit se trouver toute taverne de marin. Une enseigne dorée, *In de Stadt Ostend*, en surmontait le seuil. Une femme à robe noire, aux petits coups de sa main puisant dans un seau, en aspergeait la façade, minutieusement. Sous un ciel d'incendie, dans un décor de palmiers et de rizières, face aux eaux limoneuses du Gange et à deux pas d'une chapelle votive où les Hindous brûlaient du beurre aux mânes de Vichnou, les gestes de la femme prenaient une solennité quasi rituelle dont elle ne se rendait point compte. Une seconde remué, Johan s'arrêta. Mais de l'ombre pourpre de l'arbre coula un fruit velu qui glissa sur la laque des feuilles et se retrouva balancé, grotesque, à la potence de l'enseigne. Le singe s'immobilisa, ses mains brunes cramponnées au fer, regarda l'homme et – vers lui – tendit le cou d'un geste défiant : « Qu'est-ce que tu me veux ? » Johan fut prêt à sourire, mais ses lèvres ne bougèrent point. Il repartit. Au passage la femme leva vers lui un sourire heureux.

– Vous voyez, monsieur De Boer, c'est samedi. On nettoie...

Le poids soudain des souvenirs se noua au cœur de l'homme, et il se découvrit plein de songes. Il pensa à sa mère perdue de l'autre côté du monde, par-delà deux océans, par-delà six mois de vagues et de tempêtes. Elle devait aujourd'hui arroser, des mêmes gestes, les murs de la maison du Bon Vent. Et des gestes identiques, à cette heure, devaient se répéter dans toute la Flandre. Il pensa au vent familier qui ronronne dans la cheminée tiède, aux flammes dansantes, à la petite chanson intime et douce du grillon dans l'âtre, et à toutes les douceurs du foyer. Et se levèrent en lui des images trop tendres, qu'il ne repoussa point.

Il se retrouva assis sous les feuilles de métal d'un bananier. Les heures avaient passé. On ne voyait plus la factorerie, avalée derrière un méandre du fleuve, engloutie sous les arbres que frappait la lumière déclinante. Le fleuve coulait, jaunâtre, gonflé. La fleur lisse des remous en rompait la surface pailletée d'étincelles. De la berge, jusqu'alors dissimulée par les herbes, une barque noire se détacha. Avant qu'elle eût pris le vent, des voix, malgré l'éloignement, vinrent frapper Johan. L'embarcation remontait le courant. Elle disparut bientôt. En sens inverse deux silhouettes rendues méconnaissables par la distance rejoignaient la factorerie.

– Ce n'était pas une barque de Chensura? lui demanda au soir Lieven De Boo.

– Possible. A moins que ce ne soit de Chandernagor. Mais quelle importance?

– Je ne sais pas. Je me méfie. Savez-vous que les Hollandais ont rapporté la mesure de bannissement qui frappait leurs compatriotes travaillant pour nous? Pour autant, bien entendu, que ceux-ci leur reviennent avant fin décembre...

Johan, dans l'ombre, haussa légèrement les épaules.

– Ne craignez rien, Hagoort a bien ses hommes en main. Et puis, nous les payons mieux.

– Il vient parfois un jour où les hommes ont besoin de quelque chose de plus que d'argent.

– Bah!

De l'embarcation qui s'en allait au couchant, vers le nord, Johan ne gardait qu'une image : celle d'un départ. Et un désir se formait, montait en lui. Pour la première fois depuis des jours il se remit à siffloter.

– Vous ne pensez pas qu'un de ces jours nous devrions aller visiter nos comptoirs vers l'amont? demanda-t-il, d'une voix indifférente.

– C'est encore un peu tôt, mais cela ne peut jamais faire de mal.

– C'est ce que je pensais. Je partirai demain.

Il se dressa, soudain délivré. Une perspective de jours de liberté s'ouvrait devant lui. Jusque tard dans la nuit, Lieven De Boo l'entendit siffler à tue-tête dans sa chambre. Jésus Boudin, houspillé, trotta dans les couloirs jusqu'à l'aurore.

Ils partirent au matin, avec Rik Hagoort et Kabooter, un

marin aux épaules de lutteur et aux mains terribles. A peine leur embarcation eut-elle tourné le premier coude du fleuve, leur apparut une femme se baignant dans la fraîcheur du flot. A leur vue elle se dressa, vêtue d'un sari rouge aux grands chevrons d'ocre, plus que nue sous l'étoffe ruisselante, pudique et indécente tout à la fois. Après un regard elle se laissa recouler doucement. Sa chevelure, dans l'eau glissante, avait la souplesse d'une algue noire. Johan sourit :

– Beau spectacle!

– Tu vois le même tous les jours, depuis plus de deux mois.

– Tais-toi, Rik, tu n'y comprends rien, ce n'est pas la même chose.

Non, ce n'était pas la même chose. Tout était différent : la chaleur du soleil, les grands champs d'herbe blanche à plumets, l'élan nouveau des palmiers vers un ciel non pareil, l'horizon identique et pourtant dissemblable. Aux oreilles d'Ulysse, les sirènes n'avaient point de chants plus merveilleux qu'aujourd'hui le croassement des corbeaux aux oreilles de Johan. Même les moustiques bourdonnaient joyeusement. Avec les yeux neufs que donne l'aventure commençante, Johan redécouvrait dans cette terre les émerveillements de son premier voyage, quand, du large, les coupoles d'or de Jaggernauth étaient entrées dans son regard de jeune homme. Il refaisait connaissance avec l'inconnu.

Au crépuscule ils campèrent sous un banyan. L'arbre s'étendait, ouvrant entre ses troncs multiples des profondeurs de chapelles, ses couloirs, ses ruelles végétales et ses échoppes de feuilles. La nuit vint, qui fit couler les étoiles jusque sur la terre. Le chant des grenouilles faisait au ciel une voûte sonore. Aux épaules de Johan, la dureté du sol avait, pour lui seul, des douceurs incroyables. Au matin, entre les piliers du banyan, l'aurore alluma les lueurs de vitrail d'une cathédrale.

Et, seize fois nées de l'aube, les ombres entourèrent les choses et retombèrent dans la nuit.

Au dix-septième jour, à l'heure de la sieste, un homme hirsute surgit dans le silence de la factorerie. Il était noir de soleil, boucané, le visage couvert de la mousse blonde d'une barbe non rasée, quelque peu haillonneux et merveilleusement sale. Tiré du sommeil, Lieven De Boo clignota ses lourdes paupières en direction du ballot d'indienne bariolée que Johan jeta sur la table.

– Tâtez-moi ça, Gouverneur! Je vous le ramène d'un trou situé à onze jours de voile en amont. Et il y en aura deux mille autres semblables, prêts pour nous, fin décembre. Et 30 pour 100 meilleur marché que nous le vend ce voleur de Shidar Khan, s'il vous plaît! Dites après cela que je ne connais rien au commerce.

Lieven De Boo siffla longuement entre ses dents. Dans son regard ensommeillé perçait un peu de surprise.

– Bien fait, capitaine. Et moi qui vous croyais en bordée! Mes excuses. On reparlera de cela ce soir. Et maintenant, avec votre consentement, je vais reprendre ma sieste.

IV

La fantaisie avait tracé sa route. L'automne approchant, chaque jour raccourcissait les heures. Elles étaient pleines et denses, toutes pareilles et cependant chacune dissemblable. A la barre de sa barque, Johan, à demi étendu, se laissait porter par les brises. Il ne pensait à rien, ne goûtait nulle autre chose que le moment présent, les mirages sans cesse renouvelés surgissant des rives égales du fleuve : apparitions de coupoles et de minarets au-dessus des palmes mouvantes, marchés grouillants et silencieux où les seuls cris montant au ciel étaient ceux des couleurs; lente avancée des éléphants *gandas* [1] menés à la baignade. L'eau s'ouvrait en remous autour de leurs flancs taillés en carène; au-dessus de leur front, entre leurs larges oreilles battantes, ils portaient le fruit d'or de leur *mahout* [2] demi-nu.

1. Éléphants aux longues défenses.
2. Cornac.

Le temps ne fuyait plus Johan. Il l'accompagnait dans sa marche, de méandres en courbes, sur le limon du Gange. Parfois, pour ruser avec la violence du courant, l'embarcation s'approchait des berges, plongeait dans l'ombre rayée des forêts de bambous. D'autres fois le vent l'emportait. Un jour qu'au crépuscule ils rasaient la frontière de la jungle, un rauquement retentit, en quatre tons décroissants, si proche que les hommes se dressèrent. Soudain déséquilibrée, la barque oscilla. Jésus Boudin était gris de peur. Johan, levé sur un coude, se mit à siffler : il eût aimé voir l'ombre du fauve glisser sous les feuilles, mais rien ne vint. Cette nuit-là ils veillèrent près du feu, les armes prêtes, et cette attente fut merveilleuse. Les insectes tombaient en grésillant dans les flammes. A la fin, déçu, Johan étouffa les braises et s'endormit.

– Je préfère un tigre aux moustiques.

Puis un jour, de son écrin de palmes, Djahan naquit du hasard. Fuyant la chaleur de midi, ils s'étaient enfoncés dans un chenal mort qui rampait sous la verdure. Il n'y avait d'autre bruit que celui des rames glissantes. Le village surgit à un détour avec ses maisons modestes et tranquilles, ses clos de bananiers, l'éclat de leurs feuilles miroitantes dans l'eau paisible. La clairière s'ouvrait, plantée de papayers sveltes et de djambhous. Une musique ténue planait sur les cases endormies. A l'apparition de la barque elle s'éteignit en vibrations décroissantes, et les chiens se mirent à hurler.

Johan sauta à terre.

C'était une de ces bourgades éphémères, aux demeures faites de claies et de boue séchée. Une épidémie, la mousson, et en une saison la pluie la délaie, la terre l'absorbe. Une bande de singes dévastateurs passe, qui détruit jusqu'au dernier mur. Et l'aube de la saison suivante se lève sur un terrain nivelé et désert, grouillant déjà de plantes dévorantes.

La jungle cernait Djahan, comme prête à bondir.

A pas flâneurs Johan s'avança. La musique reprenait, née de cent instruments invisibles. Le premier avait donné le ton, un autre avait suivi, puis d'autres encore s'étaient levés, à droite, à gauche. Maintenant l'air n'était qu'une vibration. Chacun d'eux avait sa note propre, unique, tour à tour croissante et déclinante. Aucun exécutant ne paraissait se soucier de l'harmonie de l'ensemble. On eût dit le concert alterné d'un chant de grenouilles la nuit, au bord d'une mare, avec ses contretemps, ses mesures rompues, ses points sonores qui surgissent à intervalles réguliers pour donner à l'oreille un repère. Ses accents bombés et fléchissants filtraient de cases carrées que ne perçait nulle fenêtre. Curieux, Johan s'approcha.

La chambre était fragile, faite d'un clayonnage de roseaux. A contre-jour du regard, les barres du soleil découpaient l'ombre de la pièce. Un homme s'y tenait accroupi dans un flot de blancheur. A coups réguliers il frappait d'un maillet sur un arc tendu par un contrepoids, et, chaque fois, abaissait l'instrument en cadence. Le coton moussait autour de la corde tremblante. Les yeux collés aux fentes, Johan comprit l'origine de cette musique arquée. L'étrange exécutant, attiré par le regard qui lui pesait aux épaules, tourna la tête et sourit. Ainsi Johan De Boer fit connaissance de Rawamashni, *potail* [1] de Djahan.

L'homme était petit, maigre et doux. Jusqu'au crâne, qu'il avait nu, il était lisse et poli à la façon d'un galet roulé par les eaux, et sa peau avait la teinte patinée d'un vieil ivoire. A le voir plus tard, immobile et souriant, sur l'assise frêle de ses jambes croisées en lotus, Johan songeait irrésistiblement au Bouddha énigmatique niché dans l'ancienne chambre de Spierings, rue du Bout-du-Monde. Mais le Bouddha était plus gros. Rawamashni, pourtant, semblait pétri de la même porcelaine. Irrévérencieusement Johan pensa que l'Hindou ferait une idole admirable sur le buffet de chêne poli de Maria, rue du Bon Vent.

Il quitta Rawamashni après deux jours de conversations paisibles, de sourires, de silences et de distributions rituelles d'eau de rose et de bétel. Quand il ressauta dans sa barque,

1. Chef de village.

Johan crachait rouge mais avait l'âme en fête. Il tenait serrée sous son bras une pièce d'indienne merveilleuse. Le courant du Gange, retrouvé, avala l'embarcation.

– Et maintenant, à fond, jusqu'à la factorerie.

– Eh bien, qu'est-ce qui te prend? grogna Rik Hagoort, surpris.

Johan n'en savait rien. Il se sentait soudain envahi par une fièvre inconnue, une allégresse particulière, auparavant jamais rencontrée. Il se surprit à siffler comme il ne l'avait pas fait depuis des mois, et découvrit avec étonnement son humeur allègre, à peu près semblable à celle qui l'animait – en d'autres circonstances – quand il avait arraché un premier rendez-vous à une conquête féminine. Il en resta éberlué : l'amour, pourtant, était une chose bien différente du commerce. Pour la première fois, confusément, il comprit Corneel; cette sorte de joie intérieure illuminant son frère quand celui-ci avait réussi une bonne affaire. Johan le blaguait alors : « Par Dieu, Cor, tu as tout à fait la mine d'un chat qui a avalé un poisson rouge! » Il s'inquiéta : avait-il, lui aussi, la tête d'un matou qui vient de voler un hareng?

Comme il n'y avait pas de miroir à bord, cette question resta sans réponse.

Ils foncèrent.

Pourtant, qu'importait qu'ils fussent à la factorerie dans une semaine, demain, dans dix jours ou plus tard encore? Aussi bien plus de deux mois le séparaient du moment où il devait revenir à Djahan prendre livraison de la marchandise. Mais Johan sentait le besoin de crier sa découverte, de jouir de l'étonnement de Lieven De Boo. Les étapes s'allongèrent. la pointe de l'aube au crépuscule les rives défilaient. Enfin, quand Johan sauta sur l'appontement de bois pourri, face à la taverne *In de Stadt Ostend*, il avait la démarche de Jason ramenant la Toison d'Or au roi d'Iolcos. Mais le roi d'Iolcos, après un regard, retomba dans la douceur de sa sieste, et Johan connut le dépit. Il ne savoura son triomphe qu'au soir, quand Dirk Zwieten, le subrécargue du *Flandre Impériale*, arracha de la pièce d'indienne son regard décoloré.

– Capitaine, c'est le meilleur achat que nous ayons fait depuis la création du comptoir.

De six pieds un pouce, la taille de Johan s'éleva encore d'au moins cinq lignes.

Enfuies, évanouies les pensées maussades des jours de désœuvrement! Les semaines qui suivirent, Johan les vécut dans un état d'excitation joyeuse. Un mois avant la date fixée, il eut terminé l'armement de la barge qui devait remonter à Djahan, vers Noël. Aux repas, il était intarissable. Chacun en avait les oreilles rebattues.

– ... Et si à onze jours d'ici nous pouvons trouver de l'indienne 30 pour 100 meilleur marché que nous ne la payions précédemment, il doit y avoir d'autres marchandises à trouver plus haut encore, et à meilleur compte. Cela coule de source. Dans deux ans, quand je reviendrai, je préparerai une nouvelle expédition. Parfaitement. Et cette fois-ci je n'attendrai pas la fin de la mousson. C'est bien le diable si je ne trouve pas alors quelque chose de plus avantageux. Quoi?

– Moi? Je n'ai rien dit, protestait le Père Hieronymus.

Johan balayait tout, bousculait les objections présentées parfois par Lieven De Boo. Dans son esprit, le goût de l'aventure et le désir des voyages se mêlaient maintenant à la passion de « trouver quelque chose ». Il n'est même pas certain que ce dernier sentiment ne l'emportât point. Enfin, un jour, il prit un crayon et entre deux plats, sur un coin de table, aligna des chiffres. Il fut seul alors à ne point se rendre compte de sa ressemblance avec Corneel. Stupéfaite, Mme De Boo échangea un regard avec son mari.

– Ma parole, on nous l'a changé.

Il y avait presque un accent de regret dans sa voix.

Décembre vint, et l'activité de Johan grandit. Tonnerre! On verrait maintenant ce dont il était capable. Les Anglais et les Hollandais n'avaient qu'à bien se tenir. Il parlait en riant de la *Vieille Dame de Londres* et des *Épiciers* [1], du tour qu'il comptait encore leur jouer : le *Flandre* arriverait le

1. ... de la Compagnie hollandaise.

premier en Europe, la grande vente d'Ostende aurait lieu au moins quinze jours avant celle d'Amsterdam, et les contrebandiers de Corneel débarqueraient leurs marchandises sur les côtes anglaises avant que fussent arrivés à Londres les premiers vaisseaux de Calcutta.

– ... Et cela fera au moins 30 pour 100 de bénéfice supplémentaire sur toute la cargaison, jurait-il.

Le *Flandre* était envahi par les matelots. Finies les semaines creuses, les jours mornes. On grattait, calfatait, peignait. Avec le travail, la joie était revenue parmi l'équipage. A bord, les grandes chansons lentes faites pour soutenir l'effort ne cessaient qu'à l'heure de la sieste. Le Père Hieronymus jubilait.

– Pas trop tôt! A force de courir les filles et de se saouler, vos sacrés païens flanquaient par terre tous les fruits de mon évangélisation. Allez prêcher les vertus chrétiennes à mes sauvages quand ils voient vos hommes se vautrer dans la concupiscence!

– C'est un joli mot, ça, concupiscence. Je leur ferai un beau discours là-dessus. Par Dieu, je...

– Ne blasphémez pas, Johan. Au lieu de leur brosser un sermon, dont ils se fichent comme de leur premier verre, vous feriez mieux de leur offrir l'exemple de votre vertu.

– Permettez, mon Père, je...

– Rien du tout. Je ne sais pas ce qui le retient parfois, votre Père, de vous flanquer une bonne rossée purificatrice pour expulser le démon qui est en vous. Qu'est-ce que c'est encore cette histoire que l'on m'a racontée avec cette petite...

Déjà Johan fuyait, léger, sifflotant, plein de sourires et d'ardeur.

Noël approcha. Sous le ciel désormais d'un éclat immuable, les herbes jaunissaient. Une pluie providentielle tomba, repeignit en une nuit la campagne de vert cru. Des caravanes arrivaient de contrées inconnues, conduites par des Maures au profil abrupt, aux altières barbes d'ébène. Leurs costumes hauts en couleur et leurs armes chatoyaient. Ce furent des jours durant lesquels s'arrêtèrent d'étranges équipages devant le pignon à redans et les fenêtres Renaissance de *In de Stadt*

Ostend : éléphants aux *haoudas* [1] de roseau tressé, charrettes grinçantes aux roues pleines, traînées par de petits bœufs, et jusqu'à des chameaux insolites et surchargés, qui baraquaient en grognant. Leurs convoyeurs impavides regardaient sans surprise Mme Mauve dans son éternelle robe noire, et les gestes menus dont elle arrosait les pierres de sa façade, à petits coups de son seau de fer.

Les marchandises s'engloutissaient dans les profondeurs du vaisseau. La mousson d'hiver s'annonçait, chaque jour plus ferme. Tombant des hautes vallées de l'Himalaya, des souffles d'air couraient dans la plaine, couchant les herbes, ridant chaque fois plus profondément la surface du Gange. Johan devint soucieux.

– Il faudra avancer le départ pour Djahan. Si le vent s'établit, nous mettrons cinq jours de plus à remonter le fleuve.

Il partit soixante heures plus tard, flanqué de Jésus Boudin, de Kaboeter, de cinq hommes du *Flandre* et d'un équipage indigène. Rik Hagoort, pressenti, se récusa.

– Cela ne me dit rien. Et puis, tout de même, il faut que quelqu'un reste ici pour veiller sur les derniers embarquements.

Pour la première fois, le Hollandais se dérobait. Johan le regarda. Ce n'était plus le jeune homme rose et frais qu'il avait connu sept ans auparavant. Dans un visage amaigri, tourné un peu au jaune par la bile, une ombre violette cernait les yeux. Une inquiétude vint à Johan.

– Tu ne vas pas me faire une fièvre au moment du départ, non?

– Tu ne voudrais pas! Un peu de fatigue, simplement. Vivement que nous soyons en mer.

Nerveux, il sauta au bas du chaland.

Il fallut quinze jours francs, cette fois, avant d'atteindre Djahan. Mais quatre à peine, sans reprendre terre, pour rejoindre la factorerie. Aux premières heures de la nuit Johan ressurgit au « palais ». Il tremblait de colère.

1. Palanquins.

– Bernés! Les Hollandais sont passés avant nous et ont raflé la marchandise. Comme ils parlaient notre langue et paraissaient au courant, Rawamashni leur a tout fourni. Dieu! je l'aurais tué.

En réalité, il l'avait presque fait.

– Eh bien, c'est tout ce que vous dites?

Lieven De Boo restait silencieux. Enfin il ouvrit la bouche, mais ce fut pour questionner.

– Vous n'avez pas vu Rik Hagoort?

– Qu'est-ce que vous voulez dire?

– Simplement qu'il a disparu depuis deux jours, avec tous les Hollandais du *Flandre*. Non, inutile d'aller voir à bord : je l'ai déjà fait. Leurs coffres aussi ont disparu.

Tout s'effondrait. Johan restait debout, hébété. De la nuit venait, par la fenêtre, le babil léger des porteurs bengali devisant sous le banyan. Puis les pas entremêlés d'un groupe de marins flamands qui parlaient haut, avec un accent barbare. Johan reconnut la voix de Kaboeter : « Les salauds! » Une fureur l'envahit.

– Nom de Dieu!

– Mangez un morceau, au moins!

Mais il n'écoutait plus. Du seuil éclairé du palais, Mme De Boo le vit s'enfoncer droit dans la pente, couper à travers les herbes, disparaître dans le noir. Elle se retourna, soucieuse. Déjà, s'essuyant la barbe du revers de sa manche, le Père Hieronymus repoussait sa chaise. La femme l'arrêta d'un geste.

– Vous ne le rattraperez pas. Il court comme un fou. Il a pris le chemin de Chensura...

V

Deux lieues de ténèbres séparaient la factorerie du comptoir de Chensura. Johan marchait, soulevé de colère, et parfois, transporté d'impatience, courait. Il eût voulu, d'un élan, se trouver à la Résidence hollandaise, cracher les injures qui lui venaient aux lèvres; et se battre. Surtout se battre. Il éprouvait une âcre volupté à imaginer un poing qui s'écrase, une chaise brandie et fracassée sur le visage d'un homme désormais haï. Par intervalles, en spasmes, sa main se portait à sa ceinture, serrait le manche court de son couteau de manœuvres; et dans le contact de sa paume serrée sur la dureté du bois Johan prenait un sauvage plaisir. Eût-il à cet instant rencontré Rik Hagoort que, sans attendre, il eût foncé.

Séchée par des semaines de soleil, la terre sonnait sous ses pas. Il s'en allait à longues enjambées, presque en détentes, s'irritant des détours du chemin dont les caprices épousaient les contours du fleuve, bifurquait, contournait les rizières et les champs. Dans la nuit, totale encore, la seule clarté était celle, tombante, d'une pluie d'étoiles. Il traversa des villages endormis où les chiens, peureux, aboyaient à son passage. Puis c'était à nouveau la plaine et ses cultures, un lambeau de brousse, la masse compacte d'une jungle aux profondeurs de gouffre, dans laquelle se perdait le chemin aveugle. A l'approche de Johan les grenouilles se taisaient au bord des marais, et il avançait dans un sentier de silence. Les herbes se peuplaient de fuites mystérieuses, glissantes, de l'éclat jaune des yeux de chacals que l'on entendait glapir, au loin.

Toute ronde et pleine, la lune émergea des arbres, et les chiens hurlèrent. C'était l'avant-veille du jour de l'an. Des douceurs passaient dans l'air. A l'odeur, longtemps à l'avance, Johan devinait l'approche des boqueteaux d'orangers. Il s'aperçut qu'il ruisselait, et ralentit. Pour la première fois depuis une heure, l'étreinte qui lui serrait la poitrine se dénoua. Il respira, profondément. Épousant la cadence de ses pas, la houle de la colère s'apaisait, insensiblement. Arriva le moment où il se trouva flânant presque. Un sourire lui vint, cruel, tendu, découvrant des dents serrées de fauve. Il murmura encore : « Salaud ! » Mais dans sa voix, il y avait plus de mépris que de fureur.

Le mur noir de la jungle se présenta à lui. Couleur de lune, le chemin s'y perdait d'un coup, avalé par les ténèbres. Johan s'enfonça sous le tunnel végétal et son pas ralentit encore. Après ce détour, là-bas... C'est d'une démarche apaisée qu'il entra dans la lumière de la nuit. Son ombre, dégingandée, s'allongeait sur la poussière de la route. Il la regarda : « Johan, mon fils, tu as une plaisante allure de Don Quichotte. » Et, soudain, incompréhensible, le poignit le désir de pleurer.

A moins de deux cents toises désormais apparaissaient les lumières de Chensura. Entre elles se distinguait, vivement éclairée, la taverne du Portugais. Johan s'arrêta, eut un haussement d'épaules : « A quoi bon ? » Mais il poursuivit. Toute colère s'était échappée de lui, ne laissant place qu'à un vague dégoût. Détaché, il pénétra dans le cabaret.

S'il avait douté encore, le silence qui naquit à son apparition l'eût édifié. Autour des tables les têtes se levèrent et dans leurs regards Johan surprit une inquiétude. Là-bas, au fond de la salle, rasant le mur, le tenancier se faufilait.

– Hep !

Le Portugais s'immobilisa, cloué sur place. C'était un petit homme maigre et jaune, au poil noir, passablement entremetteur, quelque peu usurier, et déjà miné jusqu'aux moelles par la fièvre. Chaque florin qu'il amassait lui faisait perdre un peu de sa vie, mais l'or le tenait et il ne se décidait pas à rentrer à Lisbonne. Un soir de septembre, quand baisseraient les eaux, la fièvre du Bengale le prendrait, lui et son argent, ici, et l'enverrait dans un trou de cette terre pourrie. Pour l'heure, pétrifié, il regardait s'avancer vers lui, entre les tables, ce grand diable aux boucles en désordre dont le regard étonnamment bleu étincelait dans un visage de bronze. A l'oreille du visiteur, un anneau d'or brillait d'un éclat barbare. En quelques enjambées nonchalantes, Johan s'approcha.

– Où est Rik Hagoort ?

– Je ne le connais pas.

– Possible, puisque c'est un nouveau. Mais je vais vous aider : tenez c'est à lui qu'appartient ce bonnet rouge, là. Allons, où est-il ?

Les paupières du Portugais battirent. Johan le vit blêmir sous sa bile.

– Ah! je vois que vous commencez à vous le rappeler. Il est là?

Du menton il désigna une porte percée dans l'épaisseur du mur. S'en échappait le murmure confus d'une conversation. Prestement le Portugais devança le mouvement de Johan.

– Non. C'est une pièce réservée. On ne peut pas entrer.

– Pas possible?

– Non. Le capitaine du *Prince d'Orange* y tient ce soir conférence avec ses lieutenants. Vous comprenez, vous les dérangeriez...

– De toute évidence.

– N'est-ce pas? Ils seraient fâchés si je vous laissais entrer.

– Voilà qui me paraît juste.

– ... Et puis, ce ne serait guère poli.

– Parbleu!

Et il entra.

Il y eut un bref mouvement de chaises. Autour d'une table unique éclairée d'un quinquet, les déserteurs du *Flandre* étaient assis aux côtés du capitaine hollandais. Si préparé était-il à ce spectacle Johan ne put s'interdire d'éprouver un choc. Entre ses dents il siffla longuement : « Eh bien... » D'un geste léger il arrêta un homme qui se levait.

– Laisse ton couteau tranquille, Klas. Je suis seul.

Il ne bougeait pas. Seule sa tête oscillait légèrement, secouée de bas en haut. Rik Hagoort était juste en face, sous la lumière. Johan put voir son visage progressivement pâlir, sa lèvre inférieure trembler légèrement. Et il sourit, le grand De Boer.

– Cela devait arriver un jour, Rik, mais je n'aurais pas cru cela de toi. Enfin, après tout, je me demande si je ne te préfère pas ici plutôt que travaillant avec nous, contre tes compatriotes...

Son sourire disparut.

– Mais, deux fois renégat, tu me dégoûtes quand même.

Pivotant légèrement sur les talons, il referma la porte.

Dehors, la nuit était d'une douceur incroyable. Immobile sur le seuil, il considéra un instant l'étendue de la plaine noyée dans les vapeurs laiteuses de la lune, l'éclat de froid métal du fleuve coulant silencieusement dans l'ombre, la masse hostile, pétrifiée, de la jungle proche; et l'amertume lui vint, née du sentiment de l'inutilité de son geste. Il cracha : « Tout de même... quatre lieues pour *ça.* » Ses pensées allèrent à une douce fille en attente dans une case, à deux heures de là.

A l'aube, le Père Hieronymus le trouva étendu dans son lit. Johan rêvait, les mains à la nuque, le regard perdu au plafond. Une odeur âcre et douce, un peu écœurante, flottait dans la pièce. Aux murs, les lézards engourdis ne bougeaient point. Il sembla au prêtre, soudain ému, voir comme la trace d'une larme sur le visage tanné de l'homme.

– Vous regrettez tant que cela votre ami?

– Rik? Dieu non! Qu'il aille se faire pendre ailleurs. Je songeais simplement aux années qui passent, aux choses qui finissent et ne reviendront plus. Je ne pleure pas l'homme, foutre non! – car j'ai pleuré, oui mon Père – mais seulement l'amitié. L'amitié...

Il répéta ce mot qui lui apparaissait tout à coup nouveau, doué d'une signification précise, d'une chaleur désormais lointaine.

– ... Je songeais que l'amitié est une chose qui naît avec la jeunesse. Déracinée, elle ne repousse plus après un certain âge. Il ricana : Ce n'est pas comme l'amour. Et encore : J'ai bientôt trente ans... je m'en suis rendu compte cette nuit.

Il se tut. Le Père Hieronymus regarda ce grand corps étendu, ces jambes encore bottées, lancées à l'abandon sur le lit. Le prêtre ouvrit la bouche, hésita.

– Johan, je... enfin, si l'opinion d'un vieil imbécile de mon genre est de quelque valeur, croyez-moi : ne... ne fumez pas.

La voix de Johan lui parvint, trop douce.

– Tiens! vous avez des espions, vous aussi?

Le prêtre haussa les épaules.

VI

Réveillon mélancolique, sous un ciel d'été, loin de la patrie absente. Souvenirs, pour un soir ressuscités, du tombeau des ans; images oubliées qui ressurgissent, désirs confus, cortège des ombres. Un jour qui passe et tombe, et ne reviendra plus, à lui seul lourd du poids de toute une année. Il y a bien des banquets aux enterrements. Cette nuit-là, ce ne fut point l'an neuf qu'en son cœur Johan fêta. La défaillance du *potail* de Djahan, la désertion de Rik Hagoort et de ses hommes, les soucis du *Flandre* en attente avec un chargement et un équipage pareillement incomplets pesaient au cœur inquiet des hommes réunis autour d'une table de fête.

Depuis trois jours déjà, Lieven De Boo agissait. Ses messagers couraient la plaine à la recherche d'un chargement. Mais c'était la veille des grands départs pour l'Europe, et à l'image des entrepôts de la factorerie, tous les villages étaient vides. Chensura, Chandernagor, Calcutta avaient tout raflé. Tout au moins les *potails* pressentis le disaient-ils. Les douze cents artisans du comptoir belge travaillaient, sans doute, mais combien de semaines faudrait-il pour que le *Flandre* fût prêt à lever l'ancre? Rien n'apparaissait de ces soucis dans le visage impassible et gras de Lieven De Boo vaquant avec le même calme à ses occupations quotidiennes. Parfois cependant il demandait :

– Pensez-vous pouvoir vous en tirer avec un équipage réduit du quart?

– Nous? Nous arriverons avant les autres, comme toujours.

Lieven De Boo doutait. Orgueilleux Johan! Le coup semblait l'avoir raidi, avoir décuplé sa volonté. Son bâtiment paré, prêt à partir et n'ayant désormais plus besoin de son attention, il travaillait avec une sombre ardeur à compléter le chargement. La première semaine de janvier, il la passa à fouiller la campagne, revenant de ses absences sale, poussiéreux, traînant toujours avec lui quelques maigres chariots dont les roues grinçaient sous le poids des marchandises. « Après tout, ce retard est ma faute », pensait-il. Il repartait. Il ne se rasait plus, et son visage se creusa d'insomnies. Parfois il s'arrêtait, étonné : « Si l'on m'avait dit un jour que je m'enragerais à marchander des étoffes... Oh ! Corneel, si tu me voyais, mon vieux... » Mais son sourire disparaissait aussitôt. Il rabroua Kaboeter quand ce dernier lui confia ses inquiétudes.

– Capitaine, vous ne pensez pas que je devrais chercher quelques matelots indigènes ?

– Au diable ! Désormais plus un étranger ne mettra le pied à bord d'un bateau que je commanderai.

– Mais la traversée sera...

– Personne, ai-je dit...

Avec Kaboeter, étonné, les matelots du *Flandre* se grattèrent le crâne :

– Il a le diable au corps.

Il fallait l'avoir. C'était une lutte de vitesse qui s'engageait, avec l'Europe comme but. Y arriver les premiers, pour vendre le plus cher possible. Déjà, de Calcutta, venait la nouvelle du prochain départ des bâtiments anglais. Puis un jour, vers la troisième semaine de janvier, on apprit que le premier d'entre eux avait levé l'ancre. Ce soir-là, Johan fut enragé et repartit dans la nuit prendre livraison d'un nouveau chargement. Deux jours plus tard le *Prince d'Orange* tourna le coude du fleuve, devant la factorerie. Septante heures s'écoulèrent encore, durant lesquelles défilèrent le second vaisseau hollandais et le *Voyageur de Nantes,* de Chandernagor. Les vents de la mousson s'enflaient, emportant les voiles, l'une après l'autre. Le *Flandre* travaillait sur ses ancres comme un chien à l'attache impatient de suivre la meute. Enfin, dans la nuit qui suivit le départ du deuxième bâtiment anglais, puis au crépuscule qui vint ensuite, arrivèrent à la factorerie les deux dernières caravanes. On travailla à la lueur des torches, des bûchers allumés sur le rivage. Les ultimes coups de maillets fixant les prélarts sur les panneaux de cale retentissaient encore quand Johan fit larguer les amarres. Après cent quatre-vingt-deux jours d'immobilité, le *Flandre Impériale* saisit le vent, gémit un peu et, délivré, glissa entre les berges. Le canon de la factorerie tonna, auquel Johan fit répondre. Puis tout disparut au détour du premier coude.

Avant l'heure de midi, le *Flandre* doubla Calcutta. Au milieu d'une pourriture de marais fumants, sur un sol dur encore, mais que les premières pluies rendraient semblable à une éponge, les bâtiments de la factorerie anglaise apparaissaient, écrasés sous le soleil, perpétuellement noyés dans une vapeur humide. Pensant à la vie de ses colons cramponnés sur ce pan de terre, le plus malsain de tout le delta, Johan murmura :

– Ils se laisseront crever sur place plutôt que d'abandonner ce fichu coin.

– Oui, mais là, ils commandent l'entrée du fleuve, glissa le Père Hieronymus, et ça...

– N'empêche : ce sont des hommes...

Pensif, il fit répondre du drapeau au salut du fort. Pour ces silhouettes qui apparaissaient au sommet des remparts de terre jaune, il se sentit l'estime due à de rudes adversaires.

– On les aura quand même, dit-il.

– Évidemment! répondit le prêtre, qui doutait.

La nuit vint, puis une autre encore. Le *Flandre* avançait lentement, tâtant de la sonde la profondeur mouvante du fleuve, s'arrêtant au soir, contournant ces bancs sur lesquels – six mois plus tard – le *Saint-Charles* allait s'échouer et disparaître en moins de deux heures, sucé par la vase jusqu'à la pomme du mât. Enfin, le troisième jour, à l'éclat plus pâle du ciel, au miroitement perçu au loin, s'annonça la mer. Avec le pilote indigène, le Père Hieronymus descendit dans la barque qui devait le ramener à la factorerie. Johan le vit encore un temps, tout noir et debout, bien planté dans l'embarcation sur ses jambes puissantes. Et le prêtre aussi disparut. Et la mer s'ouvrit, profonde, infinie, étalant devant la proue du *Flandre Impériale* six mois d'une route mouvante. Les premiers balancements de la houle soulevèrent le bateau.

Johan se tourna.

– Kaboeter !

L'une après l'autre, les voiles montaient. Chacune, en s'épanouissant, imprimait au vaisseau une impulsion nouvelle, insensible; un élan que Johan percevait dans ses membres avec une allégresse croissante. La lutte allait commencer. Le chant de l'eau glissant sur la coque montait, les haubans commençaient à vibrer. Bientôt leur murmure se stabilisa et l'heure vint de la fin du quart. Quand on piqua le changement de bordée à la cloche, le sifflet de Kaboeter retentit :

– Rapport du capitaine...

Les hommes s'amassèrent un à un, au-dessous du gaillard. D'en haut, les voyant réunis, Johan eut soudain conscience de leur faiblesse et de l'effort qu'il allait leur demander. Il cherchait ses mots et ne les trouvait point. Un silence s'établit, rompu des seuls grincements des mâts à chaque plongée du bâtiment dans la lame. Un bourdonnement ronflait là-haut, devant, dans la mâture. Johan y prêta attention une seconde : « Tout à l'heure il faudra mieux étarquer ce perroquet de misaine. » Il pensa encore qu'avant le soir, si la brise ne forçait point trop, il devrait – déjà ! – établir les bonnettes. Toute la toile, toute; et jusqu'au bout. Mais le voudraient-ils ? Et s'ils le voulaient, pourraient-ils tenir six mois le harassant labeur d'une navigation de course ? Il marcha, de long en large, et sous ses paupières baissées vit les hommes en attente dans l'ombre de la grand-voile. Ils commençaient à s'entre-regarder, étonnés du silence qui se prolongeait. Alors, soudain, Johan s'arrêta.

– Flamands !...

Qu'importe ce qu'il dit ensuite, les paroles que le vent arrachait de ses lèvres, et qui passaient au-dessus des marins immobiles... Le seul mot pouvant atteindre le cœur de ces hommes et raidir leur orgueil, Johan l'avait déjà prononcé. Qu'importe le tableau qu'il leur fit des semaines et des mois à venir, de la lutte de chaque minute à entreprendre, à poursuivre, à mener à bien, contre tout, pour rejoindre et dépasser les bâtiments rivaux dont le premier était déjà à une semaine de mer devant eux... Ils écoutaient, attentifs. Il n'y avait nulle promesse dans les phrases hachées de leur capitaine, si ce n'est celle de jours pénibles, de quarts doublés, de fatigues, d'efforts et d'efforts encore. Johan leur parlait comme un homme à d'autres hommes que la vérité n'effraie point. Et les orgues du vent dans la mâture, et le gong des lames cognant l'étrave, et les frémissements du tambour barbare continuant à rouler dans la haute voile de misaine, et les puissants ahans du vaisseau écrasant la vague accompagnaient ses mots d'une musique guerrière.

Johan termina comme il avait commencé, d'un mot qui s'en alla frapper les volontés.

– J'ai fini, marins...

Il n'y eut pas d'acclamations. Du groupe montèrent seulement quelques cris brefs, des grognements, deux ou trois jurons raboteux. Une approbation presque muette fit se porter les hommes aux manœuvres. Jamais comme en ce jour les bonnettes ne furent placées avec une rapidité semblable. Johan avait tourné les talons. Après il ne revint plus sur cet accord tacite qui, par le seul pouvoir de deux mots, scella jusqu'au port les forces de son maigre équipage.

A l'Occident, l'horizon se teintait de pourpre. On percevait encore la terre à tribord, lointaine, et l'éclat des coupoles de Jaggernath, fulgurantes dans le couchant. Elles s'éteignirent soudain. Le vent décrut légèrement, puis reprit avec plus de force. Au ciel les premières étoiles s'allumèrent.

Grand largue, le *Flandre Impériale* entra dans la nuit.

VII

Tjores était sentimental, mangeait des oignons crus, avait l'haleine corrosive, les pieds plats et un visage triste piqueté de taches de son. Il jouait du flageolet à six trous. C'est pourquoi on l'avait nommé Tjores-à-la-flûte. Pour l'heure, assis au pied du fronteau de dunette, bien au frais dans l'ombre de la brigantine, il faisait son point.

– Moi, quand le cap'taine a parlé, je me suis senti pousser aux fesses la queue du diable.

– Heu... émit Rookende Piet, sceptique.

– La queue du diable, parfaitement. Même que les premiers jours c'était bougrement embêtant. Quand on passait derrière moi, j'avais toujours l'envie de la prendre sous le bras, de peur qu'on marche dessus. Pas vous?

– Tu peux lui faire des nœuds dedans, à ta queue, proposa « Flup » Goossens. Au train dont ça va, elle ne te servira pas beaucoup d'ici Ostende.

– Probable. On dirait quasi qu'on est porté dans les mains du bon Dieu.

Plus tard, on la nommerait « La Grande Course de 23 ». Vingt ans durant, les trente-quatre matelots qui y participèrent en parlèrent avec des majuscules plein la bouche, des coups de poing sur la table et une soif à n'en plus finir. Puis ils furent traités de radoteurs par la nouvelle génération et il fallut attendre la fin du siècle avant que l'équipée du *Flandre Impériale* entrât dans la légende orale des marins de Belgique. A l'heure où parlait Tjores-à-la-flûte, la Grande Course de 23 n'était que plaisirs, farniente et fariboles : à peine dépassée la bouée de Barbalour, le vent avait saisi le *Flandre* et, depuis, le poussait grand largue, sans faiblir. Il s'écoulait des quarts complets durant lesquels l'équipage n'avait qu'à retendre un peu les écoutes, bâiller, jouer aux dés, suivre dans le ciel la dérive des nuages et – régulièrement – manger cinq fois chaque jour qu'envoyait le Seigneur. Rookende Piet eut vers sa ceinture un regard soupçonneux :

– Si ça continue, on va se faire péter la sous-ventrière.

Rookende Piet grossit encore. De mémoire de marin, jamais vaisseau revenant des Indes ne connut fortune semblable. A la pointe d'un sillage de cinq cents lieues le *Flandre* glissait en plein courant de la mousson. Au dix-septième jour, le *Saint-Jean-de-Dieu* fut aperçu, approché, et dépassé avant le soir dans un énorme tapage de lames broyées, d'écume rejaillissante et de cris vainqueurs. Johan De Boer fit distribuer la double de rhum et jusqu'à la mi-nuit, Tjores-à-la-flûte joua des airs guillerets. Le lendemain, samedi, il y eut sur le pont deux combats de coqs et quelques florins changèrent de poches. Le vent, dans la mâture, avait des accents célestes : « Flup » Goossens avança qu'il se trouvait au moins un petit ange et sa lyre à chaque bout de vergue. Personne ne le crut, mais aucun ne le contredit. Ils prenaient tous le bon de l'air et guignaient le capitaine qui arpentait des heures durant la dunette d'un pas élastique.

– Il est joyeux comme un merle dans un cerisier de juin, disaient-ils.

Et son allégresse leur revenait un peu, embellissant encore des heures pourtant pas trop dures.

Et puis, après une course de mille lieues, moururent les vents venus de l'Himalaya. L'écume de la dernière vague de la mousson poussa le *Flandre* dans une zone de brises capricieuses comme un papillon, pleines de fantaisies et de joyeuses humeurs. Elles s'ordonnèrent, se groupèrent et finirent par donner – au plus près – un souffle aussi régulier qu'un son d'orgue. C'est alors qu'à l'horizon apparut la silhouette du *Trois Héros David.* Quand Kaboeter le prit en vue, deux lieues ne séparaient pas les bateaux, mais les Anglais se défendirent avec un cran admirable. Il se passa quatre jours et cinq nuits avant que le *Flandre* parvînt à leur hauteur, et tout autant avant que le *Trois Héros David* n'eût disparu à l'arrière. Pendant tout ce temps la lunette fit partie intégrante du visage de Johan De Boer, Tjores-à-la-flûte sentit pousser de deux aunes sa queue de diable et Pijke-le-Chauve se brisa fort proprement la cuisse en dégringolant miraculeusement de la première vergue d'artimon. Durant les semaines qui suivirent, le *Flandre* fut pris dans les grands frais du Quarantième, doubla Bonne-Espérance et glissa sans désemparer dans les alizés du sud-ouest. Rookende Piet serra sa ceinture d'un cran, puis de trois.

Il maigrit encore un peu dans la traversée d'une zone de vents contraires tout à fait inattendus. L'équipage était sur les dents. Il ne se passait point d'heure où il ne fallût rafraîchir et améliorer le portage, orienter les bras, étarquer une voile, tendre une drisse ou une écoute par-ci par-là. Les hommes acquirent une virtuosité singulière à monter dans la mâture et à en descendre, et passèrent la moitié de leurs quarts à se promener sur les vergues, entre ciel et terre.

Les Tropiques approchaient. Aux heures torrides succédaient des grains violents. Kaboeter lui-même participait aux manœuvres. Les rares fois où ces dernières ne requéraient pas sa présence, il montait à la dunette et restait à souffler aux côtés de Johan.

– Ça va ?

– Heu... grognait le *bootsman.*

Dans la lumière, quand le frappait le soleil, il apparaissait comme un énorme tas de poils. Ceux-ci lui sortaient de partout, s'échappaient du bas de sa culotte, coulaient sur ses mollets, ruisselaient le long des bras musculeux jusqu'aux premières phalanges de ses doigts velus. La barbe lui mangeait les joues, à peine séparée de sourcils terrifiants par l'eau limpide d'un regard naïf. Il saisissait sa pipe et son amadou avec un soupir d'aise.

– Enfin, on va pouvoir en fumer une.

A l'instant où il allait frotter sa pierre à feu, Johan le regardait, l'air froid.

– Faites attention, Kaboeter. Si vous flambez, vous allez me flanquer le feu à tout le bâtiment.

L'autre lui jetait un coup d'œil interdit. Avant la dixième bouffée, la manœuvre le rappelait. Il partait au galop, sa pipe tout allumée fourrée en poche. Longtemps les hommes du *Flandre* se souvinrent de cette époque de la Grande Course de 23 et du train infernal que leur imposa Johan De Boer. Trempés par la sueur, séchés, mouillés par les grains, resséchés, aspergés d'embruns, cuits, rincés, recuits, marinés, les matelots faisaient rendre au *Flandre* son maximum. Comme un paquet de cordages, le soleil leur tomba sur le dos, la pluie les transperça, et aux mains leur poussa un cal qui avait l'épaisseur d'une semelle de botte et les empêchait de refermer les doigts.

Enfin, quand la langue commençait à leur battre la barbe, reparut soudain le *Trois Héros David.*

Oublié depuis quarante jours, en deçà de Bonne-Espérance, l'anglais ressurgissait, tenace, silhouette presque invisible dans le lointain sillage du *Flandre.* Kaboeter laissa échapper un : « Nom de Dieu! » consterné. La nouvelle ahurissante dégringola la dunette et se répandit dans l'équipage.

– Pas possible, il a le diable au cul! émit sentencieusement Tjores-à-la-flûte.

Diable ou pas diable, il se rapprochait. L'allure de la course s'amplifia à bord du vaisseau flamand. Ce fut l'époque où la maîtrise du bord se mêla à l'équipage. Le chirurgien-barbier, après un essai concluant, fut versé au quart de la bordée tribord; le subrécargue prit la place de Pijke-le-Chauve toujours alité et – à la faveur d'un grain – l'écrivain aida avec une telle énergie à carguer le perroquet volant qu'il eut des ampoules à ne pouvoir en tenir sa plume d'une semaine. Cependant nul d'entre eux ne dépassa en popularité le chapelain, lequel se tailla une gloire durable en évoluant superbement dans la mâture, jusqu'à hauteur de la deuxième vergue de hune inclusivement. Dès lors on le vit souvent dans le gréement, mais il dut, pour ce faire, abandonner la soutane. Les hommes le blaguèrent rondement. Mais à dater de ce jour, chose curieuse, les offices du dimanche furent suivis avec une ferveur accrue. Pour la seconde fois, et d'une manière définitive, le *Trois Héros David* fut décramponné. Mais, vers l'avant, rien n'apparaissait...

Depuis des semaines, dans l'étendue sans limite, ils couraient aux chausses du dernier vaisseau anglais et du *Prince d'Orange.* Johan avait retrouvé sa fièvre de jadis quand, corsaire, il chassait une proie. C'était une guerre de course, celle-là aussi, mais sans abordage sanglant, sans le fracas des armes. Une lutte blanche et muette dont la première place serait la seule victoire. La force de sa passion tenait Johan éveillé. Réussirait-il? Il doutait parfois, en voyant sous les barbes hirsutes, non rasées depuis nonante jours, se creuser le visage des hommes.

– Qu'est-ce qu'ils disent?

– Rien. Y n'ont pas le temps de parler.

Kaboeter disait presque vrai. Quand on piquait la fin des quarts à la cloche, les matelots s'en allaient droit à leurs hamacs et sombraient d'un bloc dans un sommeil de brutes, sans se déshabiller. Dans la batterie, si basse de plafond que Johan ne pouvait s'y tenir debout, ils ronflaient dans une atmosphère chaque jour plus irrespirable. Dans l'ombre, au pied du grand mât, clapotait la sentine. D'effroyables remugles s'échappaient en bouffées du panneau de descente. Dès la première marche l'odeur sautait au visage, comme un chat affamé. Depuis plus de deux mois, pour économiser l'eau, on ne se lavait plus. L'état de la mer, perpétuellement houleuse, interdisait depuis des semaines de relever les mantelets des sabords et d'aérer le réduit. Pijke-le-Chauve, à moitié rétabli, reparut sur le pont en claudiquant. Mais le lendemain Rookende Piet, qui traînait depuis quelque temps, s'alita.

Kaboeter vint à la dunette, soucieux :

– C'est bien ce que l'on pensait. Tout à l'heure, en mordant un biscuit, il l'a retiré tout sanglant de sa bouche.

Et, comme De Boer restait muet.

– L'eau commence à pourrir dans la quatrième citerne.

– Je m'y attendais. Nos réserves dureront encore combien de temps?

– Sais pas. Trente jours peut-être, mais ce sera le bout du monde.

– Pas de symptômes chez les autres?

– Pas encore, mais vous savez comment ça va quand ça se déclenche... Je fais distribuer des carottes supplémentaires?

– Oui. Et la double de rhum.

Ainsi le scorbut fit son apparition à bord du *Flandre*. Tribut inévitable de ces longues traversées, on le combattait à coups de carottes de tabac, de tafia, d'oignons crus... quand ceux-ci n'avaient point germé et pourri. Des larves apparurent dans l'eau nauséeuse et noirâtre. Le chapelain, à son tour, dut rester couché et l'on ne vit plus sa silhouette évoluer dans la mâture. Inquiets, les hommes se pressaient du doigt les gencives et crachaient, anxieux de voir leur salive teintée de rouge. Johan lui-même se surprit à inspecter le biscuit dans lequel il avait mordu, mais n'y vit qu'un seul ver qu'il chassa avec dégoût, d'une pichenette.

La première tempête vint, solide. Elle naquit à l'aube. Dans les deux heures qui suivirent, une à une, les voiles hautes furent rentrées. Il fallut prendre un premier ris dans les huniers, puis un second. Le cri surprit Johan De Boer quand il somnolait dans sa cabine. En une seconde il fut sur le pont. Le ciel courait rapide et bas sur une mer turbulente, aux reflets de plomb. Du perchoir de hune, l'appel de Tjores-à-la-flûte tomba à nouveau.

– Deux voiles, quart avant la joue tribord!

Sa voix résonnait comme les accents d'une trompette guerrière. Sans attendre Johan modula dans son sifflet d'argent des trilles impératifs. Les hommes coururent, surpris. Kaboeter vint, titubant sur le pont secoué par la vague. Il avait l'œil rond.

– Vous croyez que...

– Je crois tout ce que l'on veut. A commencer par le fait que le *Flandre* va nous bouffer ces deux-là avant qu'on ait chanté la messe.

Le second ris fut lâché. Dans l'heure qui suivit, à l'étonnement général, Johan commanda de hisser le petit hunier. Secoués sur les vergues, les gabiers s'entre-regardèrent.

– Y va flanquer tout le bazar par terre!

Ses rubans largués, la toile bondit vers le ciel comme une bête sort de son terrier. Un instant elle tonna dans des claquements furieux puis se tendit, bien ronde. Éperonné, le *Flandre* plongea dans la lame au milieu d'un rejaillissement d'embruns et se releva en secouant une crinière d'écume. Tout le bateau avait gémi jusqu'aux tréfonds de sa membrure. Son sillage devint d'une blancheur de linge. Les hommes redescendirent, un peu pâles.

Jusqu'à la fin du troisième quart, le *Flandre* fonça. Le vent donnait maintenant grand frais. A chacune de ses poussées le vaisseau réagissait comme si on lui eût donné un coup de pied. Avec ses abattées soudaines, ses élans, la rage qui le précipitait dans la lame, il avait des façons presque humaines. Parfois, sur le versant des vagues, il glissait avec une rapidité qui serrait le ventre. Les retours de barre devinrent si durs que Johan dut faire doubler le timonier. Dans l'heure suivante la visibilité baissa encore. Kaboeter, rendu soucieux par l'approche de la survente, dansait d'une jambe sur l'autre.

– Vous ne croyez pas que l'on devrait rentrer de la toile?

– Encore un mot comme cela et je te fais hisser les perroquets.

Le *bootsman* s'enfuit, épouvanté.

Johan exultait. Il se sentait porté par son étoile. Avec la fièvre de la chasse, maintenant engagée à fond, l'allégresse lui venait, enivrante, au spectacle de son navire broyant la mer. Dans sa puissance accrue, le bateau arrachait la vague. Un long moment De Boer le considéra, lancé de toute sa force, entassant lame sur lame sur le tableau arrière.

– Il vole!

– Il volera encore bien plus vite tout à l'heure, grimaça Kaboeter, revenu. Il va nous emporter au diable.

– Tant mieux, nous irons plus vite.

A la proue une vague éclata et courut sur le pont, en un éclair. Les vergues s'arquaient et gauchissaient sous l'effort. Il y avait, dans la mâture, l'énorme concert du vent qui hurlait, déchiré par les haubans. Johan eut une pensée émue pour son vieux père : le papa Rinus serait content de voir le bateau qu'il avait armé si amoureusement tenir une telle mer sous cette voilure.

Néanmoins, avant le soir, il fallut rentrer le petit hunier et reprendre les ris. Les deux bordées étaient sur le pont. Toute fatigue avait disparu chez les hommes excités par la chasse. Devant, les deux vaisseaux se rapprochaient. On les distinguait confusément, masqués par le rideau des grains qui battaient la mer. Ils progressaient à allure de fuite, sous trinquette et brigantine, tout mangés d'écume et enveloppés d'embruns. Avant la nuit ils furent dépassés. C'étaient deux courriers de Chine, peinant lourdement dans la houle. Johan, dépité, rentra dans sa cabine en claquant la porte.

– La Chine! je me fous de la Chine!

Moins de quarante-huit heures plus tard, à hauteur du septième parallèle, le *Flandre* tomba dans les calmes.

VIII

Nerveux, Johan arpenta la dunette. La nuit était dense et pleine, chargée de forces latentes et d'invisibles présences. Dans le ciel, très haut, les nuages informes défilaient, troués d'éclaircies brèves. Dans leurs déchirures, le regard se perdait soudain, comme aspiré par un puits sans fond où brillaient les astres. C'était une nuit des tropiques, sans souffles, toute poisseuse d'un air humide et chaud. Depuis des jours, englué dans les calmes, le *Flandre* geignait, mal à l'aise. Ses voiles mortes pendaient dans l'ombre. Vers l'avant, à des masses plus confuses écrasées sur le pont de bois clair, Johan devinait les hommes dormant au pied du mât de misaine. Parfois certains d'entre eux s'éveillaient, devisaient à voix basse, et chacune de leurs syllabes parvenait à De Boer avec une netteté inimaginable. Le moindre bruit, sur l'eau huileuse, portait à une distance incroyable.

Sans le voir, Johan devina Kaboeter montant à pas lents l'escalier de la dunette. La silhouette du *bootsman* passa, s'en alla piquer l'heure à la cloche et revint. Il toussa, incliné vers sa pierre à feu dont l'étincelle lui éclaira soudain le visage. Le temps d'une lueur, ses traits émergèrent de la nuit.

– Vous n'allez pas vous reposer? Cela fait bientôt trois jours que vous n'avez pas dormi, fit-il à mi-voix.

– Merci. Pas sommeil.

La carrure réprobatrice de Kaboeter se détourna. Johan le vit s'accouder à la rambarde et y rester immobile. En dessous, sur l'eau noire parcourue de brèves phosphorescences, des sargasses flottaient. Un souffle passa, unique, sous lequel le *Flandre* soupira. Dans le noir les voiles battirent, et retombèrent en giflant les mâts.

Et Neeltje, une fois encore, ressurgit du passé.

Aux sens de l'homme depuis plus de cent jours en mer elle s'offrit soudain avec une force insoutenable, la fille au regard grave et tendre. Des années avaient passé, dont chacune l'avait changée, Neeltje. Mais en ces soirs de solitude, Johan la retrouvait avec son visage de fillette, avec sa robe sévère et son corps gracile, avec sa taille aux flexibilités d'algue et ses mains légères posées sur les rênes d'un grand étalon noir : la femme de ses pensées. Ainsi, sous les traits de l'enfance, telle que jadis elle lui était apparue dans un chemin de dunes, il la revoyait se tournant sur son siège et lui lançant par-delà la distance, avant de disparaître, un sourire à peine aperçu.

Cette vision l'emplit de rêves et de tourments. Il en chassa l'image, mais celle-ci revint plus précise encore sous la forme d'une jeune fille immobile au bout de l'estacade, quand le *Flandre* avait quitté Ostende, l'an dernier. Dans le vent, les plis mouvants de sa jupe battante étaient comme un muet appel. Et il interrogeait le vaisseau qui s'en allait, le regard de Neeltje.

Vers l'avant, Tjores-à-la-flûte se mit à jouer, avec des accents à déchirer l'âme. Machinalement De Boer porta la main à la mince croix d'or pendante sur sa poitrine et, de toute la force de son désir, appela le vent. Mais rien ne vint qu'un souffle épuisé tombant du fond des étoiles. Johan pivota sur ses talons.

– Comment va Rookende Piet?

– Comme ça, répondit Kaboeter, sans lâcher sa pipe.

– J'irai le voir au matin.

L'aurore vint. Le soleil horizontal, par tous les sabords ouverts, transperçait le *Flandre* de lumières. Sur les parois de la batterie dansaient les reflets de l'eau bougeante. Dans son branle, Rookende Piet somnolait, terreux. Une sueur gluante lui poissait le visage. Sur les traits de l'homme la maladie, ces derniers jours, avait marqué ses ravages. Le cœur de Johan se serra.

– Eh bien! Piet vous voilà comme un coq en pâte pendant que vos compagnons travaillent. Bon Dieu, si je devais vous porter en compte tout le ratafia et les carottes de tabac que vous nous coûtez, votre solde entière y passerait. Vous faites des envieux...

– Pour sûr! N'empêche que je donnerais bien ma part pour une seule pinte de *dobbelkuyt* à siffler à la *Ville de Douvres.*

– Ça ne tardera pas, Piet. Le vent va se lever bientôt.

– Y ferait bien de se dépêcher. Je commence à mariner dans mon jus, au milieu de cette chaleur.

L'homme sourit, découvrant le noir de ses gencives. Malgré tous les mantelets ouverts, nul souffle n'éventait la lourdeur de l'atmosphère de la batterie. On entendit, très proche, l'averse d'une bande de poissons-volants crépiter sur l'eau. Quelques-uns d'entre eux butèrent contre la coque. Au plafond, ruisselant d'humidité, roulèrent les clapotements de pieds nus galopant sur le pont. Et la voix de Kaboeter tomba dans la clarté rectangulaire du panneau de descente :

– Capitaine!

Il y avait un peu d'inquiétude dans le cri.

– A tout à l'heure, Piet.

Johan escalada l'échelle. Dehors, la brume matinale couvrait la mer couleur de perle. Tous les hommes étaient à la lisse tribord, muets. Sur le mur de vapeurs levé des flots, du côté du levant, une apparition confuse s'offrait, ombre gigantesque d'un vaisseau aux voiles flasques, immobile. Elle persista un instant puis s'évanouit avec le soleil. Le ciel se teinta de plomb.

– Eh bien... murmura Tjores-à-la-flûte.

Il n'en dit pas plus, mais jusqu'à la fin du quart les hommes n'osèrent se regarder. Le premier qui parla fut « Flup » Goossens.

– Le vaisseau fantôme.

– Va te faire foutre! l'interrompit Tjores, inquiet.

Vers l'heure de midi, sur la dunette, De Boer poussa une exclamation. Il tendit sa lunette à Kaboeter.

– Qu'en pensez-vous?

Une brise flasque, sans consistance, éventait la mer. Vers le point où elle se frayait passage dans les voiles du brouillard, le *bootsman* braqua l'objectif. D'abord il ne vit rien que le tremblement de l'air opaque s'élevant de l'eau surchauffée. Il lui fallut un prompt regard pour distinguer, dans une brève déchirure des vapeurs, une silhouette aussitôt estompée. Ses yeux prirent la rondeur de la lunette.

– Bon Dieu, on dirait...

– Le *Prince d'Orange*, oui!

La nouvelle courut sur le pont. Au soir, démasqué voile par voile, le vaisseau hollandais apparut sur la mer enflammée. Les hommes hurlèrent. En bas Rookende Piet mena tel tapage qu'on dut le hisser et le mener sur le pont. Flambant et teinté de pourpre dans les rayons du couchant, le *Prince* se montra tout à fait, saisi dans la glu des calmes.

– Cette fois-ci, on le tient!

Cette certitude, pour un temps, fit oublier la menace du scorbut qui planait sur le *Flandre*. Dans la nuit Tjores-à-la-flûte joua des airs allègres et Johan sifflota sans relâche. Chaque jour le *Prince* apparaissait par intervalles, tour à tour gigantesque dans les mirages matinaux, ou rendu presque imperceptible par la distance. Parfois il disparaissait tout à fait, et les hommes s'énervaient. Avait-il, le hollandais, trouvé ce fil de vent miraculeux qui les entraînerait hors du pot-au-noir? Mais à la nuit, lointaines, ses lumières se retrouvaient. Johan le guettait sans relâche. Le vent! que vînt le vent! Tjores-à-la-flûte tomba malade à son tour et, tout aussitôt, Torfs, le gabier. Le *Flandre* roulait lourdement sur la lame plate, tournait parfois sur place, en geignant, pris dans un remous mystérieux. On entendait alors la molle succion de l'eau autour du gouvernail, le rappel grinçant de la barre et, tout là-haut, le choc des voiles battant l'air moite. Quand, une nuit, toutes les étoiles se découvrirent dans un ciel déchiré, Johan en vint soudain à penser que son bateau était pris lui aussi dans la gravitation éternelle des astres. Qu'il y roulerait pour l'éternité, jusqu'à la fin des mondes. De Boer en eut un vertige.

Le vent se leva à l'aube du jour suivant. Ce fut d'abord un souffle imperceptible, tellement semblable à ceux qu'avait connus le *Flandre* depuis deux semaines qu'on ne comprit pas pourquoi les hommes étendus sur le pont levaient la tête. Mais il revint, plus fort, et pour la première fois depuis des jours, les haubans chantèrent. Le *Flandre* frémit. Enfin une grande risée accourut, profonde, arrachant le vaisseau au plomb de la mer. Un instant il hésita au sommet d'une vague moirée par la brise, puis glissa. Les voiles s'étaient tendues. A l'étrave l'eau soudain rejaillit, et monta la chanson de l'onde courant sur la coque. Brusquement levés, les hommes galopaient : « Le vent! » Leur cri tomba dans la batterie, soulevant les malades de leur branle. Par les sabords levés, ils distinguaient les premières crêtes écumeuses de la vague. Un air frais passa. Tjores-à-la-flûte chercha son instrument et le porta à ses lèvres noires.

– Pas trop tôt. Je croyais bien crever ici.

Johan De Boer disparut. Kaboeter le trouva dans sa cabine, assis derrière la grande table de chêne. Il rêvait, l'air absent. Tout un temps il ne parut pas se rendre compte de la présence du *bootsman.* Aux barrots, la grosse lampe de cuivre, en grinçant, avait repris ses oscillations régulières. Johan la considéra d'un œil vague, et ce ne fut pas sa voix qu'entendit Kaboeter.

– Faites changer le cap, droit sur la côte des Esclaves.

– Mais...

Il se tut. Dans le dur regard soudain levé de Johan se découvrait la colère du renoncement, une révolte, le poids de la contrainte, l'éclat d'une résolution implacable.

– Mais... répéta Kaboeter, plus bas.

– Allez. Il nous faudrait plus de vingt jours pour atteindre Porto-Prayo. Jamais *ils* ne tiendront jusque-là.

– Alors, le *Prince d'Orange*...

– Écoutez-moi bien, Kaboeter : je me fous du *Prince*

d'Orange. Mettez-vous bien cela dans la tête. Vous ne croyiez tout de même pas que j'allais laisser crever trois hommes pour le plaisir de le dépasser, non?

Avant l'heure écoulée, le vaisseau hollandais disparut. Johan, resté dans sa cabine, ne le vit point s'en aller vers la victoire.

Vers le Rio Pongo, les côtes de Guinée s'offrent au regard curieusement mêlées à la mer. Sur leurs rochers de corail, des îles minuscules sont prises entre l'océan qui bat derrière les récifs et la transparence de la lagune. Du côté de la terre, sous les palmes murmurantes des cocotiers, les manguiers croissent jusqu'en bordure de l'eau. Des poissons volent, à l'ombre des arbres, et parfois retombent sur le sable fin de petites plages en arc. Ils meurent, et leurs cadavres brunis, desséchés, se découvrent au milieu des coquillages multicolores. De loin, les villages se signalent par leurs odeurs de beurre rance, de poissons séchant au soleil, d'entrailles en putréfaction. Des bandes de corbeaux croassants les survolent sans relâche.

Les ancres du *Flandre* avaient mordu sur le fond de corail d'une petite crique limpide. L'eau était si transparente qu'à douze brasses de fond se distinguait l'ombre nettement découpée du bâtiment, les jardins sous-marins et leurs buissons d'algues, le passage nonchalant de poissons aux couleurs d'artifice. Au premier soir, l'équipage fit un feu sur la grève et l'eau se teinta de pourpre. Toute la nuit, alertés par la venue du navire, des gongs lointains battirent dans la forêt proche.

C'est à la fin du troisième jour, à la veille de lever l'ancre, qu'éclata un coup de canon, unique. Pour la première fois depuis le départ des Indes, Johan avait quitté le bord avec la dernière corvée d'aiguade. La détonation le surprit dans l'eau tiède d'un petit rio, où les hommes s'ébattaient. Ils se regardèrent, saisis du même pressentiment.

– Vite!

Nu, De Boer sortit de l'eau. Dans la hâte, le dernier charnier fut rempli. C'est au détour de la lagune que leur apparut le *Dolfijn*. A vingt brasses à peine du *Flandre*, la frégate se tenait immobile sur ses chaînes. Dans l'ombre de ses sabords démasqués luisaient les caronades et la rouge lueur des mèches soufflées par les pointeurs. A la corne du bâtiment, le drapeau hollandais flottait doucement dans l'air tranquille.

Johan sauta à bord du *Flandre*, envahi de matelots étrangers. Ils repoussaient Kaboeter, qui reculait en jurant. La voix du *bootsman* lui parvint, à peine entendue :

– ... N'avons pas eu le temps de les voir arriver. Sont sortis tout à coup de derrière la pointe. Vous laissez pas faire, capitaine!

Mais De Boer n'entendait pas. Il marchait droit vers un homme dont le vaste coup de feutre l'accueillit.

– Capitaine Pétrus Helderweijdt, du *Dolfijn*. Vous êtes à moins de vingt lieues de notre colonie de Saint-Jean d'Elmira. En exécution de l'accord intervenu entre nos deux pays, je dois saisir votre bateau.

– Vingt lieues! Mais il y en a au moins trente!

Le capitaine Helderweijdt eut un geste vague.

IX

Le plus terrible de tout, c'était le perroquet. Cent fois dans la journée, tour à tour compatissant et furieux, son cri s'élevait.

– Eh bien! mes enfants... tout aussitôt suivi de l'explosion : Foutez-moi le camp, sauvages, foutez-moi le camp!

C'était là tout son vocabulaire. A la fin, l'attente séparant ses clameurs alternées devenait si crispante que chacun se taisait, le cou dans les épaules. Avant la fin de la matinée, Johan annonça froidement :

– Dix florins à qui me fera taire cette volaille.

Chacun savait qu'il n'en avait pas le premier rouge patard en poche. Néanmoins ce fut le signal d'une bousculade mémorable. Quand les Hollandais vinrent, attirés par le bruit, ils trouvèrent « Flup » Goossens cramponné aux barreaux, tout congestionné de fureur et bégayant des choses déraisonnables. A peine se furent-ils retirés, dans un énorme cliquetis de clefs, que la voix reprit, sarcastique :

– Eh bien ! mes enfants...

C'était à en grimper aux murs !

– Je voudrais être fusil, murmura Kaboeter, rêveur.

Jusqu'au soir, « Flup » resta aux aguets, un éclair meurtrier dans les yeux. Durant tout ce temps il se tint en équilibre sur l'unique escabeau de la pièce. C'était un meuble vénérable. « Flup », quand il bougeait, le sentait vaciller sous ses pieds. Nul autre, cependant, n'eût permis de découvrir la ville. A vrai dire, dans l'étroit rectangle de la fenêtre percée près du plafond bas, on n'en voyait pas grand-chose, de la ville : l'amorce d'une ruelle en pente, bientôt escamotée entre deux murs aveuglants, quelques toits dispersés entre les cocotiers et enfin, tout en bas, l'étendue scintillante de la lagune. Sur les flots d'un bleu dur, au-delà des dernières palmes bruissantes, se distinguaient les silhouettes immobiles du *Dolfijn* et du *Flandre Impériale*. Mais de perroquet, point. Il devait se nicher quelque part en contrebas, dans un patio bruissant du murmure d'une cascade menue. Il restait invisible et omniprésent comme le Saint-Esprit, mais infiniment plus bruyant. Le découragement s'empara des hommes.

C'est seulement le troisième jour qu'une présence vint animer l'horizon contemplé sans relâche par « Flup » Goossens. On le vit se retourner, les yeux hors de la tête.

– T'as vu le perroquet ? interrogea Pijke-le-Chauve, plein d'espoir.

– Vingt dieux ! dit l'autre. Une négresse... Elle a des nichons comme un *koordenzaken* [1] !

Ce fut la ruée. Pendant quelques secondes, quatre hommes se bousculèrent, le visage collé aux barreaux. Ils sifflaient en lançant des cris obscènes. Les autres, derrière eux, trépi-

1. Littéralement : sacs de cordes. Garants placés aux flancs d'un bateau pour éviter qu'il ne cogne le quai.

gnaient. Mais l'escabeau s'effondra, et jusqu'à ce qu'il fût réparé, ce fut la consternation. Jamais la négresse ne fut revue. Toute la nuit suivante, les rêves se nourrirent des descriptions nostalgiques qu'en fit « Flup » Goossens.

– ... Et elle était nue, quasi. Juste un petit chasse-mouches qui lui pendouillait au-dessous du nombril.

– Et derrière?

– Rien. Un bout de filin. Sa croupe ondulait à t'en donner le mal de mer.

« Flup » resta rêveur. Ce fut le seul événement marquant du séjour des marins du *Flandre* dans le fort de Saint-Jean d'Elmira. Trois fois dans la journée, les pas d'une patrouille faisaient retentir les échos du couloir. Elle s'arrêtait devant la porte ouverte dans un grand bruit de serrure, et un chaudron était poussé dans la pièce. Les Hollandais s'en allaient aussitôt dans une rumeur de pas décroissants. Derrière eux le silence retombait.

La pièce était étroite et longue. Des heures durant, les hommes y tournaient en rond. Pendant la semaine où ils y séjournèrent, la somme des jurons qui retentit sous sa voûte basse eût suffi pour envoyer un régiment en enfer. Des inscriptions égrillardes, des proclamations vengeresses fleurirent sur ses murs. Tjores, vingt fois par jour, se lamentait.

– Les sauvages. Y m'ont volé ma flûte...

Il devint presque aussi agaçant que le perroquet.

– Ferme ça, tu le retrouveras, ton instrument. Si tu le demandes encore une fois, je t'arrache un tibia et je t'en fais un flageolet.

Ce furent à peu près les seuls mots qui s'échappèrent de la bouche de Kaboeter. Tjores-à-la-flûte, pétrifié, se tut. Depuis l'arraisonnement du *Flandre,* le *bootsman* rageait à froid. Il restait toujours accroupi dans le même coin, le dos au mur. A sept heures du matin, tous les jours, le soleil tombant de la fenêtre le frappait en plein, allumant des reflets d'incendie dans sa toison. Kaboeter en était transformé en une sorte de grosse araignée rousse, toute pleine de fureur, et comme prête à bondir du coin de sa toile. Traversant toute la salle en oblique, la lumière était semblable à une barre de métal, si dense qu'on eût pensé pouvoir la trancher au couteau et en détacher un bloc, pour le conserver jusqu'au soir. Mais aucun n'avait de couteau, et bientôt la demi-pénombre renaissait.

– Cap'taine, ils vous ont bien dit qu'ils nous rembarqueraient pour nous ramener en Hollande?

– Mais oui, Tjores.

Et Johan De Boer retombait dans un mutisme plein d'insouciance. Depuis l'instant où on l'avait ramené du bureau du gouverneur, il était incompréhensible. Un autre, dans sa situation, eût tempêté et proféré de sanglantes injures. Mais, les mains dans les poches, debout, il restait des heures à siffloter vaguement, le regard ailleurs. Les hommes, surpris, se regardaient.

– A quoi y pense? Parole de bouc, on dirait que ça ne lui fait ni chaud ni froid.

Johan ne pensait à rien. L'événement, d'abord, avait soulevé en lui une colère énorme. Elle avait persisté jusqu'au moment où on lui avait annoncé que le *Flandre* serait reconduit en Hollande et que lui, De Boer, et son équipage, seraient traduits devant un tribunal d'Amsterdam. Du fond de sa rage était alors monté l'apaisement d'un optimisme invraisemblable. L'important était de se retrouver à bord du *Flandre*. Pour le reste, Dieu y pourvoirait. De Boer avait en sa chance une foi indestructible. Il savait qu'il suffit de croire à la fortune pour que celle-ci vous sourie. Délibérément il raya de ses préoccupations ses soucis actuels et se reprit à siffler. Il avait été le premier à rire, longuement, quand l'escabeau s'était effondré sous le poids des hommes. Sans qu'il eût prononcé un seul mot d'espoir, sa seule insouciance détendit les nerfs des marins.

Le jour tirait à sa fin. Pijke-le-Chauve, claudicant, s'était hissé jusqu'à la fenêtre. Pour la dixième fois depuis le matin il regarda au loin les barques minuscules qui sillonnaient la lagune. Collées aux flancs de leur navire, elles formaient maintenant comme un essaim.

– Ils continuent à embarquer? demanda Johan.

– C'est la fin, on dirait. Ils ont déjà fixé le panneau de cale du gaillard d'avant. Qu'est-ce qu'ils peuvent bien fricoter?

Depuis la veille, quand le va-et-vient des embarcations avait commencé, ils se posaient la question. Dans les cales du *Flandre*, au départ des Indes chargé à la limite de la flottaison, seule restait la place d'une cargaison dérisoire. Que diable les Hollandais pouvaient-ils encore bien y fourrer?

– Ce doit être du précieux, émit Kaboeter, sortant de son mutisme.

– Probable. Mais on dirait que... Ah! Nom de Dieu!

En quatre enjambées Johan traversa la pièce et, d'un saut léger, se trouva sur l'escabeau. Là-bas, dans le calme du soir, une étamine glissait le long du mât. Tout d'abord aveuglé par la clarté, De Boer ne la distingua qu'imparfaitement. Il ne la reconnut qu'au moment où elle s'étala à la corne. Il redescendit, placide. Son visage n'avait pas bougé.

– Eh bien, fit-il. Qu'est-ce que tu y trouves à redire?

– Mais, tonnerre, c'est le pavillon hollandais!

– Et alors?

– Sainte Mère! dit Kaboeter, sans bouger. Cela ne vous fait rien?

– Si. Beaucoup. Cela veut dire, garçons, que nous n'en avons plus pour longtemps à rester ici. Quant à leur chiffon...

Ici Tjores-à-la-flûte crut voir les mâchoires du capitaine se serrer. Mais il n'en fut pas sûr. Pivotant rapidement sur un talon, De Boer sifflotait à nouveau.

Le repas du soir fut le dernier qu'ils prirent à Saint-Jean d'Elmira. Au lendemain, dès l'aube, l'embarquement commença. Kaboeter ne s'inquiéta qu'à fond de cale, lorsqu'ils eurent les fers aux pieds. Le grondement des chaînes d'ancre emplissait les ténèbres.

– Le capitaine, dit-il. Qu'est-ce qu'ils ont fait du capitaine?

Comme personne ne répondait, le *bootsman* hurla et secoua ses chaînes, furieusement.

Les pieds plus hauts que la tête et les mains à la nuque, Johan De Boer passa toute la matinée à retrouver son bateau. Il le connaissait comme une mère son enfant. Les yeux clos, au moindre craquement de la membrure, à la plus légère variation de la dièse du vent dans la mâture, il devinait la force de la brise et les voiles qui, là-haut, s'épanouissaient dans le gréement. L'ampleur croissante du tangage lui révéla que le *Flandre* s'avançait plus profondément dans la houle du large. Pour lui seul, De Boer sourit quand lui parvinrent les trilles du *bootsman* commandant la manœuvre du petit hunier de misaine.

– Bien du plaisir !...

Il se carra sur son siège. Après tout, la cabine de l'écrivain valait largement la geôle dans laquelle il avait tourné, une semaine entière. Il eut une pensée pour ses hommes, ferrés à fond de cale, et son visage s'obscurcit. Sur le pont, après une galopade, les pas des matelots s'étaient évanouis. Johan les imagina, courant en boitillant le long de la vergue de misaine, et penchés sur les rabans du petit hunier. C'était une voile rétive, peut-être un rien trop grande pour la force du vent quand on ne la connaissait pas. Il fallait la manier prudemment, en l'équilibrant bien des soutiens d'artimon. Quand elle explosait, sa force de traction entraînait le *Flandre*, le faisait pointer et enfoncer le nez dans la plume. Il devenait alors enragé, avec des tendances à s'engager. Ce petit hunier donnait bien des soucis à papa Rinus, qui depuis six ans lui cherchait son équilibre et n'en était pas encore satisfait. Johan attendit le choc, et la longue glissade qui suivrait immédiatement. Mais rien ne vint. Seule une impulsion nouvelle lui apprit la réussite de la manœuvre. Le long de la coque, la rumeur du sillage monta. De Boer grimaça.

– Bons marins.

Bien en équilibre dans ses lignes, le *Flandre* filait. Il allait sa course, à grandes foulées, broyant la vague de son étrave. Entre chaque lame, ses mouvements avaient l'ampleur majestueuse d'une respiration d'athlète. Dans ses élans, toute une douce puissance venait de la mer, montait aux membres de l'homme engourdi. Johan bâilla, voluptueusement. Pour la première fois depuis des jours il s'endormit l'esprit serein.

Le soleil déclinait quand on vint le chercher. Dans l'encadrement de la porte se découpait la silhouette courtaude d'un marin.

– Le capitaine voudrait vous voir, répéta l'homme. Vous voulez me suivre ?

– Deux fois plutôt qu'une !

Johan sauta de son cadre. Sur le pont le vent lui frotta le visage, l'éveillant tout à fait. Un seul coup d'œil lui révéla la moitié de la bordée de quart briquant le pont et occupée à repeindre le gaillard. La cloche piqua le milieu du quatrième quart sans qu'ils relevassent la tête. A l'instant où il pénétra dans la cabine du capitaine, De Boer se sentait terriblement vif et plein d'une ardeur guerrière. Il s'attendait à tout, sauf aux paroles qui le saluèrent.

– Eh bien ! vous pouvez dire que vous nous donnez du mal, à remettre votre bateau en état ! Seigneur, quelle saleté !

Le ton était celui d'un homme plein d'étonnement et de reproches navrés. Maria, jadis, n'avait pas d'autres accents quand son aîné lui revenait, dépenaillé, après une journée de vagabondage : « Encore un accroc dans ta culotte ! » Prononcées tout autrement, les mêmes paroles eussent fait bondir Johan. Il resta muet, tout à la fois amusé et surpris. Encore aveuglé par le soleil, De Boer distinguait imparfaitement son interlocuteur. De celui-ci ne se voyait qu'une silhouette un peu tassée, des épaules lourdes, et la forme massive d'un crâne chauve, sur lequel jouaient des reflets. Il se tenait à contre-jour, le dos aux fenêtres, assis derrière le grand bureau de chêne. Johan l'entendit respirer avant de poursuivre :

– Enfin... Comment trouvez-vous votre cabine ?

– Pas mal. Mais, jusqu'alors, j'étais habitué à celle que vous occupez maintenant.

Un geste évasif de la main rappela soudain à Johan qu'il avait affaire au capitaine Helderweijdt. Le Hollandais secoua la tête, revenant à sa première idée.

– Comment diable avez-vous pu laisser aller ainsi un si bon bateau ? Nous l'avons trouvé un peu... négligé.

Helderweijdt parlait lentement, en choisissant ses mots.

Avant le dernier, il avait hésité, imperceptiblement. Cette fois-ci Johan, piqué, se cabra.

– Quand une douzaine de matelots – hollandais, je vous le signale – désertent leur bord à la veille d'une traversée, il reste tout juste assez d'hommes pour assurer les manœuvres.

– Oui, je sais, je comprends. Mais tout de même, la propreté...

Il répéta encore « la propreté », en hochant la tête. On eût dit une ménagère maniaque venant de découvrir un *mouton* sous le bahut de la salle à manger bien cirée, et toute déconcertée par l'énormité du fait. En somme, pensa Johan, il me fait une scène de ménage. Il sourit.

– Maintenant, vous pourriez peut-être me dire pourquoi vous nous avez arraisonnés, fit-il sans élever le ton.

– Le Gouverneur a dû vous le dire : on vous reproche d'avoir trafiqué à moins de vingt lieues de notre possession.

– Nous ne faisions qu'aiguade, d'abord. Ensuite nous nous trouvions à trente lieues au moins de Saint-Jean d'Elmira.

– A trente-deux lieues, monsieur De Boer, à trente-deux lieues très exactement. Je viens encore de le contrôler sur vos cartes. De très bonnes cartes d'ailleurs.

– Alors !

La main d'Helderweijdt décrivit à nouveau un orbe résigné.

– Alors, rien. Je crains fort que, sur mon rapport, ces trente-deux lieues n'en fassent qu'une quinzaine. Au plus...

Johan crut même l'entendre ajouter : « Hélas ! »

Il avait fait cet aveu sans ironie, avec une simplicité désarmante. Helderweijdt eût-il tenté d'ergoter, De Boer se fût laissé emporter par la colère. Néanmoins, il mordit :

– Je savais qu'à Saint-Jean d'Elmira on pratiquait la traite des noirs, mais j'ignorais encore qu'on s'y livrât à la piraterie.

– Oh ! la piraterie !

La crudité du mot choqua Helderweijdt. Se levant brusquement, il commença à se promener de long en large, visiblement atteint. Sur l'écran des fenêtres, Johan découvrit son profil aigu, la voussure de son dos, encore accentuée par la position de ses mains tenues nerveusement serrées derrière lui. Tel quel, la tête baissée, sa silhouette – dans l'ombre tombante – évoquait curieusement celle d'un corbeau arpentant doctement le sillon d'un labour. Il monologuait.

– La piraterie! C'est un peu comme la guerre, la piraterie. Personne ne sait où elle commence et où elle finit.

– Mais nous ne sommes pas en guerre.

Helderweijdt s'immobilisa.

– Est-ce que M. Marinus De Boer se souciait fort d'être en guerre quand il abordait nos bateaux, voici vingt ans? L'avons-nous jamais traité de pirate?

– Vous avez connu mon père?

Le Hollandais haussa les épaules :

– Qui n'a connu les *Compagnons du Hareng?* – puis, sans transition : Nous allons faire un peu de lumière.

Un instant la lampe cessa de grincer, et la clarté naquit. Dans le cercle jaune tombant de l'abat-jour de cuivre, le capitaine Helderweijdt apparut. Une chemise de fine toile de Hollande s'ouvrait sur sa poitrine gélatineuse. De face, avec ses yeux globuleux, ses bajoues grasses et comme beurrées de sueur, ses sourcils broussailleux pendants sur un regard doucement interrogateur, il avait l'apparence d'un gros chien de Terre-Neuve. Deux brins de moustache en pinceau et une barbiche mousquetaire ne parvenaient pas à donner un caractère guerrier à ce visage d'une pacifique mélancolie. A l'étonnement du Hollandais, Johan se surprit encore à sourire. Helderweijdt ouvrit les yeux.

– Vous ne me paraissez pas navré de votre situation. Fataliste?

– Non. Confiant, simplement.

– Vous êtes jeune, dit l'autre, avec un peu d'envie dans la voix – et, tout aussitôt : Vous jouez aux échecs?

– Parfois.

– Ah! tant mieux.

Dans les semaines qui allaient suivre, chaque jour allait renouveler la partie entamée ce soir-là sous les Tropiques. Le *Flandre* allait dans la nuit et son chemin d'étoiles, tout plein de la rumeur profonde de ses voiles bruissantes. Sous la lampe grinçante, les pièces glissaient, dans le silence. Helderweijdt jouait avec la prudence d'un chat marchant sur l'arête d'un mur. Après un coup subtil il se renversait sur son siège, heureux. Les yeux mi-clos, il regardait son jeune adversaire penché, son front dur et bombé ombragé d'une mèche rebelle et, pendant à son oreille, l'anneau d'or sur lequel la lumière mettait des reflets.

« Un vrai Viking, pensait-il. Un vrai Viking. »

Mais le Viking, le sourcil froncé, s'absorbait dans la parade d'un double échec du cavalier. L'attente se prolongeait. Helderweijdt se perdait dans des pensées connues de lui seul. Il sursautait quand Johan l'interpellait.

Les îles du Cap-Vert furent dépassées et le Pic de Fogo disparut dans la houle. Le *Flandre* sortit des vents brûlants d'Afrique, élongea les côtes du Portugal et, durant trois jours, se heurta au mur d'une tempête dans le golfe de Gascogne. Pendant ces trois jours les échecs furent délaissés. Pas une seule fois Johan n'avait pu voir ses matelots.

– On les soigne. Ils vont bien, répondait Helderweijdt à toutes les questions.

Et sans attendre il plaçait ses chères pièces. Johan apprit à estimer cet homme tranquille et son cynisme ingénu.

Enfin, un matin, à l'aube, surgirent les côtes anglaises, les Needles. Là-bas, par le travers bâbord, les remous écumeux des Armed Knights bouillonnaient. Depuis quarante-huit heures le *Flandre* ahanait. Le vent débouchait à plein du goulet de la Manche, courant nu dans un ciel sans nuages. Il venait droit devant, infaillible et puissant comme la Volonté de Dieu, apportant avec lui toutes les fraîcheurs des pays du Nord. En bas, dans les cales, Kaboeter et ses hommes le sentirent et, dans leurs fers, une joie leur vint à la pensée de la patrie proche. La poitrine de Johan, ce soir-là, s'ouvrit aux odeurs familières, depuis dix-huit mois oubliées.

Vers le milieu du jour suivant, la renverse de la marée se fit sentir et la mer donna par le travers. Le vent ne faiblissait point. Helderweijdt renonça.

– Pas moyen de passer. Nous allons attendre à Douvres.

Johan était dans sa petite cabine quand, dans la craie des falaises, se découvrit le port. Aussitôt évanouie derrière l'étrave d'une frégate, la forme d'une coque le fit tressaillir. Pour la première fois depuis des mois se réveilla en lui, bondissant, l'espoir jamais abandonné.

– Le *Prince d'Orange!* murmura-t-il.

Poursuivi en pensées depuis cent septante jours, l'apparition du vaisseau rival bloqué dans le port de Douvres fut accueillie par Johan comme un signe du ciel. Désormais, il ne doutait plus de rien, De Boer. Il ne s'étonna pas quand, au soir, Helderweijdt lui proposa de descendre à terre.

– Pourquoi? risqua-t-il.

– Vous êtes jeune, dit le Hollandais avec un sourire un peu gêné. Il paraît qu'il y a ici d'assez jolies filles.

– Vous n'avez pas peur que je ne m'enfuie?

Dans le regard de Terre-Neuve d'Helderweijdt, De Boer lut une incrédulité infinie.

– J'ai connu votre père et je vous connais. Vous êtes comme lui. Jamais vous n'abandonneriez vos hommes.

Johan retrouva la terre avec une joie animale. Il aima sentir sous son pas vigoureux la dureté du sol, entendre ses talons sonner sur les pavés. Une fille passa, banale, vers laquelle il sourit de toute la force de la vie qui bouillonnait en lui. Troublée, la femme se retourna sur ce grand bougre qui s'en allait le long des quais, la démarche nonchalante, en sifflotant. Dans les tavernes, derrière les vitres, les premières lumières s'allumèrent.

La marée arrivait à son plein. Elle fluait dans le port en larges remous tournoyants à la pointe du môle. Sur les eaux du bassin, les bateaux s'entassaient. Pas un flamand parmi eux. A l'extrémité du quai, seul un petit chasse-marée s'apprêtait à l'appareillage. Du pont, une ombre interpella Johan.

– Hé l'homme! Largue-moi cette amarre.

De Boer se pencha. Au moment de relancer l'aussière, une question lui vint aux lèvres :

– Où allez-vous?

– Boulogne!

Libéré, le bateau s'écartait du bord. Il se creusa un vide au fond duquel la vague clapota. L'espace d'une fraction de seconde, quand ses muscles le lancèrent, revint à Johan la réflexion dernière d'Helderweijdt. Mais il était trop tard. Ses mains se cramponnèrent au bastingage. Il fit un rétablissement et sauta sur le pont.

– Vous m'emmenez?

– Pourquoi pas? dit l'ombre.

Avant la fin de la nuit Boulogne apparut. Le patron du *Neptunus* était un petit homme d'une cinquantaine d'années, râblé et grisonnant. Il écouta sans un mot l'histoire de Johan, les dents serrées sur sa pipe. Quand De Boer eut fini :

– Fameuse course! dit-il, et il partit vers sa cabine.

Il en revint plus tard, juste avant que le bateau touchât terre. On lançait la première amarre. Johan sentit l'homme lui glisser quelques pièces en main.

– Mais...

– Laissez. Quand vous verrez votre père, dites-lui le bonjour de Brachot. Jean Brachot, du *Saint-Martin*. S'il ne lui souvient pas de moi, dites-lui que j'étais capitaine de ce senau en perdition qu'il remorqua, voici dix-huit ans. C'est une vieille dette.

Déjà Johan était sur le quai. La voix de Brachot le rejoignit au détour de la première ruelle.

– Allez chez François, le loueur. Rue Chapelle-aux-Clercs. Vous verrez l'enseigne, mais cognez fort : il a l'oreille dure.

Et puis encore :

– Bonne chance. Le vent tiendra.

Mais De Boer ne l'entendait plus. Il courait dans la ville endormie.

L'aube pointait.

X

Le ciel était gris bleu, presque pas bleu. De légères touches d'un rose très pâle teintaient, là-haut, le ventre pommelé de quelques fins nuages tranquilles. Avec la fin du jour tombait sur les choses une lumière de gloire. Tout était quiétude et apaisement. Mais Johan jurait. Il leva sa badine et l'abattit si brutalement qu'on entendit l'air siffler. Surpris, le cheval démarra pendant dix foulées d'un galop pesant, puis reprit son trot dur. Il quitta les pavés et ses sabots résonnèrent plus sourdement dans la poussière de la route. Du clocher de Dunkerque, les premiers tintements de l'angélus tombèrent en planant sur la campagne.

Le cheval était un flamand lourd, à longue crinière blanche, plus habitué au trait et au labour que fait pour le cavalier impatient qui lui cinglait la croupe.

– Allez, petit, allez!

D'instinct le bidet prit le bas-côté de la route. Il allait sur la berme, d'un trot régulier, foulant l'herbe de ses sabots massifs. Dans la longue lumière du soir, les ombres grandissaient à la rencontre de la nuit montante. Une bécasse de mer passa en répétant son cri triste. Les premiers polders se devinaient au loin, avec leurs saules et leurs aulniers tranquilles, leurs vaches ruminantes couchées dans l'herbe grasse. Des roseaux d'un canal, un canard effrayé s'envola en rasant l'eau, laissant derrière lui un sillage de plus en plus espacé. C'était la fin d'une pleine journée de juillet, lourde et chaude, gonflée de vapeurs crépusculaires. De grosses senteurs de terre montaient au visage du cavalier. Du fond de l'horizon un souffle passa en vague sur le froment court et maigre, prêt à la moisson, et sur les champs d'orge, trop pâles déjà. Séchant tout, le vent d'est devait persister depuis des jours et des jours encore.

Sur une ultime poussée de la brise flambèrent les cierges d'argent des peupliers. Les bouleaux, les derniers, s'éteignirent. Et ce fut la nuit.

Une immense douceur était tombée sur la campagne. Les oiseaux s'étaient tus. Le vent lui-même s'était calmé. Inquiet, Johan tira sur la bride et arrêta sa monture.

– Pourvu qu'*il* tienne.

L'homme resta là tout un temps, les sens tendus; et l'ombre l'enveloppa. On entendait le halètement du cheval, figé dans une immobilité de pierre. Le premier coucou chanta et, très loin, un chien aboya dans la campagne. Enfin, imperceptible, une haleine vint frapper l'homme au visage. Le relais était fait : le vent de nuit s'éveillait et lentement prenait possession des ténèbres.

– Allez, petit !

La course reprit. Pour la première fois depuis l'aube, quelque chose se décrispa dans le corps de Johan. Il s'abandonna mieux aux mouvements de la bête. Une faim terrible le prit. Cette nuit-là, à Furnes, le tenancier de *In de Dikke Bell* fut appelé par un cavalier hirsute qui cria, sans descendre de selle.

– Du pain !

Quand l'homme revint, l'étranger était déjà reparti, sans attendre. Mais à Nieuport, l'inconnu s'attarda à la porte d'une taverne, et les matelots le virent se pencher sur l'encolure pour saisir son quignon. Une seconde ses traits apparurent dans la clarté du seuil.

– Nom de... on dirait.

Comme le cheval démarrait, l'un des hommes cria.

– Qui es-tu ?

– Johan De Boer.

La réponse leur parvint de loin, dans le fracas des fers martelant les pavés. Le *baes* regarda le florin d'or que lui avait lancé cette étrange pratique.

– Le Siffleur... C'est bien de lui, ça. Mais que diable fait-il ici ?

Encore deux lieues ! Parfois Johan s'arrêtait. Le silence alors était tel qu'il entendait en lui son cœur battre. Une sueur âcre montait de la robe du cheval. Soudain, à un détour, il n'y avait plus de vent, et toute la nuit semblait faite des dernières paroles de Pétrus Helderweijdt : « ... Je connais Rinus De Boer, et vous êtes son fils. Jamais vous n'abandonnerez vos hommes. » Un cri venait à Johan.

– Ah ! nom de godferdom, non !

La badine cinglait. Le cheval repartait. Au prochain tournant du chemin, passé l'abri de la dune, la brise renaissait.

Il se tenait penché, Johan, et à l'oreille de la bête murmurait des mots doux et sauvages, des injures.

– Vas-y, mon grand salaud, vas-y. Tout ce que tu as dans tes vieilles tripes.

Depuis Nieuport, certain désormais d'arriver, De Boer ne l'économisait plus. Le grondement d'une respiration haletante – presque un râle – déchirait le poitrail de la bête. Lors de ses brefs arrêts, Johan la sentait trembler entre ses genoux. Dans la dernière demi-heure, le cheval commença à buter, chaque fois relevé d'une secousse des rênes, qui lui déchirait la bouche.

Et Ostende apparut.

Sur les brouillards des polders la lune s'était levée. Enclose de ses hauts murs, hermétique, et comme planant dans les nuées léchant ses remparts, elle était enfin là, la vieille cité. Mais les portes ne s'abaissèrent pas aux cris du cavalier. A nuit close la ville s'enfermait, jusqu'à l'aube. Ceinte de brouillards, silencieuse et noire, elle semblait derrière le bouclier de ses pierres un château fort de légende, une apparition hostile et pleine de méfiance que ferait s'évanouir le premier rayon de soleil. Jurant, De Boer trotta jusqu'à la Creque Sainte-Catherine, mais là encore seules les murailles lui renvoyèrent son cri.

– Tant pis.

Il sauta au sol. Dans la minute qui suivit, l'eau noire clapota sous son voile de vapeurs. Il ne resta plus sur l'herbe du rivage qu'un énorme cheval blanc, tête basse sous sa longue crinière, et dont la peau tremblante fumait.

Le marteau de bronze ébranla le silence de la rue du Bon Vent. Les heurts cessèrent, puis reprirent aussitôt, précipités. Le cri surprit Rinus dans le noir, alors qu'en tâtonnant il cherchait ses chausses.

« Johan ! » dit Maria, avant que Rinus ait dit : « Le fils ! » Dans l'escalier ils se heurtèrent tous deux à Corneel. Toute la maison résonnait maintenant sous les coups de poing qui secouaient le panneau. Le dernier verrou tiré, la porte fut poussée si violemment qu'elle en cogna le mur. Dans la clarté de la chandelle, Johan apparut, nu et ruisselant.

Étreinte de bras durs et forts sur les épaules d'une mère! Bousculée, Maria faillit laisser échapper le bougeoir.

– Jan, qu'est-ce qu'il t'est arrivé?

Effrayée, elle le regardait, son aîné. Barbu, poilu, dégouttant d'eau, possédé d'une exaltation qui lui transformait le regard. Mais c'était aux hommes qu'il s'adressait, le fils. En trois enjambées il avait franchi le couloir, pénétré dans la salle commune. Sa voix parvenait à la mère, rauque, hachée.

– Capturé par les Hollandais... le vent... Douvres... le vent... Des vêtements, vite!

– Sacré Dieu! dit Rinus.

Lui aussi, il s'habillait, avec des gestes de combat. Les trois hommes se heurtèrent des épaules en franchissant le seuil. Maria les entendit courir dans le noir, disparaître. Ils étaient partis sans lui jeter un regard, et elle restait là, la mère aux cheveux gris, immobile sur le pas de sa maison, avec son inquiétude et sa tristesse au cœur. C'étaient des affaires d'hommes, où elle n'avait pas sa part.

Un courant d'air vint, soufflant la bougie tremblante. Au loin des cris, le choc de poings lourds sur les portes closes, des roulements de sabots, des appels encore éveillaient l'écho des rues endormies.

Dans l'heure suivante, quarante hommes sautèrent dans un chasse-marée. Ils étaient vêtus à la diable, certains encore bouffis de sommeil et pieds nus, mais tous jurants et soulevés d'ardeur. Du haut du quai, Rinus, un fanal au poing, les voyait se bousculer sur le pont. Très brèves, des lueurs d'armes leur jaillissaient des poings. Parfois un blasphème volait sur l'eau plate du bassin. Une lumière brilla à la fenêtre de la *Ville de Douvres*. En contrebas, battant les pierres, se devinaient les remous de l'eau bougeante.

Brusquement les maisons s'illuminèrent au détour d'une ruelle et Johan reconnut la voix de La Merveille. Le Malouin proférait d'affreuses injures. Encadré de torches et de porteurs, on le vit apparaître dans une chaise armoriée. Quand deux laquais le sortirent de son siège, il poussa un cri de douleur aussitôt mué en un juron qui fit retentir tous les échos du port. Il interpella dans le noir.

– Johan! Où es-tu, sacripant? Il faut que ce soient les autres qui viennent m'avertir que tu es revenu! Et sans ton bateau encore! Te laisse pas faire, sang Dieu, je... Aïe!

Brusquement La Merveille cessa de gesticuler et son visage grimaça : « Sacrée goutte! » Tout en haut de l'appontement, encadré de torches et de laquais en livrée rutilante, le Malouin apparaissait en pantoufles et douillette, un pied saucissonné d'un énorme pansement. Il s'appuyait de tout son poids sur une canne semblable à un gourdin. On le devinait encore en chemise de nuit sous l'ample robe de chambre de couleur bordeaux. Dans l'affairement du réveil, il avait oublié sa perruque, et son feutre à l'éternelle plume écarlate était planté tout de guingois sur ses cheveux en désordre. Il répéta :

– Sacrée goutte! Sans elle, Johan, je te jure bien que... Sacrée goutte!

Larguée, une amarre fouetta le pont. La voix nerveuse de Johan, invisible, monta vers le quai.

– Eh bien p'pa, dépêche! On aura besoin de toi.

– Moi? Tu auras... Tonnerre! attends un peu.

Rinus s'accroupit, et au risque de se briser les os sauta pesamment sur le pont. Le fils avait besoin de lui, le vieux! Dieu du ciel! Une énorme joie le soulève. Son crochet de fer fend l'air, victorieusement. A chaque homme qu'il repousse, De Boer a envie de crier : « Poussez-vous, voyons! Vous avez bien entendu : le fils a besoin de moi. »

Arrivé à l'arrière, sa main valide empoigna la barre, comme un étau. Pas fini, le vieux Rinus, diable non! C'est le fils qui l'a dit. C'est un capitaine, le fils, et un vrai. Il a du poil aux dents, absolument! Et il s'y connaît en hommes. Malgré lui, le vieux De Boer tonne, et sa voix domine le brouhaha des hommes.

– Paix là dedans! Parez à la manœuvre. Un homme à la

gaffe et veille à l'écluse. Larguez! et vite. Le diable morde le cul au dernier.

Il a retrouvé ses accents de capitaine. Le chasse-marée glisse dans le havre d'est, s'incline et file sur la vague. Rinus a reçu le vent dans le creux de sa paume. Il le sent vivre sous le bois dur de la barre. Sans voir le pavillon perdu dans l'obscurité, il épouse le fil de la brise, De Boer, cherche son chemin dans le ciel, trouve son étoile et met le cap droit vers Douvres.

– C'est *Haring* qui commande? interroge une voix.

Personne n'a répondu. Johan s'est assis près de son père et ne bouge point. Rinus De Boer sent sa poitrine se gonfler. Cela fait des années et des années encore qu'il ne s'est plus entendu nommer *Haring*, lui, le gros commerçant que chacun salue maintenant dans les rues de la ville. Mais la voix anonyme lui a appris que, pour ces hommes, il est resté le chef des *Compagnons du Hareng*. Il en éprouve plus de joie que le jour où il fut reçu par le bailli et sacré *hoog-poorter* [1] de la cité. Son crochet de fer se tend dans l'ombre, tapote l'épaule de Johan.

– Ça va, fils. Dors, tu en as besoin. Je te réveillerai.

Il voudrait, le vieux Rinus à cheveux blancs, sentir reposer sur ses genoux la tête de son aîné. Le protéger, veiller seul sur son repos et lui redonner son bateau, comme un jouet, à l'heure où l'enfant ouvrirait les yeux. Mais Johan ne dort pas. A l'approche de l'aube, il sent le vent qui faiblit, refuse, et devient plein d'indolence. Il pense aux hommes enchaînés dans les cales du *Flandre Impériale*, aux paroles d'Herderweijdt, à Kaboeter et à tous ses poils.

– Tu penses que nous y arriverons, père?

– Bien sûr. Dors.

Il voudrait l'embrasser, son fils, comme le fit Maria tout à l'heure. Une seule fois, très vite, sans que personne le voie. Il est prêt à se pencher, mais une timidité le retient. On ne s'embrasse pas, entre hommes. Et de quoi cela aurait l'air, un baiser, barbe contre barbe? A crever de rire, pour sûr. Il

1. Haut bourgeois.

pense qu'après dix-huit mois de séparation, ils ne se sont même pas serré la main. Une petite douleur, stupide, le pince, là, au cœur, le vieux papa. Il tousse.

– Du mou au foc!

– Au foc, du mou... répète une voix.

XI

Le jour vint, très clair. La brise poussait, régulière sous un ciel sans nuages. Dans le fil du vent la houle, bien établie, ne déferlait pas. A chaque plongée dans le creux de la lame, l'emplanture du mât gémissait doucement. Assommé un instant par la fatigue, aussitôt réveillé par la tension de ses nerfs, Johan regarda la brume légère, couleur de perle rose, qui estompait les côtes anglaises.

– Il fera chaud, tout à l'heure.

– Plutôt! dit Rinus, pensant au prochain abordage.

Les hommes s'éveillaient. Ils s'étaient entassés pêle-mêle au fond du chasse-marée, serrés, épaule contre épaule, le dos au vaigrage. Maintenant ils bâillaient, détendant leurs muscles engourdis. Corneel, en s'étirant, vint sur le pont et resta tout un temps à inspecter la côte. Derrière lui les marins commencèrent à deviser, à mots rares. Johan les regarda un à un. Il y avait là des gueules superbes, rudes de poil, formidablement barbues, tannées par la mer. Et d'autres plus jeunes, presque imberbes. Tous ces marins avaient des mains énormes, habituées à tirer sur les cordages et à cogner pesamment dans les rixes. A les voir, placides, Johan sentit la confiance l'envahir. Pris d'impatience, il décroisa les jambes.

– Pas moyen d'aller plus vite?

– Pourquoi faire? dit Rinus, patient.

Il n'avait pas quitté la barre de la nuit. Il paraissait pouvoir rester là, des jours entiers, sans ciller, avec les seuls gestes de tirer sur sa pipe et de cracher entre ses dents. Johan bougea de place et grimaça :

– Damné cheval! Il avait le dos comme une pierre. J'ai l'impression que mon fond de culotte va prendre feu.

– Il y a de l'eau autour, fit Rinus sans sourire.

Un silence naquit. On n'entendait que le choc régulier et doux de la lame sur l'étrave. Le chasse-marée filait. A l'ouest les dernières nuées matinales se dispersaient. Bientôt la côte se découvrit tout entière. Au loin une ligne d'un blanc aveuglant se précisait. Deux heures? Trois heures encore? Corneel, venu au banc de nage, murmura :

– Tu sais ce que tu vas faire?

Johan haussa légèrement les épaules.

– Pas encore. Ça dépend du vent. S'il tourne, j'aimerais bien coincer mes Hollandais juste dans la passe, quand ils appareilleront. Ce serait un bon moment. La moitié de l'équipage est occupée à la manœuvre et ils ne pourraient la lâcher sans risquer de flanquer le bateau à la côte. Cela ferait autant d'adversaires en moins. Mais du train dont ça va...

Il regarda le ciel, l'eau, le fanion-témoin claquant à la pomme du mât :

– ...Mais du train dont ça va, je crois bien que nous serons obligés de les prendre dans le port. Cela fera un fameux raffut.

– Ce n'est pas impossible. On se fout du raffut.

– Évidemment. Ce qui m'embête, c'est que le *Prince d'Orange* est ancré à cinquante toises de là, et que si on tarde, nous aurons les deux équipages sur le dos.

Rinus coinça la barre sous son genou et d'une seule main, avec une dextérité merveilleuse, alluma sa pipe. Il en tira trois bouffées en silence.

– Ancré, dis-tu? Pas amarré?

– Si, amarré. Mais c'est tout comme. Il est entre deux corps morts, au milieu, dans le fond du port. Les bassins étaient tellement encombrés qu'il n'a pu trouver place à quai.

– Et le *Flandre?*

– Amarré à deux corps morts, aussi. Mais plus vers la sortie. Nous sommes arrivés après le *Prince.*

– A des corps morts... répéta Rinus, pensif.

Il ferma à demi les yeux. A plus d'un quart de siècle de

distance lui revenaient en mémoire toutes les ruses jadis employées par les *Compagnons du Hareng*. Il revit en pensée le port de Douvres, le goulet de sortie, le gros rocher qui marquait l'extrémité de la passe, et fit mentalement le calcul des marées.

– Il y a peut-être un moyen, dit-il. Dites-moi ce que vous en pensez...

Quand il eut fini, Johan siffla. Fameux! Il regardait son père avec admiration. Corneel, lui, grattait de l'ongle une tache de goudron. Il supputait les chances, les pesait une à une. Il demanda, sans relever la tête :

– Et qui va faire cela?

– Moi, bien sûr, dit Rinus.

– Hein? s'interrompit le Siffleur.

– Je dis : moi. Vous ne serez pas de trop, de l'autre côté, pour vous expliquer sur le *Flandre*. Il ne faut pas deux bras pour trancher une amarre, mais il en faut deux pour se battre. Tu préférerais que j'aille attraper un mauvais coup dans ta bagarre?

– Non, mais...

– Ou bien que je garde le bateau en vous attendant?

– Il n'est pas question de cela, fit Johan impatienté. Mais si tu te faisais prendre?

– Et alors? Si cela arrive, ne vous occupez pas de moi et foutez le camp. Tout ce qu'ils peuvent me faire, c'est de me retenir en prison quelque temps, et ils s'empresseront bien vite de m'échanger contre ton capitaine Helderweijdt. Tandis que si vous venez à mon secours, vous risquez de ne pas ravoir le *Flandre*. D'ailleurs, ils ne me prendront pas.

– Mais...

– J'ai dit, Johan.

Le Siffleur ouvrit la bouche, mais se tut. Le ton du père était sans réplique. Un long moment Johan le regarda. Le vieux ne tourna pas la tête de son côté. Sous la barbe on devinait sa mâchoire serrée, et le Siffleur connaissait trop bien ce pli au front de son père pour le savoir buté, et prêt à la colère. Quand il était ainsi, même Maria ne l'eût pas fait changer d'avis. Le vent jouait dans les boucles blanches et drues du vieillard. Johan, vaincu, tourna le dos. Malgré son irritation, il ne put toutefois s'empêcher de grogner.

– Pa, vous êtes un homme.

– Je l'espère bien, mon fils, dit Rinus, détendu. Et maintenant, dis aux autres qu'ils se cachent, et toi avec eux. Avec moi, sur le pont : Bouwens, le petit Claes, Terschelde et Verbeek. Les autres en bas, et au trot. Tirez le panneau pour qu'on ne vous voie pas.

Douvres approchait.

Rinus De Boer dut bien viser pour atteindre le quai. Le port était encombré de gros culs-carrés, de senaux danois de Bergen, de fonds-plats hollandais, de flûtes à destination de Christiania et du plus remarquable assortiment de bateaux qui se puisse voir de l'embouchure de la Gironde à celle de l'Elbe. Tous, depuis des jours, attendaient la saute de vent qui leur permettrait de poursuivre leur route vers le nord. Une frégate anglaise à deux ponts était à quai, près de l'arsenal. Il ne fallut qu'un coup d'œil à Rinus pour reconnaître le *Flandre* et, plus loin, vers le fond du bassin, le *Prince d'Orange*. Le soleil, déjà haut, allumait dans la forêt des mâts le chatoiement des pavillons de toutes les nations de la mer du Nord. De Boer faufila son chasse-marée, atteignit le quai, jeta son amarre, alluma une nouvelle pipe et attendit.

C'était dimanche, peu avant l'heure de midi. La foule musait sur les quais. Ce n'était pas la première fois que les vents contraires bloquaient toute une flottille au port et le spectacle, en soi, n'avait rien d'exceptionnel pour les habitants. En ce jour de repos il n'en était pourtant aucun qui ne fût descendu aux bassins pour y passer des heures dans la contemplation des seuls bateaux. Tout frotté de vent frais, un bon soleil tombait sur cette foule endimanchée. Les groupes déambulaient, paisibles. Rinus pensa au spectacle qui leur serait donné tout à l'heure et sourit intérieurement. Du haut du quai, à califourchon sur une bitte, un pêcheur solitaire le considérait pensivement. L'homme se racla la gorge.

– Pêche?

– Oui.

– Bonne journée?

– Comme ça. Ce sera peut-être meilleur cet après-midi.

L'homme hocha la tête, conciliant. Il avait l'encolure courte, des épaules massives et, sur tout le visage, une hébétude réconfortante. On le devinait capable de rester une journée entière à considérer le mystère d'un joint de clin sans éprouver le désir d'une autre occupation intellectuelle. Sans bouger la tête, il cracha un jet brunâtre. Peut-être, à cet instant, s'extasia-t-il mentalement sur la perfection du rond qu'il fit naître dans l'eau. Mais ce n'est pas sûr.

La marée tournait. Déjà l'eau, d'un brun gris, hésitait. Des bouchons, quelques planches, le ventre rebondi et visqueux d'une charogne tournoyèrent lentement et commencèrent à dériver vers la sortie du port. Sur les pierres, à la surface de l'eau, les premières algues apparurent. La grosse fleur liquide des remous s'agrandissait derrière le gouvernail des vaisseaux. Quelque chose changea un peu dans l'ordonnance du port : les bateaux, entraînés par le reflux, tiraient sur leurs amarres. Le moment approchait. Rinus termina posément sa pipe et la frappa sur la barre.

– C'est à vous, cette baille?

– Qué baille? fit le pêcheur, tiré de sa rêverie.

– Celle-là. Je peux l'avoir un instant? Juste le temps d'aller au *Prince d'Orange* et de revenir.

Du menton, De Boer désignait un youyou attaché à l'échelle du quai. Le pêcheur regarda l'embarcation de ses yeux morts, comme s'il voyait pour la première fois une chose surprenante et incompréhensible. Il fit un effort considérable.

– Non, l'est pas à moi. C'est à Thomas. Mais vous pouvez y aller, ça l'usera pas.

Dans le mouvement qu'il fit pour sauter dans la barque, Rinus, jusqu'alors immobile, se tourna et découvrit son crochet de fer. Le pêcheur ouvrit les yeux, puis la bouche, et – sans un son – referma les lèvres sur le tuyau de sa pipe. Un prodigieux effort de mémoire lui plissa le front. Des souvenirs confus lui revenaient. Vaguement inquiet, il se pencha vers le chasse-marée.

– Hé, là-dessous. C'est-y pas Haring, le vieux, là ?

– Quel Haring ? fit Verbeek, qui dénouait l'amarre.

Le pêcheur n'insista pas, découragé. Ces jeunes ignoraient leur histoire. Ils n'avaient pas connu la course, la vraie. C'était le bon temps. Les vagues soupçons qu'avait l'homme se diluèrent dans la bonne chaleur du soleil. On était si bien, assis là ! Tout engourdi, il suivit d'un œil mi-clos la silhouette de Rinus qui s'en allait en godillant vers le *Prince d'Orange*.

– Tout de même... fit-il.

Puis il pensa à autre chose.

Maintenant, la marée tirait à plein. Il ne fallut pas une minute à De Boer pour être sous le vaisseau hollandais. Il en longea les flancs, en ralentissant l'allure. Il godillait lentement, attentif au chasse-marée qui, là-bas, à l'autre bout du port, manœuvrait à la gaffe pour se rapprocher du *Flandre*. Le voilier disparut derrière l'étrave du bâtiment indien.

« Allons, c'est le moment », pensa Rinus.

Il se sentait parfaitement calme. En quatre coups de godille, il toucha le corps mort où était amarré le *Prince*. Sucé par la marée, le vaisseau tirait sur son câble tendu à bloc. A l'instant où son couteau mordait dans les premiers torons, De Boer leva la tête et tressaillit. Là-haut, à la proue du bateau hollandais, un homme le considérait fixement. Leurs regards se croisèrent.

– Godferdom ! Rik !... jura sourdement Rinus.

Il s'acharna, crispé par l'appréhension. Tant pis. Trop tard. Il fallait continuer.

Rien ne vint. Surpris, De Boer releva la tête. Hagoort, à pas lents, s'éloignait. Rinus soupira.

L'amarre était musculeuse, presque neuve, et la lame mordait difficilement dans le chanvre humide. Rinus commença à avoir chaud. Il en était à peine à la moitié de son travail quand une clameur retentit.

– Hé là ? Qu'est-ce que vous foutez ?

– J'aiguise mon couteau, pour sûr ! grogna le vieux.

Il essaya de trancher plus vite. Sur le *Prince*, le matelot hurlait. En un instant le bastingage du vaisseau hollandais se garnit d'une foule de marins. Des vociférations s'élevaient. Soudain l'un d'eux cria :

– C'est le vieil Haring! je le reconnais!

« Le vieil Haring t'emmerde », pensa De Boer.

Désormais, quoi qu'il advienne, il ne devait plus lever la tête. Le résultat était atteint. Sur tous les bateaux les marins s'étaient précipités et injuriaient le vieillard. La foule s'amassait sur les quais. Un coup d'œil, jeté sous son bras, montra à Rinus tout l'équipage du *Flandre* rangé à la lisse tribord, qui de loin suivait son exploit. Son crochet de fer rivé à l'amarre, Rinus tranchait posément, en appuyant de tout son poids sur la lame. Une barre de cabestan, puis une poulie fouettèrent l'eau à ses côtés. Un réa, mieux ajusté cette fois, tomba en plein dans le youyou en défonçant un clin. L'embarcation commença à faire eau. Du haut du *Prince d'Orange* on le bombardait maintenant. Deux torons sautèrent encore sous le couteau. « Pourvu qu'ils ne s'amusent pas à me tirer dessus », songea Rinus. Comme pour répondre à ses pensées une détonation claqua. Une gerbe d'eau minuscule rejaillit à moins d'une toise de sa tête.

– Trop tard, mes fils! jubila Rinus.

Sous un dernier effort, l'amarre venait de sauter. Aussitôt, le *Prince d'Orange*, n'étant plus maintenu par l'avant, pivota sur sa poupe et, entraîné par le reflux, entra comme une masse dans l'encombrement des bateaux rangés à quai. On entendit un fracas énorme de bois rompu, de jurons, de coups de sifflets et de clameurs. A tous les bords les hommes couraient aux gaffes pour écarter l'énorme vaisseau indien qui s'en allait à la dérive en broyant tout sur son passage. En une seconde un désordre indescriptible régna dans tout le port. Quelques coups de feu retentirent du côté du *Flandre Impériale*. Tous les habitants de Douvres étaient maintenant rangés sur les quais, suivant de l'œil ces événements extraordinaires : un vaisseau à la dérive, d'un côté, de l'autre un abordage et – au milieu – godillant ferme sur le plan d'eau miroitant, un vieillard à cheveux blancs vers lequel volaient les imprécations. Rinus exultait.

– Je ne me suis jamais tant fait insulter de ma vie! Quel spectacle, pour un dimanche!

Il aborda le *Flandre* en plein combat. Sans méfiance, pris à revers quand de loin ils suivaient la manœuvre du vieux Rinus, les matelots hollandais étaient bousculés. Surpris sans arme, ils avaient saisi des barres de cabestan et se défendaient en désordre. Tous leurs efforts portaient à reconquérir le panneau de batterie sur lequel un groupe de Flamands se battait avec acharnement. Malgré la soixantaine, De Boer troua le groupe comme un boulet. Son crochet de fer cognait, déchirait les chairs. En un instant il fut près de Corneel. Entre deux coups le noiraud haleta :

– L'autre moitié des Hollandais est en dessous... On les a enfermés... Ils ont dû s'armer... S'ils sortent...

– Sortiront pas... Johan?

– Château arrière... Occupé... Attention!

Mais il ne faisait pas attention, le vieux De Boer. Il se battait d'instinct, retrouvant toute sa fougue et l'expérience intacte de la bataille d'abordage. Il ne défaillit qu'au moment où le *Flandre*, reconquis, glissa hors du port. Livide, il s'affaissa sur une glène de filin. Un souffle court sortait de ses lèvres violacées.

– Ce ne sont plus des exercices de mon âge.

– Que si! Vous avez été magnifique, père. Vous vous êtes battu mieux qu'un homme de vingt ans.

– Tu crois?

Johan se penchait, inquiet. Rinus n'osa point porter la main à son cœur, dont les élancements lui déchiraient la poitrine. Étendu sur les cordages, la bouche ouverte, il regardait la mâture du *Flandre*. Seuls un foc et le hunier d'artimon, établis à la diable, tiraient le vaisseau vers le large. Mal étarquées, les toiles battaient.

– Faudra m'arranger ça, mon fils.

– Je voudrais bien, mais nous ne sommes pas assez pour la manœuvre. Je devrais aller chercher Kaboeter et les autres pour nous donner un coup de main. Mais, pour ça, on doit d'abord faire sortir les Hollandais qui sont dessous.

Du panneau de la batterie, entrouvert, ils sortaient un à un, après avoir jeté leurs armes. Enfermés dès la première seconde, ils n'avaient pu participer au combat. La dextérité avec laquelle ils étaient ligotés, au fur et à mesure, tenait du miracle. Johan s'énervait. Le dernier homme maîtrisé, il dévala les escaliers de cale. Dans la puanteur des fonds, une porte s'offrit, éclairée des reflets d'une torche fumeuse. En fourrageant dans la serrure, le Siffleur cria :

– Vous êtes encore tous là-dedans?

Une voix hargneuse répondit :

– Où voudriez-vous qu'on soit, avec ces damnées chaînes? A faire le blondin sur une vergue? Que le diable...

Puis, soudain :

– Nom de Dieu! Le capitaine!

Ils étaient tous là : Tjores-à-la-flûte, Pijke-le-Chauve, Rookende Piet, et Kaboeter, énormément velu. Tous hirsutes, pleins de poils, rongés de vermine et remuant de leurs pieds un joyeux concert de chaînes. Une odeur atroce sortait du réduit.

– Nom de Dieu! Le capitaine! répétait Kaboeter, pendant qu'on le déferrait.

Il en pleurait presque.

Sur le pont les prisonniers vacillèrent, étourdis. Après deux mois d'obscurité totale, ils clignaient des yeux, aveuglés par le soleil. De l'horizon, des nuages montaient. Avant la nuit le vent aurait tourné et dès demain, peut-être, ils seraient à nouveau à Ostende. Kaboeter jeta les yeux sur le groupe des Hollandais.

– Où est le garde-chiourme, le grand maigre, avec sa face de carême?

– Pourquoi faire?

– Je voudrais lui casser la gueule.

– Un type avec une cicatrice violette au menton?

– Oui. Où est-il?

– Au diable, sans doute. Quand ça a mal tourné, il a sauté

par-dessus bord. Je n'ai jamais vu un type qui y allait d'aussi bon cœur. A croire qu'il avait des ailes. Il avait une telle frousse qu'il a dû voler jusqu'au *Prince d'Orange* sans se mouiller les pieds.

– Dommage... soupira Kaboeter.

Quand toutes les voiles furent établies, Johan remonta au château arrière. Un spectacle imprévu l'attendait. En compagnie de Corneel, le vieux De Boer et le capitaine Helderweijdt discutaient. Les trois hommes riaient. Il y avait des verres et un flacon à moitié vide sur la table. A la vue du Siffleur, le Hollandais sourit.

– Ah! le voilà. Je suis presque content de vous avoir revu, Johan. Je peux vous appeler Johan? Je croyais m'être trompé sur votre compte. Mais, bon Dieu, pourquoi diable avez-vous tapé si fort?

Il caressa sa tête chauve, qu'enflait une bosse respectable. D'un geste machinal, il saisit l'échiquier.

– Vous me donnerez bien ma revanche?

A la marée du matin, le *Flandre Impériale*, premier vaisseau de la Grande Course de 23, pénétra dans le port d'Ostende. Nul de la ville ne manquait sur les remparts et les quais quand le bâtiment franchit majestueusement l'écluse. Tous criaient à en perdre la voix. Au-dessus de la foule, empanaché d'une plume écarlate, un feutre immense s'agitait. De tous les visages tournés vers la dunette, Johan n'en vit pourtant qu'un seul, aux yeux tendres et graves. Instinctivement il porta la main à sa poitrine et ferma sa chemise sur la croix d'or. Mais elle avait vu le geste, Neeltje, et un sourire immense lui vint.

Johan sauta à quai et, soudain, ses nerfs craquèrent. Un vertige le prit et il tomba en avant. C'est déjà évanoui qu'il heurta les pierres de son front. Il n'avait plus dormi depuis septante-neuf heures.

XII

Le vieux Bout-du-Monde était devenu un quartier très bien, avec de belles maisons neuves tout engoncées dans leur respectabilité et l'empois de leur ciment. Elles se tenaient côte à côte et face à face avec des mines distinguées de dames en visite. Elles paraissaient s'ennuyer d'une manière considérable et n'oser bouger de peur de se salir. Du grand terrain à moitié campagnard, où jadis picoraient les poules, ne restait par-ci par-là qu'une vieille cabane de pêcheurs, le débraillé aimable de son toit moussu couvert de pigeons et ses deux grandes perches de séchage au milieu desquelles les poissons plats tournoyaient à la brise. Les nouveaux habitants du quartier estimaient ce pavois très choquant. Tout au plus trouvait grâce à leurs yeux une vieille demeure naguère habitée par un géant barbu, qui avait nom Cabiljauw. Encore était-ce parce qu'elle appartenait à M. Marinus De Boer, et que l'on doit toujours un peu de considération aux caprices d'un homme aussi riche.

Dans la rue, désormais bien pavée, prolongée jusqu'aux remparts, la vieille demeure offrait un visage gracieux et plein de bonhomie. Son ventre débonnaire dépassait outrageusement l'alignement des belles maisons, mais elle paraissait n'en avoir cure. Au contraire, on eût dit qu'elle mettait une certaine malice à exagérer le laisser-aller de son attitude. Elle avait, des vieilles personnes, cette magnifique insouciance du qu'en-dira-t-on. Aux passants elle semblait sourire de toutes ses rides et de sa grande lézarde, maintenant ouverte jusqu'au toit. Quand on avait suggéré à Rinus de faire cimenter cette désolante crevasse, il s'était insurgé.

– Et alors dites-moi, je vous prie, où iront nicher les petits oiseaux qui l'habitent?

L'affaire en était restée là. Tout au plus Rinus avait-il consenti à faire recrépir la façade et consolider quelque peu la charpente branlante. On l'y voyait parfois s'y rendre, le dimanche, et y passer quelques heures à des besognes mystérieuses. On racontait qu'on l'y avait surpris un jour d'été, fenêtres grandes ouvertes, à astiquer furieusement une sorte de chaudron de sorcière sur lequel se dessinaient des yeux et une bouche ricanante parfaitement diabolique. Les gens bien haussèrent les épaules : « C'est un original ». D'autres ajoutèrent, avec un rien de mépris dans la voix, que malgré sa richesse, le vieux De Boer était resté un matelot. Ce qui était vrai, et bien au-delà de tout ce que l'on pouvait imaginer.

Après l'aventure de Douvres on critiqua bien plus ce haut bourgeois qu'on avait vu galoper en pleine nuit, à peine vêtu, et pieds nus s'il vous plaît! avant de s'embarquer en jurant en compagnie d'une bande de simples matelots. Sur le pont du *Flandre Impériale* il s'était, paraît-il, battu comme un marin ivre. Comment M. Marinus De Boer pouvait-il compromettre à ce point sa respectabilité? Et M. Corneel aussi, qui pourtant avait toujours l'air si sérieux quand on l'allait voir dans son magasin? Passe encore pour Johan-Longues-Jambes, le Siffleur, qui était resté une sorte d'hurluberlu incompréhensible et fantasque; c'était d'ailleurs son rôle de capitaine de défendre son bateau. Mais son père et son frère!

La Merveille, lui, exulta. Ce gentilhomme prodigue, amoureux du faste et prompt à saisir toutes occasions de réjouissances, trouva prétexte de la reprise du *Flandre* à un dîner somptueux « en l'honneur de MM. De Boer, héros et défenseurs des droits de la Compagnie d'Ostende ». Ce fut une soirée mémorable. Avant le sixième service le Malouin, échauffé par les vins, oublia sa goutte, repoussa son fauteuil et, de sa canne à pommeau d'or, mima devant les convives atterrés un abordage sensationnel. Marinus lui donna la réplique, armé d'un grand couteau à découper les viandes, et le Siffleur poussa des cris de mort à en faire dresser les cheveux des assistants. Il n'est jusqu'à Corneel qui n'abandonna sa réserve habituelle pour entrer dans ce jeu déplorable : au dessert, brandissant leurs fourchettes et aux côtés de La Merveille agitant un os entier de gigot, les De Boer attaquèrent quelques chants corsaires réservés jusqu'alors aux tavernes et aux ponts des frégates. Quand, pleins d'entrain, ils entonnèrent la *Belle Brugeoise*, la réprobation devint visible.

– Mais ils sont ivres! s'effara Mme Wolbrantz en se penchant vers Maria, avec compassion.

– Bien sûr! fit-elle. Mais quelle belle chanson!

Maria ne s'était jamais autant amusée. Sous la table ses pieds battaient la mesure. Elle dut faire un effort considérable pour ne point reprendre le refrain. Sous ses yeux les cristaux brillaient d'un éclat insoutenable, et une houle légère balançait doucement son fauteuil. Elle s'abandonna à un rire très doux, interminable.

– ... Et je suis ivre aussi! pouffa-t-elle.

Ses hommes qui chantaient, là-bas, sous le lustre de cristal, lui paraissaient magnifiques. Comme leurs voix étaient robustes et profondes! Entre les vigoureuses épaules de Rinus et de Johan, La Merveille chassait dangereusement sur ses ancres, la perruque résolument repoussée en arrière. Le Malouin hurlait.

– Les De Boer sont des hommes, oui mesdames! Ce ne sont pas des émasculés, ah non! Johan, mon fils, est-ce que tu es un émasculé?

– Bougre non!

A dire vrai le chevalier de La Merveille employa une expression plus colorée, ce qui eut pour effet de précipiter la retraite des derniers convives.

Trois heures plus tard, alors que la pluie battait le noir de la ville, le *nachtwaker*, passant rue de la Chapelle, se vit charger à outrance par quatre hommes déchaînés et hurlants.

– Tue! Massacre! Tout nu! On va te mettre tout nu!

En suite de quoi il y eut un grand fracas suivi d'un chapelet de jurons retentissants. Le lendemain, encore essoufflé de sa course, le veilleur de nuit racontait son aventure.

– C'est le chevalier qui s'est flanqué par terre. Ils étaient tous à quatre pattes occupés à rechercher sa canne qui avait volé au diable : « Mon sabre? Où est mon sabre? » qu'il disait, le chevalier. Pendant ce temps-là, tout en cherchant, le vieil Haring pleurait comme si on lui avait pris un jouet : « Pétrus, qu'il disait, attends-nous, Pétrus... on va te mettre tout nu! » Plus souvent que j'aurais attendu! Me faire cela à mon âge, tout de même... Après m'avoir cherché, ils ont été se mettre sous le porche de l'église et ils ont chanté le *Cantique des Morts*, oui messieurs. Et vous ne savez pas quoi? Mme De Boer battait la mesure, parfaitement!

La caste des « Premiers Indiens » pinça les lèvres. Elle n'aimait point que certains de ses membres lui rappelassent trop vivement ses origines de pêcheurs et de corsaires. Cloué dans son fauteuil par une attaque de goutte, La Merveille fulminait en geignant.

– Tu les as vus, Johan? Des émasculés je te dis. Sacrée goutte! Depuis qu'ils ont des sous, ils ne savent plus vivre. C'est comme si leur graisse de riche était devenue de l'or : ils n'osent plus la risquer dans une bonne bagarre. Misère! L'argent, mon fils, retiens bien ce que je te dis, ça rend les hommes couillons. Si l'on peut dire... Tiens, passe-moi ce xérès. Ma goutte? Je me fous de ma goutte! Passe-moi ce verre, je te dis...

On chuchota ferme. Les femmes, pourtant, dans le secret de leur cœur, comparaient leur mari devenu si bourgeois à Rinus De Boer, cet homme un peu narquois dont la soixantaine n'avait pas altéré la vitalité. Et elles se prenaient à soupirer. Quant à leurs époux, lorsqu'ils se trouvaient entre eux, ils clignaient de l'œil.

– Tout de même, Haring, c'est resté un fameux bougre.

Il y avait un rien de nostalgie dans leur voix.

Le dimanche, un peu avant le coup de dix heures, on le voyait apparaître sur la place de l'Église, Marinus De Boer. Il avançait, tranquille, un peu lourd dans ses vêtements des jours de fête. Chacun le saluait. Sans quitter sa pipe des lèvres il répondait à la ronde. Il avait maintenant un magnifique coup de feutre, Rinus De Boer : celui d'un homme qui a de gros intérêts dans les bateaux des Indes, plusieurs maisons en ville, le magasin de fournitures maritimes le mieux achalandé de la cité et – au bras – la meilleure femme du monde. Ceux qui jadis avaient été un peu amoureux de Maria disaient que son sourire n'avait rien perdu de son charme.

Elle paraissait toujours heureuse, mais plus qu'en tout autre temps chaque fois que, coïncidant avec le retour des Indes, les vacances du 15 août et de Noël lui ramenaient ses trois fils. Le dimanche, en allant à la messe, elle n'avait d'yeux que pour eux. Ils marchaient de front devant elle : Corneel, sérieux, presque sévère et déjà plein de respectabilité; Johan, nonchalant, dégingandé et perpétuellement sifflotant; Pieter enfin, tout mince dans sa soutane, et tellement élégant! Malheureusement ces jours bénis ne revenaient que tous les deux ans. Il manquait au bonheur de Maria la seule présence de Godelieve, mariée à un négociant d'Anvers. Elle n'avait de nouvelles que de loin en loin. Depuis trois ans bientôt, Godelieve n'était plus revenue à Ostende.

Sur le porche, la famille se séparait. Alors que Rinus avait secoué sa pipe sur les pierres, les quatre De Boer s'en allaient rejoindre leur banc. Ils étaient tous dissemblables et pourtant tous pareils avec leur tête un peu baissée, la mèche rebelle qui leur battait le front, leur mâchoire trop massive et la manière identique qu'ils avaient de marcher en avançant légèrement les épaules, comme prêts à se battre. A l'instant des hymnes, leurs voix puissantes s'élevaient. A les écouter, Maria se sentait la femme la plus riche du monde. En pleine messe, à l'Élévation, elle commettait un péché d'orgueil : « Ce sont mes hommes! »

Elle se sentait le cœur comme un voilier léger sur la vague joyeuse.

Rinus, lui, plus prosaïquement, pensait que son beau costume était diablement serré aux entournures.

Le dimanche était pour lui un jour chargé d'ennui et d'heures de cent vingt minutes. D'abord, on ne travaillait pas. Rinus en restait tout désorienté. L'aurore le trouvait se tournant et se retournant dans son lit, tourmenté par la perspective d'une matinée de paresse. Le soleil venait le chercher jusque sur son oreiller. Dehors s'entendait battre la mer et les éclats de voix des gens devisant qui passaient sous les fenêtres. Que diable pouvaient-ils bien trouver à faire, un dimanche, ces gens? Cette pensée énervait De Boer. Il fallait absolument qu'il le sût. Il commençait à toussoter discrètement, puis de plus en plus fort, jusqu'au moment où Maria entrouvrait un œil ensommeillé.

– Qu'est-ce que tu as à sauter comme un hareng dans un filet? Tu m'empêches de dormir. Si tu veux te lever...

– Cela ne te fait rien?

Sans attendre la réponse, heureux comme un écolier, il sautait à bas de son lit. Le mauvais moment était celui où il se trouvait face à face avec sa belle veste de gros drap de Bruges. Elle semblait le regarder, désapprobatrice. Depuis deux ans, ils ne parvenaient pas à s'entendre. Parfois encore elle craquait haineusement quand Rinus l'enfilait sur ses larges épaules.

– Tu as grossi, murmurait Maria, le nez toujours tourné vers le mur.

Rinus grognait, vexé. Il dévalait l'escalier comme un jeune homme et l'air frais du matin l'accueillait. La première heure de flânerie était magnifique. La deuxième un peu longue, la messe arrivait au moment où il commençait à s'ennuyer et le repas juste à temps pour tuer une heure. Quant à l'après-midi, il était tragique : Rinus devait, en sa qualité de *hoogpoorter*, le consacrer à la réunion de l'Auberge de la Poste. C'était un lieu sinistre, plein de messieurs très dignes, de commerçants de passage venus traiter affaires, d'hommes posés, buvant peu, ne crachant pas par terre et discutant bien plus du cours des épices que bateaux, filles, courses et bagarres excitantes. Corneel De Boer était un des ornements les plus représentatifs de cette assemblée mortuaire. Au bout d'une heure Rinus s'enfuyait, hors de lui.

– Bougre d'empaillés! Que le diable les encorne tous!

On le voyait partir chez Jeanfroid, ressortir avec le forgeron et, tous deux, s'aller pendre au marteau du chevalier de La Merveille. La porte refermée, il y avait alors de grands bruits de verres.

Parfois aussi Rinus n'apparaissait pas de tout l'après-midi

à l'Auberge de la Poste, ni chez le gentilhomme français, et Maria se sentait envahie de noirs soupçons.

– Qu'a-t-il encore bien pu faire?

Rinus revenait pour le repas du soir, furtif, penaud, mais l'œil brillant encore d'excitation. Son beau costume était tout débraillé. De sa main, il cachait une tache trop apparente, sur laquelle Maria jetait un regard accusateur :

– Riqui! d'où venez-vous?

– C'est que, tu vois, il y avait deux gamins qui n'en sortaient pas avec un sacré foc qui...

Il bredouillait, mi-gêné, mi-souriant. Une fois il revint même trempé jusqu'aux chausses. Son pied avait glissé de l'escalier du quai et il s'était retrouvé assis dans l'eau jusqu'à la ceinture. Maria avait levé les bras au ciel.

– A soixante ans, vous n'êtes pas honteux?

Non, Rinus n'était pas honteux du tout. Il alla même jusqu'à l'avouer.

– Oh! fit Maria, suffoquée.

Johan les regardait, amusé.

– M'man, je voudrais avoir une femme comme toi, lui avoua-t-il un jour.

– Ça se trouve, fit-elle, tout heureuse.

– Bah! Crois-tu?

Maria n'aima ni sa voix ni son regard quand il lui répondit. Avec l'âge s'étaient réveillés en elle les sentiments maternels qui l'avaient occupée jusqu'au jour où ses enfants avaient été grands. Maintenant, elle en aurait voulu d'autres à chérir. Des petits, qui marchent à peine, bredouillent des mots délicieux, se salissent et que l'on doit habiller et surveiller tout le jour. Godelieve était loin, et n'avait pas encore de bébé. Quant aux fils, Rinus lui-même, quand il y pensait, devenait un peu mélancolique.

– L'un est curé, l'autre n'aime pas les femmes, et le troisième les aime trop. Si nous devons compter sur eux pour nous donner des petits-enfants...

Rinus ne se faisait plus d'illusions. A peine débarqué, Johan avait repris sa vie vagabonde de toujours. A chacun de ses retours il découvrait la ville avec des yeux nouveaux. Tout changeait tellement, en dix-huit mois d'absence! Il y avait chaque fois de nouvelles maisons, d'anciennes dont on dorait à la feuille les ornements de façade. Dans la pénombre de pièces capitonnées de gros meubles luisants, on apercevait des tentures lourdes, des voiles de Lahore ou du Bihar, du Goudjouratt ou d'Orissa, des étoffes bariolées desquelles s'échappaient d'étranges odeurs, quand on les remuait. Il y avait toujours, dans l'une ou l'autre demeure, un singe arrogant ou un perroquet à l'œil malicieux que l'on avait un mal du diable à déshabituer du vocabulaire appris sur les bateaux, lors des voyages de retour. Le gros poirier grimpant du vieux Jeanfroid avait grandi, les bourgeois prenaient le thé dans des tasses de porcelaine de Chine, d'une fragilité invraisemblable, et Maria préparait parfois des plats bizarres qu'elle servait dans de petits plats de cuivre ronds, garnis de figurines effrayantes. A la troisième bouchée, les convives se sentaient une soif d'enfer et Rinus jurait qu'au moindre défi il pourrait cracher des flammes, exactement comme le dragon rouge de la tenture jaune citron placée au mur de la chambre. Enfin des couleurs vives apparaissaient sur les vêtements des jeunes filles, jadis toujours vêtues de noir.

Johan musait, le nez en l'air et les lèvres pleines de chansons. Les bruits les plus épouvantables couraient sur son compte. On disait que ses absences, prolongées parfois trois jours durant, avaient pour motif certaine maison, située hors des murs de la ville, où, ma foi... Quand Maria lui rapportait ces propos, Johan haussait les épaules.

– Laisse dire. Après tout je ne suis pas marié, n'est-ce pas?

– Justement. Si tu savais ce que pensent de toi les mères...

– Et toi, maman, si tu savais ce qu'en pensent leurs filles!

Il éclatait de rire.

Et puis, soudain, au début d'août, deux semaines avant les fêtes de la mer, la nouvelle éclata. Elle traversa la ville comme une traînée de poudre, à l'allure endiablée du cheval enfourché par La Merveille.

– Ça y est! tonna le Malouin. La Compagnie des Indes est

reconnue. On mettra les actions en vente, le 23, à la Bourse d'Anvers.

XIII

Chaque fois, au débarqué de la patache de Gand, Pieter restait un instant étourdi au spectacle de la cité. Ce jour encore, la prodigieuse vitalité de la ville frappa le récollet. Sur la grand-place, le long des quais, à chacune des portes de l'enceinte éclataient les affiches de la dernière vente des cargaisons du *Flandre Impériale* et du *Galère de Bruxelles* revenu de Chine quelques jours après Johan De Boer. Dans les rues se pressait une foule cosmopolite de marchands, d'histrions et de commissionnaires, de matelots et de courtiers juifs, de négociants venus de tous les coins de la contrée et des pays voisins, de bourgeois et d'aigrefins, de tire-laine et de seigneurs. Leurs clameurs, les costumes colorés, les accents mêlés, les cris prolongeaient dans la ville une exceptionnelle kermesse. Tous étaient venus, attirés par la grande criée suivant chaque année le retour des vaisseaux. Les murs tremblaient du charroi incessant d'attelages, aiguillonnés de claquements de fouets retentissants. Il passait dans l'air, venues du port et des bateaux ouverts, des odeurs indéfinissables, exotiques et étranges. Elles faisaient parler haut les hommes, rendaient les filles plus jolies et mettaient une excitation dans tous les yeux. La veille, tard dans la nuit, l'eau des bassins avait reflété un feu d'artifice chinois et les lueurs détonantes des pétards lancés par les garçons dans les jupes des filles. La vente, cette année, avait dépassé toutes les espérances et rapporté 80 pour 100 de dividende aux « Premiers Indiens ». Il ne poussait plus d'herbe entre les pavés de la cité jadis si paisible.

En une seconde, étreint par Maria, secoué par le père, Pieter fut replongé dans le bain de vie des De Boer. Il se sentit pris aux épaules, tourné d'une seule pièce face à la large carrure de Johan.

– Montre-toi donc, mon vieux porteur de jupons! Tudieu, le régime du couvent te réussit!

Le Siffleur l'ébranlait de rudes claques assenées sur l'épaule. Il semblait prendre plaisir à éprouver la fragilité apparente du mince prêtre debout devant lui, très droit. Ils se sourirent, et il suffit que leurs regards s'échangeassent pour que se retrouvât intacte leur affection. La vie pouvait les séparer, les mener par des chemins dissemblables, aucune séparation – si longue fût-elle – n'altérait leur entente. Leur accord – Maria disait même leur complicité – était une chose déconcertante échappant à toute analyse. Pieter s'épanouit.

– Jan! vieux mécréant!

Dans un état de joyeuse excitation ils franchirent le seuil de la maison du Bon Vent. Le repas fut copieux et bruyant. Avant le dessert Pieter connaissait toutes les dernières nouvelles : Jeanjean, le fils de Jeanfroid, était pris pour de bon par la mer, et devait se trouver maintenant à bord du *Marquis de Prié*, dans la rivière des Perles. Philippe Van Maestricht, le fils de Frans, était mort des fièvres, à Moka, à bord de son bateau. Godelieve avait écrit pour annoncer la naissance d'un fils. On avait inondé le polder du Steene pour agrandir le port, et à cette occasion La Merveille avait fait tirer un fastueux feu d'artifice. Le vieux Rosenroth était mort, lui aussi. On l'avait retrouvé, tout raide, un matin, près de son colombier; son fils David, maintenant, donnait le maïs aux pigeons. Le grain donné aux *voyageurs* était bien la seule chose qu'on jetât par les fenêtres, chez les Rosenroth! La Compagnie des Indes allait être reconnue...

– Cela dépend, intervint Corneel.

– Comment, cela dépend? Qu'est-ce que tu racontes encore, s'insurgea Rinus De Boer, ce ne sont pas ces naufrageurs qui te font douter?

– Quels naufrageurs? questionna Pieter.

– Des pas grand-chose : une bande de matelots à gueule de négriers qui rôdent dans la ville depuis quelques jours. Ils racontent des tas de foutaises et essayent de dégoûter nos hommes. Je donnerais gros pour savoir qui les envoie.

– Moi, je le sais, dit Corneel.

Il tira un papier de sa poche. La feuille était toute fraîche.

– C'est un exemplaire des *Nouvelles d'Amsterdam*, expliqua le noiraud. Depuis cet après-midi, ils la distribuent un peu partout dans la ville. Écoutez-moi bien ceci : *Les directeurs de la Compagnie des Indes néerlandaises ne peuvent différer d'envoyer, par les premiers bateaux qui partiront, les ordres les plus convenables pour étouffer les commencements et tous progrès de l'entreprise de ceux d'Ostende dans le district de leur octroi...*

– Qu'est-ce que c'est que ce charabia? dit Johan, en bâillant.

– Cela veut dire qu'en Chine comme aux Indes les Hollandais vont tout faire pour nuire à notre commerce. Cela veut dire qu'ils essaient déjà de semer la panique ici pour que l'on n'achète pas les actions de notre Compagnie, dans dix jours, à Anvers.

– Tiens! tiens! s'éveilla Johan, subitement intéressé.

– C'est tout ce que tu trouves à dire?

– A quoi ça sert, les paroles? Je m'en vais faire un tour.

Il sortit en sifflotant, à longues enjambées paresseuses.

Peu après la mi-nuit, Pieter le vit revenir dans leur chambre commune. A la lueur de la chandelle Johan se déshabillait, gai comme un pinson. Le récollet sursauta.

– Seigneur! Qu'est-ce que tu as là?

– Ça? une petite égratignure. Il y en avait un qui avait un couteau. Cet animal m'a abîmé toute ma veste.

– Mais qui t'a fait cela? s'alerta le jeune prêtre.

– Qui voudrais-tu que ce soit? Un de ces damnés distributeurs d'ordures, pardienne.

– Mon Dieu! Et qu'est-ce que tu as fait?

Johan ouvrit un œil étonné et plein de candeur. Le torse nu, figé sur ses jambes vigoureuses, il était la statue vivante de la stupéfaction. Il mouilla son doigt de salive et le passa légèrement sur l'écorchure qui lui rayait le flanc.

– Qu'est-ce que tu aurais fait, à ma place? Je lui ai un

petit peu tapé sur la tête, pardi! Là-dessus, bonsoir. J'ai sommeil.

La minute suivante, il ronflait.

On apprit le jour suivant combien la bagarre avait été sérieuse. L'étranger, après avoir été expulsé de la *Ville de Douvres*, avait attaqué Johan dans le noir, au détour du quai. Au tapage, tous les estaminets s'étaient vidés en un clin d'œil. Si vite que les consommateurs eussent abandonné leurs pintes, ils n'assistèrent pourtant qu'au dénouement de l'affaire : l'homme, empoigné à la ceinture, était tombé avec un énorme « floc » dans les eaux du port.

– Ce monsieur a-t-il encore des amis? demanda Johan, en revenant lentement s'installer à une table.

Il en riait encore aux larmes.

– Quand je l'ai secoué, il a commencé à perdre des papiers par toutes ses poches. On aurait dit une poule blanche qui aurait passé sous les roues d'un carrosse lancé au galop.

Maria trouva le récit terrifiant. Elle trembla.

– Fais attention, Jan : ils pourraient te retrouver et te faire du mal.

– Crois-tu?

Rinus agita son crochet de fer d'une façon fort belliqueuse, et, malgré la présence de Pieter, jura d'une manière déraisonnable. Corneel lui-même perdit son beau flegme.

– Quand tu sortiras ce soir, je t'accompagnerai.

– Vous n'allez pas recommencer à vous battre comme il y a dix ans?

– Bien sûr que non, maman.

Ils partirent, la mèche en bataille sur leurs fronts têtus, les épaules un peu en avant. Le récollet les suivit :

– A tout hasard, si l'un de vous a besoin d'une extrême-onction.

Mais, malgré le désir des De Boer, les choses en restèrent là. Leur besogne faite, les étrangers s'étaient volatilisés. Les De Boer revinrent, dépités.

Deux jours plus tard La Merveille quitta la ville, emmenant Corneel.

– Achète tout ce que tu peux! lui cria Rinus, qui avait réalisé le maximum de ses avoirs.

Corneel revint d'Anvers dans les derniers jours d'août. On s'était presque battu à la porte des banques. Ouverte à neuf heures, la souscription avait réuni trois millions de florins avant midi. Le lendemain, les guichets furent poussés au nez des souscripteurs : plus une action de la Compagnie d'Ostende n'était encore disponible. Une semaine plus tard, en Bourse d'Anvers, on s'arrachait les parts cotées déjà 30 pour 100 au-dessus de leur valeur d'émission. La nouvelle parvint aux De Boer au milieu de leur repas du dimanche. Corneel interpella Johan.

– Quand Lieven De Boo pense-t-il obtenir la concession définitive de notre factorerie du Bengale?

– Le diable le sait. Deux ans? Peut-être dix? Demain?

– Nous ne pouvons plus attendre. Maintenant, nous devons agir. J'ai demandé à être mandaté pour régler cette affaire. Je partirai avec toi, en janvier.

– Je crois que je partirai avec vous, dit Pieter, doucement. J'avais demandé ma mutation, et je viens de l'obtenir. Je remplacerai là-bas le Père Hieronymus.

La foudre tombant en plein milieu de la soupière n'eût point causé une stupeur semblable. Rinus resta la fourchette en l'air. Johan poussa un tel hurlement de joie que le chat s'en réfugia au sommet du bahut.

– Une bouteille! Fêtons ça!

Seule Maria n'avait point bougé. Sans réactions, tout son sang reflué au cœur, elle s'abandonna aux mains de son aîné.

– Eh bien, m'man, n'est-ce pas magnifique?

– Si, Jan, c'est magnifique.

Soudain, Corneel et Pieter devenaient, de ses fils, ceux auxquels elle tenait le plus au monde...

XIV

La nuit était profonde encore quand Pieter s'éveilla. Johan tâtonnait dans la chambre. Il avait déposé le quinquet sur le plancher et fouillait silencieusement sous l'armoire. Surpris, Pieter se réveilla tout à fait.

– Tu arrives ou tu pars?

– Bon Dieu! sursauta Johan, tu m'as fait peur. Dors encore : je pars.

– Qu'est-ce que tu vas faire?

– Promener. Si je tenais ces sacrés brodequins...

Pieter regarda la fenêtre. Nulle lueur extérieure n'en éclairait les vitres. Une sorte de meuglement étouffé traîna dans la nuit avant de disparaître.

– Brouillard? fit Pieter.

– Tu le vois pardieu bien. Veux-tu rester au lit?

– Cela te dérange que je t'accompagne?

– Qu'est-ce que tu vas aller foutre, dehors?

– Et toi?

Il faisait froid dans la chambre. En s'habillant rapidement Pieter demanda :

– Quelle heure?

– Passé trois heures. La marée tourne à quatre.

– Cor n'est pas encore revenu?

– Évidemment non. Si ce bougre d'entêté me laissait faire...

Dès le seuil franchi, l'humidité leur colla au visage. Au coin de la rue, à hauteur du premier étage, le quinquet de la lanterne brillait dans un halo de brouillard. Les deux frères avancèrent rapidement vers les remparts. Johan rageait, inquiet. Avec le retard causé par les ventes, puis celui de son voyage à Anvers, Corneel avait dû rattraper le temps perdu. Deux et trois fois la semaine, en ce mois de septembre, il s'embarquait pour l'Angleterre, débarquait sa contrebande dans une crique du North Fireland et revenait, toujours de nuit, préparer un nouveau chargement. La seule fois où Johan avait proposé de le remplacer, Corneel l'avait arrêté.

– Ça, ce sont mes affaires.

– Et si on te prend? Tu es plus nécessaire ici que dans une prison anglaise. Laisse-moi faire cela.

– Non. Je connais le coin et mes hommes.

L'entêté. L'imbécile entêté! songea Johan en escaladant l'escalier du rempart. Pieter, d'un saut, gravit les trois dernières marches, et une fois encore Johan fut frappé par le changement de son attitude. Si Pieter était resté mince, et étroit d'épaules, si sa barbe légère restait puérile encore et presque attendrissante, toute timidité semblait avoir disparu des gestes du récollet. Il marchait dans la nuit à longues enjambées guerrières, avec une telle décision d'allure que Johan en sourit, amusé. A deux doigts, il souleva les plis claquants de la soutane.

– Eh bien, qu'est-ce qu'il te prend? s'insurgea Pieter en lui tapant rudement sur la main.

– Rien. Je voulais simplement voir s'il ne traînait pas une épée sous tes jupes. Ma parole, tu marches comme un vrai mousquetaire!

Leurs voix s'élevaient, aussitôt étouffées. Ils se penchèrent en silence au-dessus des remparts. Une vapeur opaque collait à la mer huileuse que l'on devinait en contrebas. C'était le brouillard des polders, qui monte lentement au crépuscule et noie toute la ville jusqu'au prochain soleil.

– S'il s'y retrouve... murmura Johan.

A intervalles réguliers, le son lugubre de la corne de brume s'élevait du phare, au bout de la jetée. C'étaient ses appels qui tout à l'heure avaient éveillé Johan.

– Nous ne sommes pas seuls, souffla Pieter.

Ils se turent. Des ombres inquiètes erraient sur les remparts. La nuit était peuplée d'appels et de répons, de cris traînants aussitôt étouffés. En dessous, dans la poix gluante, se devinaient les pêcheurs surpris au large. On les entendait tâtonner dans l'ouate, à grandes gueulées lancées dans leurs braillards de bronze. Des cris mous retentissaient, tout proches, puis à nouveau lointains, égarés. Johan pensa à Cabiljauw, à la légende de la vieille ville engloutie, au *meerman*, aux âmes errantes geignant dans les ténèbres. Il frissonna.

– Tu as froid?

– Non. Rien. Tais-toi.

Parmi ces rumeurs d'un autre monde, il tendit l'oreille pour essayer de percevoir la voix de Corneel. Le temps passa. Parfois des choses informes émergeaient de la brume : dans la brève auréole d'un falot tendu apparaissaient des visages, l'étrave confuse d'un bateau aux mâts invisibles. On entendait le bois gratter la pierre du quai, et les hommes sauter au sol en parlant bruyamment. Ils avaient encore aux yeux une angoisse non dissipée, une sorte de crainte superstitieuse. Dès les amarres fixées, ils se hâtaient dans les rues silencieuses, pressés de retrouver dans la cheminée la lumière rassurante d'un feu clair.

Et puis quelque chose vint, qui ressemblait au jour. Dans la clarté naissante Pieter reconnut une silhouette, immobile à quelques mètres d'eux.

– Tiens, tu étais là?

– Oui. Depuis trois heures cette nuit. Foutue mélasse!

Rinus se tenait engoncé dans sa grosse vareuse, sa pipe éteinte aux lèvres. Il regarda Johan.

– Qu'est-ce que tu as? Tu es vert?

– Rien. Cor a dû être retardé.

Il dut serrer les mâchoires pour ne point claquer des dents.

– Tu devrais rentrer, dit Pieter.

– Fous-moi la paix. Je ne suis pas... Bon Dieu! écoutez-moi cela!

Les trois hommes se turent. Un appel lointain glissait dans le brouillard. Trois fois il se répéta, traînant sur l'eau aux reflets de perle. Johan essaya de sourire.

– C'est Cor. Il rentrera le dernier, comme de juste. Et ça se mêle de naviguer! Restez ici si vous voulez. Moi, je rentre : il croirait que je me suis fait du mauvais sang pour lui. Je... dis, Piet, donne-moi ton bras.

Il tremblait de tous ses membres, et si violemment cette fois que ses dents s'entrechoquèrent. L'instant plus tard il s'effondra sur son lit :

– Les eaux du Gange doivent commencer à baisser, bredouilla-t-il en essayant de sourire.

Et il délira.

Cette fois-ci, la fièvre du Bengale se prolongea. Ce n'est qu'au douzième jour que Johan put se lever. Quand il vint à la porte, ses jambes fléchirent et un étourdissement le prit. Les grandes chaleurs étaient passées, mais il restait dans le ciel les ultimes ardeurs de la saison finissante. Venu du large, un vent frais caressait la ville. Le Siffleur fit vingt pas pour traverser la rue et s'assit, épuisé, au pied du moulin d'Espagne. Là, dans le creux des remparts, la brise ne soufflait point. Les grosses pierres gardaient toute la tiédeur du soleil déclinant. Entre les pavés, des balles de froment allumaient de petites paillettes d'or, et dans le ciel les mouettes avaient les ailes pleines de lumière. Johan les considéra comme les choses les plus merveilleuses du monde. C'était bon, la vie. Le bien-être l'envahit et il ferma les yeux. Il eût aimé être un chat, et ronronner.

Il ne vit point une ombre s'approcher.

– Vous êtes guéri ?

Il ouvrit les yeux, encore somnolent. Elle était là, debout, Neeltje Cornjuin. A contre-jour le soleil mettait comme une auréole cuivrée dans ses cheveux sombres. Un grand van d'osier pendait à son bras nu. Posée sur les joues, l'ombre de ses cils agrandissait encore le cerne de ses yeux. L'homme, soudain, se réveilla en Johan.

– Guéri ? Hélas ! non. Mon cœur est bien malade.

Il s'était levé, la dominait du front. Les lèvres de Neeltje s'écartèrent. Son sourire fut comme un léger haussement d'épaules.

– Je le crois sans peine : il doit être bien fatigué. Mais cela ne vous a jamais incommodé, n'est-ce pas ?

Le rire qu'elle eut en se retournant fit au Siffleur l'impression d'une gifle : « Est-ce qu'elle se moque ?... Ah ! mais alors... » Avant d'avoir pu réfléchir il gravit derrière la jeune fille l'escalier de bois du moulin. Sous la longue jupe noire apparaissait la minceur de la cheville. On devinait sous l'étoffe le galbe de jambes longues et nerveuses.

– Je ne peux pas vous aider? fit-il, troublé.

– A faire quoi?

Il la rejoignit à l'instant où elle repoussait la porte. Il se tenait dans l'encadrement, la main au chambranle, souriant. Séduisant. Presque trop séduisant. Sous le regard grave qui ne quittait point ses yeux, Johan se sentit pour la première fois terriblement gauche et stupide devant une femme. En contrebas, dans la rue, deux commères passaient. Neeltje surprit leur regard avide, aussitot baissé vers le sol. Une sorte de défi passa dans sa voix.

– Après tout, entrez... Si vous n'avez rien de mieux à faire...

Le moulin était plein de silence. Une fine poussière de cuivre pâle en veloutait les murs et les poutres brunes, festonnées de vénérables toiles d'araignées. Un petit escalier rhumatisant se perdait dans l'entrelacs de la charpente, contournait les gros rouages du mécanisme. Quand ils atteignirent le grenier, la chaleur enclose sous le toit monta au visage des jeunes gens. Une lucarne unique, aux vitres ternies, s'ouvrait sur le ciel pomponné de nuages. Elle éclairait un réduit étroit tout encombré de sacs vides, d'une vieille cage d'osier délabrée, d'une large pelle de bois clair et de l'énorme roue d'engrenage enfoncée vers la lanterne, à travers le plancher. La masse oblique de l'arbre moteur, immobile, disparaissait dans le mur. Toutes ces choses avaient une apparence à la fois mystérieuse et débonnaire, complice et pleine de curiosité. Avant que Johan en eût fait le tour monta le grondement d'une galopade furieuse. L'escalier trembla sous une charge puissante. Neeltje sourit :

– C'est mon chien...

Lequel surgit du sol, haletant.

C'était un lourd bouvier de Flandre, au pelage gris de fer pailleté de balles. Le grain, mêlé à ses poils, lui faisait une toison parcourue d'étincelles brillantes. Entre ses crocs éclatants pendait une langue couleur de sang. Une seconde la bête resta pétrifiée, le poitrail émergeant de la trappe. Puis l'animal apocalyptique bondit d'un coup de reins, renifla Johan et vint se frotter à la jeune fille, avec de lourds trémoussements de croupe.

– Bon Dieu, on aurait dit le diable! Comment est-ce qu'il se nomme?

– *Kir Sabbant.*

– Qu'est-ce que cela veut dire?

– Rien. C'est un nom. Et Johan, qu'est-ce que cela veut dire?

Pour la seconde fois le Siffleur fut déconcerté. Cette étrange fille qui menait des chevaux puissants, qui semblait n'aimer que des bêtes barbares, cette curieuse fille le déconcertait. Pour cacher sa gêne il se leva et plongea le regard à travers la lucarne. Tout au loin, sur la mer marbrée par l'ombre des nuages, se distinguait la voile d'un *boier* attendant la renverse de la marée. Derrière lui, Johan entendit Neeltje caresser l'animal de claques affectueuses.

– Et maintenant, va-t'en.

L'animal s'en alla. Il y eut un moment de long silence.

– Je ne crois pas que je sois sympathique à votre chien. Il n'a pas voulu que je le caresse. On aurait dit qu'il venait pour vous défendre.

– Contre qui?

Le plancher craqua. Sans la voir, Johan devina à ses côtés l'approche de la jeune fille. Soudain, une main se posa sur sa manche. Le Siffleur s'attendait à tout sauf à ce geste et aux paroles qui suivirent.

– Pourquoi avez-vous attendu si longtemps pour porter la croix que je vous avais donnée?

– Qui sait? Le jour n'était peut-être pas venu.

Il oubliait maintenant pourquoi, tout à l'heure, il avait couru sur les traces de la femme. Un étrange apaisement lui était venu. Il n'osait faire un geste de crainte de perdre le contact de cette main, devenue subitement pour lui la chose la plus précieuse du monde. Il eût voulu que ce moment s'éternisât. A peine entendait-il Neeltje.

– Non, le jour n'était pas venu...

Elle avait une voix presque puérile, brisée d'accents d'une chaleur soudaine. A travers l'étoffe, sous ses doigts, elle sentait battre, au creux du coude, le sang de Johan. De cet homme debout à ses côtés, de cette large poitrine découverte par la chemise béante, venait une odeur virile, qui la troublait. Elle inclina la tête et, muette, baisa la croix d'or. Il n'eut qu'à refermer son bras pour avoir la jeune fille sur son épaule.

Et puis il n'y eut plus rien que le vent du soir murmurant dans les ailes du moulin, et les grands cris des mouettes dans le ciel.

Il faisait sombre quand Johan chuchota :

– Neeltje, nous devrions nous marier...

– Je ne te l'ai pas demandé.

– Je sais. C'est moi qui te le demande. Je voulais le faire depuis... depuis des années. Oui, depuis des années...

– Pourquoi as-tu attendu?

– Je ne sais pas. J'ai toujours eu peur de te faire souffrir.

– Qu'importe, si tu es à moi?

Dans ses derniers mots passa quelque chose de sauvage. Elle enfonça la tête dans la poitrine de l'homme. En ce geste, il y avait plus qu'un consentement : un don. Une prise de possession, aussi.

Le mariage eut lieu à la mi-novembre.

XV

Jamais préparatifs de Noël ne furent entourés d'autant de mystère. Maria et Neeltje s'affairaient, rapportant du marché d'énormes cabas gonflés à en craquer. Dès le matin du 24 décembre, la salle commune fut condamnée à la curiosité des hommes. Derrière la porte close, les quatre De Boer se perdirent en suppositions alléchées. Rinus plia les jambes, risqua un œil par la serrure et se releva, dépité.

– Les diablesses! Elles l'ont bouché.

Il renifla, gourmand.

– Mais je veux bien être pendu, fistons, si elles ne nous préparent pas une oie comme un soleil!

La table ne se découvrit qu'au retour de la messe de minuit. Sous l'éclat conjugué de trois flambeaux, garnis chacun de trois bougies en blanc de baleine, la nappe rutilait. Jamais les De Boer ne l'avaient vue semblable, tout étincelante de cristaux, parée de porcelaines et d'argenterie, festonnée de branchettes de sapin entourant chaque couvert. Les quatre hommes rugirent en enlevant leur veste :

– Qu'on apporte la bête!

Pas un instant, au cours du souper, Rinus ne pressentit le dénouement de la fête. Il vint, subit, quand les deux vieux eurent fermé la porte de leur chambre. A peine furent-ils seuls que Maria, sanglotante, s'abattit sur la poitrine de Rinus. Elle hoquetait, les bras entourant ses épaules, la tête enfouie dans tout le poil de sa barbe. Déconcerté, Rinus ne sut que dire :

– Eh bien... Eh bien... Qu'est-ce que tu as, maintenant?

Enfin, elle put parler.

– Riqui, c'est notre dernier Noël avec les petits, notre dernier...

– Mais ils reviendront, voyons!

– Oui, mais jamais Pieter. Un missionnaire ne revient jamais. Riqui, embrasse-moi.

Il la berça de son unique bras valide. Bon Dieu! c'était vrai : le petit ne reviendrait plus. Quelque chose, à lui aussi, au vieux Rinus, lui piqua les paupières. Il dut faire un effort énorme pour avaler sa pomme d'Adam, subitement devenue d'une grosseur inimaginable. Il toussota :

– Allons nous coucher.

– Tu crois que les enfants ne m'ont pas entendue?

– Mais non. Quand tu pleures, tu ne fais pas plus de bruit qu'une petite souris. Viens.

Dans la nuit, la première neige tomba. Les yeux grands ouverts, Maria la vit voleter doucement derrière les fenêtres, se poser lentement sur les croisillons, puis disparaître, chassée par le vent. Aussi loin que ses souvenirs remontassent, jamais Maria ne se souvenait avoir dormi toute une nuit depuis son mariage. Son Riqui, d'abord, Johan ensuite, et demain ses trois fils; et la mer, toujours, autour d'eux. Quand la tempête battait les remparts, l'angoisse prenait Maria. Le vent hurlant semblait chargé de cris menaçants et de noirs présages. De juillet à janvier, tous les deux ans, Maria ne connaissait que six mois de bonheur presque parfait : ses enfants étaient sous son toit. Toute leur bonne chaleur d'hommes, et leurs voix bruyantes, et leurs rires, et le désordre qu'ils mettaient dans la maison égayaient les vieux murs. Pendant ces périodes le vent lui-même était plein de bonhomie : il ronflait sous les portes comme une bonne grosse bête familière, impatiente de venir se chauffer au coin de l'âtre. Même à l'équinoxe d'automne, ses hurlements sous les tuiles étaient des hurlements de joie. Mais plus jamais ces jours bénis ne reviendraient. Plus jamais.

Instinctivement la main de Maria, sous les couvertures, chercha le réconfort de la paume durcie de Rinus. Il ne s'éveilla pas. Il geignit un peu en se retournant, murmura un mot tendre et resta tout au fond de son beau sommeil d'homme, paisible et fort. Sans soucis.

Le ciel resta comme un mur jusqu'à l'année nouvelle. Des bandes de corbeaux survinrent, volant bas sur la campagne. Sous le rare charroi, la neige des chemins devint jaune, puis grise, et toute noire, enfin. Il y eut trois jours de tempête hivernale, d'un vent âpre déferlant sur la ville comme le flux d'une marée. Il s'enfuit au loin dans la plaine, secouant au passage la neige des arbres. Le long du canal de Bruges les peupliers et les saules apparurent noirs et nus, squelettiques. Le vent soufflait.

– Qu'il dure. Qu'il dure toujours! priait Maria.

Mais il tomba, et au second jour de l'an une brise frileuse naquit sous le ciel pâle. Plus tôt que jamais naissaient les premiers vents d'est annonciateurs du départ. A la rue du Bout-du-Monde les poutres de la vieille demeure craquèrent sous l'étreinte du gel, et la lézarde grandit imperceptiblement sur son bon gros ventre.

Depuis son mariage, Johan habitait l'ancienne maison de Cornélius Cabiljauw. Neeltje s'était exclamée en découvrant la grosse marmite grimaçante, la tonnante effigie du *meerman*, le petit Bouddha énigmatique toujours logé dans sa niche. Ces génies familiers accueillirent la jeune femme avec circonspection, mais deux jours ne se passèrent point sans que Johan constatât une transformation miraculeuse dans leur comportement. A l'apparition de Neeltje, le Bouddha de porcelaine jubilait sous ses paupières mi-closes, la marmite faisait des grâces de sorcière en agitant joyeusement son chapeau fumant, et le *meerman* lui-même transforma en geste de bienvenue la malédiction de son bras levé.

– Au printemps, décida Neeltje, nous aurons des pigeons. Des gros blancs, qui font la roue. Tu les trouveras à ton retour.

La vieille marmite en siffla de joie.

A l'heure des repas, dévalant la passerelle du *Flandre*, Johan se surprenait à courir pour rejoindre sa maison. Quand il y entrait, à grand fracas, les flammes joyeuses dansaient et battaient des mains dans l'âtre clair. Il n'était pas jusqu'à Kir Sabbant, tout engourdi près du feu, qui ne consentît à se lever pour venir le saluer en remuant gauchement son arrière-train massif.

– Neeltje !

Elle surgissait du vantail de la porte, derrière laquelle elle se tenait cachée. Elle l'entendait venir de loin, son Johan, précédé de son sifflotement allègre et du bruit de son pas léger sur les pierres. La mer alourdit ses hommes, mais le Siffleur, lui, gardait les attaches déliées, une grâce animale dans les gestes nonchalants de ses grands membres souples. Il avait une démarche de danseuse. En soupirant d'aise il s'effondrait dans le grand fauteuil de paille. Le mariage datait de deux mois bientôt et Johan n'était pas encore revenu de son étonnement. Pour un peu, il se fût tâté.

– C'est bien moi, ici, au coin du feu? Décidément, je ne me serais jamais cru fait pour cette vie.

Plus tard, quand les années eurent passé, jamais il ne se souvint de ces premiers jours sans que lui vînt le regret poignant d'un bonheur perdu. « Bah! » disait-il alors, en chassant la pensée.

Mais elle revenait, insistante, parée de lumières et d'échos de chansons. Il en restait sombre durant des jours.

Elle chantait, Neeltje. Son rêve de fillette si longtemps caressé, et réalisé enfin à vingt-quatre ans, elle l'accueillait avec l'élan de confiance de toutes les jeunes mariées. Elle s'arrêtait parfois en plein travail, et se répétait tout haut :

– Il est à moi!

Et elle chantait plus fort. Kir Sabbant la regardait d'un air compatissant, en agitant en cadence son trognon de queue. Il advenait alors qu'on le prît aux joues et qu'on lui secouât la tête jusqu'à ce que ses yeux lui tournassent. Il trouvait cela fort bien, Kir Sabbant. Il en prit même l'habitude, et dans les derniers jours de janvier s'étonna fort qu'on le laissât en paix et que sa maîtresse chantât moins souvent.

Le vent était venu, implacable, désormais franchement établi à l'est. Au port, on s'affairait. Maria n'était plus jamais rue du Bon Vent. A bord du *Flandre*, inlassable, elle agençait les cabines de ses trois fils. Elle les garnit de choses ridicules, résolument inutiles et tendrement touchantes. Nulle autre qu'elle, sauf Neeltje, ne pouvait l'aider. La jeune femme s'étonna en lui voyant pendre à la cloison, en face de la table des cartes, un petit tableau inattendu. C'était un aspect des polders au milieu desquels, perdues dans leurs pensées, quelques vaches ruminaient méditativement.

– Johan m'a toujours dit que ce qui lui manquait le plus, aux Indes, c'étaient nos prairies et nos vaches, sourit Maria.

Dans son cadre doré, la peinture offrait un contraste saugrenu avec l'ameublement austère de la cabine, la lampe de cuivre, les instruments de navigation et les teintes sombres de toutes choses. En la voyant, le Siffleur éclata d'un rire énorme. Néanmoins il n'y toucha pas, mais ne pensa pas non plus à demander le portrait de Neeltje. La jeune femme sur chacune des chemises de son homme – pliées dans le coffre – ne mit qu'un baiser.

Le cinquième jour de février emporta les trois frères. Dès que la voile eut disparu à l'horizon, Neeltje partit vers la rue du Bout-du-Monde. Rinus, surpris, la vit disparaître en courant au détour du quai.

– Eh bien, elle ne vient pas dîner à la maison?

– Laisse-la seule, aujourd'hui, murmura Maria.

Les deux vieux rentrèrent. La porte, en s'ouvrant, grinça longuement dans le silence de la maison. Comme elle semblait grande, maintenant, cette table sur laquelle deux seuls couverts se trouvaient placés face à face! Et comme les pièces étaient vides et immenses... Pour le dîner, déjà, la servante avait pris la petite marmite.

Le soir vint sans qu'ils eussent pensé à allumer la chandelle. Les heures s'étaient passées et il y avait au plafond un gros nuage de fumée. Assis au coin du feu, Rinus tétait pensivement sa pipe. Il songea tout haut :

– Tout de même, il faudra qu'un jour nous pensions à le faire aussi, ce sacré voyage. Qu'en dis-tu?

Maria sourit, péniblement. Il resterait toujours le même, son Riqui. Se rendait-il compte que leurs habitudes, leur commerce, la vie enfin les avait emprisonnés? Que jamais ils ne pourraient quitter cette ville dont chaque pierre était un morceau d'eux-mêmes? Se rendait-il compte, aussi, de leur âge? Elle entra dans le jeu.

– Oui, il faudra un jour y songer.

Après bien des années, une peine lui vint encore : le seul de ces enfants qui lui resterait jamais, le plus puéril aussi sans doute, était cet homme, cet homme maintenant assis en face d'elle, avec son bon regard candide. Il ne l'abandonnerait jamais, lui : son temps était passé. Maria, prête aux larmes, eut une soudaine envie de tendresse, un besoin indicible d'être rassurée; et deux paroles jaillirent, surprenantes aux lèvres encore fraîches de cette femme de cinquante-cinq ans.

– Tu m'aimes?

XVI

Ce fut le plus beau voyage du *Flandre*. Et le plus merveilleux qu'eussent fait les trois frères.

Jamais Pieter et Corneel n'étaient descendus plus loin que l'Espagne. Cette mer, ils la connaissaient déjà. Ce vent, ils le retrouvaient semblable à celui de leur jeunesse déjà lointaine, quand le *Op hoop van Zege* les emmenait tous deux à la recherche des bâtiments étrangers. Ils ne commencèrent à pressentir un changement qu'au-delà du Portugal, quand les côtes d'Europe disparurent par le travers de la hanche bâbord. Jusqu'au milieu de la nuit les poursuivit une odeur de terre, inconnue, chargée d'effluves où vainement ils cherchaient à retrouver les senteurs humides et grasses des plaines du Nord. Au matin ils regardèrent comme un astre nouveau le soleil baignant le pont du *Flandre*. Puis le vent eut un parfum sec de silex et de sable chaud, et le ciel devint de feu. Émergèrent alors des flots les îles du Cap-Vert – Mayo la première, cachant par le travers les rochers de Santiago, ses contours tristes et âpres, ses mornes de lave desséchée. La floraison de ses vallées couvertes d'orangers, de goyaviers et de citronniers ne se dévoila que plus tard, quand ils eurent jeté l'ancre dans la baie de Praya.

Et le voyage reprit. Les alizés du nord-est poussaient vers le Brésil. Avant la fin du jour les terres disparurent. Par un chemin incandescent répandu sur la mer, le *Flandre* entra dans le couchant. Derrière, le Pain de Sucre s'engloutit dans la nuit surgissante. Bientôt ce fut la solitude, et les frères ne virent plus que les étoiles.

L'océan respirait d'une houle profonde, ample, dont chaque mouvement gagnait le vaisseau, jusqu'à la pomme des mâts. Le récollet le sentit s'installer en lui, ce balancement, et au-delà des siècles et des générations il le reconnut dans son sang. C'était le rythme qui jadis avait bercé les nefs barbares des *Fir-Bolgs* de Flandre, s'en allant par les mers piller les villes lointaines. Le même qui naguère avait porté Adrian De Boer et ses rêves d'aventurier chimérique lancé à la conquête des caravelles espagnoles de la *Flota de Oro*. Chaque mouvement du flot donnait au corps le sentiment de l'immensité; on le devinait venant du bout de la nuit, du bout du dernier jour, de bien d'autres nuits et d'autres jours encore, accourant inlassablement des Amériques lointaines. La chanson de l'étrave coupant la vague, elle-même, avait changé.

Le lendemain Johan saisit Pieter au bras :

– Écoute...

En dessous d'eux, perdu dans la respiration du navire, ses craquements réguliers, et le ronronnement du vent passant dans les cordages, un chant s'élevait.

– Ma parole, dit Johan, on dirait... Je veux bien être damné si...

Il dévala la dunette. Tout nu dans sa cabine, Corneel chantait. Pour la première fois depuis leur jeunesse, les deux frères l'entendaient entonner une ariette. Le Siffleur s'exclama.

– Eh bien quoi, ce n'est pas permis? se vexa le noiraud.

– Pardieu oui! Mais tout de même... En voilà une affaire!

Ils traversèrent le pot au noir. Ils restaient couchés sur le pont, ruisselants de chaleur. Le soir venait. Il y avait autour du bateau des tas de petits bruits clapotants. Au-dessus d'eux les cordages se dessinaient en sombre sur la clarté nocturne du ciel. On eût dit un immense filet à étoiles. La lune se levait, grosse, énormément. Elle était d'abord orange, puis jaune citron, enfin blanc d'argent. Tout le *Flandre* semblait pris dans de petites vaguelettes platinées.

– Regarde, soufflait Johan.

Sur les flots immobiles, quelque chose bougeait. Ce n'était d'abord rien : une vapeur, un mirage, l'ombre d'une ombre, le reflet d'un reflet. Ses formes se précisaient lentement et les trois frères croyaient voir surgir de l'eau un blanc fantôme. L'apparition se levait enfin, toute droite, et montait lentement dans la nuit. Sous les yeux des De Boer venait de se faire une métamorphose. Un nuage était né qui s'en allait rejoindre la course du troupeau, là-haut.

Tjores-à-la-flûte jouait dans l'ombre.

Souvent, pour eux, les trois De Boer entonnaient le *Magnificat*. Les accents de l'hymne se perdaient au loin sur l'eau, dans des essaims de poissons volants. Jamais l'entente n'avait été si parfaite entre les trois frères, et plus jamais elle ne le fut comme en ces jours.

Ils guettèrent ensemble Fernando De Noronha, parièrent qui d'entre eux le premier apercevrait l'*El Pico* et, ensemble, le découvrirent du même cri. Ils contournèrent sa côte découpée de baies et de criques, ses hautes falaises battues d'écume, les récifs de la côte sud et – ensemble toujours – mirent le pied sur le sol d'argile rougeâtre de l'île. Ils firent aiguade, repartirent, élongèrent Sainte-Hélène et ses falaises en amphithéâtre, franchirent en chantant Bonne-Espérance. Et – un jour – virent l'étrave du *Flandre* déchirer des eaux bourbeuses, jaunâtres.

– Le Gange, annonça Johan.

La terre n'apparut qu'au lendemain. De loin, voguant sur la houle mouvante des palmes, un vaisseau d'or et de pierre étincelait. Le Siffleur murmura son nom.

– Jaggernauth.

– Une ville? interrogea Pieter.

– Si tu veux. Un temple, plutôt. Dans la haute tour, que tu vois là-bas, on raconte qu'il se trouve une idole aux yeux de pierres précieuses, dont chacune vaut un empire. Valait, plutôt : il paraît que la cupidité des hommes a rendu borgne cette divinité. Pour éviter qu'elle ne devienne aveugle, quarante mille bougres en armes la veillent désormais, jour et nuit.

– Quarante mille! Bigre...

– C'est ce qu'on dit. Mais tu sais, c'est peut-être de la blague. Tu en entendras d'autres, ici.

Dans le creux des vagues limoneuses, la barque du pilote apparaissait. Pieter le vit grimper, tel un singe, et sauter demi-nu sur le pont. Son premier Hindou! Le récollet le regarda avec une grande foi évangélique. « Ils ont l'air gentils », pensa-t-il. Il se vit à la tête d'une pieuse paroisse de convertis.

A l'approche de la nuit, le *Flandre* pénétra dans le fleuve sacré. Il avança lentement, à la sonde, entre la traîtrise des bancs. Planait dans l'air l'immense croassement des corneilles, premier bruit qui frappe le voyageur aux Indes. Pieter se tenait penché sur la lisse, cherchant dans l'obscurité naissante à percer déjà le mystère de cette terre.

Mais de ce qui allait être désormais le lieu de sa vie ne se distinguaient que des rives basses, des arbres étranges aux racines plongeant dans la vase, des berges de sable et de boue, des odeurs de choses pourrissantes, des sons aigres de flûtes lointaines. La nuit avala tout. Seuls entre les palmes miroitaient les feux sanglants des bûchers funéraires. Et puis quelques années passèrent.

XVII

Devant, la première torche s'alluma. Depuis quelques minutes l'obscurité s'était faite plus épaisse, se peuplait d'ombres immobiles et dures, de racines invisibles sur lesquelles les hommes trébuchaient en jurant. Au-delà de la voûte du feuillage compact se devinait la nuit tombée sur la jungle. La rouge lueur, éclatant soudain, enflamma le chemin, révélant en silhouettes fantastiques les éléments de la troupe en marche. La flamme gagna de mains en mains, et bientôt les feux mouvants de la caravane piquetèrent les ténèbres de la forêt.

Les hommes avançaient, harassés. Toute la fatigue d'une journée épuisante leur pesait aux jambes et maintenant, à l'approche de la factorerie, alourdissait encore leurs pas. De la brillante escorte, rangée tout le jour face au palais du phousdar de Hougli, ne restaient que des soldats débraillés, une débandade d'uniformes déboutonnés, d'armes portées à la diable et parfois comiquement surmontées d'un shako inutile. Au bout des longs fusils les couvre-chefs se balançaient et tournaient au rythme de la marche. Mais il y en avait de moins en moins : les uns après les autres, les Flamands, abandonnant leur contrainte, posaient leurs armes dans les chariots, y accrochaient leur tunique, y jetaient leur shako et, la chemise ouverte, dépoitraillés, suivaient en soufflant le véhicule tanguant dans les ornières. Seuls les *pions* Sikhs n'avaient point quitté leur tenue d'apparat. Insensibles à la chaleur, leur marche gardait une souplesse où rien ne révélait la fatigue des heures passées. Leurs pas glissants faisaient bruire les feuilles mortes. Ils restaient stricts et altiers, sanglés dans leur tunique d'un bleu dur dont les pans relevés par deux boutons de cuivre découvraient la doublure écarlate. Quelques-uns seulement s'étaient débarrassés du large baudrier de cuir jaune leur barrant la poitrine. Mais peut-être, après tout, était-ce pour mieux pavoiser les ridelles des chariots ?

A l'avant, un cri retentit. Sortant de sa torpeur, Corneel De Boer sentit sous lui s'immobiliser l'éléphant. Il se pencha hors du *haouda* pour connaître les causes de l'arrêt. En tête de la colonne, quelques hommes discutaient à la lueur des torches. Du groupe émergeait la haute stature du *jedamar* [1]. Corneel le héla.

– Hittah Singh !

L'homme ne l'entendit point. Corneel ouvrit la bouche pour l'interpeller encore, mais se ravisa. A quoi bon ? Il aperçut un gamin demi-nu qui trottait vers l'arrière de la caravane.

– Bahador, galopin ! Qu'est-ce qu'il y a ?

– Un arbre, Sahib. Je dois aller chercher un *maknas* [2].

L'enfant disparut, agile. Il n'avait levé le visage qu'une seconde, sans interrompre sa course ; mais le regard, le sourire qu'avait reçu Corneel le troublèrent une fois encore. La

1. Capitaine. Plus spécialement, chef de caravane, guide.
2. Éléphant sans défenses utilisé pour les travaux.

ressemblance était hallucinante. Il se laissa retomber en arrière sur les coussins. Dans les paroles soudain prononcées par Pieter, il retrouva l'écho de ses pensées.

– Il ressemble tout de même curieusement à Johan.

– Curieusement ? Ce n'est pas curieux du tout. Je veux bien être pendu si ce n'est pas son fils. Son fils, bon Dieu ! A Ostende, l'animal se débrouille pour n'avoir que des filles.

– *Que*... Il n'en a que deux, sourit le récollet, et il n'est marié que depuis quatre ans. Et puis, qu'est-ce que cela peut te faire ?

– Rien, bien sûr. Mais tout de même, Johan devrait avoir un fils, grommela le noiraud, têtu.

– Mais il en a un : Yar Iung Bahador. Tu viens de le dire toi-même.

– Ne plaisante pas avec cela.

Corneel se renfrogna. Pieter avait toujours des complaisances inexplicables pour les faiblesses de son aîné. Le noiraud, parfois, en perdait patience :

– Ma parole, on dirait que c'est moi le curé de la famille !

– Je ne te le fais pas dire, souriait Pieter.

Il souriait toujours. Maintenant encore, malgré la pénombre, Corneel croyait voir son regard amusé. Après tout, au diable !

Le *maknas* vint de l'arrière et les dépassa lentement, d'une démarche tout à la fois pesante et souple. Yar Iung Bahador tirait par la trompe l'animal docile et familier comme un chien. Il y eut, devant, des cris, des encouragements gutturaux, puis la caravane reprit sa marche sur le chemin déblayé. Un peu plus loin il y eut un nouvel arrêt, très bref, pour franchir le déblai d'un *nullah* au fond duquel stagnait encore – miracle ! – une large flaque d'eau bourbeuse. L'éléphant y piétina avec délices, en soufflant.

Le convoi serpentait dans les méandres de la jungle. La lueur des torches révélait les parois luisantes de cette énorme caverne végétale enrubannée de lianes, pavoisée de fleurs aux tons éclatants et livides. Enlacés de plantes parasites, les arbres s'élevaient tels des piliers de cathédrale. Leur voûte se perdait, invisible, hors des lumières fumantes que brandissaient les hommes. Dès les premiers instants, des ombres de velours s'étaient décrochées de la nuit des feuilles. Elles passaient d'un vol hésitant, saccadé, à chaque minute plus nombreuses. L'une d'elles heurta un montant du *haouda* avec un bruit mou et s'enfuit sans un cri. La nuit, maintenant tout à fait établie, n'avait point fait baisser la température qui stagnait sous les arbres, épaisse, plus gluante encore depuis que l'on avait pénétré dans la forêt. Elle s'était chargée de senteurs lourdes, sirupeuses, presque écœurantes. Corneel soupira, mal à l'aise. Il avait encore en bouche un goût de bétel et d'eau de rose qui lui soulevait le cœur. Il cracha.

Il s'était imaginé tout autrement cette journée si longtemps attendue. Sans le moindre élan de plaisir il revoyait en pensée les rites qui avaient présidé à la cérémonie. Le nabab de Hougli les attendait, entouré de deux mille soldats équipés à la mauresque. Dans un concert assourdissant de flûtes, de tambours, de cymbales, lui, De Boer, s'était présenté escorté de ses hommes, de ses Maures porteurs de bannières, de trompettes à cheval. Quelle allure devait-il avoir sous son baldaquin, au moment où il s'était avancé vers le nabab? Corneel ne se souvenait que d'une chose : la transpiration qui lui collait aux reins, la lourdeur de son justaucorps brodé lui pesant au moins deux cents livres aux épaules, et la malice diabolique de cette sacrée épée lui battant les mollets avec une insistance irritante. Il n'avait jamais porté épée, Corneel De Boer...

Le cérémonial des « salamalecs » lui revenait comme le jeu le plus ridiculement stupide auquel il eût participé depuis son enfance. Une folie, ces salamalecs, répétés quinze jours à l'avance sous la direction impavide du chef de protocole du nabab! Trois saluts d'abord, à cent pas déjà. Puis trois autres, face au nabab. Reculer de six pas (pas sept, monsieur De Boer! six) et trois autres courbettes encore. Chaque fois en touchant la terre de sa main avant de porter celle-ci à son front. Il en avait sué. Il pensa tout haut : « Quelle comédie! »

Il n'avait pas le sens de l'humour, Corneel. Trop sérieux pour cela. Pieter, lui, très digne dans sa chasuble flamboyante, ne s'était jamais départi d'un regard amusé. Quand Corneel avait reçu l'éléphant rituel scellant définitivement le pacte, le récollet avait soufflé :

– Tu en as de la chance! C'est une belle bête. Qu'est-ce que tu vas en faire?

– Tu le veux? avait répondu le noiraud, hargneux.

Il l'avait pourtant attendu assez longtemps, cet éléphant. Et, avec l'animal, la reconnaissance officielle de la factorerie par le potentat hindou. Au début, il avait pensé bâcler l'affaire en six mois.

– Six mois? Cela fait huit ans que j'essaie, l'avait averti Lieven De Boo.

– Allons!... Votre nabab ne va pas se montrer plus pointilleux que Charles VI.

– Charles VI? Le nabab se fout de Charles VI, avait répondu l'autre, placide.

– On verra. De toute façon je ne quitterai pas le pays avant d'avoir cette concession.

– Alors, je vais vous faire construire une petite maison.

Corneel avait haussé les épaules. Mais la maison avait été construite. Il l'avait habitée. Les saisons avaient passé. Johan était reparti avec le *Flandre Impériale,* était revenu, reparti encore. Ses enfants étaient nés, avaient grandi. Deux fois déjà, bousculant Corneel, il avait tenté de le ramener à Ostende.

– Laisse ça. De Boo se débrouillera aussi bien que toi.

– Non. Je préfère rester jusqu'à ce que tout soit terminé.

– Tu es un bœuf obstiné. A ta place, tu sais...

A la place de son frère, le Siffleur se fût rembarqué. Tout au moins le croyait-il. Le sang français coulait fort et vif dans les veines de Johan, et la persévérance... Mais Corneel, lui, était flamand, jusqu'aux moelles : tenace, opiniâtre, presque buté. Il resterait cramponné à sa tâche jusqu'au jour où il aurait surmonté l'obstacle. Quand, après des palabres décevantes, tout semblait perdu et remis à une date lointaine, Corneel grinçait des dents. Inconsciemment il baissait le front, levait un peu les épaules et, avec la rage de la déception, lui venait une volonté nouvelle. Un bœuf obstiné? D'accord. Il prenait cela pour un compliment. Il avait réussi, le bœuf obstiné!

Il avait fallu quatre ans de discussions, de menaces, de marchandages, quatre ans de palabres, d'intrigues, de luttes incessantes contre les menées rivales pour atteindre ce jour. Maintenant Johan pouvait revenir. Dans quelques semaines le *Flandre* apparaîtrait au détour du fleuve. Le vaisseau repartirait avec la mousson d'hiver, mais cette fois Corneel serait à bord. Avec un attendrissement soudain, le noiraud pensa à sa vieille ville entourée de ses polders, à ses bruns remparts, à la blondeur de ses dunes. Avec le bruit d'une étrave froissant la vague, le *haouda* pénétra dans la ramure basse d'un bouquet de bougainvillées. Des branches fouettèrent les montants du baldaquin. Pendant quelques pas l'éléphant avança dans une nappe d'odeurs poivrées. On ralluma des torches.

Le reflet des flammes miroitait sur le vert cru des feuilles. La caravane marchait entre des murailles de verdure, d'ombres violentes projetées sur le chemin. Les couleurs des uniformes s'avivaient brusquement quand la lumière les touchait. Par intervalles leurs larges boutons de cuivre jetaient des éclairs. Devant l'éléphant de Corneel le premier chariot tanguait sur les racines. Il chut lourdement dans une ornière et les tuniques qui le pavoisaient vinrent gifler les ridelles. La masse obscure des éléphants, au ventre seul éclairé, la pourpre de leur caparaçon frangé d'or, le balancement des bœufs cornus sous le joug, le désordre des *pions* marchant à la débandade aux côtés des chevaux, l'éclat bref des armes, la semi-nudité des porteurs indigènes, tout conférait à cette troupe en marche dans la jungle et à ses ombres bougeantes un aspect irréel et fantasmagorique. Un cavalier maure somnolait sur sa selle, tenant à la saignée du bras la hampe d'un drapeau jaune d'or à l'étoffe frappée d'un lion dressé et noir. Pour mettre le comble à l'étrangeté du cortège, un nègre apparaissait, ses bras nus sortant d'une chasuble immaculée. La peau luisante de l'homme avait des reflets violets de prune noire. Corneel sursauta.

– Piet!

– Qu'est-ce qu'il y a?

– Tu as laissé ta chasuble à Jésus Boudin!

– Et alors?

– Il va te la saccager!

– Bah! Il est si content.

– Tout de même! suffoqua Corneel... Je serais curieux de savoir ce que dirait l'évêque de Bruges en apprenant que tu confies tes habits sacerdotaux à un nègre. Et à des fins... à des fins...

Il s'arrêta, scandalisé. Pieter poursuivit pour lui.

– ... Commerciales. Oui. Commerciales et évangéliques. Eh bien! l'évêque de Bruges dirait que j'ai eu raison si ce procédé, que tu sembles réprouver maintenant, a pu nous aider un peu à obtenir la reconnaissance officielle de la Compagnie, et, *ipso facto*, de notre religion. Et puis, n'est-ce pas toi-même qui as recommandé à chacun de mettre ses plus beaux atours pour éblouir ton nabab, afin de le convaincre de notre puissance et de notre richesse? Non? Et ma foi je dois dire que Jésus Boudin a été de nous tous le plus remarqué aujourd'hui. N'est-ce pas Jésus?

Le récollet cria sa question. Sans savoir de quoi il retournait, le nègre leva vers l'ombre un regard illuminé d'un sourire et acquiesça de confiance. Découragé, Corneel soupira :

– Quel carnaval!

La marche continuait. Elle semblait ne devoir jamais se terminer. Un chant s'éleva, unique, et le récollet reconnut le jeune Schattemans, un gamin de vingt ans à peine, arrivé lors de la dernière mousson. D'une voix puérile encore, il attaquait *Wel Island, gy bedroefde kust.* Les conversations baissèrent progressivement jusqu'au moment où un juron retentit :

– Ta gueule, nom de Dieu!

Le chanteur se tut. Mais l'air mélancolique continua à murmurer au cœur des Flamands qui marchaient dans la nuit. Elle éveillait en eux des souvenirs, cette complainte des jeunes filles solitaires, ces stances trop tristes dont la cadence évoquait la terre lointaine :

Wel Island, gy bedroefde kust,
Gy doet er menig herte lyden.
Gy maekt de meisjes g'hell ongerust
In de bedroefde Somertyden
Omdat sy hun lief plezant
Wyf groote maenden moeten derven.
Sy syn gevaeren naer Island,
De meisjes syn alle om te sterven [1].

Et les hommes pensaient à la chanson. En était-il une, semblable, faite pour eux, les « Indiens », et murmurée aujourd'hui par les filles de Flandre, en pensant aux absents? Se promenaient-elles aussi *dans la rue, tête baissée, le cœur lourd, les larmes aux yeux, le cœur plein de chagrin d'amour?* Dieu du ciel...

La caravane attaqua le chemin montant de la dernière colline. Un quart d'heure encore et l'on sortirait de la jungle. Au loin un tambour funèbre battait l'ombre. Renversé sur les coussins, les yeux au ciel, Corneel essayait de découvrir les étoiles perdues entre les feuilles. La mélodie inachevée le laissait rêveur, presque triste. Nulle fille ne pensait à lui, à Ostende; et il avait trente ans passés... Un jour, tout de même, il devrait penser à se fonder une famille. Il resta muet un long temps...

Un souffle plus chaud le fit se redresser. La troupe sortait de la forêt. Au premier détour du chemin la factorerie apparut dans la plaine. Ses lumières papillotaient dans la nuit. Un cheval hennit. Sur le chemin plus large et dur la marche s'accéléra.

Déjà avertis, tous les chiens du comptoir hurlaient au-delà des rizières.

1. *Islande, triste côte,*
Tu fais souffrir plus d'un cœur.
Les jeunes filles sont inquiètes
Durant les tristes mois d'été
Parce que leur manquent leurs amoureux,
Pendant cinq longs mois...
Ils sont partis vers l'Islande,
Et les jeunes filles sont prêtes à mourir...

XVIII

Ce mois de mai fut torride. Dix fois par jour, en s'épongeant le front, Lieven De Boo jurait gravement qu'il n'en avait connu de semblable depuis les douze années qu'il habitait « ce sacré damné pays ». Chaque printemps, à la même époque, il renouvelait d'ailleurs ce serment avec une conviction toujours accrue. Chose toutefois digne de mention, le ton de sa voix baissait en proportion de l'élévation de la température. Cette fois-ci, ses paroles ne dépassaient pas le registre du murmure. En dehors du travail il passait ses heures effondré dans un fauteuil de rotin, entre sa pipe en veilleuse et son *hookah* éternel. Quand venait le moment de sortir du palais, le seul mouvement de se lever lui graissait de sueur le visage. Avant de se plonger dans la fournaise, De Boo restait une seconde hésitant, à l'ombre du porche. On l'entendait souffler bruyamment en traversant la blancheur aveuglante de la place. Ses vêtements flottaient de plus en plus autour de son corps massif. De Boo, au printemps, fondait littéralement.

Les anciens de la colonie ne se souvenaient pas avoir jamais vu la terre pareillement calcinée, les cultures si maigres. Desséchés par le soleil, les champs de maïs et de millet avaient tourné à l'or brun, puis à des couleurs de cuivre. Aux faibles risées de vent qui éventaient la plaine surchauffée, leurs tiges se froissaient avec des bruits de métal. Sans apporter d'apaisement à la température, le manteau de la nuit, pesant, recouvrait la campagne, et la coulée du Gange se constellait alors de lueurs tremblantes. Chacune signalait, couché sur sa planche, un mort veillé par la petite lampe à huile rituelle. Ces feux follets passaient, glissaient sur les eaux sacrées, s'évanouissaient au prochain détour du fleuve; mais d'autres coulaient déjà de l'amont, tous pris en chasse par les tortues mangeuses de cadavres. Le jour, on distinguait leur carapace grisâtre luisant dans le sillage des radeaux funèbres.

« Il y a famine, là-haut », songea Pieter.

Avant l'arrivée de la mousson, on poussait ferme les travaux d'agrandissement de la jetée. L'appontement longeait maintenant la berge sur plus de soixante toises, prolongé de quais de bois lancés jusqu'au profond du fleuve. Pour juillet on attendait trois vaisseaux d'Ostende, et, l'an prochain, quatre peut-être. La taverne *In de Stad Ostend*, avec son unique salle basse, ne pouvait – depuis des années – suffire à satisfaire les cent hommes débarqués à la factorerie par chacun des navires. Quatre autres estaminets s'étaient érigés en face du port fluvial, et il en pousserait certainement d'autres : Johan n'avait-il pas dit, à son dernier voyage, que le fils du *baes* de la *Ville de Douvres* pensait venir installer une taverne sensationnelle à la factorerie? *In de Stad Ostend*, avec son architecture paradoxale, son pignon à redans perdu dans le nuage des bougainvillées, restait cependant le mieux côté de la colonie.

Chaque mousson apportait de nouveaux colons au comptoir.

Et puis, le premier juif était venu.

Cet événement prit place parmi les plus importants de l'histoire de la colonie. En ordre d'importance, il ne fut jamais dépassé que par la première arrivée du *Flandre* au Bengale, la reconnaissance de la Compagnie par l'empereur Charles VI et la concession officielle accordée par le nabab de Hougli. Lieven De Boo fêta le nouveau venu avec éclat et poésie.

– Messieurs, dit-il à l'issue du banquet, nous pouvons désormais être assurés de la fortune du comptoir : ce juif, messieurs, est en quelque sorte une cigogne porte-bonheur venue se nicher sur notre toit...

Sur ces mots, prononcés sans ironie aucune, le Gouverneur avait, par trois fois consécutivement, vidé son verre. L'éloquence donnait diablement soif, à hauteur du vingt-troisième parallèle.

Sans s'en douter, Lieven De Boo, à cinquante ans de distance, avait prononcé à peu près les mêmes mots qu'avait eus jadis le petit Rinus De Boer quand Rosenroth était arrivé à Ostende. Il se mit à suivre avec sympathie l'installation du nouvel arrivant. Le père La Cigogne, tel qu'il fut désormais baptisé, commença par acheter une longue bande de terrain en face de l'appontement.

– Crédiable! Il va me construire toute une rue! jubila Lieven De Boo.

Effectivement, dès la première semaine, un charpentier et quatre aides indigènes s'affairèrent avec une sage lenteur. Ils disparurent deux mois plus tard, laissant derrière eux l'édifice d'une bicoque jaunâtre, rectangulaire et rigoureusement impersonnelle. Le père La Cigogne accrocha une enseigne à sa porte, dispersa quelques bimbeloteries sur des étagères bientôt poussiéreuses, rentra dans sa demeure, joignit les mains sur son ventre et attendit la fortune en transpirant. Depuis, les quatre nouveaux estaminets s'étaient installés sur son terrain. Lieven De Boo, confondu, pensa que, s'il devait un jour agrandir les entrepôts, il devrait, lui aussi, racheter une bonne bande de terre au Père La Cigogne.

Cette perspective lui donnait du souci.

Pieter apparut sur la berge à l'heure où le travail cessait à l'appontement. De l'entrelacs des pilotis de bois sortaient les aides bengali. C'était l'heure des ablutions. Une foule grouillante, bigarrée, pataugeait dans la boue du fleuve. Elle se tenait accroupie dans l'eau jaunâtre, se gargarisait en fermant les yeux, et recrachait dignement le liquide, repris pieusement en contrebas par des bouches dévotes. Un vieillard décharné, avec des gestes d'officiant, accomplissait un rite bizarre : d'une cuiller d'étain, maniée avec componction, il arrosait une pierre plate tenue en équilibre sur ses genoux. Au bout de sept arrosages, effectués goutte à goutte, il s'inclinait sur l'objet de son culte jusqu'à toucher du front le courant du fleuve. Et recommençait. La nuit tombante le retrouverait à la même place, toujours occupé à ses dévotions mystérieuses. A quelques pas, Pieter l'entendait marmotter, interminablement : « Rame-Rame-Rame-Rame... » Le récollet s'absorba dans la contemplation de cet étrange fidèle.

– Quand tu auras converti celui-là, Piet, tu auras gagné ton paradis.

– Mais justement : il est converti. Tu le vois tous les dimanches à la messe.

– Alors, c'est qu'il prend une assurance supplémentaire.

Surgi de la foule, Corneel empoigna le bras de son frère. Massif, presque carré dans ses vêtements de travail, ces quatre années de séjour au Bengale avaient encore mûri le noiraud. Jamais, à le voir, on n'eût pensé qu'il était de trois ans le cadet du récollet. Il avançait posément, avare de ses gestes. De ses bottes gluantes, auxquelles la boue séchait déjà, il écrasait la terre d'un pas lourd. Moins pour parler à son frère que pour répondre à une pensée intérieure, Corneel murmura :

– Je me demande si nous ne devrions pas allonger ces jetées de dix toises. Si la sécheresse continue, jamais les vaisseaux ne pourront s'amarrer. Il y a là-bas un banc de vase qui ne fait que monter d'année en année.

Jamais, à Ostende, Pieter ne l'avait connu pareillement attaché aux besognes manuelles. Ici, fuyant le désœuvrement qui le guettait en morte-saison, le noiraud s'absorbait dans la construction. En quarante-six mois étaient sortis de ses mains, pour ainsi dire, de nouveaux entrepôts, une aile supplémentaire au « palais », et tous ces quais de bois, dont chacun épargnait désormais aux vaisseaux de la Compagnie les déchargements interminables par *langboot* [1]. A l'étonnement de Pieter, Corneel répondait d'un haussement d'épaules fataliste :

– Qu'est-ce que tu veux, frérot, ce doit être un héritage du papa Rinus. Maintenant, quand je vois un morceau de bois et un marteau, les mains me démangent.

Ils remontèrent la berge. Avant qu'ils eussent atteint l'ombre des premiers *djaks*, Lieven De Boo les rejoignit. Il soufflait.

– Encore deux semaines et tout sera fini. Pas trop tôt. Je me sens devenir malade.

Ce qui était une contrevérité flagrante. Après l'amaigrissement causé par la saison sèche, chaque année au contraire

1. Bateaux à fond plat permettant de naviguer sur les hauts fonds.

arrondissait la silhouette du gouverneur. Seul de la colonie, peut-être, il en était encore, au bout de douze ans, à attendre sa première attaque de fièvre. Ce gros homme au teint frais, au visage beurré de sueur, était un vivant paradoxe au milieu de ces colons à la peau jaunie par le paludisme. Lieven De Boo, quand les fleurs même s'étiolaient, gardait une bonne santé déplorable et un coup de fourchette consternant.

L'ombre des palmiers les accueillit. Dans un jardinet scrupuleusement sarclé, un homme arrosait la terre nue. Ses cheveux, décolorés par le soleil, étaient étonnamment blonds.

– Ça pousse, Bogaerts ?

– Si l'on peut dire, monsieur Corneel. Voilà deux semaines que je m'échine à les arroser, et je ne vois encore rien venir. Mais vous verrez qu'à la première pluie ces sacrés haricots vont me sauter au nez comme des chats sauvages.

C'était la première saison de Bogaerts. Lui aussi, comme les autres naguère, comme Lieven De Boo lui-même autrefois, essayait des « cultures » de légumes européens. Tous l'avaient tenté, avec une naïveté touchante, d'énormes imprécations, une abondance d'arrosoirs et plus encore de transpiration. Les résultats, toujours identiques, étaient prodigieux. Après des semaines d'efforts stériles ils voyaient surgir du sol les premières pousses. « Ça va », se disaient-ils en se frottant les mains. Mais l'averse continuait, les salades poussaient avec virulence, épaisses comme des buissons. On sortait du sol des carottes aux dimensions de betteraves, des poireaux atteints de gigantisme. Quant aux haricots... Pieter sourit : la mousson ne serait pas venue d'une semaine qu'il trouverait Bogaerts jurant comme un possédé et taillant à grands coups de serpe dans la jungle de ses « cultures ». Sans cette mesure rigoureuse les haricots envahiraient sa maison et pousseraient jusque dans son lit. On l'avait averti, Bogaerts, mais il avait secoué la tête : « Je vais voir... » Ils avaient tous « voulu voir », essayer, se rendre compte par eux-mêmes, ne croyant rien qu'ils n'eussent auparavant contrôlé de leurs yeux. Certains avaient persévéré deux ans, trois ans, variant les dates de leurs plantations, rusant avec la nature. A la fin, tous avaient envoyé leurs instruments aratoires au diable. Depuis douze ans, c'est le seul obstacle que n'avaient point réussi à surmonter ces Flamands. Cet insuccès les confondait. Vexés, ils avaient pour leurs semences de haricots des regards chargés de haine et d'incompréhension. Au quinzième jour de la mousson, ils ne pouvaient supporter l'aspect narquois de leurs arrosoirs. On retrouvait ces derniers au fond d'une remise, cabossés de furieux coups de pieds assenés à l'abri des regards.

L'automne suivant, les nouveaux colons essayaient à leur tour. Les anciens suivaient leurs efforts avec passion : si Lode Claes réussissait? On pariait sur leurs chances comme aux combats de coqs.

Jusqu'à présent, le haricot était toujours sorti vainqueur de la lutte.

Le chemin montait. Ce n'était plus le sentier de jadis, transformé en torrent de boue dès le premier orage. Il était tapissé de bons gros pavés ronds de Flandre, chaque année apportés par les vaisseaux arrivant sur lest. De chaque côté, à l'ombre des cocotiers, s'élevaient des maisons, de vraies maisons, en solides briques du lointain pays. On l'avait nommé la rue de la Chapelle, le chemin; tout simplement, comme à Ostende. Y habitaient les employés de la factorerie, leurs femmes, leurs enfants. Certains jours – deux par an, parfois quand l'air était frais et la pluie douce – on s'y serait cru en Flandre. Plus les palmiers et les singes, bien entendu!

Le dimanche, aux premiers battements de la cloche agitée par Jésus Boudin, tout ce monde se rendait à la messe. Dans ce décor tropical c'était un spectacle saugrenu, ces files de ménages endimanchés, ces familles aux vêtements sombres gravissant dignement le chemin menant à l'église. Sans rien perdre de leur respectabilité ils se rangeaient aux côtés d'indigènes demi-nus et entonnaient les hymnes, gravement.

Depuis trois ans bientôt, le pas pesant du Père Hieronymus ne faisait plus grincer l'escalier de la chaire au moment du sermon. Il était mort, comme tant d'autres. Sa tombe avait été creusée là-haut, dans le cimetière, à l'ombre du grand banyan. Déjà on ne la distinguait plus très bien; quand venait la mousson d'été, la pluie délayait le sol, le nivelait, y faisait en deux jours surgir une explosion d'herbes voraces rendant tout repère impossible. Au début, à grands coups de serpette, de bêche, on avait rétabli l'ordre des tombes, à l'estime. Depuis... Il fallait parfois écarter les herbes pour découvrir une croix de bois trop vite pourrie, un nom aux trois quarts effacé :

K..el . la.yn.k
..69-1721

Les trois hommes parvinrent sur la petite place, devant le « palais ». Déjà la factorerie était déserte. Fuyant la chaleur, chacun s'était réfugié dans les maisons. Hors les frères De Boer et Lieven De Boo, le seul être visible était un bonze à la peau couleur d'huile, accroupi près du seuil, et adossé à la blancheur du mur. Il somnolait. Dans l'ombre violette plaquée sur le sol d'ocre cru, sa robe jaune citron éclatait violemment. Des plis de l'étoffe s'épanchait une façon de lumière. On croyait en voir les reflets scintiller autour du dormeur, sur la façade.

– Si vous voulez... commença Lieven De Boo.

Il s'interrompit. Des fenêtres ouvertes du « palais » s'échappait un bruit soudain de vaisselle, aussitôt suivi de la voix furieuse de Mme De Boo. Brusquement jaillit de la porte un singe couleur de cendre. Il faillit se heurter aux hommes, poussa un cri, dérapa sur les pierres, traversa dans un nuage de poussière tout le soleil de la place et bondit dans un arbre. On le vit nager furieusement dans l'eau des feuilles, disparaître et ressurgir plus haut, caquetant de frayeur. Il enveloppa les trois hommes d'un regard indigné et leur cracha des injures. Quelques pétales, derrière lui, churent mollement sur le sol.

– C'est Koekebakken-Deef [1], diagnostiqua placidement De Boo. Ma femme a dû préparer des crêpes. Vous restez dîner avec nous ?

1. Littéralement « voleur de crêpes ».

– Non, merci. Jésus Boudin m'a annoncé ce matin qu'il me préparait des *kakobs* [1] sensationnelles, et je lui ai promis de lui amener Cor. Il serait navré si nous lui faisions faux bond.

En s'éloignant, ils frôlèrent le bonze qui n'avait point bougé un cil. On l'eût cru endormi, n'eût été l'étroite lueur noirâtre brillant sous ses paupières abaissées.

L'église était un peu plus haut, perchée au sommet de la colline. Accotée aux murs de la chapelle, la cure du récollet se perdait dans l'ombre d'un banyan. Elle était petite, noble et fraîche. Pieter avait aidé lui-même à la construire, en beaux murs épais de deux larges pieds. Elle se composait de deux pièces garnies de meubles essentiels, percées d'étroites fenêtres grillées semblables à des meurtrières. Dans celle que Jésus Boudin nommait pompeusement la « salle à manger » ne se trouvait guère qu'une table flanquée de deux chaises et du « fauteuil à sieste » en rotin. Un coffre de matelot, bardé et clouté de cuivre, sculpté en creux d'une guirlande de dauphins, était l'unique luxe du lieu. Un alcarazas ventru, d'un beau rouge brique, tout embué de fraîcheur et ficelé de cordes, pendait du plafond, tel un énorme fruit. A voir la simplicité de l'ameublement, la pauvreté de la vaisselle posée sur le bois nu de la table, personne n'eût douté que, du jour au lendemain, Pieter De Boer aurait pu, tel un indigène, manger par terre dans une assiette faite d'une seule feuille de bananier. En fait, si sommaires que fussent les meubles, le récollet les tenait encore pour superflus.

Les deux frères mangèrent en silence. Quelque part une noria grinçait, interminablement. A intervalles réguliers, on entendait l'eau se déverser dans un bassin invisible. L'espace de quelques secondes deux mains roses se cramponnèrent aux barreaux de la fenêtre, immédiatement suivies de l'apparition d'un visage simiesque. La tête poussée entre les grilles, l'animal jeta vers les hommes attablés un regard d'une curiosité

1. Boulettes de viande au curry.

impudente, claqua les dents et disparut. Sa fuite, dans l'enclos de la cure, remua un frisson d'herbes et de feuilles.

– C'est bon, missié Co'neel?

– Fameux, Jésus. Encore trois bouchées et je crois que je serai capable de cracher des flammes longues de deux toises. Encore à boire, veux-tu?

Jésus s'empressa, l'alcarazas serré sur le ventre. Il avait vieilli, Jésus Boudin. Sa tignasse crépue blanchissait, et sa barbe courte également. Depuis douze ans lui aussi, il était aux Indes, guettant chaque retour de « missié Johan », transporté de bonheur quand la silhouette du Siffleur apparaissait sur la dunette du *Flandre*. La venue de Corneel, celle de Pieter surtout, l'avaient plongé dans des extases de joie puérile. Sacristain, sonneur de cloches, cuisinier, bonne à tout faire, Jésus Boudin était parfaitement heureux. Pour les frères De Boer, qu'il avait connus enfants, le vieux nègre avait des soins maternels.

Avant la fin du repas le soleil tourna et une lame de feu transperça la pénombre de la pièce. La chaleur monta. Aux murs, les petits lézards beiges somnolaient, pétrifiés. Corneel souffla :

– La pluie, Seigneur! Quand cette sacrée mousson va-t-elle se décider à arriver...

– Dans quinze jours, peut-être.

– Piet?

– Quoi?

– Tu sais, cette fois-ci, je pars. Le pays me manque... Tu n'as jamais envie, toi, de...

– Comme tout le monde.

– Piet...

– Qu'est-ce qu'il y a?

– Quand je pense que je vais te laisser ici, eh bien! c'est idiot à dire, mais cela me fait quelque chose.

– Attention, Cor. Tu ne m'as jamais habitué à des transports semblables. La chaleur te rend sentimental.

– Sentimental ou non, je te plains.

– Je ne suis pas à plaindre.

Le récollet avait répondu vivement, presque sèchement. Johan aussi, à chacun de ses passages, avait remarqué combien Pieter fuyait les conversations et rompait les chiens dès qu'on parlait du pays. Pas à plaindre? Corneel en doutait. A travers ses paupières mi-closes, son frère lui paraissait fermé, hostile, assombri. Le noiraud, avec un soudain attendrissement, remarqua au coin des lèvres de Piet le même pli rieur qu'avait leur mère. Un bâillement lui vint, irrépressible.

– Sieste? proposa-t-il.

– Vas-y. Prends mon lit dans la chambre. Moi j'ai à faire.

Déjà Corneel ronflait. Des mouches tournaient, dans le silence.

Chaque jour maintenant, le sol des chemins était jonché de pétales. Parfois, sans qu'un souffle de vent agitât les feuilles, comme obéissant à un signal invisible, la pluie des fleurs ruisselait des arbres sur la terre. La nuit, de la jungle, s'élevait le barrissement des éléphants, le cri des bêtes en rut. Quand l'insomnie le tenait, Pieter parvenait à déceler à distance le brame du cerf et le rauquement du tigre, jadis si semblables à ses oreilles.

C'était l'époque où les paons dansaient dans les clairières.

Tous ces signes ne trompaient point. Chaque matin, depuis une quinzaine, le premier regard des Flamands était pour interroger le ciel, du côté de la mer lointaine. Ils devenaient fiévreux, irritables, les nerfs à fleur de peau, et prompts à rire pour des causes incompréhensibles. Mais chaque jour à leurs yeux le ciel s'offrait immuable, métallique, sans un nuage.

Seul Pieter échappait à l'impatience générale. Des jours entiers le voyaient enfermé dans le silence ombreux de sa cure, entre son lit étroit, une table minuscule et l'unique étagère sur laquelle, saison après saison, moisissaient les mêmes livres. Derrière la natte séparant sa chambre de la « salle à manger », les pieds nus de Jésus Boudin clapotaient doucement sur les dalles.

C'est là qu'au début d'une après-midi, le récollet leva la tête. Quelque chose, depuis un moment, venait de rompre l'équilibre sonore des heures. Pieter, immobile, mit tout un temps à comprendre que les corbeaux s'étaient tus dans le ciel, que nul bruit ne s'élevait plus des arbres perpétuellement agités par l'envol caquetant des perruches, le cri des singes, les stridulations des cigales. Au-delà des grilles, dans l'écran de la fenêtre, les cimes toujours mouvantes des palmiers lui apparurent pétrifiées dans une immobilité minérale. Au cours de la minute qui suivit, la clarté même du jour se transforma, et la cellule fut baignée d'une lumière transparente sous laquelle s'effacèrent toutes les ombres. Cloué sur la blanche crudité du mur, le petit crucifix noir sommant le lit du prêtre prit un relief incroyable. Un long temps la seule chose entendue fut le grignotement d'un insecte invisible travaillant dans le bois du lit. Bientôt, il se tut aussi, et le silence devint vertigineux.

– Est-ce que... murmura Pieter.

Il sortit. Un calme surnaturel planait sur la factorerie. Autour du seuil des maisons, des groupes se tenaient immobiles, chuchotant, le regard tourné vers l'horizon du delta. Rien n'apparaissait cependant dans le ciel, toujours d'un blanc de fusion. Un enfant cria quelque part, et sa voix retentit avec une netteté inimaginable. Pieter porta son oreille au mur : la pierre grondait, faiblement.

– La mousson...

L'heure ne se passa point sans que la clarté tombât, insensible. Vers le sud, des vapeurs s'entassaient, ourlées de reflets de cuivre. Elles avançaient, parcourues de lueurs blafardes, traversées de fulgurantes fluorescences. Sous leur masse grandissante, toute une moitié du ciel devint de ténèbres. Dans l'air toujours immobile s'avançaient les chars grondants du tonnerre. On eût senti le sol trembler sous la main. Corneel arriva à la cure, oppressé.

– Cette fois-ci, je crois...

Il ne put terminer. Dans un hérissement subit, les feuilles s'étaient dressées, toutes droites dans l'air. Un vent de poussière passa en crépitant sur les toits. A la même seconde le sabre d'un éclair ouvrit les nuages jusqu'au ventre. La pluie déferla.

Elle tomba jusqu'au soir, sauvage, dans les décharges incessantes de l'orage. Quand enfin elle cessa, les deux frères descendirent vers le palais. Il s'élevait du sol humide de puissantes odeurs végétales, d'une merveilleuse fraîcheur. Aussi rapidement qu'il s'était pourri, le ciel était redevenu d'une pureté miraculeuse. Nulle vapeur encore ne montait de la campagne apaisée. Jusqu'au fond de la plaine, les arbres, les maisons, les gens et jusqu'aux moindres choses se détachaient avec une netteté prodigieuse. Les eaux du Gange scintillaient, semblables à une coulée d'argent. Tout brillait, purifié par l'averse.

La deuxième vague de la mousson survint dans la nuit, galopant lourdement sur les routes. Au matin Pieter, en s'éveillant, vit trembler à sa fenêtre la spirale d'un liseron vert tendre, la veille encore invisible. D'un seul coup, en quelques heures, la campagne était passée de l'or brun au vert émeraude. Les rizières fumaient. Dans la rue de la Chapelle, des herbes perçaient entre les pavés, là où, hier encore, n'était que poussière. La vie reprenait, avec une force exubérante. Les singes hurlaient.

C'est à la mi-juillet qu'apparut le premier vaisseau des Indes. Il surgit au détour du fleuve, noyé dans les rafales, ses voiles basses ruisselant comme des outres crevées. Tout illuminé d'éclairs, le drapeau d'Orange claquait à sa poupe. Fantomatique, le bâtiment défila devant la factorerie et disparut vers Chensura. Avant le soir, un deuxième passa, français cette fois. Puis un autre, français encore, douze heures plus tard. Lieven De Boo se frappa bruyamment les cuisses.

– ... Et encore nous ne savons pas ceux qui sont arrivés en aval, chez les Anglais! Cette fois-ci, monsieur Corneel, votre frère est battu. Il va être d'une humeur massacrante pendant une semaine au moins.

Le lendemain, en plein orage, on cogna à la cure du récollet. La porte ouverte, la pluie s'engouffra dans la pièce, tel un jet. Pieter reconnut à peine Corneel dans l'homme trempé, décomposé, dégouttant d'eau qui se tenait devant lui. Le craquement proche d'un éclair couvrit sa voix.

– Tu dis? cria le prêtre.

– Je dis que nos bateaux n'arriveront pas. N'arriveront jamais. Un courrier français de Chandernagor vient de nous apporter la nouvelle.

Aux pieds de Corneel, une flaque s'élargissait sur les dalles.

XIX

Après s'être gratté méditativement l'oreille du tuyau de sa pipe, Rinus parut désœuvré. Il se tira lentement la barbe, puis le nez, et soudain rencontra le regard de Monsieur. Monsieur, assis sur le carrelage, le considérait avec gravité. Il avait l'apparence digne et la fourrure cossue d'un chat de bonne maison. De Boer crut saisir dans ses yeux une sollicitation et commença à agiter son doigt sur le bord de la table. C'était un doigt merveilleusement agile. Avec une prestesse vraiment miraculeuse il glissait sur le bois, ne laissant apparaître qu'une phalange frétillante et pleine de tentations. Lorsqu'il disparaissait venait un grattement littéralement fascinant. Tout aussitôt, d'ailleurs, il ressurgissait, curieux et provocant.

Un instant, Monsieur se complut à le suivre du regard. Malgré lui sa queue commençait à balayer le sol, et il faillit bondir. Cependant lui vint le sentiment de la vanité des exercices qui suivraient. Il retrouva à temps sa respectabilité. Avec une indifférence insultante il bâilla, et s'en fut d'une démarche méprisante. Non, on ne lui ferait point prendre un doigt pour une souris. Monsieur avait cinq ans. C'est, pour un chat, un âge raisonnable auquel on ne s'amuse plus à des futilités.

Le doigt s'arrêta, déconcerté. Par un phénomène réflexe naturel, Rinus bâilla à son tour et fit lentement le tour de la table. L'essai n'ayant pas été concluant, il se rassit. Alors il se regratta l'oreille, se cramponna furieusement à sa barbe, et, sans le savoir, se retrouva marchant en rond dans la pièce. Cette fois-ci, il trouva sans doute le pas propice à la méditation car il se passa un long temps sans qu'il daignât regagner son siège.

Sans cesser de tricoter, Maria glissa sous ses lunettes un regard intrigué. Visiblement, depuis quelques jours, une pensée tourmentait son homme. Elle attendait avec patience qu'il la livrât. Elle le connaissait trop pour ignorer que la moindre question l'eût fait rentrer dans sa coquille. Quand Rinus était ainsi, la seule ressource était l'attente. « Cela mûrit dans sa tête », pensa-t-elle. Il fallait le laisser prendre son temps. Néanmoins, comme pour la vingtième fois il passait devant elle, Maria intervint.

– Riqui, cesse : tu me donnes le mal de mer.

Il s'arrêta net. Un instant il balança, tira furieusement sur sa barbe et se jeta à l'eau.

– Que penses-tu de Rosenroth ? demanda-t-il brusquement.

– La même chose que toi.

– Ah ! fit Rinus, visiblement déçu. Je...

Il s'interrompit. Maria n'avait pas levé les yeux de son tricot, mais son esprit était en plein éveil. Elle fit un effort pour ne point dire la question qui lui venait aux lèvres. Un silence naquit.

Ferré, Rinus toussota.

– Je... Enfin, il m'a proposé de reprendre ses parts du chantier naval.

– Pourquoi ? Il n'en veut plus ? L'affaire est mauvaise ?

– Pardieu non ! Mais Dave voudrait se retirer. Il dit qu'il commence à devenir trop vieux pour s'occuper de cette affaire.

– Tu es trop vieux, toi ?

– Heu.. non ! fit Rinus, interloqué.

– Tu penses à te retirer des affaires pour te reposer ?

– Crédieu non !

– Alors ?

– Ce n'est pas la même chose, protesta Rinus avec un illogisme qui balayait toutes les objections. Je voudrais savoir ce que tu en penses.

– De son âge?

– Miséricorde divine! Mais non! de sa proposition, simplement.

– Il ne faut pas l'accepter, fit-elle d'un ton calme.

La réponse fut si prompte que Rinus en fut désarçonné. Il s'attendait certes à une résistance de la part de Maria, mais jamais il ne l'eût supposée aussi catégorique.

– Mais pourquoi, sacré Dieu?

– Ne jure pas. Je ne sais pas.

Ce disant, elle était absolument sincère. Un instant, Rinus regarda son petit front têtu baissé sur les aiguilles, et une ombre de sourire lui vint : « C'est ton instinct, sans doute? » Mais il arrêta à temps ces paroles faites pour déclencher des orages : Maria n'aimait pas que l'on ironisât à propos de son instinct.

– Je m'en vais, fit-il, remettant à plus tard la discussion.

– N'oublie pas d'avertir Neeltje de venir souper ce soir avec les enfants, lui cria-t-elle comme il franchissait la porte.

Mais Rinus ne l'entendait plus. Il longea la rue du Bon Vent et, sans s'en rendre compte, pénétra dans son magasin. La sonnette tinta quand il repoussa la porte.

C'était une salle large et profonde, au plafond percé de quelques petits lanterneaux. De ces claires-voies, une lumière diffuse tombait sur un encombrement de fûts, de sacs de gourgane, de cordages bien lovés, de boîtes d'endaubage, d'un remarquable assortiment de patarasses, becs-de-corbin, clarets, et de bien d'autres choses encore. Au passage, d'un geste distrait, De Boer puisa une chique dans le jus brun d'un tonneau. La saveur acide du tabac lui envahit la bouche. Très soigneusement, il se lécha les doigts et se sentit un peu coupable. Cent fois déjà, Corneel, respectueusement, lui avait fait remarquer le fâcheux exemple donné ainsi aux commis. Cent fois... Mais Corneel n'était plus là depuis bientôt quatre ans. La présence du noiraud manquait au vieil homme : Cor, lui, aurait su ce qu'il fallait faire, avec cette histoire de chantier naval.

Rinus s'assit. Dehors, le vent devait souffler dur. Du haut de son pupitre, à travers les fenêtres à meneaux, Rinus voyait passer les femmes, soudain entraînées par l'envol de leurs longues jupes claquantes. Sur les petits carreaux à croisillons crépitaient par intermittences les grains de sable arrachés à la crête des dunes, au-delà des remparts. L'enseigne dorée grinçait interminablement à sa potence. De temps en temps, la porte s'ouvrait et – en même temps que le chaland – un grand courant d'air frais pénétrait dans le magasin. Un des six commis se précipitait.

Tout d'abord l'étranger ne distinguait qu'un apparent désordre de tonneaux, de voiles étalées et de cordages clairs entre lesquels brillaient les rutilances atténuées de fanaux de cuivre rouge, d'astrolabes, de braillards de bronze et de haches au tranchant en forme d'arc. Plus loin régnait une demi-pénombre qu'on devinait meublée de filets, d'énormes grappes de poulies, et d'objets aux contours confus. Et soudain, là-haut, le soleil perçait la chevauchée des nuages. La transformation tenait de la magie : dans les colonnes de lumière tombant des lanterneaux surgissaient les choses les plus étonnantes : des grappins tels qu'en employaient autrefois les corsaires, une panoplie de haches d'abordage, la masse tronquée d'un mât d'artimon fracassé à une toise de son emplanture et – posé sur ce socle guerrier – un boulet gravé d'une date : *4 novembre 1705*. C'était le jour où Rinus avait perdu son bras, vingt-deux ans plus tôt.

Très vite, un nuage passait, voilant ces vestiges barbares d'un âge révolu. L'étranger, pourtant, avait pu distinguer, tout au fond du magasin, un vieillard aux cheveux blancs et drus, tout droit et massif derrière son pupitre qu'il étreignait d'un crochet de fer. Un regard étonnamment bleu brillait dans son visage tranquille, et un anneau d'or tremblait à son oreille. Derrière le personnage, séparés par une croix de sabres étincelants, s'offraient sur le mur deux étendards déployés. L'un, jaune au lion noir, le dernier qui eût flotté au mât du

Op hoop van Zege, et l'autre, curieux, dont la composition étonnait les nouveaux venus à Ostende.

– Qu'est-ce que c'est, ce drôle de drapeau orné d'un poisson d'argent ?

– Vous ne savez pas ? C'était celui des *Compagnons du Hareng*, et le vieux, dans le fond, c'est Haring De Boer.

On racontait l'histoire. L'étranger restait rêveur. La fois suivante, croisant en rue Rinus De Boer, il suivait d'un regard curieux ce personnage quasi mythologique, à l'apparence paisible et aux vêtements honnêtement bourgeois. Dans ce vieillard tranquille il avait peine à imaginer l'un des derniers survivants d'une époque historique où d'un seul coup de sabre « on découpait un homme en deux, du milieu du front jusqu'à la couture de la culotte, et aussi aisément qu'une tarte aux pommes, oui, monsieur ».

L'étranger revenait toujours au magasin *In Het Meerman*. Qui y pénétrait une fois y revenait toujours. Il s'épanchait des murs une sorte de philtre magique fait d'odeurs de brai gras, de saumure, de goudron de Norvège, de chanvre d'Italie, de vernis, de saragousti hindou, de lin de la Lys, de cuir, de peinture et de cent autres fragrances confuses. Senteurs indéfinissables et étranges qui faisaient un peu tourner la tête, remuaient le sang et donnaient la nostalgie d'autres cieux, d'horizons lointains, d'un bateau balancé par la lame mouvante. Le magasin *In Het Meerman* était responsable de bien des vocations. Corneel et Pieter, eux-mêmes...

Un moment, avec tendresse, Rinus songea à ses fils. Il les revoyait non point avec leur caractère et leur visage d'homme, mais tels qu'ils étaient hier encore, livrés à leurs humeurs et à leurs caprices d'enfants, à leurs rires ; et leur front têtu baissé à l'approche de la semonce. Avec l'âge, insensiblement, Rinus s'abandonnait davantage à ces souvenirs pour lui pleins de mélancoliques douceurs. Il les recréait calmement, ne sachant point que l'homme commence à vieillir de l'instant où, inconsciemment, l'avenir compte moins pour lui que le passé. Depuis des années, Rinus ne songeait plus à l'avenir. Celui-ci lui paraissait confortable et sûr, sans imprévu ni relief, et pour tout dire peu digne d'attention. Tandis que les temps échus... Ils surgissaient de sa mémoire, parés de toutes les grâces enfuies de la jeunesse, de l'aventure, tellement plus vivants que le monotone présent! Parfois cependant le traversait, fugace, le sentiment oppressant de la brièveté de la vie. Quoi, cela faisait déjà cinquante ans qu'un soir, pour la première fois, Spierings l'avait introduit dans la vieille demeure de la rue du Bout-du-Monde? Et presque autant qu'avec Frans Van Maestricht, une autre fois... Les années venaient à sa rencontre, passaient, s'enfuyaient. La vie, c'était un peu comme ce lent voyage en barge, sur le canal de Bruges, au pas paisible de lourds chevaux inclinés dans les traits; le paysage paraissait immuable, mais que l'on baissât la tête pour la relever l'instant d'après, et la ferme qui était là, devant soi, avec son enclos de pommiers en fleur remplis d'oiseaux, n'était plus – à l'arrière – qu'une vision bientôt disparue au détour du chemin de halage.

A ce moment de ses pensées, Rinus se leva soudain et, sans raison apparente, saisit de son crochet de fer un plein baril de goudron, le changea de place, le fit volter contre le mur. Pendant plus d'une heure, il ne s'arrêta point. Ce travail inutile était le seul qui lui apportât l'apaisement quand l'étreignait l'angoisse. Vieux, Haring De Boer? Diable non! Si Dave Rosenroth se sentait trop âgé pour s'occuper encore du chantier naval, c'était son affaire. Rinus se redressa, en sueur, et rencontra le regard de Geert Oudenmerk.

– Vous, Geert, qu'est-ce que vous pensez du chantier naval?

Aussitôt, le visage du commis aux écritures prit une expression exagérément attentive. D'un geste sec, tel un combattant remet l'épée au fourreau, il glissa la plume d'oie derrière son oreille.

– Le chantier, monsieur? C'est un très beau chantier.

Et il attendit, son visage rond figé par un intérêt respectueux. Visiblement, aucune force humaine ne tirerait du commis une opinion plus compromettante. Rinus secoua la tête. Pourquoi Corneel n'est-il pas ici, songeait-il, pourquoi?

Au détour de la rue un pas familier retentit. Avant que la

silhouette du vieil ami s'immobilisât devant la fenêtre, De Boer reconnut le bruit du pilon heurtant régulièrement le pavé. Le jour s'obscurcit un peu. Derrière les petits carreaux, le forgeron s'était arrêté. La main en visière, il fouillait le magasin du regard. Le Jeanfroid se colla le visage aux vitres et son nez, naturellement majestueux, prit des proportions phénoménales. Il resta là, figé, et Rinus, une fois encore, fut frappé de l'affaissement de ses épaules. Voici quatre ans, le mois passé, à son retour de Chine, le *Kaisering Élisabeth* avait été capturé à l'entrée de la Manche par les pirates barbaresques. Depuis lors on était sans nouvelles du fils Jeanfroid, et les Pères de l'Archiconfrérie de la Sainte-Trinité sonnaient aux portes pour recueillir les dons nécessaires au rachat des captifs. Mais Jeanjean était-il encore de ceux-là ? Le chagrin et le doute avaient brusquement vieilli le forgeron, jadis plein de superbe.

– C'est l'heure, dit Rinus, en se levant.

Derrière le dernier commis, il ferma la porte du magasin. Avec la venue du crépuscule, un vent plus frais courait dans les rues. Rinus prit le bras de Jeanfroid et pendant un moment les deux hommes marchèrent en silence.

– Allons, vide ton sac, dit Jeanfroid, quand ils eurent atteint les remparts.

– Hein ?

– Je dis : vide ton sac. Je te connais cette tête : qu'est-ce qui ne va pas ?

– Rien, dit Rinus. Ou plutôt si, fit-il soudain. Je voudrais racheter les parts de Dave Rosenroth dans le chantier.

– Et Maria n'est pas d'accord...

– Qu'en sais-tu ?

– Voyons Rinus ! si elle était d'accord, tu n'aurais pas cette tête-là et l'affaire serait déjà faite.

– Il y a un peu de cela. Ce qui m'ennuie, c'est que je n'arrive pas à me décider.

– Ne le fais pas. Tu n'as pas assez d'argent ?

– Il n'est pas question d'argent, bougonna Rinus.

– De quoi, alors ?

Rinus ne répondit pas. Jamais Jeanfroid ne le comprendrait. Pourquoi lui dire que seul l'attire, en ce chantier, le travail qui s'y fournit, le vaisseau qui s'y élève, les beautés qu'on y crée. L'argent? Je me fous de l'argent, pensa Rinus.

– Hein? fit-il.

– Je dis, répéta Jeanfroid, que je maudis les Indes. Ce damné pays nous prend tout : nos fils, nos pensées, nos amis, notre argent.

– Pas notre argent, objecta Rinus, à mi-voix, au contraire, il nous en apporte.

– Et alors? Tu es plus heureux, dis? Depuis combien de temps n'as-tu pas vu tes fils? Et quand reverras-tu Pieter? Jamais, tu le sais. Nous avons tous été fous, tous.

Il regarda Rinus :

– Et toi plus que les autres.

Jeanfroid marchait, tête basse. Son pilon heurtait plus lourdement les pavés.

XX

Sans la voir, Rinus passa devant la forge de Jeanfroid, en ce jour déserte et silencieuse. Les feux étaient éteints. Dans la grande cour régnait le calme mélancolique de la journée du bon Dieu. Jadis motif à tant de plaisanteries, le poirier garnissait maintenant de ses branches grimpantes tout le mur de la maison. Chaque printemps, Jeanfroid devait en élaguer les rameaux se glissant sous les tuiles. Un merle, la tête inclinée, s'arrêta pour regarder ce vieillard endimanché qui s'en allait à pas songeurs, en serrant derrière le dos son crochet de fer. Le merle avait l'œil rond, brillant, et plein d'humour. Quand l'homme eut disparu, il hocha la tête d'un air compatissant puis, vaillamment, piqua dans une poire. Un instant il éprouva la saveur du fruit, resta perplexe, puis s'envola comme en haussant les épaules. Son vol était joyeux et affairé, car les oiseaux ne connaissent pas le dimanche. Le merle avait un bec narquois d'un jaune admirable.

Sans y penser, De Boer se retrouva dans le chantier. Parmi l'entrelacs des poutres, des arcs-boutants, le vaisseau était enchâssé comme une chose infiniment belle et précieuse. En peinant un peu, Rinus escalada les cales, enjamba un madrier et s'approcha. Il se sentait soudain plein d'intérêt et de curiosité dévorante. Il tâta le bois, prit du recul, s'accroupit en geignant un peu, les mains aux genoux, puis hocha la tête d'un air approbateur : le galbe de la coque le satisfaisait pleinement. Mais la quille ? Comment était la quille ? Le regard méfiant, il considéra le sol humide dans lequel s'enfonçaient ses pas. L'espace d'une seconde, le visage sévère de Maria lui apparut. Néanmoins, en prenant des précautions...

Il s'agenouilla.

– C'est une bigrement belle caisse, n'est-ce pas, monsieur De Boer ?

A quatre pattes, lentement, Rinus tourna la tête. Là, dans l'angle de gros madriers qui lui font aux épaules un dossier confortable, le chef de chantier est étendu avec abandon. Un magnifique tas de sciure et de copeaux lui fait une couche royale. Tout, dans la quiétude de sa pose, la façon tranquille dont il suce le tuyau de sa pipe, ses yeux mi-clos, son sourire et les mille petites rides de ses tempes, dénote la béatitude du flâneur. Gêné, De Boer pense que depuis un moment, sans piper mot, l'homme a suivi son manège.

– Heu... comment va, Simons ?

– Vous voulez une petite place ? C'est bien le meilleur coin que je connaisse pour tout voir. Bon Dieu oui, c'est une bigrement belle caisse !

Il se recule un peu et se reprend à fumer.

La sciure est douce et chaude. Il s'en dégage une odeur de bois fraîchement travaillé. Quelques mouches y somnolent, engourdies et peut-être un peu ivres de ces senteurs de sève. Elles se dérangent à peine quand Rinus s'assied. Et puis vient un silence de cathédrale. Étendu, Rinus pense que c'est là le meilleur siège qu'il ait connu depuis bien longtemps. Machinalement ses doigts glissent sur la douceur de la sciure et rencontrent un mince copeau, trois fois enroulé sur lui-même, blond, élastique, souple et fragile, parcouru de veines légères. De Boer l'enroule autour de son index et le trouve la chose la plus admirable du monde.

– Bon hêtre...

– Oui. De la forêt de Soignes. Facile à travailler, mais tout de même pas encore assez dur. J'ai eu un jour en main un bout de teck des Indes; bon Dieu, ça c'est un bois! Doux comme un sein de femme et dur comme...

Simons ne trouva pas de comparaison assez élogieuse et se tut. Après tout, cela n'avait pas d'importance. Il resta songeur.

– J'aimerais faire un jour une bonne petite frégate en teck, murmura-t-il.

Sa voix était pleine d'envie.

Le vent ronfle doucement dans les madriers, au-dessus des deux hommes. De petits tourbillons de sciure et de sable mêlés dansent joyeusement autour des pieds de Rinus. Ils sautent, s'évanouissent, ressurgissent en farandole au détour d'une poutre. Paresseusement De Boer fume. Pourquoi diable Rosenroth veut-il céder ses parts de chantier? Le curieux, surtout, est qu'il n'ait même point parlé de la vieille demeure du Bout-du-Monde. Depuis quarante ans c'est la première fois qu'il laisse passer une occasion de la racheter pour compléter le pâté de maisons qu'il possède, près des remparts. C'est peut-être bien cette subite indifférence qui inquiète Rinus.

– Je crois qu'on arrivera à le lancer en février, dit Simons.

Un hochequeue se pose sur une poutre, l'effleure de ses pattes et s'envole aussitôt, effrayé de la présence des deux hommes. De petits nuages dispersés planent dans le ciel. Rinus pense que l'heure est venue de se rendre à l'Auberge de la Poste, mais ne se décide point.

– Il fera bien ses neuf nœuds.

– Dix, monsieur De Boer, certainement dix, ou je ne me nomme pas Simons. C'est une bigrement belle caisse, ça oui. Et d'un bois nerveux! Il faudrait voir... Pas plus tard que jeudi la première préceinte s'est détachée à la hanche tribord : Janssens l'a reçue en plein ventre et s'en est allé voler à dix toises de là. En passant dans l'air il a fait autant de bruit qu'un boulet de trente-six. De ma vie je n'ai entendu un homme jurer autant avec deux côtes cassées.

Simons recrache encore et Rinus l'imite. L'envie lui vient soudain de posséder une part de ce chantier. Ce navire aux formes nobles lui paraît maintenant la seule chose désirable au monde. Il veut ce bateau comme l'enfant désire un jouet. Comme le service en cristal taillé acheté jadis et dont jamais Maria ne se sert; comme cette peinture de Théobald Michau payée naguère un prix déraisonnable, accrochée au mur, rue du Bon Vent, et chaque jour contemplée avec ravissement. Son magasin lui paraît subitement un lieu très méprisable. Depuis plus de vingt ans il ne s'y est encore pas habitué, à son métier, Rinus De Boer. Acheter, vendre... les choses vous passent dans les mains, impersonnelles, sans que jamais on y mette son empreinte. Tandis qu'un chantier... Là, au moins, il aurait l'impression de créer quelque chose. Créer est une œuvre de foi, la plus admirable de l'homme.

– Il paraît, dit Simons, que la dernière vente a bien donné.

– Cinq millions, répond De Boer, perdu dans ses pensées.

Le chef de chantier siffle.

– Et combien ça vaut-il, aujourd'hui, les actions de la Compagnie?

– Quatorze cent cinquante, à peu près.

– Bigre! c'est que j'en ai une, moi, d'action. En part avec mon frère. Nous allons devenir riches.

Simons rit, heureux.

Cinq millions... Pour la première fois, le chiffre prend ses proportions réelles aux yeux de Rinus. Il se sent gonflé d'orgueil, exactement comme s'il avait les cinq millions, là, dans sa poche. C'est un peu son œuvre, ça : il est un des douze Premiers Indiens.

– Ils commencent à en faire une tête, à Londres et Amsterdam.

– On s'en fout, s'étire Simons, placide.

Et il recrache, pour bien montrer son indifférence.

Rinus l'envie. Il n'a que peu de soucis, Simons. Il y a tant d'imbéciles qui s'inquiètent pour rien : ils disent que l'Angleterre et la Hollande, et la France aussi commencent à s'agiter, qu'on doit craindre les Compagnies rivales, si puissantes; et des tas de bêtises encore. Ils parlent même de guerre, ceux-là.

– Vous croyez à la guerre, Simons?

– Quelle guerre?

La lumière déclinait. Bientôt le pardon sonnerait au clocher, et avec lui l'heure de rentrer. Comme un peu de clarté tombait encore du ciel, Rinus monta aux remparts. Là, bien à l'abri du vent, il existait un banc d'où l'on découvrait toute la campagne et la mer, à l'ouest de la ville. Il était assez bas et fait d'une seule grosse vieille pierre doucement patinée par d'innombrables fonds de culotte. A le voir confortable et tranquille, commodément niché au détour du chemin de ronde, on le devinait complice de bien des serments d'amour et très compatissant aux rhumatismes. Il avait cet aspect familier des choses auxquelles un long contact avec les êtres a donné une apparence humaine et compréhensive. Rinus s'assit, solitaire, attendant le soir.

Le jour baissait plus encore. Là où jadis ne s'offraient que prairies et vaches paissantes, apparaissait au couchant l'étendue miroitante des darses et des bassins. Le long du grand quai, côte à côte, les lourds vaisseaux revenus de Chine et des Indes, le mois dernier, dominaient de leur masse immobile les bateaux encombrant le port. Leurs silhouettes devenaient de plus en plus noires. Les dernières mouettes tournaient, silencieuses, avant de se poser pour la nuit. Perdue au milieu du plan d'eau, une petite barque rejoignait le bord. Dans le sillage de sa godille scintillait un triangle de lumières dansantes, très rouges. Il y avait sur tout cela un grand vent vigoureux qui frottait la surface liquide et faisait papilloter d'innombrables pavillons de couleur. Se dégageait du spectacle de ce port prêt au sommeil une impression de prospérité et de puissance tranquille qui émut inconsciemment Rinus.

Les premiers sons du pardon tombèrent sur les toits de la ville.

Pris de panique, De Boer dévala l'escalier des remparts. Si

Rosenroth avait conclu entre-temps? Jamais, depuis bien des années, Rinus n'avait marché si vite. Il entra rue de la Chapelle comme dans une arène. Sur la porte du juif, il laissa retomber avec une telle force le marteau de bronze que le couloir en résonna longuement. Un pas glissant se fit entendre. En risquant un regard myope dans l'entrebâillement du chambranle, Rosenroth vit un homme aux mains sales, à la belle culotte marquée d'une tache de goudron, et dont chaque pli du vêtement portait des traces de sciure.

– Je traite, dit Rinus.

Cinq jours plus tard éclata le coup de tonnerre. Sous la pression réunie de la France, de l'Angleterre et de la Hollande, Charles VI, capitulant devant l'ultimatum, suspendait la Compagnie d'Ostende. Pendant une durée de sept ans, plus un bateau ne pouvait quitter le port pour les Indes ou la Chine.

Dans les vingt-quatre heures qui suivirent, à la Bourse d'Anvers, les actions de la Compagnie dégringolèrent de quatorze cent cinquante-deux à quatre cent quatre-vingts florins. La panique gagna Ostende. Des hommes passaient dans les rues, soucieux, à pas hâtifs. La fête annuelle de la Confrérie de Saint-Sébastien, prévue pour le samedi, fut annulée. Le chevalier de La Merveille disparut dans le tonnerre de son beau carrosse et revint une semaine plus tard, décomposé, en chaise de poste. Au chantier naval, les travaux du *Duc de Lorraine* furent interrompus.

Dans la débâcle, Rinus luttait, réalisant ses titres, vendant ses maisons. Alors qu'il se débattait, pas une seule fois Maria ne dit mot pour lui reprocher d'avoir, dans l'affaire du chantier, risqué leur fortune. Chaque soir, en rentrant, Rinus, harassé, trouvait la table mise, et il y avait toujours pour l'accueillir le sourire de jadis, resté lumineux dans le visage de la vieille épouse. Jamais De Boer n'aima mieux Maria qu'en ces jours d'inquiétude.

Enfin il réussit à sauver du désastre ses deux maisons de la rue du Bon Vent et du Bout-du-Monde, grevées d'hypothèques. Il n'était plus que locataire de son magasin. Rinus prit Maria dans ses bras. Pour la première fois depuis un mois elle le sentit se détendre.

– Chérie... on s'en est tiré. On travaillera, soupira-t-il.

Travailler. Il se cramponnait à ce mot, le seul encore valable à ses yeux. Mais Maria ne l'écoutait point. Tout en caressant les cheveux de son homme, elle pensait à ses deux fils absents. Comment reviendraient-ils maintenant, et quand les reverrait-elle? Elle fut prête à parler, mais se tut. Son Riqui avait eu assez de soucis. Demain peut-être. Ou plus tard...

– Tu viens manger?

Il ne l'entendit pas. Il pensait à Dave Rosenroth. Il avait des pigeons voyageurs, Dave Rosenroth. Beaucoup de pigeons voyageurs. Et un frère à Amsterdam.

– Tu disais? demanda-t-il.

XXI

Neeltje attendait Johan.

Rien n'avait changé dans la vieille demeure. Les yeux fermés, Rinus y eût trouvé sans peine la place des meubles de son enfance : le large bahut flamand aux personnages sculptés, la table massive où ses doigts eussent senti – à peine effacés – les dessins au couteau qu'y gravait jadis Cornélius Cabiljauw. Il y avait toujours dans l'âtre, près des cendres, la vieille Gertruda avec son ricanement diabolique et ses yeux de cuivre étincelant dans le beau velours de la suie. Et le *meerman*, à l'étage, lançait encore sa malédiction éternelle sous la nuit des poutres.

Non, rien n'avait changé. Pourtant, chaque fois, en pénétrant rue du Bout-du-Monde, De Boer était frappé de la vie nouvelle animant les vieux murs.

L'horloge tinta. Au-dessus du bahut, un tableau occupait l'espace où naguère s'entrecroisaient les deux sabres de l'oncle Nélius. C'était une peinture comme on en voyait tant dans les maisons ostendaises, depuis que l'or hindou enrichissait la ville. Dans ces intérieurs simples, entre un bibelot chinois et de belles assiettes de faïence aux dessins bleus, apparaissaient de petites toiles de Jean-Baptiste Bouchaert; un mangeur de moules ou un Bénédicité de Horemans; ou encore un groupe de belles vaches paissantes signé Nicaise Beernaert, semblable au tableau qu'avait pendu Maria dans la cabine de Johan, à bord du *Flandre Impériale*, des années auparavant. Ces Flamands lourds, hier pêcheurs encore, corsaires ou contrebandiers de la veille, choisissaient ces peintures sans réfléchir, mais avec un curieux instinct.

Voici vingt mois, un nommé François-Xavier Verbeek était venu à Ostende. C'était un homme puissant, à la carrure de débardeur, et terriblement prompt à la lampée. De ses mains énormes, faites pour le sabre et la bagarre, il maniait les pinceaux avec une légèreté stupéfiante. Il avait peint quelques ateliers, la forge de Jeanfroid quand le poirier était en fleur et – plus tard – l'intérieur du magasin *In Het Meerman*. Enfin, la superbe toile qui avait pris la place des sabres de l'oncle Nélius. Elle était assombrie par la fumée, craquelée, mais belle encore. Elle représentait, assise et vêtue d'une robe noire, une jeune femme aux yeux graves et tendres. Derrière elle, nonchalamment appuyé au dossier du fauteuil, se tenait un homme au regard hardi, à la mâchoire de condottiere, à la bouche railleuse. Ombragée d'une mèche rebelle, la balafre qui lui traversait le front donnait au personnage un air un peu barbare. Ses lèvres, narquoises, semblaient prêtes à siffler. Tout, dans son attitude, dénotait une sorte de désinvolture insolente et batailleuse. L'homme portait un anneau d'or à l'oreille. La seule tache de couleur de cette peinture était l'admirable châle hindou, aux éclatantes fleurs rouge sombre, que l'artiste avait négligemment jeté sur les épaules de la femme.

Si vivante qu'elle fût dans la fraîcheur de ses couleurs, ce n'était pourtant point cette toile qui donnait à la vieille demeure sa nouvelle atmosphère. Celle-ci naissait de choses indéfinissables, de petits détails : une boîte à ouvrage au couvercle entrouvert, un rouet repoussé dans l'ombre, un vêtement d'enfant oublié sur une chaise. Au fait, c'était peut-être bien cette simple petite étoffe de laine qui conférait à la pièce cette ambiance de familière douceur jamais connue, jadis, à l'époque de Spierings, le corsaire silencieux, à l'époque de Cornélius Cabiljauw et de ses sabres étincelants.

Neeltje attendait Johan.

Des fenêtres ouvertes sur un ciel de printemps venaient les cris de deux enfants. Parfois elles paraissaient sur le seuil. Le soleil mettait une auréole dans les cheveux des fillettes :

– Où est papa ?

– Nous l'attendons, chérie.

Neeltje attendait. L'ombre volante d'un pigeon se posait sur le rebord de la fenêtre. L'oiseau restait là un instant, curieux, la tête bien droite, regardant Neeltje avec franchise; puis s'envolait dans de grands battements d'aile. Kir Sabbant, le museau sur les pattes, entrouvrait son œil d'or. Seconde après seconde, inlassablement, la grande horloge battait le silence de la pièce. A chaque mouvement son balancier de cuivre jetait un éclair. Il s'éteignit, et le soleil vint effleurer les pieds du bahut. Neeltje se leva, la taille alourdie.

– A table, les enfants, papa rentrera plus tard.

L'annonce de la suspension de la Compagnie d'Ostende avait surpris Johan à son retour des Indes. Le Siffleur avait haussé les épaules :

– Encore une fausse alerte : ça s'arrangera.

Comme les autres années, il avait mis le *Flandre* en chantier, et préparé son départ. Mais janvier était venu, puis février. Maintenant le soleil d'avril chauffait la terre de Flandre, et les murs gris du couvent des Capucins se festonnaient de la mousse rose des cerisiers en fleur. Et il fut trop tard pour atteindre les Indes avant la mousson.

– Bah ! ce sera pour l'année prochaine.

Une herbe aux dents, Johan flânait dans la campagne. Ce premier printemps de son pays qu'il eût connu depuis douze ans, le Siffleur ne parvenait point à en épuiser les merveilles. Il était presque heureux que le hasard lui eût permis d'en connaître encore les beautés presque oubliées. Le matin mettait sur toutes choses une lumière nacrée, toute brillante des diamants de la rosée répandue dans les polders. Les jeunes branches étaient pleines de chansons d'oiseaux. Sauf à l'automne – où sa majesté est terrible – jamais, en Flandre, le ciel n'est plus beau qu'en ces jours de la nature nouvelle : divers, mouvant, parcouru d'ombres épaisses, de clartés éblouissantes, de grains marins fouettant la terre, et de grandes volées de soleil qui allument des flammes dans la draperie des averses. La pluie venait, en trottant sur la route. Elle passait, bien franche et gaillarde, suivie de tout un cortège d'éclaircies. Poussées par le vent de la mer, les flaques de lumière glissaient jusqu'à l'horizon de la plaine. Elles révélaient tour à tour le tronc argenté des bouleaux, les reflets gris du canal, une procession de saules têtards et soudain – vision miraculeuse – le crépi clair d'une ferme tranquille sous son grand toit de chaume couvert de mousse. Un instant on ne voyait qu'elle, tout au loin, aveuglante sur l'écran immense d'un nuage couleur d'ardoise. A l'entour d'elle les peupliers flambaient comme des cierges. Tout s'éteignait dans l'ombre approchante de la giboulée. Parfois, un arc-en-ciel naissait.

Johan s'en allait dans la campagne doucement rayonnante. Il humait les odeurs de cette grasse terre flamande. L'Angélus le surprenait au loin, riant tout seul à la querelle de deux moineaux ébouriffés. Il sursautait, Johan. Le vent très doux, encore chargé de sel, lui apportait par bouffées l'appel lointain de la cloche :

– Diable! déjà midi? Il haussait les épaules : Bah! il est tout de même trop tard.

Et il continuait.

Souvent il ne rentrait qu'au soir, pourchassé par l'orage du crépuscule. Neeltje se serrait contre lui. Les vêtements de l'homme fleuraient la pluie fraîche, les herbes et le vent.

– Tu rentres si tard, les petits sont couchés.

– Tu avais peur que je ne revienne pas?

Il riait, soudain attendri par le visage tiré de sa jeune femme :

– Tu ne dois pas te fatiguer ainsi. Assieds-toi, je vais préparer mon repas.

Il mangeait, avec un appétit terrible, une magnifique ardeur animale.

L'enfant naquit en mai. Quand Johan le vit dans son berceau, tout rouge et fripé encore, il lui parut être l'envoyé du ciel. C'était un fils, enfin. Son fils. Le dernier des De Boer, et le premier de tous ceux qui naîtraient plus tard de cette petite chose vagissante.

– Nous le nommerons Marinus, dit Johan, comme le père.

Le vieux Rinus devint fou de l'enfant. Quatre fois dans la journée, abandonnant le magasin, il paraissait rue du Bout-du-Monde. Sur la pointe des pieds, il approchait du berceau, avec des grâces pataudes de gros épagneul.

– Eh, Rinus... Riqui! Tu dors?

Le petit être ouvrait ses yeux étonnamment bleus, comme ceux du grand-père. Encore endormi, il voyait penché sur lui une tête massive, le collier blanc d'une barbe touffue, terriblement attirante. Un sourire édenté lui venait et il tendait les bras, en ruant de joie sous les couvertures. Mais c'était quand même l'anneau d'or du grand-papa Rinus la chose la plus fascinante. Quel prodige que cet objet scintillant! L'enfant grognait de fureur jusqu'au moment où il l'avait saisi. Il s'y cramponnait farouchement, en bavant d'aise. La lutte était épique. Enfin le vieil homme se relevait, tout rouge et essoufflé.

– Eh bien! c'est qu'il a de la force, le petit bougre.

L'oreille gauche du grand-papa Rinus, quatre fois par jour, était du plus bel écarlate. Maria en était scandalisée.

– Ma parole, Riqui, vous devenez gâteux! Regardez-moi la mine que vous avez. Votre barbe est tout de travers et vous êtes dépeigné comme si vous vous étiez battu avec un chat.

L'entente entre le vieil homme et l'enfant stupéfiait Johan. Il en était même un peu jaloux. Souvent Neeltje surprenait les deux hommes se disputant les faveurs du petit dieu. Pour attirer son attention, chacun d'eux menait autour du berceau un tapage infernal. Johan imitait le merle d'une manière incomparable qui lui valut toutes les faveurs jusqu'au jour où grand-papa Rinus miaula. Grand-papa Rinus était imbattable pour tout ce qui concernait les miaulements du chat : le chat qui a faim, le chat qui veut qu'on lui ouvre la porte, le chat en colère (avec soufflements et crachements), le chat qui discute avec une souris et le chat auquel on écrase la queue. Le petit Marinus aimait particulièrement le chat à la queue écrasée. Vexé, Johan tenta d'imiter le tigre, mais prit une mine si effrayante que l'enfant éclata en sanglots. Neeltje dut chasser les deux hommes avec une fureur qui, elle, n'était pas feinte.

– Vous allez lui donner des convulsions. Laissez-le dormir.

Ils se retirèrent, penauds et outragés. Le lendemain, Johan chanta. Le chien Kir Sabbant, jusqu'alors compatissant, quitta la pièce, découragé.

Ce fut le premier été que Johan passa à terre depuis sa première campagne comme mousse, à bord du *t' Serpent*. Son fils réussissait ce que jamais n'avait pu faire l'amour d'une femme. Pas un jour, durant six mois, Johan ne manqua les repas. Bien avant l'heure, le soir, il arrivait rue du Bout-du-Monde et ne se couchait qu'après la dernière tétée. En septembre, après le souper, Neeltje le vit même se déchausser et mettre ses pantoufles, restées neuves depuis leur mariage. Elle ne dit rien, mais un bonheur l'envahit. Qu'importait désormais la suspension de la Compagnie d'Ostende, les vaisseaux immobilisés au port, les difficultés sans cesse grandissantes du ménage ? C'était payer de bien peu la présence de ce grand diable rieur, ses tendresses, la joie qui avec lui pénétrait dans la vieille demeure. Johan ne parlait plus des Indes. Il paraissait les avoir oubliées. Tout un temps Neeltje crut avoir désormais fixé ce perpétuel errant, cet aventurier fantasque et vagabond, hier encore toujours par les flots et les campagnes. Quelque chose d'autre vint pourtant, avec les pantoufles. D'un regard qui pour la première fois n'était point celui d'une amoureuse, mais d'une femme qu'angoisse soudain la fuite du temps, Neeltje regarda son homme. Dans ce visage chéri elle chercha à se voir, à mesurer le temps enfui depuis leur première rencontre. A cet instant Johan leva la tête et sourit.

– J'ai quelque chose sur le nez?

Non, il n'avait pas changé. Un instant présente, l'angoisse s'enfuit et Neeltje se remit à chanter.

Le typhus fit son apparition en décembre. Il prit naissance au quartier juif et gagna petit à petit la ville. Il n'avait point la violence des précédentes épidémies. Neeltje pensa quitter Ostende et se retirer à la ferme du meunier Cornjuin. Johan haussa les épaules :

– Ne va pas ennuyer ton père. Ce ne sera rien.

Il avait cette insouciance de ceux qui connaissent la maladie depuis leur plus jeune âge, cette fierté des Ostendais immunisés, vaccinés contre le mal depuis des générations. Seuls – ou presque – les étrangers, les nouveaux habitants étaient généralement frappés. D'ailleurs l'épidémie restait bénigne et décroissait déjà. Neeltje s'inclina.

Trois nuits plus tard elle s'éveilla. Dans son berceau le petit Marinus respirait fortement. Neeltje rejeta les couvertures et d'un bond se trouva debout. Son cœur lui cognait la poitrine. La chandelle mit un temps infini à s'allumer. Le front du petit était brûlant. De ses narines s'écoulait un liquide jaunâtre. Elle hurla :

– Johan!

Ils ne quittèrent plus le chevet du petit Rinus. Avant le matin, l'enfant vomit pour la première fois, et toussa. Dans la journée il commença à délirer. Au sixième soir, les taches apparurent sur le petit corps amaigri. Neeltje priait. Le dixième jour la fièvre tomba subitement, et après avoir souri, l'enfant tomba dans un profond sommeil.

– Il est sauvé, dit Johan.

Il eut l'impression, lui aussi, de renaître. Harassé par les veilles il s'endormit dès la fin du souper. Neeltje le vit étendu, le front dans l'oreiller. Elle posa un baiser sur ses mèches avant de se glisser près de lui.

Un peu avant l'aube elle s'éveilla. Le noir était total encore. Il régnait dans la pièce un calme absolu, un silence d'au-delà. Le petit Riqui ne respirait plus.

La semaine après l'enterrement, Johan parut sortir de son abattement. Il quitta le fauteuil où, depuis des jours, il se tenait muet :

– Je vais faire un tour, dit-il.

Il rentra quarante-huit heures plus tard.

Plus jamais il ne remit ses pantoufles.

XXII

Le Malouin ne traversait plus la rue de la Chapelle au galop furieux de son cheval rouan. Frappé par la goutte, La Merveille n'apparaissait que dans une petite chaise aux panneaux écussonnés, traînée par un irlandais piaffant et magnifique. Il avait licencié la moitié de ses huit domestiques, espacé ses réceptions étonnantes; mais ce seigneur fastueux gardait l'amour des chevaux et de leur luxe. Voir son équipage passer au trot relevé, virer largement sur la grand-place et s'arrêter devant l'Auberge de la Poste était un spectacle qui faisait toujours chaud au cœur. De tous, La Merveille était celui qui maintenait le mieux le prestige des Premiers Indiens, et on lui en était reconnaissant. La perruque perpétuellement de travers et son jabot constellé de tabac à priser, la trogne illuminée du Français apparaissait à la portière de son véhicule. Il jurait de douleur en gravissant les marches de l'auberge. Son coup de feutre restait une splendeur.

– Bonjour, messieurs!

Incorrigible, il se lançait dans l'exposé de projets chimériques : établissement d'un comptoir à Madagascar, expédition à lancer sur les rives du bas Mississipi, à la découverte du Nouveau-Mexique, création d'une société de pêche à la morue, agrandissements du port, rien ne paraissait irréalisable à l'imagination de cet homme. Des lèvres de ce Saint Jean Bouche d'Or les mots coulaient avec une verve intarissable. Pendant tout un temps ceux qui l'écoutaient – Rinus De Boer comme les autres – retrouvaient leur fièvre, les rêves qu'avait fait naître le Malouin, quinze ans plus tôt, lors de son arrivée à Ostende. L'euphorie durait peu. A peine le magicien, au bras d'un laquais, avait-il quitté l'auberge, que retombait le silence. Étonnés, les hommes regardaient cette salle aux trois quarts vide, hier encore bruyante et encombrée d'étrangers, de marchands, de seigneurs accourus de tous les coins de l'Europe pour assister aux grandes ventes de la Compagnie. Johan fuyait ces réunions mornes où l'on parlait du seul passé. Tenace, ancrée au cœur, il conservait une foi inébranlable.

– Je retournerai aux Indes. Il y a les frères qui attendent là-bas...

Mais les saisons passaient, sans changement. Les nouvelles parvenaient à Ostende, contradictoires, faisant tour à tour naître l'espoir et le découragement. Les émissaires de la Compagnie tentaient l'impossible à Vienne et à Amsterdam, à Versailles et à Londres. Les actions, nerveuses, montaient, dépassaient pour un jour la cote des quinze cents florins, fléchissaient, reprenaient pour tomber encore. Coup sur coup, il y eut deux nouveaux *krachs* qui détruisirent la fortune centenaire des Wolbrantz. Et les bateaux, toujours, restaient au port.

Les mois les plus durs étaient ceux de la fin de l'hiver, quand au large cinglaient les bâtiments de la Compagnie néerlandaise. Bien avant l'apparition de leur première voile, Johan De Boer devenait nerveux, irritable, prompt aux emportements et à la songerie. Le vent d'est naissant lui troublait les sens. Ce n'est point sans laisser son empreinte dans ses nerfs, ses muscles et son sang que cette époque, douze années durant, avait été pour lui celle des grands départs. Il en était devenu, un peu, comme ces hirondelles, ces cailles ou ces oies sauvages qu'émeut l'approche de la migration. A la fin il n'y tenait plus. En compagnie de Kaboeter et de Tjores-à-la-flûte, il frétait un petit boier et s'en allait au large pendant des jours, guettant les « passages ». Et ils venaient, les bâtiments hindous, dans la grande rumeur du vent gonflant leurs voiles pleines. Ils passaient, gigantesques, laissant derrière eux un sillage blanchi sur lequel dansait le petit rafiau de Johan. Longtemps après qu'ils avaient disparu, le Siffleur croyait sentir traîner sur l'eau des odeurs étranges et pourtant familières. Il reniflait la brise.

– Celui-là a chargé du thé à son dernier voyage.

A l'automne lui venait une autre fièvre, terrible celle-là. C'était le « mois du Bengale », quand le soleil des Indes lève de la boue des marais des vapeurs gluantes et des vols de moustiques. Soudain Johan tremblait :

– Ça revient, disait-il en souriant.

Il en était presque heureux. Il restait des jours à délirer.

– Riqui ! criait-il parfois.

Son regard halluciné parcourait la chambre.

– Où est le fils ? Neeltje ! Neeltje !

Elle accourait, berçait cette tête humide de sueur. Sous la caresse, Johan se calmait bientôt avant de sombrer dans un sommeil agité parcouru de cauchemars et de fantômes. Puis le jour venait où il se levait, les traits tirés et l'humeur plus sombre encore.

Pendant un an, obstiné, il avait refusé tout travail :

– Le bateau va devoir repartir. Je dois être là quand on aura besoin de moi...

Mais rien n'était venu. Les ressources du ménage diminuèrent.

– Si tu travaillais au moulin, en attendant ? hasarda Neeltje, un soir où Johan paraissait moins tendu.

Le Siffleur la regarda d'un air absent.

– Au moulin, murmura-t-il, au moulin...

Et il éclata soudain d'un rire énorme, incoercible. Un rire dément.

– Au moulin !

Il partit en claquant la porte. Il riait encore en tournant le coin de la rue. Cette fois-là il resta absent trois jours entiers. Quand il revenait, ses vêtements ne sentaient plus l'herbe fraîche, le vent et la pluie. Maria eut des doutes.

– Jan, est-ce que tu...

– Il ne faut pas demander l'impossible, m'man, pas l'impossible...

Et il sourit, d'un sourire qui faisait mal.

Des amies vinrent rue du Bout-du-Monde. Aux premiers mots prudents qu'elles hasardèrent, le regard de Neeltje les cloua :

– Je sais. Je l'ai choisi tel qu'il est.

Elle était si fière, ses yeux jetaient alors de tels sombres éclairs que personne ne se risqua plus à critiquer Johan devant elle. Neeltje l'eût défendu de ses griffes. Au plus profond de ses tourments solitaires, il suffisait qu'un pas léger retentît, que Johan apparût, pour que se renouvelât le miracle.

– C'est tout de même toi que j'aime, murmurait-il en la prenant dans ses bras.

Tout s'oubliait. Elle sentait son cœur battre sur la poitrine de son bel aventurier, dont les bras musclés lui étreignaient les épaules. Un amour profond montait d'elle où les sens n'avaient que peu de part. Elle ne pouvait alors définir son bonheur. C'était une chose incompréhensible... Mais définit-on l'ombre glissante d'un nuage dérivant dans le ciel, le vol d'une mouette planante, la risée du vent sur l'onde, le chant d'un oiseau, le frisson d'un peuplier dans la brise du soir, et les secrets d'un cœur indéchiffrable? Elle l'aimait...

La deuxième année, Johan fit la campagne d'Islande à bord du *Zeehond*, rafiau puant la morue et les entrailles de poisson et suintant l'huile par tous ses bordés.

– Plus jamais! dit-il, écœuré, en jetant sa solde sur la table.

Connaissant le caractère ombrageux de son aîné, Rinus lui proposa une aide, toutefois en hésitant. Avant qu'il eût terminé sa phrase, le vieux De Boer s'arrêta, cloué par le regard de son fils.

– C'est bon, n'en parlons plus. Je te comprends, fit le vieux.

Ce fut la seule fois où Johan sourit vraiment depuis la mort du petit. Un sourire tendre, en lequel Maria, pour la dernière fois, retrouva son enfant.

– Mon vieux p'pa, dit-il, je sais encore travailler comme un autre.

Dans la quinzaine suivante, il devint capitaine d'un petit caboteur faisant le trafic avec les ports charbonniers d'Angleterre; mais jamais il ne parla de son bateau.

Au retour d'un de ses brefs voyages il apprit la nouvelle : La Merveille, criblé de dettes, allait être arrêté. Johan courut d'un trait rue de la Chapelle. Des groupes chuchotaient, le regard tourné vers la maison qui, depuis quinze ans, avait vu tant de fêtes prestigieuses. L'attente durait depuis plus d'une heure, et les gens s'intriguaient. Ils pouvaient s'imaginer la scène dans le grand salon à lambris du Malouin, le gentilhomme français recevant le prévôt, sonnant ses gens, faisant servir aux policiers un verre de vin d'Espagne.

– La dernière bouteille qui me reste, messieurs. Je m'excuse. Mais elle est bonne!

La Merveille apparut sur le seuil bien plus tard, la perruque bien droite pour une fois, raidi dans son plus beau justaucorps, les manchettes de dentelles mousseuses, le jabot d'une blancheur immaculée. Jamais il n'avait été si magnifique sous son grand feutre brun à plume rouge. Boitant sans aide, il marcha jusqu'à la chaise anonyme qui l'attendait. Un grand silence s'était fait dans les groupes.

– Nom de Dieu! jura Johan, tout haut, on ne va pas le laisser partir comme cela!

Son exclamation fit sursauter les gens. Ils virent le Siffleur franchir en longues enjambées toute la largeur de la route, écarter un policier et arrêter le Malouin à l'instant où celui-ci ouvrait la portière. Personne ne perdit un mot des paroles qu'ils échangèrent.

– Monsieur La Merveille, je voulais vous dire que je vous tiens toujours pour un honnête homme et que ma maison vous est ouverte...

– Bien sûr, garçon, bien sûr. Ce n'est qu'un petit incident. Je reviendrai bientôt. Tout va s'arranger, tu verras. La Compagnie n'est pas morte, tu sais? On fera encore des affaires ensemble. Quand ton bateau repartira, j'ai l'idée d'une petite fête...

Il cligna de l'œil et la portière claqua. Quand la chaise s'ébranla, son grand feutre passa par l'embrasure. Quelques-uns répondirent au salut, mais d'autres détournèrent le regard. Le véhicule grinçant disparut au détour de la rue, vers les prisons, emportant au pas d'une rosse étique le Malouin, sa confiance intacte, ses rêves et ses chimères. A cet instant beaucoup pensèrent qu'avec lui prenait fin l'époque glorieuse de la ville.

On ne le revit jamais plus.

Un an passa encore. Ponctuellement, Johan faisait son métier de caboteur. A terre, ses absences devenaient plus rares, mais ses lèvres restaient sans chanson. On perdit un peu l'habitude de le nommer le Siffleur. Il devint pour ses hommes Jan-Longues-Jambes, Jan-de-la-Course ou encore Jan-De-Doncker [1].

A l'automne de 1730, Rinus vint le quérir, affairé. En se laissant entraîner, Johan apprit le résultat des tractations de la Jointe Secrète de la Compagnie : sous pavillon et lettres patentes du Roi de Pologne, une expédition se préparait à Cadix pour ravitailler les factoreries flamandes et poursuivre le négoce. Désormais la base de la Compagnie serait Trieste. Les bateaux étaient déjà achetés, mais on manquait d'hommes sûrs.

Johan, transporté, pénétra dans la pièce où se tenaient réunis les membres de la Jointe Secrète. Quand il les quitta, à nuit faite, des mots chantaient dans sa tête : *Op eigen pluk en risques vaeren...* A nos risques et périls, mais faites tout pour réussir, et que les étrangers ne l'apprennent pas... Tout pour réussir! Johan lâcha de grands coups de poing dans l'ombre, bataillant déjà contre l'ennemi invisible. La vie, pour lui, reprenait soudain toute sa saveur.

Il partit rejoindre Cadix après les fêtes de Noël.

1. Jean-le-Sombre, le Taciturne.

C'était un soir d'automne. Longtemps le jour avait traîné sur les toits de la ville avant de s'engloutir dans la nuit. Dans les rues, à de longs intervalles, marchaient de rares passants. Bientôt même leurs pas ne firent plus résonner les échos proches du rempart. Vingt et un mois s'étaient écoulés depuis le départ de Johan, et les grands vents d'ouest ne le ramenaient point. Ils n'en parlaient pas, les vieux, dans la maison de la rue du Bon Vent. Près de l'âtre, un peu plus tassée dans son fauteuil, Maria se tenait penchée sur un tricot de Pénélope. Un enfant, une fille encore, était venue à Neeltje, son anniversaire tombait le lendemain. Elle tricotait, Maria; et Rinus, rêveusement, regardait s'élever la fumée de sa pipe.

Depuis tout un temps, un malaise le tenait muet. C'était un sentiment indéfinissable mais présent, aussi réel que cette main noueuse posée sur son genou. L'horloge battait dans l'ombre. Jamais ses secondes ne s'étaient égrenées avec autant de force. On l'eût dit marchante, l'horloge, et pas à pas s'avançant plus lourdement vers l'homme. Inconsciemment Rinus tourna son regard vers le mur, s'attendant presque à la voir lentement surgir dans la clarté de la chandelle. C'est alors qu'il rencontra les yeux de Maria. Elle le fixait, sans le voir, tendue, écoutant l'appel d'on ne sait quel personnage invisible. Une présence s'insinua dans la pièce. Au-dessus de la laine, les aiguilles de Maria restaient pétrifiées. Rinus fut frappé par la décomposition de ses traits.

– Eh bien, Maria, à quoi penses-tu?

Elle tressaillit. Il ne reconnut pas sa voix, blanche, imperceptible, semblable à un souffle :

– Riqui... le grillon n'a pas chanté ce soir. Il y a...

Soudain, sans cause, elle sanglota doucement.

XXIII

Voici l'heure où se dénouent les ténèbres. Voici les arbres qui perdent leur silhouette de mystère, les transparences premières qui s'épanchent des feuilles immobiles encore. Voici l'heure secrète où tout s'équilibre, où tout reprend vie; où les bêtes s'ébrouent, vivantes, au terme de l'épouvante nocturne. D'ailleurs, dans le ciel pâlissant, s'élève déjà le cri du corbeau. Djamak, le petit renard volant, émerge de ses couvertures végétales et jette sur le monde renaissant un regard de conquête. Un élan le fait planer dans l'air, et la branche flexible d'un manguier le reçoit, petit fruit beige et velu, aux pattes et au museau d'un noir de suie. Ses oreilles pointues se dressent. Il considère, Djamak, ces hommes qu'abandonne le sommeil, le désordre du campement, les cendres froides du feu et – entre les branches basses – la barque balancée sur les premiers reflets de l'eau.

Voici l'heure où Johan s'étire et se dresse.

– Ils ne viendront plus cette nuit.

Dans le temps qu'il prononce ces mots, la nuit culbute sur la barre de l'aube et roule dans l'abîme de l'éternité, saluée du cri jacassant des perruches.

C'est la troisième aurore d'attente. Sous le soleil qui réconforte la terre, on peut à nouveau allumer le feu, noyé la veille au crépuscule. Les flammes se voient loin, la nuit, sur cette rive de la jungle, et l'Anglais est méfiant. Une inquiétude saisit Johan. Il songe à Corneel, interrompant à cette heure sa marche nocturne. Il pense à Didhar Khan, ce guide maure dont on ne sait si l'impassibilité des traits scelle dévouement ou mépris.

– Oh! s'ils ont touché Cor...

Et un goût de meurtre lui vient alors, à Johan.

Par-delà les branches basses il distingue aux remous le banc fatal du Rounaraïm. La pointe d'un mât incliné émerge des eaux jaunâtres. C'est tout ce qui apparaît encore du *Maria de Dios* canonné, désemparé, poussé par le courant vers les sables qui le sucèrent entièrement en moins de deux heures. *Op eigen pluk en risques vaeren...* Le *Maria de Dios* avait pris sa chance, mais Anglais et Hollandais ne s'étaient pas laissé berner par le drapeau polonais battant à sa poupe. Le seul espoir des Flamands de la factorerie reste maintenant dans le *Stella Polaris*, avarié voici cinq mois dans la bataille, et qui attend aujourd'hui le retour de la mousson d'hiver, pour forcer le passage. Mais s'*ils* ont pris Corneel?

– J'aurais dû l'accompagner, regrette Johan.

Il imagine la caravane avançant dans la nocturne profondeur de la jungle, ses arrêts et ses ruses, les palabres dans les lointains villages pour obtenir les marchandises que les Compagnies rivales interdisent de livrer aux Flamands. Il voit Corneel, de son pas ferme et pesant, marcher en tête de la colonne, aux côtés de Didhar Khan, le Maure. Et la halte de l'aube, pour échapper aux patrouilles ennemies. Trois années tendues par l'absence, les liens de l'affection se sont resserrés entre les frères De Boer. Jamais, depuis qu'il l'a retrouvé, Johan ne s'est senti plus près de Corneel.

– S'ils l'ont touché... fait-il encore.

Kaboeter allume le feu. Dans ses mains noueuses, les branches mortes craquent. Autour des flammes naissantes les hommes attendent le riz. Des rameurs indigènes réunis à l'écart, il en est un dont Johan ne peut rencontrer le regard sans détourner les yeux. Est-il d'une autre race que ses compagnons, cet adolescent à la peau d'or pâle, aux cheveux et aux yeux couleurs de jais? Seules le distinguent ses plus larges épaules, le triangle d'un torse parfait et nu pris dans la gaine de ses flancs plats et musclés. Et parfois, aussi, la façon menaçante qu'il a d'avancer, en baissant un peu son front trop têtu. Iar Yung Bahador... Prénoms étranges pour un De Boer!

Johan ricane.

Depuis longtemps froissée, il a en poche une lettre de Neeltje lui annonçant la naissance d'un nouvel enfant. Une fille. Cette lettre, Johan ne l'a plus relue depuis le jour où elle lui fut remise par le capitaine d'un vaisseau français. Elle aura un an dans deux mois, Veerle, le 18 septembre.

– Vous mangez, capitaine?

Il prend le bol que lui tend Kaboeter. Corneel viendra-t-il la nuit prochaine?

Il vint, peu avant la mi-nuit. Derrière lui, la caravane invisible se devinait aux claquements des sangles dénouées, au piétinement des bêtes sur l'humus, au choc des ballots tombant au sol. Corneel soufflait, et sa voix révélait l'effort.

– On a dû forcer l'étape. Il est encore temps pour cette nuit?

– Tout juste. Il faudra se presser.

Déjà, la renverse de la marée se faisait sentir dans le courant du fleuve. La poupe de la barque avait pivoté vers l'amont. Avec un peu de chance on atteindrait la factorerie à la pointe de l'aube. Johan heurta un corps.

– B'jou, missié Johan.

– C'est toi, Jésus? Allez, dépêche, embarque.

Le Gange était semblable à une coulée d'encre. Si denses fussent les ténèbres sur le fleuve, les rives étaient plus opaques encore. Johan prit la barre :

– Souque...

Les rames plongèrent dans l'eau. A ses côtés, Johan sentit s'affaler Corneel.

– Je suis mort, dit-il.

Tout aussitôt il ronfla.

Les ballots encombraient l'embarcation jusqu'au-dessous des bancs de nage. Il s'en dégageait une odeur inexprimable. Quelques gouttes de pluie glissèrent sur les flancs de la nuit. Elles tombèrent sur le bois avec un bruit mat.

– Les prélarts! commanda Johan.

Pendant que les hommes recouvraient les ballots, Johan tâta sous son banc, trouva une couverture et recouvrit doucement les épaules de son frère.

– Tu veux me faire crever, dit l'autre, dans son sommeil.

– Bouge pas, je te dis.

Il parlait bas. La voix porte loin sur l'eau, et l'on approchait des marais de Calcutta. Si Corneel se refroidissait, il aurait encore une attaque de fièvre. Du bout du pied, sans quitter la barre, Johan tassa la couverture sous les reins de son frère. A chaque retour des rames, les taquets grinçaient sur le bordé.

– Les salauds, ils ne les ont pas huilés ! jura silencieusement Johan.

La pluie avait cessé. La nuit s'ouvrit un peu à l'orient, et sur un fond d'étoiles surgirent à tribord les murailles obscures du comptoir anglais. A la tourelle de guet d'un rempart, un feu unique vacillait. Son reflet sanglant miroitait à la surface du fleuve. Le calme était extraordinaire. Johan poussa la barre et tira vers le milieu du fleuve : si le ciel se découvrait maintenant... Mais un nuage passa, engloutissant les étoiles. Encore deux heures...

Quelque chose apparut à l'avant. Au violent coup de barre donné par Johan, les hommes, surpris, cessèrent de ramer une seconde. Le spectre d'une ombre effilée glissa au ras de la coque. L'espace d'un éclair, Johan vit deux indigènes penchés sur les rames, un visage d'homme à la bouche entrouverte :

– *What is...*

Et tout aussitôt un juron. L'eau, froissée, clapota sur les flancs de la barque. Déjà, derrière, la nuit se refermait.

– Souque...

L'embarcation s'enleva. Corneel n'avait pas bougé.

L'anse familière se découvrit au second détour du fleuve. A l'instant où l'embarcation, glissant sur son erre, approchait des pilotis du quai, une voix retentit.

–*Wie is daar?*

– *Vlandereen* [1] !

A l'avant, Jésus Boudin lançait l'amarre. La corde tendue gémit. Au-dessus de la barque, des pieds nus trottaient sur l'appontement. Une ombre se pencha en laquelle Johan reconnut Lieven De Boo.

1. « Qui est là ? » – « Flandre ! »

– C’est vous, enfin! Voilà deux nuits que je vous guette. Ces satanés moustiques m’ont mis en sang. Tout s’est bien passé?

La réponse vint, très brève :

– Les Anglais nous ont vus.

– Bon Dieu... Et la marchandise?

– Elle est là. Rien ne manque.

– Bon, c’est le principal. Allez, venez, le café vous attend.

Johan se pencha :

– Cor... Cor, nous sommes arrivés.

Mais Corneel ne bougeait pas, enlisé dans sa fatigue. Le Siffleur hésita. Dans le jour naissant, il regardait le visage creusé du dormeur, le cerne bleuâtre de ses yeux, et la barbe de quatre jours qui lui mangeait les joues. Cet homme aux traits blêmes, au front lourd recouvert de mèches en désordre, c’était Cor, son cadet.

– Eh bien, vous venez? s’impatienta De Boo.

Johan secoua l’épaule de son frère :

– Allez, bougre de paresseux, debout.

Une tendresse bourrue adoucissait sa voix.

Le dormeur s’étira :

– Embêtant singe! Un si beau rêve... J’étais au magasin occupé à vendre cinquante brasses d’amarre de huit à Polpoels. Cette fois-là, il ne marchandait pas, le vieux pirate. J’aurais bien dû me douter que c’était un rêve. Enfin...

Il bâilla avec force, les yeux clignotants. Le soleil émergeait des palmes. La crête des remparts se teintait de rose. Un peu vers l’aval, en bordure du fleuve, un vautour-philosophe considérait la scène, immobile. Un instant l’oiseau aux ailes noires resta pétrifié, le regard dur sous son crâne chauve. Puis, redevenu indifférent, il pencha la tête et se mit à piquer quelque chose, en tirant sur ses pattes. Son goitre violet s’agitait. Il releva le bec et on le vit déglutir.

– Sale bête! Le courant a sans doute encore apporté quelque charogne. Râaah!

Au cri de Corneel la bête se dressa. Elle s’envola lourdement, en soulevant la poussière.

– Alors, et ce café? protesta Lieven De Boo.

C'est le lendemain soir que retentit le coup de feu. Il claqua, unique, suivi d'un silence écrasant. Dans la salle commune du « palais », Lieven De Boo s'était dressé.

– Est-ce que...

Il n'eut point le temps de finir sa phrase. La nuit retentissait soudain de clameurs, du bruit lointain de galopades et de cris. Johan et Corneel se bousculèrent vers la porte.

– C'est Pieter!

Muets, ils dévalèrent vers le fleuve. Rue de la Chapelle, des portes s'ouvraient sur l'ombre.

– C'est du côté des hangars, souffla Corneel.

Il courut plus fort pour rejoindre Johan. Le Siffleur se ruait. Au vol il avait saisi une arme dont la lame jetait de froids éclairs.

– Là!

Silhouette dansante, le récollet sautait au milieu de courtes flammes. Ses pieds dispersaient, écrasaient, piétinaient les brandons d'un fagot incandescent. Ses coups faisaient jaillir des gerbes d'étincelles. Dans les lueurs et les fumées du feu déjà mourant, le prêtre mimait avec rage on ne savait quelle incantation démoniaque. Le bas de sa soutane grésillait. A larges coups de bottes, Johan étouffa les dernières braises.

– Qu'est-ce que c'est?

– Le feu... ils sont partis en barque.

Les trois frères haletaient. Au détour du hangar des hommes apparaissaient en courant, la torche au poing. C'est alors que Corneel aperçut le corps étendu, face contre terre.

– Laisse, dit Pieter. Rentrons.

– Mais...

– Laisse, je te dis. Il est mort.

– Tu ne vas plus t'amuser à te promener seul la nuit, gronda Johan.

– Si je ne m'étais pas promené, ils seraient beaux, maintenant, nos hangars. Et puis, j'avais Jésus Boudin.

– Oh! Jésus...

Le nègre, encore gris de peur, tremblait derrière eux.

Ils rentrèrent au palais.

– Mon Dieu! souffla Mme De Boo.

De sa bure, le récollet sortait un pistolet. C'était une arme petite, d'un travail exquis, à la crosse incrustée de nacre; une arme de femme jalouse. Paisible, Pieter releva le chien, souffla doucement dans le canon et – le pointant vers la chandelle – en examina l'âme en fermant un œil. Même en ce moment, ses mains de prélat gardaient une onction toute ecclésiastique.

– C'est un Hindou? questionna sourdement Corneel.

– Non. Un Blanc. Demain nous dirons une messe pour le repos de son âme.

D'un geste indifférent il remit le pistolet dans la poche de sa soutane.

– A boire, dit-il.

D'un trait, debout, il vida son verre. Pendant tout le temps qu'il se versa l'alcool, sa main ne trembla pas. Johan crut en siffler d'enthousiasme. Il croisa le regard de Corneel et les deux frères se comprirent : c'était bien un De Boer, un homme de leur race et de leur sang, leur porteur de jupe aux mains de demoiselle...

– Ils vont l'apprendre, pensa tout haut Lieven De Boo. Ils vont en devenir enragés. Il ne faudra pas se laisser faire.

– Qui parle de se laisser faire? intervint doucement Pieter.

La flamme mourait dans le chandelier. Tout autour il y avait l'ombre, prête à bondir. Une phalène tomba en grésillant dans la cire brûlante. Le bruit léger de la mangouste familière, trottant dans les combles, rompait seul le silence.

– Je vais me coucher, bâilla le récollet.

XXIV

De tout temps, ce furent les aventuriers qui bâtirent les empires. Quand le dernier des vaisseaux fut parti, ce qu'il advint plus tard de la factorerie de Lieven De Boo appartient à la légende de tous les hommes au sang rouge et à l'imagination de poètes. Oubliés, sans rapports avec la patrie lointaine, décimés par les épidémies, la famine, repoussant les attaques indigènes, convaincus de leur destin mais ne desserrant pas les dents pour lancer un appel, ces Flamands tinrent des années et des années encore. Ils vivotaient, trafiquaient de nuit, lançaient sur l'océan Indien ces barques-longues qui s'en allaient – à un mois de là – maintenir le contact avec les autres comptoirs perdus de la Compagnie d'Ostende. Vingt ans plus tard, Charles de Lorraine informait l'Impératrice *qu'un seul homme gardait encore pour Sa Majesté la factorerie de Cabelon, sur la côte de Coromandel.* Ce que ne disait point le rapport, c'est que durant ces quatre lustres de vaine attente, au vent de toutes les moussons, claqua un autre étendard aux côtés du drapeau de la Maison d'Autriche : celui des vieux corsaires de Flandre, lion de sable sur champ d'or.

Harcelés, attaqués, en butte aux intrigues et aux révoltes fomentées par les Compagnies rivales, défendant leurs remparts aux boulets d'abord et, plus tard, quand les munitions manquèrent, à l'arme blanche, ils succombèrent, tous, entre un signe de croix et un blasphème. Aucun pourtant ne s'étonna des moyens employés pour les abattre. Ce n'étaient pas des saints : l'eussent-ils pu, ils auraient sans remords employé les mêmes méthodes pour éliminer leurs rivaux, et à l'occasion ne s'en firent point faute. Ils jouaient le jeu, et malheur au perdant.

Ils perdirent.

Cependant, si tenace était leur foi et obstinée leur volonté qu'aucun des quatre-vingts colons du Bengale n'accepta l'offre de rapatriement apportée d'Ostende par Johan De Boer. Lieven De Boo, levant du papier ses lourdes paupières, dévoila un regard teinté d'étonnement.

– Qu'est-ce que j'irais encore foutre là-bas? Si nous partions, c'est pour le coup que tout serait fichu.

Il rebourra sa pipe.

Les dernières queues de la mousson traînaient dans l'espace. La pluie accourait, haletante, martelant la terre du pas de sa course. Les veines de la foudre parcouraient la nuit, tirant de l'ombre les choses rendues soudain à leurs contours élémentaires. Arrachées par le vent, des branches sautaient sur les chemins. Elles avaient dans leurs mouvements des apparences vivantes, des glissements hallucinants d'araignées monstrueuses. De sa fenêtre ouverte à l'aval de ce grand fleuve d'air, Pieter laissait pénétrer jusqu'à lui les ébranlements du tonnerre. Il regardait aussi les singes.

Le jour, réfugiés dans les manguiers, les baladins aux mains roses glissaient entre les feuilles ruisselantes un regard effaré. La fin de l'averse les voyait dégringoler au sol, courir entre les flaques en s'éclaboussant. Ils portaient hautes leurs longues queues flexibles, avec des précautions de chat. Parfois le récollet leur jetait un fruit dont ils s'emparaient, aussitôt menaçants, les dents découvertes, impudents et lâches, tellement humains que le prêtre en riait de tendresse. Il advenait parfois qu'ils lui montrassent leur derrière, avec une préméditation visible. C'étaient des singes civilisés.

Puis sous le ciel reconquis, les eaux baissèrent.

Elle vint, la fièvre, d'abord insidieuse, ronronnante, tranquille. Johan la sentit s'éveiller en lui à l'heure où, sur la berge, il surveillait la teinture des voiles de fuite. Elle montait doucement, la fièvre, si naturelle dans la perfection de sa conquête qu'un moment, frissonnant, Johan pensa à la fraîcheur tôt venue du crépuscule. Mais le soleil était encore haut dans le ciel, et nulle feuille ne bougeait dans les arbres. Alors le Siffleur la reconnut, l'ennemie familière et jamais domptée, toujours là au rendez-vous de l'automne, et chaque fois plus puissante. Il se raidit pour mater le premier tremblement qui lui naissait aux reins.

– Je tiendrai bien jusqu'à ce soir...

Il tint. Mais le travail fini, quand il émergea de la rue de la Chapelle, Pieter le vit tituber soudain sur la petite placette du palais. Johan voulut encore franchir le seuil de sa chambre.

– Laisse, Piet, je connais ça. Ça ne sera rien.

Et il s'effondra.

L'accès ne fut jamais plus violent qu'en ces jours où il

délira sans trêve. Face au lit, l'humidité de la dernière mousson avait laissé aux murs une large tache de moisissure. Aux seuls regards du malade elle offrait les contours précis d'un itinéraire vingt fois parcouru : le dessin de la péninsule indienne, les mille ramifications du delta gangétique et plus haut, bien plus haut, cette altération plus jaune, évocation graphique de la patrie lointaine. Arrivé là, tout se confondait. Dans le silence de la chambre surgissait l'image familière des hauts remparts tant de fois vus du large, à l'aurore, au retour des courses, quand sur la barre de l'aube, enveloppée du sable qu'arrachait le vent aux dunes, la cité s'offrait dans une auréole de gloire. C'étaient les moments doux de la fièvre, ceux où l'esprit de Johan, apaisé, s'abandonnait à ces paisibles mirages. Les cloches de la messe battaient, le charroi des fardiers faisait trembler les vitres du Bout-du-Monde et tout un peuple en fête suivait la procession du 15 août. Un murmure s'échappait des lèvres desséchées du malade.

– Écoute, Cor! soufflait Pieter. Il chante *le Cantique de la Mer*.

Mais venait toujours le moment où, sur le crépi, se formait un visage d'enfant, d'abord confus, noyé dans les limbes de la métamorphose; soudain d'une netteté effrayante. De la bouche entrouverte de ce visage aux yeux clos sortaient des bêtes visqueuses, rampantes, innommables. Alors Johan hurlait, le doigt tendu :

– Là! Là! attention, Riqui! attention, mon fils!

Corneel, accouru, chassait les petits lézards beiges.

– Dors, Jan, dors...

Mais le Siffleur restait des heures encore, les yeux fixés à la muraille. Il ne se calmait qu'au milieu de la nuit, dans l'oubli du sommeil.

Cette fois-là il se réveilla étrangement lucide. Rien ne bougeait dans la maison endormie. Pourtant, distinct, lui était parvenu un appel. Il se dressa sur un coude. Par les fenêtres ouvertes, les premières senteurs des orangers envahissaient la pièce. Sur la table brûlait un petit quinquet. Sa flamme s'élevait de l'huile, toute droite, fragile et claire dans l'enlisement des ténèbres. Dans l'orbe de sa clarté, Pieter dormait, affaissé dans son fauteuil de rotin. Les plis de sa soutane luisaient. Et tout autour il y avait l'ombre, prête à bondir.

– Le bateau, pensa Johan, ils oublient de surveiller le bateau.

Il se lève, nu, et le geste qu'il a de repousser le drap fait onduler la flamme. Il se sent curieusement fort, Johan, quand il enjambe la fenêtre. Un instant pourtant il vacille, le dos au mur. Les lucioles n'ont jamais été si nombreuses qu'en cette nuit. Elles dansent devant ses yeux, l'accompagnent, le devancent dans sa marche. La nuit s'offre, quiète et tendre, et le chemin est doux aux pieds, qui s'enfonce dans la pente, vers le fleuve. Tout dort, mais dans l'opacité des arbres Johan avance d'un pas sûr, léger. A peine voit-il un chien étique que son passage éveille dans l'angle d'un mur, et qui vient le flairer, la queue entre les jambes. D'ailleurs, tout aussitôt, la bête s'arrête, le poil hérissé, et hurle. Elle a flairé l'Invisible et Toujours Présente, dont Johan a saisi la main et que maintenant il suit, en courant.

C'est l'heure où le grillon cesse de chanter, rue du Bon Vent.

Enfin la voûte des feuilles s'entrouvre au bas de la pente. Le fleuve apparaît, laqué, glissant sans bruit dans le velours nocturne. Le vaisseau est là, immobile. Intact. Toutefois Johan veut le mieux voir, l'approcher, en sentir le bois sous sa paume. De grands frissons lui viennent, au Siffleur, et il aspire soudain à l'intimité de la petite flamme veillant sur Pieter endormi, à la chaleur du lit, à la course qui lui ferait fuir cette nuit soudain menaçante. Il claque des dents. Une minute, une minute encore, seulement.

Il trébuche.

La vase du rivage a reçu son corps étendu. Elle garde encore la tiédeur du jour enfui, la vase. Elle est douce aux membres, enveloppante, maternelle. Sous sa caresse Johan soupire et se retourne sur le dos, envahi de bien-être. Les étoiles s'offrent, roulant dans l'abîme de la nuit, merveilleusement scintillantes. Il fait une paix incroyable. Ainsi, ce n'est que cela? Détendu, le Siffleur sourit à demi. Le sang bat à ses tempes, très vite, puis de plus en plus lentement, de plus en plus pesamment. On dirait d'un être s'approchant, à pas d'airain, hésitant, avançant encore. Bientôt Johan sent la main se poser sur son épaule. Il murmure :

– Requi... le petit. Puis : Neeltje... Et encore : Neeltje!...

De l'onde, déjà, affleuraient les tortues mangeuses de cadavres.

XXV

Avec Noël revint la grande fête de ces expatriés. Depuis la Saint-Thomas, les hommes arrivaient à la factorerie, un à un. Ils sortaient de la jungle, hirsutes, débraillés, le regard fiévreux, accourant de leurs postes perdus à des jours et des jours de marche. C'était l'époque des grands carnages de volailles étiques et des flammes joyeusement ronflantes dans l'âtre. La Sainte Nuit s'illuminait de fenêtres derrière lesquelles les beaux services luisaient doucement sur les nappes fraîches, toutes raides encore de leurs plis. Bien avant que la cloche les appelât, les fidèles cheminaient sur le sentier montant vers la chapelle. Ces nuits-là étaient toujours pleines d'étoiles, étonnamment douces et calmes, presque recueillies.

L'église était trop petite quand Pieter entamait le *Puer nobis natus est*. Ils étaient tous là, ces colons, bien dignes dans leurs beaux habits du dimanche, les joues frottées à vif et rutilantes de propreté. Ils se tenaient droits, leurs larges mains posées sur le naïf velours rouge de leurs prie-Dieu provinciaux. Au-delà du porche resté large ouvert commençaient les ténèbres, peuplées des marins qui n'avaient pu trouver place dans la petite nef. Entre eux, parfois, un indigène converti dont la robe claire éclatait au milieu de tous ces vêtements sombres en grosse étoffe de Flandre.

Messe étrange, presque païenne, entre ces murs nus, aux lueurs vacillantes des cierges. L'ombre gigantesque de Jésus Boudin, enfant de chœur saugrenu, flottait sur l'autel. A distance, invisibles et chuchotants sous la voûte obscure des arbres, les Bengali considéraient ces rites solennels, le souffle de l'Élévation passant sur cette moisson d'âmes, la vague née du transept et courbant les épaules jusqu'au dernier marin agenouillé sur la terre, dans la nuit. Sur ces fronts inclinés glissait alors un silence hors du temps, hors du chant des cigales nocturnes, des tambours barbares battant au loin, près du fleuve. Un silence phénoménal. Même les indigènes se taisaient. Les tremblements espacés de la sonnette creusaient plus profondément encore cette paix miraculeuse. Un ange passait, et l'on croyait entendre ses ailes; mais ce n'était que le vol d'une chauve-souris, affolée, tournant près des cierges.

L'heure venait enfin où, sur le dernier hymne, les fidèles se dispersaient, dans un grand bruit de chaises grinçantes sur les dalles. Par groupes ils s'en allaient retrouver l'intimité de leur demeure, la table mise aux côtés d'un arbre baroque aux feuilles énormes, qui évoquait pour ces hommes le sapin de Noël.

– Monsieur Corneel! cria Lieven De Boo.

Massive dans sa rondeur jubilante, la silhouette gourmande du gouverneur se découpait dans le cadre lumineux de la porte du palais. Une rumeur de verres, d'interpellations bruyantes, d'assiettes entrechoquées et de rires s'échappait de la grande salle commune. Corneel ne répondit pas. Rien n'est pénible à l'âme solitaire comme ces réunions où la chaleur des alcools allume une joie sans profondeur réelle, et Corneel – en ce soir – préférait la compagnie des souvenirs. Il attendit que Lieven De Boo eût disparu et reprit sa marche. Cruellement, et de manière plus précise encore en cette nuit de fête, l'absence de Johan l'étreignait. Le sentiment aigu lui en était venu tout à l'heure à l'église quand, au lieu où se tenait hier encore la silhouette familière, son regard avait rencontré un visage quelconque confit de dévotion et baissé vers les dalles. L'homme marmottait, cafard, humilié dans une attitude de servilité hypocrite. A le voir, Corneel s'était senti près de la haine. Dieu! le beau croyant qu'était Johan, malgré ses péchés, avec sa haute stature et son signe de croix brandi comme une arme!

Pensif, le noiraud s'arrête au pied d'un arbre, et avec lui, silencieusement, le Passé s'assied dans l'herbe profonde.

Il est là, tentant et lâche, larmoyant et tendre, le compagnon doucereux des heures de faiblesse. Avec lui s'approche le cortège mélancolique des images amollissantes, des chansons oubliées, des jours enfuis qui jamais ne reviendront. Et Corneel l'écoute, le camarade plaintif. Et le souvenir lui revient d'autres Noëls, de nuits frileuses au sortir de l'église, des rues ouatées de neige en laquelle s'enfonçaient les pas silencieux. Il revoit ces retours, les flocons paresseux tombant dans l'orbe intime de la grosse lanterne, au coin de la rue du Bon Vent, et, au-dessus du quinquet, la Vierge perdue dans la pénombre, immobile et fleurie dans sa niche de verre. Mystérieusement souriante. Une douleur le point, Corneel, car il a entendu le dernier hymne siffloté rêveusement par Johan, qui chemine à ses côtés.

Des tambours roulent dans les ténèbres, soutenus de la vibration cuivrée des cymbales rituelles. Chose étrange, sans jamais avoir connu le Christ, les Hindous célèbrent aussi cette nuit. Dans le contrebas de la pente, près du fleuve rougeoyant, flambent les bûchers du Bara-Dine, du Grand Jour. Leurs feux, sous les arbres, font naître dans les feuilles des transparences liquides. Parfois, quand s'élancent les flammes, une gerbe d'étincelles éclate au-dessus des palmes, monte en crépitant dans des bruits d'artifice. Alors, tirées soudain de la nuit, des ombres surgissent de l'ombre, teintées de reflets barbares.

Corneel se bouche les oreilles.

Écœurement des couleurs et des bruits de ce pays hors mesure, où la pluie même cogne le sol à le fendre. Corneel songe à son pays, à la lumière dolente de ses cieux lourds; à ses pluies calmes et douces, et longues, qui fécondent doucement la grasse terre de Flandre. Au grand vent frais chassant les draperies de l'averse sur les champs clairs. Il songe aux arbres fanés, aux remparts délavés par les embruns, aux oiseaux sans couleur et à leurs chants de gloire, aux dunes pâles et aux tuiles déteintes, aux horizons de grisaille, aux canaux gris et à la mer grise. Le gris, de toutes les couleurs, est la seule humaine...

La mélancolie le cerne d'un trait flexible que chaque pensée resserre à son cœur. Lui revient en mémoire, à Corneel, ces matins clairs illuminant leur petite chambre d'enfants, le rire de Johan au réveil quand le chat, vainement, tentait d'atteindre la première mouche du printemps bourdonnant aux vitres. Et les grandes ombres du moulin à vent passant et repassant sur les fenêtres... Les disputes puériles des trois frères, aussi, mais, au plus fort de leurs brouilles fugitives, le front soudain formé entre eux, épaule contre épaule, dans leurs batailles contre les autres garnements du port. Corneel les accueille avec tendresse, ces images que la jeunesse enfuie pare du voile merveilleux de ses mensonges.

Tout cela est passé et ne reviendra plus.

Et Corneel se sent seul, abandonné, aussi misérable et nu que cette pierre sur laquelle sa main se pose. Hors sa famille et – jadis – les compagnons du dernier *Op hoop van Zege*, qui l'a jamais tutoyé? Il cherche et ne trouve point. Son ambition a dressé autour de lui une muraille glacée sur laquelle s'est éteinte la chaleur des amitiés. Que reste-t-il de son orgueil, de sa volonté d'être un jour salué comme le premier bourgeois de sa ville? Johan mort, Pieter restant au Bengale, Godelieve à jamais perdue, absorbée, assimilée par une autre famille, transformée d'âme et de cœur, qui encore, ses vieux parents disparus, l'enveloppera de ses pensées? Comme à tout homme, un jour, lui vient le désir soudain de faire souche, de laisser après lui son empreinte vivante, son nom. Le nom des De Boer. Après lui, Corneel, il n'y aura plus de De Boer... Pour la première fois, mais avec une force accrue par le temps, cet homme de trente-cinq ans évoque la fille douce et blonde, à la chair lumineuse, la femme aux flancs profonds, l'inconnue mère de ses fils à venir. Le passant le verrait-il maintenant sous son arbre, Corneel, qu'il serait frappé par le sourire secret venu aux traits figés de cet homme.

Tout soudain, sans transition, lui apparaît le visage vieilli de sa mère; sa silhouette devenue plus menue passant et repassant devant l'âtre. Son sourire... Mais a-t-elle encore un sourire? Il l'entend fredonner, Maria, et le lard grésiller dans la poêle où tout à l'heure sauteront les crêpes. La voilà qui s'arrête et baisse les yeux vers l'homme accroupi sous son arbre. Dans le regard grave posé sur lui, Corneel ne reconnaît plus la joie qui jadis, enfant, lui faisait battre les mains à l'apparition de sa mère. Vision saisissante! En lui résonne, vibre et se prolonge l'accord poignant par quoi s'achève la stance douloureuse de Bhartriheri :

Le temps n'a pas passé; notre vie a passé.
L'ambition n'a pas vieilli,
En nous vieillis.
Nous avons été hache à l'arbre de jeunesse
De notre mère...

Et des larmes lui viennent, hypocrites. Car à cet instant, croyant penser à sa mère, c'est sur lui-même qu'il pleure, Corneel...

Faiblesse passagère. Tantôt il se dressera, l'homme, subitement avide des joies tout à l'heure dédaignées. Après l'âme, c'est le ventre qui parle, et avec quelle violence! Des cris saluent le noiraud à son apparition. Il prend place à table, devant son verre déjà rempli. Le sourire qu'il a pour répondre aux regards tournés vers lui ne garde point trace du moment noir pendant lequel son cœur a fléchi. Mais le compagnon est là, derrière la porte, dans l'ombre, qui l'attend, patient, et se trouvera désormais toujours présent à ses côtés, aux heures de solitude.

Viendra le jour du dernier départ. D'un accord tacite, Guerbrera, le capitaine espagnol, lui laissera le commandement du *Stella Polaris* jusqu'à l'estuaire du Gange. Car il le connaît bien, Corneel, le fleuve aux eaux traîtres, ses bancs perfides, la force de son mascaret qui remonte les rives plates à l'allure d'un cheval au galop, dans un bruit d'orage. Des années et des années il en a trop souvent parcouru les liquides détours pour que l'Espagnol n'hésite point à lui abandonner la manœuvre. Il ne dira rien quand Corneel fera amener de la corne l'étendard polonais. L'artifice paraît peu noble, et dérisoire, au fils de Haring De Boer. Les ennemis ne s'y tromperaient point. Aussi, de son propre coffre, a-t-il tiré une étamine couleur d'or que déploie le vent du soir. C'est sous le drapeau des corsaires de Flandre que le noiraud veut tenter sa dernière ruse.

L'ancre est tombée. Immobile dans le lit du fleuve, le *Stella Polaris* attend. A contre-jour du couchant croisent les voiles de la flotte du blocus : c'est leur réseau qu'il faudra tout à l'heure franchir, à l'aveugle, en rasant les sables mouvants dans lesquels s'engloutit l'an dernier le *Maria de Dios*. Comme l'eût fait Johan, Corneel mise tout sur sa fortune. Un sourire lui vient en voyant le leurre des voiles blanches – trop blanches – de son vaisseau; les focs halés bas, les huniers amenés dans lesquels clapote cette brise de fin de jour.

La lumière choit, vacille, sombre enfin dans les ténèbres premières. Et naît une nuit sans lune, opaque et dure, complice. A la lueur des lanternes, paraissent sur le pont les voiles brunes, les voiles de contrebandiers tant de fois employées naguère par Corneel, à l'embouchure de la Tamise. Un à un les gabiers disparaissent dans la mâture. Les feux se sont éteints. Sans les voir on entend les poulies grincer, les hommes boitiller sur les vergues. Les voiles claires s'affalent sur le pont où leur masse met comme une pâle fluorescence. La première, c'est la voix de Kaboeter qui tombe du grand mât :

– Paré!

– Paré! répondent plus tard les équipes de misaine et d'artimon.

Attente de la horde prochaine des nuages qui doivent voiler les seules clartés des étoiles. Une dernière fois se distinguent vaguement aux yeux de Corneel cette terre plate, les bûchers funèbres piquetant la berge, la masse confuse de la jungle masquant le prochain détour du fleuve. Une dernière fois résonnent les tambours éternels. Il n'entendra pas le cri des corbeaux à l'aurore, Corneel. Des souffles moisis viennent de cette plaine soudain chère à son cœur. L'ultime image qu'il en emporte jamais ne l'abandonnera. Mais elle est chassée par une autre, lointaine et combien plus précise, pourtant : au bout de cette nuit et de bien d'autres nuits, là-bas, par-delà les flots, bien loin, apparaissent les vieux remparts familiers et les horizons calmes de la patrie lointaine.

Un voile passe dans le ciel. Dans le noir soudain épaissi n'apparaissent plus les reflets métalliques du fleuve. Où est maintenant Pieter, tout à l'heure parti, sur un adieu, dans la barque-signal? Inquiet, Corneel fouille les ténèbres. Mais une petite lueur naît vers l'avant, au ras des eaux. Elle marque le coude de la passe du Rounaraïm que devra tout à l'heure frôler le vaisseau. Kaboeter surgit sur ses pieds nus silencieux.

– C'est le moment, on y va?

– Un moment encore.

Il attend, Corneel. A l'instant du départ, cette flamme tremblante sur les flots reçoit sa dernière pensée muette. A la lumière du falot qu'il tient au poing, Kaboeter voit se durcir le visage minéral du frère.

– Allons! dit soudain De Boer.

Et, comme le vaisseau entame sa glissée vers les sables :

– *Op God'es gemade...* A la grâce de Dieu... fait-il en se signant.

XXVI

– Pourquoi que ton bras est en fer?

– Pour qu'il soit plus solide. Comme cela, il ne pourra jamais s'user.

– Jamais-Jamais?

– Jamais.

– Mais s'il casse?

– Le fer ne casse pas, fiston.

– Oui, mais si des fois il cassait quand même? insista le petit Marinus.

– Alors, j'en mettrais un autre.

– Tu n'auras pas mal?

– Non.

– Et qu'est-ce que tu ferais de ton bras cassé? intervint Ward.

– Je le jetterais. Ou bien j'en ferais un crochet pour pendre les cordes, dans la remise.

Les deux enfants restèrent songeurs. C'était vraiment là une chose extraordinaire. Grand-papa Rinus était d'ailleurs un homme étonnant; le seul de toute la ville, pour sûr, qui pût enlever son bras et le suspendre à un clou aussi facilement qu'il le faisait de son bonnet. Ce gros crochet tout poli et luisant du bout était alors une chose positivement fascinante. La première fois qu'ils l'avaient vu pendu au mur, les deux frères l'avaient considéré avec un respect plein de convoitise. Grand-papa Rinus somnolait dehors, au soleil, sur le banc de pierre.

– Si on le prenait?

– Oh oui! avait dit Ward.

– Alors, vas-y, prends-le.

– Non, toi. Tu es le plus grand.

Ils avaient chuchoté longtemps, se poussant l'un l'autre. Un effroi les tenait à la pensée du geste sacrilège. Peut-être en fussent-ils restés à leur intention si Ward n'avait dit :

– Tu as peur!

– Peur? Moi? s'insurgea le petit Marinus outragé.

Près du feu, bonne-maman Maria épluchait les légumes. Le petit d'homme la regarda, ses yeux revinrent au bras de fer, puis à nouveau vers la femme absorbée dans son travail. Après tout!... Néanmoins le petit Rinus tremblait un peu quand, grimpé sur une chaise, il s'empara de l'objet miraculeux. Il s'attendait à le voir soudain prendre vie, s'animer sous des doigts ou même – qui sait? – grogner avec la voix bourrue du grand-papa Rinus : « Eh bien, garnement, vas-tu me laisser dormir tranquille? » Mais, chose étrange, le bras de grand-papa resta inerte au bout de ses sangles de cuir et, pour tout dire, aussi inoffensif que n'importe quel autre bout de fer. Toutefois, méfiant, l'enfant le pinça. Doucement d'abord, puis de plus en plus fort. Enfin, il lui donna un coup de pied. Le vieillard ne parut point s'en apercevoir. Insensible, il continuait à somnoler. Un grand souffle d'héroïsme souleva le petit Marinus. Il eut vers son frère un regard dédaigneux.

– Tu vois, ce n'est pas plus difficile que ça.

– Tu n'as pas peur, toi! s'émerveilla Ward.

– Je n'ai jamais peur. Viens, on va jouer au cheval.

Il attachait les sangles aux épaules de son frère quand apparut papa Corneel. De ce qui advint alors, les deux enfants gardèrent un souvenir précis et, à jamais, une très haute considération pour tous les bras qui n'étaient point de fer : ils s'usaient peut-être, cassaient parfois, mais pouvaient donner une fessée avec une virtuosité que n'avait certainement pas le membre postiche de grand-papa Rinus. D'ailleurs grand-papa Rinus ne donnait jamais de fessée, ni avec ce bras-là, ni avec l'autre.

– Tu l'enlèves tous les soirs?

– Oui mon petit : tous les soirs avant de me coucher.

– Est-ce que tu peux enlever aussi tes deux jambes et ta tête?

– Non, juste ce bras-là.

– Pourquoi tu n'es pas tout en fer, puisque cela ne s'use pas?

– Parce que...

Le petit Rinus bouda, le front soudain têtu : « Parce que! » Ce sont des réponses de grandes personnes, ça! C'est toujours ce qu'elles disent quand elles veulent cacher les choses les plus intéressantes. C'eût été pourtant amusant d'avoir un grand-papa tout en fer, qui se démonterait comme un jouet. On pourrait lui mettre une jambe à la place de la tête, et celle-ci attachée à l'épaule. Une seconde, le petit Rinus imagina quel curieux animal ferait ainsi le vieillard. Mais la vision qu'il en eut était si terrifiante qu'il pensa vite à autre chose.

– Boum-papa, pourquoi que tu as une bague à l'oreille?

– Ce n'est pas une bague, c'est un anneau.

Toujours ces précisions inutiles! Le petit Rinus s'impatienta :

– Alors, pourquoi que tu as un anneau à l'oreille?

– Pour me faire sécher à une corde, quand je suis mouillé par la pluie.

Cette fois-ci, c'était trop fort. Les deux frères prirent un air vexé. Grand-papa disait parfois des bêtises. Cela se voyait d'ailleurs très bien : il avait beau vouloir rester sévère, on distinguait alors son sourire derrière toute sa barbe et sa grosse moustache blanche. Un jour que Ward lui demandait : « Devine ce que j'ai dans ma main ? » n'avait-il pas répondu : « Un cheval ! » Comme si on pouvait tenir un cheval dans sa main ! Grand-papa Rinus n'était pas sérieux. Bonne-maman Maria le disait d'ailleurs très souvent.

– Le taureau de tante Neeltje, il a aussi un anneau. Mais dans le nez, dit le petit Rinus, songeur.

Puis il s'en fut en galopant. Son frère le suivait, agitant vaillamment ses petites jambes nues. Avant le tournant de la rue il buta sur un pavé et s'étala. Le vieillard s'attendit à l'entendre crier, mais Ward se releva aussitôt et disparut. Les enfants pleurent devant les seules grandes personnes.

Le soleil chauffait doucement. Affairées, des mouches tournoyaient en vrombissant. Par la fenêtre ouverte lui parvint la voix de Maria.

– Je sers dans une minute, tu peux venir.

– J'arrive, dit le vieux Rinus.

Mais il ne bougea point. Il rêvassait, tétant sa pipe entre ses gencives usées. Il ne s'apercevait point qu'elle était éteinte. A chaque aspiration la salive gargouillait dans le tuyau. Le vieillard se sentait envahi de bien-être : comme la chaleur du ciel est douce aux vieux membres ! Il poursuivait des pensées vagues, heureuses. Il songeait aux cinq enfants de Corneel, au sixième qui allait venir, mais surtout – et avec quelle tendresse ! – au petit Marinus, l'aîné. Un fier petit bougre, celui-là, et hardi ! Il lui rappelait étonnamment Johan. Il avait le même regard droit, un peu impertinent, et sur son front la même mèche rebelle qu'il repoussait d'un mouvement de tête semblable. On eût dit alors une petite chèvre capricieuse donnant un coup de corne. Le fils de Johan, s'il eût vécu, eût été comme cet enfant de Corneel. Avec les mêmes gestes, sans doute, et sa manière d'avancer d'une démarche légère, en penchant un peu les épaules. C'était parfois à crier de surprise. Quand le vieillard voyait arriver l'enfant, il se trouvait soudain reporté quarante ans en arrière, à l'époque où Johan, gamin encore, apparaissait au coin de la rue du Bon Vent.

Une fois, le petit Rinus avait sifflé. C'était un jour de fête, un 15 août, quand toute la famille se trouvait réunie rue du Bout-du-Monde. Neeltje était devenue livide. Sous son étreinte sauvage, l'enfant avait crié : « Tu me fais mal, tante Neeltje! » Elle l'avait embrassé comme si elle voulait le mordre. Depuis ce jour Neeltje semblait fuir le petit. Étrange fille! Elle n'avait pas eu une larme en apprenant la mort de Johan : « Je savais que cela devait arriver... » Avant la fin de la semaine suivante, elle avait quitté la vieille demeure, n'emportant avec elle que le tableau de Verbeek, et son lit. L'an suivant, Rinus et Maria étaient revenus s'installer au Bout-du-Monde : la maison de la rue du Bon Vent était si grande, pour deux vieux solitaires! Corneel y avait pris leur place, avec tous ses enfants...

Marinus De Boer, les yeux clos, se cala un peu mieux sur son banc de pierre. Les briques du mur étaient bien chaudes à ses épaules. A travers l'étoffe il sentait la grosse lézarde, toute béante. Maria l'aurait voulu faire cimenter, mais à quoi bon? La vieille maison était très bien comme cela, pour eux deux. Et puis, qu'en aurait dit Neeltje?

– Neeltje... murmura machinalement De Boer.

Elle habitait maintenant là-bas, avec ses filles, dans la ferme du Père Cornjuin, au-delà de Mariakerke. Deux fois la semaine, elle apparaissait à Ostende, se rendant au moulin du bastion d'Espagne. Elle se tenait bien droite sur le banc de sa carriole, ses grandes mains fermement posées sur les rênes. Elle était toujours suivie d'un chien hirsute, haletant, d'apparence sauvage, qui n'était plus Kir Sabbant mais lui ressemblait comme une ombre. La bête trottait aux côtés du cheval, en jappant parfois sourdement. Elle montrait les crocs quand on s'approchait. Neeltje la calmait d'un mot, mais plus encore du regard. Sa voix était devenue curieusement basse et rauque, à Neeltje. Était-ce vrai qu'elle buvait?

Elle repassait au soir, fouettant sa bête. Si vite qu'elle allât pourtant, le crépuscule arrivait avant elle. La fin du jour la surprenait quelque part sur les chemins, au détour d'une dune. Et là, au bord de la route, se trouvait toujours une grande silhouette d'homme marchant sur le sable, à pas légers. Il avait les épaules larges, la tête un peu baissée et – sous la mèche qui lui barrait le front – un regard narquois, insolent. Neeltje tirait sur les rênes.

– *Si vous retournez en ville, vous ne voulez pas monter?*

– *Merci. Au revoir.*

L'homme partait, désinvolte, en sifflotant. Après vingt-cinq ans, sa voix résonnait encore aux oreilles de Neeltje. Le fouet de la femme s'abattait : « Hue! Bon Cœur! » Pendant une minute le cheval, surpris, trottait dur dans les ornières; mais bientôt il reprenait son pas lourd, paisible. Il semblait alors que la silhouette de la femme se fût un peu affaissée sur son siège. Le chien n'aboyait plus jusqu'à la ferme... Oh comme elles brûlent encore, ces cendres que le souvenir remue!

– Eh bien, viens-tu maintenant?

– J'arrive, s'ébroua Rinus, qui s'était endormi.

Cette fois-ci il se leva :

– Ah! un hochepot, dit-il, un hochepot...

Il prit sa cuiller.

Ils mangeaient silencieusement. Que peuvent encore avoir à se dire deux vieux, dans la seule compagnie de leurs assiettes? Et après tout, que sont les paroles? Il leur suffisait, le soir, que leurs mains se retrouvassent sous les couvertures pour que tous les mots de la terre fussent inutiles. Ils restaient alors là, dans l'ombre, côte à côte, attendant le sommeil. Il mettait longtemps à venir, le sommeil! Si les vieux dorment si peu, c'est peut-être à cause de tous leurs souvenirs. C'étaient les moments où, lèvres closes, Rinus et Maria se disaient les choses les plus merveilleuses, avec la voix de leurs vingt ans. Le jour, leur conversation restait banale.

– Tu sais, les Français sont arrivés.

– Ah? Ceux du *Saint-Charles?*

– Non, c'est pour le *Flandre*. Ils viennent de Cherbourg. J'irai peut-être les voir...

C'est tout. Un silence. Treize ans après la suspension de la Compagnie, les vaisseaux des Indes avaient été vendus à l'encan. Celui de Johan comme les autres. Les acheteurs étaient venus de partout. On les avait vus tourner autour des bateaux, en piquer la coque d'un couteau méfiant tout en faisant la moue. Pendant quelques jours, l'Auberge de la Poste avait retrouvé son atmosphère bruyante d'antan. Puis les étrangers étaient partis après avoir poussé de molles enchères. Avec eux les bâtiments avaient disparu, un à un. Aujourd'hui les Français envoyaient un équipage prendre possession du *Flandre Impériale*, acheté presque au prix du bois. Lui parti, seul restait le *Saint-Charles*, mais pour combien de jours encore? Comme le port paraissait vide maintenant, aux yeux de Rinus!...

– Oui, je crois que je vais tout de même aller les voir, murmura De Boer, comme pour lui-même.

Les marins français étaient réunis à la taverne *Het Strooijen Haantje*. Mais ils n'étaient point les seuls ce soir-là, autour des tables, sous les quinquets enlisés dans l'épais brouillard des fumées. Près d'eux, attentifs, les pêcheurs flamands écoutaient. Depuis le jour où avait cessé le trafic avec les Indes, c'était toujours un événement quand arrivaient à Ostende des matelots étrangers, et cette fois-là plus que jamais.

– Y en a un qui revient de *là-bas*.

Les hommes se le montraient du regard, dans le fond, près des chantiers à barriques, où l'étranger s'était assis.

Il était petit, tout sec, brun de poil et de peau, et d'un âge indéfinissable. Trente ans; ou peut-être bien quarante-cinq. On ne savait pas. Il parlait d'une voix traînante, posément, en s'arrêtant de temps en temps pour vider sa pinte, à petits coups.

– Si je connais Banquibazar? J'vous crois. C'est juste deux coudes en aval de Chandernagor. Un petit coin pas mal. Tout au-dessus de la colline il y a un de ces grands arbres – un banyan comme on les appelle – tout farci de corbeaux à ne savoir qu'en faire. Le potin qu'y font, ces bestiaux-là, c'est à vous en casser la tête. A côté, y a une petite église et puis tout en bas, dans le fleuve, un appontement aussi long que le quai de votre port. Enfin, quand je dis y a, c'est manière de parler : depuis deux ans que j'en suis revenu, les tarets ont eu le temps de le bouffer, et largement. Il était déjà pas mal branlant, à l'époque. Ce qu'y a de cocasse, c'est une petite maison, sur la berge, au-dessous des bougainvillées : elle a un drôle de toit tout en escalier, comme chez vous ici.

– Je sais, fit un pêcheur, c'est la maison de mon oncle.

– De ton oncle? Eh bien mon pauv' fi...

L'homme but un coup. Quand il reposa son verre, il fut surpris par l'attention subite de l'auditoire. Un moment il resta muet sous les regards qui ne le quittaient point. Lentement il comprit :

– Quoi? vous ne savez pas? Et comme on secouait la tête sans répondre, machinalement il rebut : Ben ça, alors! Il murmura encore : En voilà une affaire... Il se racla la gorge : T'as pas de nouvelles de ton oncle?

– Depuis tantôt quatre ans.

– C'est à peu près ça. Eh bien mon pauv' fi...

Le marin parla. Il disait les choses lentement, en hésitant parfois, et avec des mots gauches. Et là, sous les poutres, à la pauvre lueur des lampes, dans un silence qui avait gagné de table en table, on apprit tout.

– ... Maintenant c'est tout herbes et singes, Banquibazar. Ça repousse vite la verdure, là-bas, vous savez. Un an avant mon arrivée au Bengale il paraît que dix mille Maures ont attaqué la factorerie. Le nabab de l'endroit n'était pas content : cela faisait des années qu'on ne lui avait pas payé sa redevance. Il a fait foutre le feu à tout le comptoir. Y paraît qu'on voyait tout flamber depuis Chandernagor. Comme en plein midi qu'on y voyait, la nuit. Ça a duré quatre jours. Mais pendant ce temps-là vos gars continuaient à se battre dans les flammes, comme des enragés. On m'a surtout parlé d'un curé, un récollet à ce qu'on m'a dit, un type mince comme une fille, avec des mains de demoiselle. Si c'est vrai ce qu'on raconte, c'était un homme, celui-là. Y paraît qu'y s'est battu comme un démon avant de... enfin vous comprenez, quoi... On l'a retrouvé avec le ventre ouvert et un sabre à la main. L'avait du sang rouge dans les veines, le petit curé...

– C'était mon fils...

Un tabouret grinça dans le silence soudain abattu. Au-dessus des têtes on vit se dresser un vieillard. Derrière les hommes il apparut dans la fumée, grandi, très droit. Sous la broussaille de ses sourcils son regard allait de l'un à l'autre, étonnamment calme. Jusqu'au moment où il se passa la main sur ses paupières, on n'aurait pu dire si c'était la douleur ou la fierté qui faisait briller ses yeux.

– C'était mon fils, répéta-t-il d'une voix rauque, soudain brisée.

Brusquement ses épaules parurent s'affaisser. Il se tourna et s'éloigna à pas lents en heurtant un peu les chaises. Sa main tremblait quand il coiffa son bonnet. Et puis, à la porte, la nuit l'engloutit.

XXVII

Comme le vent fraîchissait, Rinus De Boer quitta les remparts. Il descendait lentement, marche après marche, son bras valide s'appuyant à la muraille. Bientôt il fut au pied de l'escalier et s'arrêta un peu avant de s'engager sur les quais. Une frégate pourrissait dans le port. Avec ses cordages noircis, un étai rompu, sa figure de proue dédorée et rongée par le sel, le vaisseau avait cet aspect émouvant et mélancolique des choses abandonnées par les hommes. Mais Rinus ne le voyait point. Immobile, il surveillait l'approche du chat glissant sur l'appontement. Quand il fut tout près, le vieillard fléchit un peu les genoux :

– Puss... Puss...

Dédaigneux, Puss continua sa route. Semblable à tous les chats du monde, il allait d'une marche souverainement indifférente, comme s'il eût été le seul être vivant d'un univers peuplé de choses. Il disparut derrière une caisse sans même jeter un regard à la main tendue vers lui. Rinus eut un mouvement de la bouche, une moue de dépit presque enfantine. Le diable emporte ce chat! Bourru, il poursuivit son chemin. Encore quelques pas et il entra dans l'ombre d'une ruelle...

Ses sabots résonnaient lentement dans le silence. Il n'était pas une maison sur trois qui n'offrît un visage aveugle, le mutisme de ses volets clos, un seuil aux pierres ourlées de mousse dans les recoins humides. Un peu plus loin, avant le tournant, un grand vantail de fer pendait, gauchi hors de ses gonds. Il découvrait une vaste cour encombrée d'un timon rompu, d'une grande roue brisée et d'une herse vénérable enfouis dans les herbes folles. Un large auvent noirci croulait sur les restes d'une forge éteinte. Pourtant cet enclos solitaire était tout baigné des lumières d'un poirier en fleur. Au long de la façade, les pétales immaculés descendaient des tuiles en une cascade mousseuse. Le tronc noueux de l'arbre montait jusqu'au toit. Sous l'étreinte de ses branches, on eût dit les murs près d'éclater. Rinus s'arrêta, émerveillé. Bon Dieu! comme le poirier avait grandi! C'est le Jeanfroid qui eût été fier, s'il avait vu cela!

Mais le Jeanfroid n'était plus là. Il s'était éteint tranquillement et toujours plein d'espoir, un mois à peine avant que revinssent les survivants du *Kaiserin Élisabeth.* Seuls neuf de ceux-ci, après onze ans de captivité en Alger, avaient revu leur ville; et Jeanjean n'en était pas. C'était mieux aussi. La mort arrange tout ce qu'a défait la vie.

Un oiseau passa tel un trait et disparut dans les ramures de l'arbre. Curieux, Rinus attendit de le voir reparaître. Depuis tout un temps il s'intéressait à beaucoup de petites choses auxquelles jadis il n'avait jamais prêté attention. A quatre-vingts ans passés, c'était comme s'il redécouvrait le monde et ses merveilles. Il suivit attentivement le manège de l'oiseau quand celui-ci resurgit des feuilles et s'envola, aussi preste qu'il était apparu. Venu de nulle part, un souffle d'air passa. Quelques pétales tombèrent. Il régnait dans la vieille cour du

Jeanfroid une paix de cloître. Des pigeons roucoulaient sur les tuiles.

« Les tarets », songea Rinus en considérant l'affaissement de la toiture.

Sales bêtes, les tarets! C'était le plus vilain des cadeaux faits par les Indes à la ville. Depuis trente ans, rares étaient les charpentes échappant à leurs ravages! Même la grosse poutre du grenier s'était effondrée, rue du Bout-du-Monde. En l'entendant craquer, Rinus avait cru sentir le plafond lui tomber sur la tête. En geignant un peu, il avait escaladé l'échelle de cale menant à l'étage. Elle avait été dure à ouvrir, la trappe. Néanmoins le vieillard était parvenu à la soulever. La poussière l'aveuglait. Il n'avait tout d'abord distingué qu'un fouillis invraisemblable de débris, de papiers, un coffre de marin cerclé de cuivre, un petit berceau à cretonne duveté de poussière, des paillasses crevées, le squelette d'un grand fauteuil au dossier de paille... Puis, de l'ombre, avait lentement surgi une masse confuse, gigantesque, toute vêtue de toiles d'araignées. Il était là, le *meerman,* soutenant de ses épaules la charpente croulante. C'est alors que Rinus avait glissé. L'étau de la lourde trappe s'était rabattu, l'emprisonnant sans recours.

Maria l'avait trouvé ainsi une heure plus tard, les jambes pendantes dans le vide. Corneel était accouru le délivrer en le sermonnant :

– Mais père, voyons, pourquoi as-tu fait cela?

– Le diable t'emporte! grognait le vieux, étouffant de rage.

On l'avait tiré de là, les épaules meurtries, tout furieux et terriblement vexé :

– Je n'avais pas besoin de toi, clampin; j'allais juste m'en tirer tout seul. Ne dirait-on pas!...

Pendant une minute entière l'atmosphère avait été très orageuse.

– Tu n'es pas honteux de faire des acrobaties comme ça, à ton âge? s'était indignée Maria.

– A mon âge... à mon âge! Tu verras ce que je sais encore

faire, à mon âge. Pas plus tard que demain je vais arranger cette sacrée poutre.

– Je voudrais bien voir ça.

– C'est tout vu.

Rinus avait attaqué sa soupe de fort méchante humeur et rempli d'idées belliqueuses. Mais le lendemain était venu, et puis bien d'autres lendemains encore, qui lentement avaient fait des années. Rinus n'avait plus jamais gravi l'escalier de cale. De plus en plus rarement le confus désir lui en venait bien encore, mais il s'arrêtait toujours à peine la main posée sur la grosse corde luisante. De Boer gardait en mémoire le regard du dieu marin, quand leurs yeux s'étaient rencontrés; le geste menaçant de son bras levé pour la malédiction, sa bouche ouverte lançant l'anathème. Au fait le *meerman* n'avait-il pas réellement crié? Il n'en était plus très sûr, le vieux Rinus. Une sorte de crainte superstitieuse, très vague, le prenait parfois, la nuit, en songeant à l'homme-poisson veillant au-dessus de leur tête. Doucement ses doigts quittaient la main de Maria endormie et il faisait alors le signe de croix.

De son expédition à l'étage, De Boer n'avait ramené qu'une masse de feuillets jaunis auxquels, d'instinct, il s'était cramponné, lorsque son pied avait glissé. Il ne les avait point lâchés quand Corneel l'avait déhalé de son piège. Bien plus tard, Rinus les avait redécouverts en furetant dans un placard. Il avait chaussé ses lunettes pour mieux en lire l'encre pâlie. Et tout un flot de souvenirs avait envahi la pièce. Tout un soir, le livre de bord du *Damschutte* avait retrouvé sa place, sur le coin de la table où jadis Cornélius Cabiljauw lui en expliquait les passages. Et après?... Après, Maria s'en était peut-être bien servie pour allumer le feu. Mais quelle importance?... Est-ce que ce bougre d'oiseau allait bientôt se décider à revenir?

Rinus guetta l'arbre en fleur.

– Eh bien grand-père, on attend que les poires soient mûres?

– Les poires?

Le vieux se retourna lentement. Derrière lui les trois fils

de Corneel s'étaient arrêtés et lui souriaient. Il ne les avait pas entendus venir, sur leurs pieds nus. Ils dominaient tous Rinus de la hauteur de leurs épaules. Lode et Ward avaient posé sur les pierres leurs grands paniers à poissons. Le visage de De Boer s'éclaira.

– Ah! Johan...

– Non, sourit l'homme, pas Johan : Marinus, comme toi.

– Pardieu oui. Où ai-je la tête? Comment ça va, garçon?

L'œil attendri, il regardait l'aîné. A le voir ainsi très droit, largement dépoitraillé et les cheveux pleins de vent, il lui semblait encore se trouver en face de Johan, et cette pensée lui était étrangement douce. Il n'était pas jusqu'à la présence de ses deux frères aux côtés du grand Marinus qui ne donnât au vieillard l'impression fulgurante de revenir soudain bien des années en arrière, quand Pieter et Corneel... Mais cette image s'estompa aussitôt.

– Où allez-vous, garçons?

– Au Paerde-Markt, fit Lode en reprenant son panier. Les harengs ne bougent pas de là depuis deux semaines. Il y en a tellement qu'on pourrait leur marcher sur la tête sans s'enfoncer dans l'eau.

« Le Paerde-Markt, songea le vieillard; un bon coin, le Paerde-Markt... Je me souviens qu'une fois, quand j'étais gamin, avec un Breton qui habitait ici... »

Les frères échangèrent un coup d'œil :

– Bon Dieu! grand-père, dit Ward, on discute ici et nous sommes en retard. La marée n'attend pas. A ce soir!

– A ce soir, Johan...

Les trois frères disparurent. Rinus resta là, planté sur ses pierres, à l'entrée de la vieille forge du Jeanfroid. Il marmotta :

– Le Paerde-Markt... un fichu bon coin... en septante-six, avec le Breton...

Puis il hocha la tête. Que c'était loin, tout ça! Il se sentit soudain très seul. Il y avait des herbes, tant d'herbes entre les pavés! On eût dit qu'elles venaient des polders pour envahir toute la ville. De son temps, l'herbe ne poussait pas dans les rues, diable non! Et il ne s'occupait pas du hareng, lui, Rinus.

Un vol de pigeons tournait au ras des toits. A chaque passage leurs ailes mettaient dans le ciel comme un grand bruit de faux. Bientôt, avant de se poser, ils descendirent si bas que Rinus en sentit le vent dans ses cheveux.

– Du hareng! pourquoi aller pêcher le hareng? Moi, à leur âge...

Une silhouette bottée apparut au tournant. Elle avançait à larges enjambées, en faisant sonner les pierres du talon. Frôlant Rinus, le passant salua :

– Bonjour, l'homme!

Sa voix avait un accent vainqueur.

– L'homme? marmotta De Boer, vexé.

Il tourna les épaules pour suivre du regard le soldat qui s'en allait en chantonnant. L'Autrichien avait de grandes bottes à revers, la démarche allègre et une tunique toute neuve, d'un vert cru admirable. Quand il passa dans le soleil, toutes ses buffleteries étincelèrent. Les échos de la rue renvoyaient gaiement le cliquetis de ses éperons. Un sourire inconscient, presque invisible, vint aux traits de Rinus; il songeait à d'autres soldats, aussi flambards que celui-là, pour sûr : des Espagnols, des Français, des Hollandais, des Anglais, et puis des Français encore... Tous étaient venus, étaient passés, avaient disparu. Il ne restait d'eux même pas l'écho de leurs bottes. Mais la Flandre existait toujours. Il avait eu des enfants, Rinus. Ceux-ci avaient des fils, et ces fils auraient des fils encore. Depuis bien longtemps l'Autrichien serait oublié qu'il y aurait encore des De Boer accrochés à cette terre.

Aux yeux du vieillard la rue déserte, les maisons abandonnées, les herbes folles lui parurent soudain infiniment plus vivantes et éternelles que l'homme au brillant uniforme qui s'éloignait. Fugitive, la conscience lui vint, à Rinus, que rien de tout ce qu'il avait entrepris n'avait été fait en vain. D'autres après lui viendraient poursuivre l'œuvre commencée. Des hommes de son sang. Il souriait encore en tournant le coin de la rue du Bout-du-Monde.

La vieille demeure lui apparut avec son toit moussu et affaissé, sa grosse lézarde, et le crépi déteint de ses murs écaillés. Une fumée légère montait de la cheminée. Rinus pensa à Maria penchée sur l'âtre, à la table mise, aux crêpes dorées dans leur grand plat de faïence. Un grand appétit lui vint.

C'était bon, manger!

Il fit un effort pour marcher plus vite.

FIN

Flandre tenace au cœur, Flandre des aïeux morts
Avec la terre aimée entre leurs dents ardentes...

ÉMILE VERHAEREN

TABLE

PHÉBUS
libretto

des livres au format de poche
faits pour durer

MARCEL LÉVY
La Vie et moi

JOHN M. FALKNER
Moonfleet

VLADIMIR BARTOL
Alamut

ALAIN BOMBARD
Naufragé volontaire

DAPHNÉ DU MAURIER
Le Bouc émissaire
Mary Anne

CLAUDE SEIGNOLLE
La Malvenue
Intégrale des Romans et Nouvelles
Les Malédictions ☆
Les Malédictions ☆☆
La Nuit des Halles

JEAN-BAPTISTE LABAT
Voyage aux Isles

T. C. BOYLE

Water Music

La Belle affaire

W. WILKIE COLLINS

La Dame en blanc

Pierre de lune

Sans nom

Armadale

LUDWIG LEWISOHN

Le Destin de Mr Crump

Crime passionnel

DEBORAH SCALING KILEY

Albatros

JEAN MALAQUAIS

Les Javanais

WILLIAM TREVOR

En lisant Tourgueniev

Ma Maison en Ombrie

CHARLES MATURIN

Melmoth

AHMAD AL-TIFACHI

Les Délices des cœurs

CHRISTIAN CHARRIÈRE

La Forêt d'Iscambe

VICKI BAUM

Shanghaï Hôtel

Grand Hôtel

HEINRICH VON KLEIST

La Marquise d'O... et autres nouvelles

MARTINE ROFFINELLA

Elle

SHUSHA GUPPY

Un jardin à Téhéran

CHRISTIAN DEDET

La Mémoire du fleuve

Le Secret du Dr Bougrat

GEORGE SAND

Consuelo

La Comtesse de Rudolstadt

OLIVE SCHREINER

La Nuit africaine

MEYER LEVIN

Crime

PATRICIO MANNS

Cavalier seul

ROBERT MARGERIT

L'Ile des Perroquets

La Terre aux Loups

NEIL BISSOONDATH

Retour à Casaquemada

MAURICE COYAUD

Fourmis sans ombre

JACK LONDON

Le Peuple d'en bas

Les Enfants du froid

John Barleycorn

(Le Cabaret de la Dernière Chance)

Patrouille de pêche

Le Fils du Loup

Le Vagabond des étoiles

La Route
Martin Eden
Contes des mers du Sud
La Vallée de la Lune
Le Loup des mers
Avant Adam
Sur le ring
Le Talon de fer
L'Appel sauvage

LEO PERUTZ
Le Cavalier suédois
Le Judas de Léonard

CHARLES SIMMONS
Les Locataires de l'été

MIKA WALTARI
Les Amants de Byzance

PIERRE MAC ORLAN
L'Ancre de Miséricorde

JAMES MORIER
Les Aventures de Hadji Baba d'Ispahan
Les Aventures de Hadji Baba en Angleterre

MERIWETHER LEWIS
WILLIAM CLARK
Far West
I. La Piste de l'Ouest
II. Le Grand retour

La Poésie arabe

JOSEPH O'CONNOR
Desperados
Inishowen

SIR ERNEST SHACKLETON
L'Odyssée de l'« Endurance »

WALLACE STEGNER
Vue cavalière
La Vie obstinée
Angle d'équilibre

ROBERT PENN WARREN
L'Esclave libre

ALEXANDER KENT
Cap sur la gloire
Capitaine de Sa Majesté
Mutinerie à bord
Toutes voiles dehors

FERDYNAND OSSENDOWSKI
Bêtes, Hommes et Dieux

HELEN ZAHAVI
Dirty week-end

MAX AUB
Crimes exemplaires

SERGE FILIPPINI
L'Homme incendié

ROBERT LOUIS STEVENSON
La Route de Silverado
Intégrale des Nouvelles (2 vol.)

MATHIEU BELEZI
Le Petit roi

ANTOINETTE PESKÉ
La Boîte en os

DANIEL ARSAND
La Province des Ténèbres

NORMAN LEWIS
Le Sicilien

Les Mille et Une Nuits, tome I
Les Mille et Une Nuits, tome II
Les Mille et Une Nuits, tome III
Les Mille et Une Nuits, tome IV

GILLES LAPOUGE
Les Pirates

SIR ARTHUR CONAN DOYLE
La Compagnie blanche
Sir Nigel

CHARLES MORGAN
Portrait dans un miroir

EDWARD JOHN TRELAWNEY
Mémoires d'un gentilhomme corsaire

PETER FLEMING
Courrier de Tartarie

FAWN BRODIE
Un diable d'homme
Sir Richard Burton ou le démon de l'aventure

SVETLANA VELMAR-JANKOVIĆ
Dans le noir

LOUIS GARNERAY
Corsaire de la République
Le Négrier de Zanzibar
Un corsaire au bagne

Les Aventures de Sindbad le Marin

Les Aventures de Sindbad le Terrien

DANIEL VAXELAIRE
Les Mutins de la liberté

VAMBA

Giannino furioso

ANONYME ARABE

Le Livre des Ruses

La Stratégie politique des Arabes

MATT COHEN

Le Médecin de Tolède

PESKÉ MARTY

Ici le chemin se perd

DANIEL DEFOE

Histoire générale des plus fameux pyrates

I. Les Chemins de Fortune

II. Le Grand rêve flibustier

NICCOLO MANUCCI

Un Vénitien chez les Moghols

Italia magica

RAFAEL SABATINI

Captain Blood

CHARLES NORDHOFF

J. N. HALL

L'Odyssée de la « Bounty »

I. Les Révoltés de la « Bounty »

II. Dix-neuf hommes contre la mer

III. Pitcairn

CARLO GOZZI

Mémoires inutiles

JEAN-PIERRE OTTE

L'Amour au jardin

FRANCISCO COLOANE

Le Passant du bout du monde

Tierra del Fuego

JEAN AICARD
Maurin des Maures

THOR HEYERDAHL
L'Expédition du Kon-Tiki

Le Roman d'Aladin

PATRICK CARRÉ
Le Palais des Nuages

Sublimes paroles et idioties de Nasr Eddin Hodja

RAYMOND DUMAY
Le Rat et l'Abeille

MARCEL SCHWOB
Œuvres

KATHLEEN WINSOR
Ambre

SARAH BERNHARDT
Ma double vie

LAURIE LEE
Rosie ou le goût du cidre

FLANN O'BRIEN
Le Troisième policier

CHARLES PALLISER
I. Le Quinconce
II. Les Faubourgs de l'Enfer
III. Le Destin de Mary
IV. La Clé introuvable
V. Le Secret des Cinq-Roses

MARC TRILLARD
Eldorado 51

ANDRÉ DHÔTEL

Lumineux rentre chez lui

Ma chère âme

Un jour viendra

Pays natal

DOMAINE ROMANESQUE

LES CLASSIQUES DE LA FICTION
AUX ÉDITIONS PHÉBUS

(extrait du catalogue)

Littérature française

ALAIN-RENÉ LESAGE
Les Aventures de « Beauchesne »
Capitaine de flibustiers

VICOMTE DE MIRABEAU
La Morale des sens

ALEXANDRE DUMAS
Crimes célèbres (3 vol.)
Histoires de mes bêtes
La Guerre des Femmes

PETRUS BOREL
Madame Putiphar
Champavert
Contes immoraux

AMÉDÉE ACHARD
Les Aventures de M. de La Guerche (2 vol.) :
I. *Les Coups d'épée de M. de La Guerche*
II. *Envers et contre tous*

PAUL FÉVAL

Les Mystères de Londres

Les Compagnons du Silence

FRANÇOIS PÉTIS DE LA CROIX

Les Mille et Un Jours

En collection « libretto » :

GEORGE SAND

Consuelo

La Comtesse de Rudolstadt

Littérature allemande

PETER PROSCH

Mémoires d'un bouffon

HEINRICH VON KLEIST

Intégrale des nouvelles (2 vol.) :

La Marquise d'O et autres nouvelles
(également disponible en collection « libretto »)

Michaël Kohlhaas et autres nouvelles

E.T.A. HOFFMANN

Intégrale des Contes et Récits (14 vol.) :

Les Élixirs du diable

Fantaisies dans la manière de Callot

Contes nocturnes

Le Chat Murr

Princesse Brambilla

Maître Puce

Le Petit Zachée surnommé Cinabre

Les Frères de Saint-Sérapion (4 vol.)
Derniers contes
Contes retrouvés
Sœur Monika

JOSEPH VON EICHENDORFF
Scènes de la vie d'un propre à rien
Les Chevaliers de Fortune

ADALBERT STIFTER
L'Homme sans postérité

JOHANN HINRICH FEHRS
Maren

Littérature anglaise

THOMAS NASHE
Le Voyageur malchanceux

WILLIAM GODWIN
Les Aventures de Caleb Williams

CHARLES ROBERT MATURIN
Melmoth
(également disponible en collection « libretto »)

JAMES MORIER
Les Aventures de Hadji Baba d'Ispahan
(également disponible en collection « libretto »)
Les Aventures de Hadji Baba d'Angleterre
(également disponible en collection « libretto »)

WILLIAM WILKIE COLLINS

Pierre de lune
(également disponible en collection « libretto »)

La Dame en blanc
(également disponible en collection « libretto »)

Armadale
(également disponible en collection « libretto »)

Sans nom
(également disponible en collection « libretto »)

Histoires regrettables

Seule contre la loi

Cache-cache

Basil

Secret absolu

J. SHERIDAN LE FANU

Invitation au crime

RICHARD D. BLACKMORE

Lorna Doone

ROBERT LOUIS STEVENSON

Les Nouvelles Mille et Une Nuits (3 vol.)

Dr Jekyll et Mr Hyde

La Flèche Noire

Intégrale des nouvelles (2 vol.)
(en collection « libretto »)

OLIVE SCHREINER

La Nuit africaine
(également disponible en collection « libretto »)

THOMAS HARDY

Les Forestiers

Le Trompette-major

JOHN MEADE FALKNER

Moonfleet
(également disponible en collection « libretto »)

SIR ARTHUR CONAN DOYLE

La Compagnie blanche
(également disponible en collection « libretto »)

Sir Nigel
(également disponible en collection « libretto »)

A.E.W. MASON

Les Quatre Plumes blanches

Littérature américaine

WASHINGTON IRVING

Astoria

Le Roman vrai de la première conquête de l'Ouest

Contes de l'Alhambra

Esquisses et légendes par les Maures et les Espagnols

O'HENRY

Contes du Far-West

Littérature espagnole

ANGEL GANIVET

La Conquête du royaume de Maya

ENRIQUE LARRETA

La Gloire de Don Ramiro

Littérature portugaise

BERNARDIM RIBEIRO

Mémoires d'une jeune fille triste

Littérature hongroise

MOR JOKAI

Le Nouveau seigneur

Littérature polonaise

HENRYK SIENKIEWICZ

Par le fer et par le feu

Littérature arabe

FARIS CHIDYAQ
La Jambe sur la jambe

DOMAINE FRANÇAIS

AUX ÉDITIONS PHÉBUS

(extrait du catalogue)

JEAN AICARD

Maurin des Maures, roman
Préface de Jean-Claude Izzo
L'Illustre Maurin, roman

RENÉ ALLENDY

Journal d'un médecin malade

MICHEL ALVÈS

Le Livre d'heures, récits

GEORGES ARNAUD

Les Oreilles sur le dos, roman

DANIEL ARSAND

La Province des Ténèbres, roman
En silence, roman
Lily, roman

ANDRÉ BARRET

Sautecœur, roman

CARLOS BAUVERD

Post mortem
Lettre à un père fasciste

MARCEL BÉALU

Journal d'un mort, récits
Présentation de Georges-Arthur Goldschmidt
Contes du demi-sommeil, récits
Commentaire d'Antonin Artaud
L'Aventure impersonnelle, roman
Mémoires de l'ombre, récits
L'Expérience de la nuit, roman
La Vie en rêve, essai
L'Araignée d'eau, récits
Préface d'André Pieyre de Mandiargues

MATHIEU BELEZI

Le Petit roi, roman
Les Solitaires, roman

ROLAND BRIVAL

Le Dernier des Aloukous, roman
Bô, roman
Biguine Blues, roman
La Robe rouge, roman
En eaux troubles, roman

PATRICK CARRÉ

Le Palais des nuages, roman
Yavana, roman

CHRISTIAN CHARRIÈRE

Les Vergers du ciel, roman
Mayapura, roman
La Forêt d'Iscambe, roman

COLLECTIF

Première rencontre, récits
Le Cheval et l'Homme
20 écrivains rêvent

ALAIN DELBE

Les Iles jumelles, roman

JEAN-CLAUDE DEREY

Les requins ne mangent jamais les Nègres, roman

ANDRÉ DHÔTEL

La Route inconnue, roman

Lorsque tu reviendras, roman

La Vie passagère, poèmes

En collection « libretto »

Lumineux rentre chez lui, roman

Ma chère âme, roman

Un jour viendra, roman

PHILIPPE DIOLÉ

L'Okapi, roman

PIERRE D'OVIDIO

La Vie épatante, roman

Demain c'est dimanche, roman

Pertes et profits, roman

PATRICK DREUX

Elle m'attend, roman

SERGE FILIPPINI

La Vie en double, roman

L'Aquarium, roman

L'Homme incendié, roman

Comœdia, roman

Haut Mal, roman

LÉON FRAPIÉ

La Maternelle, roman

PASCALE GAUTIER

Mercredi, roman

JAMES GRESSIER

La Dernière Fugue, roman
Le Retour du chasseur, roman
Le Lièvre et le Lieutenant, roman
La Vraie vie de Marie-Morgane, roman

JEAN GRUAULT

Le Sang de Naples, roman
Cul par-dessus tête, roman

BERNARD JOUIN

De rizières et de pluie, roman

FRÉDÉRIC KLEIN

Tunnel, roman
Perpoly, petit jeu de massacre

MAURICE LEBLANC

Voici des ailes, roman

PIERRE LESTRADE

La Montagne des Singes, roman
Adagio, roman
L'Ile aux masques, roman

MARCEL LÉVY

La Vie et moi, récit
Conversations aux Champs Élysées,
Nouveaux dialogues socratiques

LO DUCA

Journal secret de Napoléon Bonaparte
Préface de Jean Cocteau

ALAIN LORNE

La Route brûlée, roman
Préface de Gilles Perrault
Les Quatre jeudis, roman

JEAN MAMBRINO

Lire comme on se souvient
Livres pour éclairer la solitude

ROBERT MARGERIT

L'Ile des Perroquets, roman
Le Château des Bois-Noirs, roman
La Terre aux Loups, roman
Préface de Georges-Emmanuel Clancier
Le Dieu nu, roman
La Révolution (4 vol.), roman
Les Amants, roman
Préface de Georges-Emmanuel Clancier

JEAN MALAQUAIS

Les Javanais, roman
Journal de guerre, suivi de *Journal du métèque*
Planète sans visa, roman
Correspondance avec André Gide, 1935-1950
Le Gaffeur, roman

MICHEL MARTY

La Beauté du diable, roman
L'Ile Rouge, roman

ANNE MATALON

Conférence au Club des Intimes, roman

HUBERT MONTEILHET

Les Derniers feux, roman

CÉDRIC MORGAN

Cet hiver-là, roman
Les Ailes du Tigre, roman
L'Enfant perdu, roman
Le Bonheur en douce, roman

JEAN-MARC MOURA

Gandara, roman

PAUL NOTHOMB

N'y être pour rien, roman

Non Lieu, essai

Le Délire logique, roman

Le Second récit

L'autre lecture de la Genèse, essai

La Rançon, roman

Ça ou l'histoire de la Pomme, essai

BERNARD OLLIVIER

Nouvelles d'en bas, nouvelles

PATRICK REUMAUX

Inamorata, roman

Le Gouverneur sans âme, roman

Chasses fragiles, récits

Le Venin des Borgia, chronique

ALAIN ROEHR

Art de la fugue, roman

Chambres obscures, roman

MARTINE ROFFINELLA

Elle, roman

Mise à nu, roman

Le Fouet, roman

Les Indécises, roman

ANNE-MARIE S.

Crue, roman

CLAUDE SEIGNOLLE

Marie la Louve, nouvelles

Préface de Lawrence Durrell

La Malvenue, récit

La brume ne se lèvera plus, roman

La Nuit des Halles, récits

Le Diable en Sabots, récits

Le Rond des sorciers, récits
La Morsure de Satan, récits

MATHIEU TERENCE

Fiasco, roman
Journal d'un cœur sec, roman
Les Filles de l'ombre, nouvelles

SYLVAIN TESSON

Nouvelles de l'Est, nouvelles

TERESKA TORRÈS

Les Poupées de cendre, roman

MARC TRILLARD

Eldorado 51, roman
Tête de cheval, roman
Cabotage
A l'écoute du chant des îles
Cap-Vert, 1993
Coup de lame, roman
Si j'avais quatre dromadaires, récits
Campagne dernière, roman

GEORGES WALTER

Les Enfants d'Attila, roman
Wingapoh !, roman
Les Pleurs de Babel, roman
Enquête sur Edgar Allan Poe, poète américain, biographie

W. W.

Alter Ego, roman

DANIEL ZIMMERMANN

Alexandre Dumas le Grand, biographie

DOMAINE BRITANNIQUE

BARBELLION
Journal d'un homme déçu

RONAN BENNETT
Le Catastrophiste, roman

ELIZABETH BOWEN
Emmeline, roman

JOHN BUCHAN
Salut aux coureurs d'aventure ! roman

EDWARD CAREY
L'Observatoire, roman

RICHARD COBB
Une éducation classique, récit

W. WILKIE COLLINS
Pierre de lune, roman
La Dame en blanc, roman
Armadale, roman
Sans nom, roman
Histoires regrettables, nouvelles
Seule contre la loi, roman
Cache-cache, roman
Basil, roman
Secret absolu, roman

RODERICK CONWAY-MORRIS
Djem, roman

JOHN CRANNA
Les Visiteurs, nouvelles
(Nouvelle-Zélande)

R. B. CUNNINGHAME GRAHAM
El Paso, nouvelles

DAVID DONACHIE

Une chance du diable, roman

Trafic au plus bas, roman

Haut et court, roman

MARGARET DRABBLE

La Sorcière d'Exmoor, roman

DAPHNÉ DU MAURIER

Le Général du Roi, roman

Mary Anne, roman

L'Amour dans l'âme, roman

Le Bouc émissaire, roman

Le Vol du Faucon, roman

La Maison sur le rivage, roman

Les Souffleurs de verre, roman

Le Mont-Brûlé, roman

CARLO GÉBLER

Exorcisme, roman

Comment tuer un homme, roman

ELIZABETH GOUDGE

L'Arche dans la tempête, roman

La Colline aux Gentianes, roman

Les Amants d'Oxford, roman

RICHARD HUGHES

Cyclone à la Jamaïque, roman

Péril en mer, roman

TED HUGHES

Contes d'Ovide, poèmes

ROBERT IRWIN

Les Mystères d'Alger, roman

Nocturne oriental, roman

Cadavre exquis, roman

Satan & Co, roman

ROSAMOND LEHMANN

Le Jour enseveli, roman

NORMAN LEWIS
Torre del Mar, roman
Comme à la guerre, roman
L'Ile aux chimères, roman
Le Sicilien, roman

WYNDHAM LEWIS
Condamné par lui-même, roman

RICHARD LLEWELLYN
Qu'elle était verte ma vallée! roman

ROSE MACAULAY
Les Tours de Trébizonde, roman

GEORGE MACKAY BROWN
Le Dernier Voyage, roman

DAVID MADSEN
Le Nain de l'ombre, roman

FREDERIC MANNING
Nous étions des hommes, roman

JOHN MASEFIELD
La Course du Thé, roman
Par les moyens du bord, roman
Martin Hyde, roman

NICHOLAS MONSARRAT
La Mer cruelle, roman

JOSEPH O'CONNOR
Les Bons Chrétiens, nouvelles
Desperados, roman
Le Dernier des Iroquois, roman
Inishowen, roman

JULIA O'FAOLAIN
Gens sans terre, roman

CHARLES PALLISER

I. Le Quinconce, roman
II. Les Faubourgs de l'enfer, roman
III. Le Destin de Mary, roman
IV. La Clé introuvable, roman
V. Le Secret des Cinq-Roses, roman
Trahisons, roman
Les morts reviennent toujours, roman

MERVYN PEAKE

Titus d'Enfer, roman
Préface par André Dhôtel
Gormenghast, roman
Titus errant, roman

TIM PEARS

Un été brûlant, roman

CHARLOTTE PERKINS GILMAN

La Séquestrée, roman
Postface de Diane de Margerie

JOHN COWPER POWYS

Wood and Stone, roman
Owen Glendower, roman :
I. Les Tours de Mathrafal
II. Les Forêts de Tywyn

LLEWELYN POWYS

L'Amour, la Mort, roman

THEODORE FRANCIS POWYS

Dieu et autres histoires
Préface de Patrick Reumaux

JOHN B. PRIESTLEY

Adam au clair de lune, roman

KEITH RIDGWAY

Mauvaise pente, roman

RAFAEL SABATINI
Pavillon noir, roman
Captain Blood, roman
Le Faucon des mers, roman

SIEGFRIED SASSOON
Mémoires d'un chasseur de renards, roman

FRANCIS STUART
Liste noire, roman

WILLIAM TREVOR
En lisant Tourgueniev, roman
Ma maison en Ombrie, roman
Le Silence du jardin, roman
Le Voyage de Felicia, roman
Mourir l'été, roman
Mauvaises nouvelles, nouvelles
Très mauvaises nouvelles,nouvelles
Lucy, roman

JAMES WADDINGTON
Un tour en enfer, roman

HELEN ZAHAVI
True Romance, roman
Donna et le gros dégoûtant, roman
Dirty week-end, roman
en collection « libretto »

Cet ouvrage
réalisé pour le compte des Éditions Phébus
a été reproduit et achevé d'imprimer
en octobre 2005
dans les ateliers de Normandie Roto Impression s.a.s.
61250 Lonrai
N° d'imprimeur : 052601

Imprimé en France

Dépôt légal : juin 2003
I.S.B.N. : 2-85940-920-3
I.S.S.N. : 1285-6002